Atlan

DIE GOLDENE GÖTTIN

ÜBERSICHT TAI ARK'TUSSAN
um 10.500 da Ark

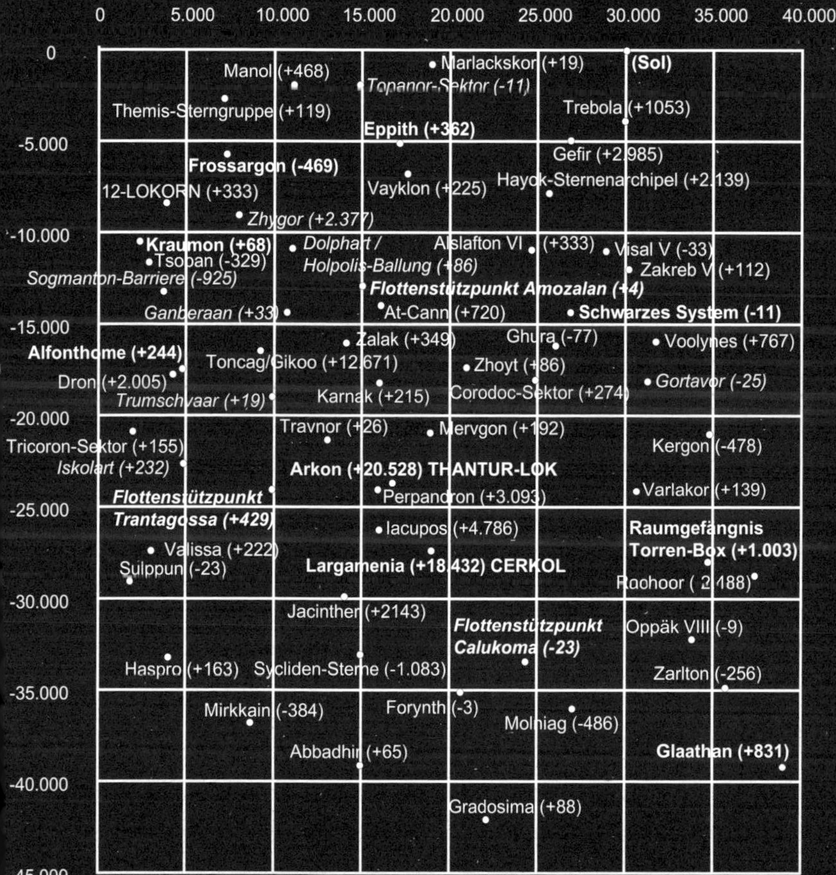

Perry Rhodan

Atlan

DIE GOLDENE GÖTTIN

MOEWIG

www.moewig.de
Bearbeitung: Rainer Castor
Redaktion: Sabine Kropp / Klaus N. Frick
Titelillustration: Arndt Drechsler
Printed in Germany 2003
www.perry-rhodan.net
ISBN 3-8118-1522-9

Vorwort

Rund 8000 Jahre vor Beginn der irdischen Zeitrechnung steht das Große Imperium der Arkoniden in der Blüte seiner Entwicklung. Von der Kristallwelt Arkon I aus regiert Orbanaschol III. über Zehntausende von Planeten des Tai Ark'Tussan. Seinen Thron hat der Imperator dadurch erlangt, weil er seinen Halbbruder Gonozal VII. ermorden ließ; seither stehen ihm eine riesige Raumflotte, ein knallharter Geheimdienst und die »Bluthunde« der Kralasenen-Truppe des Blinden Sofgart zur Verfügung.

Kristallprinz Atlan, der Sohn des Ermordeten, ist zwar der legitime Nachfolger, aber er wird verfolgt und ist zum Leben im Untergrund gezwungen. Sein Ziel ist, das ihm zustehende Erbe anzutreten und den Tyrannen vom Kristallthron Arkons zu stürzen. Sehr hilfreich ist ihm dabei sein inzwischen aktivierter Extrasinn – sein innerer Ratgeber.

Atlan und seinen Freunden gelang es, auf der Welt Kraumon eine Basis zu schaffen und erste erfolgreiche Nadelstichaktionen durchzuführen. Nach Hinweisen der »Vergessenen Positronik«, die im Zusammenhang mit dem »Stein der Weisen« stand, entwickelte sich zwischen dem Kristallprinzen und seinen Widersachern ein Wettrennen: Auch Sofgart und Orbanaschol hatten sich auf die Suche begeben, waren dem Kristallprinzen bislang aber mindestens einen Schritt voraus. Von dem Barbaren Ra hatte Atlan erstmals von der »Goldenen Göttin« Ischtar erfahren, einer rätselhaften Frau aus dem Volk der Varganen, das offensichtlich viele Spuren hinterlassen hat, die letztlich zum Stein der Weisen führen sollen.

Atlan und seine Freunde setzten nach den Abenteuern im *Ring des Schreckens*, dem Wall aus dreißig Planeten auf gemeinsamer Umlaufbahn, die Suche fort. Anscheinend ist sie gleichzeitig auch jene nach dem *ewigen Leben*. Mit dem Dreißig-Planeten-Wall hatte der junge Kristallprinz einen überaus faszinierenden Schauplatz erreicht, der in seinem späteren Leben in der Zeit als Gestrandeter auf Larsaf III wie auch danach als Lordadmiral der USO unter dem Stichwort *Miracle* eine wichtige Rolle spielen sollte und nur zögernd seine Geheimnisse offenbarte.

Einige der späteren Erlebnisse wurden schon kurz im dreizehnten Buch dieser Blaubandreihe angerissen, dem letzten der *Zeitabenteuer* von Hans Kneifel mit dem Titel *Die letzten Masken*. Im 22. Buch erfuhren wir die »Vorgeschichte«, die rund zehntausend Jahre vor diesen Abenteuern auf *Miracle* spielte.

Eine rätselhafte Silberkugel des Weisen Dovreen wies den Weg ins Eppith-System, doch auch hier war der Blinde Sofgart dem Kristallprinzen schon zuvorgekommen. Atlans Hoffnung ist es nun, im *Schwarzen System* den Vorsprung aufholen zu können, selbst wenn damit der über kurz oder lang unausweichliche Kampf gegen den Blinden Sofgart verbunden sein sollte. Die bisherigen Ereignisse zeigten überdies, dass die geheimnisvolle Varganin Ischtar, von der Ra berichtet hatte, ebenfalls noch eine Rolle spielen könnte. Und so kommt es schließlich zur Begegnung Atlans mit der *Goldenen Göttin …*

Um aus fünf Einzelheften, die erstmals im Zyklus *ATLAN-exklusiv – Der Held von Arkon* in den Jahren 1973 bis 1977 veröffentlicht wurden, einen geschlossenen Roman zu machen, der dennoch dem ursprünglichen Flair möglichst nahe kommen soll, werden die Blaubücher mit den Abenteuern aus der Jugendzeit Atlans von mir bearbeitet.

Folgende Hefte flossen ungeachtet der notwendigen und möglichst sanften Eingriffe, Korrekturen, Kürzungen und Ergänzungen ein: Band 162 *Das Schwarze System* von Clark Darlton, Band 164 *Drei gegen Za'Ibbisch* von Peter Terrid, Band 166 *Begegnung auf Frossargon* von H. G. Ewers, Band 168 *Die Todesmelodie* von Dirk Hess sowie Band 170 *Der Schläfer von Alfonthome* von Conrad Shepherd.

Wie stets auch der Dank an die Helfer im Hintergrund: Michael Beck, Andreas Boegner, Kurt Kobler, Heiko Langhans, Michael Thiesen – sowie Sabine Kropp und Klaus N. Frick.

Viel Spaß – ad astra!

Rainer Castor

Prolog

Aus: *Zahlen, Zenturien, Ziele und Zeugnisse – aus der Arbeit des Historischen Korps der USO*, Chamiel Senethi, Sonthrax-Bonning-Verlagsgruppe, Lepso, 1310 Galaktikum-Normzeit (NGZ)

Während die Ursprünge des Dreißig-Planeten-Walls wie auch der anderen Planeten-Wälle eindeutig auf die Galaktischen Ingenieure zurückgeführt werden konnten und damit die Primärfunktion als Suprahet-Falle feststand, blieb trotz intensiver Forschungen ein Großteil der weiteren Entwicklung über rund 1,3 Millionen Jahre hinweg im Dunkel der Geschichte verborgen. Wir wissen, dass sowohl Varganen wie Lemurer auf den Planeten ihre Spuren hinterließen, dass sie wie auch viele andere Völker die Wallsysteme für ihre Zwecke zu nutzen oder zu missbrauchen versuchten. Doch die Einzelheiten verlieren sich in den Jahrhunderttausenden.

Der Dreißig-Planeten-Wall war jenes System, das über die meisten Welten verfügte und ursprünglich die »Zentrale« des gesamten Fallenkomplexes darstellte. Hiervon war allerdings, als Atlan ihn in seiner Jugendzeit erstmals erreichte, nichts mehr zu bemerken. Es bedurfte der ausgedehnten Forschungen des 25. und späterer Jahrhunderte vor allem durch die USO, um den Geheimnissen des nun »Miracle-Ring« genannten Systems nach und nach auf die Spur zu kommen.

Vieles konnte sogar erst in ein Gesamtbild eingefügt werden, nachdem weitere Informationen in ganz anderem Zusammenhang gewonnen wurden, und es gibt Experten, die davon ausgehen, dass selbst heute noch längst nicht alle Fragen gelöst sind …

Auszüge der 1155. positronischen Notierung von Fartuloon, notiert am 2. Prago des Eyilon 10.498 da Ark:

… weiß spätestens seit unserer Aktion auf Dargnis, dass sich der gesuchte Kristallprinz an seine Fersen geheftet hat und ebenfalls versucht, das begehrte »Kleinod« zu erlangen: Der Stein der Weisen, Erbe

eines uralten Volkes, soll dem, der ihn in seinen Besitz bringt, Glück und Macht bescheren. Die Zahl der Legenden und Erzählungen, die sich um ihn ranken, wird wohl nur von jenen übertroffen, die sich auf die Unsterblichkeit beziehen. Nach Ras Bericht über die »Goldene Göttin« Ischtar gehen wir davon aus, dass es Berührungspunkte oder gar Überschneidungen zwischen beiden Themen gibt …

… Nachfolgend die aus Ras Bericht stammenden Aussagen und Stichwörter:

»Seit Äonen durchquere ich die Galaxien«, sagte Ischtar zu Ra. »Verstehst du nun, weshalb ich einsam bin? Ich bin eine der letzten lebenden Varganen, als deren letzte Königin man mich einst bezeichnet hat. Sie sind alle verschwunden oder tot. Der letzte, dem ich begegnete, schenkte mir den Himmelsstier. Ich sah sein Raumschiff niemals wieder …«

Sie erwähnte weiterhin den Planeten Tabraczon, die Insel mit ihrer Station, die subplanetarische Fabrik, in der aus Plasma riesenhafte Tierwesen hergestellt werden konnten. Weitere Namen und Begriffe waren Mamrohn, Vargo, Kreton, die Welt Dopmorg sowie der Wall der dreißig Planeten. Von besonderer Bedeutung schien für die Frau eine »Silberkugel« zu sein, zu der sie sagte:

»Ein altes Geheimnis meines Volkes. Nicht einmal ich kenne die ganze Geschichte. Ich brauchte sehr lange Zeit, um ein wenig über die Kugel zu erfahren. Ich weiß nur so viel, dass es das Bindeglied zu den verschollenen Varganen darstellt. Es wird mir bei der endlosen Suche helfen.« …

… Nach den bislang vorliegenden Informationen müssen wir davon ausgehen, dass der Dreißig-Planeten-Wall zwar eine wichtige Rolle bei der Suche nach dem Stein der Weisen spielt, aber keineswegs das endgültige Ziel ist, sondern nur eine Zwischenstation …

… Persönlich hatte ich von dem Dreißig-Planeten-Wall noch nichts gehört, in den Speichern der calurischen Altdatenbestände wurde ich jedoch fündig. Dort waren bizarr anmutende Legenden und Erzählungen längst untergegangener Sternenvölker verzeichnet, die von einem solchen System aus dreißig auf einer gemeinsamen Umlaufbahn (!!) *angeordneten Welten berichten. Es bleibt abzuwarten, ob sich diese Informationen als richtig erweisen; bis dahin schweige ich lieber.*

Sollte es der Fall sein, haben wir es vermutlich mit einem künstlich geschaffenen System zu tun, das in dieser Form sogar Tiga Ranton, die drei Synchronwelten des Arkonsystems, in den Schatten stellt! Die Frage, wer als Erbauer eines solchen galaktischen Wunders in Frage kommt, wird sich wohl nicht so einfach beantworten lassen – neben den Varganen könnte es das Große Alte Volk ebenso gewesen sein wie viel ältere Zivilisationen, an die sich heute niemand mehr erinnert.

Das Tai Ark'Tussan ist zwar groß und blickt auf eine Jahrtausende umfassende Geschichte zurück, in der Gewaltiges geleistet wurde, aber im Vergleich zur Größe der Öden Insel insgesamt und ihrer Jahrmilliarden umfassenden Vergangenheit ist das im wahrsten Sinne des Wortes nichts. Ungezählte Generationen werden noch nötig sein, auch nur einen Bruchteil der Geheimnisse zu erforschen. Sich das wieder und wieder vor Augen zu führen ist recht hilfreich, denn nur so bleiben die Maßstäbe gewahrt und die Einschätzungen unserer Chancen realistisch …

Gespräch zwischen Atlan und Fartuloon am 15. Prago des Eyilon 10.498 da Ark:

Atlan: »Am liebsten würdest du hier bleiben und das System eingehend erforschen, statt einem vagen Ziel wie dem Stein der Weisen hinterherzuhetzen?«

Fartuloon: »Ja und nein. Einerseits können und dürfen wir nicht zulassen, dass Orbanaschol in den Besitz eines Machtmittels kommt, das seine Herrschaft noch mehr festigen würde. Vor diesem Hintergrund sind wir quasi zum Erfolg verdammt und stehen angesichts seines Vorsprungs unter Zeitdruck. Andererseits könnte uns eine Erforschung des Systems vielleicht genau jene Mittel in die Hand geben, die wir für den Kampf gegen den Dicken brauchen. Garantien gibt es weder für den einen noch den anderen Fall – wie wir uns entscheiden, es bleibt unbefriedigend und ist vielleicht sogar falsch. Leider haben wir nicht die Kapazitäten, um *beides* gleichzeitig in Angriff zu nehmen. In einem Jahr vielleicht, sobald der Kraumon-Stützpunkt ausgebaut ist und wir weitere Helfer zusammengezogen haben. Doch dann könnte es für das eine wie das andere zu spät sein, schließlich müssen wir weiterhin auch mit der Möglichkeit rechnen, dass Orbanaschols und Sofgarts Leute die Koordinaten das Walls herausbekommen und mit einer Arkonflotte hier erscheinen.«

Atlan: »Ich schlage vor, dass wir zunächst versuchen, das von der Silberkugel gezeigte Sechs-Planeten-System zu erreichen. Zurückkehren können wir immer noch, nicht wahr?«

Fartuloon: »Ja.«

Atlan: »Was befürchtest du, Lehrmeister?«

Fartuloon: »Es ist nur eine Ahnung, ein Gefühl ... Schon unter normalen Bedingungen ist die Navigation im zentrumsnahen Raum nicht einfach. Dass die Erbauer des Walls dennoch ausgerechnet hier das künstliche System platziert haben, könnte ein Hinweis darauf sein, dass sie einerseits Naturgewalten wie die von Hyperstürmen nicht zu fürchten brauchten, andererseits aber auch, dass sie sie vielleicht sogar für ihre Zwecke nutzten ...«

Atlan: »... und mit dem Tod der Dovreens könnte das System zum Untergang verurteilt sein, weil die Anlagen außer Kontrolle geraten? Ist es das, was du meinst?«

Fartuloon: »Wir wissen nicht, welche genaue Rolle und Funktion die Doppelgesichtigen innehatten. In seiner Aufzeichnung behauptete ›unser‹ Weiser, der Ring des Wahnsinns werde durch seinen Tod zerbrechen. Bezog sich das nur auf die Nebelgefängnisse oder spielt mehr hinein? Schlagen vielleicht bislang vom System fern gehaltene Hyperstürme ungehindert durch? Wir wissen nicht, welche Kräfte zum Einsatz kommen, um dreißig Planeten auf einer gemeinsamen Umlaufbahn stabil zu halten – wie reagiert das System, sollte es fortan ungeschützt sein? Zerbricht es im nächsten Hypersturm? Stürzen die Welten in die Sonne? Es ist und bleibt unbefriedigend; zu viele Fragen stehen unbeantwortet im Raum ...«

1.

1158. positronische Notierung, eingespeist im Rafferkodeschlüssel der wahren Imperatoren. Die vor dem Zugriff Unbefugter schützende Hochenergie-Explosivlöschung ist aktiviert. Fartuloon, Pflegevater und Vertrauter des rechtmäßigen Gos'athor des Tai Ark'Tussan. Notiert am 21. Prago des Eyilon, im Jahre 10.498 da Ark.

Bericht des Wissenden. Es wird kundgegeben: Mit dem Start der KARRETON von Endroosen liegt eine weitere Station bei der Suche nach dem Stein der Weisen hinter uns. Noch ist uns der Blinde Sofgart mindestens einen Schritt voraus, aber wir scheinen aufzuholen – und es wird gefährlicher! Die auf der Pflanzenwelt zurückgelassenen Kralasenen zeigten mehr als deutlich – auch wenn sie letztlich alle den hiesigen Gefahren erlagen –, dass Sofgart Atlans Chancen keineswegs gering einschätzt und vorsichtig ist. Er weiß, dass sich der Kristallprinz an seine Fersen geheftet hat; fortan müssen wir bei jedem weiteren Etappenziel mit Fallen und ähnlich unschönen Überraschungen rechnen.

Dass wir auf Endroosen eine Statue Ischtars vorfanden, muss als Beleg für die Einbindung von Ras Goldener Göttin – auch als »letzte Königin der Varganen« umschrieben – in die Stationen dieser kosmischen Schnitzeljagd gesehen werden. Sofern ich mich bei der Rekonstruktion nicht geirrt habe, scheint Sofgart um den 25. Prago der Prikur hier gewesen zu sein; zu einem Zeitpunkt also, da wir die Vergessene Positronik betraten und kurz darauf von Ra erfuhren. Sollte der Blinde zur gleichen Zeit von dem Barbaren und seiner Geschichte erfahren haben, zog er die richtigen Schlüsse, obwohl wir ihm und Orbanaschol den Naturburschen quasi vor der Nase wegschnappten. Im ungünstigsten Fall haben unsere Gegner demnach fast drei Votanii Vorsprung, die natürlich zur Erforschung des »Schwarzen Systems« genutzt wurden, das 13.460 Lichtjahre vom Eppith-System entfernt ist.

Die Frage, ob es der Stein der Weisen überhaupt wert ist, dass wir ihm in dieser Weise hinterherhetzen, wird von uns allen inzwischen eher verdrängt. Bei den She'Huhan, ich hoffe, dass sich das Ding – was immer es auch genau sein mag – nicht als reiner Mumpitz herausstellt, sollten wir es wirklich irgendwann in Händen halten. Aus den bisherigen Erlebnissen geht hervor, dass die Varganen ohne Zweifel eine hoch stehende Kultur hatten, viele Spuren hinterließen, aber längst als Machtgruppe oder Reich von der galaktischen Bühne abgetreten sind. Letzten Vertretern eines solchen Volks können also durchaus altruistische Beweggründe unterstellt werden – dergestalt, dass nur wirklich Würdige ihr Erbe antreten sollen oder so.

Leider sagt meine Lebenserfahrung, dass solcher Altruismus eher rar gesät ist, und es könnte deshalb sehr gut sein, dass sich das kosmische Kleinod im harmlosen Fall als fürchterliche Enttäuschung erweist, im schlimmsten Fall jedoch eine Gefahr ist, die vielleicht sogar den Bestand des Tai Ark'Tussan bedroht.

Ich für meinen Teil schraube jedenfalls schon jetzt meine Erwartungen zurück, denn dann werde ich vielleicht positiv überrascht. Leider besagt auch hier meine Erfahrung, dass eher das Gegenteil eintreffen wird, denn alles, was schief gehen kann, geht auch schief. Atlan gegenüber lasse ich mir meine Zweifel zwar nicht in dieser Form anmerken, aber der Junge kennt mich lange genug und ist zu schlau, als dass ich sie wirklich vor ihm verbergen könnte. Nun, wir werden sehen. Im Zweifelsfall bleibt uns zum Beispiel immer noch eine Rückkehr zum Dreißig-Planeten-Wall; ich bin mir ziemlich sicher, dass wir dort eine ganze Menge entdecken könnten, was uns beim Kampf gegen den fetten Brudermörder helfen würde …

An Bord der KARRETON: 23. Prago des Eyilon 10.498 da Ark

Erschreckend lebhaft und plastisch wurde vom fotografischen Gedächtnis die Szene auf Endroosen reproduziert, als Fartuloon mit eisiger Stimme verlangte: *»Schieß den Kerl über den Haufen!«*

»Nein … er ist bereits tot. Die Sincliis-Stiche sind das Schlimmste, was du dir überhaupt vorstellen kannst.«

Der Kralasene versteht jedes Wort und krümmt sich hustend. Ich erkenne, dass er jeden Augenblick wahnsinnig werden kann. Die Verwandlung seines Körpers ist ihm natürlich nicht verborgen geblieben. Spätestens jetzt muss er wissen, dass er bald als Pflanzenmutant durch die Katakomben irren wird. »Ich … verrate euch nichts!«

»Du hättest allen Grund, wütend auf deinen Herrn und Meister zu sein.« Langsam habe ich den Unglücklichen da, wo ich ihn haben will. Er soll uns alles verraten, was der Blinde Sofgart bis jetzt über den Stein der Weisen in Erfahrung gebracht hat. Der Arkonide sinkt in sich zusammen, verbirgt die unverletzte Hand in den Falten seiner Kombination. Ich achte nicht darauf, sondern starre in sein verwüstetes Gesicht; unsere Blicke treffen sich. »Rede endlich!«

Ich denke an das Armband der Ischtar-Statue. Leider habe ich es während der Auseinandersetzungen mit den Termakks verloren. In meinem fotografischen Gedächtnis sind die eingekerbten Zeichen jedoch exakt gespeichert. Ich vermute, dass es sich um galaktische Koordinaten handelt, die ich später vom Bordgehirn der KARRETON analysieren lassen kann.

Im Dschungel fanden wir zwischen bunt gesprenkelten Blüten das golden schimmernde Standbild einer lebensgroßen Frauengestalt. Es bestand aus keinem uns bekannten Metall, die Legierung widerstand einer Analyse. Das Gesicht war ebenmäßig geformt. Lange goldene Haare fielen über die Schultern herab. Eine Hand bedeckte die Brüste, während die andere zum Himmel deutete. Der schlanke Zeigefinger wies zu den Sternen, das Handgelenk war von einem zierlichen Armreif umgeben. Die Augen des Standbilds schienen von innen heraus zu glühen, wirkten unglaublich lebendig …

»Ihr habt einen Hinweis gefunden, der einen weiteren Planeten betrifft«, sage ich. »Eine andere Welt, die den Suchenden wieder ein Stück näher zum Stein der Weisen bringt, nicht wahr?«

»Ja … Sofgart ist zum Schwarzen System geflogen … hat im Tempel von Endroosen-Zwei uralte Schriftzeichen … analysiert. Er ist viel weiter … wird vor euch den Stein der Weisen finden. Er hat sogar den Dreißig-Planeten-Wall überwunden! Ihr seid … zu langsam. Ihr werdet das Schwarze System niemals erreichen …« Die Stimme des Infizierten bricht ab. Krämpfe schütteln den gequälten Körper.

Ursprünglich befand sich das Bild der Goldenen Göttin im riesigen Höhlendom des Ischtar-Tempels. Dort bildeten Plastiken aus dem gelb schimmernden Metall um einen schwarzen Altarblock einen Halbkreis. Sie stellten Männer und Frauen in würdevoller Haltung dar, die Insignien ihrer Tätigkeit in den Händen trugen: Waffen, Schriftrollen, Messinstrumente, Blumen und schließlich ein stilisiertes Atommodell.

»Die Koordinaten!«, verlange ich unerbittlich. Er kann jeden Augenblick sterben, deshalb nehme ich keine Rücksicht und denke: Er hätte uns auch nicht geschont.

»Ihr habt … ja doch nichts … davon …«, stammelt er und verrät die Koordinaten des Schwarzen Systems. Ich merke mir die Angaben. Später kann ich sie mit den Symbolen des Ischtar-Armbands vergleichen. In diesem Augenblick reißt der Todkranke einen Mikrothermostrahler aus den Falten seines Gewandes, zielt genau auf mein Gesicht. Seine verzerrten Augen leuchten im beginnenden Wahnsinn. »Die Koordinaten … nützen dir nichts … mehr!«

Im gleichen Atemzug verschwindet er. Fartuloon hat mich blitzschnell beiseite gestoßen, während Karamanlis den Finger erst vom Feuerkopf seiner Waffe nimmt, als nicht einmal mehr ein Aschehäufchen übrig ist. Ich atme erleichtert auf. Die Spannung der ereignisreichen Hetzjagd fällt nur langsam von mir ab …

Der Hyperraum hatte uns verschluckt, wieder ausgespien und abermals verschluckt. Jeder Raumsprung hatte das Schiff einige tausend Lichtjahre zurücklegen lassen und nun mit der dritten Transition hoffentlich alle Spuren verwischt. Mir selbst steckten zwar die Abenteuer im *Ring des Schreckens* und im Eppith-System noch in den Knochen, aber ich hatte mich wenigstens einigermaßen erholt. Jetzt galt es, den Vorsprung des Blinden Sofgart und seiner Kralasenen bei der Suche nach dem »Stein der Weisen« zu verringern.

Ich richtete mich auf, verdrängte die aufsteigenden Erinnerungen und rieb die schmerzenden Glieder, eine Nachwirkung der Transitionen. Noch immer gab es kein Mittel, den Verzerrungsschmerz zu dämpfen. Ich öffnete vorsichtig die Tür zur Nachbarkabine. Farnathia lag auf ihrem Bett, ein wenig blass und erschöpft. Sie blieb liegen, als ich eintrat, und sah mir entgegen. »Ist uns jemand gefolgt?«

»Ich glaube nicht.« Ich setzte mich auf den Bettrand. »Wie fühlst du dich?«

Die Tochter des Tatos von Gortavor hatte eine zierliche Gestalt. Ihre hellroten Augen glänzten fiebrig, das silberfarbene Haar reichte ihr bis zu den Schultern.

»Ich habe Transitionen nie gut vertragen können. Aber diesmal war es besonders heftig.«

»Mir geht es ähnlich, aber das ist nach dem, was wir erlebt haben, auch kein Wunder. Nur fürchte ich, dass wir noch mehr unangenehme Überraschungen erleben werden. Schließlich ist Sofgart mit von der Partie. Bleib liegen und ruh dich aus. Ich bin in der Kommandozentrale.«

Sie nickte dankbar und schloss die Augen. Behutsam erhob ich mich, kehrte in meine eigene Kabine zurück und schloss die Verbindungstür. Dann zog ich meine Jacke an und ging hinaus auf den Korridor. Bis zur Zentrale war es nicht weit.

Die KARRETON war ein Kugelraumer mit fünfhundert Metern Durchmesser. Als ehemaliger Forschungskreuzer weitgehend automatisiert, bedurfte er keiner so großen Stammbesatzung wie ein arkonidischer Schlachtkreuzer von gleicher Größe, die einschließlich jener für die Beiboote normalerweise neunhundert erreichte. Unsere 180 Mann starke Besatzung war zuverlässig und Fartuloon und mir treu ergeben; die Anzahl war für einen Dreischichtbetrieb einschließlich der Bemannung der drei Sechzig-Meter-Kugelraumer sowie einer ganzen Reihe weiterer kleinerer Beiboote völlig ausreichend.

Ich dachte an die Silberkugel Dovreens und ihren ovalen Behälter. Trotz der vielfältigen Möglichkeiten des Forschungskreuzers hatten die eingehenden Untersuchungen nur dürftige Ergebnisse gebracht. Obwohl wir beides sehen und berühren konnten, schien weder das eine noch das andere für die Messgeräte zu existieren. Weder Masse- noch Energie- oder Konturortung lieferten Daten. Es war zwar möglich, ein Foto oder eine Holoaufnahme anzufertigen, aber damit hatte es sich auch.

Silberkugel und Behälter waren Teil einer völlig fremden Technologie, die von den Messbereichen unserer Instrumente offensichtlich nicht erfasst wurde. Ob es nun an den beiden selbst lag oder Ergebnis einer besonders wirksamen Abschirmung war, blieb offen. Die Vorstellung, dass die KARRETON über ein solches Antiortungssystem verfügte, veranlasste zu Träumereien. Wir hätten damit fast unbeobachtet direkt nach Arkon I selbst vorstoßen können ...

Fartuloon hatte gerade einigen Orbtonen seine Anweisungen

gegeben, als ich die Zentrale betrat. Theatralisch breitete der Bauchaufschneider beide Arme aus und rief: »Sei willkommen, mein Sohn, und gratuliere mir! Keine Verfolger, und in zwei weiteren Transitionen erreichen wir unser Ziel. Das Schwarze System!« Er betrachtete mich forschend. »Du siehst aus, als hättest du ein Gespenst gesehen. Was ist los?«

Fartuloon war einer der härtesten Kämpfer, die ich kannte. Der anachronistisch wirkende Harnisch und das Dagorschwert wirkten auf den ersten Augenblick skurril und unpassend. Kein Arkonide hätte den korpulenten Mann mit dem schwarzen Vollbart und der spiegelnden Glatze für einen perfekten Bauchaufschneider gehalten.

»Ich bin noch ein bisschen schwach auf den Beinen«, gab ich zu. »Soll ich dich ablösen?«

»Nicht nötig, das macht Morvoner schon. Du solltest dich wieder hinlegen. Bis zur nächsten Transition dauert es noch ein paar Tontas; die Berechnung läuft. Außerdem wollen wir nichts überstürzen. Die Daten dieses Raumsektors sind nur grob erfasst.«

»Ich bin ausgeschlafen und leiste Morvoner Gesellschaft.« Ich verzog das Gesicht. »Der Vorsprung des Blinden wird immer größer.«

»Wir wissen, dass er das nächste Ziel kennt: das Schwarze System. Dort finden wir seine Spur wieder, darauf kannst du Gift nehmen.« Fartuloon lachte dröhnend und klopfte mir so kräftig auf die Schulter, dass ich fast in die Knie ging. »Bis später.«

Ich nickte dem alten Haudegen Morvoner Sprangk freundlich zu und setzte mich in den frei gewordenen Sessel neben ihn. Er war mit der Kontrolle der Instrumente beschäftigt und nahm gerade die Meldungen der Orterzentrale entgegen, die das All nach fremden Objekten absuchte. Erst als er damit fertig war und sich mit einem befreiten Aufatmen zurücklehnte, sagte ich: »Alles in Ordnung, wie mir scheint.«

»Stimmt!«, knurrte er zufrieden. »Wir sind allein. Mit der vierten Transition schlagen wir trotzdem vorsichtshalber einen Haken.«

»Der Blinde Sofgart dürfte uns ohnehin erwarten«, gab ich zu bedenken.

Er zuckte mit den Achseln. »Möglich, aber das lässt sich kaum vermeiden. Ich rechne ebenfalls mit einem Empfangskomitee. Mir soll es recht sein, ich roste sonst noch ein.«

Morvoner war ein harter, narbengesichtiger, kahlköpfiger Kämpfer. Als Kommandant der 5. Raumlandebrigade des 94. Einsatzgeschwaders hatte er unter dem Oberbefehl von De-Keon'athor Sakál einst im Dienst meines Vaters gestanden, ehe er für zwei Jahrzehnte zwischen den Dimensionen verschollen war. Krieg war sein Handwerk gewesen, und in einigen Situationen war mir das schon sehr zustatten gekommen. Auf den Vere'athor war Verlass.

Ich nickte stumm und betrachtete das Bild der Panoramagalerie. Diesen Sektor des Raumes kannten wir noch nicht. Ich war nicht sicher, ob er noch im Einflussgebiet des Imperiums lag oder jenseits der Grenzen. Die Distanz vom Eppith- zum Schwarzen System betrug 13.460 Lichtjahre. Die Koordinaten waren bekannt, aber die Daten des relativ unbekannten Sektors der Öden Insel hielten sich sehr in Grenzen.

»Wurde die Sonne des Schwarzen Systems schon optisch erfasst?«, erkundigte ich mich nach einer Weile. In der Holoprojektion über dem Quader des Kartentanks war zwischen leuchtenden Lichtpunkten die rote Kurslinie eingeblendet. Verdickungen markierten die Rematerialisationspunkte der bisherigen Transitionen, während der weitere Verlauf gestrichelt war.

»Nein, noch nicht. Zu weit entfernt und von einigen Dunkelwolken verdeckt.«

»*Wie* weit?«

»Laut grober Koordinatenbestimmung noch fünftausend Lichtjahre, es können aber auch ein paar hundert mehr oder weniger sein.«

Ich nickte und sagte ironisch: »Na, da bin ich jetzt genau informiert. Danke.«

»Kann ich doch nichts dafür«, knurrte er unwillig, meinte es jedoch nicht so. »Die genaue Berechnung läuft schließlich noch.«

»Wie lange machst du Dienst?«

»Bis zur letzten Transition, die will der Dicke selbst übernehmen. Vorher möchte ich mich noch mit Ra unterhalten.«

»Unser Barbar macht sich. Er spricht unsere Sprache fließend. Ob er jemals seine Goldene Göttin wieder finden wird?«

Morvoner lächelte flüchtig. »Sicher nicht, aber die Hoffnung auf ein Wiedersehen macht ihn zu einem großartigen Bundesgenossen. In ihm wohnt noch die urwüchsige Kraft des Bewohners eines unberührten Planeten. Er ist ein guter Kämpfer, hätte durchaus das Zeug eines Orbtonen ...«

»Auch der einfache Soldat kann kämpfen«, warf ich ein. »Du solltest den Wert eines Mannes nicht nur nach seinem Dienstrang beurteilen.«

Jetzt wurde Morvoner verlegen. Wir hatten schon oft genug bei diesem Thema Streit bekommen. Er kannte meine Einstellung, aber die Tradition war zu tief in ihm verwurzelt. Sein Leben lang hatte er arbeiten und kämpfen müssen, bis er endlich Zweimondträger geworden war. Dann waren die Maahks gekommen und hatten mit neuen Waffen experimentiert. Ein Fehlversuch hatte Morvoner und viele seiner Leute und eine Anzahl Maahks in eine »Geisterarmee« verwandelt. In halbstofflichem Zustand waren fast permanente Kämpfe ausgefochten worden, bis Fartuloon sie endlich aus ihrem Zustand erlöste.

»Du solltest dich ausruhen«, sagte er und wechselte abrupt das Thema. »Wie geht es Farnathia?«

Ich musste lächeln. Er mochte ein guter Taktiker sein, aber als Diplomat war er unbrauchbar, weil seine Absichten zu durchsichtig waren. »Sie schläft wieder, nehme ich an. Die Transitionen waren zu anstrengend für sie. Aber die beiden nächsten wird sie schon noch aushalten, wenn sie meinen Rat befolgt und im Bett bleibt.«

»Fein, dann solltest du *meinen* Rat befolgen und dich ebenfalls hinlegen.«

Ich schüttelte den Kopf. »Du wirst dir wohl niemals abgewöhnen, mein Kindermädchen sein zu wollen? Ich passe schon selbst auf mich auf.«

»Nein, Kristallprinz! Im Schwarzen System, was immer das auch sein mag, benötigen wir alle unsere Kräfte und Energie. Nur ausgeruht schaffen wir das.«

»Und was ist mit dir?«, fragte ich neugierig und lauschte kurz dem Impuls meines Extrasinns.

»Du weißt doch, was ich aushalte. Mich bringt so schnell nichts um. Ob ich hier vor den automatischen Kontrollen sitze oder schlafe – wo ist da der Unterschied?«

»Na schön.« Ich nickte ihm zu und stand auf. Er hatte Recht. Es war sinnlos, die wenigen Tontas der Ruhe, die uns noch verblieben, zu vergeuden. »Ich versuche zu schlafen. Aber sag Fartuloon, er soll mich vor der letzten Transition wecken. Ich möchte dabei sein.«

»Verlass dich darauf!«, versprach er grimmig. »Und grüße Farnathia, falls sie wach werden sollte.«

Ich ging und grinste bei seiner etwas anzüglichen Bemerkung.

Die nächste Transition verschlief ich, aber der Entzerrungsschmerz erzeugte Albträume, in die sich die Erinnerungen an den Abflug aus dem Dreißig-Planeten-Wall mischten. Abermals sah ich den wilden Tanz der Lichtzeiger.

… schienen die Hyperstürme zu einem Orkan zu verschmelzen und erreichten ebenfalls den Dreißig-Planeten-Wall. Im Bereich der gelben Sonne und ihres Weltenrings war von den tobenden Hyperkräften jedoch nichts zu bemerken. Die Ortungssimulation zeigte vielmehr eine leicht zusammengestauchte Hohlkugel an, die mit einem Durchmesser von rund 400 Millionen Kilometern sämtliche Hyperphänomene abzuhalten schien, obwohl es nur ein indirekter Nachweis war: Während außerhalb die fluktuierende Hyperenergie der Sturmausläufer anschwoll, blieb es im Inneren dieser Blase völlig sturmfrei. Die KARRETON näherte sich dagegen inzwischen mit Maximalbeschleunigung der Ein-Milliarden-Kilometer-Marke und hatte die Sturmränder fast erreicht.

Die Auswirkungen der Naturgewalten lieferten einen Hinweis, was mit etlichen Schiffen jener Sucher passiert sein dürfte, die nicht per Transmitter den Dreißig-Planeten-Wall erreicht hatten. Knacken und Prasseln kam von den Strukturtastern. Die Simulationsrechnungen der Bord-KSOL wurden als Falschfarbenreliefs in die Panoramagalerie eingeblendet. Vergleichbar den Brechern eines Meeres, brandeten gewaltige Hyperkräfte gegen die fremdartige Hohlblase des Systems. In rascher Folge wurden transitionsähnliche Effekte angemessen, mit denen beachtliche Mengen interstellaren Staubs materialisierten, teilweise wieder augenblicklich verschwanden, um dann in noch größerer Menge verstofflicht zu werden. Riesige Leuchtfahnen entstanden, wirbelten umher und leckten die bislang unsichtbare Blase entlang, ohne diese Barriere durchdringen zu können. Ein an Polarlichter erinnernder Vorhang entzog die dreißig Planeten mehr und mehr unserem Blick, Ortung und Tastung wurden gestört. Kurz darauf half sogar die normaloptische Erfassung nichts mehr: Riesige Schleier wogten, und Pastellfarben glühten auf, wurden von gewaltigen Blitzen und Eruptionen durchzogen, gruppierten sich um und wurden durch neue ersetzt.

Klaffend wie das Maul eines Ungeheuers entstand abrupt ein viele Millionen Kilometer langer Aufriss zum Hyperraum, dessen tiefschwarzes Zentrum von blutroten Fahnen und verästelten Entladungen umgeben war. Immer mehr Hypersturmausläufer schoben sich zwischen uns und die dreißig Welten. Wären wir jetzt hier angekommen – nichts hätte uns erkennen lassen, dass sich in geringer Distanz ein bemerkenswertes künstliches Sonnensystem befand. Unwillkürlich fragte ich mich, ob die beobachtete Hohlblase eine Art Schutzschirm war – und ob nach dem Tod der Dovreens das System langfristig gesehen weiterhin Bestand hatte.

Mit hoher Geschwindigkeit entfernte sich die KARRETON schließlich aus der Gefahrenzone, während weit hinter uns weiterhin die hyperphysikalischen Kräfte tobten. Weder normaloptisch noch in der überlichtschnellen Ortung war noch etwas von dem Dreißig-Planeten-Wall zu entdecken, sämtliche Instrumente waren für diesen Bereich »blind und taub«. Wir wussten nicht einmal, ob das künstliche Sonnensystem den Ansturm dieser Naturgewalten überstanden hatte. Unausgesetztes Prasseln kam von den Strukturtastern und erzeugte eine Geräuschkulisse, als transitierten dort Tausende Flotten auf engstem Raum.

Dass zu viele Fragen einer Antwort harrten, hinterließ dennoch ein schales Gefühl. Ich sah zur Panoramagalerie und den eingeblendeten Ortungsreliefs; der Anblick des Hypersturms, hinter dem sich die dreißig Welten verbargen – sofern sie noch existierten –, erzeugte ein nachhaltiges Frösteln, das mir die Kopfhaut zusammenzog …

Während die KARRETON mit Unterlichtgeschwindigkeit die uns unbekannte Region der Galaxis durcheilte und die wahrscheinlich letzte Transition berechnet und programmiert wurde, wurde ich vom plötzlichen Aufdröhnen der Impulstriebwerke geweckt, erwachte ich für einige Augenblicke, blieb ruhig liegen und lauschte durch die offene Tür auf Farnathias ruhige Atemzüge – und schlief wieder ein.

Wieder träumte ich, doch diesmal von freundlicheren Dingen. Orbanaschol war seiner gerechten Strafe zugeführt worden und das Imperium wieder frei von dem Tyrannen. Mein Vater war gerächt, und an der Seite meiner geliebten Farnathia übernahm ich die Herrschaft, von Freunden und wohlmeinenden Ratgebern umgeben. Der Blinde Sofgart und seine Kralasenen waren verschwunden, die Arkoniden konnten aufatmen. Sie brauchten keine Furcht vor plötzlicher Verhaftung mehr zu haben und konnten so leben, wie sie es für richtig hielten, solange sie nicht gegen die Gesetze verstießen.

Da mich Ras Lebensgeschichte stark beeindruckt hatte, war es kein Wunder, dass ich von dem namenlosen Planeten seiner Heimat träumte. Er umkreiste eine gelbe Sonne, irgendwo in den fremden Weiten der Öden Insel, in einem Teil, der offensichtlich noch nicht kartografiert worden war. Ich sah die primitiven Höhlenbewohner in den Felsen des Flusses und den »Mann mit dem Feuer«, Feuer, das eine Göttin vom Himmel gebracht und Ra geschenkt hatte. Und ich erlebte mit, wie Ra von arkonidischen Raumfahrern gefangen und entführt wurde, die jene Welt zufällig entdeckt und später sicherlich wieder vergessen hatten.

Bei jeder Erzählung Ras hatte die Türkisperle von Kolchos Auge reagiert und dem akustischen Bericht eine Dimension verliehen, wie sie eindringlicher nicht hätte sein können. Aufbrechende Schwaden in der ovalen Perle hatten Bilder gezeigt. Ras ersten Bericht hatte er noch auf Kraumon abgegeben, zwei weitere im »Ring des Schreckens« des Dreißig-Planeten-Walls. Jedes Mal hatte der Türkisglanz unsichtbare Fäden gewoben, die uns miteinander verbanden, die Umgebung verschwimmen ließen und dann abrupt Impressionen Platz machten, deren Intensität mich in den Bann zogen und nicht mehr losließen.

Deshalb verstand ich sehr gut, dass Ras Augen einen träumerischen Glanz hatten, als er die Ischtar-Statue auf Endroosen anstarrte. Vermutlich durchlebte er in den Gedanken noch einmal die Ereignisse während seines Zusammentreffens mit der Varganin. Er löste sich nur widerwillig von dem Anblick, atmete tief durch und sagte zutiefst überzeugt: *»Ich bin mir jetzt ganz sicher, dass ich die Goldene Göttin wieder sehen werde.«*

Eine undeutliche Stimme drang an meine Ohren, holte mich aber nur allmählich in die Wirklichkeit zurück. Dazwischen war das Summen des Interkoms, das ich zuerst für das Summen eines Insekts gehalten hatte. Dann aber erkannte ich Fartuloons kräftiges Organ und vernahm seine ungeduldig klingenden Worte: »... bei allen Göttern des Kosmos, was ist denn mit dir los? Warum antwortest du nicht? Sollte ich dich nicht wecken, bevor wir die letzte Transition durchführen? Corpkor wird dich gleich mit einigen seiner dressierten Tiere aus dem Bett holen, verlass dich darauf ...!«

Ich war sofort hellwach und sprang auf, um in Richtung Interkom zu antworten: »Schon gut, Alter. Brüllst du schon lange in der Gegend herum?«

Für einen Augenblick verschlug es ihm die Sprache. »Das nennst du Brüllen? Dann sollst du mich mal hören, wenn ich wütend werde! Kommst du jetzt?«

»Bin schon unterwegs.«

Ich grinste und schaltete ab. Meine Befürchtung, Fartuloon habe auch Farnathia geweckt, war unnötig. Mit einem Blick überzeugte ich mich davon, dass sie tief schlummerte, dann verließ ich meine Kabine und eilte zur Kommandozentrale. Der Sessel zwischen Morvoner Sprangk und Fartuloon war frei. Ich setzte mich und nickte den beiden freundlich zu.

Fartuloon sagte knurrig: »Wurde auch Zeit. Die Transition erfolgt in einer Dezitonta. Da wir einige Umwege gemacht haben, kann es sein, dass die Koordinaten nicht exakt stimmen. Wenigstens nicht mehr vom augenblicklichen Standort aus. Aber es kann sich höchstens um ein paar Lichtjahre handeln.«

Ich nickte. Je größer die Sprungdistanz war, desto größer wurde auch die Fehlerquote. Deshalb mussten nach jeder Transition Kurskorrekturen in Form kleinerer Sprünge vorgenommen werden.

»Für einen Fußmarsch dennoch nicht zu empfehlen.« Morvoner verzog das Gesicht. »Keine Verfolger, das beruhigt mich ungemein.«

Eingehend studierte ich die Einblendungen der fensterbankähnlich umlaufenden Panoramagalerie und musterte die Sternkonstellationen des völlig fremden Sektors. Zwar gab es Sternkarten, aber die waren ungenau und nicht zuverlässig. Was das Schwarze System eigentlich war, wusste niemand von uns. Es gab nur vage Andeutungen, keine Erklärungen. Es sollte dort einen Planeten geben, auf dem man ohne Gefahr landen konnte – das war so ziemlich alles, was wir wussten oder eben zu wissen hofften.

»Noch eine Zentitonta!«, sagte Morvoner. »Bereitet euch auf die Kopfschmerzen vor …«

Die KARRETON hatte bis auf neunzig Prozent der Lichtgeschwindigkeit beschleunigt. Unvermittelt mischte sich ein neuer Ton in das Grollen der Kraftwerksmeiler, als die Sprunggeneratoren des Strukturfeld-Konverters aktiviert wurden. Vom Ferm-Taàrk aus seiner normalstofflichen Zustandsform transformiert, wurde das Schiff zu einer Ballung hyperdimensionaler Energie, die augenblicklich bei den Zielkoordinaten in den Normalraum zurückkehrte und sich wieder in die alte stoffliche Erscheinungsform verwandelte. Mit der Wiederverstofflichung kam der ziehende Rematerialisierungsschmerz.

Er trat nicht nur im Kopf und Nacken auf, sondern nahm vom ganzen Körper Besitz und marterte ihn für einen Augenblick fast bis ins Unerträgliche. Zum Glück dauerte er nicht lange. Abhängig von der zurückgelegten Strecke, nahm der Schmerz jedoch proportional zu. Ich klammerte mich unwillkürlich an den Armlehnen meines Sessels fest, um nicht aufzuschreien. Auch Fartuloons Gesicht wirkte verzerrt, obwohl er der Unempfindlichste von uns allen sein mochte. Morvoner biss sichtbar die Zähne zusammen. Längst war alles wieder vorbei, und niemand hätte zu sagen vermocht, wie viel Zeit beim Sprung wirklich vergangen war.

Auf der Panoramagalerie waren die Sterne wieder sichtbar, aber nun waren es andere als vorher. Weit links stand eine flammende Sonne vor dem hellen Hintergrund der Galaxis. Dicht daneben war ein zweiter »Stern«, den ich mit geschultem Blick als Planeten identifizierte. Die Fernortung gab mir im nächsten Augenblick Recht, als Textblöcke eingeblendet wurden.

»Das ist die Sonne!«, sagte Fartuloon überzeugt. »Das *muss* sie sein, oder ich bin der miserabelste Navigator, den es je gegeben hat.«

»Wir können uns kaum verrechnet haben«, stellte Morvoner fest. »Der Lichtpunkt daneben ist der einzige *helle* Planet des … *Schwarzen* Systems.«

Ich betrachtete die fremde gelbe Sonne. Es war nichts Besonderes an ihr zu entdecken. Außer dem einen Planeten zeigte die optische Raumerfassung keinen anderen, obwohl noch weitere vorhanden sein mussten, mindestens sechs oder sieben. Einer der Orter-Offiziere meldete: »Erste Ergebnisse liegen vor. Es gibt insgesamt acht Planeten. Nur einer von ihnen, der vierte, reflektiert in ausreichender Menge das Licht seiner Sonne und ist optisch zu erkennen, die anderen nicht. Also wirklich *Schwarze* Welten.«

Die KARRETON war knapp oberhalb der Ekliptik materialisiert, die überlichtschnellen Orter und Taster lieferten in rascher Folge ihre Ergebnisse. Die ersten drei Planeten erreichten einen Durchmesser zwischen rund 3600 und 9000 Kilometern, Nummer fünf fast 17.000. Sechs und sieben lagen bei etwa 9000, der äußerste in einer Sonnendistanz von fast 1,5 Milliarden Kilometern knapp 13.400.

Morvoner beugte sich schließlich vor und streckte den Zeigefinger aus. »Seht ihr das? Dort ... der dunkle Kreis vor dem helleren Hintergrund der Galaxis ...«

Jetzt sahen wir ihn auch. In der Vergrößerung der fernoptischen Erkundung wurde der milchige Schleier Abertausender Sterne von einer runden Scheibe verdeckt. Fartuloon nickte. »Einer der dunklen Planeten des Schwarzen Systems. Er verschluckt nahezu alles Licht und verdeckt die Sterne, die hinter ihm stehen.«

»Position stimmt mit Fernortungsdaten überein«, meldete der Orter. »Passivortung liefert nahezu keine Streuemissionen, Reflexe der hyperschnellen Aktivtastung sind merkwürdig abgeschwächt, aber eindeutig. Diese Welten scheinen nicht nur Licht, sondern auch Hyperwellen auf merkwürdige Weise zu absorbieren. Keine der Welten hat einen Mond.«

Nach und nach wurden anhand optischer Verdeckungen vier der Dunkelplaneten »sichtbar«. Die restlichen standen zu nahe bei der Sonne oder dahinter. Der Infrarotorter zeigte, dass es keineswegs tote Planeten waren; die Hitzestrahlung bewies, dass sich im Innern der Welten der gleiche Glut- und Feuerball befand wie in Abermillionen anderer Planeten. Die Oberfläche war ziemlich kühl, allerdings nur auf der Seite, die der Sonne abgewandt war. Dort, wo das Sonnenlicht eigentlich hätte reflektiert werden müssen, lag die Temperatur weit über dem Nullwert.

Eine intensive Fernortung hatte ergeben, dass sich keine Fremdraumer im System befanden. Ob es gelandete und desaktivierte Schiffe auf den Schwarzen Welten gab, ließ sich wegen der abgeschwächten Aktivtastung nicht ermitteln. Vorsicht war also weiterhin angebracht. Irgendwie erwartete ich fast, dass sich uns Kralasenen-Raumer entgegenstürzten. Doch nichts dergleichen geschah. *Durchaus möglich, dass der Blinde Sofgart schon die nächste Etappe erreicht hat*, wisperte der Extrasinn. *Mögliche Fallen würden sich dann auf den Planeten befinden.*

Der vierte Planet umkreiste die gelbe Sonne in einer mittleren Distanz von 165 Millionen Kilometern. Sein Durchmesser betrug 14.323 Kilometer, die Rotation rund 21 Tontas. Bei einer Achsneigung von nur drei Grad gab es kaum jahreszeitliche Wechsel. Die Schwerkraft lag mit 0,9 Gravos leicht unter dem Standardwert.

Fartuloon starrte auf den Schirm. »Und dort sollen wir eine Spur des Steins der Weisen finden?«

Ra betrat die Zentrale und sah sich um. Er zupfte an seiner gut sitzenden Kombination, im Gürtel trug er ein Messer. »Wenig zu sehen … Werden wir dort auf … landen?«

Ich runzelte die Stirn. »Nennen wir den vierten Planeten ›Gebharon‹, damit er einen Namen hat. Ich weiß nicht, ob wir auf ihm landen werden, bestimmt aber nicht mit der KARRETON.«

»Womit dann?«

»Mit einem der Beiboote. Wir dürfen unser Schiff nicht in Gefahr bringen, und niemand von uns weiß, was uns auf der fremden Welt erwartet.«

»Vielleicht die Goldene Göttin …?«

Er konnte sie einfach nicht vergessen, seine »Goldene Göttin«, die ihn zu einem mächtigen Jäger gemacht hatte. Er begleitete uns vor allem, um sie wieder zu finden. Einmal hatte ihn sogar der Anblick Farnathias in höchste Verwirrung gestürzt, weil er sie damals für seine verschwundene Varganin hielt. Irgendwo musste es noch Überlebende dieser einst hoch entwickelten Zivilisation geben, und die wollten wir finden. Insofern deckten sich Ras Wünsche mit den unseren: Wir beide hatten ein Interesse daran, sie wieder zu finden. Ra, weil er sie abgöttisch liebte. Ich, weil wir den Stein der Weisen erringen wollten. Doch Ischtar war im Dschungel der Sterne verschwunden …

»Ich glaube kaum, dass wir sie dort finden werden, aber vielleicht einen Hinweis, wo wir suchen müssen. Mehr kann ich dir jetzt auch nicht sagen.« Ich wandte mich an Fartuloon: »Nehmen wir noch eine Transition vor?«

Er schüttelte den Kopf. »Lohnt sich nicht. In neun Tontas sind wir nahe genug heran und können in eine Kreisbahn einschwenken.«

Es wurden lange neun Tontas, in denen die KARRETON zunächst mit fast neunzig Prozent der Lichtgeschwindigkeit durch das All raste. Farnathia kam und gesellte sich zu uns. Sämtliche Ortersensoren und Außenobjektive waren auf den Planeten gerichtet. Gespannt sahen wir alle auf den Panoramaschirm, auf dem der Planet allmählich größer wurde. Er reflektierte das Licht seiner Sonne so stark, dass noch keine optischen Einzelheiten auf seiner Oberfläche zu erkennen waren. Manchmal schien es mir so, als könne ich dunkle Punkte auf der schimmernden Kugel erkennen, aber das musste wohl eine Täuschung sein.

Drei Orbtonen kamen in die Zentrale. Ich sah ihnen an, dass sie etwas auf dem Herzen hatten, überließ aber Fartuloon die Verhandlungsführung. »Die Mannschaft möchte ihre Bedenken äußern«, sagte einer der Offiziere. »Das Schwarze System bringt ihrer Meinung nach den Tod.«

Schwarze Welten – auch Schwarzplaneten genannt – waren in Raumfahrerkreisen gefürchtet. Gemeint waren meist Welten, die angeblich außerhalb des Standarduniversums existierten und auf denen allerlei »Fabelwesen« lebten. Häufig wurden sie deshalb beim mysteriösen Verschwinden von Raumschiffen dafür verantwortlich gemacht – eine »bequeme Erklärung« für Unfähigkeit wie für sonstige unverstandene Phänomene. *Den Erzählungen nach sind die Opfer sehr unangenehmen Einflüssen ausgesetzt und verändern sich auf eine nicht näher beschriebene Weise*, dachte ich. *Bewiesen ist aber,* dass *es Schwarze Welten gibt und die Berichte nicht nur Schauermärchen sind.*

Fartuloon ließ seinen Sessel herumschwenken. Ruhig betrachtete er die drei Männer, dann nickte er. »Klar, dass die Gerüchteküche brodelt. Haben die tapferen Männer mal wieder Hörensagen mächtig aufgebauscht? Das System ist nicht gefährlicher als jedes andere. Bis auf einen reflektieren die Planeten kaum das Licht ihrer Sonne, das ist alles. Teilen Sie das den Leuten mit.«

»Ich weiß nicht, Erhabener, ob sie damit zufrieden sein werden.«

Mein Pflegevater blieb gelassen. »Wir sind auch nicht mit dem zufrieden, was uns vielleicht erwartet. Deshalb werden wir vorsichtig sein und niemals leichtfertig handeln. Sagen Sie den Leuten, dass eine Umkehr gefährlicher wäre, als dem Unbekannten gegenüberzutreten. Die KARRETON wird aus Sicherheitsgründen nicht landen, sondern im Raum bleiben. So ist jederzeit ein Notstart möglich.«

»Wir werden es der Mannschaft mitteilen. Vergessen Sie nicht, dass sie zum größten Teil aus freien Raumfahrern besteht, nicht aus Angehörigen der Flotte. Die Männer sind ehrlich und offen, darum haben sie auch ihre Bedenken geäußert.«

»Ich erkenne das an. Und nun gehen Sie, wir haben hier eine Menge zu tun – auch zum Schutz der Mannschaft.«

Die drei verschwanden. Ich sah ihnen nach und hoffte, dass Fartuloons Worte ihre Wirkung nicht verfehlten. Die Männer der KARRETON waren verlässlich und uns treu ergeben, aber nicht zuletzt die Ereignisse im Dreißig-Planeten-Wall waren mehr als merkwürdig gewesen. Jedenfalls verstand ich die Reaktion, so, wie auch Fartuloon Verständnis dafür hatte.

Schließlich waren die angekündigten neun Tontas fast vergangen. Fartuloon leitete den Bremsvorgang ein, die Impulstriebwerke im Ringwulst donnerten auf. Das Holo Gebharons bestimmte inzwischen als Ausschnittsvergrößerung einen Teil der Panoramagalerie, die Oberfläche bestand zum größten Teil aus Wasser. Die Oberfläche schälte sich aus dem Glanz hervor, war von Tausenden von Inseln bedeckt, die sich wie Eisschollen verteilten und – wenn man von der Färbung absah – auch daran erinnerten. Als ich genauer hinsah, hätte ich schwören können, dass sich die Inseln bewegten, als schwämmen sie auf dem gigantischen Oberflächenozean.

»Sie bewegen sich!«, sagte Fartuloon mit Blick auf einen Monitor. »Sie treiben dahin ...«

Es konnte kein Zweifel mehr daran bestehen, dass wir es mit einer äußerst instabilen Oberflächenstruktur zu tun hatten. Die Inseln schwammen wirklich im Ozean. Daten der Nahortung kamen herein. Fast alle Inseln, von denen einige fast schon die Größe kleiner Kontinente erreichten, waren mit dichter Vegetation bedeckt, die Atmosphäre war atembar. Die Massetaster verrieten Materieansammlungen, die auf Gebäude hindeuteten. Bei den größeren Inseln gab es »Gebirge« von einigen hundert Metern Höhe.

»Reste einer planetaren Katastrophe?«, überlegte ich halblaut. »Wurden die ursprünglichen Kontinente zerrissen?«

»Möglich. Es gibt eine erhöhte tektonische Aktivität des Meeresgrunds. Viele Bruchzonen, an denen Magma austritt.« Morvoner schaltete auf Ausschnittsvergrößerungen um, die aktive, aber auch erloschene Vulkane zeigten. »Die Massetastung ergibt, dass die Inseln im Kern aus schaumig aufgeblähten Auswurfmassen bestehen.«

Unser Schiff glitt in eine Ein-Tonta-Umlaufbahn und begann, den Planeten in relativ geringer Höhe zu umrunden. Nun konnten wir die Inseln deutlicher erkennen, den üppigen Pflanzenwuchs – und die ersten Gebäude. Meist standen sie auf Lichtungen, deren Bewuchs jedoch verriet, dass sie schon vor langer Zeit geschlagen worden sein mussten. Meist waren es nur noch Ruinen, die zwischen den heranwachsenden Bäumen aufragten. Die Massetaster zeigten Naturstein und nur wenig Metall an.

Vergrößerungen holten die Oberfläche noch näher heran. Das Bild auf den Schirmen erweckte den Eindruck, als flögen wir in wenigen hundert Metern über die Inseln dahin. Deutlich sah ich nun auch Landbrücken, die eigentlich keine waren, sondern aus ineinander verflochtenen Schlingpflanzen bestanden, die zwei oder auch mehrere Inseln miteinander verbanden und ein Auseinandertreiben verhinderten. Offensichtlich waren die Brücken natürlichen Ursprungs, aber mit Sicherheit ließ sich das noch nicht feststellen.

Auf mindestens zehn Inseln wurden Gebäude angemessen, die eine gleiche Grundform besaßen: Quader von fast fünfhundert Metern Seitenlänge und fünfzig Metern Höhe. Eine Analyse des verwendeten Baumaterials gelang nicht. Gleichzeitig verhinderte es eine Fernerfassung des Gebäudeinneren – nicht einmal die Hypertaster konnten es durchdringen. Streuemissionen von Energieerzeugern wurden keine angemessen, aber das besagte angesichts dieses Materials nicht viel. *Hinterlassenschaften der Varganen?*, fragte ich mich. *Wir werden es uns aus der Nähe ansehen müssen.*

»Dort – da bewegt sich etwas!« Morvoner beugte sich vor. »Sieht wie ein Hubakkel aus.«

Hubakkels waren Vierbeiner, deren Fleisch von den Arkoniden sehr geschätzt wurde. Sie wurden auf fast allen bewohnten Welten gezüchtet, galten als leicht zu halten und waren zu einem beliebten Handelsobjekt geworden.

»Es *ist* ein Hubakkel!«, stellte Fartuloon mit Nachdruck fest.

»Und wie kommt es hierher?«, erkundigte ich mich skeptisch.

Er zuckte mit den Achseln. »Dafür kann es tausend Erklärungen geben. Jemand muss ja auch die Gebäude da unten errichtet haben. Sie brachten ihre Hubakkels mit, das ist alles. Kein Grund zur Aufregung.«

»Und wer?«, bohrte ich weiter, mit der Antwort in keiner Weise zufrieden. »Schiffbrüchige Raumfahrer vielleicht? Siedler, die sich hierher verirrten? Oder wer sonst? *Varganen ...?*«

»Wir werden sehen.«

Insgesamt umrundeten wir Gebharon dreimal. Die geografischen Daten wurden erfasst und ausgewertet, am unbefriedigenden Ergebnis der Hyperorter und -taster änderte sich nichts. Somit verblieb zwar eine Restunsicherheit, aber es sah ganz so aus, als habe Sofgart das Schwarze System schon wieder verlassen. Der Logiksektor raunte: *Vermutlich ist sein Vorsprung inzwischen zu groß.*

Ich seufzte und sagte entschlossen: »Fartuloon, ein YPTAR-Beiboot soll startbereit gemacht werden. Ich fliege zur Oberfläche und sehe mich um.«

»Das Boot ist schon längst startbereit, mein Sohn«, erwiderte er, und schon an seiner Anrede bemerkte ich, dass nun das kam, was keinen Widerspruch duldete: »Ich werde dich selbstverständlich begleiten.«

Ich seufzte abermals und nickte zustimmend, während Morvoner das Gesicht verzog, aber von einem Kommentar absah. Er kannte mich inzwischen gut genug, um zu wissen, dass er mich nicht aufhalten konnte. »Die KARRETON und ihre übrigen Beiboote bleiben als Rückendeckung im Orbit«, sagte ich. »Und nein – Fartuloon und ich fliegen allein!«

Kurz darauf saßen wir im Beiboot der bewährten YPTAR-Klasse, hatten die Ausrüstung überprüft und die Geräte gecheckt. Die Deltaflügel des raketenförmigen Raumflugkörpers von dreißig Metern Länge und drei Metern Durchmesser erlaubten es, ihn innerhalb einer Atmosphäre aerodynamisch zu steuern. Aus dem sich zur Spitze hin verjüngenden Bug ragte der Spirallauf einer starr eingebauten Impulskanone. Eine halbkugelige vollbewegliche Drehlafette an der YPTAR-Unterseite war überdies mit einem Paralysator und einem Desintegrator bestückt.

Wenig später öffnete sich das äußere Schleusentor. Mit langsamer Fahrt verließen wir den Hangar der KARRETON und entfernten uns allmählich von ihr. Das große Kugelschiff setzte seinen Orbitflug fort. Noch lag Gebharon tief unter uns, ein riesiger Ozean mit Tausenden Inseln. Normalerweise konnte man mit einem arkonidischen Minikom, da er hyperenergetisch arbeitete, jeden ungefähr gleich starken oder stärkeren Sender empfangen, der sich auf einem Planeten von Standardgröße befand. Wir hatten uns aus Sicherheitsgründen entschlossen, nur mit Minimalleistung zu senden, deshalb ging unser Funkkontakt mit der hinter der Krümmung des Horizonts verschwundenen KARRETON verloren. Morvoner würde sich in rund einer halben Tonta erst wieder melden. Bis dahin würden wir gelandet sein.

»Eine spärliche Wolkenschicht«, bemerkte Fartuloon. »Ein Wunder bei dem vielen Wasser. Die Verdunstung müsste stärker sein.«

»Wer weiß …?«, gab ich geistesabwesend zurück. Während wir hinabsanken, musste ich an Farnathias Abschiedsworte denken. »Ich liebe dich«, hatte sie gesagt, und sie hatte es sehr ernst gemeint. »Sei vorsichtig«, hatte sie ebenfalls sehr ernst hinzugefügt. Natürlich wusste ich, dass sie mich liebte, so, wie sie wusste, dass ich sie liebte. Aber es tat gut, es immer und immer wieder zu hören.

Ein Impuls des Logiksektors riss mich aus den Gedanken. Ich konzentrierte mich nun ausschließlich auf die rein optische Beobachtung der Oberfläche und versuchte, Einzelheiten zu erkennen. Auf den meisten der Inseln standen Häuserruinen, anscheinend von niemandem bewohnt. Hubakkels allerdings grasten auf den

Lichtungen; offensichtlich hatten sie sich längere Zeit ungestört vermehren können. »Frischfleisch in Hülle und Fülle«, stellte Fartuloon genießerisch fest. »Es ist selten geworden im Imperium.«

Das stimmte. Man lebte fast nur noch von Konzentraten und *Synthon*, zumindest an Bord der Raumschiffe, weil sie weniger Platz einnahmen und weniger Gewicht besaßen. Richtiges Fleisch gab es nur auf den Planeten, und auch nicht auf allen. Viele Adlige zeigten nämlich inzwischen eine ausgeprägte Abneigung vor natürlichen Nahrungsmitteln – weil mit dem Töten von Pflanzen und Tieren verbunden – und aßen bevorzugt Synthonahrung auf der Basis künstlicher Fotosynthese. Zwar gab es weiterhin im Rahmen prunkvoller Festivitäten unter den Stichworten Einhaltung gesellschaftlicher Normen, Luxus und Exotik den Genuss des Natürlichen, doch allgemeine Grundnahrung schien die synthetische zu werden.

»Vielleicht finden wir Zeit für ein gutes Steak«, gab ich ironisch zurück.

Wir durchstießen die Wolken, unsere Höhe betrug nur noch einige tausend Meter. Das Wasser war ungemein klar. An einigen Stellen konnte ich Untiefen im Meer ausmachen. Ich musterte die Kartenprojektion, orientierte mich und steuerte eine Insel an, auf der wir eines der Quadergebäude entdeckt hatten. Es war eine der größeren Inseln, die mit zwei kleineren durch eine Landbrücke verbunden war. Die ganze Gruppe trieb knapp nördlich des Äquators Richtung Osten. Auf einer Lichtung im Inselzentrum stand das Riesengebäude aus hellem Material, das die Massetaster weiterhin nicht eindeutig identifizieren konnten.

Inzwischen glitten wir noch knapp hundert Meter über die Oberfläche des Wassers dahin und näherten uns dem Ufer einer wilden Urlandschaft. Ich drosselte die Geschwindigkeit noch weiter, bis wir fast nur noch schwebten. Unter uns zogen langsam die Wipfel der Bäume dahin, bis sich eine weite Lichtung auftat. Ohne zu zögern, landete ich auf einem freien Platz zwischen verfallenen Hütten. Der Antrieb verstummte, nachdem ich das Beiboot unter die verfilzten Zweige eines großen Baumes gesteuert hatte.

Fartuloon stand auf, fasste nach dem Griff seines Schwertes, rückte den Harnisch zurecht und überprüfte die Instrumente am Aggregatgürtel. »Gehen wir.«

Ich nickte und überzeugte mich, dass das Magazin meines Handstrahlers volle Ladung zeigte. Ich hatte die Absicht, mindestens ein erlegtes Hubakkel mit an Bord der KARRETON zurückzubringen. Die Besatzung sollte sehen, dass eine »Geisterwelt« auch Vorzüge hatte. Ich folgte Fartuloon durch die Ausstiegsluke und betrat nach ihm den Boden Gebharons – und musste feststellen, dass er unter meinen Füßen leicht wankte.

»Tatsächlich eine schwimmende Insel«, sagte Fartuloon. »Als Grundlage vulkanisches Gestein, das leichter als Wasser ist. Seltsame Welt.«

»Die Schwarzen Welten sind noch seltsamer«, warf ich ein, verschloss die Luke und programmierte das Kodewort, damit niemand außer uns ins Schiff eindringen konnte. »Schwimmende Inseln gibt es auf vielen Planeten.«

»Sehen wir uns die Hütten an. Wer mag sie gebaut haben?«

»Dem Aussehen nach keine Varganen.« Ich ging voran, die Hand auf dem Griff meiner Waffe. »Wahrscheinlich sind die Bewohner längst alle tot. Dort hinten am Waldrand gibt es übrigens einige größere Gebäude. Sehen wir uns die mal an.«

Hier war Stein nur zum geringen Teil als Baumaterial verwendet worden. Das meiste bestand aus Holz. Zögernd betraten wir eine der Hütten, fanden aber nichts Bemerkenswertes. Dann kletterten wir über zusammengestürzte Holzwände in das Innere des ersten größeren Gebäudes. Die düster wirkenden Räume waren leer und ohne Mobiliar. Es schien, als hätten die ehemaligen Bewohner alles mitgenommen, was nicht niet- und nagelfest war. Auf keinen Fall waren sie hier geblieben und friedlich gestorben. Wir fanden keine Spur von ihnen.

»Seltsam.« Fartuloon stütze den Linke auf den *Skarg*-Knauf. »Das alles riecht nach einer Falle. Haben wir deshalb den Tipp erhalten, im Schwarzen System weiterzusuchen?«

»Du meinst, dahinter steckt eine Absicht?«

»Natürlich, und keine gute. Seien wir vorsichtig. Übrigens müssten wir bald Kontakt mit Morvoner bekommen.«

Ich versuchte es, und wir hatten Glück.

»Wir haben euch angepeilt«, meldete sich Morvoner. »Der große Gebäudeblock ist rund zweitausend Meter von euch entfernt.«

»Danke, Morvoner. Wir werden ihn uns ansehen. Bleibe in Kontakt.«

Wir verließen die Lichtung und drangen in den Wald ein. Zwei Kilometer waren unter diesen Umständen keine geringe Strecke, aber Fartuloon meinte, ein Fußmarsch täte uns beiden gut. Außerdem sei die Luft frisch und angenehm.

Wir fanden einen überwucherten Pfad, dem wir in Richtung Norden folgten. Er schien einmal eine Art Verbindungsstraße zwischen der Ansiedlung und dem Quadergebäude gewesen zu sein. Mehrere Male schreckte uns das nahe Knacken von Zweigen auf, aber nie sahen wir die Ursache. Es war, als würden wir von unsichtbaren Verfolgern begleitet, die jeden unserer Schritte beobachteten. Der Wald wurde lichter und der Pfad breiter. Wir umrundeten einen kleinen See, in dem die farbenprächtigen Pflanzen wuchsen. Dann erreichten wir den Rand der Lichtung. Ihr Durchmesser betrug fast zwei Kilometer, und genau in ihrer Mitte erhob sich das quadratisch angelegte Gebäude aus hellem Material, das kein Holz oder Naturstein sein konnte. Zögernd nur schritten wir weiter, denn mein Extrasinn warnte mich.

»Vorsicht!«, flüsterte ich Fartuloon zu, der längst wie ich den Kombistrahler gezogen hatte. »Irgendetwas ist in der Nähe …«

Wir erreichten die Mauer und hielten an. Der Eingang musste weiter rechts sein. Behutsam strich ich mit den Fingern über das glatte Material, das keine Spuren von Verwitterung zeigte. Wenige Meter über meinem Kopf blitzte es plötzlich auf, dann glühte die Stelle der Mauer. Zischende Tropfen fielen herab und ließen das trockene Gras aufflammen.

Fartuloon warf sich mit einem Satz hinter einen Busch. »Runter!«, brüllte er mir zu. »In Deckung …«

Ich riss meinen Strahler hoch und suchte nach einem Ziel, aber noch fand ich keines. Ein zweiter Schuss verfehlte mich um einen knappen Meter und schmolz ein faustgroßes Loch in die Mauer. Diesmal aber hatte ich das Aufblitzen gesehen und feuerte sofort zurück, ehe sich der unsichtbare Schütze in Sicherheit bringen konnte. Ein Aufschrei bewies, dass ich getroffen hatte.

»Du sollst dich hinlegen!«, rief Fartuloon. »Und töte sie nicht! Tote können nicht mehr reden!«

Ich kroch auf allen vieren in seine Richtung, immer darauf bedacht, dass man mich vom Waldrand aus nicht sehen konnte. »Wer kann das sein? Kralasenen?«

Er nickte mir bedeutungsvoll zu. »Die grausamen Söldner des Blinden Sofgart!«

Wo sie waren, war auch der Blinde vermutlich nicht weit. Hatte er uns auf diese Welt gelockt, um uns ein für alle Mal zu erledigen? Wäre ein Angriff im All nicht effektiver gewesen? Wer immer uns jetzt attackierte – die Strahlschüsse würden von der KARRETON angemessen werden.

Abermals zischten ein paar Energieschüsse über uns hinweg und schmolzen beachtliche Löcher in die Mauer. Fartuloon schoss zurück und kroch weiter. Ich sah, dass er eine flache Mulde erreichen wollte, die mehr Deckung und Sicherheit bot. Vorsichtig folgte ich ihm, ohne noch einmal zum Schuss zu kommen. Links von uns war das Gebäude, und nun sah ich auch den Eingang. Ein dunkler Korridor führte in das Innere, mehr war nicht zu erkennen. Rechts waren die Angreifer.

»Und was nun?«, fragte ich, als wir nebeneinander in der Mulde lagen. »Es können Hunderte sein.«

»Morvoner hat alles mitbekommen, aber inzwischen befindet sich die KARRETON wieder hinter der Planetenkrümmung. Er müsste Kurs und Geschwindigkeit ändern, das kostet zu viel Zeit. Wir müssen versuchen, allein mit den Kralasenen fertig zu werden. Wir brauchen einen Gefangenen, dann erfahren wir vielleicht mehr.«

Das war leichter gesagt als getan. Zuerst einmal mussten wir uns wehren. Die Kralasenen kannten keine Gnade, und natürlich hatte Orbanaschol den Tötungsbefehl erlassen, seitdem er wusste, wer ihn verfolgte. Es gab keinen zuverlässigeren Henker als den Blinden Sofgart. Vorsichtig schob ich mich weiter vor, um über den Rand der Mulde zu blicken. Ich sah vier Kralasenen in zerschlissenen Uniformen. Sie blickten nicht in unsere Richtung, hatten uns also im Augenblick verloren.

»Wir können sie in der Flanke erwischen«, hauchte ich Fartuloon zu, der mir kriechend gefolgt war und nun zufrieden nickte. Wir eröffneten gleichzeitig das Feuer. Die Kralasenen waren so überrascht, dass sie jede Gegenwehr unterließen und in den Schutz des Urwalds flohen. Einer nur blieb zurück, und an seinen ungeschickten Bewegungen erkannte ich, dass er verwundet sein musste. Vielleicht war es der Mann, den ich gleich zu Anfang erwischt hatte. »Wenn wir Glück haben, wartet dort unser Gefangener auf uns.«

»Du gibst mir Deckung«, gab er zurück und kroch über den Rand der Mulde.

»Bist du verrückt?«, entfuhr es mir entsetzt.

Fartuloon nickte und erwiderte trocken: »Ja! Das sind wir alle ...«

Er kroch weiter, aber kein Schuss blitzte am Waldrand auf. Ich behielt die Bäume im Auge, aber nichts rührte sich dort. Die Kralasenen mussten einfach davongerannt sein, ohne sich um den Verwundeten zu kümmern. Für mich war das der Beweis, dass der Blinde Sofgart nicht unmittelbar an dem Überfall beteiligt war. Er hätte es nicht zugelassen, dass auch nur einer seiner Leute floh.

Der Bauchaufschneider erreichte den Waldrand, packte den sich nicht wehrenden Verwundeten und zerrte ihn zu mir. Vorsichtig legte er ihn in die Mulde und untersuchte die Brandwunde. »Nicht sehr schlimm, aber schmerzhaft.«

Ich rechnete noch immer damit, dass die Kralasenen zurückkehrten, und beobachtete weiter die Umgebung. »Wird er reden?«

»Er wird, verlass dich darauf!«

Langsam erholte sich unser Gefangener von seinem ersten Schreck. Ungläubig betrachtete er Fartuloons ungewöhnliche Kleidung und das Schwert in der Scheide. Dann musterte er mich, sein Gesicht wurde ausdruckslos. Der Extrasinn flüsterte: *Er hat dich erkannt!*

»Nun?«, erkundigte sich mein Pflegevater mit zuckersüßer Stimme. »Wäre schön, wenn du einiges erzählen würdest – zum Beispiel, was ihr hier sucht. Warum habt ihr uns angegriffen? Ist der Blinde Sofgart mit von der Partie?«

Der Gefangene verstand jedes Wort, das sah ich an seinem Gesicht. Er richtete sich ein wenig auf, ließ sich aber sofort wieder zurücksinken. »Wir sind allein«, erwiderte er endlich resigniert. »Der Blinde ist nicht hier. Wüsste er, wo wir stecken, wären wir verloren.«

»Verloren?«, wiederholte Fartuloon.

Der Verwundete nickte mühsam. »Er würde uns töten. Wir sind desertiert und mit einem kleinen Schiff hierher geflohen. Das

Schwarze System ist berüchtigt, deshalb hofften wir, dass niemand uns hierher verfolgen würde. Dann sahen wir euer Beiboot landen und nahmen an, es seien die Leute des Blinden …«

Konnte ich seiner Geschichte glauben? *Deserteure? Die sich ins Schwarze System geflüchtet haben?* Solche Zufälle gab es nicht, davon war ich überzeugt. Fartuloon beugte sich zu dem Mann hinab und sagte: »Sobald ich einen anderen von euch habe und sich seine Aussagen nicht mit deinen decken, stirbst du, mein Freund. Ich will die Wahrheit hören, überlege es dir gut! Ich frage dich noch einmal: Wer seid ihr und wer schickt euch?«

Ich beobachtete den Gesichtsausdruck und war mir noch immer nicht sicher. Vielleicht war er ein guter Schauspieler.

»Es ist, wie ich sagte! Wir sind geflohen, denn wir wollten nicht noch weiter in das tödliche Spiel verstrickt werden, in das wir hineingeraten waren. Es geht um kosmische Politik, und damit wollten wir nichts mehr zu tun haben. Der Blinde Sofgart ist ein Ungeheuer, aber das haben wir zu spät erkannt. Er darf nie erfahren, wo wir nun leben. Hier sind wir frei, und wir werden lieber sterben, als diese Freiheit jemals zu verlieren. Das ist alles.«

Es klang überzeugend, aber wirklich überzeugt war ich nicht.

»Wie heißt du?«, wollte Fartuloon wissen.

»Allzon.«

»Wie viele seid ihr?«

»Zwölf.«

»Und der Blinde weiß nicht, wohin ihr geflohen seid?«

Zum ersten Mal zögerte der Mann und schränkte seine bisherigen Aussagen ein, indem er sagte: »Doch, er weiß es, denn er war selbst hier. Aber er konnte uns nicht finden.«

»Sofgart war auf diesem Planeten?«

»Ja. Aber er verließ ihn wieder.«

Ist er zu einem der Schwarzen Planeten geflogen und liegt dort auf der Lauer? Sprach Allzon die Wahrheit, würde der Blinde alles daransetzen, die Deserteure einzufangen, um sie zu bestrafen. Hinzu kam: Er musste annehmen, dass auch wir den Planeten finden würden. *Will er zwei Fliegen mit einer Klappe schlagen?*

Fartuloon richtete sich auf. »Wir lassen dich hier zurück. Deine Freunde können sich um dich kümmern. Deine Verwundung ist leichter Natur. Sag ihnen, dass wir keine feindlichen Absichten gegen sie hegen und sie in Ruhe lassen – solange sie uns nicht behelligen!«

»Ich bin frei?«

»Das sagte ich!« Der Bauchaufschneider deutete in Richtung des Gebäudeeingangs. »Wisst ihr, was das dort ist?«

»Nein! Und wir wollen es auch nicht wissen. Keiner von uns würde das Gebäude betreten. Geht nicht hinein! Es wäre sicher euer Tod.«

»Warum?«

Er presste die Lippen aufeinander und antwortete nicht. Der Logiksektor behauptete: *Er weiß mehr, als er zugibt!*

»Komm, mein Sohn! Wir sehen uns das mal an.« Und zu Allzon sagte Fartuloon: »Du weißt Bescheid! Überfallt ihr uns noch einmal, zielen wir besser.«

Der Kralasene blieb liegen und sah uns nach. Seinem Gesicht war deutlich anzumerken, dass er uns bereits in diesem Augenblick für tot hielt. Dann drehte er sich auf die andere Seite und blickte hinüber zum Waldrand, wo er seine Gefährten vermutete. Er winkte, aber zwischen den Bäumen rührte sich nichts. Nebeneinander betraten wir das rätselhafte Gebäude.

2.

Aus: *Gedanken und Notizen*, Bauchaufschneider Fartuloon

Vieles ging in der Zeit der Hyperstürme der Archaischen Perioden *verloren, Welten der ersten Besiedlungswelle wurden vergessen. Hinzu kommt, dass es viele arkonidenähnliche Völker in der Öden Insel gibt, deren Ursprung nicht auf das Große Imperium zurückgeht. Die Erklärung dafür muss in der Vergangenheit zu suchen sein. Ich vertrete die Theorie, dass das Tai Ark'Tussan Erbe eines weit mächtigeren Sternenreichs ist. Demzufolge müssen wir immer damit rechnen, Vertreter jenes rätselhaften* Großen Alten Volks *zu finden, von dem immer wieder Artefakte entdeckt wurden.*

Und wenn ich an Ra denke! Er stammt garantiert nicht von Arkoniden ab … und doch ähnelt er uns sehr. Sein Heimatplanet befindet sich zwar auf einer vortechnischen Entwicklungsstufe, aber seine Bewohner sind zweifellos äußerst intelligent. Wenige Hypnokurse haben ausgereicht, um dem Barbaren die Fähigkeit zu verleihen, ein Raumschiff zu steuern!

Der sagenhafte Stein der Weisen, scheint mir, könnte das Bindeglied zu unseren Wissensfragmenten der galaktischen Geschichte darstellen. Vermutlich werden wir den Äonen umspannenden Bogen unseres Ursprungs erst dann vollständig vor uns ausbreiten können, wenn unsere Suche nach diesem »Kleinod« erfolgreich ist.

Als plötzlich Licht aufflammte, fuhr uns zwar im ersten Augenblick der Schreck in die Glieder, aber dann erkannten wir, dass hier sämtliche Anlagen automatisch funktionierten. Fremdartig wirkende Maschinenblöcke standen in langen Reihen an den hohen Wänden riesiger Säle, und in deren Mitte gab es Kontrollpulte mit automatisch geschalteten Instrumenten. Staunend durchwanderten wir das Labyrinth, stiegen Treppen hinauf und wieder hinab und merkten uns markante Stellen, um schnell den Rückweg zu finden. Unter der Oberfläche entdeckten wir mächtige Energieanlagen – wenigstens nahmen wir an, dass es sich um solche handelte. Die Bauart und Wirkungsweise war uns fremd. Da wir die Aggregate nicht vom All aus hatten anmessen können, musste die Abschirmung ziemlich gut sein.

»Eine automatische Kontrollstation, Zweck unbekannt«, stellte Fartuloon schließlich nüchtern fest. »Erklärt das Allzons Angst? Wahrscheinlich springen hin und wieder einige Maschinen an, um diesen oder jenen Zweck zu erfüllen. Ich frage mich nur, was das alles bedeuten soll und was das mit dem Stein der Weisen zu tun hat.«

»Vielleicht gibt es in dieser Station etwas zu finden.«

Er sah mich aus zusammengekniffenen Augen an. »Etwas finden? Und was, zum Beispiel?«

Ich zuckte mit den Achseln. »Keine Ahnung – wir müssen uns halt noch genauer umsehen. Über den Maschinenräumen und den Kontrollzentren liegt noch eine weitere Etage. Vielleicht finden wir dort einen Hinweis?«

Einen Lift entdeckten wir auch diesmal nicht. Die Stufen der Treppe dagegen hatten durchaus normale Höhe und Breite. Die

Erbauer mussten ähnlich ausgesehen haben wie wir. Wir erreichten einen breiten Korridor ohne Türen nach rechts oder links. Genau vor uns jedoch befand sich eine, breit und halb geöffnet. Wir konnten von unserem Standpunkt aus nicht erkennen, was hinter ihr war.

»Weiter.« Fartuloons Hand ließ den Griff seines Schwertes nicht mehr los.

Die Tür ließ sich mit dem Fuß aufstoßen. Wir betraten den Raum dahinter und blieben verblüfft stehen. Die Wände des riesigen, relativ leeren Saals waren nackt und kahl. Auch an der gewölbten Decke bemerkten wir nichts, was unseren Verdacht geweckt hätte. Aber in der Mitte des Saales erhob sich ein Podest, kaum einen Meter hoch, quadratisch und nach allen vier Seiten mit drei Stufen versehen, sodass man leicht hinaufsteigen konnte. Auf ihm ruhte ein oben offener durchsichtiger Kubus mit einer Seitenlänge von einem guten Meter.

»Da schwimmt etwas drin«, flüsterte Fartuloon unwillkürlich. »Und mein Gefühl sagt mir, dass es genau das ist, was wir suchen.«

Vorsichtig gingen wir näher und stiegen auf das Podest. In dem kubischen befand sich ein zweiter, kleinerer Behälter von Zylinderform, der mit einer gelblichen Flüssigkeit gefüllt war, und in dieser Flüssigkeit schwamm *etwas*. Es musste sich um ein Organ handeln, obwohl ich es nicht identifizieren konnte. Jedenfalls handelte es sich um eine organische Masse in einer Nährflüssigkeit. Der kleine Behälter, dessen Boden und Deckel von einem schwarzen Ring umspannt wurden, war über fünf Leitungen mit einem etwa hüfthohen Kasten verbunden, der außerhalb des transparenten Kubus stand.

»Hm«, machte Fartuloon zweifelnd. »Ein Organ, kein Zweifel. Es wird künstlich am Leben erhalten.«

»Sollen wir es mitnehmen? Vielleicht ergibt sich eine Gelegenheit, mit ihm Kontakt aufzunehmen, wenn es mich auch kaum an ein Gehirn erinnert.«

»Es ist auch keines, Atlan! Trotzdem stimme ich dir zu: Wir nehmen es mit. In der KARRETON können wir es untersuchen. Die notwendigen Mittel dazu sind an Bord.«

Der Durchmesser des Zylinders betrug etwa dreißig Zentimeter, die Höhe fünfzig. Das Organ mochte ungefähr faustgroß sein und war von feinen Äderchen durchzogen. Im Deckel begannen die Leitungen, die zum Lebenserhaltungssystem führten, jenem dunkelbraunen Kasten, der wie ein kleiner Sarg aussah und bei einer Höhe von rund einem Meter etwa dreißig zu fünfzig Zentimeter maß. Seine Oberfläche war mit bunten Schaltelementen bestückt. An den Seiten gab es ungenutzte Verbindungsbuchsen, sodass hier weitere Kabel und Leitungen angeschlossen werden konnten.

Es gibt weitere Inseln mit Quadergebäuden, flüsterte der Logiksektor. *Also auch weitere Organbehälter? Können oder sollen sie miteinander verbunden werden?*

Ich berichtete Fartuloon von der Vermutung.

»Wir werden sehen«, murmelte er knapp. »Und dafür die ganzen Maschinen? Ziemlicher Aufwand! Ich verstehe das nicht.«

»Vielleicht später«, vertröstete ich ihn.

Wir überzeugten uns davon, dass der Behälter ohne Beschädigung aus dem Kubus genommen werden konnte. Es gab keine weiteren Verbindungen. Großes Gewicht besaßen die beiden Gegenstände auch nicht. Ich entdeckte eine leicht zu öffnende Klappe an der Frontseite, hinter der aufgerollte Kabel und Leitungen bereitlagen und die These des Extrasinns unterstrichen.

Vorsichtig traten wir den Rückzug an, und mit wenig Freude dachte ich an den Weg durch den Urwald. Natürlich hätte einer von uns vorgehen und das Beiboot holen können, aber wir hielten es für besser, uns nicht zu trennen. Allzon war nicht mehr dort, wo wir ihn zurückgelassen hatten. Entweder hatte er sich allein fortbewegen können, oder seine Freunde hatten ihn geholt. Es spielte im Augenblick auch keine Rolle. Ich trug den Zylinder, während Fartuloon den Metallkasten unter seinen Arm geklemmt hatte. Die rechte Hand behielt er frei, um jederzeit seine Waffe ziehen zu können. Ohne Zwischenfall erreichten wir eine halbe Tonta später unser Boot, das unversehrt am alten Platz stand.

Morvoner meldete sich, wir unterrichteten ihn und er sagte: »Die Berechnungen ergeben, dass es bei euch in zwei Tontas dunkel wird. Wollt ihr die Nacht dort unten verbringen?«

»Das hängt von verschiedenen Dingen ab«, antwortete ich. »Wie sieht es bei euch aus? Du hast unseren genauen Standort. Konntet ihr inzwischen Energieemissionen anmessen?«

»Nein.«

»Was ist mit dem Gebäude auf der östlichen Insel?«

Laut Karte begann nach einem zweihundert Meter breiten Waldstreifen eine schmale Landbrücke, die zu der Nachbarinsel führte. Sie war bewaldet, und auf einer Lichtung stand ein einzelnes Gebäude. Es war nicht groß, sah auf den Luftbildern aber gut erhalten aus und war nicht mehr als achthundert Meter entfernt.

»Energiepeilung null.«

Ich sah Fartuloon an. Der nickte. »Wir sehen uns die Insel an. In zwei Tontas nehmen wir wieder Kontakt auf.« An mich gewandt, fügte er hinzu: »Achthundert Meter sind nicht viel, aber vielleicht sollten wir doch besser das Boot nehmen.«

Wir hatten das unbekannte Organ mit seiner gesamten Anlage im Lagerraum des Beiboots untergebracht und durch Halterungen gesichert.

»Warum? Wir haben Zeit genug, um das Gebäude zu untersuchen. Sollten wir nichts finden, sind wir in einer Tonta zurück und können uns immer noch überlegen, ob wir zur KARRETON fliegen oder nicht.«

»Und wenn wir etwas entdecken, müssen wir es schleppen.« Er grinste. »Vielleicht hast du Recht. Gehen wir gleich, damit wir nicht von der Dunkelheit überrascht werden.«

Wir kamen gut voran und erreichten bald den Strand. Vor uns lag ein Meeresarm, nicht breiter als zweihundert Meter, dahinter die Insel. Sie hatte einen Durchmesser von kaum tausend Metern. Die Landbrücke allerdings sah nicht besonders Vertrauen erweckend aus. Sie schwankte in der Dünung hin und her wie eine Hängematte.

»Na ja«, murmelte Fartuloon besorgt. »Versuchen können wir es ja ...«

Die ineinander verschlungenen Pflanzen trugen unser Gewicht, aber sie sanken ein Stück ins Wasser ein. Ich stellte fest, dass es sich in erster Linie um Schlingpflanzen handelte, die wahrscheinlich genauso gut im Wasser wie auf dem Land wuchsen. Einmal durchbrach Fartuloons rechter Fuß den Untergrund und verschwand zwischen dem Grünzeug. Hastig zog er ihn wieder hoch, der Stiefel war nass.

»Pass auf!«, rief er mir zu. »Eine schwache Stelle.«

Die Länge der Brücke betrug höchstens dreihundert Meter, aber wir benötigten dafür fast eine halbe Tonta. Dann erreichten wir endlich »festes« Land und atmeten auf. Schon jetzt dachte ich voller Sorge an den Rückweg, den wir in spätestens einer halben Tonta antreten mussten. Das Gebäude war eine Enttäuschung. Es war zwar gut erhalten, aber völlig leer. Trotzdem durchsuchten wir es mit aller Sorgfalt. Als wir wieder im Freien standen, färbte sich der Himmel im Osten bereits dunkelblau. Bald brach die Dämmerung an.

»Es wird Zeit«, mahnte ich Fartuloon, der das Naturschauspiel mit Interesse beobachtete. »Ich habe keine Lust, zu unserer Insel schwimmen zu müssen.«

Er grinste und ging wieder voran. »Das ist sicherer, denn mein Gewicht ist größer. Wenn ich nicht durch die Pflanzenbrücke falle, hast du freie Bahn …«

Aber er fiel!

Wir hatten die Hälfte bereits hinter uns, als er plötzlich einen überraschten Ruf ausstieß und mit einem mächtigen Platscher keine zwei Meter vor mir in einem Wasserloch verschwand, das vorher nicht vorhanden gewesen war. Er tauchte sofort unter, stieß aber nur wenige Meter von der Brücke entfernt wieder an die Oberfläche und trat Wasser, um den Kopf oben zu behalten.

»Verdammt nass!«, rief er mir zu. »Gib mir deine Hand …«

Ich bückte mich, um ihm zu helfen, aber ich bedachte nicht den schwankenden Untergrund. Als der Bauchaufschneider meine Hand ergriff, verlor ich das Gleichgewicht, stürzte kopfüber ins Meer und tauchte unter. Fartuloon ließ sofort los und hielt sich an den Schlingpflanzen fest, die ihm jedoch keinen festen Halt gaben. Ich hingegen brauchte einige Zeit, um wieder an die Oberfläche zu gelangen, weil sich einige der Pflanzen um meine Füße schlangen und mich in die Tiefe zu ziehen drohten.

Endlich konnte ich wieder atmen. »Weg von der Brücke!«, warnte ich Fartuloon, der noch immer wie ein nasser Sack an dem wuchernden Teppich hing und versuchte, sich an seinem Rand emporzuziehen. »Wir schwimmen zum Ufer, das ist sicherer.«

Es waren knapp hundert Meter, und wir kamen schneller voran, als wenn wir gegangen wären. Unsere Füße berührten bald relativ festen Boden, dann waren wir in Sicherheit.

»Ein Bad kann nie schaden.« Fartuloon schüttelte sich. »Jetzt aber hinein in trockene Sachen. Es wird kalt.«

Schnell kletterten wir ins Boot und verschlossen die Luke. Wir zogen uns aus und schlüpften nach dem Abtrocknen in die Ersatzkleidung. Fartuloon nahm Verbindung mit Morvoner auf und schilderte ihm unser unfreiwilliges Abenteuer. »Ihr habt es gut«, war dessen trockener Kommentar. »Ich wollte schon immer mal wieder in einem Meer schwimmen. Habt ihr auf der kleinen Insel etwas Brauchbares gefunden?«

»Nichts. Morgen suchen wir weiter – aber mit dem Boot! Weckt uns nicht, bevor es hell wird. Wir wollen uns ausschlafen.«

»Ich bleibe jedenfalls auf Empfang, damit ich euch im Notfall hören kann. Gute Nacht!«

Ich legte mich ebenfalls hin, konnte aber nicht sofort einschlafen. In meinem Kopf jagten sich die Gedanken. »Die Kralasenen – sie machen mir Sorge. Ich traue ihnen nicht.«

Er brummte etwas Unverständliches.

»Selbst wenn er nicht gelogen hat, wissen wir nicht, wie seine Freunde über uns denken. Als Deserteure müssen sie ständig damit rechnen, dass sie jemand verfolgt.« Ich wünschte ihm ebenfalls eine gute Nacht und schaltete das Licht aus. Meine Gedanken eilten zu Farnathia, die über mir mit der KARRETON ihre Kreise um Gebharon zog.

Gebharon: 24. Prago des Eyilon 10.498 da Ark

Sieben Tontas später setzten wir unsere Suche fort. Dabei leistete uns Morvoner hervorragende Dienste, denn von dem Forschungskreuzer aus hatte er eine bessere Übersicht als wir, da wir in nur geringer Höhe flogen. In einer Entfernung von achthundert Kilometern stand ein weiteres Gebäude wie jenes, in dem wir das Organ gefunden hatten.

Kaum waren wir gestartet, zeigten unsere Fernorter ein kleines Flugobjekt an, das ebenfalls startete. Wir waren ziemlich sicher, dass es sich um das Schiff der Kralasenen handelte, und wunderten uns, dass sie nicht auf die Idee kamen, so schnell wie möglich das System zu verlassen und sich in Sicherheit zu bringen. Sofern Allzons Angaben stimmten, wusste der Blinde Sofgart ja, dass sie auf diesem Planeten waren. In dem Ganzen steckte ein Widerspruch, den wir nicht verstanden. Die Antiortungseinrichtungen des Kralasenenschiffs jedenfalls waren hervorragend – selbst von der KARRETON war nur der Start geortet worden.

Wir überflogen eine Insel nach der anderen, und auf vielen entdeckten wir Ansammlungen von Hütten und auch größeren Häusern. »Gebharon muss einmal dicht bewohnt gewesen sein«, sagte Fartuloon. »Ich frage mich nur, wo sie alle geblieben sind. Sie können doch nicht einfach spurlos verschwunden sein.«

»Zumindest nicht ohne Grund. Eine Naturkatastrophe?«

»Möglich.«

Nach zwei Tontas näherten wir uns in langsamem Flug der Zielinsel. Dicht glitten wir über den Urwald dahin, bis die Lichtung vor uns auftauchte – und damit auch der große Quader, der dem ersten in der Tat zum Verwechseln ähnlich sah. Wir landeten dicht davor, sicherten die Bootsluke und suchten den Eingang.

Diesmal sah das Organ anders aus, hatte allerdings die gleiche Größe. Der Transport zum Boot gestaltete sich einfacher, bereits eine halbe Tonta nach der Landung hatten wir es im Lagerraum verstaut. Ich widerstand der Versuchung, es sogleich an die andere Anlage anzuschließen. Ich war davon überzeugt, dass wir nun noch mehr davon finden würden. *Es sieht ganz so aus*, dachte ich, *als habe jemand sämtliche Organe eines Körpers über die Oberfläche Gebharons verstreut … In der Absicht, jemanden danach suchen zu lassen? Aber warum? Was ist der Grund dieses seltsamen Versteckspiels?*

Du solltest dich auch fragen, raunte der Logiksektor, *warum der Blinde Sofgart dieses Spiel nicht mitmachte, denn er sucht doch wie ihr den so genannten Stein der Weisen. Hat er aufgegeben?*

Sicherlich nicht, denn die Organsuche war bislang sehr einfach. Zu einfach? Wir hatten schon schwierigere Aufgaben gelöst. Und der Blinde auch. *Warum also mischt er plötzlich nicht mehr mit?*

Wir warteten, bis wieder eine Verbindung mit Morvoner möglich war, und ließen uns die genauen Positionen der nächsten Gebäude geben, in denen wahrscheinlich ebenfalls Lebenserhaltungsbehälter untergebracht waren.

Um die Mittagszeit wurde es so warm, dass Fartuloon mit einer Verschnaufpause sofort einverstanden war. Wir hatten das dritte Organ gefunden und im Beiboot verstaut. Nun saßen wir im Freien im Schatten des kleinen Schiffes und verzehrten einige in Wasser aufgelöste Konzentrate. Unlustig kaute Fartuloon den farblosen Brei und knurrte schließlich: »Wie war das mit den Hubakkels? Du wolltest doch mindestens eins erlegen, damit wir Frischfleisch für die Leute bekommen.«

»Ich habe keines mehr gesehen. Vielleicht leben sie nur auf den Inseln, die wir zuerst betreten haben?«

Als sich die KARRETON meldete, ließ Ra anfragen, ob wir schon ein Hubakkel geschossen hätten.

»Warum nutzt du die Pause nicht zur Jagd?«, erkundigte ich mich bei meinem Pflegevater. »Vielleicht leben sie im Wald, wo man sie nicht so schnell entdeckt.«

»Zu faul«, lehnte er ab.

Ich seufzte. Wir würden es also wohl dem Zufall überlassen müssen, ob wir zu unserem Frischfleisch kamen oder nicht. Als wir starteten, sagte Fartuloon: »Wir hätten Ra mitnehmen sollen, er ist ein erfahrener Jäger. Ich glaube, ihm fehlt das Fleisch mehr als uns allen zusammen.«

Ich gab keine Antwort. Die Sache mit dem Frischfleisch drohte zu einer Manie zu werden, was durchaus verständlich war. Auch mir lief das Wasser im Mund zusammen, wenn ich nur daran dachte, wie gut es wäre, ein saftiges Steak über einem offenen Feuer zu braten.

Diesmal legten wir nur knapp fünfhundert Kilometer zurück, um die nächste Insel zu erreichen. Sie war größer als die anderen und besaß am Nordrand flache, wellige Hügel. Davor lag die Ebene mit dem Gebäude, das äußerlich völlig identisch mit den zuvor entdeckten war. Wir landeten. Bevor wir die Luke öffneten, nahm ich noch einmal die Orter in Betrieb und suchte den Luftraum ab. Morvoner hatte uns einen entsprechenden Hinweis gegeben, das beobachtete Objekt jedoch wieder aus den »Augen« verloren.

Für mich stand inzwischen fest, dass die Kralasenen uns ständig auf den Fersen blieben. Allzons Bericht schien sie nicht überzeugt zu haben. Vielleicht – und auch das war eine mögliche Erklärung für ihr Verhalten – suchten sie ebenfalls nach dem Stein der Weisen, und Allzon hatte uns doch belogen. Noch fantastischer war eine dritte Erklärung: Der Blinde hatte sie beauftragt, uns nach den Organen suchen zu lassen, um sich selbst die Arbeit zu ersparen – oder weil mit den Organen irgendwelche Gefahren verbunden waren. *Sie sind möglicherweise gar keine Deserteure, sondern Sofgarts Beauftragte!*

Ich teilte Fartuloon meinen Verdacht mit.

Er schwieg eine Weile und sagte dann: »Nicht sehr wahrscheinlich, denn die Suche ist nun wirklich mit gar keinen Gefahren verbunden. Warum sollte der Blinde die Chance verpassen, uns zu erledigen, nur um einer Arbeit aus dem Wege zu gehen, die er sehr gut von seinen Leuten verrichten lassen kann? Zumal er einen deutlichen Vorsprung hat! Ich glaube, eine Kombination der von dir gebrachten Theorien ist die Lösung.«

Der Massetaster zeigte ein festes Objekt am Fuß eines Hügels an, lieferte aber keine genaue Definition. Den Daten nach zu urteilen, konnte es sich durchaus um ein kleineres Schiff handeln. Es war mehr als drei Kilometer von unserem Landeplatz entfernt. Fartuloon zuckte mit den Schultern und öffnete die Luke. Ich nahm meinen TZU-4-Kombistrahler und folgte ihm. Da wir den Weg kannten, fanden wir das Organ schnell. Wir brachten es ins Schiff und zurrten die Behälter fest.

»Die Suche nach den Dingern ist wirklich nicht schwierig«, murmelte Fartuloon mit einem zweifelnden Unterton in der Stimme. »Wir müssten nur genau wissen, wie viele Organe wir benötigen, um das Rätsel lösen zu können. Vier? Zehn? Oder noch mehr? Erst wenn man alle Stücke eines Puzzlespiels hat, kann man es zusammensetzen.«

»Es wird Morvoner nicht schwer fallen, sämtliche Stationen zu finden und uns die Standorte mitzuteilen. Die Kralasenen allerdings ...«

»Mit denen werden wir schon fertig.«

Meine Sorgen erwiesen sich – vorerst wenigstens – als überflüssig.

Wir blieben unbehelligt, und dann meldete sich Morvoner: »Etwa tausend Kilometer westlich befindet sich eine zwanzig Kilometer durchmessende Insel, fast rund und stark bewaldet. Genau in der Mitte gibt es ein weiteres Quadergebäude. Wie steht es mit der Suche?«

»Wir haben jetzt vier«, berichtete Fartuloon. »Das wäre dann also das fünfte Organ. Wir schaffen es noch vor Einbruch der Dunkelheit und warten dann bis morgen. Übrigens haben wir das Schiff der Kralasenen wieder entdeckt. Es hält sich in unserer Nähe auf, macht aber keine Anstalten, uns anzugreifen.«

»Lasst es nicht aus den Augen«, riet Morvoner. »Wir versuchen, es ebenfalls zu beobachten, aber es hat wirklich sehr gute Antiortungseinrichtungen. Vom Orbit aus ist es weiterhin nur beim Start anzumessen.«

Er richtete noch Grüße von Farnathia aus, dann starteten wir. Fartuloon hatte die Kontrollen übernommen, während ich mich ausschließlich um den Orter kümmerte. Zu meiner Verblüffung rührte sich das vermeintliche Schiff der Kralasenen nicht von der Stelle, und bald lieferte auch der Massetaster keine Daten mehr. Wir legten die Strecke in einer Tonta zurück. Eine weitere verloren wir, als wir auf einer Steppe zwischenlandeten und Fartuloon zwei Hubakkels schoss. Er zerlegte die Tiere in aller Eile und brachte die besten Stücke ins Kühlfach. Als er sich wieder hinter die Kontrollen setzte, sagte er befriedigt: »Heute Abend feiern wir!«

Wenn man uns lässt, dachte ich skeptisch. Wir erreichten, ohne dass Orter oder Taster angesprochen hätten, die Lichtung und die Station. Fartuloon setzte das Beiboot unter dem dichten Dach einiger Bäume ab. Natürlich bot das keine Sicherheit gegen Ortung, aber es beruhigte uns. Meiner Schätzung nach blieb es jetzt noch drei Tontas hell.

Wir bewaffneten uns und verließen das YPTAR-Boot, nachdem wir es entsprechend gesichert und die Luke verschlossen hatten. Die Strecke bis zum Eingang der Station betrug nicht mehr als dreihundert Meter. Wir ließen uns Zeit.

»Der Eingang ist verschlossen«, sagte Fartuloon schließlich. »Das ist erste Mal.«

Die Tür hob sich kaum von der Mauer ab, die aus dem gleichen hellen Material bestand wie bei allen anderen bisherigen Gebäuden auch. Ich erkannte sie nur an der feinen Fuge, die ihre Umrisse kennzeichneten. Ein Schloss sah ich nicht. »Sehr ungewöhnlich«, gab ich zu. »Was hat das zu bedeuten?«

»Das werden wir herausfinden.« Er legte unwillkürlich seine Hand gegen den Griff des *Skarg*. »Notfalls hiermit.«

Er zog sein Dagorschwert aus der Scheide und justierte die unscheinbaren Kontrollringe des Griffs. Dann richtete er entschlossen die Spitze gegen die Wand. Ein grünliches Desintegratorfeld umwaberte die Klinge, drang in die Fuge ein und folgte ihr. Mit meiner Waffe hätte ich niemals einen so feinen und konzentrierten Strahl erzeugen können. »Das haben wir gleich«, knurrte er. »Ich kann nur hoffen, dass wir damit keine Alarmvorrichtung auslösen.«

Das hoffte ich allerdings auch, und mir war plötzlich gar nicht mehr so wohl zumute. Ich drehte mich um und suchte unser Beiboot. Es lag friedlich unter den Bäumen, nichts hatte sich verändert. Von dem Schiff der Kralasenen war nichts zu sehen. Fartuloon zog plötzlich das Schwert zurück und packte mich am Arm. Ohne ein Wort riss er mich zur Seite, dann kippte die Tür nach außen und polterte auf den steinigen Boden.

»Na also!« Fartuloon steckte das *Skarg* in die Scheide zurück. »Das hätten wir.«

Ich folgte ihm nur zögernd, denn meine Unruhe und mein ungutes Gefühl waren stärker geworden. Vorsichtshalber zog ich meinen Handstrahler, um abwehrbereit zu sein, obwohl ich mir nicht vorstellen konnte, wer hier als Gegner auftauchen sollte. Fartuloon ging auf die Treppe zu, deren Position wir schon von den anderen Stationen her kannten. Aber bevor wir sie erreichten, drangen kleine, arkonoide Gestalten zu Dutzenden aus den Seitentüren des Korridors und stürmten uns entgegen. Sie schienen nicht bewaffnet zu sein, umringten uns jedoch von allen Seiten und griffen uns mit ihren bloßen Händen an. Mit Händen, die so hart wie Metall waren. *Metall …?*

»Roboter!«, rief Fartuloon. »Unser gewaltsames Eindringen hat sie aktiviert – sie oder die Programmierungszentrale. Los!«

Wir zerstörten einige Dutzend Mitglieder des unfreundlichen Empfangskomitees und verschafften uns Luft. Der Rest gab auf und zog sich zurück. Sie oder eine entsprechende Befehlsstelle wollten sich demnach auf keine unsinnige Materialschlacht einlassen. Dann aber schnappte eine zweite Falle zu: In der Decke öffneten sich breite Spalten, aus denen metallene Netze auf uns herabregneten und uns unter sich begruben. Ehe wir auch nur eine Bewegung der Abwehr machen konnten, drückte uns die Last auf den Boden, und weder Fartuloon noch ich konnten uns mehr bewegen, weil wir uns überdies mit den Armen und Beinen in den weiten Maschen verstrickten.

»Verdammt!«, fluchte der Dicke, wütend über seine eigene Unachtsamkeit. »Jetzt sitzen wir fest!«

Ich bewegte vorsichtig meinen Arm. Mit der Hand umklammerte ich krampfhaft den Griff meines Kombistrahlers, um ihn nicht zu verlieren. Der Lauf und die Zieleinrichtung hatten sich in den Maschen verhakt. Trotzdem musste es mir gelingen, ihn freizubekommen. Fartuloon hatte es mit seinem Schwert eigentlich einfacher, aber es war länger als seine Arme, die er nicht richtig bewegen konnte.

Zum Glück kehrten die Roboter in diesem entscheidenden Augenblick nicht zurück. Sie hätten uns ohne Schwierigkeit unschädlich machen können. Noch besser war, dass die Kralasenen nicht gerade jetzt auftauchten. Ich wälzte mich auf den Rücken und zerrte einen Teil der Netze dabei mit. Der Lauf meines Strahlers zeigte nun in eine andere Richtung, sodass ich Fartuloon nicht mehr gefährden konnte. Nur für einen Augenblick drückte ich auf den Feuerknopf, um die Wirkung zu überprüfen. Der Thermostrahl war gefächert, trotzdem berührte er nur einige Fasern, während der Rest durch die Maschen gegen die Decke fauchte. Gluttropfen fielen herab, zum Glück weit genug von uns entfernt.

»Warte, ich habe gleich das *Skarg* frei. Das ist besser geeignet!«

Er hatte Recht. Ich beobachtete, wie er sich abmühte und nach einigen Fehlversuchen eine andere Methode ausprobierte, die sich als vorteilhafter erwies. Allerdings wurde es auch höchste Zeit, denn aus den Augenwinkeln heraus bemerkte ich, wie sich im Boden ein Spalt auftat und ständig vergrößerte. Der Boden selbst bewegte sich dabei nicht. Nicht mehr lange, und wir stürzten hilflos in die Tiefe. Auch Fartuloon sah das herannahende Verhängnis und handelte. Aus den Schneiden züngelten plötzlich kurze Desintegratorfächer, die das Metall der Netze auflösten. Aber es dauerte eine Weile, ehe Fartuloon sich bewegen konnte. Dann allerdings war er wenige Augenblicke später frei. Er kam zu mir und »schnitt« mich los.

Wir befanden uns auf der Seite des Spaltes, die zur Treppe führte.

Ich betrachtete das als einen glücklichen Zufall, obwohl uns der Rückzug abgeschnitten worden war. Wir würden schon einen anderen Weg zum Schiff zurückfinden. Fartuloon schritt voran, und als er die fünfte oder sechste Stufe erreichte, erlebten wir eine weitere Überraschung. Er fühlte es, ich aber sah es nur. Er musste von einem Augenblick zum anderen sein Gewicht verloren haben, so als sei er in ein Antigravfeld geraten. Durch den Schwung des letzten Schrittes setzte sich dieser ins Nichts fort. Er strampelte und schwebte langsam, sich dabei mehrfach überschlagend, der Decke entgegen.

Der Augenblick war so komisch, dass ich laut auflachen musste, obwohl unsere Situation alles andere als lustig war. Fartuloon reagierte entsprechend und begann fürchterlich zu schimpfen, was seine Lage allerdings nicht sonderlich verbesserte. Immerhin erreichte er die Decke, an der er sich abstoßen konnte. Langsam schwebte er nach unten, geriet aus dem Bereich des irgendwo verborgenen Projektors und fiel das letzte Stück. Geistesgegenwärtig federte er mit den Beinen ab, fiel aber trotzdem hin. Ich half ihm auf.

»Jetzt kannst du ja mal vorgehen«, schlug er bissig vor.

»Wir halten uns bei den Händen«, lautete mein Gegenvorschlag.

Vorsichtig näherte ich mich jener Stufe, die ihm zu seinem vierfachen Salto verholfen hatte. Als ich den plötzlichen Verlust des Gewichtes spürte, ging ich weiter, indem ich sehr behutsam Fuß vor Fuß setzte. Es musste also noch ein geringer Rest von Anziehungskraft vorhanden sein. Fartuloon folgte mir. Er sah aus wie ein tapsiger Urbär, der in Zeitlupe aufgenommen worden war. Mühsam nur konnte ich mir ein erneutes Auflachen verkneifen. Hinter uns erklang ein schnarrendes Geräusch. Als ich mich vorsichtig umblickte, sah ich zu meiner Überraschung, dass der Bodenspalt verschwunden war. Mein Gewicht kehrte zurück und ich ging in die Knie. Mit einem sanften Ruck zog ich Fartuloon nach vorn, bis auch er wieder sicher auf den Beinen stand. »Nun bin ich auf die nächste Überraschung gespannt«, sagte er schnaufend. »Ich kam mir vor wie ein Luftballon.«

»So ähnlich hast du auch ausgesehen.«

Die Tür weit vor uns war geöffnet. Ohne Zwischenfall erreichten wir den Saal mit dem künstlich am Leben erhaltenen Organ. Es war nur ein wenig größer als die anderen und besaß eine gelbliche Färbung. Die Nährflüssigkeit sah wieder aus wie flüssiger Honig. Der Rest war wie in den bisherigen Fällen.

»Langsam komme ich mir vor wie ein Dieb, der für eine illegale Organbank arbeitet.« Fartuloon hob das Lebenserhaltungssystem an, um sein Gewicht zu prüfen.

In diesem Augenblick war eine metallisch klingende Stimme zu hören, die irgendwo aus der Wand kam und im besten *Satron* sagte: »Ihr habt die Prüfung bisher bestanden und zwingt mich deshalb, euch zu dienen.«

Fartuloon hatte den länglichen Kasten schon beim ersten Wort wieder abgestellt, richtete sich auf und sah mich verdutzt an. Dann flüsterte er: »Was soll denn das nun wieder? Dienen?«

»Wer bist du? Was ist der Sinn deines Daseins?« Ich wollte herausfinden, ob es sich um eine vorprogrammierte Anlage handelte oder nicht. Es war eine künstliche Stimme gewesen, aber das hatte wenig zu bedeuten. Die Frage war, ob der vermeintliche Robotmechanismus auch unmittelbar reagieren und sich einer neuen Situation anpassen konnte.

»Ich diene jenen, die alle Prüfungen bestehen und würdig sind, das Geheimnis zu lüften. Wie lautet eure Frage?«

Fartuloon zuckte die Schultern und schwieg. Sein Blick verriet nur zu deutlich, dass er mir das Gespräch mit dem Roboter überlassen wollte. *Na schön, das kann er haben.* »Mit diesem hier haben wir fünf Organe. Was sollen wir tun?«

Die Antwort kam prompt: »Sobald ihr alle zwölf Organe gefunden habt, kehrt zu mir zurück. Ich sage euch dann, was ihr zu tun habt.«

Das war alles. Ich nickte Fartuloon zu. »Du hast es gehört. Wir müssen noch sieben finden. Ich nehme wenigstens an, dass wir es tun müssen, denn der Roboter hat nichts Gegenteiliges behauptet. Los, pack mit an!«

Abermals schleppten wir eine Lebenserhaltungsanlage aus einer Station und brachten sie ins Schiff. Das hieß, wir *wollten* sie ins Schiff bringen, aber am Ausgang des Gebäudes empfingen uns die Kralasenen mit einem Energiefeuerwerk. Schnell zogen wir uns zurück, setzten den Zylinder und den Metallkasten ab und schlichen uns dann wieder bis zum Ausgang vor. Die herausgelöste Tür lag ein wenig schräg und bot ein Minimum an Deckung.

Ich zählte acht Kralasenen und etwa zwei Dutzend zerlumpter Gestalten. Sie waren größer als die Söldner des Blinden Sofgart und besaßen fein geschnittene Gesichter. Vielleicht waren sie die fernen Nachkommen jener, die einst auf diesem Planeten gelebt hatten. Offensichtlich gehörten sie nun zu den Kralasenen und waren damit unsere Gegner. Zu meiner Beruhigung bemerkte ich, dass sich das Schutzfeld unseres Bootes automatisch eingeschaltet hatte, sodass der Einbruchsversuch der Kralasenen vergeblich gewesen war. Selbst mit Punktfeuer würden sie mit Handwaffen den Schirm nicht überlasten können.

»Sie haben versucht, ins Beiboot einzudringen, wollten wahrscheinlich die Organe stehlen.« Fartuloon legte sein *Skarg* zurecht, um es jederzeit einsetzen zu können. »Die werden sich wundern!«

Aber es kam umgekehrt: Die Kralasenen feuerten, was ihre Waffen hergaben, während ihre unbekannten Helfer altertümliche Flinten einsetzten, deren explodierende Sprenggeschosse alles andere als angenehm waren. Splitter flogen uns um die Ohren, sodass es höchste Zeit war, dass wir uns in den Gang zurückzogen. Es war unmöglich, unsererseits einen Gegenangriff zu versuchen. Wir saßen fest und wurden belagert. Ich dachte an das Frischfleisch im Kühlraum des Bootes und unsere Absicht, am offenen Feuer ein Stück davon zu braten. Obwohl ich sonst nicht viel Wert auf Essen legte, packte mich nun eine ziemliche Wut auf die Kralasenen. Ich griff an das Kombigerät am linken Handgelenk, schaltete den Minikom ein und rief die KARRETON.

Fartuloon sah auf seine Uhr. »Sie werden erst in einer halben Tonta im Funkbereich sein. Bis dahin dürfte es noch hell sein.«

»Wir können also gar nichts machen?«

»Doch, warten!«

Er hatte eine merkwürdige Art von Humor. Nur gefiel es mir nicht, dass er scheinbar resignierte. Ich *musste* etwas unternehmen, wollte nicht untätig herumsitzen. »Ich sehe nach, was sie tun. Sollten sie uns hier im Gang überraschen, sind wir erledigt.«

»Das stimmt.« Er nickte mir gleichmütig zu. »Einer von uns sollte sie also beobachten.«

Ich kroch vor, bis ich die Lichtung einigermaßen überblicken konnte, ohne selbst gesehen zu werden. Einige der Kralasenen waren wieder damit beschäftigt, das Beiboot unter Punktfeuer zu nehmen, aber sie würden bald einsehen müssen, wie zwecklos das war. Die anderen saßen mit den unbekannten Helfern in Mulden oder schnell ausgeworfenen Gräben, vor sich ihre Waffen, und ließen das Gebäude nicht aus den Augen. Eine Patt-Situation. Ich drehte den Kopf. »Im Augenblick ist es ruhig. Sie haben das Feuer eingestellt.«

»Das habe ich auch schon bemerkt«, erwiderte Fartuloon schlecht gelaunt. Vielleicht dachte er an seinen Braten. »Gleich rufen wir Morvoner. Er soll ein zweites Beiboot schicken, um den Burschen einzuheizen.«

Abermals fragte ich mich, warum sie sich überhaupt die Mühe machten, uns bestehlen zu wollen, wo sie doch selbst ohne besondere Schwierigkeit die Organe hätten holen können. Ich blieb ruhig liegen und beobachtete sie.

Zwei Dezitontas mochten vergangen sein, als Fartuloon mich leise rief. Ich kroch ein Stück zurück und richtete mich auf. »Keine Veränderung draußen.«

»Sprich mit Morvoner, während ich dich ablöse.«

Er schob sich zum Ausgang vor. Ich hingegen nahm Verbindung zur KARRETON auf. Der Zweimondträger meldete sich sofort. »Alles klar?«

»Überhaupt nichts ist klar. Die Kralasenen belagern uns und mit ihnen zwei Dutzend zweifelhafter Existenzen. Schick uns ein zweites Beiboot.«

»Verstanden. Ra und Vorry sitzen ohnehin schon wie auf Kohlen und vergehen vor Langeweile. Corpkor übernimmt das Kommando an Bord.«

»Vielleicht solltest du besser im Schiff bleiben.«

»Wieso denn? Ich wollte schon immer mal Kralasenen jagen!«

Ich seufzte. »Na schön, wie du meinst. Aber anschließend kehrt zur KARRETON zurück. Wir brauchen euch als ständige Rückendeckung. Ist das klar?«

»Sicher. Wie du meinst. In einer halben Tonta sind wir da und räumen auf. Ende!«

Ich wollte noch etwas sagen, aber er hatte bereits abgeschaltet. Wahrscheinlich hatte er Angst, ich könnte es mir anders überlegen.

Vorsichtig kroch ich ein Stück vor und unterrichtete Fartuloon, der keinen Kommentar gab. Er hatte Nerven, um die ich ihn oft genug beneidete. Die Kralasenen schienen auf die Nacht zu warten, um in der Dunkelheit den entscheidenden Angriff einzuleiten. Sie würden sich wundern. Immerhin gab es einen Trost: Sie mussten uns lebendig fangen, wenn sie in unser kleines Schiff wollten, um die Organe zu holen …

Wir konnten nur in westliche Richtung sehen, und dort war es noch hell, als das Beiboot erschien, auf das wir sehnsüchtig gewartet hatten. Es eröffnete das Feuer und rollte die provisorische Stellung der Belagerer in kurzer Zeit auf. Die Überlebenden sprangen auf und flohen in alle Richtungen, um sich in Sicherheit zu bringen. Kaum jemand dachte noch an eine Gegenwehr. Sie liefen wie die Hubakkels, wenn das große Treiben begann. Ich verzichtete darauf, ihnen einen Energiestrahl nachzuschicken, obwohl ich mich wahrscheinlich genauso wie Fartuloon über die vergeudete Zeit ärgerte.

Das Beiboot landete. Nur Morvoner kam heraus und begrüßte uns. Er half uns, das fünfte Organ mit den Geräten in unser Schiff zu bringen. Dann führten wir ihn zur Kühlkammer und baten ihn, für sich und die Mannschaft den Hauptteil mitzunehmen. Wir behielten uns nur genug vom Hubakkel zurück, um ein- oder zweimal richtig satt werden zu können. Hoch zufrieden zog Morvoner ab und versprach, die Umgebung nach den Kralasenen abzusuchen. Dann startete das Beiboot und verschwand in der Dämmerung.

Fartuloon sagte: »Wir werden ebenfalls diesen ungastlichen Ort verlassen und auf einer anderen Insel landen. Wenn schon, dann möchte ich einen ruhigen Abend erleben. Die nächste Organstation ist nur zweihundert Kilometer westlich. Dort bricht also ebenfalls die Nacht an. Wir versäumen nichts.«

Ich war mit dem Vorschlag einverstanden, und kurz darauf landeten wir auf einer besonders kleinen Insel und sahen uns um. Hier gab es weder Hütten noch Häuser, nur Wald und einen manchmal schwankenden Boden. Ringsum war der Ozean, dessen Geruch wir in der Nase spürten. Und es gab genug trockenes Holz, um das ersehnte Lagerfeuer entzünden zu können.

»Unsere Vorfahren hätten es sich niemals träumen lassen, dass ein Stück frisches Fleisch in ferner Zukunft einmal ein Luxusartikel sein wird. Umso mehr sollten wir diesen Augenblick genießen. Die Kralasenen haben vorerst genug. Wir sind hier sicher.«

»Ich genieße bereits«, gab ich zurück und legte Holz nach.

Ich hatte oft darüber nachgedacht, warum ein einfaches Holzfeuer ein derartiges Gefühl der Geborgenheit und Behaglichkeit verbreitete, und mir war der Gedanke gekommen, dass es nichts anderes als die schlummernde Generationserinnerung war, die bis zu den Anfängen unserer Existenz zurückreichte. Das Feuer musste das gewaltigste Erlebnis unserer frühesten Vorfahren gewesen sein. Ich konnte Ra verstehen, wenn er von Macht sprach, die ihm das Feuer verliehen hatte, als er noch in den Höhlen, Wäldern und Steppen seines wilden, namenlosen Planeten lebte.

Unterdessen wurde es dunkel. Fartuloon kam und schob die Fleischstücke auf einen Holzspieß, den ich auf die sorgfältig geschichteten Steine im richtigen Abstand über den züngelnden Flammen legte. Das Feuer warf zuckende Schatten gegen die Blätter der uns umgebenden Bäume und ließ sie lebendig werden. Bald verbreitete sich ein anregender Bratenduft, der Fartuloon fast zur Verzweiflung trieb. Er rannte zurück ins Schiff und rief mir dabei zu: »Ich hole etwas zum Trinken!«

Für eine überzüchtete Superzivilisation war der Rückfall in die Primitivität ein großes Erlebnis – sofern er freiwillig erfolgte. Ich wusste, dass eine zwangsbedingte Ausnahmesituation alles andere als ein Vergnügen war. Fartuloon kehrte zurück und unterbrach meine Überlegungen. »Ich habe Wein gefunden, im letzten Fach der Notvorräte. Ich nehme an, wir *sind* in Not.«

»Natürlich sind wir das«, beruhigte ich ihn grinsend. »Das Fleisch ist bald gar.«

Es war ein Festmahl, und als wir uns gesättigt in das Gras zurücklegten, sehnte ich mich zum ersten Mal in meinem Leben danach, auf einen primitiven Urweltplaneten verschlagen zu werden. Dort würden alle meine Sorgen zu einem Nichts werden. Meine einzige Sorge würde dann nur noch sein, überleben zu können – und dazu gehörten ein Feuer wie das vor uns, ein Stück Fleisch und in der Hand eine gute Waffe, um Gegner abzuwehren.

Nur wenige Sterne waren zu sehen, weil es sich inzwischen bewölkt hatte. Ich erwartete Regen, aber der kam nicht. Fartuloon sagte: »Mein Sohn, das war ein Essen! Ich kann mir vorstellen, dass die Mannschaft der KARRETON inzwischen ihre Furcht vor dem Schwarzen System vergessen hat.«

Ich winkte ab. »Auf der KARRETON gibt es kein Holzfeuer und keinen bewölkten Himmel. Die Flammen können nicht durch den Elektroofen ersetzt werden. Die Männer sitzen auf Stühlen, nicht auf weichem, trockenem Gras. Sie essen von Plastiktellern. Und, glaube mir, ihr Fleisch schmeckt nicht so gut wie das unsere.«

Fartuloon verstand, was ich damit sagen wollte.

3.

Aus: *Die Kunst des Krieges*, Sunzi (auch Sun Dse und ähnlich geschrieben), um 500 v. Chr.

Was den weisen Herrscher und den guten General befähigt, zuzuschlagen und zu siegen und Dinge zu erreichen, die außerhalb der Fähigkeiten gewöhnlicher Männer liegen, ist Vorherwissen.

Gebharon: 25. Prago des Eyilon 10.498 da Ark

An diesem Tag fanden wir weitere fünf Organe, womit sich die Gesamtzahl auf zehn erhöhte. Es fehlten lediglich noch zwei Organe, die wir am nächsten Tag zu holen gedachten. Die Kralasenen waren nicht mehr aufgetaucht. Dafür war es uns gelungen, mehrere noch bewohnte Ansiedlungen zu orten. Am Ende des Tages beschlossen wir einmütig, in einer dieser Siedlungen zu landen, zumindest auf einer Insel, die eine solche Ansiedlung trug – ein fast fünfzig Kilometer durchmessendes Eiland, auf dem es einige bewohnte Dörfer und kleinere Ansiedlungen gab.

»Vielleicht sind es die Nachkommen schiffbrüchiger Arkoniden, die sich bis hierher vorwagten«, versuchte Fartuloon eine Erklärung für das Vorhandensein von intelligenten Lebewesen im Schwarzen System zu finden. »Wenn wir sie nicht fragen, werden wir es nie herausfinden.«

»Genau das ist meine Absicht. Wir landen also?«

»Sofern du keine Einwände hast.«

Ich hatte keine. Im Gegenteil: Ich war Feuer und Flamme. Wir unterrichteten Morvoner und zerstreuten seine Bedenken. Ich hatte beschlossen, für diese Nacht meine Rache, meine Aufgabe und alles, was damit zusammenhing, zu vergessen. Immer wieder musste ich an Ra denken, der das Leben im untersten Stadium der Entwicklung aus eigenem Erleben kannte.

Als es dämmerte, näherten wir uns der Insel. Wir kannten die geografische Lage der beiden letzten Organisationen. Morgen früh würden wir zeitig starten. Trotz der beginnenden Dunkelheit war es leicht, einen geeigneten Landeplatz zu finden. Es gab mehrere Siedlungen mit kleinen Hütten, die wir in geringer Höhe überflogen. Dabei gingen wir immer tiefer und näherten uns einer Steppe, die sich über mehr als ein Dutzend Kilometer erstreckte; am Rande sahen wir die Lichter einer Siedlung mit größeren Gebäuden und landeten.

Wir sicherten das Boot und schlossen die Luke. Die wenigen hundert Meter bis zur Siedlung wollten wir zu Fuß gehen. In einem Beutel trugen wir die Geschenke, die wir den Eingeborenen überreichen wollten. Das Licht, das aus den Häusern drang, war zweifellos elektrischer Natur. Sie besaßen also entsprechende Generatoranlagen. Offensichtlich hatten sie doch nicht alles vergessen. Funk jedenfalls kannten sie nicht, sonst hätten wir längst ihre Sendungen empfangen.

Kurz bevor wir das erste Haus erreichen konnten, blitzte dicht vor uns ein Scheinwerfer auf und bannte uns in seinen Kegel. Gleichzeitig sagte jemand mit barscher Stimme in einem kaum verständlichen *Satron*: »Bleibt ganz ruhig stehen und bewegt euch nicht. Es sind mehr als ein Dutzend Gewehre auf euch gerichtet. Der Dicke kann sein Schwert behalten, aber der andere soll die Energiewaffe vorsichtig aus dem Gürtel ziehen und fallen lassen!«

Gegenwehr hätte jetzt wenig Sinn gehabt, ganz abgesehen davon, dass wir uns ja mit den Leuten unterhalten wollten. Also befolgte ich den Befehl.

»So, nun kommt näher«, forderte uns die Stimme auf. »Gehört ihr zu diesen verfluchten Kerlen, die unsere Jungs angeworben haben?«

Mit einem Schlag wurde mir alles klar. Fartuloon auch, denn er stieß einen erleichterten Seufzer aus, der ihm allerdings im Augenblick auch nicht weiterhalf. Die Männer hinter dem Scheinwerfer blieben misstrauisch – vorerst wenigstens.

»Die gleichen Kerle haben uns überfallen«, versuchte ich sie zu überzeugen. »Es waren auch Leute von euch dabei.«

Einige kamen nun zu uns, hielten sich aber noch immer in sicherer Entfernung. Sie trugen die gleichen Gewehre, mit denen wir schon Bekanntschaft gemacht hatten. Energiewaffen schienen sie nicht zu besitzen, kannten aber ihre Wirkungsweise.

»Wer seid ihr und von wo kommt ihr?«

»Eine lange Geschichte«, sagte Fartuloon, »die wir euch gern erzählen, sobald wir gemütlich in einem der Häuser um einen Tisch sitzen. Wir sind freiwillig zu euch gekommen und haben keine bösen Absichten. In dem Beutel hier sind Geschenke für euch – wenn einige von ihnen euch lächerlich vorkommen sollten, so bedenkt bitte, dass wir keine Ahnung hatten, wen wir antreffen würden. Und vor allen Dingen wissen wir nicht, auf welcher Zivilisationsstufe ihr euch befindet.«

Er klang überzeugend und verfehlte seine Wirkung nicht. Der Scheinwerfer erlosch. In der Dämmerung wurden die anderen Männer sichtbar, die bisher hinter der Lichtquelle gestanden hatten. Der bisherige Sprecher, ein breit gewachsener Hüne mit einem dunklen Vollbart, kam zu uns, nachdem er sich gebückt und meinen Strahler aufgenommen hatte. Er betrachtete ihn eingehend und gab ihn mir zurück. »Kommt mit, wir wollen eure Geschichte hören.«

Sie nahmen uns in die Mitte, aber nicht mehr als Gefangene, sondern wie lang erwartete Freunde und Gäste. Meiner Meinung nach handelten sie leichtfertig und zu vertrauensselig, obgleich das für uns nur günstig sein konnte. Viel schlechte Erfahrung schienen sie bisher noch nicht mit Fremden gemacht zu haben. Sofern es vor den Kralasenen überhaupt Besuch aus dem All gegeben hatte. Sie führten uns in ein größeres Haus, das eine Art Gasthaus zu sein schien, denn es gab eine lange Reihe von Tischen und Stühlen, auf denen wir Platz nahmen. Der Bärtige setzte sich zwischen Fartuloon und mich. Die Gewehre wurden neben der Tür zusammengestellt. Einer der Männer verschwand und kehrte mit einem riesigen Krug zurück, der sofort die Runde zu machen begann.

»Wir stellen es selbst her«, erklärte der Mann mit dem Vollbart, der bei den anderen beachtlichen Respekt genoss. »Trinkt nicht zu viel, es wirkt berauschend. Aber es löscht den Durst.«

Als die Reihe an mich kam, nahm ich den Krug und einen Schluck. Die braune Flüssigkeit schmeckte gut. Ich konnte mir vorstellen, dass sie genau das Richtige war, um einen saftigen Braten hinunterzuspülen. »Wir haben einige Fragen«, sagte ich. »Wir möchten wissen, wer ihr seid und wie ihr hierher gelangt seid. Wie lange lebt ihr auf dieser Welt, die nicht eure Urheimat sein kann? Habt ihr die Häuser gebaut und jene Quadergebäude, die zum Teil von Robotern bewacht werden?«

Der Bärtige gab den Krug weiter. »Wir leben schon immer hier, und wir haben auch die Hütten und Häuser gebaut. Von den großen Blöcken haben wir gehört, aber es gibt keine auf unserer Insel. Reisende haben uns von ihnen berichtet. Niemand weiß, wer sie errichtet hat. Sie gehen uns auch nichts an. Doch immer wieder kommen Fremde von anderen Welten und betreten sie. Viele von ihnen wurden getötet, andere flohen in panischem Entsetzen. Es ist nicht gut, das Erbe der Götter anzutasten. Es ist *tabu!*«

»Erbe der Götter? Wer waren diese Götter?«

»Niemand weiß es. Vielleicht haben unsere Vorfahren es einst gewusst, als sie mit vielen Schiffen auf *Halaad* landeten, um für immer hier zu leben. Sie haben die Schiffe in die Sonne gesteuert, damit niemand zurückkehren konnte. Das war vor langer Zeit. Es gibt keine Unterlagen mehr – sie wurden ebenfalls vernichtet. Das ist eigentlich alles, was wir zu berichten haben. Und ihr?«

Nun, immerhin wissen wir schon etwas. Eindeutig Arkonnachkommen, die vor lange Zeit hier angekommen sind. Eine Flotte von Siedlerschiffen war gelandet und man hatte beschlossen, für immer hier zu bleiben. Damit niemand die Position der neuen Heimat verraten konnte, wurden die Schiffe vernichtet. Dann kam das große Vergessen, Generation nach Generation wurde geboren, lebte und starb. Aus den Geschichtslektionen über das Tai Ark'Tussan wusste ich, dass vor dem Niedergang der *Archaischen Perioden* Pioniere häufiger auf diese Weise gehandelt hatten. Über die genauen Beweggründe stritten die Historiker bis heute. *Niemand weiß, wie viele Welten in der Zeit der Hyperstürme und des galaxisweiten Technikausfalls vergessen wurden.*

Möglicherweise spielten auch die Schwarzplaneten eine Rolle, wandte der Extrasinn ein, *sodass der Verlust der Schiffe eher unfreiwilliger Natur war.*

Durchaus eine Möglichkeit. In kurzen Worten erklärte ich den Zuhörern unsere Situation, ohne allerdings die Hintergründe zu erwähnen. Vor allen Dingen wies ich darauf hin, dass die Kralasenen unsere Gegner waren und sie ihre Söhne so schnell wie möglich zurückholen sollten.

»Ihr seid mit einem Schiff gekommen, von einer anderen Welt?«, vergewisserte sich der Bärtige, der sich uns mit dem Namen Khezazindab vorgestellt hatte. »Wo ist das Schiff?«

»Es steht hoch am Himmel. Wir können jederzeit mit ihm sprechen und es herabholen. Ein kleineres Schiff brachte uns zur Oberfläche. Es wartet draußen auf der Lichtung.«

Inzwischen hatte Fartuloon die Geschenke ausgepackt und auf den Tisch gelegt. Da gab es von winzigen Generatoren gespeiste Taschenlampen, die nahezu ewig brannten, Messer mit Schneiden aus härtestem Arkonstahl, mit denen sich selbst Steine mühelos zerteilen ließen, elektronische Feuerzeuge und andere praktische Gegenstände, von denen ich insgeheim hoffte, dass sie die Erinnerung der vergessenen Siedler auffrischten. Aber niemand zeigte sich sonderlich beeindruckt, obwohl die Gaben dankbar angenommen wurden.

»Unsere Vorfahren haben ähnliche Dinge besessen, aber sie sind selten geworden. Sie brachten sie mit.«

»Wart ihr schon hier, als die Katastrophe geschah?«, fragte ich.

»Welche Katastrophe?«

Ich versuchte ihnen unsere Theorie mit den Inseln zu erklären, dass sie einmal zu einem Kontinent gehört hatten, der auseinander gerissen wurde.

Khezazindab lachte dröhnend und nahm einen Schluck aus dem Gemeinschaftskrug. »Die Inseln gab es schon immer, ständig entstehen neue. Das leichte Gestein steigt vom Meeresgrund auf, wird durch die Schlingpflanzen zusammengehalten und mit der Zeit fest verbunden. So entsteht eine Plattform. Pflanzen sterben und bilden Humus, auf dem neue Pflanzen gedeihen. Ein paar tausend Jahre, und eine neue Insel treibt auf dem Meer. Vielleicht verbindet sie sich mit einer anderen, vielleicht aber auch nicht.« Er schüttelte den Kopf. »Nein, eine Katastrophe hat es nie gegeben. Aber eines Tages in ferner Zukunft mag es nur noch ein Land geben, wenn alle Inseln sich zusammengeschlossen haben. Dann wird das Meer *unter* uns sein.«

Die Frage blieb offen, wer die Stationen gebaut und die zwölf Organe in ihnen untergebracht hatte. *Die Männer hier werden uns die Antwort nicht geben können*, dachte ich. Fartuloon stellte noch einige Fragen und erhielt bereitwillig Auskunft, soweit das möglich war. Wir taten dem Bärtigen den Gefallen und sprachen mit Morvoner, der sich über unser Erlebnis freute und gleichzeitig bekannt gab, dass das Schiff der Kralasenen wieder angemessen worden war: Langsam näherte es sich unserem jetzigen Standort.

Der Bärtige, der wie seine anderen Männer das *Satron* mit einem schauerlichen Akzent sprach, hatte alles verstanden. »Unsere Söhne kehren zurück.«

Ich warnte ihn vor allzu großem Optimismus. »Sie sind Gefangene der Kralasenen, mein Freund. Man wird sie in den Kampf gegen uns treiben, falls ihr sie nicht rechtzeitig aufklärt. Es würde uns Leid tun, sie im Kampf töten zu müssen, auf der anderen Seite haben wir keine Lust, uns von den Kralasenen umbringen zu lassen. Wollt ihr uns helfen?«

»Ihr seid unsere Gäste«, erwiderte Khezazindab. »Und das Gastrecht ist heilig. Wir werden euch verteidigen, auch wenn der eine oder andere von uns oder unseren Söhnen dabei fällt. Wir glauben, dass ihr die Wahrheit gesagt habt. Bis morgen haben wir eine Lösung gefunden. Wir zeigen euch nun den Raum, in dem ihr die Nacht verbringen könnt.«

Er befand sich in demselben Haus im ersten Stock – ein geräumiges Zimmer mit mehreren Betten und einer Toilette, schlicht, aber sauber. Es gab sogar fließendes Wasser. Sie verabschiedeten sich und versprachen, uns sofort zu wecken, wenn das Schiff der Kralasenen auftauchte.

Fartuloon warf sich aufs Bett. »Ich glaube, wir können beruhigt schlafen, obwohl ich jetzt lieber im Boot wäre. Aber die Kralasenen werden es nicht vernichten. Sie würden alle zehn Organe verlieren, und um die geht es ihnen offensichtlich. Sie werden also versuchen müssen, uns in ihre Gewalt zu bringen.«

»Du glaubst, wir können uns auf die Männer hier verlassen?«

»Davon bin ich fest überzeugt. Sie sind ehrlich und ohne Falsch, das spüre ich. Sie werden uns helfen, das war kein leeres Geschwätz. Morgen sehen wir weiter.«

Ich zog mich aus und wusch mich. Dann kroch ich unter die Decken, nachdem ich den Strahler auf den Tisch gelegt hatte.

Als es dämmerte, erwachte ich nach einem festen und traumlosen Schlaf. Fartuloon schnarchte noch. Leise erhob ich mich, weil ich vor dem Haus Geräusche und Stimmengemurmel hörte. Ich sah aus dem Fenster und erblickte eine große Personenmenge. Die Männer trugen Gewehre und gefüllte Patronengurte. Die Frauen, einfach und fast ärmlich gekleidet, verteilten Pakete mit Lebensmitteln. Es sah so aus, als planten die Männer einen größeren Ausflug.

Ich weckte Fartuloon, der sich nur unwillig erhob und aufstand. Er betrachtete die Vorbereitungen auf der Straße und wusch sich dann. Ich zog mich unterdessen an. »Vielleicht ziehen sie in den Wald, um das Schiff der Kralasenen dort zu erwarten. Sie werden es überraschen wollen, denn vergiss nicht, dass ihre Söhne in ihm sind. Dumm sind sie nicht, diese Burschen, denn die nehmen folgerichtig an, dass die Kralasenen in der Nähe unseres eigenen Bootes landen.«

Es klopfte, dann trat Khezazindab in unser Zimmer. Er stellte sein Gewehr neben die Tür und setzte sich auf eins der freien Betten. »Ich habe noch während der Nacht ein Dutzend Männer in der Nähe eures kleinen Schiffes postiert. Sie lassen niemanden heran.«

Fartuloon, der seine Toilette inzwischen beendet hatte, kam herbei und klopfte ihm anerkennend auf die Schulter. »Gut gemacht, mein Freund, obwohl es überflüssig ist. Niemand kann es betreten oder stehlen. Es wird durch einen Energieschirm geschützt. Trotzdem besten Dank!«

»Und die Leute draußen auf der Straße?«, wollte ich wissen.

Der Bärtige grinste. »Sie gehen aus der Stadt, sobald das Schiff der anderen gelandet ist. Um unsere Söhne ohne Verluste zu befreien, werden sie den Kralasenen ihre Dienste anbieten. Sobald der richtige Augenblick gekommen ist, fallen sie über sie her. Einfacher, aber wirksamer Plan.«

Das mussten auch wir zugeben. Wir wären niemals auf den Gedanken gekommen, von unseren Gastgebern ein solches Risiko zu verlangen. Nun taten sie es freiwillig, ihrer Söhne wegen, die dem Verlangen nach einem Abenteuer erlegen waren.

Ich nahm Verbindung mit Morvoner auf und fragte nach der Begrüßung: »Wo ist es?«

»Es nähert sich langsam der Insel. Braucht ihr Unterstützung?«

»Ich glaube nicht.«

»Gut ... Soll ich nicht doch lieber das Beiboot ...?«

»Überflüssig!«, brüllte Fartuloon in mein Mikrofon. »Wir kommen schon mit ihnen klar. Macht euch keine Sorgen.«

»Na, dann eben nicht!«, knurrte Morvoner und unterbrach die Verbindung.

Es kam mir zum Bewusstsein, dass wir völlig unnötig eine Gefahr heraufbeschworen, der wir gut hätten aus dem Weg gehen können. Noch war Zeit, zum Schiff zurückzukehren und zu starten. Wir konnten uns in Sicherheit bringen, ehe die Kralasenen eintrafen. *Aber damit würden wir auch die Nachkommen der ehemaligen Siedler im Stich lassen. Also bleiben wir, um ihnen und uns zu helfen.*

Der Bärtige stand auf. »Ich muss zu meinen Männern. Wollt ihr uns begleiten? Aber die Kralasenen dürfen euch nicht zu früh sehen, sonst misslingt unser Plan. Haltet euch im Hintergrund, versprecht ihr das?«

»Selbstverständlich«, versicherte ich. »Sie sollen uns im Boot vermuten, wenn sie landen. Und noch etwas: Es ist nicht nötig, dass ihr sie tötet, sobald ihr eure Söhne befreit habt. Sie sollen leben, sie sollen fliehen, damit wir sie verfolgen können. Wir brauchen die Spur, die sie hinterlassen.«

»Aha, ich verstehe.« Er grinste breit. »Sie sollen euch irgendwohin führen?«

»Sehr richtig, das sollen sie.«

Er nahm sein Gewehr. »Also gut, gehen wir. Die anderen warten schon, und wir haben nicht mehr viel Zeit.«

Das stimmte. Wir folgten ihm, begrüßten einige Bekannte von gestern Abend und dann die Übrigen. Die Frauen gaben unsere Grüße scheu zurück und verschwanden dann in den Häusern. Fartuloon sah ihnen nach und flüsterte mir dann geschmeichelt zu: »Sie sind sehr hübsch, findest du nicht? Und dann diese vornehme

Zurückhaltung und Verlegenheit, als sie erkennen mussten, dass wir viel schöner und begehrenswerter als ihre eigenen Männer sind.«

»Eingebildeter Bauchaufschneider!«, gab ich ebenso leise zurück.

Wir verließen die Ansiedlung. Die flachen und kleinen Häuser waren am Waldrand und Hügelhang errichtet worden. Auf dem flachen Kamm stand ein runder Wasserbehälter, von dem aus Leitungen ins Dorf hinabführten. Auch Masten mit Drahtleitungen entdeckte ich. Wovon sie lebten, war mir nicht klar. Vielleicht hatten sie Gärten und Felder angelegt, und die Männer gingen auf die Jagd oder fischten, falls es keine gezähmten Hubakkels gab. Sie hatten auf jeden Fall ihr Auskommen, und sie lebten friedlich und harmonisch. Man konnte sie beneiden.

Unser kleines Boot stand unverändert unter dem Blätterdach der Bäume. Der bärtige Anführer und seine Männer betrachteten es ohne sonderliches Interesse, dann verteilten sie sich am Waldrand und verbargen sich so, dass sie wie vom Erdboden verschluckt schienen. Nur etwa zwei Dutzend lagerten mitten in der Steppe, packten die Vorräte aus und begannen, Holz für ein Feuer zu sammeln. Man hätte sich keine besseren Lockvögel als sie vorstellen können. Fartuloon, Khezazindab und ich fanden eine Mulde, in die wir uns hineingleiten ließen, nachdem wir die »Stellungen« inspiziert hatten. Die Männer standen untereinander durch Melder in Verbindung. Nun konnten wir in Ruhe abwarten, was geschehen würde.

Eineinhalb Tontas lang geschah überhaupt nichts. Immer höher kletterte die Sonne, es wurde wärmer. Fartuloon hatte schon mehrmals einen kräftigen Zug aus der Flasche genommen, die der Bärtige ihm reichte. Ich war in der Hinsicht vorsichtiger, aber mein Pflegevater vertrug deutlich mehr als ich.

Schließlich meldete sich Morvoner: »Wie ist der Empfang?«

Fartuloon sagte schnell: »Gut. Wo stecken die Kralasenen?«

»Sie setzen zur Landung an, haben wohl das Boot geortet. Ihre Aufmerksamkeit scheint sich auf die zwanzig Männer auf der Lichtung zu konzentrieren.«

»Die Söhne in ihrem Schiff werden ihre Väter erkannt haben.«

»Achtung, jetzt landen sie. Wir passen auf euch auf.«

»Sehr beruhigend«, gab Fartuloon zurück, ließ das Gerät eingeschaltet und griff nach seinem Schwert. »Nun bin ich gespannt ...«

Die Männer auf der Lichtung winkten dem sich langsam senkenden Walzenschiff entgegen, damit deutlich klar wurde, dass sie keine feindlichen Absichten hegten. Wir selbst lagen in guter Deckung, die restlichen Leute auch. Der kleine Raumer landete auf dem Antigravpolster, wenig später öffnete sich die Luke. Ein Kralasene kam heraus und betrachtete die winkenden Männer voller Misstrauen. Dann sah er hinüber zu unserem YPTAR-Schiff. Er konnte offensichtlich mit der Situation nicht viel anfangen, denn er verschwand wieder, um wenig später mit einem der zerlumpten Siedlersöhne wieder zu erscheinen. Er deutete auf die winkenden Männer, sagte etwas zu dem Jungen und schickte ihn dann vor.

Wir konnten nicht verstehen, was der Junge erzählte, aber das war auch nicht so wichtig. Wichtig war nur, dass er den Kralasenen die richtige Botschaft zurückbrachte. Dann erst würde sich zeigen, was sie wirklich von uns wollten. Der Junge kehrte zum Schiff zurück und verschwand in der Luke.

»Was hat er euren Leuten gesagt?«, fragte ich.

Der Bärtige grinste. »Er hat den Kralasenen neue Hilfskräfte angeboten. Außerdem überbringt er unseren Vorschlag, euer Boot aufzubrechen. Bleibt ruhig liegen! Sollten sie euch vorzeitig bemerken, ist alles aus.«

Nun kamen vier Kralasenen zum Vorschein, zögerten einen Augenblick, als sie die bewaffneten Männer sahen, rückten dann ihre Handwaffen im Gürtel zurecht und stiegen über die Leiter herab. Sie gingen den Leuten des Dorfes entgegen.

»Jetzt schlagen meine Männer ihnen vor, die Söhne freizugeben – im Austausch gegen sie selbst«, flüsterte Khezazindab.

Nicht schlecht ausgedacht, dachte ich. *Die Frage ist nur, ob die Kralasenen darauf eingehen. Und wenn ja, was geschieht dann?*

Unsere Geduld wurde auf eine harte Probe gestellt, bis endlich zwei der Kralasenen zum Schiff zurückkehrten und darin verschwanden. Die anderen beiden blieben bei den Männern, ihre Hände in der Nähe ihrer Strahlwaffen. Die jungen Siedler kamen aus dem Schiff. Ich wusste, dass einige von ihnen fehlen würden, denn nicht alle hatten den Angriff auf uns überlebt. Die alten Siedler wussten das, aber sie gaben uns keine Schuld. Es gab eine herzliche Begrüßung, die jedoch von den Kralasenen rasch unterbrochen wurde. Drei von ihnen traten mit gezogenen Waffen und entschlossenen Gesichtern aus dem Schiff. Ich bemerkte, dass der Bug der gelandeten Walze auf unsere YPTAR gerichtet war. Wahrscheinlich rechnete man damit, dass wir plötzlich daraus hervorkommen und sie angreifen würden. Solange die Luke geschlossen blieb, drohte ihnen keine Gefahr.

Fünf Kralasenen waren nun im Freien und sprachen mit drohenden Gebärden auf die Siedler ein, die ihre Söhne inzwischen weitergeschickt hatten. Erst als sie in sicherer Entfernung waren, flüsterte der Bärtige uns zu: »Länger können meine Leute nun nicht mehr Theater spielen, ohne die Kralasenen misstrauisch zu machen. Auf keinen Fall werden sie mit ihnen ins Schiff gehen. Ich habe übrigens festgestellt, dass vier der jungen Männer fehlen. Ein hoher Preis für ein solches Abenteuer.«

»Es tut mir Leid«, gab ich zurück. »Sehr Leid.«

»Schon gut«, wehrte er ab. »Achtung, es ist so weit ...«

Weder Fartuloon noch ich hatten eine Ahnung, ob er mit seinen Leuten ein Zeichen zum Angriff verabredet hatte, aber wahrscheinlich handelten sie aus der Situation heraus. Sie hatten noch nie in ihrem Leben von dem Blinden Sofgart und seiner scheußlichen Natur gehört, aber unser kurzer Bericht reichte ihnen wohl. Hinzu kam, dass sie vier junge Männer verloren hatten. Auch wussten wir nicht, wie viele Kralasenen noch im Schiff waren. Immerhin waren fünf von ihnen draußen. Allzon hatte ihre Gesamtzahl mit zwölf angegeben.

Der Bärtige schob den Lauf seines Gewehrs über den Rand der Mulde und zielte sorgfältig. Fartuloon legte sein Schwert zurecht, und ich zog meinen TZU-4. Die fünf Kralasenen boten ein ausgezeichnetes Ziel, denn die Siedler gingen nicht zu nahe an sie heran. Die Verhandlung schien jedenfalls gescheitert zu sein, denn wütend richtete einer der Kralasenen seine Waffe auf die Menge. Die Androhung genügte, Khezazindab handeln zu lassen. Sein Schuss war zugleich das Signal zum Angriff.

Der Kralasene, der die Männer bedroht hatte, stürzte getroffen zu Boden. Die anderen vier reagierten blitzschnell, sprangen in Richtung Schiff zurück und erwiderten das Feuer, das von den Siedlern unmittelbar nach dem Signal eröffnet wurde. In der Luke des Schiffes erschienen drei weitere Kralasenen, die in das Gefecht eingriffen. Um sie kümmerte ich mich. Die Entfernung war zwar ziemlich groß, aber ich war ein geübter Schütze. Noch ehe sie Schaden anrichten konnten, erwischte ich alle drei mit einem einzigen Energiebündel. Im gleichen Augenblick startete das Schiff mit geöffneter Luke und verschwand hinter den Kronen der nahen Bäume.

Nun erst konnte ich meine Aufmerksamkeit wieder dem Geschehen auf der Lichtung zuwenden. Nur einer der Kralasenen lebte noch, lag in einer Bodenrinne und schoss wie verrückt um sich. Seine ganze Wut über den Verrat entlud sich in sinnloser Gegenwehr, die ihm schließlich den Tod brachte. Einer der Siedler erschoss ihn.

Wir verließen unsere Deckung. Inzwischen waren auch die befreiten Söhne zurückgekehrt und berichteten, wie man sie hereingelegt und als Gefangene behandelt hatte, nachdem der erste Angriff auf uns fehlgeschlagen war. Auch sie trugen uns nichts nach und bedankten sich für unsere Hilfe.

Morvoner nahm wieder Kontakt mit uns auf. Ich berichtete, was geschehen war. Meiner Schätzung nach konnten in dem geflohenen Schiff nur noch zwei oder drei unverletzte Kralasenen sein, zu wenig jedenfalls, um die ihnen gestellte Aufgabe zu bewältigen. Dabei wussten wir nicht einmal mit Sicherheit, ob die Söldner wirklich im Auftrag des Blinden handelten oder aus eigener Initiative.

Morvoner berichtete, dass er sie nicht mehr länger mit den Instrumenten verfolgen konnte, weil die KARRETON sich zu schnell in der entgegengesetzten Richtung entfernte.

Wir verabschiedeten uns von den freundlichen Siedlern, die eine Siegesfeier abhalten wollten, und versprachen wiederzukommen, sobald uns das möglich sei. Dann gingen wir in unser Schiff und starteten. Der Bärtige stand mitten unter seinen Männern, die ihre Waffen schwenkten und uns zuwinkten, als wir die Insel verließen.

»Ich glaube«, sagte Fartuloon unterwegs, als noch ein paar hundert Kilometer vor uns lagen, »dass ich die Zusammenhänge allmählich begreife. Hierzu setze ich voraus, dass noch immer Angehörige des Volkes der Varganen existieren.«

»Das nehme ich auch an. Von dieser Ischtar wissen wir es definitiv.«

»Eben! Um nun zu verhindern, dass jeder Beliebige sie und ihr … *letztes Versteck* findet, haben die Varganen ein kosmisches Puzzlespiel geschaffen, das nur von wirklich qualifizierten Intelligenzen zusammengesetzt werden kann.«

»Und uns hältst du für qualifiziert im Sinne der Varganen?«

Er nickte. »Wir haben bereits mehrere Prüfungen bestanden, unter anderem den *Ring des Schreckens*.«

»Das haben Sofgart und Orbanaschol ebenfalls!«

Er zog es vor, darauf nicht einzugehen. »Die zwölf Organe … gehören sie zu einem einzigen Körper? Ich nehme an, dass wir sie miteinander verbinden müssen, um mehr zu erfahren. Praktisch erwecken wir damit jemand oder etwas zum Leben, jemand, der uns weiterhelfen soll. Seinen Körper bekommt er nicht wieder, aber seine Organe bilden eine Einheit, mit der wir dann wahrscheinlich Kontakt aufnehmen müssen.«

»So ähnlich stelle ich es mir auch vor.« Ich nickte. »Und der Blinde Sofgart sicherlich auch. Nur wundere ich mich weiterhin, dass er uns für sich suchen lässt. Es ist ja nicht schwierig, diese Aufgabe zu bewältigen. Es muss demnach noch ein anderes Hindernis geben, andere Schwierigkeiten. Und in diesem Zusammenhang muss ich an die Schwarzen Planeten des Systems denken.«

»Die Dunkelwelten bereiten mir ebenfalls Sorgen. Gehören sie zu dem Puzzlespiel, steht uns noch einiges bevor und sicher nichts Erfreuliches.« Er kniff die Augen zusammen. »Und noch haben wir nicht alle zwölf Organe beisammen.«

Die Insel kam in Sicht. Am Nordrand stand die Station am Fuß eines niedrigen Gebirgszugs. Davor erstreckte sich eine weite Ebene mit kleinen Seen oder Löchern in der Oberfläche der Insel. Vorsichtig landeten wir in unmittelbarer Nähe des Quadergebäudes. Ich konnte den Eingang deutlich erkennen, als wir das Schiff verließen, obwohl die Sicht durch Büsche behindert wurde.

Fartuloon wartete, bis ich bei ihm war, und schüttelte den Kopf.

»Merkwürdig. Du glaubst doch wohl auch nicht, dass die Büsche spazieren gehen?«

Ich starrte ihn verwundert an. »Wie meinst du das?«

Er deutete in Richtung des Gebäudes, von dem wir jetzt nur den oberen Teil sehen konnten. Der untere wurde von den Büschen verdeckt. »Sie sind mir zu regelmäßig gewachsen, fast in gewundenen Reihen, die wieder Gänge bilden. Diese Gänge verändern sich ständig. Eben noch konnte ich bis ans Ende sehen, jetzt nicht mehr. Es ist, als habe sich eine Lücke geschlossen, noch während wir ausstiegen.«

Wandernde Büsche? Das wäre nichts Ungewöhnliches. Es gab unzählige Lebensformen, und viele überstiegen sogar das Vorstellungsvermögen der an manche Wunder gewöhnten Kosmobiologen. Aber auf Gebharon hatten wir bisher noch keine Pflanzen angetroffen, die Gänge bildeten und Labyrinthe formten.

Fartuloon zog das *Skarg* und ging voran. In seinem Gesicht bemerkte ich einen grimmigen Ausdruck. So ein Gesicht machte er immer dann, wenn es galt, einer unbekannten Gefahr entgegenzutreten. Ich folgte ihm mit gemischten Gefühlen und konnte feststellen, dass die Büsche absolut normal aussahen und fest im Boden verwurzelt zu sein schienen. Die Blätter waren dick und fleischig, die Zweige kräftig und stark verästelt. Als wir das Ende des Blättergangs erreichten, nahm Fartuloon sein Schwert zu Hilfe. Entlang der beiden Schneiden begann es grünlich zu flimmern; die Desintegratorenergie zerschnitt selbst die dicksten Äste mühelos. Augenblicke nur dauerte es, dann war der Weg frei. Rechts und links blieben die zu Dunstwolken gewordenen Reste der Büsche zurück.

Mehrmals noch musste Fartuloon sein *Skarg* einsetzen, bis er plötzlich mit einem Ruck stehen blieb. Ich wäre fast gegen ihn gelaufen, denn ich hatte die Büsche beobachtet, um eine neuerliche Bewegung festzustellen. »Atlan!« Seine Stimme zitterte ein wenig. »Sag mir, dass ich nicht verrückt bin! Wo ist die Station?«

Ich sah an ihm vorbei, vor uns waren nun keine Büsche mehr. Der Platz, an dem das Gebäude eben noch gestanden hatte, war … *leer.*

Stumm ließen wir das Unglaubliche auf uns einwirken und versuchten, eine Erklärung zu finden. Endlich sagte Fartuloon: »Eine Illusion. Entweder war die Station eine Projektion oder aber der leere Platz ist eine solche. Warum aber dann diese Labyrinthpflanzung? Es ergibt keinen Sinn.«

»Wir brauchen das elfte Organ«, erinnerte ich ihn. »Gehen wir und versuchen wir, es herauszufinden. Falls das Gebäude dort steht, finden wir es auch! Selbst dann, wenn wir es nicht sehen.«

Er setzte sich zögernd in Bewegung, das Schwert vorgestreckt. Ich hatte meinen Strahler gezogen und entsichert. In der warmen Luft lauerte eine Atmosphäre der Spannung und Gefahr. Weit vor uns lag das Gebirge, nicht mehr durch die Mauern der Station verdeckt. Wie ließen die Büsche hinter uns. Fast schien es, als hätten sie aus der nicht gerade freundlichen Behandlung mit dem *Skarg* gelernt und es aufgegeben, uns zu behindern.

Fartuloon ging jetzt sehr langsam. Mit der Spitze seines Schwertes tastete er den leeren Raum vor sich ab, ehe er den nächsten Schritt machte. Er stieß auf kein Hindernis.

Nach einer halben Tonta waren wir sicher: An dieser Stelle stand keine Station, und es hatte auch nie eine hier gestanden. Den Unbekannten, deren Spur wir verfolgten, war es gelungen, eine perfekte Illusion zu schaffen, die auf der anderen Seite so materiell war, dass sie selbst die Ortergeräte und Massetaster der KARRETON irregeführt hatte.

Wir warteten, bis Morvoner Kontakt aufnahm. Mit besorgter Stimme erkundigte er sich, ob wir einen Sonnenstich hätten, denn er habe die Station deutlich sichtbar auf dem Bildschirm. Von uns allerdings könne er nicht die geringste Spur entdecken.

Fartuloon verlor keine Zeit mit unnützen Spekulationen. »Wir fliegen zur nächsten Station. Die Zeit wird knapp.«

Wir kehrten zum Schiff zurück. Diesmal hatten die Pflanzen eine regelrechte Gasse gebildet, an deren Ende unser Beiboot auf uns wartete. Wir erreichten es ohne Zwischenfall und starteten kurz darauf. Vor uns lag nur eine Strecke von zweihundert Kilometern.

Alles ging glatt. Ohne jedes Hindernis konnten wir das elfte Organ bergen, aber dann wurde das eigentliche Problem akut. Es würde noch etwa fünf Tontas dauern, ehe es dunkel wurde.

»Nun haben wir elf Organe«, sagte der Bauchaufschneider, »aber wir sahen zwölf Stationen. Kann es sein, dass auch das zwölfte Organ nichts als eine Illusion ist? Dass es sich gar nicht auf Gebharon befindet?«

Ich wischte mir den Schweiß von der Stirn, denn der Transport des Organs mit seiner Anlage war bei der Mittagshitze kein Vergnügen gewesen. »Eine Illusion? Bestimmt nicht! Es muss eine ›dreizehnte‹ Station geben. Morvoner sollte sie inzwischen gefunden haben.«

»Wir werden ja sehen«, knurrte Fartuloon wenig überzeugt. »Wir fliegen zur fünften Station zurück. Sie ist die einzige bisher, die Informationen lieferte. Aber da wir nur elf Organe haben ...«

»Wir werden zwölf haben!«, unterbrach ich ihn energisch. Manchmal ging mir sein Pessimismus auf die Nerven. Besonders dann, wenn ich selbst nicht allzu zuversichtlich war und es mir selbst gegenüber nicht zugeben wollte. »Und wenn Morvoner die Station nicht findet, werden *wir* sie eben finden!«

Er stand auf und gab damit das Zeichen zum Weitertransport des elften Organs. Wir verstauten die Anlage in dem Raum, in dem auch die anderen Organe untergebracht waren. Viel Platz war nun nicht mehr vorhanden, aber für das zwölfte reichte er noch. *Die Frage ist nur, ob wir es auch finden.*

Morvoners Stimme klang skeptisch, als er sich meldete. »Noch eine Station wie die anderen? Na schön, der Ortungscomputer hat alle Daten automatisch gespeichert. Ich lasse ihn abfragen.«

»Tu das!«, riet Fartuloon grimmig. »Wir wollen sie noch heute erreichen.«

»Keine Sorge. *Wenn* es sie gibt, finden wir sie auch.« Es dauerte eine Weile, ehe er einigermaßen verblüfft zugab: »Ihr habt Recht: Es gibt eine dreizehnte Station! Allerdings habt ihr einen langen Flug vor euch. Fast zwanzigtausend Kilometer, auf der anderen Seite von Gebharon. Eine große Insel mit hohen Bergen. Die Station steht auf einem Plateau. Aber kommt mir nur nicht wieder und behauptet, ich litte unter Halluzinationen. Sie ist vorhanden!«

»War die andere auch, den Instrumenten nach. Gib uns die Koordinaten! Wir wollen keine Zeit verlieren.«

»Es wird dunkel dort sein und ...«

»Wir haben Scheinwerfer, Morvoner. Die Koordinaten, bitte!«

Er gab sie uns und wünschte uns viel Glück.

Als wir die Insel erreichten, lag sie in tiefer Dunkelheit unter uns. Erst in einigen Tontas würde die Dämmerung anbrechen. Wir beschlossen, zu landen und den Versuch zu unternehmen, das Organ noch in der Nacht zu bergen. Dann wollten wir der fünften Station unseren zweiten Besuch abstatten und Aufklärung verlangen.

Wir fanden das von Morvoner beschriebene Hochplateau und die Station. Real und wirklich lag sie im Lichtkegel unseres Scheinwerfers, und als wir zur Landung ansetzten, entdeckte ich auf dem Orterschirm, dass es an den Hängen der nicht besonders steilen Berge mehrere Ansiedlungen gab.

Als ich entsprechende Bedenken äußerte, winkte Fartuloon ab. »Na, und wennschon! Es sind ebenfalls ehemalige Siedler. Selbst wenn sie das Licht am Himmel gesehen haben, werden sie sich hüten, mitten in der Nacht nachzusehen, wer da zu Besuch gekommen ist. Wir haben ja gehört, dass die Stationen für sie tabu sind. Von wegen ›Erbe der Götter‹ und so ... «

»Das muss nicht für *alle* gelten«, gab ich zu bedenken. »Die hier leben auf der anderen Seite des Planeten und haben vielleicht eine völlig andere Entwicklung hinter sich als ihre Gefährten. Ich würde vorsichtig sein.«

»Aber du hast doch nichts dagegen, dass wir jetzt landen?«

Er landete bei vollem Scheinwerferlicht. Meiner Schätzung nach waren die Ansiedlungen mehr als fünf Kilometer entfernt, sodass uns Zeit genug blieb, unser Vorhaben sofort auszuführen. Das Beiboot stand so, dass der Lichtkegel den Eingang des Gebäudes anstrahlte. Als wir darauf zugingen, warfen unsere Körper extrem lange Schatten. Diesmal hatten wir es offensichtlich nicht mit einer Illusion zu tun, und auch sonst gab es keine Hindernisse auf unserem Weg.

Vor dem offenen Eingang hielten wir an.

»Na, worauf warten wir?«, fragte ich ungeduldig.

Fartuloon schüttelte missbilligend den Kopf. »Immer diese Jugend!«, seufzte er. »Impulsiv und zu schnell in ihren Entschlüssen. Und dadurch meist unvorsichtig. Ich will überlegen …«

»Was gibt es denn da zu überlegen?«, fragte ich erstaunt. »Diese Station unterscheidet sich nicht von den anderen, von der unsichtbaren mal abgesehen.«

»Es ist die zwölfte!«

»Sie könnte auch die erste oder vierte sein. Die Reihenfolge haben *wir* doch gewählt! Ich sehe keinen Grund, hier unsere Zeit zu verschwenden.«

»Du denkst an die Siedler? Aber nicht doch, Atlan! Sie bedeuten keine Gefahr, selbst wenn sie wütend werden, weil wir in die Station eindringen und ein etwaiges Heiligtum stehlen.«

Ich zuckte mit den Schultern und ging an ihm vorbei, um als Erster die Station zu betreten. Da nun das Licht unseres Bugscheinwerfers nicht mehr ausreichte, schaltete ich die mitgebrachte Taschenlampe an. Es gab keine Fallen oder angreifende Roboter, sondern nur die Stufen, die nach oben führten. Fartuloon stieß einen Seufzer der Erleichterung aus, als er die Halle mit der Organanlage sah. Nichts geschah, als wir sie untersuchten und die Behälter schließlich aus der Station transportierten. Wieder im Licht des starken Scheinwerfers, warnte mich mein Extrahirn vor einer drohenden Gefahr.

»Können wir eine Pause machen?«, fragte ich Fartuloon.

Er ging weiter und erwiderte, ohne sich umzudrehen: »Es sind nur ein paar Meter, die wirst du wohl noch schaffen, oder?«

Rechts und links waren vereinzelte Felsen, die halb im Dunkel lagen. So angestrengt ich auch hinsah, ich konnte keine Bewegung entdecken, und doch wusste ich, dass dort die unbekannte Gefahr lauerte. Vielleicht waren es die Siedler, vielleicht eine Falle der Varganen. Da Fartuloon weiterging, folgte ich. Auf keinen Fall durften wir die Zuleitungen zwischen Organbehälter und Lebenserhaltungssystem unterbrechen. Ich musste auf den steinigen Weg aufpassen, gleichzeitig aber versuchte ich auch, eventuelle Gegner in der finsteren Umgebung zu erkennen. Als wir das Schiff erreichten, setzten wir die Anlage ab.

Als ich mich gerade bücken wollte, um den Behälter mit dem schwimmenden Organ wieder aufzuheben, erhielt ich einen fürchterlichen Schlag auf den Kopf und verlor sofort das Bewusstsein. Ich sah nur noch, wie Fartuloon stürzte. Dann wusste ich nichts mehr.

4.

Aus: *Die Kunst des Krieges*, Sunzi (auch Sun Dse und ähnlich geschrieben), um 500 v. Chr.

Militärische Taktik ist dem Wasser ähnlich; denn das Wasser strömt in seinem natürlichen Lauf von hohen Orten herunter und eilt bergab. So muss im Krieg gemieden werden, was stark ist, und geschlagen werden, was schwach ist. Das Wasser bahnt sich seinen Weg entsprechend der Natur des Bodens, auf dem es fließt; der Soldat erkämpft sich seinen Weg entsprechend der Natur des Feindes, dem er gegenübersteht. Und wie Wasser keine unveränderliche Form kennt, gibt es im Krieg keine unveränderlichen Bedingungen.

Als ich erwachte, war es hell. Ich lag gefesselt auf nacktem Gestein vor dem Eingang einer Höhle, die in einen Hang hineinführte. Mit dem Rücken musste ich zur Ebene hin liegen. Mein Handstrahler fehlte und zu meinem Schrecken auch das Armband mit dem Minikom. Man hatte mir beides abgenommen. Das kleine Plateau war leer. Nirgends entdeckte ich eine Spur von Fartuloon, der wie ich niedergeschlagen worden sein musste. Ich hatte ihn fallen sehen, bevor ich bewusstlos wurde. Die Siedler – *wenn* es die Siedler waren – hatten uns überrascht. *Um in der halben Tonta die relativ große Entfernung zurückzulegen, müssen sie sich ziemlich beeilt haben.*

Wie auch immer, raunte der Extrasinn, *sie waren zur Stelle, als ihr aus der Station kamt.*

Es wurde Zeit, dass einer von ihnen auftauchte, damit ich ihnen erklären konnte, dass wir keine bösen Absichten hegten. Vor allen Dingen wollte ich wissen, was mit Fartuloon geschehen war. *Warum* hat man uns getrennt? Ein Verhör? Ich versuchte, meine Fesseln zu lösen, gab es aber bald wieder auf. Die Stricke waren ungemein fest und gaben keinen Millimeter nach, sosehr ich mich auch anstrengte. Im Gegenteil: Sie schienen sich immer fester zuzuziehen. Ich verfluchte unsere Leichtsinnigkeit. Dabei hatte ich die drohende Gefahr rechtzeitig geahnt, mir aber Fartuloon gegenüber keine Blöße geben wollen. *Nun ja, Morvoner wird die Angelegenheit in die Hände nehmen, wenn wir uns nicht melden. Er weiß ja, wo wir sind.*

Während ich über unser Missgeschick nachdachte, sah ich einen Mann aus der Höhle kommen. Er trug ein langes und lose herabhängendes Gewand, das bis zum Boden reichte und seine Füße verdeckte. Statt eines Gürtels schlang sich ein dicker Strick um seinen Körper, in dem ein Messer steckte. Seine Haare waren dicht und wirkten ungepflegt. Finster betrachtete er mich, dann sagte er etwas, das ich nicht verstand. Es war eine Sprache, die ich noch nie in meinem Leben vernommen hatte.

»Was habt ihr mit meinem Begleiter angestellt?«, fragte ich im »Dialekt« der anderen Siedlernachkommen. »Ihr begeht einen großen Fehler, wenn ihr uns festhaltet. Unsere Freunde werden kommen und euch ins Meer jagen, falls ihr uns nicht sofort freilasst.«

Er reagierte überhaupt nicht auf meine Drohung, sondern betrachtete mich mit wissenschaftlichem Interesse. Er sah aus wie ein Arkonide. Ich konnte keine Unterschiede feststellen, wenigstens nicht auf den ersten Blick. Wieder sagte er etwas in der mir unbekannten Sprache und reckte dabei die geballte Faust in den sonnigen Himmel. Es hörte sich wie eine Drohung an, und sicherlich war es auch eine. In diesem Augenblick war ich nicht besonders zuversichtlich. Falls wir religiösen Fanatikern in die Hände gefallen waren, die das Gebäude mit den Organen als Heiligtum betrachteten, stand uns nichts Gutes bevor. *Wo steckt Fartuloon nur …?*

Der Priester oder was immer seine Funktion auch sein mochte, wurde wütend. Er trat mit dem Fuß nach mir und war so unvorsichtig, nicht gleich zurückzuspringen. Ich federte mich ab und erwischte ihn mit beiden gefesselten Füßen im Unterleib. Der Schwung war so kräftig, dass er einige Meter durch die Luft geschleudert wurde und gegen die Felswand prallte. Wie ein Sack fiel er zu Boden und blieb regungslos liegen. Ich hoffte, ihn nicht ernstlich verletzt zu haben, denn ich wollte ihm nur einen Denkzettel verpassen, den er nicht so schnell vergessen sollte. Nun lag er da und rührte sich nicht mehr. *Vielleicht hat er sich das Genick gebrochen …*

Mir fiel das Messer ein, das er im Gürtel trug. Mühsam wälzte und kroch ich zu ihm. Aber noch bevor ich das Messer erreichen konnte, hörte ich Stimmen. Jemand kam aufs Plateau herauf. Schnell wälzte ich mich zur Seite und blieb ruhig liegen. Die Augen fast ganz geschlossen, wartete ich ab. Es waren drei Männer, ähnlich gekleidet wie der von mir überrumpelte. Sie blieben verblüfft stehen, als sie ihren Genossen regungslos an der Felswand liegen sahen, dann liefen sie zu ihm und untersuchten ihn. Um mich kümmerten sie sich zunächst nicht. Es wäre sinnlos gewesen, die Situation ausnutzen zu wollen: Da war nur noch die Höhle und an drei Seiten der Abgrund. Die Männer hätten mich mühelos unschädlich machen können, hätte ich mich gerührt. Ich konnte nur abwarten, was sie tun würden.

Sie trugen ihren Gefährten in die Höhle und legten ihn dort ab, dann kehrten sie zu mir aufs Plateau zurück. Finster betrachteten sie mich, untersuchten meine Fesseln und schienen zu überlegen, wie ich es wohl geschafft hatte, ihren Freund unschädlich zu machen. Ich wollte wissen, was mit Fartuloon geschehen war. Aber sie reagierten nicht. Schließlich entfernten sie sich wieder und ließen mich mit meiner Ungewissheit zurück – und mit dem bewusstlosen Priester in seiner Höhle. Ich blieb ruhig liegen, um meine Kräfte zu schonen. Es konnte nicht mehr lange dauern, bis Morvoner Verdacht schöpfte, weil wir seine Funkrufe nicht beantworteten. Dem Beiboot konnte nicht viel passieren …

Der Schreck fuhr mir in die Glieder, heiß und fast schmerzhaft. *Das Beiboot! Fartuloon hat den Einstieg geöffnet, bevor wir überfallen wurden!*

Fast eine Dezitonta lag ich in der Sonne, ohne etwas unternehmen zu können, und kämpfte gegen meine Enttäuschung. Die fremden Siedler konnten die Organe herausholen oder sie den Kralasenen überlassen, falls sie zufällig auf der Insel landeten. Ich war so hilflos wie selten zuvor in meinem Leben, und das alles nur wegen ein paar

Stricken, die mich fest umschlangen. *Der Bewusstlose in der Höhle kann mir nicht helfen … oder doch?*

Ich konnte ihn bedrohen, sobald er wieder zu sich kam. Ich konnte ihn zwingen, meine Fesseln zu lösen … Aber dann durfte ich auch keine Zeit mehr verlieren. Als ich meinen Entschluss fasste, war es bereits zu spät. Die drei Priester kehrten auf das Plateau zurück.

»Wer seid ihr?«, fragte einer langsam und betont im Dialekt der Siedler.

Ich hatte keine Lust, ihnen das zu erzählen. Außerdem wusste ich nicht, ob sie Fartuloon bereits verhört hatten. »Warum habt ihr uns überfallen? Wir haben euch nichts getan.«

»*Wir* stellen die Fragen. Ihr habt unseren Tempel geschändet und verdient den Tod. Ihr sollt jedoch vorher die Möglichkeit erhalten, eure Sünden zu bereuen.«

Sie hatten aus den Stationen, die vermutlich schon eine Ewigkeit vorhanden waren, Heiligtümer gemacht. Wahrscheinlich wussten sie nicht, was sie bedeuteten und welchen Zweck sie ursprünglich gehabt hatten. Vielleicht verehrten sie sogar die Organe als Götter.

»Was ist mit meinem Freund geschehen? Ich werde erst antworten, wenn ich das weiß.«

»Es geht ihm gut, obwohl er uns auch eine wirre und unglaubwürdige Geschichte erzählte. Jedenfalls seid ihr in den Tempel eingedrungen und habt das Heiligtum gestohlen. Wir haben weitere Heiligtümer in eurem Schiff gefunden. Ihr seid Tempelschänder. Der Rat der Priester hat euren Tod beschlossen!«

»Das ist doch alles Unsinn!«, rief ich. »Holt meinen Freund, wir werden euch alles erklären. Erinnert ihr euch nicht mehr an eure Vergangenheit, an das technische Erbe eurer Väter und Großväter? Ihr wisst doch, was ein Raumschiff ist, und ihr wisst, dass es andere Welten gibt, zu denen man mit einem solchen Schiff fliegen kann! Eure Tempel sind keine Heiligtümer, sondern die Hinterlassenschaft eines hoch zivilisierten Volkes. Ihr habt einen religiösen Kult daraus gemacht und wollt uns töten, nur weil ihr den Sinn dieser Stationen nicht kennt. Lasst mich mit den Vertretern eures Volkes reden – löst endlich meine Fesseln!«

»*Wir* sind die Vertreter unseres Volkes, Fremder!«

Auch das noch! Die Priester unterstanden niemandem. *Sie* beherrschten das Volk, indem sie ihm abergläubische Furcht vor den Tempeln einflößten, rachedurstige Götter erfanden, deren Zorn nur durch sie, die mächtigen Priester, besänftigt werden konnte. *Und vermutlich dadurch, dass gelegentlich ein Opfer dargebracht wird, das zugleich dem Zweck dient, unerwünschte Personen loszuwerden.*

Der Bewusstlose war wieder zu sich gekommen – sich die schmerzenden Glieder reibend, kam er zu uns heraus auf das Plateau. Wütend starrte er mich an und ballte die Fäuste. »Er hat tausendfach den Tod verdient. Diesmal werde ich selbst das heilige Amt übernehmen!«

Ich konnte mir schon denken, was an dem Amt so »heilig« war. *Wird Zeit, dass Morvoner endlich handelt!* Die KARRETON hatte seit dem letzten Funkkontakt mindestens dreimal den Planeten umrundet. *So lange hat bisher noch keine unvereinbarte Funkpause gedauert.*

Die Priester berieten sich. Dann packten sie mich an Armen und Beinen und schleppten mich einen schmalen Pfad entlang, der nach unten führte. Ich sah nur den Himmel und manchmal die Felsen auf der Seite des Weges. Sie trugen mich in einen Raum ohne Fenster. Der Übergang von Helligkeit zu Finsternis war so abrupt, dass ich nichts mehr sehen konnte, als sie mich auf den Boden legten und gingen. Die Tür blieb geöffnet.

»Alles in Ordnung?« Das war Fartuloons besorgte Stimme. Meine Augen gewöhnten sich allmählich an das Dunkel. Er lag neben mir auf dem Boden. »Nun rede schon ...!«

»Ich bin heil geblieben, aber sonst ist *nichts* in Ordnung. Wo sind wir? Im Dorf?«

»Nein, wir sind bei den Priestern. Sie hausen abseits vom Dorf hinter der Station, meist in Höhlen. Sie werden schon gute Gründe dafür haben, sich von den übrigen Siedlern abzusondern.« Er räusperte sich. »Sie sehen sich als Wächter der Station, aus der sie einen Tempel gemacht haben. Übrigens – sie sagten mir, dass sie die Organe in die Station geschleppt haben. Alle!«

»Und mir sagten sie, dass wir geopfert werden sollen.«

»Das könnte ihnen so passen! Morvoner wird ihnen einen Strich durch die Rechnung machen. Wie ich ihn kenne, ist er schon mit dem zweiten Beiboot unterwegs und hat längst herausgefunden, was geschehen ist. Er wartet nur den richtigen Augenblick ab.«

Hoffentlich war seine Vermutung richtig. Ohne Morvoner waren wir verloren, wenn es uns nicht rechtzeitig gelang, die Fesseln zu lösen und an unsere Waffen heranzukommen. »Haben sie dir das *Skarg* abgenommen?«

»Natürlich, aber sie können nichts damit anfangen.«

Wir schwiegen und rollten uns so, dass wir mit den Händen zusammenkamen, die auf den Rücken gefesselt waren. Wir versuchten, die Stricke zu lösen, gaben unsere Bemühungen aber bald wieder auf.

»Es ist sinnlos«, keuchte Fartuloon.

Zwei Tontas mochten wir in der Hütte gelegen haben. Wir hatten Hunger und Durst, aber niemand dachte daran, uns etwas zu essen oder zu trinken zu bringen. Wahrscheinlich hielten sie das angesichts unseres bevorstehenden Opfertodes für eine Verschwendung.

Es war um die Mittagszeit, als wir Schritte hörten. Vier Priester betraten die Hütte und holten uns heraus. Dabei gingen sie nicht gerade zart mit uns um, nahmen unsere Beine und zerrten uns über den Boden. Die Haut an meinen gefesselten Händen wurde abgeschürft.

Vom Berg herab kamen in feierlicher Prozession mindestens fünfzig Männer in langen Gewändern. Ihr eintöniger Singsang sollte wohl die Bedeutung der Tonta unterstreichen, für Fartuloon und mich bedeutete er den Totengesang. Sie legten uns auf zwei Tragen, der Zug nahm uns in die Mitte und geleitete uns in die Ebene hinab, wo links die Station und rechts unser Schiff war. Und nun sah ich auch, welches Ende man uns zugedacht hatte: Zwischen Station und Schiff war ein Scheiterhaufen aufgeschichtet worden. Eine roh zusammengezimmerte Leiter führte zu ihm hinauf, und die beiden Pfähle ließen kein Missverständnis darüber aufkommen, wie sich die Priester die »Feierlichkeit« vorgestellt hatten.

In respektvoller Entfernung hatte sich das Volk versammelt, um dem Schauspiel beizuwohnen. Ich war davon überzeugt, dass man den Siedlern eine haarsträubende Geschichte erzählt hatte, die uns als verbrecherische Tempelräuber und Heiligtumsschänder hinstellte. Um die Götter nicht noch mehr zu erzürnen, mussten wir sterben. Es würde kaum jemanden geben, der gegen das Urteil der Priester protestierte. Wer sich ihnen entgegenstellte, würde wohl das nächste Opfer sein …

Ich lag auf dem Rücken und suchte den Himmel nach einem Punkt ab, konnte aber nichts entdecken. Wollte Morvoner rechtzeitig eingreifen, musste er sich beeilen. Unser Beiboot schien unversehrt zu sein, wenigstens konnte ich außen keine Beschädigung entdecken. Die Luke war weit geöffnet.

Die Tragen wurden abgesetzt. Die Priester bildeten einen Kreis um uns. Einer hielt eine Ansprache, auf deren abstrusen Inhalt ich nicht achtete. Dann erschien jemand aus dem Hintergrund. Er trug eine Art Tablett, auf dem Fartuloons *Skarg* lag. Keine Spur hingegen von meinem Handstrahler. Das Dagorschwert wurde auf den Scheiterhaufen gebracht und zwischen den beiden Pfählen niedergelegt. Fartuloon knurrte: »Es wird mit uns geopfert! Die Brüder haben den Wert meines Schwertes erkannt! Welche Ehre!«

»Ich finde, Morvoner lässt sich zu viel Zeit.«

Man löste die Fesseln von unseren Füßen, aber mehr nicht. Zwei der Priester – oder Henker – machten sich bereit, uns zu begleiten. Wahrscheinlich wollte man uns an die Pfähle fesseln. So lange aber wollten weder Fartuloon noch ich warten. Als ich diesmal nach oben blickte, sah ich das sich nähernde Beiboot.

Fartuloon grinste, als er die Leiter emporstieg. Auch er hatte den größer werdenden Punkt am Himmel gesehen und wusste, dass Morvoner hinter den Kontrollen hockte und den Vorgang hier unten genau beobachtete. Ra würde sicher bei ihm sein, vielleicht auch Vorry. »Wie lange wartet er denn noch?«, flüsterte ich. »Ich habe keine Lust, mich an den Pfahl binden zu lassen.«

Fartuloon sagte mit unverkennbarem Hang zum Masochismus: »Vielleicht ist das da oben gar nicht Morvoner, sondern es sind die Kralasenen …«

Für diese Bemerkung hätte ich ihm in diesem Augenblick am liebsten eine Ohrfeige verpasst. Zwei Priester nahmen uns auf der Plattform in Empfang. Ich blickte unauffällig nach oben. Es sah so aus, als bäte ich sämtliche Götter um Verzeihung. Das Beiboot stürzte wie ein Stein in die Tiefe, genau auf uns zu. Fartuloon hatte es ebenfalls gesehen. Er stand so, dass er mit dem rechten Fuß den Griff des auf dem Holz liegenden *Skarg* berührte. Ich bemerkte, dass die beiden Schneiden zu flimmern begannen, aber zum Glück lag das Schwert so, dass das Holz nicht desintegriert wurde.

Ich begriff Fartuloons Absicht. Als er mir zunickte, gab ich dem einen der Priester mit der Schulter einen so kräftigen Stoß, dass er strauchelte, den Halt verlor und vom Scheiterhaufen stürzte. Der zweite folgte ihm, als er auf mich zurannte und Fartuloon ihm ein Bein stellte. Gleichzeitig bückte sich mein Ziehvater und hob das Schwert auf, die Hände noch immer auf dem Rücken zusammengebunden. »Los, halte die Stricke gegen die Energieschneide – aber sei vorsichtig! Und dann binde mich los. Morvoner beginnt gleich mit seinem Feuerwerk.«

Keine Millitonta später war ich frei und löste Fartuloons Fesseln mit dem *Skarg*. Inzwischen standen die weiter entfernten Siedler wie erstarrt. Sie hatten gesehen, wie wir uns befreiten, und das herabstürzende Beiboot war ihnen auch nicht entgangen. Sie mochten es zuerst für ein Zeichen der Götter gehalten haben, die ihr Wohlwollen bekunden wollten. Aber dann geschah das Unfassbare auf dem Scheiterhaufen. Ihr Glaube begann zu schwanken. Die Priester glaubten ohnehin nicht an ihren eigenen Unfug, aber der von Fanatismus geschürte Zorn über ihre plötzliche Ohnmacht den Geschehnissen gegenüber verlieh ihnen den Mut der Verzweiflung.

Sie mussten ahnen, wer uns da zu Hilfe kam, denn die beiden Beiboote waren in ihrer äußeren Form identisch. Sie stürmten den Scheiterhaufen. Einer warf eine Fackel, das trockene Holz brannte sofort lichterloh. In diesem Augenblick war Morvoner heran und eröffnete das Feuer. Die Paralysebündel fuhren mitten in die Priester. Mit Befriedigung bemerkte ich, dass er die Siedler verschonte, die noch immer erstarrt in einiger Entfernung standen und das Strafgericht ihrer Götter beobachteten. Mir wurde es heiß, denn die Flammen züngelten höher und höher. Fartuloon nahm Anlauf und sprang einfach in die Tiefe, landete hart auf dem Boden, rollte ab, stand schon wieder auf den Beinen und winkte mir zu. »Na, worauf wartest du denn?«

Ich sprang ebenfalls, aber da meine Beine noch steif waren, verstauchte ich mir einen Fuß. Neben Fartuloon humpelte ich zu unserem YPTAR-Beiboot. Inzwischen räumte Morvoner mit den Priestern endgültig auf. Einige von ihnen blieben reglos liegen, während die anderen versuchten, sich in den nahen Felsen in Sicherheit zu bringen. Immer neue Salven trieben sie voran, bis sie endlich ihre Hütten und Höhlen erreichten, in die sie sich verkrochen. Das Beiboot landete, Morvoner kam heraus. Wir trafen uns mitten zwischen seinem Schiff, unserem und den Siedlern, die alles mit aufgerissenen Augen und mit ängstlicher Scheu beobachteten, ohne zu fliehen.

»Du kommst reichlich spät«, sagte Fartuloon mit leisem Vorwurf.

»So eine lebensechte Vorstellung bekommt man nur selten zu sehen. Ich hatte euch schon lange im Bild, aber ich wollte warten, bis das erhebende Schauspiel eurer Verbrennung seinen Höhepunkt erreichte.«

»Sehr überzeugend«, beschwerte auch ich mich. »Trotzdem besten Dank für die Hilfe.« Ich deutete in Richtung der Siedler. »Klären wir sie auf?«

»Warum?« Fartuloon schüttelte den Kopf. »Die Macht der Priester ist gebrochen, die Siedler werden ihre Schlussfolgerungen ziehen. Falls sie es nicht tun, haben sie nichts anderes verdient. Aber wie ich das so sehe, werden die Priester in Zukunft arbeiten müssen, wenn sie essen wollen. So, und nun holen wir die Organe aus der Station. Es wäre gut, würde uns jemand dabei helfen …«

Morvoner deutete auf einige betäubte Priester. »Ich wüsste ein paar billige Arbeitskräfte.«

Und so kam es, dass die Siedler Zeuge wurden, wie ihre Priester im Schweiße ihres Angesichts den Tempel selbst plünderten und die zwölf »Heiligtümer« in unser Beiboot schleppten. Nach und nach kehrten sie in ihre Siedlung zurück, manche von ihnen sicherlich sehr nachdenklich geworden. Die Priester ließen wir ungeschoren. Die Niederlage würde nicht ohne machtpolitische Folgen bleiben, das stand fest. Es gab keinen Grund, die weitere soziale Entwicklung der Siedler zu beeinflussen. Sie hatten ihre Lektion erhalten; es lag an ihnen, die Konsequenzen daraus zu ziehen.

Morvoner sagte: »Nun habt ihr zwölf Organe und damit einen

Teil der Aufgabe gelöst. Was nun? Sollten wir diese Bioklumpen nicht an Bord der KARRETON untersuchen?«

»Wir kehren zuerst zu Station fünf zurück, dort erhalten wir weitere Informationen. Du wartest in der Umlaufbahn auf uns.« Ich sah ihn an und lächelte. »Und vielleicht bist du so gut, uns nicht aus den Augen zu lassen. Und das nächste Mal warte bitte nicht so lange.«

»Also gut, das nächste Mal beeile ich mich, aber ich hoffe, es wird nicht mehr notwendig sein. Die überlebenden Kralasenen werden vermutlich keine Schwierigkeiten mehr machen.« Er kletterte in das zweite Beiboot, das wenig später abhob und in den Wolken verschwand.

Der Scheiterhaufen war inzwischen abgebrannt. Von den Siedlern und Priestern war nichts mehr zu sehen. Fartuloon klemmte seinen fetten Bauch hinter die Kontrollen und brummte: »Du kannst mir was zu essen holen.«

Wir fanden den alten Landeplatz. Die Station hatte sich nicht verändert, deutlich konnten wir die herausgeschnittene Eingangstür erkennen. Von den Kralasenen war nichts zu sehen. Aber Morvoner schien ihre Spur mal wieder verloren zu haben. Wir sicherten das Boot und legten uns ein paar Tontas schlafen. Hier waren wir in Sicherheit.

Gebharon/Halaad: 27. Prago des Eyilon 10.498 da Ark

Ich erwachte, als es zu dämmern begann. Vom Sessel aus, in dem ich lag, sah ich den anbrechenden Tag durch die große Sichtscheibe über den Kontrollen schimmern. Das vertraute Geräusch von Fartuloons Schnarchen erfüllte den Kontrollraum und wirkte beruhigend. Ich gähnte und stand auf, um mich zu waschen und das Frühstück zu bereiten. Fartuloon sollte ruhig noch etwas schlafen.

Erst als ich in der kleinen Toilette stand, kam mir zum Bewusstsein, dass außerhalb dieses Schiffes etwas war, was ich vorher nicht bewusst bemerkt hatte. Etwas hatte sich draußen verändert, und ich hatte es nur im Halbschlaf registriert, ohne weiter darauf zu achten. Ich beeilte mich und kehrte in den Kontrollraum zurück, um nochmals durch die Sichtscheibe zu blicken.

Die Roboter! Sie standen aufgereiht wie Soldaten und salutierten mit den leeren Händen, als wollten sie uns willkommen heißen. Die Roboter bildeten eine Gasse, die zum Stationseingang führte. Die Geste war eindeutig friedlich und ihre Bedeutung absolut klar. Wahrscheinlich hatte die Computeranlage die entsprechende Anweisung an die zentrale Kontrolle gegeben, nachdem die zwölf Organe eingesammelt und wir hier gelandet waren. *Offensichtlich stehen die Stationen miteinander in Verbindung. Oder die Zentralkontrolle verfügt über Ortungsanlagen.*

Ich weckte Fartuloon und zeigte ihm das Empfangskomitee. Er grunzte befriedigt: »Läuft ja alles nach Programm, Junge. Zuerst werden wir aber anständig frühstücken und dann dem Robotchef einen Besuch abstatten. Bin gespannt, was er uns zu sagen hat.«

»Ich kann es mir schon denken ...«

»So?«

»Dass unsere Aufgabe noch nicht erfüllt ist. Es fehlt noch etwas.«

»Und was?«

»Ein *Zentralorgan* – ich will es mal so nennen. Die zwölf Organe ähneln einander alle, keins von ihnen weist Besonderheiten auf. Aber die Leitungen und die zusätzlichen Anschlüsse deuteten darauf hin, dass noch ein Organ in unserer Sammlung fehlt. Ich hoffe, wir erhalten einen Hinweis, wo wir es zu suchen haben.«

»Na, wir werden ja sehen.« Er ließ sich den Appetit durch meine Theorie nicht verderben und aß für drei.

Morvoner meldete sich, kurz bevor wir das Boot verließen. »Ich habe die Kralasenen entdeckt. Sie sind nicht weit von euch entfernt gelandet und verhalten sich abwartend. Kann sein, dass sie abermals angreifen, aber ich glaube es nicht.«

»Das hoffen wir auch. Behalte sie im Auge. Schleuse das Beiboot aus. Es genügt, wenn Vorry und Ra die Lage kontrollieren. Jedenfalls würden wir uns sicherer fühlen können.«

»Gut. Seid vorsichtig.«

»Verlass dich darauf!«

Der Gedanke, dass das zweite Beiboot über unsere Sicherheit wachte, beruhigte mich. Fartuloon behauptete zwar, es handele sich um eine absolut überflüssige Vorsichtsmaßnahme, aber sehr überzeugend klangen seine Worte nicht.

Die Sonne stand schon zwei Handbreit über dem Horizont, als wir die Luke öffneten. Die Roboter rührten sich nicht. Wir verschlossen die Luke und sicherten das Boot. Trotz der friedlichen Atmosphäre konnte ich ein ungutes Gefühl nicht unterdrücken, als wir an den bewegungslosen Robotern vorbeischritten. Vor uns war die umgestürzte Tür, dahinter der Eingang zur Station. Unauffällig blickte ich nach oben. Die Wolken hatten sich verzogen, der Himmel war klar und blau. Und sehr hoch über uns entdeckte ich das Beiboot. Das Spalier der Roboter reichte bis kurz vor dem Eingang.

Fartuloon blieb stehen. »Na schön, verlassen wir uns auf die Fairness einer automatischen Anlage. Behalte die Hand in der Nähe deines Strahlers. Wenn uns jemand hereinlegen will, frage nicht viel.«

»Computer sind zuverlässig«, beruhigte ich ihn. »Wir haben nach seinen Anweisungen gehandelt und damit die Prüfung bestanden.«

Er nickte. »Sicher, das haben wir, aber ich frage mich, warum ein Roboter, der doch wahrscheinlich von den verschollenen Varganen programmiert wurde, ausgerechnet unsere Sprache spricht. *Satron!*«

Für einen Augenblick war ich verwirrt. Fartuloon hatte Recht. Aber was hatte das schon zu bedeuten? Wahrscheinlich war er in mehreren Sprachen programmiert worden oder hatte im Lauf der Zeit die Sprache der arkonidischen Pioniere analysiert. Als seine Sensoren uns abtasteten, schaltete seine Programmierung. Die Robotanlage wusste, dass wir Arkoniden waren, also redete sie uns auch in unserer Sprache an. Ich sagte es Fartuloon, der sicher eine ähnliche Theorie entwickelt hatte, denn er ging ohne Entgegnung weiter.

Das Licht flammte im Korridor auf, als wir ihn betraten. Diesmal wurden wir nicht von kleinen Robotern empfangen, auch nicht von Falltüren und Netzen. Selbst die Antigravsperre fehlte. Ohne Zwischenfall erreichten wir den oberen Gang und den Saal. Nur der Sockel war geblieben und die unsichtbaren Lautsprecher in den Wänden. Vorsichtig näherten wir uns dem Podium und blieben abwartend stehen. Wenn wir mit Begrüßungsworten gerechnet hatten, wurden wir enttäuscht. Alles blieb ruhig, nichts bewegte sich. Endlich gab ich mir einen Ruck und sagte: »Wir haben die Aufgabe erfüllt und alle zwölf Organe mit ihren Anlagen eingesammelt. Du batest uns, zu dir zurückzukehren, damit du uns weitere Informationen geben kannst. Hier sind wir.«

Die Antwort kam prompt: »Ich weiß, dass ihr die Aufgabe bisher erfüllt habt, aber ihr müsst den *Quaddin-Körper* zum Sprechen bringen, dann erst wird er in der Lage sein, euch den Weg in das *letzte Reich der Varganen* zu zeigen.«

»Quaddin-Körper?«

»Ihr habt zwölf Organe gefunden und in euer Schiff gebracht. Noch aber fehlt das dreizehnte. Es ist das Zentralorgan, ohne das der Quaddin-Körper stumm bleibt. Findet noch das Zentralorgan, sonst war alles umsonst – und die Einzelorgane werden selbständig in ihre Stationen zurückkehren.«

Meine Vermutung hatte sich bestätigt. *Es gibt also tatsächlich ein weiteres Organ, wahrscheinlich das wichtigste, irgendwo auf diesem verrückten Planeten, und wir müssen es finden.*

Hat Sofgart deshalb die Einzelorgane nicht eingesammelt?, raunte der Logiksektor. *Seine im Eppith-System gewonnenen Informationen müssen ziemlich umfangreich gewesen sein. Der Kralasene behauptete, Sofgart habe im Tempel von Endroosen-Zwei uralte Schriftzeichen analysiert.*

Oder er hat sie eingesammelt und wieder verloren, weil – wie hat es der Roboter ausgedrückt? – sie selbständig zurückkehrten, wie immer das auch vonstatten gehen mag …

»Wo finden wir das Zentralorgan?«, fragte Fartuloon, ehe ich die gleiche Frage stellen konnte. »Wir brauchen jeden Hinweis.«

Es entstand eine kleine Pause, in der der Roboter offenbar den Programmierungsspeicher befragte, was erlaubt und was verboten war. Obwohl ich mir allmählich wie ein untergeordneter Diener einer automatischen Anlage vorkam, hätte ich jetzt nicht aufgegeben, nicht so dicht vor dem Ziel. Die Stimme unterbrach die bedrückende Stille: »Hinweis genehmigt. Das gesuchte Hauptorgan befindet sich *nicht*, ich wiederhole: nicht auf dieser Welt. Aber es befindet sich in diesem Sonnensystem. Ende der Information.«

Fartuloon sah mich an.

»Nicht auf Gebharon? In diesem System? Wo denn?«

»Das sind drei Fragen. Ich bin beauftragt, nur noch eine einzige zu beantworten.«

Zum Glück schaltete Fartuloon schnell genug, um unsere letzte

Chance nicht zu vergeben. »Auf welchem Planeten befindet sich das Zentralorgan?«

Die Antwort kam sofort: »Auf dem sechsten Planeten *Za'Ibbisch*. Dies war der letzte Hinweis auf die geografische Lage. Es folgen nur noch Ratschläge.«

Die sind immer noch besser als nichts, dachte ich und sah an Fartuloons Gesichtsausdruck, dass seine Gedankengänge in ähnlichen Bahnen verliefen.

»Haben schon andere vor uns versucht, den Quaddin-Körper zusammenzusetzen? Warum gelang es ihnen nicht, falls es der Fall war?«

Es gab wieder eine Pause. Zweifellos beinhaltete der Informationsspeicher der Robotanlage eine Unzahl von Daten, die darauf warteten, bei Bedarf abgerufen zu werden. Aber es gab sicherlich eine Kontrollstelle, die vorher die Genehmigung erteilen musste, eine Art Sperre, die wir selbst nicht durchbrechen konnten. *Sonst wäre alles viel einfacher gewesen …*

»Andere haben es versucht«, sagte die Robotstimme, »aber sie scheiterten. Sie waren nicht qualifiziert. Mehr darf ich nicht mitteilen.«

Ich sah Fartuloon an, dass er krampfhaft nach der nächsten Frage suchte, aber auch ihm schien nun klar zu werden, dass unsere Chancen umso geringer wurden, je mehr Fragen wir stellten. Wahrscheinlich war die Zahl beschränkt. Er schwieg.

»Noch Fragen und Informationswünsche?«, fragte das Robotgehirn.

»Keine Fragen mehr«, sagte ich schnell, ehe mein Pflegevater in anderem Sinne antworten konnte. »Wir werden mit den zwölf Organen nach Za'Ibbisch fliegen und sie mit dem Zentralorgan vereinigen. Das letzte Reich der Varganen wird sich später seiner Besucher nicht zu schämen brauchen. Wir danken dir für deine Kooperation.«

»Kooperation ist meine Pflicht, sofern die Voraussetzungen gegeben sind. Ende.«

Die Stimme schwieg. Ich wurde das Gefühl nicht los, dass noch eine für uns ungemein wichtige Information fehlte, aber es war nun zu spät, weitere Fragen zu stellen. Damit hätten wir vielleicht alles nur verdorben. *Vielleicht hat der Blinde Sofgart diesen Fehler began-*

gen? Das wäre eine logische Begründung für sein Verhalten, uns die Kastanien aus dem Feuer holen zu lassen. Aber warum dann die sinnlosen Angriffe der Kralasenen? Pure Ablenkung?

Fartuloon sagte: »Gehen wir, die nächste Aufgabe liegt vor uns.«

Wir erreichten den Korridor und den Eingang. Die Roboter standen noch immer Spalier, hatten sich in der Zwischenzeit nicht von der Stelle gerührt – eine beruhigende Tatsache. Vielleicht hatten sie sogar den Auftrag erhalten, unser Beiboot zu bewachen. Fartuloon sah auf die Uhr und schaltete den Minikom ein. »Ich teile Morvoner mit, dass wir zur KARRETON zurückkehren.«

Morvoner meldete sich sofort. »Es ist inzwischen einiges los …«

Ich übernahm. »Was ist los? Berichte!«

»Erst einmal Folgendes: Eine Art Raumtorpedo folgt der KARRETON, holt aber nicht auf. Der Abstand bleibt gleich. Er ist mit Sicherheit unbemannt und fliegt mit Automatik, aber mit Zielsteuerung. Frage: Sollen wir ihn unschädlich machen, ehe es sich die Programmierung anders überlegt?«

»Woher kommt er?«, fragte ich verblüfft.

»Kurs lässt sich nicht zurückberechnen, da Änderungen im Flug nicht ausgeschlossen. Vermutlich wurde das Ding aber von der Oberfläche gestartet; vielleicht eine Beobachtungsstation, die notfalls auch ein angemessenes Ziel vernichten kann.«

»Der Abstand verändert sich nicht?«

»Er bleibt gleich«, wiederholte Morvoner.

Fartuloon nickte mir zu. »Gut, dann beobachtet ihn. Sobald er die Geschwindigkeit erhöht und sich der KARRETON nähert, vernichtet das Ding.«

»In Ordnung.«

Ich erkundigte mich: »Das war die erste Information. Was ist sonst noch los?«

»Das dürfte vielleicht nicht so wichtig sein, aber es ist zumindest interessant. Auf der Insel, auf der die Priester euch verbrennen wollten, steht der Fuß des Gebirges in Flammen.«

»In Flammen?«

»Alles brennt! Vor allem in der Umgebung der Station brennt es.«

Mir war sofort klar, was geschehen war. Die Siedler hatten viel schneller und rabiater reagiert, als ich es erwartet hatte. Sie mussten sich entschlossen haben, der Herrschaft der Priester sofort ein Ende zu machen. Sie hatten sich zusammengetan und die Wohnstätten der Männer mit den langen Gewändern angegriffen und in Brand gesteckt. Ich konnte ein gewisses Gefühl der Genugtuung nicht unterdrücken, obwohl ich durchaus die positiven Seiten einer Religion zu schätzen wusste. Was ich hasste, war nur das Parasitentum gewisser Personen, die es verstanden, sich eine Machtposition zu erschwindeln, und von der Angst des Volkes lebten. Es gab unzählige Beispiele dieser Art – stets wurde die tief im Herzen einer jeden Intelligenz schlummernde Furcht vor dem Tode dazu benutzt, sich Vorteile zu schaffen.

»Es brennt nur in der Nähe der Station?«, vergewisserte ich mich.

»Nur dort. In den Ansiedlungen ist es dunkel, bis auf vereinzelte Lichter in den Häusern. Sollen wir uns darum kümmern?«

»Nein, Morvoner. Ich glaube, wir haben dort schon genug geholfen. Mir bereitet nur der Torpedo Sorgen. In einer halben Tonta sind wir bei euch. Sendet das Peilzeichen. Wir starten gleich.«

»Gut, wir erwarten euch. Ende.«

Die Kralasenen schienen endgültig aufgegeben zu haben. Sie griffen uns nicht mehr an und ließen uns unbehindert starten. Kurz darauf waren wir unterwegs zur KARRETON, die uns auf ihrer Kreisbahn entgegenkam.

Der Raumtorpedo war etwa zwanzig Meter lang und folgte dem Forschungskreuzer mit höchster Präzision. Er besaß Massetaster, die mit der Navigation und Zieleinrichtung gekoppelt sein mussten. Die geringste Kursänderung der KARRETON genügte, auch seinen Kurs zu ändern. Wir hatten das YPTAR-Beiboot im Hangar verankert und die zwölf Organanlagen vorerst im Lagerraum gelassen.

Morvoner sah auf den Panoramaschirm und runzelte die Stirn. »Das gefällt mir nicht. Jemand muss das Ding ja hinter uns hergeschickt haben, aber wer? Die Kralasenen? Das glaube ich nicht. Hätten sie es gekonnt, wärt ihr auf Gebharon nicht so glimpflich davongekommen. Und die Siedler? Sie sind froh, dass sie elektrisches Licht und Gewehre mit Sprenggeschossen haben. Wer also?«

»Der Blinde Sofgart?« Fartuloon saß bequem in einem Kontursessel und ließ die Holos nicht aus den Augen. Seine rechte Hand lag in der Nähe der Kontrollen für den Feuerleitstand. »Warum sollte er, wenn wir für ihn die Aufgabe lösen?«

»Noch haben wir sie nicht gelöst«, machte ich ihn aufmerksam und fügte hinzu: »Außerdem greift der Torpedo nicht an.«

»Glaubst du, es ist ein schönes Gefühl, ihn ständig hinter uns zu wissen? Ich bin gespannt, was er macht, wenn wir beschleunigen, um den sechsten Planeten anzusteuern. Folgt er uns?«

»Und wenn – was dann?«, fragte Morvoner.

Ich wusste, dass die beiden Fragen eine Entscheidung für mich bedeuteten. Und ich hatte mich längst entschieden. »Dann vernichten wir ihn!«

Morvoner programmierte das Abflugmanöver. Wir würden maximal beschleunigen, mit direktem Kurs auf den sechsten Planeten, den die Robotanlage *Za'Ibbisch* genannt hatte. Ich ließ den uns folgenden Torpedo nicht aus den Augen. Er war klein, aber seine schimmernde Hülle strahlte eine Bedrohung aus, die mich schaudern ließ. Was barg er in seinem Innern? An eine bloße Beobachtungsstation glaubte ich nicht.

Morvoner sagte: »Die Beschleunigung beginnt in drei Millitontas, gleichzeitig erfolgt die notwendige Kurskorrektur. Achtung, noch eine Millitonta ...«

Fartuloon hatte inzwischen längst die Feuerleitstelle auf das Ziel programmiert. Sobald er auf den Knopf drückte, würden unsere Geschütze Tod und Verderben gegen den Torpedo schleudern und ihn vernichten. Wir spürten den Andruck nicht, als die KARRETON aus ihrer bisherigen Flugbahn gerissen wurde und auf den neuen Kurs ging. Gebannt beobachtete ich, wie der Torpedo reagierte. Die Anlage reagierte ohne Zeitverlust. Der Torpedo beschleunigte ebenfalls und folgte uns, als sei er mit der KARRETON durch unsichtbare Kommandoleitungen verbunden.

Fartuloon sah mich fragend an.

»Das wäre es dann ja wohl«, murmelte ich und nickte ihm zu.

Die Entfernung zum Torpedo betrug dreihundert Kilometer. Die grellen Energiebündel schossen hinüber, auf der Vergrößerung deutlich zu erkennen, hüllten den Torpedo ein und ließen ihn für einen Moment verschwinden, als hätten sie ihn verschluckt.

Dann erfolgte die Explosion. Es war, als entstünde hinter der KARRETON eine neue Sonne, die sich rasend schnell aufblähte und deren feuriger Rand uns einzuholen drohte. Aber wir waren bereits zu schnell.

Morvoner holte tief Luft. »Das Ding hatte aber eine ziemliche Ladung an Bord! Nicht nur Kameras und Sensoren.«

»Mindestens eine Gigatonne Vergleichs-TNT«, vermutete Fartuloon. »Der Torpedo hätte uns mit einem großartigen Feuerwerk ins Jenseits befördert.«

Der Feuerball wurde kleiner und blieb zurück, weil wir weiterhin beschleunigten. Er bedeutete keine Gefahr mehr für uns und unser Schiff. Auf der Bugprojektion konnten wir unser Ziel ausmachen, das die Bord-KSOL per Hyperortung erfasst hatte. Optisch sah ich zuerst überhaupt nichts, nur die fremden Sternbilder und unbekannten Konstellationen. Als mich Morvoner darauf aufmerksam machte, erkannte ich den Dunkelplaneten Za'Ibbisch: Vor dem milchigen Hintergrund der Öden Insel hob sich ein schwarzer Fleck ab, der langsam größer wurde. Mir war, als stürzten wir in einen lichtlosen Krater. Fartuloon sagte rau: »Unser Ziel: Za'Ibbisch, der sechste Planet des Schwarzen Systems! Das Zentralorgan wartet dort auf uns. Wir werden es finden!«

Ich fand seinen plötzlichen Optimismus wenig überzeugend und fehl am Platz. Irgendwo, tief in meinem Unterbewusstsein, meldete sich mein Extrahirn und warnte mich. Bisher hatte es noch nie ohne Grund gewarnt. Stumm und voll banger Ahnung sah ich auf den Bildschirm. Was erwartete uns auf einer Welt, die offenbar kein Licht kannte?

Der Bauchaufschneider riss mich aus meinen Gedanken: »Was ist, Junge? Hast du vergessen, was wir von Gebharon mitgebracht haben? Wir haben noch einige Tontas Zeit, und ich glaube, wir haben uns ein kräftiges Abendessen verdient, nicht wahr?«

Nur zu bereitwillig ließ ich mich ablenken. »Das Hubakkel, richtig! Morvoner, dürfen wir dich einladen?«

Morvoner nahm einige Schaltungen vor. »Ich nehme die Einladung an! Aber ich glaube, auch die anderen würden sich freuen …«

Ich stand hastig auf. »Sicher, auch die anderen. Ich gehe Farnathia holen.«

5.

1159. positronische Notierung, eingespeist im Rafferkodeschlüssel der wahren Imperatoren. Die vor dem Zugriff Unbefugter schützende Hochenergie-Explosivlöschung ist aktiviert. Fartuloon, Pflegevater und Vertrauter des rechtmäßigen Gos'athor des Tai Ark'Tussan. Notiert am 28. Prago des Eyilon, im Jahre 10.498 da Ark.

… umkreist der sechste Planet des Schwarzen Systems seine Sonne in einer mittleren Distanz von 359 Millionen Kilometern. Masse- und Konturtaster haben brauchbare Werte geliefert, obwohl es merkwürdige Verzerrungen gibt. Rein optisch ist diese Welt nur indirekt zu erkennen. Es handelt sich um einen Planeten mit 9075 Kilometern Durchmesser und einer Schwerkraft von 0,85 Standard.

Obwohl die KARRETON als ehemaliger Forschungskreuzer hervorragend ausgestattet ist, lassen die Auswertungen sehr zu wünschen übrig! Selbst vom geostationären Orbit aus bleiben die Daten dürftig, weil sich diverse hyperphysikalische Streuemissionen als extrem hinderlich erwiesen haben. Beim Betrachten der Ergebnisse der Energietaster zogen schemenhafte Konturen über den Monitor, ein Meer von multifrequenter Hyperenergie schien über Za'Ibbisch zu branden. Der weitaus größte Teil ist im technologischen Bereich angesiedelt. Das lässt auf Hinterlassenschaften höher entwickelten Lebens schließen. Die Wahrscheinlichkeit, dass es sich bei Za'Ibbisch um einen ehemaligen Varganen-Planeten handelt, ist um etliche Punkte gestiegen.

Wir haben alle möglichen Filter und Messverfahren ausprobiert und glauben eine Art Hauptstation ausgemacht zu haben. Andererseits sind die Störungen beträchtlich. Ob sie auf die rätselhafte Natur des Schwarzen Planeten zurückgehen oder mit den technischen Anlagen zu tun haben, lässt sich nicht sagen. Wir haben es hier mit Phänomenen zu tun, die die Möglichkeiten der Arkon-Technik eindeutig übersteigen! Mit Sorge habe ich Atlans wachsende Ungeduld beobachtet. Lange lässt sich der Junge nicht mehr zurückhalten.

Nachtrag: Nachdem auch Dutzende Umkreisungen keine neuen Erkenntnisse bescherten, hat sich Atlan zur Landung mit einem Beiboot entschlossen …

Za'Ibbisch: 28. Prago des Eyilon 10.498 da Ark

»Hübsch«, knurrte Fartuloon. »Wirklich hübsch. Wer auf diesem Planeten freiwillig landet, hat seine Sauerstofftanks nicht mehr ganz gefüllt.«

Die Bemerkung des Bauchaufschneiders traf ins Schwarze, und das in doppeltem Sinne. Obwohl unser Beiboot in einem extrem niedrig gehaltenen Orbit um den Planeten kreiste, war von der Welt nichts zu sehen. Ein pechschwarzer Planet auf einem ebenso schwarzen Hintergrund war für die Normaloptiken nicht erfassbar. Lediglich die Tatsache, dass die Maschinen des Beiboots die unzweifelhaft vorhandenen Anziehungskräfte Za'Ibbischs neutralisieren mussten, bewies uns, dass es unter uns überhaupt ein materielles Objekt in Planetengröße gab. Auf dem Bildschirm des Massetasters war der Ball sehr deutlich auszumachen. Was die Landung betraf, so hatte Fartuloon ebenfalls Recht. Ich konnte mir sehr gut vorstellen, welche Gefühle jetzt Morvoner und die anderen bewegten, die in der KARRETON zurückgeblieben waren.

Ich saß auf dem Sitz des Piloten, neben mir hatte Fartuloon Platz genommen, und hinter uns wartete Ra darauf, dass endlich etwas geschah. »Wir landen«, bestimmte ich. »Und zwar mit gefüllten Sauerstoffflaschen.«

Fartuloons Warnung ist berechtigt, raunte mein Extrahirn. Dass eine Landung auf Za'Ibbisch nicht ungefährlich war, hatte ich mir schon vorher ausrechnen können. Dieser Planet stellte ein weiteres Teilstück auf dem Weg zum Stein der Weisen dar, und ich wusste, dass uns auf diesem Weg die Männer Orbanaschols ein gutes Stück voraus waren. Es war durchaus möglich, dass man uns auf Za'Ibbisch eine Falle gestellt hatte.

Inzwischen tasteten die Instrumente des Beiboots die Oberfläche des Planeten ab. Fartuloon hatte die Normaloptiken umgeschaltet und ließ die Aufnahmegeräte das gesamte sichtbare und einen großen Teil des nicht sichtbaren Spektrums durchwandern. Langsam begannen sich auf den Schirmen Konturen abzuzeichnen. Dass es sich um Kunstprodukte handelte, war auf den ersten Blick ersichtlich. Die regelmäßigen Formen vieler Erhebungen ließen auf den planenden Einfluss denkender Wesen schließen. Was genau sich aber auf der Oberfläche von Za'Ibbisch befand, ließ sich nicht ausmachen. Die Konturen waren grob verzerrt, ich konnte nur schwache Umrisse von Gebäuden und Anlagen entdecken.

»Wenn ihr mich fragt«, sagte Ra düster, »ich würde noch nicht landen. Za'Ibbisch sieht alles andere als Vertrauen erweckend aus.«

»Ich kann Ra nur zustimmen«, warf Fartuloon ein.

Ich warf ihm einen fragenden Blick zu. »Wir müssen den Vorsprung Sofgarts aufholen; andernfalls kann ich wohl den Versuch aufgeben, den Tyrannen zu stürzen.«

Er grinste spöttisch. »Wenn du als weißgrauer Staub auf dem Planeten herumtreibst, hast du überhaupt keine Chancen mehr. Glaubst du, ich habe dich missratenes Balg fast zwei Jahrzehnte lang hochgepäppelt, um jetzt zuzusehen, wie du sämtliche fein ausgedachten Pläne mit deinem jugendlichen Übermut zunichte machst?«

Ich musste wider Willen grinsen; für die harte Erziehung, die der Bauchaufschneider mir hatte angedeihen lassen, war der Ausdruck »hochpäppeln« wohl kaum das richtige Wort. Ich machte der Diskussion ein Ende, indem ich den Kurs des Beiboots änderte. Langsam sank es der unsichtbaren Oberfläche des Planeten entgegen. Dort unten vermuteten wir den Schlüssel zum Geheimnis des Quaddin-Körpers, und ich war fest entschlossen, diesen Schlüssel zu finden und auch anzuwenden. Ursprünglich hatte ich beabsichtigt, die zwölf bereits aufgespürten Organe des rätselhaften Körpers an Bord des Beiboots bringen zu lassen. Dann aber hatte ich mich entschlossen, wenigstens diesen Trumpf zurückzubehalten.

Fartuloon deutete auf den Bildschirm. »Hier würde ich landen.«

Der Punkt, den er bezeichnete, wies eine besonders große Dichte an Gebäuden auf. Wenn, was zu vermuten war, die alten Varganen ebenso nüchtern und zweckdienlich dachten wie Arkoniden, musste sich an diesem zentralen Punkt der noch fehlende Teil des Quaddin-Körpers befinden. Und auf dieses fehlende Teilstück kam es mir an. Während das Beiboot langsam auf den Planeten hinabsank, analysierte Fartuloon das Landegebiet. Za'Ibbisch hatte keine messbare Atmosphäre. Das bedeutete, dass wir uns auf dem Planeten nur in unseren Schutz- und Kampfanzügen bewegen konnten. Vorsorglich hatten wir genügend Reserven mitgenommen, um uns nötigenfalls mehrere Tage lang dort aufhalten zu können.

Ein leichter Ruck ging durch das Beiboot, als wir aufsetzten. Ich schaltete die großen Scheinwerfer ein und leuchtete die Landschaft rings um das Boot aus. Es war tatsächlich etwas zu sehen – zwar schluckte der Planet den weitaus größten Teil des Lichtes, aber der Rest reichte aus, um uns einigermaßen deutlich erkennen zu lassen, wie die Oberfläche des Planeten beschaffen war.

Za'Ibbisch strahlt nur Bruchteile eines Prozents der auffallenden Lichtmenge zurück, meldete sich mein Extrasinn. Unter normalen Umständen hätte man mit den Bordscheinwerfern ein riesiges Landefeld ausleuchten können. Auf Za'Ibbisch gelang es uns nur, ein Umfeld von knapp zwanzig Metern Durchmesser einigermaßen zu erhellen. Ohne die besonderen Umstände des Planeten hätte dazu das Licht einer großer Kerze ausgereicht. Hinzu kam, dass nur dort etwas zu sehen war, wo der Scheinwerferstrahl direkt auf den Boden traf; der Rest der Landschaft verblieb im Dunkel.

»Steigen wir aus?« Routiniert, als habe er sich schon Jahrzehnte im Raum herumgetrieben, hatte Ra den Kampfanzug angelegt, die Verschlüsse arretiert und mit peinlicher Sorgfalt sämtliche Kontrollen überprüft. Er vergaß auch nicht die Ladeanzeige seiner Waffen, mit denen er besser umzugehen verstand als mancher andere an Bord der KARRETON. Er hatte mit Waffen hantiert, seit er gehen konnte. Dieser Trainingsvorsprung war selbst in hundert Jahren nicht aufzuholen, zumal es bei den Waffen, die Ra zur Verfügung gestanden hatten, darauf angekommen war, sofort mit dem ersten Treffer erfolgreich zu sein.

Ich wandte mich zu Fartuloon um. Auch der Bauchaufschneider war mit der Kontrolle seiner Ausrüstung fertig. Wir verließen die kleine Zentrale und öffneten die Schleuse. Es dauerte nur kurze Zeit, bis die starken Pumpen den Schleusenraum völlig geleert hatten, dann erst schwang das äußere Schott auf. Fartuloon richtete den Strahl seines Handscheinwerfers durch die Öffnung und murmelte einen Fluch. Der Strahl verschwand förmlich im Nichts, als sauge der Planet jedes Photon auf. Ich stellte mich an den Rand der Schleuse und erkannte unter mir den schwachen Leuchtkreis, der von einem der Bordscheinwerfer stammte. Ich schaltete den Gürtelantigrav kurz hoch und sprang auf den Boden; eine kleine Staubwolke wirbelte hoch, als meine Füße den Fels berührten.

»Kannst du etwas sehen?«, wollte Fartuloon wissen.

»Wenig«, gab ich zurück. »Aber es reicht.«

Ich leuchtete über den Boden. Vier bis fünf Schritte weit reichte der Handscheinwerfer, dann wurde der reflektierte Lichtschein so schwach, dass keine Einzelheiten mehr zu erkennen waren. Zwei Schritte weiter hätte ein Gegner mit entsicherter Waffe stehen können, ich hätte ihn nicht gesehen. Während Fartuloon und Ra ebenfalls das Beiboot verließen, schaltete ich die Infraoptik meines Helmvisiers ein. Schlagartig änderte sich das Bild. Wo bislang völlige Dunkelheit geherrscht hatte, waberte nun ein Meer aus Feuer, das von allen Seiten auf uns zuzurollen schien.

Ich schaltete andere Filter dazu und probierte so lange, bis sich ein brauchbares Bild der Umgebung ergab. Der Anblick der Felsen war im höchsten Maße beunruhigend. Das Gestein war von anscheinend erzhaltigen Adern durchsetzt. Deutlich waren die Schichtungen zu erkennen. Schwarz hob sich das taube Gestein ab, dazwischen leuchtete es grell. Ströme flüssigen Feuers schienen durch den Fels zu wandern, bildeten Wirbel und flackerten wild. Eine kurze Messung ergab, dass sich die Temperatur dieser Ströme nur geringfügig von der des schwarzen Gesteins unterschied, dennoch war die Falschfarben-Leuchtkraft der Adern so stark, dass sie mich fast blendete.

»Es sieht gefährlich aus«, murmelte Ra. Langsam ging er auf die Felsen zu, streckte die Hand nach einem der hellen Flecken aus. Im gleichen Augenblick flammte sein Schirmfeld auf. Eine feurige Aureole umgab den Mann, schien ihn zu verschlucken. Nur noch ein grell leuchtender, ovaler Körper war zu sehen.

»Ra!«, schrie ich in das Helmmikrofon.

»Ich komme nicht los«, keuchte er. »Ich klebe förmlich fest. Aber einstweilen ist es nicht lebensgefährlich – nur verdammt unangenehm.«

Fartuloon sprang auf ihn zu und versuchte den Barbaren zu befreien; sobald er ihn berührte, verschwand auch er in einem irrlichternden Feuerball. »Strom!«, brüllte er. »In den Adern fließt Strom. Lange werden wir das nicht aushalten.«

Ich griff in den Gürtel, änderte rasch den Düsenquerschnitt des Luccots und drückte ab. Breit gefächert raste der Impulsstrahl auf die beiden Männer zu, deren Körper hinter zuckenden Überladungen und Überschlagsblitzen verschwanden. Ich stellte die Waffe mit einer Fingerbewegung auf Dauerfeuer und versuchte, genau zu zielen. Im Auftreffgebiet war der Strahl bereits so ausgedehnt, dass er die Schirmfelder nicht sonderlich belasten konnte. Aber die rein kinetische Wirkung war noch beträchtlich. Ich sah, wie Ra und Fartuloon von den Beinen gerissen wurden, gleichzeitig nahm die Intensität der leuchtenden Adern zu – die beiden Männer flogen durch die Luft, überschlugen sich ein paar Mal auf dem Boden und blieben dann schwer atmend liegen.

»Das war ziemlich knapp«, ächzte Fartuloon und richtete sich langsam auf. »Ich glaube auch zu wissen, was es mit diesen Felsen auf sich hat!«

»Ich höre.« Ich verstellte die Waffe wieder und steckte sie ins Gürtelhalfter.

»Alles einfallende Licht«, begann der Bauchaufschneider, »wird von den Felsen aufgenommen und in elektrischen Strom umgewandelt. Wozu diese gewaltigen Energiemengen allerdings gebraucht werden, ist mir ein Rätsel.«

Sollte dies ein natürliches Phänomen sein, sagte mein Extrasinn, *kennt man es bisher im Arkonreich noch nicht! Sind diese Vorgänge künstlicher Natur, gehört ein Volk mit bisher unbekanntem technologischem Niveau dazu, einem Niveau, das weit über dem Arkons liegt. Vermutlich die Varganen!*

Ich wusste nicht, ob ich mich über diese Analyse freuen sollte oder nicht. Die Suche nach den Varganen hatte nur dann Sinn, wenn dieses Volk über Techniken und Informationen verfügte, die wir noch nicht besaßen. Der unangenehme Nebenaspekt war, dass die Varganen dann auch den Weg zu ihrem Volk mit entsprechend hochwertigen Fallen gespickt haben konnten. Der Einzige, der sich darum nur wenig kümmerte, war Ra – ihn interessierte nur, wann er seine geliebte Ischtar wieder sehen würde. Der Barbar fluchte leise; beim Aufprall war er unsanft mit seinem Helmverschluss in Berührung gekommen.

Fartuloon machte unterdessen eine Analyse der Energieader und grinste zufrieden, als er seine Untersuchungen beendet hatte. »Der gesamte Strom fließt dorthin.« Er deutete mit der Hand auf den Ausgang des Tales; jedenfalls hatten wir bei der Landung feststellen können, dass der Bergeinschnitt dort in eine Hochebene mündete. »Und das ohne Ausnahme. Wahrscheinlich wird die Energie dort verwertet.«

Zu sehen war vom Talausgang natürlich nichts. Die Finsternis auf Za'Ibbisch war undurchdringlich, sobald man aus den scharf umgrenzten Lichtkreisen der Scheinwerfer geriet. Wir schalteten die Antigravgeneratoren unserer Gürtelaggregate ein und stießen uns vorsichtig ab. Völlig geräuschlos schwebten wir durch die Dunkelheit, während das Licht der Handscheinwerfer vor uns über den felsigen Boden wanderte.

Es *war* eine gespenstische Szenerie: Über uns flammte die Sonne des Schwarzen Systems; üblicherweise hätten wir uns jetzt im Licht der Mittagssonne bewegen müssen. Doch von dem Licht, das auf den Planeten strahlte, wurde nichts zurückgeworfen. Über uns eine hell strahlende Sonne, doch um uns finsterste Nacht – in mir verstärkte sich das Gefühl, dass Za'Ibbisch mit einigen höchst unangenehmen Überraschungen aufwarten würde, die uns schwer zu schaffen machen konnten. Unsere Gürtelaggregate neutralisierten fast neun Zehntel der Planetenschwerkraft. Wir machten daher weitere Sätze, die uns rasch vorwärts brachten. Ringsum loderte das Feuer der Energieadern, das aber nicht ausreichte, um uns die Umgebung erkennen zu lassen. Bedienten wir uns nur der normalen Optiken, konnten wir leicht wieder mit den Energieströmen in Berührung kommen, und daran war keiner interessiert. Daher behielt Fartuloon die Wände des Tales im Auge, während Ra und ich uns auf den Lichtschein der Handleuchten beschränkten.

»Mehr rechts, Ra«, bestimmte Fartuloon und korrigierte unsere Bewegungen, um eine Berührung der Talwände zu vermeiden. »Atlan, aufgepasst – mehr nach links.«

Auf diese etwas beschwerliche Art und Weise bewegten wir uns vorwärts. Ra bildete die Spitze, am Schluss hielt sich Fartuloon auf. Ab und zu hörte ich merkwürdige Geräusche in den Lautsprechern, die unverkennbar von Fartuloon stammen mussten. Erst nach einiger Zeit erkannte ich die Quelle der störenden Klänge. Der Bauchaufschneider hatte natürlich auch hier das *Skarg* umgeschnallt; jedes Mal, wenn das Schwert das Metall des Gürtels berührte, gab es ein leises Klirren, das man wegen der fehlenden Atmosphäre nur über die Anzugmikrofone hören konnte.

Ich grinste in mich hinein. Wenn es das Schicksal wollte, würde Fartuloon vielleicht eines Tages zu entscheiden haben – das *Skarg* oder Atlan. Manchmal befielen mich Zweifel über den Ausgang einer solchen Wahl ...

»Halt!«, bestimmte Ra plötzlich. Ich hatte gerade die Füße auf den Boden gesetzt und stoppte nun zu rasch die Bewegung, die mich weiter vorwärts tragen sollte. Ich fiel vornüber und brauchte einige Zeit, bis ich mich wieder aufgerappelt hatte. Rasch stellte ich die normalen Schwerkraftbedingungen wieder her. »Vor uns ist etwas.«

»Wer sich auf einer Welt vorwärts bewegt, hat immer etwas vor sich«, sagte Fartuloon spöttisch. »Was hat dein scharfes Barbarenauge erspäht?«

Ra zuckte mit den Schultern; die Bewegung war unter dem Kampfanzug kaum zu sehen. Langsam bewegte er die Handscheinwerfer halbkreisförmig vor sich hin und her. Zu sehen war eine geraume Zeit lang nichts. Weder war der Strahl selbst zu erkennen – dazu hätte es einer Atmosphäre bedurft –, noch war ein Lichtfleck zu sehen. »Ich habe etwas gesehen«, beharrte Ra und ließ den Scheinwerfer weiter kreisen. »Ich bin doch nicht blöde.«

»Eine kühne Behauptung«, spottete meine Pflegevater. »Ich kenne viele, denen es schwer fallen würde, dafür den Wahrheitsbeweis zu erbringen.«

Ra stoppte seine Bewegung – weit vor uns hatte der unsichtbare Lichtstrahl ein Ziel gefunden.

»Vorsicht!«, warnte ich. »Auf diese Entfernung wird das Licht normalerweise vom Planeten absorbiert. Wenn dort etwas die Lichtquanten reflektiert, wird es gefährlich.«

Ra hielt den Scheinwerfer unablässig auf den gleichen Punkt gerichtet, auf den wir uns vorsichtig zubewegten. Langsam schälten sich Konturen aus dem Dunkel. Der Talausgang wurde ... bewacht.

Die Kolosse waren mindestens zehn Mannslängen hoch. Sie hockten auf den muskulösen Hinterbeinen wie Raubtiere, bereit zum Sprung. Gedrungen und kompakt wie die Beine war der ganze Körper, an dem zwei erstaunlich arkonoide Arme mit fein modellierten Händen zu erkennen waren. Das Gesicht zeigte extrem weit vorgewölbte Kiefer, breit und ausladend wie das Maul einer Kröte. Zwei große Augen waren zu sehen, die im Licht des Scheinwerfers tückisch glänzten.

Das Scheinwerferlicht wird von den Pruths normal reflektiert, machte mich der Logiksektor aufmerksam.

Ich fröstelte. Schon im Dreißig-Planeten-Wall waren wir auf solche Statuen gestoßen. Fartuloon hatte berichtet, dass er einen vergleichbaren Prulth schon auf dem Planeten Frossargon gesehen hatte. Von diesen steinernen Dämonen berichteten uralte Legenden. Angeblich waren sie die Diener und Wächter eines Volks gewesen, das im Kampf gegen Schwarze Bestien bis auf wenige Überlebende vernichtet wurde. Durch meinen Kopf huschte die Erinnerung an Fartuloons Aussage: *»... kam vor mehr als zwanzig Jahren zufällig nach Frossargon – Fehltransition nach einem Hypersturm ... Der zweite Planet der gelben Sonne Tallyrangh ist nicht unbedingt einladend; hauptsächlich Wüsten, kaum freies Wasser. Ich war seinerzeit nur kurz dort, um den Strukturkonverter zu reparieren; die Prulth-Statue entdeckte ich nur durch Zufall.«*

Ein Gefühl von Unsicherheit begann sich in mir breit zu machen. Wir zählten insgesamt mehr als dreißig der Kolosse, die uns in einem weiten Ring umgaben. Jede der Figuren ruhte auf einem steinernen Sockel; offenbar waren beide Teile in einem Stück aus dem Fels gehauen worden. Wir standen am Rand eines fast kreisrunden Talkessels; durch einen Felsspalt hatten wir den Ring durchbrochen, der nur aus dem Innern zu erkennen war. Im Licht des Scheinwerfers zeigte sich dem Eingang genau gegenüberliegend ein weiterer Felsspalt, offenbar der Ausgang aus dem Kessel.

»Steine!«, sagte Ra verächtlich. »Nichts weiter als große Steine. Gehen wir weiter.«

Ich stoppte ihn mit einer Handbewegung und wandte mich Fartuloon zu, der regungslos dastand und die Kolosse musterte. Schließlich machte er ein paar Schritte auf die steinernen Wächter zu und betrachtete die Sockel, ließ langsam das Licht des Scheinwerfers über die Fläche gleiten. Schriftzeichen waren zu erkennen, die aussahen, als seien es die Fußspuren eines betrunkenen Vogels. Nur ein Zeichen war so klar, dass es jeder Idiot begreifen konnte: Weißlich bleckten uns die Zähne in einem gänzlich fleischlosen Schädel an. »Eine Warnung«, bemerkte Fartuloon. »Ziemlich unmissverständlich.«

»Und wovor warnt uns der Stein?«, wollte Ra wissen.

»Ich weiß es nicht.« Der besorgte Ton in Fartuloons Stimme war nicht zu überhören. »Aber die Pruļths sehen aus wie jener auf Frossargon. Dort allerdings war die Gestalt beschädigt; sie stand in einer Wüste und war von den Temperaturschwankungen stark angegriffen.«

»Wollen wir uns weiter mit Steinen beschäftigen, oder versuchen wir, das Zentralorgan des Quaddin-Körpers zu finden?«

»Er hat Recht«, stimmte ich Ra zu. »Machen wir uns auf den Weg.«

Er marschierte an der Spitze gradlinig auf den Ausgang des Talkessels zu; hinter mir murmelte Fartuloon etwas, das ich nicht verstehen konnte. Ich drehte mich gerade zu dem Bauchaufschneider um, um ihn zu fragen, was ihn beschäftigte, als Ra einen Schrei ausstieß. Ich fuhr herum. Der Strahl meines Handscheinwerfers fiel auf einen der Prulths und ich sah entsetzt, dass sich die steinernen Kolosse zu *bewegen* begannen. Es schien, als wolle mir einer der Riesen zunicken, dann bewegte sich der hässliche Kopf weiter nach vorn und stürzte in die Tiefe. Ich sprang einen Schritt zurück, als der Kopf auf den Fels aufprallte und barst. Kleine Eruptionen meines Schirmfeldes zeigten deutlich, mit welcher Wucht die Reste des geborstenen Kopfes herumschwirrten. Der Vorgang war umso gespenstischer, als kein Laut zu hören war. Geräuschlos zerfielen vor unseren Augen die riesigen Statuen, bröckelten auf den felsigen Boden.

Ra reagierte als Erster – in einer rasend schnellen Bewegung zog er seine Waffe und richtete sie auf einen der zerfallenen Kolosse. In der Höhlung des Unterkörpers tauchte ein Kopf auf, eine Reihe langer, blitzender Zähne blinkte zu uns herüber. Darüber sah ich zwei rot glühende Augen, die uns feindselig anstarrten.

»Nicht schießen!«, rief ich in das Mikrofon. »Abwarten!«

Noch konnten wir nicht wissen, was auf uns zukam. So erschreckend die Gestalten auch aussahen, die in den Höhlungen der Prulths versteckt gewesen waren – das Aussehen eines lebenden Wesens konnte niemals ausreichender Grund dafür sein, ohne weitere Umstände zu schießen. Ra ging einige Schritte zurück, während sich immer mehr Prulths auflösten und weitere der Furcht einflößenden Wesen aus den Höhlungen krochen. Die Fremden waren fast zwei Meter hoch, besaßen Gebisse mit dolchlangen Zähnen; an den vier ausgestreckten Gliedmaßen klappten mörderische Greifklauen, denen ich es ohne weiteres zutraute, einen Arm mit einem Zupacken glatt abzutrennen.

»Sie greifen an!«, schrie Ra.

In geschlossener Linie stürmten die Wesen auf uns zu. Ra, der von uns dreien am wenigsten an fremdartige Lebensformen gewöhnt war, feuerte als Erster – nachdem eine Pranke durch seinen IV-Schirm gezuckt war, als existiere das Schutzfeld gar nicht. Sein Schuss traf einen der Angreifer in den Kopf, der von dem scharf gebündelten Strahl durchschlagen wurde und einen zweiten Angreifer am Arm traf. Beide Wesen ließen sich in ihrem Angriff nicht aufhalten und drangen weiter vor. »Es sind Androiden«, ächzte Fartuloon. »Kunstwesen, bei denen man nie weiß, wo man sie tödlich treffen soll.«

»Hindern wir sie einstweilen am Laufen«, schlug ich vor und verstellte in höchster Eile den Düsenquerschnitt. Der Impulsstrahl, der beim nächsten Schuss den Lauf verließ, war nur noch wenige Millimeter dick, dafür aber zwei Handspannen breit. Ich traf einen der Angreifer im Bauch. Der Oberkörper kippte nach hinten, während der restliche Körper noch einen Schritt machte und dann zusammenbrach.

»Gut so.« Fartuloon stellte seine Waffe ebenfalls um. Aus den Augenwinkeln heraus konnte ich Ra sehen. Der Barbar stand ruhig und feuerte beidhändig. Jeder seiner Schüsse traf. Er fand auch als Erster heraus, wo die angreifenden Bestien entscheidend zu treffen waren: Ein Treffer in die rechte Schulter ließ sie auf der Stelle zusammenbrechen.

»Wir brauchen eine Rückendeckung«, rief ich. Wurden wir weiterhin von allen Seiten angegriffen, war es nur noch eine Frage der Zeit, bis uns die Bestien zerfetzten. Ich überließ es Ra, meinen Rücken zu decken, während ich mich langsam, dabei pausenlos schießend, zurückbewegte, auf eine der geborstenen Riesengestalten zu. Erleichtert atmete ich auf, als ich den Widerstand des Sockels in meinem Rücken spürte. Von dieser Seite drohte einstweilen keine Gefahr.

Zudem wurden die Angreifer gezwungen, zusammenzurücken; sie hinderten sich in ihrer Gier gegenseitig und erleichterten uns das Zielen. Fast jeder Schuss traf, wenn auch nicht jeder Treffer eine Wirkung zeigte. Bald türmte sich vor uns ein großer Haufen getöteter Androiden, der die noch lebenden behinderte. In einer winzigen Kampfpause überprüfte ich meine Kontrollen; wie nicht anders zu erwarten war, bewegte sich der Sauerstoffverbrauch in höchsten Werten. Noch war kein Mangel zu befürchten, aber unsere Reserven schmolzen langsam zusammen. Es war durchaus möglich, dass uns später im entscheidenden Augenblick die Luft buchstäblich wegblieb.

Narr!, kommentierte der Logiksektor. *Woher willst du wissen, ob es für dich überhaupt noch ein Später geben wird?*

Der Extrasinn hatte Recht, noch war die Schlacht nicht gewonnen. Schlimmer noch, die Zahl der Angreifer mehrte sich stetig. Immer neue angriffslustige Bestien kamen aus ihren Verstecken und stürzten sich ohne Zögern in den Kampf. Immerhin war es für sie so schwer geworden, an uns heranzukommen, dass Ras und Fartuloons Strahler ausreichten, uns die Gegner vom Leibe zu halten. Ich nutzte die Gelegenheit und nahm die Reste der Pruliths unter Beschuss. Glutflüssiges Gestein spritzte umher, als mein erster Schuss auf einen Beinstummel traf; feurige Bäche liefen an dem Stein herab. Ein Gegner, der gerade sein Versteck verlassen wollte, geriet in mein Feuer und löste sich auf. Nach kurzer Zeit hatte ich den Rest des Kolosses derart zusammengeschmolzen, dass keine der Bestien, die vermutlich im Sockel und darunter steckten, ihr Versteck noch verlassen konnte. Dann machte ich mich daran, den nächsten Stein zu beschießen.

Um uns hatte sich ein fast mannshoher Wall aus zerschossenen Androiden gebildet; die Angreifer mussten über die Leichen ihrer Artgenossen klettern, bevor sie nach uns schnappen konnten. Dieses unerwartete Hemmnis schien sie so zu verwirren, dass sie eine leichte Beute für Fartuloons und Ras Strahler wurden.

»Verdammte Kunstwesen«, schimpfte der Bauchaufschneider, während er in rasender Eile das Magazin wechselte. »Jedes intelligente Wesen hätte längst den Kampf abgebrochen, aber diese Retortenungeheuer greifen einfach weiter an, ohne Rücksicht auf Verluste. Wenn wir Pech haben, steckt unter dem Felsboden eine komplette Fabrik – dann können wir kämpfen, bis uns die Luft ausgeht.«

Ganz ohne Sinn war die Bemerkung des Bauchaufschneiders nicht; aus den Prulth-Resten krochen weiterhin Bestien hervor. Es waren entschieden zu viele, als dass sie sich allesamt in den Sockeln hätten verstecken können. Ich griff an den Gürtel und zog eine Thermobombe aus dem Etui, riss den Sicherungsstift heraus und schleuderte die Bombe den Angreifern entgegen. Ein Feuerball entstand zwischen den Bestien, loderte auf und vergrößerte sich. Dutzende der Angreifer verschwanden in der Glut und vergingen. Fast drei Zentitontas lang blieb die abbrandverzögerte Glut wirksam, dann fiel sie ebenso rasch wieder zusammen, wie sie sich aufgebläht hatte. Eine zweite Bombe platzierte Fartuloon mit geschicktem Wurf am Sockel eines Prulths. Als der Glutball verschwand, war von dem Koloss nur noch eine weiß glühende Pfütze aus zerschmolzenem Gestein zu sehen. Thermobomben entwickelten in einem Umkreis von fünf Metern eine Hitze von mehr als zwölftausend Grad, im Zentrum kletterte der Wert bis auf das Doppelte. Nur hoch verdichteter Arkonstahl konnte diesen Gewalten für beschränkte Zeit widerstehen.

Die Thermobomben hatten nur einen kleinen Nachteil -- nach dem Ziehen des Sicherungsstifts verging eine Millitonta bis zur Detonation. Schätzte man nicht sehr genau die Zeit ab, explodierten die Bomben entweder in der Hand des Werfers, oder es gelang dem Gegner, die Bombe zurückzuwerfen. Während ich die Flugbahn einer weiteren von mir geworfenen Bombe verfolgte, hörte ich neben mir Fartuloon einen unterdrückten Schrei ausstoßen. Ich fuhr herum und sah, was den Bauchaufschneider erschreckt hatte: Vor unseren Augen begannen sich die getöteten Angreifer aufzulösen, wurden zu grünlichen Gasschwaden und trieben davon. Mit rasender Geschwindigkeit verkleinerte sich der Wall der toten Leiber, der uns bisher so wirkungsvoll vor den Bestien geschützt hatte. Es dauerte nur eine halbe Zentitonta, dann waren sämtliche von uns getöteten Angreifer verschwunden. Im gleichen Augenblick stürmten die lebenden mit neuer Wut auf uns ein.

Sie kannten keine Rücksicht auf ihr eigenes Leben; mochten auch noch so viele unter unseren Schüssen sterben, der Rest griff unablässig an. Ich erschoss einen Gegner genau in dem Augenblick, als er seine spitzen Zähne in Fartuloons rechtes Bein schlagen wollte. Zum Dank nahm der Bauchaufschneider den Prulth-

Rest unter Feuer, an dessen Sockel wir lehnten. Sein Schuss traf eine Bestie, die gerade aus der Öffnung kroch und nach dem Treffer lautlos umfiel. Kleine Eruptionen entstanden auf meinem Schirmfeld, als unter Fartuloons Feuer flüssiges Gestein herumspritzte. Viel helfen konnte uns dies allerdings nicht. Irgendeine unbekannte Schaltung musste aktiviert worden sein. Es gelang uns nicht mehr, uns hinter einem Ring aus toten Bestien zu verstecken. Im gleichen Augenblick, in dem die Angreifer einen Wirkungstreffer erhielten, begannen sie sich aufzulösen.

»Es sieht düster aus«, keuchte Fartuloon. Langsam begann der unerbittliche Kampf seinen Tribut zu fordern – unsere Herzen hämmerten, der Atem ging schwer, und die Anlagen unserer Kampfanzüge wurden bis zu den Grenzwerten damit belastet, den Schweiß aufzusaugen und abzuführen. Langsam stieg auch die Temperatur im Innern der Anzüge.

Mein Blick fiel auf die gegenüberliegende Seite des Talkessels. Auf dem Prulth-Sockel grinste uns der Totenschädel an. Es schien, als wolle uns das Zeichen verhöhnen. In einem plötzlichen Wutanfall richtete ich meinen Strahler auf das Gebilde und feuerte. Im gleichen Augenblick schrien wir überrascht, weil die Energieadern an den Wänden schlagartig aufleuchteten. Es dauerte nur wenige Augenblicke, dann legte sich über den Kessel ein Gewirr sich kreuzender Blitze. Von allen Seiten sprühten die Entladungen aus den Adern über den Platz und schlugen in die Prulths ein. Auf unseren Feldschirmen waberte ein grünes Feuer, das uns völlig die Sicht nahm. Auf den Kontrollen tanzte die Belastungsanzeige im Rotbereich.

»Hinlegen!« Ich warf mich zu Boden. Viel half es nicht; gewaltige Fäuste schienen auf mich einzudreschen. Immer wieder schlugen Überschlagsblitze in die Schirmfelder ein und brachten sie fast zum Zusammenbruch. In meinen Ohren dröhnte es, vor meinen Augen bewegten sich grelle Schleier. Es konnte nur noch Augenblicke dauern, bis das Schirmfeld zusammenbrach und mein Körper den mörderischen Gewalten schutzlos ausgesetzt war. Ebenso schlagartig, wie das energetische Chaos begonnen hatte, nahm es aber auch ein Ende. Der Blick klärte sich. Ächzend richtete ich mich auf. Von den Prulths war nicht mehr viel zu sehen, desgleichen von den Bestien – sie mussten sich in den Blitzen aufgelöst haben.

»Langsam beginne ich zu glauben, dass aus dir noch etwas werden kann.« Fartuloon rang nach Luft. »Wie hast du das bewerkstelligt?«

Ich erklärte ihm kurz, was vorgefallen war, und sah, wie er hinter der Helmscheibe den Kopf schüttelte. »Kaum zu glauben«, murmelte er. »Immerhin, der Spuk hat ein Ende. Es kann weitergehen!«

»Hallo, Atlan, bitte melden«, erklang es in den kleinen Helmlautsprechern. »Was ist passiert – wir konnten für etliche Zentitontas nur atmosphärische Störungen hören. Und das auf einem Planeten ohne Lufthülle.« Das war Morvoner, der sich Sorgen um uns machte.

»Keine Aufregung«, gab ich grinsend zurück. »Wir hatten hier nur ein kleines Gewitter, nichts von Bedeutung.«

»Gewitter!«, wiederholte er ungläubig; ich konnte mir vorstellen, welche Verwirrung jetzt in der Zentrale der KARRETON herrschen musste. »Seid ihr übergeschnappt?«

Ich widersprach ihm lebhaft, aber er schien sich nicht beruhigen zu wollen. Er gab sich erst zufrieden, nachdem ich ihm einen vollständigen Bericht gegeben hatte. »Wir marschieren jetzt weiter«, schloss ich. »Wir melden uns wieder, falls es etwas Besonderes zu berichten gibt. Ende.«

»Viel Glück!«

Obwohl wir damit gerechnet hatten, geschah nichts, als wir den Felsspalt durchquerten, der den Ausgang aus dem Talkessel der Prulths bildete. Zwar knisterte es in unseren Schutzschirmen, als Entladungen aus den Energieadern zu den Feldern hinüberzuckten, aber mehr ereignete sich nicht. Hinter dem Felsspalt entdeckten wir eine weit gestreckte Ebene. Auf dem felsigen Boden waren etliche Einschnitte zu erkennen, die ein verwirrendes Netz von Gräben und Gruben bildeten, in dem auf den ersten Blick keinerlei Sinn zu erkennen war. *Es sei denn, es handelt sich um die Kanalisationsanlagen einer großen Stadt, von der nicht ein einziges Gebäude zu erkennen ist.*

»Eins ist klar«, sagte Fartuloon. »Za'Ibbisch wurde von intelligenten Wesen besucht und bearbeitet.«

»Vielleicht haben sie hier gewohnt?«, sagte Ra nachdenklich.

»Bei völliger Dunkelheit? Kein Wesen mit Vernunft würde sich freiwillig auf einem Schwarzen Planeten ansiedeln.«

»Es sei denn, das Wesen wird auf einem solchen Planeten geboren«, wandte ich ein.

Fartuloon kicherte spöttisch. »Ihr seid alle beide nicht mehr ganz bei Sinnen. Als dich Ischtar zum ersten Mal sah, hat sie da nicht erst einmal tief Luft geholt?«

»Das tut jedes Weib bei meinem Anblick«, behauptete der Barbar unverschämt.

»Aha. Und kann mir einer von euch Geistesriesen verraten, wie ein Wesen, das auf Za'Ibbisch geboren wurde, dazu kommt, nach Luft zu schnappen? Falls es euch entgangen sein sollte – diese Welt hat keine Atmosphäre.«

Einwand unlogisch!, signalisierte mein Extrasinn. *Fartuloon kann damit nur beweisen, dass Ischtar mit großer Wahrscheinlichkeit nicht auf Za'Ibbisch geboren wurde. Die Nichtexistenz einer Spezies, deren Ursprungsort Za'Ibbisch ist, kann so nicht bewiesen werden.*

Außerdem ist nicht sicher, ob dieser Planet noch nie eine Atmosphäre hatte, fügte ich in Gedanken hinzu. »Wie dem auch sei«, versuchte ich das Gespräch abzuwürgen, »irgendwer hat hier die Oberfläche des Planeten bearbeitet, und ich bin mir ziemlich sicher, dass es sich bei diesem Irgendwer um die Varganen handelte.«

»Hoffen wir es«, sagte Fartuloon.

Offenbar war dieser Bereich des Planeten nicht ganz so stark von Energieadern durchsetzt wie die restliche Oberfläche; das Licht unserer Handscheinwerfer reichte jedenfalls aus, um einen größeren Bereich der Ebene auszuleuchten. Diese Tatsache warnte uns, denn schon einmal hatten wir auf Za'Ibbisch eine solche Zone gefunden, und fast war sie uns zum Verhängnis geworden. Daher gingen wir nur langsam vor und hielten beständig Ausschau nach irgendwelchen Fallen.

»Ich möchte wissen, wozu diese Gräben einmal gedient haben«, überlegte Fartuloon laut. »Ganz ohne Sinn wird diese Anlage schwerlich sein.«

Ich schlug meine Lösung vor, nach der es sich um die Reste einer weit verzweigten Kanalisation handelte, aber der dicke Bauchaufschneider schüttelte den Kopf. »Und wo sind dann die dazugehörigen Häuser? Eine Kraft, die die Häuser verschwinden lassen könnte, hätte bestimmt nicht vor der Kanalisation Halt gemacht. Aber in einem Punkt hast du wahrscheinlich Recht – irgendetwas ist in diesen Gräben geflossen. Es fragt sich nur, womit die Vertiefungen früher gefüllt waren.«

»Schnaps?«, erkundigte sich Ra.

Ich musste grinsen, schließlich gab es kaum einen an Bord der KARRETON, der an Alkohol so wenig Gefallen fand wie Ra. Seit er auf dem Sklavenplaneten Mervgon einen fürchterlichen Rausch mit allen unangenehmen Nachwirkungen erlebt hatte, verabscheute er den Zustand, in dem er nicht mehr vollkommen Herr seiner Reaktionen war.

»Eher Barbarenblut«, konterte Fartuloon trocken. »Es fällt mir schwer, an eine Flüssigkeit zu denken. Sie wäre längst verschwunden, ins Vakuum entwichen. Überhaupt – wieso hat ein Planet mit durchaus normaler Schwerkraft keine Atmosphäre?«

Damit schnitt er ein Problem an, das mich schon geraume Zeit beschäftigte. Za'Ibbisch wies eine Schwerkraft auf, die durchaus genügte, um eine planetare Atmosphäre festzuhalten. Ich fragte mich, ob die Luftleere des Planeten Folgeerscheinung seiner natürlichen Beschaffenheit war oder Ergebnis eines künstlichen Prozesses. Im zweiten Fall konnten wir uns auf allerlei böse Überraschungen gefasst machen; einer Technik, die derlei zuwege brachte, hatten wir wenig entgegenzusetzen.

Als wir einen der Kanäle erreicht hatten, richtete Ra den Strahl seines Scheinwerfers in die Tiefe. »Sand. Der Kanal ist halb zugeweht worden.«

Ohne Atmosphäre kein Wind, ohne Wind keine Sandverwehungen, stellte mein Logiksektor fest. *Es sei denn, es gab früher eine solche.*

Ein Blick auf die Seitenwände des Kanals belehrte mich, dass es sich bei dem feinkörnigen Sand nicht um verwitterte Reste handeln konnte. Die Seiten des Kanals waren glatt und gerade, keine Spur von Verwitterung war zu sehen. Ra sprang in den Kanal hinab und wühlte in dem Sand; nach kurzer Zeit gab er auf. Die Sandschicht musste meterdick sein. Dann wandte er sich den Seitenwänden zu. »Glatt, als wären sie mit einem Desintegrator abgeschnitten worden. Wer mir erzählen will, dass dies eine Spielerei der Natur sein soll, ist nicht ganz bei Sinnen.«

Fartuloon nickte ernst. Za'Ibbisch warf immer mehr Fragen und Probleme auf. Sein Blick enthielt die unausgesprochene Frage, ob es nicht ratsamer sei, unseren Ausflug abzubrechen. Ich schüttelte den Kopf, und er zuckte mit den Schultern.

»Also weiter«, sagte er seufzend und setzte sich in Bewegung. Ich wusste, dass er sich wenig Sorgen um sich selbst machte, sondern nur danach trachtete, mich nach Möglichkeit aus der Gefahrenzone herauszuhalten. Es war manchmal erheiternd, seine Gewissenskämpfe mitzuerleben. Ein Kristallprinz, der sich von anderen die reifen Khasurnfrüchte aus dem Feuer holen ließ, war für ihn undenkbar; auf der anderen Seite stand er Höllenängste aus, wurde die Lage für mich brenzlig.

Ra kletterte aus dem Kanal und folgte uns. Seinem unwilligen Brummen konnte ich entnehmen, dass er sich über Za'Ibbisch wenig freute – die Kanäle stellten für uns kein ernst zu nehmendes Hindernis dar. Wir schalteten unsere Gürtelaggregate ein und überwanden die Spalten mit großen Sprüngen. Während wir marschierten, versuchte ich vergeblich, einen Sinn hinter der Konstruktion zu finden, einen Bauplan, aus dem man hätte ablesen können, wozu diese Anlage zu gebrauchen war. Aber es wollte mir nicht gelingen. Wir erreichten eine Stelle, an der sich die Rinne stark verbreiterte. Der Kanal mündete in ein großes Becken, das ebenfalls mit Sand gefüllt war. »Ich schlage vor, wir leeren dieses Becken«, sagte ich. »Vielleicht finden wir so einen Hinweis.«

»Und wie sollen wir den Sand herausbefördern?«, spottete Fartuloon. »Mit den bloßen Händen?«

Ra nahm mir die Antwort ab, sprang wortlos in die Grube und zog seinen auf Desintegrator-Modus eingestellten Kombistrahler, den er auf schärfste Bündelung stellte. Er richtete die Waffe auf den untersten Punkt der Seitenwände und schoss ein faustgroßes und armlanges Loch in das Gestein. Dann zog er eins der Reservemagazine aus dem Gürtel und steckte es in das Loch.

»Volle Deckung!«, brüllte er, als er den Sicherungsstift herunterdrückte. Mit einem wahren Panthersatz brachte er sich in Sicherheit, während eine meterlange Energiezunge aus dem Loch leckte und den Sand in die Höhe wirbelte. Augenblicke später verschwand die Landschaft in einer gewaltigen Staubwolke, die uns jegliche Sicht nahm. Als sie sich langsam wieder setzte, sahen wir, dass Ras Trick erfolgreich gewesen war. Nur noch eine dünne Sandschicht bedeckte den Boden des Beckens, der Rest hatte sich gleichmäßig in einem großen Umkreis verteilt.

»Eine Überraschung mehr.« In Fartuloons Stimme schwang Besorgnis mit. Es war nicht zu übersehen: Das Becken hatte früher einmal als Gussform gedient. Deutlich waren die Konturen im Boden zu erkennen. Riesige Gestalten mit erschreckenden Formen waren zu sehen, ungeschlachte Körper mit monströsen Gliedmaßen. Daneben kleinere Gussformen, deren Produkte nicht minder grauenvoll gewesen sein mussten. Wir konnten Köpfe ausmachen, die praktisch nur aus mörderischen Gebissen bestanden, lange Tentakelarme, deren Zugriff sicherlich tödlich sein musste. Die größten Gestalten hätten uns mit Fußtritten zerschmettern können. Kleinere Monstren waren mit Dutzenden von Stacheln ausgerüstet gewesen.

»Eine Fabrik für Ungeheuer. Jetzt wissen wir, zu welchem Zweck die Kanäle und Gräben geschaffen wurden.« Unwillkürlich sah ich mich um, als sei im nächsten Augenblick zu befürchten, dass die Monstren aus der Dunkelheit über uns herfielen. Mit dem Scheinwerfer leuchtete ich das Gebiet ringsum aus. Zwar konnten wir nicht sehr weit sehen, aber allein in diesem Umfeld gab es mindestens zwanzig solcher Becken, und ich erinnerte mich, dass die Ebene, auf der wir uns befanden, ungefähr zehnmal so groß sein musste wie das Gebiet, das für unsere Leuchten erreichbar war. *Wir können nur hoffen, dass die Monstrenfabrik seit langer Zeit stillgelegt ist.*

Vom fotografischen Gedächtnis reproduziert stieg die Erinnerung an eine Aussage Ischtars aus Ras Bericht in mir auf. Dort war von einer Insel mit ihrer Station die Rede gewesen, einer subplanetarischen Fabrik, in der aus Plasma riesenhafte Tierwesen hergestellt wurden …

6.

Aus: *Gesammelte Sprüche eines Bauchaufschneiders*, Fartuloon

Entweder bringt die Gefahr einen Mann um, oder sie macht ihn besser. Im ersten Fall erübrigt sich für ihn weiteres Streben, und im anderen Fall wird er früher oder später wissen, wie er zu überleben hat.

Nachdem wir festgestellt hatten, welchem Zweck die Kanäle und Becken dienten, marschierten wir mit noch größerer Vorsicht weiter. Ich bemerkte, dass Ras rechte Hand beständig über dem Griff seines Strahlers schwebte. Ich sah keinen Grund, darüber zu lächeln, mir erging es ähnlich wie dem Barbaren. Nur Fartuloon zeigte eine unerschütterliche Ruhe. Obwohl der Strahl unserer Scheinwerfer ziemlich weit reichte, hatten wir uns dazu entschlossen, vornehmlich die Infrarotfilter zu verwenden. Sollten wir tatsächlich von den Ungeheuern aus den Gussformen angegriffen werden, würden wir sie eher erkennen, und das konnte letztlich entscheidend sein.

»Stopp!«, kommandierte Ra plötzlich. »Vor uns ist ein heller Fleck.«

Ich sah in die Richtung, in die er mit der Hand wies. Er hatte richtig beobachtet. Deutlich zeichnete sich auf dem Infrarotfilter eine weite, ausgedehnte Fläche ab, die sich stark vom schwarzen Untergrund abhob. In der Fläche schien sich etwas zu bewegen. Langsam gingen wir auf den leuchtenden Fleck zu; vorsichtshalber hatten wir die Waffen in der Hand. Der Fleck entpuppte sich als ein weiteres Becken mit Gussformen. Allerdings wurde hier der Boden des Behälters fugenlos von einer Masse bedeckt, die im Licht unserer Lampen weißblau schillerte. Die Masse lebte, das bewiesen uns die regelmäßigen Zuckungen.

»Der Rohstoff«, stellte Fartuloon fest. »Daraus werden die Ungeheuer hergestellt. Und das im Vakuum!«

Furcht erregend war weniger der Anblick des Plasmas, sondern vor allem die Konsequenzen, die sich aus unserem Fund ergaben. Da das Plasma in der Grube lebte, war es auch wahrscheinlich, dass die Endprodukte der Plasmafabrik ebenfalls noch existierten. Wie gefährlich die weißblaue Masse war, zeigte sich sehr bald: Das Plasma schob sich langsam auf den Rand des Beckens zu, an dem wir standen; rautenförmige Muster erschienen auf der Oberfläche, ein Zeichen dafür, dass sich das Plasma zu strukturieren begann.

»Weg von hier«, sagte Ra. »Bevor das Zeug angreift, sollten wir uns entfernen.«

Von unserem Standort war zu erkennen, dass es am Rande unseres Gesichtskreises Gebäude gab, zumindest Erhebungen, die nach Bearbeitung aussahen. Langsam bewegten wir uns auf die Anhöhe zu. Unterwegs stießen wir noch einige Male auf Gussformen, die mit Plasma gefüllt waren. Gern hätte ich dem Stoff eine Probe entnommen, um festzustellen, wie alt dieses Plasma war. Handelte es sich um Rückstände einer Produktion, die erst kurze Zeit zurücklag, mussten wir doppelt vorsichtig sein. Aber mit unseren beschränkten Mitteln war eine derartige Analyse nicht zu bewerkstelligen, dazu hätten wir die Labors an Bord der KARRETON benötigt. *Immerhin kann diese Lebensform in völliger Dunkelheit und ohne Sauerstoff existieren. Vielleicht ist das Plasma fähig, alle Stoffe, die es zu seiner Erhaltung braucht, unmittelbar dem Boden zu entnehmen.*

Fartuloon schien in ähnlichen Bahnen zu denken. Plötzlich sagte er nachdenklich: »Es müsste eigentlich möglich sein, das Plasma mit Geschmacksstoffen zu versehen!«

»Wozu das?«, wollte Ra wissen. »Willst du das Biest verfüttern?«

»Genau. Man könnte dieses Plasma auf ansonsten völlig nutzlosen Welten und Asteroiden aussetzen und sich dort ernähren lassen. Anschließend kann es in handliche Portionen zerteilt, abgepackt und verkauft werden. Wenn man es mit aromatischen Stoffen versetzt …«

»Aufhören«, protestierte ich, während sich mein Magen bei dieser Vorstellung verknoten wollte. »Etwas derart Ekelhaftes habe ich noch nie gehört.«

»Haha«, machte Fartuloon. »Seine Erhabenheit ekeln sich vor einem Stück Plasma. Aber er hat keinerlei Hemmungen, zermahlene und geröstete Grassamen mit dem Drüsenprodukt gewisser Säugetiere zu bestreichen, die in Scheiben geschnittene und erhitzte Bauchhaut anderer Säuger darauf zu legen und das Ganze mit einem gleichfalls erhitzten Vogelembryo zu krönen.«

»Entsetzlich. Wovon redest du eigentlich?«

»Von einem Toast mit Butter, Frühstücksspeck und Spiegelei. Es ist alles nur eine Sache des Blickwinkels!«

»Aufhören! Oder ich verschaffe mir ebenfalls den ehrenvollen Titel eines Bauchaufschneiders.«

In den kleinen Helmlautsprechern hörte ich Ras leises Lachen, das schlagartig abbrach. Vor uns lag ein weiteres Plasmabecken. Eine Gestalt erhob sich aus der weißblauen Masse, die Gestalt eines Arkoniden, der uns zuwinkte. Ich trat näher und erschrak – bis an die Hüften war die Gestalt in das Plasma eingesunken. Selbst der geschlossene Raumanzug hatte den Mann nicht retten können; ich sah, dass der Stoff des Anzugs allmählich in die Plasmamasse überging.

»Verdammt«, knurrte Fartuloon. »Sieh dir einmal die Schultern an.«

Ich unterdrückte einen Fluch. Das Abzeichen auf der Schulter des Arkoniden wies ihn als einen Kralasenen aus. *Der Blinde Sofgart ist uns abermals zuvorgekommen!*

Als wir die zwölf Teilstücke des Quaddin-Körpers erbeutet hatten, war Hoffnung in uns aufgekeimt. Umso härter war jetzt der Rückschlag. Der Blinde Sofgart war auf Za'Ibbisch gelandet und hatte dabei einen seiner Männer verloren. *Ist er vielleicht schon im Besitz des Zentralorgans?* War dieses Organ tatsächlich in die Hände des Kralasenen-Befehlshabers gefallen, konnten wir unsere Hoffnungen, den Stein der Weisen zu finden, wohl ein für alle Mal begraben. *Selbst mit allen Freunden auf Kraumon sind wir niemals stark genug, dem skrupellosen Folterkönig seine Beute wieder zu entreißen.*

Immer noch winkte der Kralasene. Es war Ra, der sich als Erster bewegte. Alles, was er tat, war wesentlich stärker von Gefühlen beeinflusst, als es bei uns Arkoniden der Fall war. Er war mein Freund und Kampfgefährte, aber von ganz anderer Art als beispielsweise Fartuloon oder Morvoner Sprangk. In seiner entwaffnenden Ehrlichkeit vergaß er häufig, dass es seinen Widersachern nicht darauf ankam, zu zeigen, wer der Stärkere war. Für Heimtücke, wie sie für den Blinden Sofgart typisch war, besaß Ra überhaupt kein Empfinden. So war es erklärlich, dass er versuchte, dem Kralasenen zu helfen. Er sah, dass der Mann in Not war, und er handelte danach. Auf den Gedanken, dahinter eine *Falle* zu vermuten, kam er nicht.

Ohne auf meine Warnung zu achten, sprang er in die Grube. Seine Füße berührten die Plasmamasse und versanken darin. Zum Glück war die Schicht über dem Felsboden nur wenige Handspannen dick und reichte ihm knapp bis ans Knie. Ich hörte Ra knurren, als sich die Gestalt des Kralasenen blitzartig auflöste und mit dem Plasma verschmolz, das sich sofort auf Ra zuzubewegen begann. Ich riss den Strahler aus dem Gürtel und feuerte auf die heimtückische Masse, aber ohne großen Erfolg. Zwar stiegen Qualmwolken von den getroffenen Flächen auf, aber das Plasma beendete seinen Angriff nicht. Immer höher stieg die Masse an Ra empor. Fartuloon zückte das *Skarg* und sprang dem Barbaren nach.

»Zurück!« Mein Schrei kam zu spät. Sofort legte sich die Masse auch um die Beine des Bauchaufschneiders. Ra feuerte verzweifelt auf das Plasma, wagte aber nicht, auf jene Stellen zu zielen, die dicht an seinem Körper waren. Ich wechselte in rasender Geschwindigkeit die Waffe und richtete den auf Desintegrator-Modus umgeschalteten Kombistrahler auf das Plasma. Diesmal zeigte der Beschuss Wirkung: Grünliche Gasschwaden stiegen auf und verwehten sofort. Dort, wo der Strahl auf die Masse traf, wurden die intermolekularen Bindungen aufgehoben. Diesen Gewalten war auch das Plasma nicht gewachsen. Viel konnte ich meinen Freunden damit allerdings nicht helfen, weil ich nicht wagte, das Plasma in unmittelbarer Nähe zu beschießen.

Fartuloons *Skarg* wütete in den Plasmamassen. Rücksichtslos hackte und stach der Bauchaufschneider auf die weißblaue, zuckende Fläche ein. Sein Schwert erwies sich als noch wirkungsvoller als mein Desintegrator. Jedes Plasmastück, das er mit kräftigen Hieben aus der Masse heraustrennte, wurde sofort von Ra ergriffen und weggeschleudert. Viel Zeit hatten die beiden Männer nicht; es konnte nicht allzu lange dauern, bis das Plasma das Material des Kampfanzugs in sich aufgesogen hatte.

»Ein Bein ist frei.« Ra hatte das stabile Messer aus Arkonstahl gezogen und hieb damit auf seinen unförmigen Gegner ein. Immer größer wurde die Bewegungsfreiheit der beiden Männer. Nach einigen Zentitontas, in denen ich nur das keuchende Atmen meiner Freunde hörte, waren Fartuloon und Ra endlich frei. Rasch kletterten sie auf den Rand des Beckens. Das Plasma zog sich zusammen und wich in eine Ecke zurück; einige Schüsse aus dem Desintegrator reichten aus, um es vollständig zu vernichten.

»Das war sehr leichtsinnig«, ächzte Fartuloon, während er das *Skarg* wieder in die Scheide steckte. Mit der Hand deutete er auf den Boden des Beckens, auf dem im Licht der Scheinwerfer einige metallische Gegenstände glänzten. Ich fasste sie näher ins Auge und erkannte eine vollständige Sammlung aller metallischen Gegenstände, die der Kralasene getragen haben musste. Die stählernen Einlagen seiner Schuhe waren zu sehen, Gürtelschnallen und Waffen. Zudem hatte der Mann einen Unterarmknochen aus Stahl besessen. Für kurze Zeit hatte ich gehofft, bei dem Arkoniden habe es sich um eine Täuschung des Plasmamonstrums gehandelt, das die nötigen Daten vielleicht telepathisch bei uns abgezapft hatte. Die Überreste ließen für diese Möglichkeit keinen Raum.

Das Plasma hat dem Kralasenen alle Energie entzogen, bemerkte mein Logiksektor. *Nur deshalb war diese Plasmaansammlung aktiver als die Mengen, die hinter euch liegen.*

Das würde bedeuten, dass uns das Plasma nur dann gefährlich werden kann, wenn man es direkt berührt, dachte ich.

»Ob Leichtsinn oder nicht«, verteidigte sich Ra, »ich konnte den Mann doch nicht einfach auf Verdacht in dem Plasma stecken lassen.«

Hinter der Frontscheibe seines Helmes sah ich seine weißen Zähne blitzen; der Barbar grinste mich vergnügt an. Ich lächelte schief zurück. Die Vorstellung, dass es eines Tages vielleicht Milliarden dieser Barbaren geben könnte, dazu im Besitz einer hochwertigen Technik, war geeignet, mir den Angstschweiß auf die Stirn zu treiben.

Fartuloon deutete auf das Becken. »Ich habe den Verdacht, dass die Varganen auch mit ähnlichen Mitteln den Quaddin-Körper hergestellt haben. Vielleicht entpuppt sich der fertige Körper ebenfalls als ein gefährliches Monstrum.«

»Das wird sich erst herausstellen, wenn wir das Zentralorgan gefunden haben«, warf Ra ein. »Suchen wir weiter?«

»Selbstverständlich«, sagte ich.

Wir setzten unseren Weg fort und hielten sorgfältig Ausschau nach Fallen. Unser Vormarsch verlangsamte sich, als wir einen beachtlichen Hügel erklettern mussten, der von einer knietiefen Staubschicht bedeckt war. Ich gab es auf, nach den Ursachen dieses Staubes zu forschen. Za'Ibbisch war wohl mit normalen kosmologischen Maßstäben nicht zu messen. Wir erreichten den Gipfel des Hügels und sahen uns um. In einiger Entfernung waren vage Strukturen zu erkennen, die aussahen, als seien sie künstlicher Natur.

»Ob wir dort den fehlenden Teil des Quaddin-Körpers finden werden?«, fragte Ra skeptisch.

Fartuloon zuckte die Schultern und murmelte zweifelnd: »Ich frage mich inzwischen, ob wir das Zentralorgan überhaupt finden werden. Wenn die alten Varganen tatsächlich eine Fährte zum Stein der Weisen ausgelegt haben, müssten sich wenigstens ein paar kleine Hinweise auf den Verbleib des Zentralorgans finden lassen. Es wäre ein Unding, uns den ganzen Planeten absuchen zu lassen. Selbst wenn das Zentralorgan so groß wäre wie unser Beiboot, würde es auf einer Oberfläche von schätzungsweise zweihundertsechzig Millionen Quadratkilometern nicht aufzufinden sein!«

Während er sprach, sah ich mir den Hügel genauer an. Die Erhebung war ziemlich regelmäßig geformt, genauer gesagt, zu regelmäßig, um natürlichen Ursprungs zu sein. So ungefähr hätten die Reste einer viele hundert Meter hohen Pyramide aussehen müssen, die jahrtausendelang den Einflüssen der Witterung ausgesetzt gewesen war. Zwar gab es auf Za'Ibbisch keine Witterung, aber das Ergebnis war annähernd gleich. Ich machte einen Schritt vorwärts, um den Hügel näher zu untersuchen. Seine Grundfläche schätzte ich auf fünfhundert zu fünfhundert Meter. Bevor ich begriff, was mit mir geschah, gab der Sand unter meinen Füßen nach. Ich spürte, wie ich das Gleichgewicht verlor, schrie überrascht auf und stürzte unaufhaltsam.

»Atlan!«, rief Ra. »Er ist verschwunden!«

Für meine Freunde war ich in einer gewaltigen Staubwolke verschwunden, die sich rasch den Hügel hinabbewegte. Ein harter Schlag traf meine rechte Schulter, als ich gegen eine Kante prallte, mich überschlug und weiterstürzte. Ich konnte ein schmerzliches Stöhnen nicht vermeiden. Als ich endlich zur Ruhe kam, war ich halb bewusstlos. »Vorsicht«, stöhnte ich, den Schmerz in meinem Schädel gewaltsam unterdrückend. »Schaltet die Antigravs ein.«

»Wo steckst du überhaupt?«, wollte Fartuloon wissen.

»In der Mitte der Staubwolke.«

»Wir helfen dir.«

Ich richtete mich langsam auf und versuchte instinktiv, den Staub von meinem Anzug abzuklopfen. Sanft kamen mir Ra und Fartuloon entgegengeschwebt. »Lustig siehst du aus«, sagte Ra kichernd. »Was ist überhaupt passiert?«

Ich erklärte ihnen rasch meinen Absturz und meine Überlegungen über die merkwürdige Form des Hügels.

»Eine ziemlich kühne Hypothese«, murmelte Fartuloon skeptisch. »Es wäre durchaus möglich, dass diese Erhebung von der Natur so geformt wurde!«

»Und die Löcher stammen dann vom Zahn der Zeit, wie?« Die Öffnungen waren mir gerade erst aufgefallen – mehrere mannshohe Löcher, die in die Pyramide hineinführten. An dieser Seite der Erhebung lag weit weniger Staub, deutlich waren die zerbröckelten Kanten der Stufenpyramide zu erkennen. Ich war mir plötzlich sicher, dass der Schlüssel zum Zentralorgan des Quaddin-Körpers nur dort zu finden war.

»Hm«, machte Fartuloon beim Anblick der Eingänge. »Ich traue dieser Einladung nicht. Es wäre leicht möglich, dass uns die Pyramide über den Köpfen zusammenbricht. Ich habe ein ziemlich ungutes Gefühl.«

Ra protestierte scharf: »Ischtar würde uns nie eine heimtückische Falle stellen!«

»Ischtar vielleicht nicht«, versuchte ich ihn zu besänftigen. »Aber ihre Artgenossen könnten uns sehr wohl eine Falle gestellt haben. Es gibt allerdings nur einen Weg, das herauszufinden!«

»Indem wir gradlinig in die Falle hineinmarschieren, wie? Also gut, an deinem Augenfunkeln erkenne ich, dass du nötigenfalls allein in die Pyramide eindringen willst. Richtig?«

»Stimmt. Vorwärts!« Ich ging an der Spitze, ohne mich um Fartuloons Grinsen zu kümmern. Das Loch war gerade groß genug, um einen aufrecht gehenden Mann einzulassen. Ich entschloss mich dazu, den mittleren Eingang zu wählen. Hinter der Öffnung fanden wir einen schmalen Gang, der ziemlich roh aus dem blanken Felsen geschlagen worden war. Deutlich waren noch die Zeichen einer Bearbeitung mit primitiven Mitteln zu erkennen.

»Androiden können sie herstellen, diese Varganen«, höhnte Fartuloon. »Aber für einen atomaren Schildvortrieb hat es nicht gereicht. Sieh dir das an, Kristallprinz, sie sind mit Hämmern und Meißeln vorgegangen. Ich möchte wissen, wie viele Jahre man an diesem Stollen gearbeitet hat.«

Za'Ibbisch war eine Welt der krassen Gegensätze, Kontraste und logischen Widersprüche; langsam begann ich mich daran zu gewöhnen. Es erstaunte mich auch nicht, als sich nach fünfzig Metern der Gang zu erhellen begann, als an den Wänden die Äderungen auftauchten, die wir bereits von der Oberfläche her kannten. Allerdings strahlten die Felsstreifen im Innern der Pyramide im Bereich des sichtbaren Lichtes. Ich stellte eine rasche Messung an und war zufrieden. Durch diese Adern floss keine Energie, die uns gefährlich werden konnte. Um Energie zu sparen, schalteten wir unsere Scheinwerfer aus. Ein Teil der Wände war mit Reliefs versehen – wir erkannten die Figuren auf den ersten Blick. Es waren die Produkte der Plasmafabrik, die in Lebensgröße aus der Wand gemeißelt worden waren und auf uns heruntergrinsten. Von allen Seiten starrten uns die Monstren an, bleckten die großen Zähne und streckten ihre mörderischen Krallen nach uns aus.

»Psychologische Kriegführung.« Fartuloon winkte ab. »Sie wirkt übrigens nur bei Intelligenzen, die mit den Arkoniden verwandt oder identisch sind. Einen Methan wird man damit schwerlich erschrecken können.«

»Das würde bedeuten«, setzte ich seine Überlegung fort, »dass die Varganen nur für uns und unseresgleichen eine Spur ausgelegt haben!«

»Das glaube ich nicht«, widersprach er energisch. »Betrachten wir die Sache logisch. Das, was wir den Stein der Weisen nennen, ist eine Hinterlassenschaft der alten Varganen, ihr Machtpotenzial. Den Zugang zu diesen Machtmitteln haben sie mit Aufgaben und Hindernissen gespickt, sodass nur der Beste das Erbe der Varganen antreten kann. Für hoch stehende Intelligenzwesen dürfte es eigentlich keine rassistischen Vorurteile geben, daraus würde folgen, dass es für Wesen, deren Mentalität und Gestalt erheblich von der unsrigen abweichen, eine besondere, auf deren Charakter zugeschnittene Fährte zum Stein der Weisen gibt. Vermutlich gibt es Tausende verschiedener Spuren und somit auch Wege, zum Ziel zu kommen.«

Ich schluckte; Fartuloons Überlegungen hatten die Wirkung eines Tiefschlags. Zu allem Überfluss meldete sich noch mein Extrahirn: *Seine Überlegungen enthalten einen Wahrscheinlichkeitsgrad, der seine Ausführung fast zur Gewissheit macht.*

»Es könnte also irgendwo in der Galaxis Intelligenzen geben, die vielleicht auf einem anderen Weg zum Stein der Weisen weiter vorgedrungen sind als wir?«, fragte ich besorgt.

Fartuloon zuckte mit den Schultern. »Möglich wäre es. Aber ich stecke nicht in der Haut der Varganen. Vielleicht liegt auf irgendeinem Planeten ein hübsch verpacktes Bündel mit der Aufschrift: *Bei Atlans Eintreffen demselben zu überreichen.* Und wenn du das Päckchen öffnest, ist der Stein der Weisen darin, säuberlich an einer Schnur befestigt – zum um den Hals Hängen!«

Ra lachte brüllend los, während ich den aberwitzigen Humor des Bauchaufschneiders verwünschte. Immerhin trug sein Spott dazu bei, meine Gemütslage halbwegs zu stabilisieren. Während wir sprachen, erreichten wir das Ende des Ganges. Er mündete in einen hell erleuchteten Saal, dessen Wände ebenfalls mit schauerlichen Fratzen verziert waren. Wir erkannten mehr als zehn Öffnungen zu weiteren Gängen, zwischen denen wir uns zu entscheiden hatten. Bevor wir uns entschließen konnten, rasselten vor und hinter uns stählerne Wände aus den Gangdecken und riegelten sämtliche Ausgänge ab.

Noch wussten wir nicht, was uns erwartete. Die einzige Gefahr, die uns bislang drohte, war der Erstickungstod – falls die Schotten so lange geschlossen blieben, bis unser Sauerstoffvorrat endgültig erschöpft war. Diese Gefahr konnte uns noch nicht erregen, unsere Reserven würden noch viele Tontas ausreichen. Als die stählernen Tore langsam ihre Farbe änderten, begriff ich, welchen Tod uns die Anlagen der Pyramide bereiten wollten. Rasch verfärbte sich der Stahl, wurde dunkelrot und dann immer heller. Auf unseren Außenthermometern stieg die Temperatur sprunghaft an.

»Man will uns rösten«, sagte Fartuloon. »Kein schlechter Gedanke. So kommt man am besten an uns heran.«

Ich fand an dieser Falle nicht viel Lobenswertes. Mir war klar, dass wir in diesem Saal nicht mehr lange zu leben hatten, sofern wir nicht sehr schnell eine Lösung fanden. Die Aggregate unserer Kampfanzüge konnten uns vor dem Vakuum des leeren Raumes schützen, sie bewahrten uns auch vor der Hitze sonnennaher Planeten. Zur Bekämpfung einer permanenten Hochofenhitze taugten sie nicht. Ich glaubte spüren zu können, dass die Temperatur in meinem Anzug sprunghaft in die Höhe schnellte. Ein Blick auf das Innenthermometer belehrte mich, dass ich einer verständlichen Täuschung aufgesessen war. Noch war die Wärme im Anzug erträglich, bewegte sich sogar unterhalb des Niveaus, das auf Arkon üblich war. Von Ra wusste ich, dass er an Hitze gewöhnt war, aber ich machte mir um Fartuloon Sorgen.

»Was nun?«, fragte Ra. »Sollen wir hier sitzen bleiben und abwarten?«

»Hast du einen besseren Vorschlag?« Fartuloon wirkte leicht gereizt.

Er weiß, dass er wegen seiner Leibesfülle besonders gefährdet ist, teilte mir der Logiksektor mit.

Verzweifelt sah ich mich um, suchte nach irgendeiner Möglichkeit, aus diesem Saal zu verschwinden. Ich sah nur die Fratzen über den Ausgängen, die uns höhnisch anzugrinsen schienen. Ein Schuss auf den Fels neben dem Tor zeigte keine Wirkung; der Gegner, wer auch immer das genau sein mochte, verfügte über Anlagen zur Kristallfeldintensivierung, die die Wirkung des Desintegratorbeschusses aufhoben. Ich spürte, wie mein Mund trocken wurde, und nahm rasch einen großen Schluck aus meinem Wasservorrat. Noch war das Wasser kühl und erfrischend, aber ich wusste, wie schnell sich dies ändern konnte – und würde, wenn wir nicht bald etwas unternahmen.

Auf dem Innenthermometer kletterte die Anzeige langsam Grad um Grad in die Höhe; bald war die Klimaanlage an der Grenze ihrer Leistungsfähigkeit angelangt. Nervös schaute ich von einem Ausgang zum anderen und sah überall das gleiche, erschreckende Bild. Weiß glühender Stahl, von dem eine unerträgliche Hitze ausstrahlte. Ohne unsere Kampfanzüge wären wir bereits gesotten gewesen. Ich schaltete das Schirmfeld ein, eine Maßnahme, die das unvermeidlich erscheinende Ende bestenfalls hinauszögern konnte. Das Feld ließ zwar die Hitzestrahlung nicht durch, aber wenn sich die Belastung zu sehr steigerte, würde es schlagartig zusammenbrechen. Der einzige Vorteil war, dass ich diesen Zusammenbruch nicht mehr bewusst erleben würde.

»Ich habe eine Idee«, meldete sich plötzlich Ra. »Stellen wir uns nahe zusammen und vereinigen unsere Schirmfelder, damit der Schutz stärker wird.«

Ein guter Vorschlag, raunte mein Extrasinn. *Allerdings nur dann wirkungsvoll, wenn der Gegner nach einer gewissen Zeit von sich aus den Versuch abbricht.*

Waren unsere Gegner lebende Wesen, hatten wir keine Chance. Sie würden warten, bis sie absolut sicher waren, uns vernichtet zu haben. Nur eine Automatik versprach Hoffnung, weil sie den Angriff abbrechen würde, sobald die Sicherheit, den Gegner vernichtet zu haben, einen bestimmten Wert erreichte oder überstieg. War die Automatik auf die normale Belastbarkeit arkonidischer Schirmfelder abgestimmt, konnte uns die Verbundschaltung retten, sonst nicht.

Es dauerte eine halbe Zentitonta, bis das verstärkte Schirmfeld uns umspannte. Während dieser Zeit waren wir der Glut ausgeliefert gewesen; der Schweiß strömte mir aus sämtlichen Poren, lief mir in die Augen und ließ die Sichtscheibe beschlagen. Nur sehr langsam vermochte die Klimaanlage, diese extremen Werte wieder auf ein erträgliches Maß zurückzuführen. Ich zwinkerte, um den brennenden Schweiß aus den Augen zu bekommen. Als ich endlich wieder halbwegs klar sehen konnte, machte ich eine neue, erschreckende Entdeckung: In den Fratzen, die uns anstarrten, hatten sich die Mäuler geöffnet – aus den Löchern drohten die Mündungen von Energiewaffen auf uns herab. Ich zählte mehr als zehn Strahler, die auf uns gerichtet waren. Es handelte sich um Waffen, die uns einzeln nicht sehr gefährlich werden konnten; gebündelt waren sie mühelos imstande, unsere Schirmfelder zu durchschlagen.

»Jetzt haben wir die Wahl.« Fartuloon rang mühsam nach Luft. Genau betrachtet war es völlig sinnlos, aber ich konnte mich nicht mehr beherrschen, zog meinen Kombistrahler und feuerte auf die Waffen in den Fratzen. Ein Schirmfeld flackerte vor den Mündungen auf. Ra sah dies sofort und zog ebenfalls seine Waffe. Als auch Fartuloons Strahler auf das gleiche Ziel feuerte, brach das Feld zusammen – die Waffe löste sich in grüne Gasschwaden auf.

»Weiter so!«, schrie Ra begeistert.

Wir brauchten fünf Zentitontas, bis wir alle Waffen vernichtet hatten. Fünf Zentitontas, in denen sich die Temperatur in unseren

Anzügen bis zur Siedehitze zu steigern schien. Die Aggregate der Innenklimatisierung vibrierten und summten laut. Ich schnappte krächzend und keuchend nach Luft, meine Augen brannten vom Salz des Schweißes, der in schier endlosem Strom über mein Gesicht rann. Ich spürte, wie Fartuloon neben mir zu schwanken begann. Sofort fasste ich zu und stützte ihn. Auf der anderen Seite sorgte Ra dafür, dass unser Freund nicht zusammenbrach. Ich ließ meine Waffe fallen; durch den Stoff des Anzugs spürte ich die Hitze, die das Metall des Griffs aufgenommen hatte. Auch Ra war nicht mehr fähig, seinen Kombistrahler in der Hand zu behalten.

Im gleichen Augenblick, in dem Ras Waffe auf den Boden prallte, änderte sich die Farbe der Stahltore, die sich kurz darauf wieder öffneten. Mit rasender Geschwindigkeit nahm die Hitzestrahlung ab. Endlich konnte die Klimaanlage wieder kühle Luft in unsere Anzüge pumpen, die wir in gierigen Zügen einatmeten. Vorsichtig ließen wir Fartuloons schlaffen Körper zu Boden gleiten.

Ich blickte Ra an, der mich unverschämt angrinste. »Eine ziemlich merkwürdige Methode, unsere Friedfertigkeit zu testen. Oder glaubst du, dass es Zufall war, dass die Strahlung im gleichen Augenblick abbrach, in dem ich meinen Strahler losließ?«

Zufall, signalisierte der Logiksektor. *Fartuloon hatte seine Waffe noch in der Hand.*

Langsam kam der Bauchaufschneider wieder zu sich, saugte gierig an der dünnen Plastikleitung, die zu seinem Wassertank führte. Ich erklärte ihm kurz, was unsere Rettung bewirkt hatte; auch er kam zu dem Schluss, dass uns vermutlich der Zufall geholfen hatte. Diese Überlegung war nicht unwichtig, ließ sie doch darauf schließen, dass es im Innern der Pyramide nur Maschinen und Automaten gab, keine Nachkommen der alten Varganen. Und gegen Roboter zu kämpfen, war meist wesentlich einfacher als ein Streit mit lebenden Wesen, die sich immer neue Tricks und Überraschungen einfallen lassen konnten oder völlig irrational handelten.

Diesmal war ich derjenige, der lieber eine Abteilung von der KARRETON herbeigerufen hätte, bevor die weitere Untersuchung der subplanetarischen Anlagen begann. Ra protestierte gegen meinen Vorschlag: »Wenn *wir* dieses Rätsel nicht lösen, wer sonst?«

Gegen diesen selbstbewussten Einwand gab es nicht viel zu sagen. Wir warteten ab, bis sich Fartuloon leidlich erholt hatte, dann marschierten wir weiter. Je tiefer wir in das Bauwerk eindrangen, umso verwirrender wurde der Verlauf des Ganges. Zwar konnten wir die Abweichungen von der geraden Linie nur schwach an den Krümmungen der Wände erkennen, aber nach einer halben Tonta Marsch war uns klar, dass wir im Kreis gegangen waren, ohne jedoch den Saal des Schreckens wieder erreicht zu haben. Das konnte nur eines bedeuten, dass der Gang wendelförmig irgendwohin führte – ob in die Tiefe oder in die Höhe, konnten wir nicht feststellen.

»Eine raffinierte Anlage«, sagte Fartuloon anerkennend. »Das Schwerefeld wird selbsttätig so ausgerichtet, dass die Kraftlinien senkrecht auf dem Boden des Ganges stehen, gleichgültig, ob es aufwärts oder hinab geht.«

»Dann müsste dieses Schwerefeld künstlicher Natur sein«, wandte Ra ein. »Künstliche Gravitation hätten wir aber an Bord der KARRETON anmessen können.«

»Man kann auch künstliche Schwerkraft gegen Ortung abschirmen.«

Ich sah auf meine Uhr; wir waren seit mehr als fünf Tontas unterwegs. Eine Funkverbindung zur KARRETON war einstweilen unmöglich, wir waren auf uns selbst gestellt. Unwillkürlich begann ich nach einem Platz zu suchen, an dem wir ohne Gefahr eine Pause einlegen konnten. Mein Magen erinnerte mich mit lebhaftem Knurren daran, dass ich lange Zeit hindurch nichts mehr gegessen hatte.

»Ich habe Hunger«, stellte Ra auch fest. Fartuloon nickte zustimmend.

»Beim ersten günstigen Punkt rasten wir.« Meine Beine konnten ebenfalls dringend eine Rast brauchen. Um vakuumfest zu sein, musste ein Schutz- und Kampfanzug ein gewisses Maß an Festigkeit und Starre aufweisen, was sich bei längeren Märschen als hinderlich erwies. Wir mussten aber noch geraume Zeit marschieren, bis sich der Gang erweiterte und wir einen Saal mit mehreren Ausgängen erreichten.

Dieses Mal wollten wir allerdings etwas gerissener sein als unser unsichtbarer Widersacher. Während Fartuloon und Ra den

Saal betraten, blieb ich im Gang, da ich vermutete, dass sich eine eventuelle Falle nur schließen würde, wenn alle auserwählten Opfer im Innern der Falle waren. Ob dieser Trick wirksam war, konnte ich nicht feststellen; jedenfalls senkten sich keine Schotten herab, die uns hätten einschließen können. Ächzend streckte sich Fartuloon auf dem felsigen Boden aus und wehklagte schauerlich. Wer ihn nicht kannte, hätte annehmen können, seine letzte Tonta sei gekommen. Auch ich setzte mich auf den harten Boden und kaute missmutig auf dem Konzentratnahrungswürfel herum. Das fade schmeckende Zeug war der beste Beweis gegen die These, dass etwas Sinnvolles und Logisches auch schön sein müsse. Die Würfel nahmen wenig Platz weg, waren leicht zu tragen, zu verstauen und aufzubewahren. Und sie schmeckten wie eingeschlafene Füße.

Immerhin, mit dieser Konzentratnahrung waren die Raumsoldaten verpflegt worden, die das Arkonidische Imperium aufgebaut hatten. Allerdings hatte ich meine Zweifel, ob sich zwischen den Würfeln und der Größe des Imperiums eine kausale Beziehung herstellen ließ. Arkonidische Orbtonen jedenfalls zogen normale Küche vor, Admiräle holten üblicherweise sogar ihre Privatköche an Bord ihrer Schiffe. Eines Tages würde ich mir diesen Luxus vielleicht auch erlauben können, aber dazu musste ich erst einmal Orbanaschol III. beseitigen. *Dazu brauche ich den Stein der Weisen, und dazu …*

Nachdenklich starrte ich auf die Öffnungen in den Wänden des Saales. Einer dieser Gänge konnte uns zum Zentralorgan des Quaddin-Körpers führen, es fragte sich nur, welche der Öffnungen wir benutzen mussten. Dass hinter den falschen Eingängen der Tod lauerte, war uns in den letzten Tontas überdeutlich klar gemacht worden. Fasziniert betrachtete ich die Äderung des Gesteins, das in allen Farben des Spektrums schillerte. In unregelmäßigem Rhythmus wechselten die Farben und die Leuchtkraft der Adern. Vielleicht steckte ein System dahinter.

Der Überfall traf uns völlig unvorbereitet. Wir hatten mit allen möglichen Fallen, mit Robotern, Fallgruben und Energiesperren gerechnet, nur nicht mit *dieser* Attacke: Schlagartig begannen die

Energieadern zu pulsieren, und ein heller, schillernder Glanz flutete durch den Saal. Ich begriff zu spät, was dieses Phänomen zu bedeuten hatte. Wider Willen konzentrierte ich mich immer mehr auf das Spiel der Farben.

Vorsicht!, rief der Extrasinn. *Hypnoangriff!*

Die Warnung kam zu spät – ich fühlte, wie sich etwas in meinen Verstand drängte, mit immer stärker werdenden Impulsen den Monoschirm aushebelte und mein Gehirn überflutete. Irgendetwas ergriff Besitz von meinem Körper; ich erhob mich und begann zu gehen. Nur noch halb bei Bewusstsein, sah ich nicht, wie sich auch Ra und Fartuloon in Bewegung setzten. Ein unwiderstehlicher Zwang trieb mich auf einen der Eingänge zu, während ich mit dem letzten freien Funken meines Geistes versuchte, meinen Körper unter Kontrolle zu bringen. Es gelang mir nicht, sondern ich setzte wie aufgezogen einen Fuß vor den anderen.

Ein sanftes, grünes Dämmerlicht nahm mich auf, als ich in den Gang eindrang; von irgendwoher erklang eine einschmeichelnde Musik. Ich begann zu lachen. Warum sich Sorgen machen? Taten die Automaten der Pyramide nicht alles, um mich glücklich zu stimmen? Wovor sollte ich mich fürchten, wenn die Maschinen der Varganen mich beschützten? Fröhlich pfeifend gab ich dem Drang nach, der meinen Körper bewegte. Bald würde ich den Zentralkörper gefunden haben, und dann waren viele meiner Probleme gelöst. *Der Weg zum Stein der Weisen ist kurz und bequem, man kommt mir so weit wie möglich entgegen …*

Ebenso schlagartig, wie mich der hypnotische Bann gefangen genommen hatte, hörte die Beeinflussung auf. Ich fand mich in einem schwach erhellten Gang wieder, von Fartuloon und Ra war nichts zu sehen. Das einzige Besondere, das mir auffiel, waren zwei brusthohe Vertiefungen in den Seitenwänden des Stollens, der einen perfekt kreisförmigen Querschnitt aufwies. In einiger Entfernung von mir konnte ich einen Nebenstollen sehen. Ich schaltete meinen Helmminikom ein. »Fartuloon«, rief ich in das Mikrofon. »Ra! Meldet euch. Hier Atlan! Ra, Fartuloon – meldet euch. Hier Atlan.«

Aus den Lautsprechern kam nur ein leises Rauschen, mehr nicht. Ich hatte den Kontakt zu meinen Freunden verloren, wusste auch nicht mehr, welchen Weg ich gegangen war, welche Richtung mich zu meinen Partnern zurückführen konnte. Vor mir lag nur der ebene Gang, von dem ich nicht wusste, wohin er führte. *Eben?* Ich begriff erst nach einigen Augenblicken, was mit mir geschah. Übergangslos erlosch das künstliche Schwerefeld, ich begann zu stürzen. Ich war getäuscht worden – das, was ich für einen waagrechten Gang gehalten hatte, erwies sich als ein senkrecht in die Tiefe führender Schacht, den ich mit wachsender Geschwindigkeit hinabstürzte. Ich griff rasch an meinen Gürtel, schaltete den Antigrav ein und aktivierte das Rückstoßaggregat des Tornisters. Beide Maßnahmen führten ziemlich bald dazu, dass sich mein Fall verlangsamte und zum Stillstand kam.

In meinem Helm ertönte ein leises, allmählich anschwellendes Grollen. Ich überlegte, woher dieses Geräusch stammen könnte, ob aus meiner Umgebung oder aus dem Bereich meiner Freunde. Dann begriff ich, was um mich herum geschah, welchen Sinn die beiden Rinnen in den Wänden hatten. Von irgendwo über mir donnerte ein Gewicht auf mich herab, von den Rinnen in der Spur gehalten. Ich wusste nicht, was es unter mir gab, aber ich war mir sicher, dass eine Rettung nur zu finden war, wenn ich mich schnell in die Höhe flüchtete – ich musste einen der Seitengänge erreichen, ehe mich das Objekt traf. Ich schaltete den Antigrav hoch, ließ das Rückstoßaggregat mit höchster Kraft feuern. Mir wurde schwindlig, als ich mit wahnwitziger Geschwindigkeit in die Höhe getrieben wurde; die Wände des Schachtes verschwammen zu schemenhaften Konturen.

Dann sah ich die Kugel über mir. Sie füllte den Schacht so aus, dass es keine Möglichkeit gab, mich an ihr vorbeizuschmuggeln. Nur eine Chance blieb mir noch, der Seitenstollen. Ich sah die Öffnung, knapp zwanzig Meter trennten mich von der Rettung. Es dauerte nur Augenblicke, bis ich den Stollen erreicht hatte. Abrupt setzte das Rückstoßaggregat aus, gleichzeitig versagte der Antigrav. Ich krallte mich mit beiden Händen fest. Das Grollen und Donnern des Steines hatte aufgehört; überrascht sah ich in die Höhe. Über mir hing die drohende Wölbung, verharrte; ich zog mich ein Stück in die Höhe, der Fels wich zurück. Es war schwierig, mit den Handschuhen des Kampfanzuges auf dem glatten Fels einen sicheren Halt zu finden. Die linke Hand verlor den Halt, und im gleichen Augenblick senkte sich drohend der Stein.

Ich stöhnte auf und begriff jetzt, wie diese Todesfalle genau aussah. Gelang es mir mit meinen eigenen Kräften, den rettenden Seitenstollen zu erreichen, würde mir nichts geschehen; rutschte ich ab, blieb mir kein zweiter Versuch. Der Stein würde mir folgen und mich zermalmen. Mein Atem ging pfeifend, als ich endlich wieder mit beiden Händen die Kante des Seitenstollens gefasst hatte. Die mörderische Apparatur hatte die Schwerkraft beeinflusst, inzwischen zerrten an mir mindestens 1,6 Gravos. Ein erneuter Blick in die Höhe überzeugte mich davon, dass der Fels verharrte, dann aber sah ich, dass er sich sehr langsam zwar, aber unverkennbar Zentimeter um Zentimeter senkte. Das bedeutete, dass mir nur wenig Zeit blieb, mich in Sicherheit zu bringen.

Die Geräte meines Kampfanzugs konnten mir nicht nützen, ich war ausschließlich auf meine körperlichen Kräfte angewiesen, die von den Anstrengungen der letzten Tontas geschwächt waren. Ich spürte es in den Armmuskeln, die zitterten und von flüssigem Feuer durchströmt zu werden schienen, ich merkte es an den krampfhaften Bewegungen, mit denen meine Lungen die Luft einsogen. Ich versuchte, mit den Beinen Halt zu finden, um die Arme unterstützen zu können, aber meine Stiefel rutschten an der glatten Wand ab. War es Zufall oder Planung – die Rinne, in der sich die beiden Zapfen der Kugel bewegten, konnte mir nicht helfen …

Ich spannte die Armmuskeln an, zog mich ein Stück in die Höhe, bis es mir gelang, mich mit beiden Unterarmen auf die Bodenfläche des Seitenstollens zu stützen, obwohl unsichtbare Fäuste meine Muskeln zusammenzuquetschen schienen. Ich begriff, dass sich mit jedem Zentimeter, den ich an Höhe gewann, die Last der künstlichen Schwerkraft steigern würde. Der langsam sinkende Körper hatte schon den Rand der Öffnung erreicht, als es mir endlich gelang, meinen Oberkörper in den Stollen hineinzuschieben. An dieser Stelle wirkten fast drei Gravos auf mich ein und pressten meinen Brustkorb zusammen. Mit letzter Kraft zerrte ich das rechte Bein auf den Boden des Stollens, dann warf ich mich nach vorn. Das Letzte, was ich noch hören konnte, war das Donnern, mit dem die Kugel in die Tiefe stürzte, dann brach ich zusammen.

Als sich mein Blick wieder klärte, fühlte ich mich erbärmlich. Was die kleine Pause im Saal der Hypnofalle an Erholung gebracht hatte, war restlos aufgezehrt. Ich hatte nur das Verlangen, mich der Länge nach auszustrecken und etliche Tontas zu schlafen. Allein die Überlegung, dass die hinterhältigen Fallen der Pyramide wohl kaum Rücksicht auf meine Müdigkeit nehmen würden, hinderte mich daran, diesen Wunsch augenblicklich in die Tat umzusetzen.

Ich schaltete den Minikom ein und rief nach meinen Freunden, aber von Ra und Fartuloon war nichts zu hören. Ich nahm an, dass sie sich mit ähnlichen Gefahren auseinander zu setzen hatten. Mir blieb nur übrig zu hoffen, dass sie ebenso erfolgreich waren wie ich. Langsam richtete ich mich auf; die Schwerkraft in dem Stollen war wieder auf den normalen Wert gesunken. Erst jetzt wurde mir bewusst, dass die Kugel *Geräusche* verursacht hatte. Ein Blick auf die Armbandanzeige bestätigte mir, dass ich mich in einer atembaren Sauerstoff-Stickstoff-Atmosphäre befand.

»Und was kommt jetzt, Freunde?«, fragte ich halblaut und erschrak über das Krächzen meiner Stimme. Es bedurfte keiner besonderen Intelligenz, sich auszurechnen, dass diese Falle nicht die letzte sein würde. Vermutlich war das Innere der Pyramide mit lebensgefährlichen Hindernissen förmlich gespickt. Ich sah zurück. Der Schacht, aus dem ich gekommen war, lag offen vor mir. Wohin er führte, war nicht abzusehen, aber ich war mir sicher, dass es weiter unten keine weitere Verzweigung mehr gab. *Aber vielleicht weiter oben?* »Gehen wir logisch vor. Wo würdest du das Zentralorgan verstecken? Im oberen Teil der Pyramide? Vermutlich nicht. Das Bauwerk ist halb zerfallen, eines Tages wird dieser Zerfall vielleicht sogar den Raum mit dem Zentralorgan erreichen. Tief unten im Fuß der Pyramide wäre der Körper weit sicherer.«

Diese Überlegung wird so ziemlich jeder anstellen, der nach dem Zentralkörper sucht, mischte sich mein Extrasinn ein. *Deine Vermutung ist so nahe liegend, dass sich auch dagegen die Varganen abgesichert haben werden.*

Ich murmelte eine Verwünschung, weil der Logiksektor zweifellos Recht hatte. Auf der anderen Seite konnte sich ein findiger Sucher auch auf diese Überlegungen einstellen; das wiederum war für einen Varganen durch Nachdenken herauszufinden. Genau betrachtet konnte man dieses Denkspiel bis ins Endlose treiben, eine

Lösung würde sich nicht finden lassen. Ich kam mir vor wie ein Mann, der genau zwischen zwei gedeckten Tischen stand und bei der Überlegung, welchen Tisch er aufsuchen sollte, allmählich verhungerte. »Schluss mit dem Unfug. Ich versuche es unten.«

Narr!, schalt mich der Logiksektor. *Woher weißt du, was oben und was unten ist?*

Ich grinste unwillkürlich. So ein Logiksektor war eine feine Sache; von selbst wäre ich wohl erst nach geraumer Zeit auf diesen Gedanken gekommen. Ich stand auf festem Felsboden, was lag näher, ihn als *unter* mir zu betrachten? *Einem erfahrenen Raumfahrer, der an Manipulationen mit künstlicher Gravitation gewöhnt ist, hätte dieser Gedankenfehler eigentlich nicht unterlaufen dürfen*, dachte ich selbstkritisch. Allerdings hatte ich keinen sicheren Bezugspunkt. So wusste ich jetzt nicht, ob die Gravitation, die mich auf den Fels drückte, von dem Planeten stammte oder von einer Maschine hervorgerufen wurde. Einen sicheren Beweis hätten mir nur Versuche liefern können, die mit meinen beschränkten Mitteln nicht durchzuführen waren. Ich war darauf angewiesen, meinen Sinnen zu trauen. *Wie leicht das natürliche Wahrnehmungsvermögen getäuscht werden kann, habe ich bereits in dem Schacht feststellen müssen.*

Immerhin bot mir der Schacht einen wichtigen Anhaltspunkt. Ich wusste, dass Trickkünstler ihre Zuschauer stets sehr sorgfältig von dem eigentlichen Trick abzulenken pflegten. Der Künstler wusste meist sehr genau, dass alle Zuschauer auf seine Hände starrten und ihn zu überlisten suchten; deshalb machte er für gewöhnlich im entscheidenden Augenblick eine höchst verdächtige Handbewegung, die sich dann später als vollständig überflüssig erwies. Immerhin führte sie dazu, dass kein Zuschauer die wesentlich raffinierteren Griffe des wirklichen Tricks beachtete. So simpel sich dieser Psychotrick auch anhörte, selbst Professionelle hatten oft Schwierigkeiten, sich nicht irritieren zu lassen. An Bord der KARRETON gab es einen jungen Mann, der Münzen verschwinden lassen konnte. Er machte dies so ungeschickt, dass ich jedes Mal genau gesehen hatte, wie er die Münze, die er angeblich in der linken Hand halten sollte, geschickt in die rechte hinüberspielte. Natürlich waren anschließend beide Hände leer.

Einen ähnlich ausgekochten Trick vermutete ich auch hinter

dem fallenden Stein; der Fels war so eindrucksvoll auf mich *herab*gestürzt, dass ich ohne den Hinweis des Extrasinns kaum auf den Gedanken gekommen wäre, dass der Stein vielleicht in Wirklichkeit auf mich *herauf*gefallen war.

»Also nach oben«, murmelte ich entschlossen.

Zu einer eingehenden Erforschung des Seitenstollens verspürte ich keine Lust. Der senkrechte Schacht war von meinem unsichtbaren Gegner derart nachdrücklich als Gefahrenherd markiert worden, dass ich sicher sein konnte, dass der unverdächtig erscheinende Seitenstollen mit großer Wahrscheinlichkeit *noch mörderischer* angelegt worden war. Bevor ich mich den Aggregaten des Kampfanzugs anvertraute, sah ich mir den Schacht noch einmal sehr genau an. Aber ich konnte keinen Hinweis auf weitere Hinterhalte finden. Mit dem Antigravgenerator an meinem Gürtel hob ich die im Schacht herrschende Schwerkraft auf, dann stieß ich mich sanft ab. Langsam schwebte ich in die Höhe, leicht schräg durch den Schacht. Ich stützte mich behutsam mit den Händen ab, als ich der entgegengesetzten Schachtwand zu nahe geriet.

Man brauchte für gewöhnlich einige Zeit, bis man sich an diese Art der Vorwärtsbewegung gewöhnt hatte. Anfänger bewegten sich bei ihren ersten Versuchen meist hilflos im Zickzack durch die Schächte, holten sich Prellungen an den Wänden und kamen nicht selten kopfunter an den Ausstiegspunkten heraus. Aber nach einiger Zeit legten sich diese Schwierigkeiten meist.

Während ich langsam durch den Schacht schwebte und mit Fingerbewegungen meine Flugrichtung korrigierte, suchte ich angestrengt nach einer Möglichkeit, den Schacht wieder zu verlassen. Natürlich gab es hier keine Haltegriffe wie in den Antigravschächten an Bord der KARRETON, an denen man sich mit leichtem Schwung aus der Zone der Null-Gravitation entfernen konnte. Vorsichtshalber bemühte ich mich, von den Erfahrungen im Hypno-Saal gewarnt, nicht die Äderung der Schachtwände zu beachten. Immerhin reichte das Leuchten aus, um jede Einzelheit im Schacht erkennen zu lassen. Nur eines machte mich stutzig – die Adern verliefen in Längsrichtung, während sie an der Oberfläche waagrecht verlaufen waren.

Bedeutet das, dass der Schacht parallel zur Oberfläche verläuft?

Ein weiterer Trick, belehrte mich der Extrasinn. Ich wusste nicht, woher der Logiksektor diese Information hatte, aber ich gab mich damit zufrieden.

Nach meiner Schätzung hatte ich einige hundert Meter zurückgelegt. Von dem Seitenstollen konnte ich nichts mehr sehen, dafür aber das Ende des Schachtes. Eine fein geäderte, massive Felswand versperrte mir den Weg. Ich fing meinen Schwung behutsam mit den Händen ab und schaltete den Antigravgenerator um. Nach einiger Zeit stand ich auf dem hinderlichen Fels. Diese Maßnahme war nicht ungefährlich. Sollte das Hindernis blitzartig verschwinden, würde ich, vorausgesetzt, meine Theorie über die Lage von oben und unten stimmte, wie ein Stein in die Tiefe stürzen, und in diesem Fall hatte ich nur wenige Augenblicke Zeit, diesen Sturz wieder abzufangen.

Dass diese Besorgnis überflüssig war, merkte ich wenig später. Ich hörte ein Geräusch und sah in die Höhe. Zeitlupenhaft langsam senkte sich ein Block auf mich herab, der den Querschnitt des Schachtes vollständig ausfüllte. Die Distanz zwischen den Kanten des Felsens und der Außenwand des Schachtes betrug nur wenige Zentimeter; ein Entkommen war unmöglich. Ich sah auf die Uhr und schätzte die Strecke, die der Stein zurücklegte. Nach meiner Rechnung verblieben mir noch einige Zentitontas. In dieser Zeit musste ich versuchen, aus dieser Zwangslage zu entkommen.

Ich zog meinen Kombistrahler und feuerte auf den Boden. Auch dieser Teil der Pyramide war durch Kristallfeldintensivierung gegen Desintegratorbeschuss gefeit, desgleichen die Seitenwände. Ich steckte die Waffe wieder weg und begann den Boden peinlich genau zu untersuchen. Besonders interessierte mich die Verbindung zwischen dem Boden und den Wänden des Schachtes. Ich kratzte mit dem Flottenmesser aus Arkonstahl an der Trennlinie. Das Ergebnis war niederschmetternd. Dieser Teil des Schachtes war in einem Stück aus dem Fels gehauen worden, Boden und Wände bildeten eine Einheit. Ich stieß einen Fluch aus und sah mich gehetzt um. Auch ein Versuch mit dem Minikom brachte keinen Erfolg, von Ra oder Fartuloon war nichts zu hören. Zudem war anzunehmen, dass sich meine Freunde in ähnlichen Schwierigkeiten befanden.

Falls sie überhaupt noch leben, stellte der Logiksektor erbarmungslos fest. Diese Bemerkung trug wenig dazu bei, meine Stimmung zu heben.

Ich sah wieder nach oben – mir blieb nur noch wenig Zeit. *Ob vielleicht der Block …* Sofort richtete ich meinen TZU-4 auf den Stein und zog den Abzug durch. Ich stieß einen leisen Schrei aus, als der Beschuss Wirkung zeigte. Grünliche Schwaden stiegen von der Oberfläche des sich senkenden Steines auf und wirbelten in den immer kleiner werdenden Zwischenraum zwischen dem Boden und dem Block. Ich stellte den Abstrahldorn des Desintegrators sorgfältig ein, musste die mir verbleibende Zeit optimal nutzen. Mit Dauerfeuer schnitt ich einen Tunnel in den sinkenden Felsen, gerade groß genug, um mir ein Durchschlüpfen zu ermöglichen.

Der Block war nur noch zwei Armlängen über meinem Kopf, als ich das Feuer einstellte. Mein Schirmfeld begann zu flackern, die Desintegratorenergie, die von dem Felsen reflektiert wurde, begann den Generator zu belasten. Es wurde finster um mich, unaufhaltsam senkte sich der Fels auf mich herab. Ich legte die Arme fest an den Körper, als die Ränder des von mir geschaffenen Loches meine Schultern erreicht hatten. Langsam sank der Fels weiter, dann spürte ich einen leisen Ruck. Der Stein hatte auf dem Boden aufgesetzt.

Ich konnte kein Glied rühren. Das Loch, das ich mit dem Desintegrator in den Fels geschossen hatte, war zu eng, um mir genügend Bewegungsfreiheit zu geben. Geholfen hätte es mir indes nicht viel – der Versuch, sich durch den dicken Fels hindurchzuschießen, war glatter Selbstmord. Die reflektierte Energie meiner Waffe hätte mich getötet.

Du hast dir deinen eigenen Sarg geschaffen!

Inbrünstig verwünschte ich den Logiksektor, der keine Hemmung kannte, mir meine verzweifelte Lage nachdrücklich vor Augen zu führen. Aber selbst diese hoffnungslose Lage konnte mich noch nicht endgültig zur Aufgabe zwingen. Bevor sich der Stein auf mich herabgesenkt und mich eingeschlossen hatte, hatte ich noch meinen Minikom aktiviert. Verzweifelt presste ich mein Ohr gegen den kleinen, aber sehr leistungsfähigen Lautsprecher. Außer einem durchdringenden Rauschen war nichts zu hören.

Ich rief Fartuloon, schrie nach Ra, versuchte die KARRETON zu erreichen; alle Versuche scheiterten. Es gab keine Funkverbindung, nur das Rauschen, das an meinen Nerven zerrte und mich fast mehr peinigte als die Gewissheit, in einigen Tontas keine Atemluft mehr zu haben. Ich wusste, dass mein Sauerstoffvorrat noch für geraume Zeit ausreichte, schließlich sorgte der automatische Regenerierungskreislauf dafür, dass nur minimale Sauerstoffmengen wirklich verbraucht wurden. Das ausgeatmete Kohlendioxid wurde ausgefiltert, aufgespalten und wieder in den Kreislauf eingeführt.

Was ursprünglich als lebensrettende Maßnahme gedacht war, entpuppte sich unter diesen Umständen als Mittel, den Todeskampf ins Endlose zu dehnen. Ich knirschte mit den Zähnen, denn das Gefühl völliger Ohnmacht, die Wut über meine Hilflosigkeit übermannte mich. Es war ein grauenhaftes Gefühl, hier lebendig eingemauert zu sein und nun Tonta um Tonta auf das Gurgeln warten zu müssen, mit dem der letzte Sauerstoff in das Innere des Anzugs strömte. Ich wusste nur zu genau, dass ich meinen Tod bei vollem Bewusstsein erleben würde. Die gnädige Ohnmacht durch eine Kohlendioxidvergiftung wurde von der perfekten Technik verhindert.

Ich ballte die Fäuste. Nochmals versuchte ich, über den Minikom Hilfe herbeizurufen, wieder ohne jeden Erfolg. Trotz meiner verzweifelten Lage war ich sicher, dass es irgendeine Möglichkeit geben musste, um mich aus dieser Zwangslage zu befreien. Ich konnte mir nicht vorstellen, dass die alten Varganen auf dem Weg zum Stein der Weisen Hindernisse aufgestellt hatten, die objektiv unüberwindlich waren. *Dieses Hindernis war zu überwinden*, mischte sich der Logiksektor ein. *Hättest du einen Kampfrobot mitgenommen, wärst du frei. Die Feuerkraft des Robots hätte ausgereicht, den Stein zu erschießen oder zumindest einen Durchlass freizuschießen.*

»Ruhe!«, schrie ich erregt, als könne ich so den Extrasinn zum Schweigen bringen. Er hatte wieder einmal Recht; mit einem oder mehreren Kampfrobots wäre ich nicht in diese Zwangslage geraten. War dieser Fels die tödliche Strafe für meine Unvorsichtigkeit? Ich weigerte mich, daran zu glauben. Viel half mir dieser Glaube allerdings nicht. Die Milli- und Zentitontas dehnten sich zu Ewigkeiten, während ich mit immer größerer Anstrengung auf das Geräusch des einströmenden Sauerstoffs horchte, darauf wartete, dass das verhängnisvolle Gurgeln zu hören war. Ich konnte meine Uhr nicht vor mein Gesicht bringen, mir fehlte jedes Zeitgefühl. Eine Zeit lang versuchte ich, anhand meines Pulsschlags die Zeit zu bestimmen, aber dann gab ich auf.

»Was habe ich noch für Möglichkeiten?«, überlegte ich laut.

Keine!, stellte der Extrasinn lakonisch fest. Ich verwünschte den Tag, an dem der vorher brachliegende Hirnsektor auf dem Prüfungsplaneten Largamenia aktiviert worden war. Die klare, eiskalte Logik erschien mir unter den gegebenen Umständen als besonders grausamer Spott.

»Aber sprechen kann ich noch.« Ich sprach absichtlich laut. Einmal, um die winzige Möglichkeit zu erhalten, dass mich jemand hörte und anpeilte, zum anderen, um mich selbst zur Ruhe zu zwingen. »Vielleicht gibt es ein Kodewort, das diese Falle wieder öffnet. Irgendein geheimnisvolles Wort, vielleicht ein völlig unwichtiger Begriff.«

Ich lächelte schwach. Dies war tatsächlich die einzige Möglichkeit, die mir noch verblieb. Und mein wichtigster Helfer war nun eben der von mir so verwünschte Teil meines Hirns, der neben dem Logiksektor auch das fotografische Gedächtnis barg. Ich holte tief Luft und begann.

»A, Aal, aalen, aalglatt, Aaltierchen, Aar…« Mit nervtötender Präzision spulte mein Gedächtnis ein vollständiges Wörterbuch ab. Dass ich entgegen der offiziellen Regel mit dem vierten Vokal A loslegte, wurde mir erst bewusst, als ich die ersten beiden Dutzend Begriffe ausgesprochen hatte. *Satron* war eine Buchstabenschrift, doch während sich die Sprache selbst im Verlauf der Jahrtausende durchaus gewandelt hatte, wurden die Schriftzeichen beibehalten, ebenso die Aussprache der Einzelbuchstaben, denen bestimmte Phoneme zugeordnet waren. Das Alphabet umfasste die fünf Selbstlaute und zunächst siebzehn weitere Buchstaben, die jedoch schon beim Übergang vom *Altakona* zum *Satron* auf einundzwanzig erweitert worden waren. Auf vielen Randwelten des Tai Ark'Tussan variierte überdies die Buchstabenreihenfolge des Alphabets; mit A begann jene, die ich auf Gortavor kennen gelernt hatte.

Ich kannte die »arkonidische« Sprache, die im Großen Imperium zum *Interkosmo* geworden war, mehrere Dialekte aus den Randgebieten, dazu mehr als ein Dutzend anderer Sprachen, natürlich auch deren gesamtes Vokabular. Es fehlten weder Flüche noch technische Fachausdrücke. Ab und zu musste ich wider Willen grinsen, wenn ein Wort über meine Lippen kam, das ich bewusst nie gehört oder gebraucht hatte. Unangenehm wurde es, wenn in der Liste Namen erschienen, dazu lieferte das fotografische Gedächtnis sofort Aussehen, Bewegung und Stimmklang der betreffenden Person mit. Für einen Mann, der mit letzter Kraft um sein Leben kämpfte, war es kein Vergnügen, an angenehme Tontas und Pragos mit lieben Freunden erinnert zu werden.

Ich steckte noch mitten im Buchstaben A, als sich wieder der Logiksektor meldete: *Gib es auf! Bis du alle Worte abgerufen hast, vergeht mehr Zeit, als dir zur Verfügung steht.*

Ich gab noch nicht auf, machte weiter bis zu meinem Namen. Als ich laut »Atlan« rief, durchfuhr mich die Frage, in wessen Gedächtnis dieser Name wohl haften bleiben mochte. Ich senkte den Kopf und schloss die Augen. *Narr!*, schimpfte der Logiksektor. *Woher nimmst du die Dreistigkeit, zu glauben, dass ausgerechnet dein Name hier helfen könnte …?*

Ich lachte bitter auf; wie immer hatte der Extrasinn Recht. Was bedeutete schon der Name Atlan, abgesehen davon, dass er auf den Heroen Tran-Atlan zurückging. In spätestens einem Jahrzehnt würde ich vergessen sein, vielleicht nicht von Farnathia, aber …

»Farnathia«, rief ich, einem plötzlichen Impuls folgend, aber auch dieser Name konnte mir keine Rettung bringen. Ich hörte das harte Pochen meines Herzens, das leise Zischen des Sauerstoffs; so groß war die Stille, dass ich sogar das leise Summen des Energietornisters wahrnehmen konnte.

Abermals meldete sich der Extrasinn: *Ischtar!*

Laut wiederholte ich den Namen der Goldenen Göttin, aber auch jetzt rührte sich nichts. Erst als der Boden schlagartig unter mir verschwand, begriff ich, dass ich gerettet war, wenigstens für die nächsten Augenblicke. Während ich in rasender Eile die Gürtelgeräte einschaltete, schloss ich die Augen – nach der langen Zeit in völliger Dunkelheit wurde ich von dem relativ schwachen Licht der Energieadern förmlich geblendet. So sah ich auch nicht, wie tief ich fiel. Ich spürte nur, dass sich mein Fall rasch verlangsamte, dann prallte ich auf einem harten Boden auf und verlor das Bewusstsein.

Ich erwachte mit einem bösartigen Hungergefühl, obendrein hatte ich Durst. Mit großem Genuss aß ich die Konzentratnahrung und trank das Wasser, das sich leicht erwärmt hatte. Dann überprüfte ich meinen Anzug. Alle Geräte arbeiteten einwandfrei, in diesem Punkt konnte ich beruhigt sein. Was mich mit Sorge erfüllte, war die Tatsache, dass ich immer noch kein Lebenszeichen von Fartuloon und Ra hatte; auch zur KARRETON ließ sich keine Verbindung herstellen.

Ich sah nach oben. Das Loch, durch das ich gefallen war, musste sich inzwischen wieder geschlossen haben. Von einer Öffnung war nichts mehr zu sehen, die Decke lag knapp zehn Meter über mir. Wäre es mir nicht gelungen, im letztem Augenblick die Aggregate meines Gürtels zu aktivieren, hätte ich mir sicherlich auf dem felsigen Boden etliche Knochen, wenn nicht das Genick gebrochen. Für wen auch immer der Stein der Weisen aufbewahrt werden mochte, der Zugang forderte dem Betreffenden das Äußerste ab.

Natürlich sah ich mich genau um, schließlich musste ich damit rechnen, dass mir neues Ungemach bevorstand. Verließ ich mich auf meine Sinne, stand ich auf dem Boden eines Schachtes, der einen Durchmesser von knapp acht Metern besaß. Von meinem Standort aus führten zwölf Gänge in alle Himmelsrichtungen. Ausnahmsweise waren die Wände über den Öffnungen nicht mit grausigen Fratzen verziert.

Wohin soll ich mich wenden? Jede Auswahl hat ihre Tücken. Für welchen Eingang ich mich auch entschied, ich konnte sicher sein, dabei in eine neue Falle zu tappen. Das Innere der Pyramide schien wie das Netz einer riesigen Spinne zu sein – wohin man auch ging, überall konnte man festkleben und sein Ende finden. Es fragte sich nur, wo die Spinne steckte, die dieses Netz kontrollierte. *Anders ausgedrückt, wo befindet sich die Schaltstation, von der aus dieses verzwickte System ausgeklügelter Hinterhalte gesteuert wird? Wenn es mir gelingt, dieses Schaltwerk zu finden und zu vernichten, haben wir eine echte Chance, das Geheimnis der Pyramide zu lüften.*

Wir?, raunte der Extrasinn grämlich. Ich verzog das Gesicht zu einem düsteren Lächeln. Noch immer fehlte jede Spur von meinen Freunden. Die Wahrscheinlichkeit war groß, dass sie in irgendeiner Falle ein grausames Ende gefunden hatten.

Ich hörte ein Knacken in meinen Lautsprechern, dann eine müde Stimme: »Atlan, Ra. Wo steckt ihr?«

»Fartuloon«, schrie ich aufgeregt ins Mikrofon. »Hier Atlan.«

»Endlich«, hörte ich ihn seufzen. »Kannst du mir sagen, wo du dich gerade aufhältst?«

»Ich habe nicht den Schimmer einer Ahnung. Ich stehe auf dem Boden eines Schachtes, aber ich kann beim besten Willen nicht sagen, wo in der Pyramide dieser Schacht zu suchen wäre.«

»Hm. Immerhin, zwei von uns haben überlebt. Oder hast du etwas von Ra gehört?«

»Keine Silbe. Wie ist es dir ergangen?«

»Reichlich übel.« Die Tatsache, dass der Bauchaufschneider wenigstens mit mir sprechen konnte, schien seine Niedergeschlagenheit rasch zu beseitigen. Der ironische Unterton in seiner Stimme sagte mir genug. »Ich habe mich mit ein paar Robotern herumgeprügelt, landete in einer zweiten Hypnofalle, die mich fast das Leben gekostet hätte. Erspare es mir, dir haarklein zu berichten, was diese Hypnoprojektoren mir alles vorgegaukelt haben. Jedenfalls ziehe ich den Aufenthalt im Innern einer Supernova einem einzigen Tag in dieser Pyramide vor. Ra, verdammter braunhäutiger Barbar, melde dich endlich!«

»Findest du es richtig, in dieser Weise von einem Toten zu sprechen?«, erkundigte sich eine belustigt klingende Stimme. »Hier bin ich.«

Ich atmete erleichtert auf; noch hatten die Anlagen der Pyramide keinen von uns zur Strecke bringen können. Das ließ hoffen.

»Ra«, sagte auch Fartuloon hörbar zufrieden. »Womit hat man dich belästigt?«

»Ich sollte ertränkt werden. Ich frage mich allerdings, wo auf diesem wüsten Planeten Wasser zu beschaffen wäre.«

»Uninteressant«, wehrte ich ab. »Zunächst einmal müssen wir zusehen, dass wir zueinander kommen. Vereint … «

»… sind wir stärker als allein«, mischte sich Fartuloon ein. »Wenn du schon Weisheiten anbringen willst, dann zitiere wenigstens nicht ausgerechnet meine Sprüche.«

»Sorgen habt ihr«, sagte Ra kichernd. »Ernsthaft, wie finden wir uns? Ich schlage vor, einer bleibt an seinem Platz stehen und die anderen versuchen ihn zu finden.«

»Einverstanden. Ich bleibe, wo ich bin«, bestimmte ich. »Zur Erklärung: In dem Gebiet, in dem ich mich befinde, sind die Wände zwar noch von Energieadern durchsetzt, aber es gibt keine monströsen Reliefs mehr. Hilft euch das?«

»Mir nicht«, antwortete Ra. »Ich sehe Reliefs, eins scheußlicher als das andere. Dafür kann ich keine Energieadern erkennen.«

»Bei mir ist außer nacktem Fels überhaupt nichts zu sehen«, meldete Fartuloon. »Pass auf, Ra, du marschierst los, bis die Verhältnisse jenen gleichen, von denen Atlan berichtet hat. Ich werde das Gleiche tun.«

»Einverstanden. Ich marschiere los. Ich bin sehr gespannt, auf welche Überraschungen ich diesmal stoße. Diese Pyramide beginnt mir Spaß zu machen.«

Dieser Barbar verfügt über einen höchst merkwürdigen Humor, dachte ich grinsend. *Immerhin, solange er spotten kann, ist die Lage noch erträglich.* Ich setzte mich auf den harten Boden und wartete auf das Eintreffen meiner Freunde. Es verging mehr als eine Tonta, wie mir meine Uhr zeigte, aber von Ra und Fartuloon war nichts zu sehen.

»Ich fürchte, wir stecken in einem geschickt angelegten Labyrinth.« Fartuloons Stimme war anzuhören, dass er in den letzten Tontas ebenso wenig zur Ruhe gekommen war wie ich. »Wie sollen wir uns so finden?«

Ich überlegte. *Bohrt man in einen Körper, beispielsweise diese Pyramide, ein Loch und verlängert dieses zu einem Gang, muss man früher oder später jeden Punkt im Innern der Pyramide erreichen. Da ich den gleichen Eingang benutzt habe wie meine Freunde, müssten sie mich erreichen können. Es sei denn …*

Wenn man einen solchen Gang so eng anlegte und immer weiter verdünnte, bis er praktisch zur Linie geworden war, konnte man in einen Körper unendlich viele Labyrinthe platzieren. Ich traute den Intelligenzen, die dieses Bauwerk angelegt hatten, durchaus zu, auch mit Dimensionsphysik Experimente angestellt zu haben. Es war möglich, dass sie mit uns eine Dimensionsverschiebung vorgenommen hatten. In diesem Fall konnten mich meine Freunde bis in alle Ewigkeit suchen. *Ist unter diesen Bedingungen überhaupt ein Funkkontakt möglich?* Ich wusste es nicht, und auch mein Extrasinn konnte mir darauf keine Antwort geben. Mir kam ein neuer Gedanke. Ich rief Fartuloon und Ra an und berichtete ihnen in allen Einzelheiten, welchen Weg ich genommen hatte. »Wenn ihr jetzt die rechte Hand an die rechte Wand legt und niemals entfernt, müsst ihr mich finden, früher oder später.«

»Das bedeutet«, sagte der Bauchaufschneider finster, »dass ich im ungünstigsten Fall das gesamte Labyrinth durchwandern muss.«

»Ich fürchte ja. Aber ich sehe keinen anderen Weg.«

Seine Stimme klang laut und deutlich aus meinen Lautsprechern. Es war durchaus möglich, dass wir nur von einer einzigen Wand getrennt waren. Leider waren unsere technischen Möglichkeiten zu beschränkt, um uns eine Funkpeilung zu ermöglichen. Das Äußerste des Möglichen war die Abschätzung nach der Lautstärke – klang die Stimme schwächer, entfernte sich der Sprecher von mir, wurde der Klang lauter, kam mir der Betreffende näher. Aber dieses Verfahren war zu grob und enthielt zu viele Tücken, um als praktikabel gelten zu können, ganz abgesehen davon, dass uns die Einrichtungen der Pyramide wieder einen Streich spielen konnten.

Während Fartuloon und Ra nach mir suchten, probierte ich erneut, eine Verbindung zur KARRETON herzustellen. Ich hörte Ras Pfeifen und Fartuloons grimmiges Brummen, aber keinen Piepser, der von den Sendern unseres Schiffes hätte stammen können.

»Atlan«, hörte ich Fartuloon rufen.

»Ja? Was gibt es?«

»Ich fürchte, wir sind nicht allein in der Pyramide. Ich habe gerade eine Leiche gefunden, einen Kralasenen. Er sieht übel aus, kaum noch zu erkennen.«

»Wie lange ist er schon tot?«

»Schwer zu sagen«, antwortete Fartuloon. »Wenige Tontas, würde ich schätzen. Es ist durchaus möglich, dass noch einige andere von Sofgarts Schergen in diesem Bau herumirren. Also sieh dich vor.«

Das war ein neuer Schlag! Behielt Fartuloon Recht, stand uns sogar ein Kampf mit den Männern Sofgarts bevor. Je nachdem, wie viele seiner Männer den tückischen Fallen entronnen waren, würden wir einer beträchtlichen Übermacht gegenüberstehen. Ich kannte die Kralasenen, wusste, mit welchem Fanatismus sie kämpften.

»Ich habe auch einen Toten gefunden«, meldete sich wenig später Ra. »Er muss allerdings schon seit längerer Zeit hier liegen. Bist du sicher, Fartuloon, dass du keiner Hypno-Projektion aufgesessen bist?«

»Woher soll ich das wissen?«, fragte der Bauchaufschneider leicht gereizt zurück. »Was weiß ich, was diese Maschinen mit mir angestellt haben, während ich bewusstlos war? Hier ist alles möglich.«

Langsam begann ich daran zu zweifeln, dass mich die beiden erreichen würden. Seit mehr als eineinhalb Tontas irrten meine Freunde nun schon durch die Gänge und Stollen der Pyramide, und noch gab es kein Anzeichen dafür, dass sie mich in absehbarer Zeit finden würden.

»Eine neue Entdeckung«, meldete sich Ra. »Hier werden die Energieadern immer dichter und dicker. Ich habe das Gefühl, dass ich mich allmählich dem Mittelpunkt dieser Unterwelt nähere.«

»Das hört sich interessant an«, mischte sich Fartuloon ein. »Erinnert euch an die Adern an der Oberfläche. Wir haben festgestellt, dass der Energiestrom auf diese Pyramide zielt. Es ist denkbar, dass die gesamte Energie irgendwo in der Nähe Ras in Maschinen geleitet wird. Dort müsste dann auch das Zentralorgan des Quaddin-Körpers sein!«

Ich wagte nicht daran zu denken, dass wir uns möglicherweise irrten, dass nicht diese Pyramide, sondern ein ganz anderes Bauwerk das rätselhafte Zentralorgan barg.

»Ich schlage Folgendes vor«, fuhr der Bauchaufschneider fort. »Wir geben den offenbar sinnlosen Versuch auf, uns gegenseitig nachzulaufen. Stattdessen sollte jeder von uns versuchen, von seinem Standort aus so schnell wie möglich die Zentrale dieses Bauwerks zu erreichen. Dabei können wir uns an der zunehmenden Dichte und Stärke der Energieadern orientieren.«

»Ich stimme zu«, sagte Ra sofort.

Ich überlegte kurz, dann erklärte ich ebenfalls mein Einverständnis. Mein Pflegevater war im Recht. Es hatte wenig Sinn, die Suche nach den Partnern fortzusetzen, war unser Hauptziel doch das Auffinden des Quaddin-Körpers. Alles andere war nebensächlich. Aufs Geratewohl suchte ich mir einen der Gänge aus und marschierte los. Ich konnte nur hoffen, dass die Richtung stimmte; immerhin konnte ich erkennen, dass die Äderung allmählich dicker wurde und an Leuchtkraft gewann. Ich hatte allerdings leichte Zweifel, ob dies ein gutes Zeichen war. Die gesamte Pyramide war derartig auf Täuschung der Besucher ausgerichtet, dass man versucht war, alles für Trug und Täuschung zu halten. Meinen Kombistrahler hielt ich entsichert in der rechten Hand. Die Waffe zuckte in die Höhe, als ich vor mir eine Gestalt auftauchen sah, die mit einem blitzenden metallischen Gegenstand auf mich losging.

»Fartuloon«, seufzte ich erleichtert und ließ die Waffe sinken. »Wolltest du mir ernstlich mit dem *Skarg* zu Leibe rücken.«

»In der Not greift der *Gork* zum *Skarg*«, philosophierte der Bauchaufschneider. »Ich freue mich, dich zu sehen. Wo kommst du her?«

Ich deutete mit dem Daumen über meine Schulter.

»Ausgeschlossen«, protestierte Fartuloon. »Ich habe den ganzen Gang abgeschritten, bis zu seinem Ende. Es gab keine Seitenwege, folglich hätte ich dich finden müssen.«

Das war ein weiterer Beweis dafür, dass wir unter permanenter Kontrolle standen – ein sehr unangenehmes Gefühl, wie eine Marionette an unsichtbaren Fäden gehalten und gesteuert zu werden. In meiner Vorstellung formte sich das Bild eines ausgekochten Sadisten, der mit uns spielte, uns nach Belieben in Todesangst versetzte und wieder entkommen ließ. *Irgendwann wird er die Geduld verlieren und dem Spiel ein Ende machen.*

Über Helmfunk verständigte ich Ra, dass Fartuloon zu mir gestoßen war.

»Immerhin etwas«, kommentierte der Barbar. »Ich habe keine Ahnung, wo ich im Augenblick stecke. Drückt mir die Daumen, dass ich euch noch finde.«

Langsam bewegten Fartuloon und ich uns vorwärts, den dicker werdenden Energieadern folgend. Allmählich begann ich mich sehr unwohl in meiner Haut zu fühlen. Die Adern hatten inzwischen eine Mächtigkeit erreicht, die wie eine Drohung wirkte. Ich dachte an die Energiemengen, die durch sie flossen. Sollte es den Automaten der Pyramide einfallen, diese Ladungen zum Überschlag zu bringen, halfen auch unsere Schutzschirme nicht mehr viel.

»Beeilt euch ein wenig, Freunde«, hörte ich Ra plötzlich rufen. »Es wird langsam brenzlig. Ich bin auf Robots gestoßen. Noch schießen sie nicht, aber sie machen keinen friedfertigen Eindruck.«

Hätten wir nur gewusst, wo sich unser Freund aufhielt ... So blieb uns nichts anderes übrig, als unser Tempo zu erhöhen, selbst auf die Gefahr hin, dass wir uns von Ra immer weiter entfernten. In den Lautsprechern hörte ich das Zischen von Schüssen, dann ein wütendes Knurren. »Ra«, rief ich. »Greifen die Robots an?«

»So kann man es nennen. Sie schießen zwar nicht direkt auf mich, aber auf die Wände. Offenbar wollen sie mich ein wenig ärgern.«

»Halte aus, wir kommen!«

Fartuloon kicherte laut. »Deinen Optimismus möchte ich haben. Woher willst du wissen, ob wir ihn überhaupt erreichen?«

»An den Entscheidungen des Kristallprinzen gibt es nichts zu deuteln«, versetzte ich übertrieben hoheitsvoll, was Fartuloons Heiterkeit nur noch steigerte. Genau betrachtet war es vollendeter Unsinn, was wir trieben. Wir rannten wie gehetzt durch die Gänge, achteten nicht auf plötzlich auftauchende Verzweigungen. Das Einzige, was uns beschäftigte, war die sich steigernde Mächtigkeit der Energieadern. Diesen Zeichen folgten wir in der Hoffnung, so auf unseren Freund Ra zu stoßen, dessen Lage sich offenbar zusehends verschlechterte, wie wir an der ansteigenden Heftigkeit des Feuers feststellen konnten.

»Beeilt euch. Den Robots scheint die Geduld auszugehen.« Ras Stimme klang so klar und deutlich aus den Helmlautsprechern, dass ich zu glauben versucht war, dass er sich in unserer unmittelbaren Nähe befand. Ich winkte Fartuloon zu, der auf dieses Zeichen hin sofort anhielt. Ich beugte mich auf den Boden nieder und presste die Frontscheibe des Helmes auf den felsigen Boden. Zwar wurden die Geräusche erheblich gedämpft, aber es war nicht zu überhören – ziemlich in der Nähe erklang der schwere Tritt von Robotern.

»Aushalten«, rief ich. »Wir müssen ganz in deiner Nähe sein.«

»Das hilft mir wenig«, hörte ich ihn antworten, halb übertönt von einem Explosionsknall. »Das ist für dich, Freundchen.«

Die letzte Bemerkung galt offensichtlich einem Robot, dessen Vernichtung ich hatte hören können. Ein Blick auf das Kombiinstrument auf meinem Arm bestätigte mir, dass der Raum geflutet war. Zweifellos näherten wir uns wirklich dem Kernpunkt der Pyramide, denn nur dort war es sinnvoll, die Räume permanent mit atembarem Gas zu füllen, und nur dort konnte auch das Zentralorgan sein, dem unsere verzweifelte Suche galt.

»Ich habe ihn«, rief Fartuloon, der ein Stück vorausgeeilt war.

»Endlich«, seufzte Ra. »Lange hätte ich ohne Hilfe nicht mehr durchgehalten.«

Dort, wo er und Fartuloon standen, erweiterte sich der Gang beträchtlich. Im Hintergrund erkannte ich ein großes Tor. Vor der Öffnung befanden sich Robots. Ich zählte mehr als ein Dutzend der großen Metallwesen, deren Waffen auf uns gerichtet waren. Waffen, für die der Begriff transportable Kanone durchaus angemessen war. Einer lag mit zerschossenem Rumpf einige Schritte vor der Reihe seiner Artgenossen; ihn hatte Ra vernichtet. Ich schluckte nervös. Jeder einzelne Robot hätte ausgereicht, uns zu vernichten. Die Reaktionsgeschwindigkeit positronisch gesteuerter Waffenträger lag um einige Zehnerpotenzen über dem arkonoiden Vermögen; rechnete man noch die Bewaffnung hinzu, bei der ein Schuss genügte, um unsere Feldschirme glatt zu durchschlagen, war abzusehen, dass hier so ohne weiteres kein Fortkommen möglich war.

»Seid mir willkommen«, sagte Ra fröhlich. »Was fangen wir jetzt an? Hast du einen Vorschlag, Atlan?«

Ich zuckte hilflos mit den Schultern. Genau genommen hatten wir keine Chancen. Bevor ich auch nur den Abzug hätte betätigen können, hätte schon ein Waffenstrahl eingeschlagen. Ich fingerte an meinem Gürtel herum. Natürlich hatte ich noch ein paar Thermobomben, mit denen auch diese Robots auszuschalten waren. Aber ein Wurf nahm noch wesentlich mehr Zeit in Anspruch als ein Schuss. Wenn es den Maschinen Spaß machte, konnten sie die

Bombe sogar noch aufheben und uns nachwerfen, bevor sie detonierte.

Du musst eine List anwenden, sagte der Logiksektor. Das Ding hatte leichtes Reden, zumal es darauf verzichtete, mir diese List näher zu beschreiben. Langsam verstrichen die Zentitontas, in denen sich weder die Robots noch wir bewegten. Ich spürte, dass ich ins Schwitzen geriet. Würden uns die Robots wenigstens unbehelligt ziehen lassen, falls wir keine feindseligen Handlungen vornahmen? Nur darin lag noch eine hauchdünne Chance. Ich kramte aus meinem Wortschatz die Bruchstücke eines Idioms hervor, das am äußersten Rande des Tai Ark'Tussan gebräuchlich war, eine entsetzliche Verstümmlung meiner normalen Sprache, ein Slang, mit dem man die satzdrechselnden Schranzen des Imperialen Hofes in Panik versetzen konnte.

In diesem grauenhaften Rand-*Satron* sprach ich Fartuloon an: »Wir müssen schauspielern, mein Freund.« Ich deutete auf die Robots und bemühte mich, ein furchtsames Gesicht zu machen, was angesichts der tödlichen Drohung, die von den Metallkolossen ausging, keine allzu schwierige Aufgabe war. »Ich versuche, die Robots hereinzulegen.«

Fartuloon verzog das Gesicht, als er meine Aussprache hörte. Ra verstand überhaupt nichts und stand mit völlig unbeteiligtem Gesichtsausdruck neben uns. Ich wandte mich wieder den Robots zu, hob die Hände flehentlich in die Höhe und sank langsam in die Knie. Dann beugte ich den Oberkörper demutsvoll dem Boden entgegen. Das jämmerliche Stammeln und Winseln, das ich dabei von mir gab, spottete jeder Beschreibung. Ich war froh, dass Ra kein einziges Wort verstand. Hätte er begriffen, mit welchen verbalen Liebkosungen ich die Robots bedachte, hätte er vermutlich lauthals gelacht und so meinen ganzen Plan in Frage gestellt. Die Robots zeigten sich von meinem Demutsgeheul wenig beeindruckt. Immerhin schossen sie nicht, als ich langsam auf den Knien näher rutschte und dabei immer wieder Verbeugungen machte. Nach einigen Verrenkungen dieser Art begann mein Rücken so zu schmerzen, dass ich Mühe hatte, nicht aufzustöhnen. Arkonidische Kampfanzüge waren dafür gedacht, in aufrechter Haltung die Demutserklärungen anderer Völker entgegenzunehmen; bei der Konstruktion hatte offenbar kein Arkonide daran gedacht, dass es Gelegenheiten geben konnte, bei denen sich ein Arkonide zu unterwerfen hatte.

Während ich langsam auf den Knien an die Robots heranrutschte und ihnen meine Ergebenheit versicherte, nestelte ich drei Thermobomben aus meinem Gürtel. Mein Herz pochte so laut, dass es die Robots fast hören konnten. Ich begann zu frösteln. Was jetzt kam, war eine Sache von Augenblicken. Ich entsicherte die Bombe so geschickt, dass keiner die verdächtigen Handbewegungen entdecken konnte. Dann hielt ich der Phalanx der Robots meine Gabe flehend auf offener Hand entgegengestreckt. Einer machte einen Schritt auf mich zu. Ich schrie angsterfüllt auf und ließ vor Schreck meine Gabe an die ehernen Gottheiten fallen; langsam kullerten die Geschenke auf die Robots zu. Ich stieß einen weiteren Schrei aus, dann sprang ich auf die Füße und raste wie von Sternendämonen gehetzt davon. Im Laufen sah ich, dass auch Ra und Fartuloon zusahen, sich so schnell wie möglich von den Robots zu entfernen.

Dann packte mich eine gewaltige Faust und peitschte mich vorwärts. Alles verschwamm zu wirren Schemen, als ich durch die Luft wirbelte, mich mehrfach überschlug, gegen Wände und den Boden prallte und immer weiter flog. Ich landete auf allen vieren, warf mich weiter vorwärts. Die Aggregate des Schutzfelds wimmerten auf; der Schirm selbst strahlte grell auf und zuckte unter dem Aufprall der von mir entfesselten Gewalten. Ich rollte immer weiter, nur fort von der Stelle, wo drei Thermobomben die Welt in ein Glutmeer verwandelten. Hinter mir hörte ich das Donnern weiterer Explosionen, dazwischen das Schreien von Fartuloon und Ra.

Auch ich schrie, war nur noch ein Bündel von Reflexen, die ein nicht mehr verstandesgemäß handelndes Wesen vorwärts trieben. Jeder Schritt war wichtig, konnte über Leben und Tod entscheiden. Eine neue Druckwelle erfasste mich und warf mich um. Mein Schirmfeld stand in lohenden Flammen, schemenhaft sah ich zwei Feuerbälle – Ra und Fartuloon, die sich mit letzter Kraft vor der geballten Vernichtungskraft der drei Bomben in Sicherheit zu bringen suchten. Als ich endlich zur Ruhe kam, war ich nicht mehr Herr meiner Sinne. Ich schlug mit Händen und Füßen um mich, schrie und tobte. Meine Haut schmerzte – ein Teil der Hitze, nur ein winziger Prozentsatz, war durchgeschlagen, aber diese Glut hatte ausgereicht, die Haut stark zu röten. Meine Knochen schmerzten von den Zusammenstößen, in meinem Schädel schienen Schlachtschiffstriebwerke mit höchster Kraft zu laufen.

Nur sehr langsam fand ich meine Ruhe wieder. Ich tastete meinen Körper ab. Abgesehen von einigen Brandblasen war ich ohne Verletzung, obwohl ich das Gefühl hatte, mein Körper enthalte keinen einzigen heilen Knochen mehr. Fartuloon war besinnungslos, Ra krümmte sich vor Schmerzen. Der Barbar hatte als Letzter begriffen, was ich plante, und dementsprechend auch als Letzter die Flucht angetreten. Er tat mir Leid, aber ich hatte ihm nichts verraten können, was ich im Schilde führte.

»Das war verdammt knapp«, ächzte Fartuloon, als er langsam wieder zu sich kam. »Wie bist du auf diese selbstmörderische Idee gekommen?«

Ich zuckte mit den Schultern. »Keine Ahnung. Es ist mir einfach eingefallen. Viele andere Möglichkeiten hatten wir ohnedies nicht.«

»Und das auf meine alten Tage«, seufzte er; ich sah hinter der Helmscheibe das Glänzen seiner Zähne. »Falls du noch einmal solche schauspielerischen Einlagen planst, sage mir bitte vorher Bescheid. Immerhin, du warst großartig. Einen solcherart wimmernden Kristallprinzen dürfte es in der Geschichte des Imperiums noch nie gegeben haben. Sollte es zum Imperator nicht reichen, kannst du dich an einer Schmierenkomödie verdingen.«

»Unter deiner Leitung, gern.«

Langsam fand auch Ra wieder zu sich; er hatte sich einige recht schmerzhafte Brandblasen im Gesicht geholt, dazu Prellungen. Waren wir erst an Bord der KARRETON, konnten diese Blessuren leicht und schnell behoben werden. »Bei allen Götzen und Dämonen dieser Öden Insel«, stöhnte er. »Noch einmal mache ich so etwas nicht mit. Gehe in Zukunft etwas schonender mit mir um, Barbaren sind selten heutzutage.«

»Ich werde es mir merken. Wollen wir jetzt untersuchen, was die Robots zu verteidigen hatten?«

»Falls davon nach deiner Attacke überhaupt noch etwas besteht«, ergänzte Fartuloon grimmig.

Vorsichtig arbeiteten wir uns zurück. Der Gang war weitgehend zerstört – an den Wänden sahen wir die Spuren, die herabfließendes Gestein hinterlassen hatte. Eine mörderische Hitze strahlte uns entgegen. Vorsichtshalber benutzten wir unsere Antigravs und schwebten durch das Chaos, das die Explosion der drei Thermobomben hinterlassen hatte. Von den Robots war nichts mehr zu sehen; was die Bomben nicht zerstört hatten, war bei der Detonation der Waffenmagazine zerfetzt worden. Ich entdeckte noch einen völlig deformierten Handlungsarm eines Robots, mehr war von den Maschinen nicht übrig geblieben. Unsere Freude war groß, als wir erkannten, dass das Tor, hinter dem wir das Zentralorgan vermuteten, weitgehend unbeschädigt war. Zwar waren auch hier glühende Schmelzbäche über das Metall geflossen, aber das Schott hatte standgehalten.

»Und wie kommen wir jetzt in diesen Raum hinein?«, wollte Ra wissen.

Ich versuchte es mit dem Namen Ischtar, dem Namen des Planeten und einigen anderen Begriffen, aber falls dieses Tor auf Klangkombinationen ansprach, war dieser Mechanismus defekt. Der Stahl blieb an seiner Stelle und rührte sich nicht. Ich sah, dass Ra zusammenzuckte, als der Name Ischtar fiel, aber er beherrschte sich.

»So kommen wir nicht weiter«, stellte Fartuloon erbittert fest. »Wir werden es wohl oder übel mit Gewalt versuchen müssen.«

Mit vereinten Kräften rückten wir dem Schott zu Leibe und feuerten mit Desintegratorstrahlen auf den Stahl. Jeder wählte eine Kante aus, um zu versuchen, hauptsächlich das Schloss der Tür zu treffen. Das konnte wichtig sein – in dem Fall, in dem es hinter dieser Tür wieder ein Vakuum gab, wie wir es von Za'Ibbisch gewohnt waren. Ich nahm die Oberkante des Schotts unter Feuer und hatte nach kurzer Zeit Erfolg. Mit einem harten, metallischen Ton sank das Schott in die Tiefe und verschwand. Ein hinter der Tür stehender Robot verging sofort, als Fartuloon blitzschnell auf ihn feuerte. Dann stellte er den Beschuss rasch ein – bei der Maschine handelte es sich um einen simplen Wartungsrobot, der uns nicht weiter gefährlich werden konnte.

»Hier also ist die Höhle.« Fartuloon trat als Erster über die Schwelle.

Langsam und sorgfältig sahen wir uns um. Es handelte sich um einen Schaltraum, von dem aus zweifellos alle wichtigen Vorgänge in und um der Pyramide gesteuert wurden. Kameras zeigten uns, dass man uns seit unserer Landung beobachtet hatte. Wir konnten unser Beiboot auf einem Monitor erkennen, desgleichen die von uns zerstörten Prulths. Der Eingang zur Pyramide war zu sehen, der Saal mit der Hypnofalle – und eine vollständige Darstellung des Labyrinths. Rasch prägte ich mir alle Einzelheiten des Planes ein, es konnte unter Umständen wichtig für uns sein. Wir entdeckten auch ein halbes Dutzend Kralasenen: Die Männer waren tot, keiner von ihnen hatte es geschafft, den vielen Fallen der Pyramide zu entgehen. Teilweise waren die Männer unter grauenvollen Umständen gestorben. *Wer auch immer dieses System angelegt hat, versteht sein blutiges Handwerk aufs Meisterhafteste.*

»Vermisst du nichts?«, fragte mich Fartuloon nach einiger Zeit.

Ich sah ihn zweifelnd an. »Wovon redest du? Was sollte ich vermissen?«

»Einen Bildschirm, auf dem das Zentralorgan zu sehen wäre«, sagte er grimmig. »Oder zumindest einen Raum, dessen technische Einrichtungen darauf schließen lassen würden, dass dort der Zentralkörper aufbewahrt werden könnte.«

Ich starrte ihn fassungslos an, dann drehte ich mich um und überflog noch einmal die lange Reihe der Bildschirme und Kontrollen. Fartuloon hatte Recht, es gab keinen Hinweis darauf, dass sich im Innern der Pyramide tatsächlich das von uns gesuchte Organ befand. Ich brauchte einige Zeit, bis ich diese niederschmetternde Erkenntnis verkraftet hatte. Ich sank auf einen Sessel, der vor dem großen Hauptschaltpult stand; nervös trommelte ich mit den Fingerspitzen einen Rhythmus auf die Abdeckung des Schaltpultes.

Fartuloon sah mich mit schiefem Grinsen an. »Findest du es richtig, ausgerechnet in diesem Augenblick die Hymne der Kralasenen zu intonieren?« Tatsächlich wurde mir erst jetzt bewusst, dass mein Fingerrhythmus der Melodie entsprach, die der Blinde Sofgart für seine Männer ausgesucht hatte. »Lass diesen Blödsinn. Es gibt jetzt wichtigere Probleme als den Kralasenenmarsch. Weißt du überhaupt, was das bedeutet, kein Quaddin-Körper auf Za'Ibbisch?«

»In dieser Pyramide«, warf Ra ein. »Nicht auf Za'Ibbisch. Wir haben uns das falsche Bauwerk ausgesucht.«

Ich deutete mit der Hand auf die Bildschirme, auf denen die toten Kralasenen zu sehen waren. »Und das soll alles vergeblich sein? Eine mörderische Falle nach der anderen – und alles nur Bluff?«

»Langsam, mein Sohn. Wir können zwar keinen Zentralkörper sehen, aber das heißt noch lange nicht, dass es ihn nicht gibt.«

Ich war nahe daran, dem Bauchaufschneider an den Hals zu gehen. »Worauf willst du eigentlich hinaus? Hast du vor, mich mit deinen Sprüchen zum Nervenzusammenbruch zu bringen? Soll das ein Witz sein?« Am Rande meiner Beherrschung angelangt, nahm ich mich mit aller Kraft zusammen. Immer wieder hämmerte ich mir ein: *Ruhig bleiben, nicht die Nerven verlieren!*

Während ich mit aller Gewalt versuchte, mich zu konzentrieren, trat Fartuloon an mich heran. Ich spürte einen Einstich am Oberarm, dann fühlte ich, wie mich eine wohltuende Wärme durchströmte. Fartuloon hatte die in den Anzug integrierte Mikroschleuse verwendet, um mir ein Beruhigungsmittel zu injizieren. Ich wandte den Kopf, sah ihn an und sagte leise: »Danke!«

»Schon gut.« Er lächelte. »Es hätte mich gewundert, hättest du anders reagiert. Nur wer mit aller Kraft auf ein bestimmtes Ziel hinarbeitet, ist imstande, einen so fürchterlichen Rückschlag zu überstehen, und sei es mit Medikamenten. Wie fühlst du dich?«

»Besser.« Das Mittel wirkte rasch, meine Gedanken klärten sich. »Wäre ich an der Stelle der alten Varganen, was würde ich tun, um den Zugriff zum Zentralorgan so stark wie möglich zu erschweren? Ich würde versuchen, die Sucher abzulenken!«

»Richtig. Der Verlauf der Energieadern führte jeden, der diese Fallen überwindet, automatisch in diese Zentrale, also darf es dort nach Möglichkeit keinen Hinweis auf das Versteck des Zentralorgans geben. Mir erscheint das einleuchtend.«

»Mir auch.« Ra stand in meiner Nähe, hielt die Arme vor der Brust verschränkt und sah mitleidig auf mich herab. Ich wusste, dass diese Haltung am Hofe Orbanaschols seinen sofortigen Tod bedeutet hätte. Ein arkonidischer Imperator brauchte von niemandem bemitleidet zu werden, schon gar nicht von einem Barbaren. Ich lächelte Ra dankbar an, und er antwortete mit einem breiten Grinsen. Plötzlich kam mir ein Einfall. Ich drehte mich wieder zu den Bildschirmen um und sah mir die Bilder sehr genau an. Besonders intensiv studierte ich den holografischen Plan des Labyrinths.

Sorgfältig verglich ich die Bilder der Monitoren mit den Kartendetails des Planes, überlegte, welche Stelle von welcher Kamera erfasst wurde.

Dann hatte ich ziemlich bald die Lösung. »Ich habe es!« Fartuloon sah mich besorgt an; vermutlich befürchtete er, sein Medikament zu stark dosiert zu haben. »Die Bildschirme zeigen fast alle Winkel des Labyrinths. Wohlgemerkt – fast jeden Winkel. Nur ein paar Bereiche sind ausgenommen. Sie sind so uninteressant, dass sich eine Beobachtung durch eine Kamera nicht lohnt. Und was für Bereiche werden das wohl sein?«

»Die sanitären Anlagen«, vermutete Fartuloon.

»Die Wohnräume Ischtars«, hoffte Ra.

Ich musste grinsen; diese beiden Halunken wussten genau, wovon ich sprach. Mit ihren dummen Antworten wollten sie nur meine angeschlagene Stimmung heben, und ich war ihnen dankbar dafür.

»Du hast Recht«, sagte schließlich Fartuloon lächelnd. »Nur dort werden wir das Zentralorgan finden. Hast du dir den genauen Weg gemerkt?«

»Selbstverständlich. Wozu hat man schließlich ein fotografisches Gedächtnis? Ich werde euch führen.«

Bevor wir den Raum verlassen konnten, hielt uns Ra auf und deutete auf die Anlagen in der Schaltzentrale. »Wollt ihr weiter zusehen, wie euch der Automat umzubringen versucht?« Er zog seine Waffe. »Ich werde diesen Fallensteller ausschalten.«

»Stopp!«, befahl Fartuloon. »Du magst in gewisser Weise durchaus vernünftig argumentieren. Aber wir wissen nicht, was passiert, wenn wir die Positronik, die hier alles steuert, einfach zerschießen. Es könnte sein, dass wir dadurch in noch größere Schwierigkeiten kommen!«

»Möglich«, gab ich zu. »Aber vergesst nicht, wir müssen noch die einzelnen Teile des Quaddin-Körpers entweder hier oder an Bord der KARRETON zusammensetzen. Unter Umständen brauchen wir Hilfe von der Besatzung – wollen wir sie in die gleichen Fallen laufen lassen, in denen wir fast umgekommen sind?«

Fartuloon dachte kurz nach und beantwortete meine Frage mit einem langen Feuerstoß aus seinem Kombistrahler. Die Desintegratorimpulse fraßen sich in die Schaltpulte und ließen sie bersten.

Fetter, schwarzer Qualm stieg auf und nahm uns die Sicht; Splitter pfiffen singend durch den Raum und prasselten an die Wände. Eine bunte Schlange miteinander verflochtener Kabel wand sich brennend aus einer Öffnung. Über die Außenmikrofone hörten wir das Aufheulen einer Alarmsirene, und aus einiger Entfernung ertönte das Geräusch heranmarschierender Roboter. Ich zog noch zwei Thermobomben aus dem Gürtel, stellte den Zünder auf eine Zeit von zwei Zentitontas ein und warf sie in das Chaos aus Rauch und Feuer, das sich vor uns ausbreitete.

So schnell es ging, entfernten wir uns aus dem Bereich des Schaltraums. Draußen erkannten wir das unregelmäßige Flackern der Energieadern, deren Energien offenbar hauptsächlich von der Schaltstation und ihrer Anlagenperipherie beansprucht wurden. Eine kleine Armee diensteifriger Roboter aller Größenordnungen eilte an uns vorbei. Eine der schweren Maschinen trat mir fast auf den Fuß, als sie an mir vorbeistürmte und ich mich so flach wie möglich an die Wand presste. Fartuloon, der den Vorgang ansehen musste, atmete erleichtert auf, als die Kolonne der Reparaturrobots uns passiert hatte. Wäre es mir nicht gelungen, meinen Fuß rechtzeitig zurückzuziehen, hätte mir das Gewicht der Maschine sämtliche Fußknochen zermalmt.

Ich sah auf mein Chronometer. Wir hatten noch fünf Millitontas, um uns in Sicherheit zu bringen. Wir rannten, was die geschundenen Lungen und Muskeln hergaben, bis wir unter uns den Boden zittern fühlten. Eine Druckwelle fegte durch das Labyrinth, aber die Gewalten der Explosion wurden von dem weit verzweigten Gangsystem derart abgemildert, dass wir kaum etwas davon spürten.

»Geschafft«, murmelte Ra. »Dieser Mörderkasten wird uns nicht länger belästigen! Weißt du, Atlan, wo wir stecken?«

Ich nickte kurz und führte meine Freunde weiter, immer tiefer in den Untergrund unter den Pyramidenresten.

7.

Aus: *Die Zwölf Ehernen Prinzipien* der Dagoristas; um 3100 da Ark entstandener Kodex des Arkon-Rittertums

Zehntes Prinzip: Streben nach Glück

Es gibt keine Garantie für Glück – wohl aber ist jeder in seinem Streben danach der eigene Meister: Der Einzelne, Dagorista, bestimmt mit seinem Können und seinem Einsatz, welche Form des Glücks er für sich und die Seinen erreicht.

Im Innern der Pyramide tobte die Hölle. Meine Thermobomben mussten eine verheerende Wirkung hervorgerufen haben. Wahrscheinlich waren nicht nur die Konverter der herbeigeeilten Roboter detoniert, hinter den Wänden mussten noch mehrere andere Meiler gesteckt haben, deren Energien schlagartig freigesetzt wurden und sich in der Pyramide austobten. Um uns zuckten die Energieadern, verfärbten sich, flackerten – und leuchteten kurz darauf grell auf. Bei solchen Gelegenheiten warfen wir uns schnellstens auf den Boden. In einem Fall hatten Überschlagsblitze mein Schirmfeld bis an die äußerste Leistungsfähigkeit seiner Generatoren belastet. So kamen wir nur langsam voran.

Nicht ohne Sorge hörte ich das Prasseln und Donnern in meinen Ohren. Dieser Bereich der Pyramide war mit Atemluft gefüllt, die die Geräusche der Vernichtung weiterleitete. Wir wagten es nicht, uns auf diese Atmosphäre zu verlassen; noch konnten wir nicht sicher sein, dass dahinter keine Falle steckte. Langsam begann ich zu befürchten, dass von der ganzen Pyramide nicht mehr viel übrig bleiben würde. Immerhin war ich mir in einem Punkt sehr sicher – die Besatzung der KARRETON musste jetzt genau wissen, wo wir uns befanden. Energieausbrüche in solcher Stärke konnten den empfindlichen Geräten des Schiffes unmöglich entgehen. Allerdings stand zu befürchten, dass Morvoner den Energieausbruch missdeutete und uns abschrieb – indes erschien mir diese Möglichkeit recht theoretisch. Weit eher würde er ein Rettungskommando ausschleusen, das uns zu Hilfe kommen sollte.

Hinter uns hörten wir es rumoren. Eine dichte Staubwolke

folgte uns und hüllte uns ein. Es schien, als wolle die ganze Pyramide zusammenstürzen, immer wieder brachen Wände auf und zeigten lange Risse, aus denen feinkörniger Staub auf uns herabrieselte.

»Wir müssen uns beeilen«, rief Fartuloon. »Der Raum des Zentralorgans wird sicher gegen den Zusammenbruch des Bauwerks geschützt sein.«

Ich nickte kurz, während ich meine Schritte beschleunigte. Besonders ein Umstand ließ mich schneller werden auf diesem Teilstück des Ganglabyrinths waren wir noch auf keinen Kralasenen gestoßen, auch nicht in der Schaltzentrale. Das konnte bedeuten, dass Sofgarts Männer vor den Fallen dieses Baus kapituliert hatten. *Das würde der Blinde Sofgart niemals zulassen*, warnte mich der Logiksektor. *Seine Männer dürfen niemals kapitulieren.*

Auch das war richtig, aber vielleicht hatten Sofgarts Kralasenen die wichtigen Räume der Pyramide gar nicht erst erreicht. Meine Hoffnung, das Zentralorgan unversehrt in die Hände zu bekommen, wuchs beträchtlich. Dass wir uns unserem Ziel allmählich näherten, war unübersehbar. Das Netzwerk der Energieadern verdichtete sich wieder, auch die Dicke der Strom führenden Schichtungen nahm zu. Allerdings waren diese Adern leicht bläulich verfärbt und offenbar von den Verwüstungen im oberen Bereich der Pyramide beeinflusst worden. In einem gleichmäßigen Trab rannten wir durch die Gänge. In diesem Bereich schien es keine Fallen zu geben, oder sie waren durch die Vernichtung der Schaltzentrale lahm gelegt worden. Nichts hielt uns mehr auf.

Nach einer halben Tonta hatten wir den Bezirk erreicht, in dem sich das Zentralorgan des Quaddin-Körpers befinden musste. Allerdings gab der Plan, den ich in meinem fotografischen Gedächtnis gespeichert hatte, keinerlei Auskunft darüber, wo man den Zugang zu diesem Raum zu suchen hatte. Das Gebiet, das uns zur Verfügung stand, umfasste ein halbes Dutzend Gänge mit Verzweigungen, die meist recht kurz waren. Irgendwo in diesem Bereich musste der Eingang liegen, und diesen galt es zu finden. Wir tasteten die Wände mit den Kolben unserer Waffen ab und horchten auf klangliche Veränderungen. Nach kurzer Zeit mussten wir einsehen, dass diese Methode wenig Erfolg versprechend war. Dann versuchten wir es mit Namen, vor allem dem Ischtars; es war für mich und Fartuloon erheiternd zu hören, mit welcher Inbrunst der Barbar den ihm heiligen Namen aussprach.

Wenn du Farnathia sagst, klingt das auch nicht viel anders, erinnerte mich der Logiksektor.

Aber auch der Name Ischtars half uns nicht weiter. Wir legten eine Rast ein, aßen von unseren Vorräten und erfrischten uns an dem kühlen, klaren Wasser aus unseren Tanks. Einzig Ra trank mit leichtem Widerwillen. Der Barbar war reine, frische Nahrung gewohnt; ihm war nicht ganz wohl bei dem Gedanken, dass das Wasser, das er trank, zu einem beträchtlichen Teil aus seinen Körperausscheidungen herausdestilliert worden war. Obwohl er ganz genau wusste, dass die Automaten chemisch reines Wasser herstellten und mit Mineralstoffen anreicherten, hätte er lieber Quellwasser getrunken, ohne Rücksicht auf die in diesem Wasser unweigerlich enthaltenen Bakterien und Mikroorganismen.

»Was nun?« Fartuloon spielte unruhig an seinem *Skarg* herum. »Wie finden wir jetzt den Eingang? Irgendeinen Eingang muss es schließlich geben.«

»Wahrscheinlich ist er getarnt«, sagte Ra. »Und da hier jedes Stück Fels ziemlich gleich aussieht, können wir bis in alle Ewigkeit suchen.«

Ich wehrte mit der Hand ab. »Wir sind uns doch einig, dass sich der gesuchte Raum mit größter Wahrscheinlichkeit tief unter der Pyramide befindet.«

»Wir *sind* tief unter der Pyramide«, warf der Bauchaufschneider ein.

»Gehen wir von der Voraussetzung aus, dass unser Ziel noch immer *unter* uns liegt. Wo werden die gerissenen Varganen dann wohl den Eingang zu diesen Räumlichkeiten versteckt haben?«

»Richtig.« Ein dumpfer Laut erklang, als Fartuloons behandschuhte Rechte gegen die Frontscheibe seines Helmes prallte, statt gegen die Stirn. »Wenn überhaupt, dann steckt der Eingang in der *Decke*. Wir müssen also den Fels über unseren Köpfen genauer betrachten.«

Mit neuem Eifer machten wir uns an die Suche; Handbreit um Handbreit tasteten wir den Fels über uns mit den Augen ab, suchten nach feinen Rissen oder Unebenheiten, die uns hätten zeigen können, wo ein Durchkommen möglich war. Ra war der Glückliche, der den ersten Hinweis fand. »Kommt schnell. Ich glaube, ich habe etwas entdeckt.«

Rasch eilten wir zu ihm und starrten auf die Decke. Tatsächlich, an dieser Stelle waren Gang und Decke keine Einheit. Wenn man ganz genau hinsah, konnte man die feine Linie gut erkennen, die die Decke von den Seitenwänden trennte. Ra und Fartuloon bildeten die Stützen, als ich hochkletterte, um die Decke aus der Nähe zu betrachten. Ich stemmte beide Hände gegen den Fels und versuchte den vermeintlichen Verschlussblock in die Höhe zu drücken. Der Fels bewegte sich um keinen Millimeter. Nur die Beine meiner Helfer gaben nach, und ich fand mich nach einem unsanften Aufprall auf dem Boden wieder.

»Es wird langsam Zeit, die KARRETON anzufunken«, ächzte Fartuloon. »Jetzt hilft uns nur noch schweres Gerät weiter.«

Ich versuchte eine Verbindung herzustellen, aber offenbar war die Sendeleistung meines Geräts zu schwach – oder die Pyramide wehrte sich mit noch unentdeckt gebliebenen Geräten gegen eine Funkverbindung. Vielleicht ließen auch die lichtabsorbierenden Energieadern auf der Oberfläche keine Impulse durch. Ich sah auf meinen Zeitmesser. »Wir könnten zum Beiboot zurück und von dort funken. Dort könnten wir auch unsere Tanks füllen und dann mit einigen Männern der Besatzung einen erneuten Vorstoß unternehmen. Aber das kostet wertvolle Zeit.«

»Also versuchen wir es weiter auf eigene Faust«, sagte Ra entschlossen. »Mir soll es recht sein.«

Nachdenklich starrte ich die Decke an. Mit welchen Mitteln ließ sich dieser Klotz bewegen? Es gab keinerlei Ansatzpunkte für die Hände, auch keine Hebel oder irgendein anderes Hilfsmittel. Aber mir war klar, dass sich dieser Block bewegen lassen musste. In mühseliger Kleinarbeit machten wir uns daran, das Gebiet ringsum abzutasten. Wir drückten und pressten jeden noch so kleinen Felsvorsprung, aber an der Decke und an der Wand gab es keinen Druckschalter, der den Fels bewegt hätte.

Fartuloon fluchte leise vor sich hin und wurde ungeduldiger und lauter. »Das verdammte Ding soll sich öffnen!«

In Märchenbüchern gab es immer wieder Verstecke, die sich auf das Kommando »öffnen« auftaten, außerdem kannte ich natürlich akustische Verriegelungen, aber ich hätte niemals damit gerechnet, dass sich auf Fartuloons Gebrüll hin langsam der große Fels absenken würde. Ich sah, wie der Bauchaufschneider grinste, als sich der Klotz allmählich auf den Boden zu bewegte. Gleichzeitig schoben sich Teile der Seitenwand in die Höhe. Sobald die Öffnungen ausreichend groß waren, schlüpften wir hindurch. Ein schwach erhellter Gang nahm uns auf. Zum ersten Mal wurde der Stollen nicht durch Energieadern beleuchtet, sondern von indirektem, bläulich diffusem Licht. Der Boden war mit Stahl ausgelegt, der unter unseren Schritten dröhnte. Wir hatten gerade erst ein paar Schritte gemacht, da schloss sich hinter uns der Gang wieder. Da wir sicher waren, dieses Hindernis später leicht wieder aus dem Weg räumen zu können, nahmen wir das Schließen nicht weiter ernst.

Mit steigender Erwartung schritten wir den Gang entlang. Als wir um eine Ecke bogen, sahen wir uns endlich am Ziel. Eine hohe, halbkugelförmige Halle tat sich vor uns auf. Am höchsten Punkt des Gewölbes hing eine atomare Kunstsonne, deren Licht sanft auf uns herabstrahlte. An der Kuppelwand erkannte ich Lichtpunkte. Nach kurzem Nachdenken identifizierte ich sie als genaues Abbild des Weltalls, das Za'Ibbisch umgab. An den Wänden des Gewölbes zogen sich Dutzende von Schaltpulten entlang, mit Bildschirmen und Kontrollen gespickt. Dazwischen erkannten wir Umformerbänke, leistungsstarke Kleinmeiler und ein halbes Hundert Geräte, deren Sinn und Zweck auf den ersten Blick nicht zu ergründen waren. Wir blieben vorsichtshalber am Rand des Gewölbes stehen und sahen uns aufmerksam um, damit uns ja keine mögliche Bedrohung entgehen konnte.

Der Boden war mit einer verwirrenden Metall-Einlegearbeit versehen worden; vergeblich versuchte ich, einen Sinn in den Bildern zu finden. Ich konnte weder verschlüsselte Botschaften noch andere Zeichen entdecken, die uns etwas über die Erbauer dieses Gewölbes hätten aussagen können. Wahrscheinlich hatte die prachtvolle Verzierung des Bodens rein dekorative Funktionen.

Fartuloon deutete auf den Mittelpunkt der Kuppelhalle. »Das dürfte das Zentralorgan sein.«

Ich erkannte einen großen, gondelförmigen Behälter auf einem massiven Podest. Zahlreiche Kabel und Schläuche führten aus verschiedenen Maschinen und Anlagen zu der transparenten Gondel. Langsam gingen wir näher. In ihrem Innern bewegte sich in einer gelblichen Flüssigkeit ein Körper, groß und unförmig. Es musste sich um organisches Gewebe handeln, das zart zuckte und in einer Nährflüssigkeit schwamm, deren Zusammensetzung offenbar über die Schlauchverbindung überwacht und konstant gehalten wurde. Die Umrisse des Körpers waren verschwommen, es zeichneten sich keine klaren Konturen ab. Aber ich war mir sicher, dass dieser unregelmäßig geformte Körper nichts anderes war als das von uns gesuchte Zentralorgan des Quaddin-Körpers.

Ich sah Ra und Fartuloon an und lachte, die beiden Männer freuten sich mit mir. Endlich waren wir am Ziel angelangt, auch wenn es nur ein Teilziel auf unserem langen Marsch zum Stein der Weisen darstellte. »Wir haben es tatsächlich geschafft«, murmelte Fartuloon. »Das Zentralorgan!«

Ra war es, der unsere Freude jäh unterbrach: »Wir sind aber nicht die Ersten hier! Seht euch einmal den Sockel genauer an.«

Er deutete mit dem Finger auf einige Kratzstellen, die mir in der Freude des ersten Augenblicks überhaupt nicht aufgefallen waren. Sie waren nicht zu übersehen: große, lange Kratzer und andere Zeichen, die darauf schließen ließen, dass sich vor uns jemand an dem Zentralorgan zu schaffen gemacht hatte. Entsetzt sah ich, dass einige Kabelverbindungen unterbrochen waren; lose baumelten die bunten Leitungen aus den Servoeinrichtungen, die offenbar den Körper am Leben hielten. Aber noch lebte das Zentralorgan – oder handelte es sich bei den schwachen Bewegungen bereits um Todeszuckungen? Ich spürte, wie mich ein leichtes Frösteln überlief.

Fartuloon hatte den Sockel einmal umrundet und kehrte nun zu mir zurück. »Keine Aufregung. Es sieht nicht so aus, als sei es den Männern des Blinden Sofgart gelungen, an das Zentralorgan heranzukommen.«

»Es hätte ihnen ohnedies nicht viel genutzt. Ihnen fehlen ja die anderen Teile des Quaddin-Körpers.«

Ras Bemerkung erinnerte mich daran, dass es langsam Zeit wurde, mit der KARRETON Kontakt aufzunehmen. Ich schaltete meinen Minikom auf höchste Leistung und gab das Erkennungszeichen, aber aus den Lautsprechern hörte ich nur ein gleichmäßiges Rauschen. Offenbar reichte die Leistung des kleinen Funkgeräts nicht aus. »Wir müssen unsere Anlagen zusammenschalten!«, sagte ich, verband die von meinen Freunden herübergereckten Kabel mit dem Verstärkerteil meines Minikoms und rief erneut die KARRETON. »Hier Atlan! Ich rufe die KARRETON. Meldet euch.«

»Endlich!«, hörte ich Morvoner seufzen. »Wo, bei allen Sternengeistern, steckt ihr eigentlich?«

»Wir befinden uns unter einem pyramidenähnlichen Bauwerk. Könnt ihr uns anpeilen?«

»Nicht nötig. Wollt ihr mir allen Ernstes erklären, ihr seid dort, wo vor einiger Zeit ein paar mittelgroße Kraftwerke in die Luft geflogen sein müssen?«

»Za'Ibbisch hat keine Atmosphäre. Ansonsten hast du Recht, uns blieb leider keine andere Wahl. Ihr kennt also unseren Standort?«

»Wir haben die Strukturen, die du meinst, genau auf unseren Tasterschirmen«, antwortete er. »Was ist los, braucht ihr Hilfe?«

»Mehr als das. Wir brauchen unter anderem neue Sauerstofftanks und ein paar Magazine für unsere Waffen. Außerdem benötigen wir ein paar Männer, die die einzelnen Teile des Quaddin-Körpers zu uns herunterschaffen. Wir haben nämlich das Zentralorgan des Quaddin-Körpers gefunden.«

»Fantastisch!« Im Hintergrund hörte ich das begeisterte Toben der Besatzung. »Wie habt ihr das gemacht?«

»Es war ziemlich schwierig, aber diese Geschichte erzähle ich euch später. Habt ihr einen Speicherkristall eingelegt?«

»Nein. Warum?«

»Ich werde euch den genauen Weg zu uns beschreiben. Es sind aber zu viele Details. Es ist besser, ihr zeichnet meinen Bericht auf.«

»Wird gemacht. Du kannst reden.«

Ich schilderte kurz den Weg von unserem Landeplatz zur Pyramide, dann gab ich den genauen Plan des Labyrinths durch, samt allen Abzweigungen und Fallen. »Ein Teil der Gänge dürfte vernichtet sein. Die Männer müssen wahrscheinlich Umwege machen. Vergesst nicht, die nötigen Psychopharmaka mitzunehmen, um den Hypno-Saal passieren zu können. Ich bin mir nicht sicher, ob wir tatsächlich sämtliche Fallen der Pyramide außer Funktion gesetzt haben.«

»Ich denke daran.« An der Schwankung seiner Stimme merkte ich, dass er sich umdrehte und zur Besatzung sprach. »Ich brauche ein paar Freiwillige«, hörte ich ihn sagen, dann ein dumpfes Knurren. »Ich sagte, *ein paar* Freiwillige! Von der ganzen Besatzung war nie die Rede!«

»Du bleibst an Bord der KARRETON«, ordnete ich an und sprach so laut, dass er mich hören musste.

»Männer, ihr seht, wie gefährlich dieser Auftrag ist«, redete er weiter. »Jetzt ist sogar Atlans Funkgerät ausgefallen.«

»Mach keinen Unfug, bleib oben!«, brüllte ich. »Sprangk!«

»Auch psychische Gefahren sind zu überstehen. Selbst unser geliebter Kristallprinz ist nicht mehr Herr seiner selbst und bringt nur ein hilfloses Stammeln zuwege. Wer will also mit mir auf Za'Ibbisch landen?«

Ich bedachte ihn mit den wüstesten Beschimpfungen, hatte allerdings große Mühe, die Worte halbwegs richtig auszusprechen, da sich meine Lippen immer wieder zu einem breiten Grinsen verziehen wollten. Von Ra und Fartuloon konnte ich keine Unterstützung erwarten; der Bauchaufschneider hielt sich den Bauch vor Lachen, Ra grinste mich unverschämt an. »Ein Imperator, wie ihn das Imperium braucht«, prustete Fartuloon. »Er hat nicht einmal Befehlsgewalt über sein einziges Schiff.«

Ich gab auf; gegen diese Übermacht konnte ich nichts ausrichten. In Augenblicken wie diesem überfielen mich stets Zweifel, ob ich wirklich geeignet war, das Erbe meines Vaters anzutreten. Ein Umgangston wie der, der zwischen Ra, Fartuloon, mir und den anderen Freunden und Gefährten üblich war, wurde an Bord normaler Schiffe des Imperiums nicht geduldet. Nur eines wusste ich ziemlich genau: Wenn es das Amt eines Imperators des Arkon-Imperiums erforderte, auf Freunde zu verzichten und nur Untertanen zu kennen, würde ich diesem Amt nur wenig Freude abgewinnen können.

»Ich schicke insgesamt dreißig Mann nach unten«, meldete sich Morvoner wieder. »Ich hoffe, dass diese Zahl ausreicht. Mehr möchte ich nicht erübrigen, wenn ich das Schiff nicht in Gefahr bringen will.«

»Einverstanden. Ich glaube zwar nicht, dass wir so viele Männer brauchen werden, aber vielleicht ist es ganz gut, wenn wir hier unten eine schlagkräftige Truppe haben.«

»Wäre es nicht besser, ihr würdet das Zentralorgan abbauen und mitnehmen? Dann könnten wir den Quaddin-Körper an Bord der KARRETON zusammenbauen. Mir erscheint diese Lösung besser.«

»Mir auch. Aber das Zentralorgan ist so kompliziert an verschiedenen Servomechanismen angeschlossen, dass ein Abbau unverantwortlich sein dürfte. Wahrscheinlich ist das Organ überhaupt nicht für einen Transport geeignet. Ich möchte kein unnötiges Risiko eingehen.«

»Zugegeben. Aber was ist mit den Kratzspuren? Wer sagt euch, dass nicht irgendwo in eurer Nähe eine halbe Raumlandedivision der Kralasenen lauert, bis ihr den Quaddin-Körper zusammengesetzt habt? Ich traue dem Blinden Sofgart alles zu.«

Sein Einwand war berechtigt, aber mir blieb keine andere Wahl. Wollte ich etwas von dem Quaddin-Körper erfahren, musste ich ihn mit dem Zentralorgan zusammenschließen, gleichgültig, ob sich in Räumen, die wir noch nicht untersucht hatten, Kralasenen verborgen hatten oder nicht.

»Wir beeilen uns«, versprach er, als ich nicht antwortete, und trennte die Verbindung.

Ich hatte seine Warnung ernst genommen – sorgfältig suchten wir die gesamte Kuppelhalle ab, aber von Kralasenen fand sich keine Spur. Nur die Kratzer am Sockel des Zentralorgans deuteten darauf hin, dass sich jemand an dem Behälter zu schaffen gemacht hatte. Aber die Spuren konnten ebenso gut von den Varganen stammen. Niemand von uns konnte wissen, wann diese Anlage gebaut worden war.

Vorausgesetzt, der Zerfall der Pyramide ist ausschließlich auf die schwachen Temperaturunterschiede zwischen der Tag- und Nachtseite zurückzuführen, wurde die Pyramide vor mindestens einer Dreiviertelmillion Jahren gebaut. Ich erstarrte, als ich diese Analyse des Logiksektors hörte.

Das Arkon-Imperium zählte zehntausend Arkonjahre, seine Vorgeschichte verlor sich in dunkler Vergangenheit. Nach alten, vorzeitlichen Legenden hatten sich die Arkoniden von einem anderen Volk abgespalten und in langen blutigen Kriegen gegen die Vorväter die Herrschaft erkämpft. Genaues wusste ich darüber nicht. Aber mir war klar, was für eine lächerlich geringe Spanne diese wenigen Jahrtausende gegen eine Dreiviertelmillion Jahre war. In dieser ungeheuren Zeitspanne mussten die Varganen eine unglaubliche geistige und technische Höhe erreicht haben.

Die Voraussetzung ist nur äußerst schwach zu begründen, wandte das Extrahirn ein. *Die Wahrscheinlichkeit für die Richtigkeit der Analyse beträgt weniger als ein Prozent. Sollte es doch einmal eine Atmosphäre gegeben haben, müsste der Wert ohnehin korrigiert werden.*

Ich atmete erleichtert auf, weil mir einfiel, dass unter der Voraussetzung einer Erosion durch Temperaturschwankungen auch die Pruliths hätten zerfallen sein müssen – vorausgesetzt, sie wurden zur gleichen Zeit wie die Pyramide errichtet. Ich war gespannt auf das, was der Quaddin-Körper uns berichten konnte. Es lag auf der Hand, dass meine Gefährten nicht für alle Zeiten bereit waren, meinen Kampf mitzufechten. Das galt naturgemäß nicht für Fartuloon, Sprangk und andere, aber die große Zahl derer, die auf Kraumon lebten, war stark daran interessiert, in absehbarer Zeit zum Erfolg zu kommen. Rückschläge waren möglich, und ein paar Enttäuschungen würde man mir wahrscheinlich nachsehen, aber längerfristig gesehen musste ich erfolgreich sein. Und dieser Erfolg hing auch davon ab, dass es uns gelang, den Stein der Weisen zu finden und in unsere Gewalt zu bringen.

Die Informationen des Quaddin-Körpers … Nachdenklich sah ich auf das Zentralorgan, von dem alles abhing. Fartuloon umkreiste den Sockel, untersuchte die unbenutzten Steckverbindungen, mit denen die einzelnen Teile des Quaddin-Körpers mit dem Zentralorgans verbunden werden mussten. Ich schaltete wieder den Minikom ein. Morvoner und seine Männer waren gerade auf Za'Ibbisch gelandet. Ich konnte die Kommentare der Männer zu den merkwürdigen Verhältnissen auf diesem Planeten hören. Sie waren bereits an Bord der KARRETON mit den nötigen Zusatzfiltern und Geräten ausgerüstet worden, die eine einwandfreie Beobachtung des Planeten möglich machten.

»Ich bin gespannt, was Atlan gefunden hat«, hörte ich einen der Männer sagen.

»Was wird er gefunden haben?«, sagte ein anderer. »Die dreizehnte Portion dieses komischen Puddings.«

Damit waren die einzelnen Teile des Quaddin-Körpers gemeint;

ich musste zugeben, der Vergleich war durchaus berechtigt. Der Körper des rätselhaften Wesens wich erheblich von allem ab, was man normalerweise von einem lebenden Wesen erwartete. Vermutlich war der gesamte Körper ohne die Instrumententeile überhaupt nicht lebensfähig. Ich versuchte mir vorzustellen, was ein solches Wesen empfinden müsste, das praktisch gestaltlos war und keine Möglichkeit hatte, sich von den lebenserhaltenden Maschinen zu lösen. Nach allem, was wir auf Za'Ibbisch gefunden hatten, war es sehr wahrscheinlich, dass der Quaddin-Körper überhaupt nicht natürlich entstanden war, sondern vielmehr ein Produkt der Plasmafabriken war, die wir gesehen hatten. Genau betrachtet war dieses Wesen ein biologisches Monstrum. Mir konnte es gleichgültig sein; ich wollte einige wichtige Informationen aus dem Quaddin-Körper herausholen, mehr nicht.

»Eine Frage, Atlan«, machte sich Ra bemerkbar. »Wenn wir den Quaddin-Körper ausgefragt haben, was machen wir anschließend mit ihm? Wir können ihn doch nicht einfach auf Za'Ibbisch zurücklassen?«

Ich nickte besorgt. Ra schnitt ein nicht unwichtiges Problem an. Eine gewisse Intelligenz hatte der Quaddin-Körper vermutlich nur in der Verbindung sämtlicher Teile; demontieren konnten wir ihn nicht. *Dürfen wir dieses Wesen wieder zu einer formlosen, unintelligenten Gallert zurückstufen?*, dachte ich. *Auch der Quaddin-Körper hat ein Recht auf sein Leben. Und wir haben kein Recht, ihn, nachdem wir ihn benutzt haben, wieder zu zerstückeln. Aber dann?* Ein lebendes, fühlendes, denkendes Wesen, allein gelassen auf einer Schwarzen Welt, umgeben von Maschinen, Tanks, Pumpen, Leitungen und Positroniken. *Kann man das als Leben bezeichnen?*

Ich versuchte, mich in die Lage des Quaddin-Körpers zu versetzen. Ein leichtes Frösteln überfiel mich, als ich mir die Zukunft des Kunstwesens drastisch vorstellte. *Nein, wir müssen uns etwas einfallen lassen.* Ich sah Ra an und zuckte mit den Schultern. »Wir lassen den Quaddin-Körper auf Za'Ibbisch. Aber wir kehren zurück. Sobald ich genügend Fachwissenschaftler aufgetrieben habe, werden wir versuchen, den Quaddin-Körper von seinem Standort zu lösen und mit nach Kraumon zu nehmen. Einverstanden, Lehrmeister?«

Der dicke Bauchaufschneider nickte lächelnd. »Ich hatte nichts anderes von dir erwartet.«

Das Warten zerrte an den Nerven. Um Sauerstoff zu sparen, hatten wir die Helmkapuzen zurückgeklappt. Die Luft in der Kuppelhalle war rein und angenehm temperiert. Fast hatte es den Anschein, als hätten die Maschinen in dem Gewölbe nur auf uns gewartet. Ich atmete erleichtert auf, als sich im Eingang eine Gestalt abzeichnete. Die Männer hatten uns endlich gefunden. Langsam kam der Mann auf mich zu, die entsicherte Waffe in der Hand. Er ließ die Helmkapuze zurückschnappen, und ich sah ein bleiches Gesicht.

»Hindernisse?«, fragte ich kurz.

Er lachte bitter auf. »So kann man es nennen«, sagte er müde. »Wir waren zu einigen Umwegen gezwungen, unter anderem durch einen Saal mit einer noch funktionierenden Hypnofalle. Es war grauenvoll.«

Im Hintergrund schoben sich nach und nach die anderen Männer des Stoßtrupps herein, die schwer an den Behältern mit den einzelnen Teilen des Quaddin-Körpers zu tragen hatten. Ich zählte schnell nach und atmete erleichtert auf – alle zwölf Behälter waren offenbar unbeschädigt. Morvoner kam auf mich zu, sein verzerrtes Lächeln zeigte, dass es uns noch lange nicht gelungen war, die Fallen in der Pyramide vollständig auszuschalten.

»Willkommen auf Za'Ibbisch«, sagte ich.

»Das erste Erfreuliche auf diesem Planeten«, antwortete Morvoner. »Wie seid ihr durch diesen fürchterlichen Irrgarten gekommen? Wir haben einen Mann verloren! Er wurde in einer Hypnofalle überrascht, wurde wahnsinnig und griff uns an. Es blieb uns keine andere Möglichkeit, als ihn zu erschießen.«

Ich presste die Kiefer zusammen, dieser Verlust traf mich hart. Selbst wenn ich Millionen von Kampfgefährten gehabt hätte, verzichten wollte ich auf keinen einzigen. Ich benutzte das Wechseln der Sauerstofftanks, um meine Betroffenheit zu überspielen. Als die Verschlüsse klackend einrasteten, hatte ich mich wieder einigermaßen gefasst. »Los!«, sagte ich rau. »Bauen wir den Quaddin-Körper zusammen.«

Fartuloon und Morvoner machten sich an die Arbeit, ich sah aus einiger Entfernung zu. Die beiden Männer untersuchten die Verbindungsstücke, verglichen sie mit den Kontakten an den Organbehältern und winkten die Männer heran, die die Behälter zur Kuppelhalle geschleppt hatten. Die nicht beschäftigten Männer durchstöberten die Halle, die Waffen schussbereit in den Händen. Sie hatten meine Unterhaltung mit Sprangk mitgehört und wussten, dass er noch Kralasenen im Gewölbe vermutete. Dementsprechend umsichtig durchkämmten sie den riesigen Raum, der mindestens zweihundert Meter durchmaß, ließen keine Maschine aus, beklopften die Abdeckungen und durchstöberten alle Winkel. Wenn es tatsächlich noch einen Söldner Sofgarts in dieser Halle gab, konnte er ihnen nicht entgehen.

Zwei Teile des Quaddin-Körpers hatten Fartuloon und Morvoner bereits mit dem Zentralorgan verbunden. Die Arbeit war mühselig, die Entscheidung gewiss nicht einfach. Es war abzusehen, dass ein Irrtum verhängnisvoll sein würde. Schalteten wir versehentlich die Teile falsch zusammen, löste sich der ganze Quaddin-Körper vielleicht auf oder verging in einer Explosion. Entsprechend sorgfältig überlegten sich Fartuloon und Morvoner ihre Entscheidungen, bevor sie die Männer mit einem neuen Behälter heranwinkten und das Teilstück mit dem Sockel des Zentralorgans verbanden. Ich sah dicke Schweißtropfen auf Fartuloons Stirn, und auch Morvoner war sehr erregt.

Nervös spielte ich mit den Händen. Die entscheidenden Augenblicke dieser Expedition waren gekommen. Acht der Behälter waren nun mit dem Zentralorgan verbunden. Ein Mann trat auf mich zu und grüßte kurz. »Wir haben alles abgesucht. Falls es hier noch einen Kralasenen gibt, hat er sich vor Angst in Luft aufgelöst.«

Die Nachlässigkeit, mit der er sein Impulsgewehr über die Schulter gelegt hatte, trieb mir den Angstschweiß auf die Stirn. Aber er sah nicht danach aus, als wisse er nicht sehr genau, womit er so unbekümmert hantierte. »Haben Sie keine weiteren Räume entdecken können?«

»Keinen. Wenn Sie gestatten, jage ich einen der Meiler in die Luft, dann werden wir ein paar Seismogramme anfertigen und Ihnen Genaueres sagen können.«

»Scheren Sie sich zum Gork«, knurrte ich grinsend.

Fartuloon trat auf mich zu und zog die Stirn in Falten. »Wir haben Schwierigkeiten. Es geht um die beiden letzten Behälter. Es gibt zwei verschiedene Möglichkeiten, sie anzuschließen, und wir können nicht herausfinden, welche dieser beiden Möglichkeiten die richtige ist.«

»Keine Hinweise auf eine bestimmte Schaltung?«

Er schüttelte finster den Kopf. »Wie gesagt, es gibt zwei Möglichkeiten. Ich habe Angst, dass uns hier alles um die Ohren fliegt, wenn wir einen Fehler machen.«

»Aber für einen Weg müssen wir uns entscheiden. Wir können hier nicht bis in alle Ewigkeit bleiben.«

»Ist mir klar. Also, was sollen wir machen?« Er kaute aufgeregt auf seiner Unterlippe, dann drehte er sich abrupt um und ging auf den Sockel zu, um den sich bereits zehn der von uns auf Gebharon erbeuteten Organbehälter gruppierten. Jetzt, da die Verbindungen gesteckt waren, war deutlich zu sehen, dass die einzelnen Teile perfekt zueinander passten. Fartuloon winkte Morvoner und die anderen beiseite und schob die Behälter zusammen. Instinktiv wichen die meisten Männer zurück, als er die letzten Verbindungen herstellte.

Ich hielt den Atem an. Fartuloon schnaufte, es war bis zu mir hörbar. Er gab sich einen Ruck und steckte die letzten Leitungen zusammen. Nichts geschah, alles blieb vollkommen ruhig. Er wartete einen Augenblick, wandte sich zu mir und grinste erleichtert. »So geht es wohl nicht.« Seine Stimme vibrierte leicht. »Versuchen wir den zweiten Weg.«

Er zerrte die Stecker aus den Dosen, öffnete die Schlauchverbindungen, Morvoner half ihm, die Behälter umzugruppieren. Wieder verband Fartuloon die einzelnen Teile miteinander. In dem Augenblick, in dem er die letzte Verbindung herstellte, änderte sich die Beleuchtung. Das Abbild des Sternenhimmels verschwand von der Kuppel und machte einem blauen Leuchten Platz. Ein lauter Gong tönte durch die Halle, dann folgten leise zirpende Geräusche.

»Es bewegt sich!«, schrie Morvoner. Wir drängten uns zu ihm, umstanden im Kreis das neu geschaffene Kunstwerk aus dreizehn Plasmateilen. Fasziniert starrte ich auf den Zentralkörper, der rhythmisch pulsierte und dabei seine Farbe veränderte. »Wir haben es tatsächlich geschafft. Der gesamte Körper lebt!«

Triumphierend sah ich Ra und Fartuloon an; meine Entscheidung hatte sich als vollkommen richtig erwiesen. Nur hier, in der

Kuppelhalle, durften wir den Quaddin-Körper zusammensetzen, nur hier würde er uns Auskunft geben, welchen Weg wir zu gehen hatten, um in das Geheimnis des Steins der Weisen eindringen zu können …

Ich wusste nicht, wo sich der Lautsprecher befand. Aber ich wusste nur zu genau, zu welcher Person das Gelächter gehörte, das mit orkangleicher Wucht über uns hereinbrach.

»Sofgart!«, schrie ein Mann auf. »Sofgart ist hier!«

Ich sah, wie sich die Männer blitzartig in Deckung warfen; es dauerte nur wenige Augenblicke, bis sie hinter Maschinen lagen, die entsicherten Waffen auf den Innenraum der Kuppelhalle gerichtet. Ich stand wie gelähmt, in meinen Ohren dröhnte das Lachen des Kralasenenführers. Er war uns zuvorgekommen. Und er hatte genügend Zeit gehabt, uns eine Botschaft zu hinterlassen. Eine Botschaft, die unverkennbar die Handschrift des Folterkönigs trug.

»Nun, Freunde«, lautete die höhnische Anrede. »Habt ihr gefunden, was ihr so eifrig sucht? Ist es nicht hübsch, das Zentralorgan? Schade, dass ihr es nie zu sehen bekommen werdet. Das Zentralorgan ist nämlich in meinem Besitz!«

Ich lehnte mich gegen ein Schaltpult und rang nach Luft; auf einen derartigen moralischen Tiefschlag war ich nicht gefasst gewesen. *Sofgart hat das Zentralorgan! Aber was ist dieser Teil wert, wenn die anderen …*

»Ihr habt noch einen Trumpf, glaubt ihr?«, höhnte Sofgarts Stimme weiter. »Gewiss, ich habe nur das Zentralorgan, und ihr besitzt die zwölf anderen Teile. Aber freut euch nicht zu früh. Eure Teile sind nur Tarnung. Bluff! Was zählt, ist das Zentralorgan, das auch ohne die anderen Teile leben kann. Und ich werde aus diesem Organ die Informationen herausholen, die ich brauche – und die ihr natürlich auch gern hättet. Nicht wahr, meine Freunde?«

Einer meiner Begleiter verlor die Nerven, zog seinen Blaster und feuerte wild um sich; erst drei Männer waren imstande, den Tobsüchtigen zu überwältigen.

Welcher Körper befindet sich im Behälter des Zentralorgans?, zischte der Logiksektor.

Die Antwort lieferte Sofgart im nächsten Augenblick: »Solltet ihr euch fragen, was sich in dem Behälter befindet – nun, es sind die Reste eines Kralasenen, der einen … kleinen Unfall hatte. Ich habe ihn einlagern lassen.«

Er lachte höhnisch, während ich dachte: *Die Kratzer!*

»Sicher wird es euch freuen, wenn ich euch sage, was ich plane: Ich werde mit der Hilfe des Zentralorgans den Stein der Weisen finden, und ich werde ihn meinem Herrn übergeben, seiner alles sehenden Erhabenheit Orbanaschol dem Dritten. Falls ihr ebenfalls am Stein der Weisen interessiert seid, besucht doch den Höchstedlen und bittet ihn, euch den Stein zu leihen. Vielleicht ist er so nett und übergibt ihn euch, denn ich werde ihm berichten, was für prachtvolle Arkoniden ihr seid. Vor allem werde ich ihm erzählen, wie prachtvoll ich euch übertölpelt habe!«

Wieder lachte Sofgart, und ich knirschte mit den Zähnen.

»Weint nicht, Freunde.« Er schüttete seinen ätzenden Hohn gleich kübelweise über uns aus. Dieser Widerling wusste nur zu genau, wie man einen Arkoniden mit Worten quälen konnte, und er machte von diesen Kenntnissen weidlich Gebrauch. »Weint nicht! Ich habe euch etwas übrig gelassen, um euch zu trösten, sozusagen. Hört ihr es ticken, Freunde? *Tick-tack-tick-tack* …«

Wieder brandete eine Welle des Gelächters durch die Kuppelhalle.

»Hört ihr es ticken?«, fragte Sofgart noch einmal. Wir hörten das Ticken, langsam und gleichmäßig erklangen die harten Geräusche mit der Gleichmäßigkeit eines Metronoms durch den weiten Saal.

»Eine Bombe«, rief ich. »Schnell, Männer! Wir müssen raus!«

Es sprach für die hervorragende Disziplin, dass bei meinen Worten keine Panik ausbrach. Die Männer liefen auf den Ausgang der Kuppelhalle zu, erst im Trab, dann mit rasender Geschwindigkeit, sobald sie in der Nähe der Tür waren. Morvoner erreichte den Ausgang als Erster und blieb neben der Öffnung stehen. »Schneller, schneller!«, trieb er die Männer an, die nur zu zweit durch den schmalen Eingang passten. »Vorwärts, Leute!«

Es dauerte keine Zentitonta, bis der Saal geleert war. Dass Sofgart nicht geblufft hatte, war nicht zu übersehen. Aus dem Lautsprecher klangen wimmernde, wehklagende Laute. »Der Quaddin-Körper«, flüsterte Ra. »Er fühlt seinen Tod nahen.«

Die Organe in den Behältern schwollen rasch an. Die durchsichtigen Hüllen platzten auf, und die Nährflüssigkeit platschte laut auf den Metallboden des Gewölbes. Aus allen Winkeln kamen Roboter herbeigeeilt und bemühten sich um die Organe.

»Los!«, schrie Morvoner vom Eingang herüber. »Atlan, Ra, Fartuloon – wollt ihr hier bis zur Explosion warten?« Wir setzten uns in Bewegung. Ich warf noch einen letzten Blick auf das Zentralorgan, in das ich so viele Hoffnungen gesetzt hatte. Ich erreichte den Ausgang aus der Kuppelhalle; Morvoner hielt mich schnell fest und brüllte dann durch den Stollen: »Alle Mann flach an die Wand pressen!« Er sah mich an. »Atlan«, befahl er dann in einer Lautstärke, die jeden seiner Männer erreichen musste. »Atlan nach vorne. Du gehst voran, du kennst den Weg am besten. Los, beeil dich, die Zeit drängt!«

Ich lief, die Männer machten mir rasch Platz, um sich hinter mir sofort wieder zusammenzuschließen. Rasch hatte ich die Spitze der Flüchtenden erreicht und rannte voraus. Wir steckten noch mitten in dem Labyrinth, als unter uns der Boden bebte. In den Wänden entstanden meterlange Risse, Staub wirbelte auf und nahm mir die Sicht. Ein heftiger Stoß ging durch den Boden und nahm mir das Gleichgewicht; ich wäre der Länge nach hingeschlagen, hätte mich nicht ein kräftiger Arm festgehalten.

»Nur mit der Ruhe«, sagte eine gemütliche Stimme. »Du sollst laufen, nicht krabbeln.« Die Druckwelle erfasste uns und riss uns von den Beinen; hinter mir erklangen Schmerzensschreie. Aus der Decke des Ganges brachen faustgroße Trümmer und prasselten auf uns nieder. Mit der flachen Hand schlug ich auf die Notrettungsschaltung meines Kampfanzugs; sofort baute sich das Schirmfeld auf, gleichzeitig entfaltete sich die Kapuze. Mit leisem Klacken rasteten die Magnetverschlüsse ein. »Weiter«, ertönte es hinter mir. »Und schneller!«

Ich rannte, was meine Lungen hergeben konnten, aber ich stolperte mehr, als dass ich lief. Immer wieder brachen Trümmer aus den Wänden und Decken und behinderten den Vormarsch. Der Boden tanzte unter unseren Füßen, riss auf und bildete tiefe Spalten. Ich musste mich höllisch anstrengen, wollte ich mir nicht in einem dieser Risse den Fuß brechen.

»Strahlung!«, gellte hinter mir ein Ruf. »Es wird Radioaktivität frei. Achtet auf eure Dosimeter!«

Ich dachte an Morvoner, von dem ich wusste, dass er am Ende der Kolonne lief. Ich konnte kaum mehr etwas sehen, die Luft war von Staub durchsetzt. Gänge, die ich vorher nie gesehen hatte, waren plötzlich offen, die Automaten der Steuerung ausgefallen. Fetter Qualm kroch aus den Ritzen, und kleinere Detonationen erschütterten den Untergrund. Dies war das endgültige Ende der Pyramide, und wenn wir nicht rasch genug aus diesem Bau entkamen, würde dieses Ende auch das unsere sein.

»Morvoner«, rief ich keuchend in mein Mikro. »Sprangk!«

»Alles in Ordnung«, hörte ich eine mühsame Antwort. »Bisher nur ein Ausfall. Ich bin unversehrt.«

»Nicht den Anschluss verlieren«, ermahnte ich die Männer. »Wer zurückbleibt, kommt in der Pyramide um.«

»Keine Angst, Prinzchen, wir lassen dich nicht allein«, hörte ich einen ächzenden Kommentar, dazwischen ein schmerzliches Stöhnen. Der dichte Staub nahm mir jegliche Orientierung, ich wusste kaum mehr, in welchem Winkel des Bauwerks wir uns befanden. Ich sah nur vor mir eine Halle, die ich auf den ersten Blick nicht identifizieren konnte. Aus der Halle führten acht Gänge, alle waren blockiert. Noch im Laufen zog ich meine Waffe und feuerte. Der grellweiße Energiestrahl traf einen Roboter in die Brust und warf ihn um. Zwei der Gestalten erwiderten sofort das Feuer. Auf meinem Schirmfeld leckten Flammenzungen, ein harter Stoß traf mich, ich rollte zur Seite. Ein Mann, der hinter mir lief, rannte genau in den konzentrierten Beschuss, stieß einen gellenden Schrei aus und fiel sterbend zur Seite.

»Achtung!«, rief ich in den Minikom. »Widerstand. Die Robots wollen uns an einer Flucht hindern. Ohne Warnung schießen – hier ist außer uns kein lebendes Wesen.«

Nacheinander krochen die Männer aus dem Gang, verschanzten sich hinter Robottorsos und feuerten mit der Wut der Verzweiflung. Ein Glutorkan schlug den Maschinen entgegen, die rücksichtslos gegen uns vorgingen und in unserem konzentrierten Feuer nacheinander verglühten. Aber immer neue Robots kamen, krochen aus den Gängen und fielen aus großen Löchern, die sich plötzlich in der Decke bildeten. Um mich war das Chaos. Feuerstrahlen zuckten durch den Raum, der erfüllt war vom Qualm verschmorender Roboter. Metallsplitter sirrten durch die Luft. Wenn sie auf eine der Energieadern trafen, zuckten Blitze und vernichteten alles, was sie trafen. Kein Individualschirm war stark genug, eine solche Belastung zu überstehen.

Und weiterhin bebte der Untergrund, rieselten Staub und Steine auf uns herab. Es war nur noch eine Frage der Zeit, bis die Pyramide endgültig auseinander brach und uns unter sich begrub. Aus den Gängen wehte uns eine unerträglich heiße Luft entgegen; die Außentemperaturen hatten längst den Siedepunkt überschritten. Hinter uns dröhnte das Grollen zusammenbrechender Gänge, einmal gestört von einem schrillen Schmerzensschrei, der abrupt abbrach. Wahrscheinlich war der Mann von einem herabstürzenden Felsen erschlagen worden.

»Vorwärts, Männer!«, schrie Morvoner. »Wir können hier nicht bleiben.« Er sprang als Erster aus seiner Deckung, pausenlos aus zwei Waffen feuernd. Ein Robot, der sich ihm in den Weg stellte, flog in einer donnernden Explosion auseinander, Morvoners Schutzschirm flackerte. Ich sah, wie er sich an den Arm griff; Blut quoll zwischen seinen Fingern hervor. Ich sprang rasch zu ihm. »Kümmere dich nicht um die Wunde«, stöhnte er. »Dichte nur das Loch im Anzug ab, zu mehr haben wir keine Zeit.«

Es war schwer, den Klebestreifen auf den Riss aufzutragen, da der Mann nicht aufhörte, mit seinen Waffen auf alles zu schießen, was sich uns entgegenstellte. Vier Männer kamen rasch näher und gaben uns Feuerschutz. Einer auf dem Kampfplatz auftauchenden Gruppe von sechs Robotern schlug dieses geballte Sperrfeuer entgegen und vernichtete sie innerhalb weniger Augenblicke.

»Dicht«, keuchte Morvoner nach kurzer Zeit und fuhr den IV-Schirm wieder hoch. »Los, weiter!«

Wir wussten nicht mehr, wo wir waren, wir wussten nur noch, in welche Richtung wir keinesfalls laufen durften. Diese Richtung wurde gekennzeichnet durch zusammenstürzende Gänge und Robots, die von den Anlagen zu retten versuchten, was noch zu retten war. Unsere Marschrichtung konnte nur lauten: den Robots entgegen. Und wir verhielten uns danach. Einige der Maschinen liefen in der gleichen Richtung wie wir; ich konnte die Gestalten wegen des Qualmes nur sehr undeutlich erkennen, aber es schien mir, als transportierten sie Teile des Quaddin-Körpers.

Und über diesem Chaos lag das jäh wieder über uns hereinbrechende Gelächter des Blinden Sofgart, der uns bis in den letzten Winkel mit seinem Hohn verfolgte. »Lauft, Freunde!«, rief er uns zu. »Lauft! Es nützt euch zwar nichts, aber Bewegung ist ja gesund, selbst wenn an ihrem Ende der Tod steht.«

Einem der Männer gelang es zufällig, einen der zahllosen versteckten Lautsprecher zu treffen. Für einige Zentitontas wenigstens hatten wir vor Sofgarts Hohngelächter Ruhe.

»Nicht müde werden«, schrie Morvoner. »Wir schaffen es! Ich verwette meinen Kopf darauf.«

»*Das* ist vielleicht ein Einsatz unter diesen Bedingungen«, meinte eine sarkastische Stimme. »Aber gut, Kommandant, ich nehme die Wette an.«

»Gegeneinsatz?« Morvoners Rechte zuckte zur Seite und traf einen Robot am Halsansatz. Eine Stichflamme leckte hoch, dann rollte der metallene Schädel auf dem Boden.

»Eine Flasche Vargur«, sagte der Unbekannte.

»Viel zu viel«, mischte sich jemand ein. »Ein paar Konzentratwürfel hätten auch gereicht.«

»Ich nehme an.« Morvoner grinste, und dieses Grinsen gab mir neue Zuversicht. Noch war nicht alles verloren, obwohl es sehr düster aussah.

»Hierher, Leute«, schrie eine sich überschlagende Stimme. »Wir haben einen Weg ins Freie …«

Der Sprecher hielt inne, dann folgte eine Reihe von Flüchen. Mir entfuhr ein Stöhnen, als ich endlich die Oberfläche erreicht hatte. Wir standen auf der zweitobersten Terrasse der halb zerfallenen Stufenpyramide und blickten in die Runde. Wir wurden belagert. Eine unübersehbare Armee von Androiden hielt uns umzingelt; hell zeichneten sich ihre Körper auf dem schwarzen Hintergrund ab. Ich erkannte die Monstren wieder, deren Gussformen wir gesehen hatten.

»Sie sind noch nicht gestorben«, murmelte Fartuloon. »Im Gegenteil, die Fabrikation scheint gerade erst ihren Höhepunkt zu erreichen.«

»Ra«, rief ich. »Zu mir!« Ich nannte willkürlich neun weitere Namen und rief die Männer in meine Nähe; einer konnte nicht kommen, er war tot. Die Explosion eines Robots hatte seinen Schirmgenerator überbelastet. Das Gerät war ebenfalls detoniert und hatte den Mann zerrissen.

»Das kannst du nicht tun«, wehrte Fartuloon ab. »Nicht du!«

Morvoner wollte mir in den Arm fallen, aber ich stieß ihn hart zurück.

»Der Kristallprinz bin ich«, sagte ich scharf.

»Atlan«, rief Fartuloon entsetzt. »Das ist heller Wahnsinn!«

Ich achtete nicht auf ihn und gab den Männern ein Zeichen. Wir bildeten einen Keil und marschierten los, in jeder Hand eine Waffe mit frischem Magazin. Wir gingen langsam, dann setzten wir uns in Trab. Mit leichten, lockeren Schritten liefen wir auf die Reihen der Androiden zu, die uns entgegenstarrten. Ra bildete die Spitze, im beidhändigen Schießen kam ihm keiner gleich; einen Schritt hinter ihm lief ich. Neben mir erkannte ich einen jungen Arkoniden, der durch sein kurzes, pechschwarzes Haar auffiel. Dies war auch der Grund gewesen, der ihn zu mir geführt hatte. Obwohl glänzend begabt, stand ihm im Imperium keine Zukunft offen. Arkoniden trugen ihr Haar lang, und es hatte weiß zu sein; dieser junge Mann bildete eine seltene Ausnahme, und er hatte bitter dafür büßen müssen.

»Ein Glück, dass die Ungeheuer nicht bewaffnet sind«, stieß er hervor.

»Keine voreilige Hoffnung«, warnte Ra, während ich mich unwillkürlich fragte, wo der Barbar nach all den Strapazen noch den Atem hernahm, um derart gleichmäßig zu sprechen. »Die Scheren und Tentakel sind nicht zu verachten, zumal sie Schutzfelder durchdringen können.«

Dann hatten wir die Linie erreicht und sahen, wie sich die Tentakel entrollten, die Greifscheren geöffnet und geschlossen wurden. Ra feuerte als Erster, seine Schüsse trafen. Wie eine feurige Lanze bohrten wir uns in den Ring der Plasmaleiber, pausenlos feuernd. Die Spitzengruppe schoss eine breite Gasse aus dem Belagerungsring, die hinter uns trabenden Männer erweiterten ihn und öffneten die Gasse durch gezielte Würfe von Thermobomben. Zu Hunderten wurden die Androiden von unserem Feuer hingemäht. Ich kannte keine Hemmungen, auf diese Wesen zu schießen; sie besaßen keinen Funken Vernunft, nur einen einprogrammierten Tötungswillen.

Die völlige Luftleere verlieh dem Kampf etwas Gespenstisches – unsere Schüsse waren nicht zu hören, kein Schrei ertönte, wenn die sonnenheißen Impulsstrahlen in Leiber einschlugen. Ich hörte nur das Atmen der Männer, ab und zu von einem leisen Stöhnen unterbrochen. Es dauerte nur wenige Zentitontas, bis wir den Ring durchbrochen hatten, aber diese wenigen Zentitontas kosteten drei Männern das Leben. Der letzte Tote war der schwarzhaarige junge Mann – ein Tentakel schoss aus der Dunkelheit auf ihn zu, umklammerte ihn und zuckte mit dem Opfer zurück. Bevor ich helfen konnte, hatten andere Bestien den Mann zerfetzt.

Dann hatten wir freies Land erreicht. Ich sah mich rasch um. Die Bestien hatten den Ring wieder geschlossen und rückten langsam auf die Spitze der Pyramide vor. Sprangk und seine Männer hatten einen Ring aus Feuer rund um das Bauwerk gelegt. Immer wieder warfen die Männer Thermobomben, um den Glutstreifen aufrechtzuerhalten.

Ich konnte nur für Augenblicke zur Pyramide hinübersehen, dann begannen wir zu laufen. Unsere Antigravs hatten wir auf Minimalwert gestellt, und so fegten wir mit hoher Geschwindigkeit über die Oberfläche der Schwarzen Welt. Es dauerte nicht lange, bis wir das große Sechzig-Meter-Kugelbeiboot erreicht hatten, mit dem Morvoner und die Männer gekommen waren. Die Schleusen öffneten sich, wir sprangen in höchster Eile an Bord. Ich hetzte sofort zum Pilotensitz, Ra hockte sich hinter die Steuerung der Kanonen. Noch während sich die Schleusentore schlossen, ließ ich das Beiboot aufsteigen. Die Generatoren wimmerten, als ich das Boot waagerecht über die Ebene rasen ließ. Mit angespanntem Gesicht saß Ra hinter den Kontrollen; sobald er ein Ziel fand, löste er die Waffen aus. Ruhig wie auf dem Schießstand feuerte er auf die Monstren, die Morvoner inzwischen gefährlich nahe gekommen waren. Die Reihen der Angreifer lichteten sich gewaltig, aber die Kunstwesen kannten keinen Rückzug, mit einprogrammierter Sturheit griffen sie ohne Rücksicht auf ihre eigene Existenz an. Ich bremste die Kugel über der Pyramide brutal ab und ließ sie schweben.

»Luken auf!«, brüllte ich. »Traktorstrahl!«

Auf meinen Kontrollen konnte ich sehen, wie das Luk für Expeditionsgleiter und größere Bodenfahrzeuge aufschwang, dann setzte der Mann an der Steuerung der Traktorstrahlen sein ganzes

Können ein. Mit hoher Fahrt zerrte er die Männer aus dem Gefahrenbereich und kümmerte sich nicht darum, wie hart sie in dem Laderaum auf dem Boden aufkamen. Er sah sein Ziel darin, sie so schnell wie irgend möglich einzubooten, und das tat er mit höchster Präzision. Nach wenigen Augenblicken waren alle Überlebenden an Bord. Ich zog das Schiff mit aller Kraft in die Höhe, der Planet fiel zurück und wurde unsichtbar. Nur auf den Schirmen der Energieortung sah ich die Fontäne aus der Pyramide aufsteigen – sämtliche Meiler mussten auf einen Schlag detoniert sein.

Wir waren gerade noch zur rechten Zeit entkommen.

Ich hatte den Kopf in die Hände gestützt und starrte auf die Liste, die auf dem Tisch vor mir lag. In meiner Kabine an Bord der KARRETON herrschte eine bedrückende Stille. Ich hatte mir ausgebeten, für einige Zeit allein zu sein, und man hatte diesen Wunsch respektiert. Die Liste zeigte acht Namen. Sie besagten in brutaler Nüchternheit, dass die Besatzung der KARRETON auf 172 Männer und Frauen zusammengeschrumpft war, meine persönlichen Freunde ausgenommen. Nur noch 172, der Rest war tot, gestorben auf der Schwarzen Welt Za'Ibbisch, der Welt des Grauens.

Meine Zuversicht war auf dem Planeten verblieben, die Hoffnung, den Männern Orbanaschols zuvorkommen zu können. *Jetzt können wir nicht einmal mehr gleichziehen. Sofgart besitzt das Zentralorgan! Diesen Vorsprung kann ich nicht mehr einholen!*

Wir hatten nicht einmal mehr eine halbwegs brauchbare Spur, unser Weg zum Stein der Weisen war abgeschnitten. *Wo sollen wir die Suche wieder aufnehmen?* Auch dafür gab es keinen Hinweis. Orbanaschol würde triumphieren – Sofgart würde ihm den Stein der Weisen überbringen, und dann konnte ich mich auf Kraumon zur Ruhe setzen, Gemüse züchten und hoffen, dass nie ein Kralasenenschiff in meine Nähe kommen würde. Ich war nahe daran, zu verzweifeln, hatte den Kopf in die Hände gestützt und starrte vor mich hin. Vor meinen Augen war die Kabinenwand. *Gibt es einen Weg, ein solches Hindernis ohne Mittel aus dem Weg zu schaffen? Habe ich noch eine Chance …?*

8.

1160. positronische Notierung, eingespeist im Rafferkodeschlüssel der wahren Imperatoren. Die vor dem Zugriff Unbefugter schützende Hochenergie-Explosivlöschung ist aktiviert. Fartuloon, Pflegevater und Vertrauter des rechtmäßigen Gos'athor des Tai Ark'Tussan. Notiert am 29. Prago des Eyilon, im Jahre 10.498 da Ark.

Bericht des Wissenden. Es wird kundgegeben: Ich kann es immer noch nicht recht fassen, dass der Blinde Sofgart, ausgerechnet dieser grausame und skrupellose Söldnerführer, der die schmutzige Arbeit für Orbanaschol zu erledigen pflegt, uns auf dem Weg zum Stein der Weisen derart weit abgehängt haben soll. Aber ich darf meine Augen nicht vor den Tatsachen verschließen, so bitter sie auch sind.

Sofgart hat vor uns den Dreißig-Planeten-Wall gefunden und seine Gefahren gemeistert. Die Silberkugel, die Dovreen der Weise Atlan gab, wies uns das nächste Ziel. Aber auch dort kam uns der Blinde zuvor. Nachdem es ihm dann auch noch gelang, im Schwarzen System das Zentralorgan des Quaddin-Körpers an sich zu bringen und uns so gerissen zum Narren zu halten, dass wir dort kostbare Zeit und beinahe unser Leben verloren, schien alles aus zu sein: Nach der Vernichtung der Pyramide wurden auch Explosionen auf Gebharon angemessen – sämtliche Stationen der Quaddin-Einzelorgane wurden zerstört, vermutlich durch automatische Selbstvernichtungsanlagen.

Dovreens Silberkugel kann uns auch nicht mehr weiterhelfen; sie widersteht weiterhin jeglicher Analyse. Nur der Blinde Sofgart dürfte jetzt noch den weiteren Weg zum Stein der Weisen kennen. Wir sind verzweifelt, denn jeder kann sich vorstellen, was geschehen würde, falls sich Orbanaschol in den Besitz dieses kosmischen Kleinods setzt. Er würde den Stein der Weisen nicht zum Nutzen des Großen Imperiums verwenden, sondern allein dazu, seine persönliche Macht zu stärken und alle die, die gegen ihn sind, zu vernichten.

In dieser Lage ist mir eingefallen, dass ich früher einmal in einer Wüste des Planeten Frossargon einen ähnlichen Prulth-Koloss gefunden hatte, wie wir sie im Dreißig-Planeten-Wall und nun auf Za'Ibbisch vorfanden. Uns ist klar, dass das für unsere Suche nach dem Stein der Weisen völlig bedeutungslos sein kann, aber da es der einzige Hinweis auf eine mögliche weitere Spur ist, haben wir beschlossen, nach Frossargon zu fliegen und nachzusehen …

Nachtrag: Frossargon ist 21.359 Lichtjahre vom Schwarzen System entfernt und befindet sich halbwegs auf der Verbindungslinie zwischen dem Eppith-System und Kraumon, in einer Distanz von rund 9000 Lichtjahren vom Galaktischen Zentrum. Bei einem möglichst direkten Flug kämen wir vergleichsweise nahe an dem imperialen Hauptstützpunkt Amozalan vorbei, sodass es mir ratsamer erscheint, einen kleinen Umweg zu machen. Nach den ersten Berechnungen werden wir somit zehn Haupttransitionen von je 2500 Lichtjahren Länge und eine Reihe von kleineren Korrektursprüngen benötigen. Sofern nichts dazwischenkommt, müsste unser Ziel am 31. oder 32. Eyilon erreicht sein.

Sollte sich Frossargon als Fehlschlag erweisen, werden wir wohl zunächst nach Kraumon zurückkehren. Die Sprunggeneratoren und Hyperwandler der KARRETON bedürfen bald einer Überholung, wurden sie doch schon beim Vorstoß zum Dreißig-Planeten-Wall extrem belastet. Ob später vielleicht eine Rückkehr in dieses faszinierende System sinnvoll sein könnte, wird sich zeigen. Die Wahrscheinlichkeit, dort eine andere Spur zum Stein der Weisen aufnehmen zu können, ist zwar äußerst gering, aber nicht gleich null. Interessanter könnte dagegen die dortige Technik sein, aber deren Erkundung und Erforschung kann bestenfalls unter einem langfristigen Aspekt gesehen werden – nichts, was den Jungen in seiner Ungeduld und Frustration befriedigen könnte.

Bei den She'Huhan, es sieht alles andere als gut aus …

Frossargon: 32. Prago des Eyilon 10.498 da Ark

Ich steuerte das Beiboot nach Fartuloons Angaben durch die Atmosphäre. In mir war weiterhin alles wie abgestorben. Nur ein winziger Funke Hoffnung hatte sich gehalten. Deshalb befanden wir uns im Landeanflug auf den zweiten Planeten der gelben Sonne Tallyrangh. Fartuloon deutete schräg nach unten. »Dort ist es.«

Ich blickte in die angegebene Richtung und sah hinter einem dünnen Waldgürtel eine große Sand- und Steinwüste, die laut Kartenprojektion bis weit über den sichtbaren Horizont reichte. Frossargon war nicht unbedingt einladend, die Oberfläche bestand hauptsächlich aus Wüsten, es gab kaum freies Wasser. »In dieser Wüste?«

»Ungefähr zweihundert Kilometer nördlich«, bestätigte mein Pflegevater. »Dort habe ich den Prulth gesehen.«

»Du kommst viel herum, wie?«, fragte Farnathia, die hinter mir saß.

Fartuloon lächelte verloren. »Ich bin schon auf vielen Welten gewesen, von denen sich die meisten Arkoniden niemals etwas haben träumen lassen, Kleine. Es war immer schön, Neues zu sehen und Abenteuer zu bestehen, aber eines Tages, so denke ich, werde ich mich auf einen Planeten zurückziehen und mich ausruhen. Ich stelle es mir nämlich auch sehr schön vor, einmal nicht als ruheloser Wanderer zwischen den Sternen umherzufliegen und stattdessen eine feste Heimstatt zu haben.«

»Du wirst niemals eine Heimstatt finden, sondern irgendwo auf einem öden Planeten elend verrecken!«, warf Vorry aus dem Hintergrund ein.

Ich lächelte verstohlen. Vorry, der Magnetier und Eisenfresser, den ich auf einer Welt des Dreißig-Planeten-Walls aus der Gewalt der Torrelions befreit hatte, hatte in einem Hypnolehrgang zwar unsere Sprache und einiges über die arkonidische Zivilisation gelernt, aber er drückte sich meist sehr krass, oft sogar brutal aus. Ich wusste jedoch, dass er es niemals so meinte. Als ich einen Blick über die Schulter warf, sah ich, dass sich das tonnenförmige, pechschwarze Wesen mit den vier geschuppten Beinen und den beiden muskulösen Armen auf einem Kontursessel rekelte. Der schwarze Schädel mit den faustdicken Augenwülsten drehte sich in meine Richtung. Die beiden gelben Augen schauten mich undefinierbar an. Vorry war schon eine extrem exotische Erscheinung, körperlich eine geballte Ladung Energie und gleichzeitig hochintelligent. Während ich hinsah, lehnte er sich nach rechts – und die rechte Armlehne brach mit scharfem Knacken ab.

Vorry hob sie bedauernd hoch und meinte: »Hier taugt aber auch nichts etwas.«

Ra saß neben ihm und seufzte. »Eines Tages wirst du unser Himmelsboot noch völlig demolieren.«

»Ich bin so schwach, dass ich zur Seite kippte. Aber dagegen lässt sich etwas tun.« Vorry riss seinen Mund auf und schob die Armlehne zwischen die beiden arkonitstarken Knochenplatten, die sein Gebiss darstellten. Knackend, krachend und knirschend zermalmte er das Material, an dem sich ein Saurier die Zähne ausgebissen hätte. Es enthielt genügend Metall, das er für seinen fremdartigen Stoffwechsel so dringend brauchte wie ein arkonoides Wesen Eiweiß.

»Er wird noch unser Beiboot auffressen«, unkte Fartuloon.

Vorry hielt im Kauen inne und sagte mit vollem Mund: »Wenn ich deinen Zahnstocher zum Nachtisch haben könnte, wäre mein Hunger bis zur Rückkehr auf die KARRETON erst einmal gestillt, Dicker.«

Unwillkürlich griff mein Pflegevater an sein Schwert. »Untersteh dich, an mein *Skarg* zu gehen, du Vielfraß. Es würde sich in deinem Bauch in einen Schwarm von Feuerdämonen verwandeln, die deine Eingeweide zerfressen.«

Ich lachte leise und erhöhte den Schub der Impulstriebwerke etwas. Das Beiboot schoss donnernd über den diesseitigen Rand der Wüste. Unten stob eine Herde fremdartiger Tiere in wilder Panik auseinander. Bald würden wir am Ziel sein – dann musste sich zeigen, ob die Statue von Frossargon uns weiterhelfen würde.

Als wir die von Fartuloon bezeichnete Position erreichten, bremste ich das Boot ab, legte es auf die Backbordseite und flog eine enge Schleife, während wir alle nach unten blickten. »Wo ist es genau?«

Fartuloon kratzte sich im Genick. »Es muss direkt unter uns sein, mein Junge. Dort, der Felsen, der einem Icptchuan-Saurier gleicht, ist mein Anhaltspunkt. Rund dreißig Schritte nordwestlich dieses Felsens hatte ich den steinernen Koloss gesehen.«

Ich drückte das Beiboot tiefer und flog in wenigen Metern Höhe genau über die betreffende Stelle hinweg. Diesmal sahen wir alle etwas. Aber es war keine Steinstatue, sondern nur eine Mulde im Wüstensand.

»Dort hat sie gestanden!«, rief Fartuloon aufgeregt.

»Aber sie steht nicht mehr dort«, sagte Farnathia.

»Vielleicht hat sie jemand weggebracht?«, warf Ra ein.

Ich sagte nichts dazu, sondern setzte endgültig zur Landung an. Meine Gedanken waren alles andere als freudig. Ich fühlte mich zutiefst deprimiert. Als das Boot aufsetzte, betätigte ich den Mechanismus der Schleuse, stieg aus dem Sitz und eilte nach draußen. »Halt!«, rief ich, als Vorry an mir vorbeisprang und auf die Mulde zueilen wollte. »Es könnte sein, dass Spuren vorhanden sind, die uns verraten, was mit dem Prulth geschehen ist.«

Fartuloon trat neben mich. »Du denkst an Sofgart?«

»Natürlich. Da der Blinde uns um einige Schritte voraus ist, wurde er vielleicht vom Zentralorgan des Quaddin-Körpers nach Frossargon geführt, und er hat den Prulth mitgenommen.«

Mein Pflegevater stieß eine Verwünschung aus. »Ich schlage vor, wir starten wieder und fliegen mit der KARRETON nach Kraumon zurück.«

Ich schüttelte den Kopf. »Der Stein der Weisen ist das einzige Mittel, mit dem wir Orbanaschol vielleicht schnell besiegen können. Ich muss weitersuchen.«

»Hier auf Frossargon?« Er machte eine weit ausholende Handbewegung.

»Zuerst auf Frossargon, und wenn das nicht hilft, woanders. Wir dürfen nicht so schnell aufgeben.«

»Feuer und Schwefel!«, fluchte Vorry. »Ihr seid verdammte Narren, eure Gebeine werden in dieser Wüste verdorren. Wo soll ich hier Eisen finden?«

»Du hast doch erst vorhin gegessen«, sagte Farnathia.

Ich kümmerte mich nicht um den Disput, sondern ging mit Fartuloon langsam zu der Mulde. Davor blieben wir stehen und musterten die Umgebung. »Keine Spuren«, sagte mein Pflegevater. »Aber die Mulde ist größer als der Sockel der Statue. Es sieht so aus, als sei die Figur mit einem Traktorstrahl aus dem Sand gehievt worden.«

Also doch Sofgart?, dachte ich grimmig.

Das ist nicht gesagt, raunte der Logiksektor. *Warum sollte er den Prulth mitgenommen haben? Zur Untersuchung? Im Gegensatz zu den ausgehöhlten auf Za'Ibbisch war die hiesige Statue wohl genau wie die im Dreißig-Planeten-Wall vermutlich nur ein bearbeiteter Steinblock.*

Fartuloon blickte mich fragend an. »Was meint dein siebter Sinn?«

Ich sagte es ihm.

»Vielleicht wurde die Statue nur an einen anderen Ort auf diesem Planeten gebracht? Ich schlage vor, wir fangen direkt mit der Suche an.«

Wortlos drehte ich mich um und ging zum Beiboot zurück. Ich wagte nicht, meine Hoffnungen laut zu äußern. Als meine Gefährten ebenfalls wieder eingestiegen waren, startete ich.

Als wir auf rund tausend Metern Höhe waren, blickte ich meinen Pflegevater an. »Wie viel von diesem Planeten kennst du, Bauchaufschneider?«

»Nicht viel. Ich war damals nur kurz auf Frossargon.«

»Hm.« Ich hielt es für denkbar, dass es hier doch eingeborene Intelligenzen gab, obwohl Fartuloon versichert hatte, Frossargon habe nie solche hervorgebracht. Gab es aber auf Frossargon Wesen, die sich Gedanken über ihre Existenz und den Sinn des Lebens und Sterbens machten, war es durchaus möglich, dass sie die Statue gefunden und mitgenommen hatten; sie musste durchaus nicht mit einem Traktorstrahl aus dem Sand geholt worden sein, wie Fartuloon vermutete.

Mir wurde bewusst, dass wir im Vertrauen auf Fartuloons Aussagen womöglich voreilig und unvorsichtig gehandelt hatten. Die KARRETON befand sich im stationären Orbit und hatte nur die obligatorischen Standardortungen durchgeführt. Weil keine Emissionen angemessen worden waren, die auf höhere Technik hindeuteten, waren wir gleich mit dem Beiboot aufgebrochen. Vielleicht ein Fehler? Ich beobachtete die Landschaft unter uns sehr aufmerksam, um keine Anzeichen einer eventuellen intelligenten Art zu übersehen. Als ich das Beiboot über ein schmales Tal steuerte, entdeckte ich etwas, das meiner Spekulation neue Nahrung gab: eine Gruppe von Steinblöcken, die in einem Kreis aufgestellt waren.

Ich deutete nach unten, während ich gleichzeitig Fahrt reduzierte. »Siehst du das? Das sieht nicht so aus, als sei es auf natürliche Weise entstanden.«

»Du könntest Recht haben.«

Ich merkte, dass er skeptisch war. Dennoch flog ich eine Schleife und setzte zur Landung an. Das Beiboot landete unmittelbar neben dem Steinkreis auf einer Fläche, die von feinem Sand bedeckt war.

Staub wallte auf und nahm uns für einige Zeit die Sicht. Ich überprüfte meine Waffen und stieg aus. Fartuloon und Ra folgten mir, die anderen blieben an Bord zurück. Unsere Füße wirbelten Staub auf, als wir zu der Steingruppe gingen. Ich trat in den Kreis aus insgesamt sechs mannshohen Steinblöcken und blickte mich aufmerksam um. Ein Block war etwas größer als die anderen und so aufgestellt, dass er sich innerhalb des Kreises befand, allerdings nicht in der Mitte, sondern dicht am inneren Rand.

»Das Tallyrangh-System hat fünf Planeten«, sagte Fartuloon nachdenklich. »Die Steingruppe könnte dem entsprechen. Was meint ihr?«

Ra streckte den Arm aus und deutete auf einen der Steinblöcke, der zum Kreis gehörte. »Dort sind Zeichen.«

Als ich genauer hinsah, entdeckte ich sie auch. Ra hatte eben die schärferen Augen. Ich trat dicht an den Block heran und versuchte zu erkennen, um was für Zeichen es sich handelte. Zuerst nahm ich an, es seien die gleichen, die wir auf Za'Ibbisch an den Steinsockeln der Prulths gesehen hatten. Doch dann merkte ich, dass die Symbole ganz anders waren. Ich ging zum nächsten Stein und fand dort ähnliche. Nein, genau genommen waren es die gleichen, nur waren sie hier anders gruppiert, bedeuteten demnach etwas anderes. Nachdem ich mir alle Steine angesehen hatte, untersuchte ich jenen, der höchstwahrscheinlich die Sonne Tallyrangh darstellen sollte. Auch an ihm befanden sich einige Zeichen. Ich setzte mich mit untergeschlagenen Beinen in den Sand und versuchte, einen Sinn herauszulesen, während Fartuloon das Gleiche bei einem anderen Block versuchte.

Plötzlich, es waren etwa zwei Dezitontas vergangen, sagte Ra hinter mir: »Ich glaube, ich weiß ungefähr, was die Symbole bedeuten sollen.«

Ich wandte mich um und sah, dass Ra mit brennenden Augen auf den Sonnenstein blickte. »Und was bedeuten sie?«

»Wesen, die ihr suchet wie wir, wisset, dass wir vom dritten Planeten dieser Sonne kamen«, sagte er mit dumpfer Stimme. »Wisset, dass wir kamen und sahen und dass wir erkannten, wo wir waren. Diese Welt ist eine gefährliche Welt, eine unheimliche Welt für alle Wesenheiten, die das Oberste nicht beherrschen. Auch wir beherrschen das Oberste nicht. Wir wurden mit Blindheit geschlagen und wären hier umgekommen, hätte uns der Herr der Weißen Saat nicht geholfen. Aber wir sind verdammt. Kommt und schauet euch an, was aus uns geworden ist.«

Verblüfft blickte ich den Barbaren an. »Das alles kannst du aus diesen Zeichen lesen?«

»Ich habe es *gesehen*.«

»Ich glaube ihm.« Fartuloon, der zu uns gekommen war, hatte ebenfalls die besondere Betonung bemerkt, mit der Ra sprach.

Ich nickte unwillkürlich. Wir wussten, dass die Prulth-Statuen mit den Varganen in Verbindung standen – und Ra hatte nicht nur Kontakt zu einem Mitglied dieses Volkes gehabt, sondern war von Ischtar auch mit einem Gerät »behandelt« worden, das offensichtlich zur Aktivierung von Hirnpartien diente. Ras Untersuchungen auf Kraumon hatten widersprüchliche Ergebnisse erbracht. Körperlich war er einerseits in Bestform, zeigte andererseits aber auch die »Abnutzungserscheinungen«, wie sie für ein Leben unter Primitivbedingungen typisch waren. Die Individualtasteranalyse hatte eindeutig belegt, dass ihm immense Wissensmengen vermittelt worden waren. Einige sonderbare Spitzen in den Diagrammen zeigten, dass die Schulung nicht oder nur zum Teil auf einem arkonidischen Hypnoprogramm basierte. Hinzu kamen allerdings geringe, deutlich über dem Durchschnitt liegende Emissionen, die in den extrem hochfrequenten Hyperbereich hineinreichten, in jenen Abschnitt also, der mit paranormalen Fähigkeiten verbunden wurde. Fartuloon hatte damals kurz die Möglichkeit eines Fluges nach Alfonthome angedeutet, wo sein alter Freund Valvpiesel ein Sanatorium errichtet hatte …

»Diejenigen, die dieses steinerne Sonnensystem aufstellten«, murmelte ich, »kamen demnach vom dritten Planeten Tallyranghs.«

»Und sie warnten alle, die nach ihnen hierher kommen, davor, sich lange auf Frossargon aufzuhalten.«

»Ich schlage vor, wir verlassen Frossargon und fliegen zum dritten Planeten. Vielleicht leben diese Wesen noch und können uns einen Hinweis darauf geben, wie wir die Spur zum Stein der Weisen wieder finden können.«

»Kommt und schauet euch an, was aus uns geworden ist«, wiederholte Ra.

Ich erhob mich und klopfte den Staub von meinem Raumanzug. »Also auf zum dritten Planeten!«

Nachdem wir gestartet waren, gab Fartuloon eine kurze Nachricht an die KARRETON ab und unterrichtete die Besatzung davon, dass wir dem dritten Planeten einen Besuch abstatten wollten. Wir brauchten eine halbe Tonta, um den Nachbarplaneten Frossargons zu erreichen. Ich steuerte unser Gefährt in einen weiten Orbit und schaltete die Mess- und Ortungssysteme ein. Als die Ergebnisse ausgewertet waren, wussten wir, dass der dritte Planet eine kalte Wasserwelt von 7575 Kilometern Durchmesser war. Die Pole waren stark vereist, und auch die Meere waren zu einem großen Teil voller Eisberge und treibender Eisschollen. Es gab keine echten Kontinente, sondern nur eine Unzahl von Inseln und Inselchen. Die Temperaturen erreichten an den Polen maximal minus siebzehn Grad und am Äquator nur plus dreizehn Grad. Es gab nur wenige Wolken, dafür aber umso mehr Nebel.

Fartuloon hatte dem Planeten schon bei seinem ersten Aufenthalt in diesem System den Namen *Than Ard* gegeben, was Nebelwelt bedeutete. Wir konnten keine nennenswerten Energieemissionen anmessen, nur einige verwaschene Ergebnisse wurden von den Energietastern registriert. Sie ließen sich allerdings nicht lokalisieren. Es war, als läge der ganze Planet unter einer diffusen Energieaura. »Ich schlage vor, wir landen auf der größten Insel in Äquatornähe«, sagte Fartuloon. »Dort wird die Sicht wenigstens nicht vom Nebel behindert – und es ist nicht gar so kalt.«

»Von mir aus kannst du dir ruhig die Ohren abfrieren, Dicker«, warf Vorry ein. »Habt ihr Tröpfe wenigstens Metall orten können, damit ich mich ein einziges Mal in meinem Leben ordentlich satt essen kann?«

»Warum leckst du kein Eis?« Fartuloon wandte sich an mich. »Sollen wir den vorlauten Strolch nicht lieber am Nordpol aussetzen?«

Ich lächelte. »Von mir aus. Vielleicht redet er weniger dummes Zeug, wenn ihm die Zunge am Gaumen anfriert.«

»Du bist ein Sadist!«, schimpfte der Eisenfresser. »Sobald ich wieder auf der KARRETON bin, werde ich zur Strafe die Triebwerke verspeisen.«

»Damit würdest du dich nur selber strafen«, erwiderte ich amüsiert. »Wenn die KARRETON nicht mehr fliegt, bist du genauso verloren wie wir. Du könntest das Schiff zwar nach und nach aufessen, aber einmal geht auch der größte Vorrat zu Ende, und dann würdest du nackt im Weltall stehen.«

»Das möchtest du wohl«, giftete Vorry. »Ha, ich habe einen Hunger, dass ich einen ganzen Planetenkern auf einmal verschlucken könnte.«

»Du solltest daran denken, dass der glutflüssige Kern eines Planeten sehr heiß ist.«

»Nichts wird so heiß gegessen, wie es gekocht wird.«

Ra lachte, denn dieser Spruch stammte von ihm, wie so manche Sprüche, die wir uns in der Zwischenzeit angeeignet hatten. Ich hätte sie wirklich gern einmal kennen gelernt, diese Barbaren mussten liebenswerte Geschöpfe sein – vorausgesetzt, man ließ sie nicht zu dicht an sich herankommen.

Ich spielte die Ortungs- und Messdaten noch einmal ab, um die planetarische Position der größten Äquatorinsel zu bestimmen. Es handelte sich um eine Insel von neunzig Kilometern Länge und durchschnittlich dreißig Kilometern Breite. Ein bewaldetes Eiland mit zwei rund achthundert Meter hohen Bergen, auf deren Kuppen Schnee lag. Fartuloon und ich suchten eine verhältnismäßig ebene und vegetationsarme Fläche zwischen den beiden Bergen als Landeplatz aus. Dann verließen wir den Orbit und drangen in die Atmosphäre ein.

Die Landung verlief ohne besondere Vorkommnisse. Ich schaltete die Triebwerke ab und aktivierte die Außenmikrofone. Diese empfindlichen Geräte übertrugen uns sogar noch das Rauschen der Brandung von beiden Seiten der Insel in die Kabine. Doch sie übertrugen auch andere Geräusche, so beispielsweise das Säuseln des Windes, das Rascheln von Blättern und Zweigen, die Stimmen von Tieren und die Bewegungen von Lebewesen. Artikulierte Stimmen waren jedoch nicht darunter. Nachdem wir eine Probe der Atmosphäre genommen, analysiert und festgestellt hatten, dass sie keine für uns schädlichen Beimengungen enthielt, beschlossen wir auszusteigen. Farnathia sollte im Beiboot bleiben und über Funk Kontakt zu uns halten. Das gefiel ihr zwar nicht, aber ich überzeugte sie davon, dass es sicherer für sie war.

Wir hatten die Helme geöffnet, als wir ausstiegen. Die Luft war zwar kühl, aber nicht kalt. Die Außenthermometer unserer Schutzanzüge zeigten eine Temperatur von plus zwölf Grad an. Der Boden war mit einer Art Gras bedeckt – kein normales Gras, wie ich es von anderen Welten her kannte, sondern eine Decke aus dünnen, miteinander verfilzten, korkenzieherartig gedrehten Halmen von gelbbrauner Färbung. Das Zeug federte unter unseren Füßen wie Schaumstoff.

Wir schlugen die Richtung auf ein kleines Wäldchen ein, das westlich des Landeplatzes lag. Ein Tier mit sechs dünnen Beinen, einem ovalen Körper und einem schlangenähnlichen Hals stelzte ein paar Schritte zur Seite, als wir uns ihm näherten. Es schien jedoch keine Furcht zu empfinden. Ich sah es mir genau an. Es war zweifellos ein Warmblüter, denn es trug einen dichten grauen Pelz. Sein Gehirn konnte nicht sehr groß sein; der ganze Kopf hatte nur die Größe einer Männerfaust.

Ra blickte das Geschöpf wachsam an, rechnete wohl mit einem Angriff. Aber das Tier verhielt sich passiv. Als wir vorbei waren, bog es den Kopf nach unten und fraß von der grasartigen Vegetation. Die Bäume des Wäldchens hatten aus größerer Entfernung fast wie normale Bäume ausgesehen. Aus der Nähe sahen sie dagegen sehr fremdartig aus. Ihre hellgrauen Stämme waren korkenzieherartig gedreht und ragten durchschnittlich fünfzehn Meter hoch. Sie besaßen weder Äste noch Zweige, sondern nur zahlreiche knotenartige Verdickungen, aus denen lang herabwallende hellgrüne Faserbüschel hingen. Die Büschel bewegten sich in dem leichten Wind, der von Nord nach Süd wehte. Es sah aus, als spiele der Wind mit den langen Haarmähnen von Tieren.

Der Boden dieses eigenartigen Waldes war von abgefallenen Fasern bedeckt, die sich goldgelb verfärbt hatten. Als Fartuloon mit dem Fuß daran stieß, knisterte und raschelte es laut – und plötzlich schlangen sich zahllose goldfarbene Fäden um seinen Fuß, ringelten sich über Knöchel und Waden empor. Mein Pflegevater stieß eine Verwünschung aus und zog sein *Skarg*. Mit der Klinge versuchte er, die Fasern abzustreifen. »Sie bohren sich durch die Stiefel!«

Ich zog mein Vibratormesser, aber Vorry war schneller. Er riss die Fasern von Fartuloons Bein ab. Ihm schienen sie nichts anhaben zu können, sondern sie verfärbten sich bleigrau, sobald er sie berührte. Endlich war Fartuloon seine Plagegeister los. Er setzte sich und zog seinen Stiefel aus. Ich sah, dass der Fuß und das Bein bis fast in Kniehöhe zahllose winzige rote Punkte aufwiesen.

»Hoffentlich ist das nicht gefährlich«, sagte ich besorgt. »Wir sollten dein Bein mit einem Kosmobiotikum behandeln.«

Mein Pflegevater winkte ab. »So schlimm wird es nicht sein. Die Fasern wollten offenbar mein Blut saugen. Ich hatte angenommen, es handele sich bei ihnen um so etwas wie abgefallenes Laub.«

Das hatte ich auch angenommen. Aber man konnte eben auf fremden Welten nicht vorsichtig genug sein. Das Gras war kein Gras, die Bäume waren keine Bäume, und ihr Laub war kein Laub – jedenfalls nicht im vertrauten Sinne. Das Leben basierte hier zweifellos auf gänzlich anderen Voraussetzungen als auf anderen Welten.

Dennoch muss es mit dem Leben von anderen Welten etwas Gemeinsames haben, sonst könnte es das Blut eines Fremden nicht als Nahrung verwenden, teilte mir mein Logiksektor mit.

Vorry war unterdessen in den Wald eingedrungen, da er ja wusste, dass ihm das Pseudolaub nichts anhaben konnte. Mit seinen kräftigen Händen wühlte er es auf und sah zu, wie es sich bleigrau verfärbte.

»Lass das Zeug in Ruhe, Vorry!«, rief ich ihm zu. »Es sind Lebewesen; sie können nichts dafür, dass sie anderes Leben zur Ernährung brauchen.«

»Ich untersuche das Zeug nur.« Er fuhr fort, das Pseudolaub aufzuwühlen. Plötzlich bogen sich einige der korkenzieherartigen Stämme zu ihm herab, umschlangen seinen Tonnenkörper und schnellten wieder hoch. Der Eisenfresser stieß einen Wutschrei aus, als er durch die Luft flog. Im nächsten Moment brach der Schrei ab – und Vorry war spurlos verschwunden!

»Was war das?«, keuchte Fartuloon.

»Ein Zauber«, sagte Ra.

Ich zog den Detektor aus der Magnethalterung meines Gürtels und richtete den Messkopf auf die Stelle, an der Vorry verschwunden war. Die beiden Anzeigefelder wiesen nichts Außergewöhnliches aus. Allerdings gab es die winzige Spur einer Strahlung, die nicht identifiziert werden konnte.

Fartuloon machte ein nachdenkliches Gesicht. »Eine Strahlung, die vom Computer unserer Detektoren nicht identifiziert werden kann, dürfte es gar nicht geben. Es sei denn, diese Strahlung wäre nicht in unserem Universum entstanden.«

»Vielleicht kam sie wirklich aus einem anderen Universum«, erwiderte ich. »Du kennst ja die Theorie, dass es unzählige Universen geben soll, die gleichzeitig im gleichen physikalischen Raum mit unserem existieren, aber beispielsweise zeitlich oder dimensional etwas verschoben sind.«

Fartuloon zog den Stiefel wieder an und schob sein *Skarg* zurück. »Es ist nicht nur eine Theorie, denn nur so können verschiedene Phänomene erklärt werden, die immer wieder auftreten. Aber wenn Vorrys Verschwinden etwas damit zu tun hat, dürfte es sehr schwer sein, ihn zurückzuholen.«

»Du denkst, er befindet sich in einem Paralleluniversum? Aber wie können diese Bäume ...«

Pseudobäume, erinnerte mich mein Logiksektor. *Diese Gebilde haben nur eine äußerliche Ähnlichkeit mit Bäumen, aber sie müssen eine völlig andere Lebensform sein.*

»Vielleicht die beherrschende Intelligenz dieses Planeten?«

Fartuloon runzelte die Stirn. »Du meinst, die Wesen, die auf Frossargon die Steinblöcke aufstellten und ihre Zeichen darauf hinterließen, und die Bäume hier sind die gleichen? Wie sollen diese Bäume nach Frossargon gekommen sein – und wie konnten sie Zeichen auf Steinblöcken hinterlassen?«

»Kommt und schauet euch an, was aus uns geworden ist«, sagte Ra feierlich.

Fartuloon und ich blickten den Barbaren verwundert an, bis uns einfiel, dass er nur wiederholt hatte, was auf dem Stein gestanden hatte. *»... was aus uns geworden ist«*, wiederholte mein Pflegevater den letzten Teil des Satzes. »Ja, es wäre möglich, dass die früheren Intelligenzen von Than Ard durch unbekannte Einflüsse verändert wurden, sodass sie heute wie Bäume aussehen. Aber wie sollen wir mit Bäumen Kontakt aufnehmen?«

»Es sind keine Bäume, Bauchaufschneider!«, sagte ich in dem krampfhaften Versuch zu scherzen. »Ich schlage vor, wir holen den Video-Projektor aus dem Beiboot und versuchen, uns den Pseudobäumen verständlich zu machen.«

»Einverstanden«, erwiderte er.

Ich berichtete über Minikom Farnathia, was geschehen war, und bat sie, den Video-Projektor bereitzustellen. Sie war blass, als sie uns in der Schleuse empfing. »Seht euch bloß vor! Auf diesem Planeten lauern bestimmt noch andere Gefahren.«

»Wir passen schon auf«, sagte Fartuloon beruhigend. »Komm, gib deinem Schatz den Projektor, damit wir zu den Bäumen sprechen können.«

Farnathia reichte mir das Gerät, das nicht größer als ein Handkoffer war, und hauchte mir einen Kuss auf die Wange. »Bitte, sei vorsichtig!«

»Ich werde auf mich aufpassen, Liebste.« Ich strich ihr zärtlich übers Haar. »Lass du nur keinen Fremden ins Boot.«

»Ich werde mich hüten.«

Ich winkte ihr noch einmal zu und ging mit meinen Gefährten wieder zu dem Wäldchen – beziehungsweise zu der Gruppe von Lebewesen, die Ähnlichkeit mit einem Wäldchen hatte. Dort stellte ich den Video-Projektor auf. Er projizierte simultan Bilder und Sprachelemente, die man entweder mit Hilfe eines Kompositionscomputers arrangierte oder dadurch, dass man sich den *Transmihelm* des Geräts über den Kopf stülpte, seine Gedanken »spielen« und das paramechanisch erfasste Muster darstellen ließ. Ein solches Gerät konnte natürlich nur dann einen sinnvollen Zweck erfüllen, falls der Partner in der Lage war, optische und akustische Reize wahrzunehmen und geistig zu verarbeiten.

Ob das auf die Pseudobäume zutrifft, lässt sich nicht voraussagen, dachte ich. *Wir müssen es versuchen.* Ich schaltete das Gerät ein. Die Holoprojektion war auf den Pseudowald gerichtet. Nach kurzem Überlegen verzichtete ich auf den Transmihelm und aktivierte stattdessen den Kompositionscomputer. Da ich lange nicht mit einem solchen Gerät umgegangen war, benötigte ich einige Zeit, um es so zu bedienen, dass ein meiner Meinung nach brauchbares Bild auf dem Schirm entstand. Es war ein Bild, das den Sonnenstein auf Frossargon zeigte und die Zeichen darin andeutete. Dazu hatte ich eine einfache Tonfolge komponiert, die für mein Empfinden eindrucksvoll war. Ra jedenfalls schien auch sehr beeindruckt zu sein, was mir allerdings noch längst nicht verriet, ob es die Pseudobäume ebenfalls waren, sofern sie überhaupt in der Lage waren, Bilder und Töne wahrzunehmen.

Fartuloon verschränkte die Arme vor der Brust und wartete. Ich tat es ihm nach. Wir warteten rund eine Dezitonta, ohne eine Reaktion der Pseudobäume zu erkennen. Rein zufällig warf ich danach einen Blick auf meinen Detektor, der wieder in der Magnethalterung steckte. Ich stutzte und zog ihn heraus. Auf den beiden Anzeigeschirmen waren wieder die Symbole für nicht identifizierbare Strahlung zu sehen. Mein Pflegevater überprüfte seinen Detektor ebenfalls. Mit sonderbarem Gesichtsausdruck blickte er anschließend zu mir herüber. »Es scheint, als sei das eine Art Antwort. Was hältst du davon?«

»Eine Reaktion dürfte es jedenfalls sein. Aber ich vermag nichts damit anzufangen. Du vielleicht?«

»Nein. Und Vorry dürfte sie ebenfalls wenig nützen. Ich fürchte, wir müssen deinen neuen Freund abschreiben.«

»Ich schreibe keinen Freund ab!«

Fartuloon drehte die Handflächen vielsagend nach oben, was so viel hieß, dass er sich keinen Rat wusste. Ich trat wieder zum Video-Projektor, zog die zusammengelegte Transmihaube aus ihrer Vertiefung und setzte sie auf. Dann drückte ich die Taste, die die Verbindung zwischen dem Gerät und der Haube herstellte. Diesmal versuchte ich, ein Bild Vorrys auf den Schirm zu bringen, indem ich intensiv an den Eisenfresser dachte. Auf dem kleinen Kontrollschirm sah ich, dass sich ein Bild eines Gnomen mit schwarzem Haarpelz und verschmitztem Gesichtsausdruck formte, also wahrscheinlich die Assoziation, die sich in meinem Gehirn beim Gedanken an den Eisenfresser bildete. Ich versuchte, dieses Bild zu korrigieren, was mir erst nach mehreren vergeblichen Versuchen gelang. Danach transferierte ich das Bild des Eisenfressers in eine strahlende Aureole – und ließ es verschwinden.

Wieder warteten wir gespannt auf eine Reaktion, und als sie kam, verschlug es mir fast die Sprache. Über den Wipfeln der Pseudobäume gab es eine lautlose schwache Entladung, dann sah ich plötzlich den Magnetier dort schweben. Er war etwas verschwommen abgebildet und schien zu pulsieren, und im nächsten Augenblick verschwand er wieder. Während Ra weiterhin wie gebannt auf die Stelle starrte, an der Vorry aufgetaucht und verschwunden war, blickten mein Pflegevater und ich uns an.

»Die Reaktion war deutlich und unmissverständlich«, sagte Fartuloon schließlich. »Diese Pseudobäume sind tatsächlich eine intelligente Lebensform. Sie haben deine Frage verstanden und dir geantwortet.«

»Aber die Antwort ist unbefriedigend. Sie haben mir nicht verraten, wie Vorry zurückgeholt werden kann. Sie haben ihn nur gezeigt.«

»Wenn er nicht zu uns kommen kann, müssen wir zu ihm gehen«, warf Ra ein.

Fartuloon lächelte. »Eine kluge Folgerung. Aber wir können ja schwerlich dorthin gehen, von wo es keine Wiederkehr gibt. Wir müssen in unserem Universum bleiben, wollen wir den Stein der Weisen finden.«

»Und wenn der Weg zum Stein der Weisen durch ein anderes Universum führt?«, überlegte ich halblaut.

»Wir wissen es nicht. Wir dürfen kein Risiko eingehen. Vorry würde das einsehen, wenn er uns hören könnte.« Als ich nichts darauf erwiderte, blickte er mich fragend an. Doch ich konnte immer noch nichts sagen, denn Fartuloon hatte sich vor meinen Augen auf geradezu unglaubliche Weise verändert: Er war auf zwei Drittel seiner bisherigen Größe geschrumpft, seine Haut hatte einen bläulichen Farbton angenommen, und über den Augen waren ihm zwei Gebilde gewachsen, die an die Fühler eines Insekts erinnerten. »Was ist los? Warum starrt ihr mich so an? Bin ich ein Ungeheuer geworden?«

»Du bist verzaubert worden«, behauptete Ra.

»Wie bitte?«, fragte mein Pflegevater, halb erschrocken, halb amüsiert.

»Ra hat Recht«, sagte ich. »Du hast dich verwandelt. Wahrscheinlich ist das eine Wirkung, die durch den Kontakt der Fasern hervorgerufen wurde.«

Er betastete sich. Einen Spiegel hatten wir leider nicht dabei. Aber er merkte auch so, dass er sich verändert hatte. Vor allem die fühlerähnlichen Gebilde ertastete er. »Verdammt, was ist das?«

»Eine Metamorphose. Ich hoffe, es gibt sich von selber wieder. Wir müssen dich schnellstens zur KARRETON bringen. Vielleicht finden wir im Bordhospital ein Gegenmittel.«

Er holte tief Luft. »Ich möchte vor allem wissen, was sich alles an mir verändert hat. Beschreibe es!«

Das tat ich. Danach beruhigte sich mein Pflegevater wieder etwas. »Daran sind nur die Fasern schuld. Ich fürchte, dass wir im ganzen Bordhospital der KARRETON kein Gegenmittel finden werden. Atlan, wenn ich schon verunstaltet bin, kann ich auch versuchen, Vorry zu folgen.«

»Wir werden ihm beide folgen«, sagte ich bestimmt. Ich unterrichtete Farnathia darüber, dass Fartuloon und ich ein Experiment durchführen wollten. Falls wir verschwanden und nicht zurückkehrten, sollte sie zusammen mit Ra zur KARRETON zurückkeh ren und dafür sorgen, dass das Schiff nach Kraumon flog. Alles andere bliebe dann ihr überlassen. Bevor sie Einwände vorbringen konnte, schaltete ich das Flugaggregat meines Schutzanzugs ein und stieg auf. Fartuloon folgte mir. Wir schwebten über die Wipfel der Pseudobäume und verharrten auf der Stelle. Unter uns bewegten sich die Baumstämme, als fahre ein heftiger Windstoß durch den Pseudowald. Die langen Faserbündel richteten sich auf, wiesen in unsere Richtung.

Plötzlich wurde es dunkel …

… und schlagartig wieder hell.

Ich blickte mich um und wich unwillkürlich zurück, als ich neben mir ein Wesen erblickte, das die Kreuzung aus einem Drachen und einem Gnomen hätte sein können. Das Wesen schien allerdings über meinen Anblick ebenfalls erschrocken zu sein, denn es wich zurück. Ringsum erkannte ich eine Landschaft aus grauweißen Formen, die sich ständig veränderten. Keine der Formen war mir bekannt. Ich fühlte mich in ein fremdes Universum versetzt. *Du bist in einem fremden Universum*, raunte mir mein Logiksektor zu. *Und du bist diesem Universum teilweise angeglichen.*

Das Wort »angeglichen« führte zur unmittelbaren Erkenntnis: Ich wusste plötzlich, ohne dass ich nach begrifflich logischen Regeln, also diskursiv, hätte denken müssen, dass das »Monstrum« vor mir Fartuloon war.

»Fartuloon?«

»Atlan?«, kam es entgeistert zurück. »Junge, du siehst aus wie eine Kreuzung von Seifenblase und Schlammgeist!«

»Wir wurden dem fremden Universum angepasst. Der Pseudowald hat uns hierher befördert. Wir müssen sehen, was wir aus der veränderten Lage machen können.«

Fartuloon blickte nach oben. »Jedenfalls ist es hell, und das bunte Riesenrad dort oben dürfte eine Sonne sein. Wir sind doch noch nicht völlig angepasst, sonst würden wir die Dinge in diesem Universum konkret sehen und nicht verändert.«

Das leuchtete mir ein. Eine Sonne musste auch in einem Paralleluniversum wie eine Sonne im Heimatuniversum aussehen, und die Oberflächenformationen eines Planeten mussten sich so wahrnehmen lassen, dass man sich zweckgerichtet bewegen konnte. Noch während ich das dachte, schien es einen Ruck zu geben – und plötzlich hatte sich die Landschaft verändert. Ich sah, dass der Boden aus einer in allen Farben des Spektrums leuchtenden Masse bestand, auf der sich hier und da Gebilde erhoben, die an bunt schillernde Seifenblasen erinnerten.

Das war aber offensichtlich noch immer ein Trugbild, denn als ich Fartuloon anblickte, sah er diesmal noch immer nicht wie ein Arkonide aus, sondern wie ein Gespenst aus halbtransparentem Gallert.

»Wie sehe ich aus?«

Ich beschrieb es ihm.

»Schon besser. Du siehst nämlich genauso aus, mein Junge.«

»Also hat unsere Adaption einen Fortschritt gemacht. Ich schlage vor, wir sammeln ein paar handfeste Erfahrungen. Das sollte die Anpassung eigentlich beschleunigen.« Ich ging, ohne Fartuloons Antwort abzuwarten, auf das nächste Gebilde zu. Die einzelnen Blasen hatten einen Durchmesser von etwa einem halben Meter, und als ich eine von ihnen berührte, fühlte ich Wärme und ein schwaches Pulsieren.

»Vielleicht eine Lebensform.« Fartuloon hatte ebenfalls eine Hand auf eine der Blasen gelegt. Wie zur Antwort lösten sich die über- und nebeneinander getürmten Seifenblasen voneinander, schwärmten aus und kreisten uns ein. Ich hatte dabei allerdings nicht das Gefühl, als bedrohten sie uns. Die blasenartigen Gebilde pulsierten stärker, als sie sich uns näherten. Es war, als wollten sie uns etwas mitteilen. Und plötzlich kam der zweite Adaptionssprung!

Die Gebilde blieben seifenblasenartig, aber ich konnte durch ihre Oberfläche hindurch pulsierende Organe erkennen. Besonders interessierten mich die zahlreichen schwarzen glänzenden Flecken unmittelbar unter der Oberfläche. Ich hatte sofort den Eindruck, dass es sich um Sehorgane handelte. Fartuloon hatte sich ebenfalls verändert: Er war wieder der alte Bauchaufschneider.

»Wie sehe ich aus?«, fragte ich gespannt.

»Wie früher. Demnach ist die Anpassung abgeschlossen. Wahrscheinlich sehen wir jetzt auch alles andere normal.« Ich fragte mich, ob die Kugelwesen unser Gespräch hören konnten. Ihre Haltung zeugte zwar von Aufmerksamkeit, aber diese konnte auch auf die rein optische Wahrnehmung gerichtet sein. Wie sollten wir zu einer Verständigung gelangen, falls die Kugelwesen überhaupt keine akustische Verständigung kannten? Und wie sollten wir in diesem fremden Universum Vorry finden? Ich lauschte in mich hinein, wartete auf ein Zeichen meines Extrasinns. Doch er schwieg. Wahrscheinlich wusste er ebenfalls keinen Rat. »Könnt ihr mich hören?«

Keine Reaktion.

»Lass mich es einmal versuchen.« Fartuloon gestikulierte langsam und mit klaren Bewegungen, wie ich es oft bei ihm gesehen hatte, wenn er mit fremdartigen Intelligenzen Kontakt aufnahm. Doch auch darauf reagierten die Kugelwesen nicht.

»Sie haben keine Gliedmaßen. Deshalb können sie mit Gesten nichts anfangen.«

»Soll ich vielleicht pulsieren?«, gab er ungeduldig zurück.

Ich runzelte die Stirn. Gab es eine Möglichkeit, etwas zu tun, was dem Pulsieren der Kugelwesen glich? Und wieder kam mir die Erkenntnis intuitiv: *Schweben!* Die Kugelwesen bewegten sich fort, indem sie schwebten. Da das außer dem Pulsieren ihre einzige – jedenfalls bisher erkennbare – Möglichkeit war, sich zu bewegen, hatten sie vielleicht auf dieser Basis ein Kommunikationssystem entwickelt. »Wir müssen schweben. Uns durch schwebende Bewegungen auszudrücken versuchen.«

»Eine Art Ausdruckstanz also.« Fartuloon lächelte schwach. »Einverstanden, versuchen wir es.«

Wir schalteten unsere Flugaggregate an und stiegen langsam auf. Die Kugelwesen strebten auseinander, hielten wieder an und schienen zu warten. Fartuloon und ich bemühten uns, Ausdruck in unser Schweben zu legen, mit unseren Flugbewegungen anzudeuten, dass wir ein drittes Wesen suchten. Nach einiger Zeit hielten wir erschöpft inne. Ich blickte die Kugelwesen an und stellte fest, dass uns etwa die Hälfte verlassen hatte. Die anderen Kugelwesen bildeten einen weiten Kreis um uns und schwebten rhythmisch auf und nieder.

»Sie haben uns verstanden!«, sagte ich erleichtert.

Fartuloon seufzte. »Zumindest wollen sie uns zeigen, dass sie glauben, begriffen zu haben, was wir wollen. Warten wir ab, was geschieht.«

9.

Aus: *Gesammelte Sprüche eines Bauchaufschneiders; Unterweisungen Atlans*, Fartuloon

Freundschaft ist teuer. Sie kann so teuer sein, dass man sie mit dem Leben bezahlen muss. In diesem Fall ist es besser, nicht mit dem eigenen Leben zu zahlen.

Wir warteten fast eine Tonta. Während dieser Zeit schwebten die Kugelwesen unermüdlich auf und nieder. Sie schienen ebenfalls zu warten. Schließlich kehrte die Gruppe zurück, die uns verlassen hatte. Jedenfalls nahm ich an, dass es sich um diese Gruppe handelte, denn unterscheiden konnte ich die Wesen nicht. Für mich sahen diese Lebewesen alle gleich aus. Die Ankömmlinge konnten deshalb ebenso gut von einer der anderen Kugelballungen stammen. Allerdings glaubte ich das nicht so recht, denn die anderen Gruppen hatten sich bisher nicht um uns gekümmert.

Die Ankömmlinge reihten sich in den Kreis ein und beteiligten sich an dem Schwebetanz. Dabei veränderten sie ihn allmählich. Die Gruppe formierte sich zu einer Pyramide – bis auf zwei Individuen, die außerhalb warteten und dann, als die Pyramide fertig gestellt war, zu ihrer Spitze schwebten und sich dort anhefteten.

»Weißt du, was sie damit sagen wollen?«, erkundigte sich der Bauchaufschneider.

»Vielleicht wollen sie damit sagen, dass wir es nicht auf die Spitze treiben sollten«, versuchte ich zu scherzen, denn mir gelang eine Deutung dieses Tanzes ebenfalls nicht. Die Kugelwesen schienen zu merken, dass wir sie nicht verstanden hatten. Sie lösten ihre Formation wieder auf, kreisten uns ein und bewegten sich immer schneller um uns. Dabei verlagerten sie den Kreis nach einer Seite, sodass wir uns mitbewegen mussten, wollten wir keine Kollision riskieren.

»Sollen wir in eine bestimmte Richtung fliegen?«

»Scheint so.«

Wir schalteten abermals unsere Flugaggregate an, starteten und schlugen die Richtung ein, die die Kugelwesen uns anscheinend gewiesen hatten. Dabei überflogen wir ihren Kreis, weil wir sonst zu langsam vorangekommen wären. Leider achteten wir aus Unkenntnis nicht darauf, dass wir uns einer anderen Gruppe von Kugelwesen näherten. Wir merkten nur, dass »unsere« Gruppe plötzlich aufgeregt war, und als wir nur noch wenige Meter von der fremden Gruppe entfernt waren, löste sich »unsere« Gruppe auf und verschwand. Das ging so schnell, dass wir außerstande waren, die einzelnen Kugelwesen der Gruppe mit den Augen zu verfolgen. Wir drosselten die Flugaggregate, landeten und schalteten sie ab.

»Das war ein etwas plötzlicher Abschied.« Fartuloon brummte verdrießlich. »Sind sie nun weggeflogen, weil wir uns in die richtige Richtung bewegten, oder haben wir irgendetwas falsch gemacht?«

Ich musterte die Gruppe, in deren Nähe wir gelandet waren. Die Kugelwesen zeigten offensichtlich Interesse an uns, schwebten zuerst nach allen Seiten auseinander, entfernten sich aber nicht weit, sondern kehrten zurück und bildeten einen weiten Ring um uns.

Die erste Gruppe zog sich zurück, weil sie annahm, ihr würdet der zweiten Gruppe den Vorzug geben, teilte mir mein Extrasinn mit. *Es kann allerdings auch andere Gründe dafür gegeben haben.*

Ich teilte es meinem Pflegevater mit. Fartuloon stöhnte. »Jetzt fängt der ganze Zirkus von vorn an! Wahrscheinlich müssen wir alles wiederholen – und wir müssen diesmal Acht geben, dass wir nicht wieder einer anderen Gruppe zu nahe kommen.«

Ich war auch nicht erfreut darüber, dass wir praktisch von vorn anfangen mussten. Aber bald zeigte sich, dass wir durch die Begegnung mit der ersten Gruppe der Kugelwesen gelernt hatten. Wir wussten ungefähr, wie wir uns auszudrücken hatten – und die Verständigung klappte erheblich schneller als beim ersten Mal. Auch aus dieser Gruppe entfernte sich etwa die Hälfte der Individuen, während die anderen die Abwesenheit dadurch überbrückten, dass sie unermüdlich auf und nieder schwebten. Endlich kehrte die andere Hälfte zurück. Wieder bildete die Gruppe eine pyramidenförmige Formation – bis auf zwei Individuen, die außerhalb warteten und sich dann an die Spitze der Pyramide hefteten.

»Vielleicht sollten wir ebenfalls dort anlegen«, sagte Fartuloon.

Wir verständigten uns durch einen kurzen Blick, aktivierten unsere Flugaggregate und schwebten zu den beiden Kugelwesen, die sich an die Spitze der Pyramide geheftet hatten. Im nächsten Augenblick stieg die gesamte Pyramide senkrecht empor. Wir wurden angestoßen und schalteten unsere Antigravgeneratoren auf maximale Leistung, damit es keinen harten Aufprall gab. Die Pyramide stieg höher und höher, schob uns praktisch vor sich her. Als die Luft zu dünn zum Atmen wurde, schlossen Fartuloon und ich unsere Kapuzenhelme und schalteten die Funkgeräte ein.

»Ich bin gespannt darauf, ob die Burschen ohne Raumschiffe oder Schutzanzüge Raumfahrt treiben wollen«, sagte mein Pflegevater.

»Es scheint so.«

Mein Detektor zeigte nur noch Restspuren der Atmosphäre an. Die Kugelwesen schienen sich im luftleeren Raum genauso wohl zu fühlen wie in der Atmosphäre über der Oberfläche ihres Planeten. Ich fragte mich, ob sie uns vielleicht zu einem Nachbarplaneten bringen wollten, als voraus etwas Glitzerndes auftauchte. Als wir näher kamen, sah ich, dass es sich entweder um das Wrack eines Raumschiffs oder um eine bizarr gestaltete Raumstation handeln musste, die im Orbit trieb. Es war ein skurriles Gebilde, scheinbar sinnlos aus fragmentarischen Bauteilen zusammengefügt. Den mittleren Durchmesser dieses Gebildes schätzte ich auf drei Kilometer – also beachtliche Abmessungen. Die Kugelwesen luden uns auf einer kleinen Plattform des Gebildes ab und verschwanden wieder in Richtung der Planetenoberfläche.

Als ich meinen Pflegevater etwas ratlos ansah, deutete er auf das Gebilde unter unseren Füßen, was wohl heißen sollte, dass wir diese riesige technische Monstrosität durchsuchen sollten.

Ich seufzte resignierend. »Also schön, fangen wir an.«

Zuerst suchten wir nach einem Eingang. Wir fanden ihn etwa eine halbe Tonta später, nachdem wir die Ein- und Ausbuchtungen des Gebildes lange Zeit vergeblich abgesucht hatten. Es handelte sich um ein sternförmiges Schott mit einem grünen Lichtfleck in der Mitte, das sich öffnete, als Fartuloon den Lichtfleck berührte. Eine kreisförmige Öffnung entstand. Das Licht unserer Helmscheinwerfer drang unsichtbar durch eine luftleere Schleusenkammer und zauberte am Innenschott helle Kreise. Wir stiegen ein und warteten. Tatsächlich schloss sich das Außenschott wieder. Die Decke strahlte plötzlich in rotem Licht, und nach einer Weile zischte Luft in die Kammer.

»Eine normale Sauerstoffatmosphäre«, sagte Fartuloon nach einem Blick auf seinen Detektor. »Etwas mehr Sauerstoff als auf den Arkonwelten, dafür weniger Stickstoff. Die Temperatur beträgt siebenundfünfzig Grad.«

»Dann lassen wir die Helme lieber geschlossen.« Auf den Arkonwelten herrschten zwar auch hohe Temperaturen, aber siebenundfünfzig Grad waren doch etwas zu viel.

»Eins scheint festzustehen. Die Erbauer der Station stammen nicht von dem Planeten der Kugelwesen, sonst hätten sie ihre Klimaanlage nicht auf so hohe Temperaturen eingestellt.«

Das klang logisch, obwohl ich zurzeit nichts damit anfangen konnte. Für mich war es interessanter, dass die Einrichtungen der Station, soweit wir das bisher festgestellt hatten, funktionierten. Es konnte also durchaus sein, dass die Station noch besetzt war, was wiederum problematisch werden konnte. Vorerst aber ging es darum, überhaupt erst einmal in die Station einzudringen. Ich drückte den grünen Fleck, der auch am Innenschott vorhanden war. Wieder bildete sich eine kreisförmige Öffnung. Dahinter lag ein geradeaus führender, von rotem Licht erhellter Gang mit sternförmigem Querschnitt. Der Boden war eben, floss langsam in zwei entgegengesetzte Richtungen.

Wir betraten das Fließband, das von der Schleuse ins Innere der Station führte, und ließen uns davontragen. Es war ein angenehmes Gefühl, voller Leichtigkeit und ohne Nebengeräusche. Nur das blutrote Licht störte ein wenig. Es beunruhigte mich, obwohl ich mir sagte, dass die rote Färbung von den Erbauern sicher vorgesehen worden war, weil sie rotes Licht gewohnt waren.

Aber als wir rund drei Dezitontas lautlos dahingeschwebt waren und sich immer noch kein Ende des Korridors zeigte, verwandelte sich meine Unruhe in Besorgnis. »Wie lange kann es völlig geradeaus weitergehen, ohne dass wir das andere Ende der Station erreichen?«

»Eigentlich müssten wir schon am anderen Ende angelangt sein. Ich habe das Fortbewegungstempo abgeschätzt. Es dürfte bei zehn Kilometern pro Tonta liegen. Wir sollten ausprobieren, wie lange es so weitergeht. Ich habe da einen bestimmten Verdacht.«

»Von mir aus. Was für einen Verdacht hast du, Lehrmeister?«

Aber er schwieg sich aus. Da ich wusste, dass er sich niemals zu einer Antwort drängen ließ, die er nicht geben wollte, schwieg ich ebenfalls. Ich beobachtete aufmerksam die Wände, in denen hier und da Öffnungen zu sehen waren, von denen aus andere Transportbänder vom Hauptkorridor wegführten. Aus allen Öffnungen fiel das gleiche rote Licht, wie es auch im Hauptkorridor herrschte. Aber nirgendwo regte sich etwas. Die Station schien unbesetzt zu sein, obwohl die Beleuchtung, die Klimaanlage, die Fließbänder und die Schotte funktionierten. Irgendwie erschien mir das widersinnig. Um eine vollautomatische Station, die nicht für eine Besatzung vorgesehen war, konnte es sich deshalb nicht handeln, weil sich dann die Fließbänder, die Atmosphäre und die Beleuchtung erübrigt hätten.

Abermals blickte ich auf mein Armband. Inzwischen glitten wir fast eine halbe Tonta auf dem Fließband dahin, ohne ans andere Ende der Station gelangt zu sein. *Wie ist das möglich?*

Es ist dann möglich, wenn es ein so genanntes Endlos-Fließband-System gibt, das spiralförmig immer wieder um die Station herumführt, sagte mein Extrasinn. *Bei künstlicher Schwerkraft spürt man davon nichts.*

»Wartest du darauf, dass wir unseren Ausgangspunkt wieder erreichen?«, fragte ich.

Mein Pflegevater machte eine unkontrollierte Bewegung und wäre beinahe gestürzt. »Woher weißt du ...?«, begann er, dann schlug er sich mit der flachen Hand gegen die vordere Druckhelmrundung. »Natürlich, dein Extrasinn. Ja, natürlich hoffe ich, dass wir in der Nähe unseres Ausgangspunkts vorbeikommen.«

»Davon dürften wir nichts merken, wenn der Hauptkorridor sich spiralförmig um das Innere der Station windet. Deshalb schlage ich vor, wir steigen ab und dringen in einen Seitenkorridor ein. Ich habe nämlich keine Lust, tagelang um die Station zu kreisen.«

»Einverstanden. Die übernächste Öffnung rechts.«

Rasch glitt die von Fartuloon bezeichnete Öffnung heran. Ich sprang von dem Band und landete auf dem Fließband hinter der Öffnung. Fartuloon kam einen Moment später. Wieder glitten wir vorwärts. Diesmal wurde es jedoch keine endlose Fahrt. Schon nach wenigen Zentitontas endete das Fließband vor einer Öffnung, hinter der eine Art Gewächshaus lag. Wir sprangen ab und traten ein. In der Halle von mindestens achthundert Metern Durchmesser und hundert Metern Höhe wuchsen auf gelbem krümeligem Boden die bizarrsten Gewächse, die ich je gesehen hatte.

»Und nun?«, fragte mein Pflegevater nach einem langen Rundblick. Das wusste ich auch nicht. Ich wusste nur, dass wir irgendwo anfangen mussten zu suchen: nach Vorry, nach dem Geheimnis dieser Station – und nach einem Hinweis darauf, wie wir wieder in unser eigenes Universum kommen konnten.

Langsam und vorsichtig drangen wir in den künstlich angelegten Dschungel ein. Unsere Vorsicht machte sich bezahlt, wie wir sehr bald feststellen konnten. Wir blieben stehen, als wir vor zwei seltsamen Bäumen mit gummiartigen Stämmen und hellblauen Ästen mit quadratischem Querschnitt ankamen.

»Irgendwie scheint eine Drohung von diesen beiden Bäumen auszugehen«, sagte ich über Helmfunk.

»Hm. Die Bäume sehen merkwürdig aus, das gebe ich zu, aber bedrohlich … Warnt dein Extrasinn dich?«

»Ja, starke Warnimpulse.«

»Dann umgehen wir die Bäume lieber.«

In diesem Moment tauchten drei Lebewesen auf, kleine bunt gefiederte Tiere, die auf zwei hornhautbesetzten Beinen liefen und kurze Flügel besaßen, die offensichtlich nicht zum Fliegen geeignet waren. Die Tiere stießen abgehackte Laute aus und rannten sehr flink zwischen den kleineren Pflanzen hindurch. Gespannt beobachtete ich, dass sie genau auf die Lücke zwischen den beiden seltsamen Bäumen zuliefen. Das erste Tier kam unbelästigt durch, das zweite ebenfalls, und schon wollte ich meine Meinung über diese Bäume revidieren, als plötzlich zwei der knallgelben Früchte platzten und einen Schauer winziger, metallisch blitzender Samen oder Sporen auf das dritte Tier schleuderten. Der Laufvogel rannte noch einige Schritte, blieb stehen, knickte ein, flatterte noch einmal mit den Flügeln und legte sich dann auf die Seite. Aus seinem Körper schossen glitzernde Fäden und woben das offenbar tote Tier ein, bis es von einer Art Kokon eingehüllt war. Die ersten beiden Tiere liefen weiter.

Mein Pflegevater blickte mich ernst an. »Ein Glück, dass es deinen Extrasinn gibt, sonst läge vielleicht einer von uns an der Stelle des Tieres dort. Diese Bäume sind gefährlich.«

Wir schlugen einen weiten Bogen. Als wir an einem Gewächs vorbeikamen, das praktisch nur aus einer Blattrosette und einer riesigen irisierenden Blüte bestand, schossen zahlreiche klebrige Fäden aus der Blüte und schlangen sich blitzschnell um mich. Bevor ich reagieren konnte, war ich bewegungsunfähig. Fartuloon zog seinen Kombistrahler und zerstrahlte die Blüte, dann zog er sein Schwert und versuchte, die klebrigen Fäden zu zerschneiden.

»Ich muss dir eine Hitzedusche geben.« Er stellte den Thermostrahl-Modus auf maximale Streuung und geringe Abgabeleistung, dann richtete er den TZU-4 auf mich und bestrahlte mich einige Augenblicke lang. Die Fäden reagierten erst, als die Hitze so stark wurde, dass die Oberflächenbeschichtung meines Schutzanzugs Blasen warf. Dann verfärbten sie sich schwarz, schrumpften und fielen von mir ab. »Das ist ein ziemlich hartnäckiges Zeug. Wie geht es dir, mein Junge?«

»Mir geht es gut. Nur die Klimaanlage heult protestierend. Sie ist fast überlastet worden. Noch eine Zentitonta länger, und ich hätte gekocht.«

»Am liebsten möchte ich diesen Dschungel gleich wieder verlassen. Wer weiß, was für Gefahren noch auf uns lauern.«

»Dort vorn ist ein Weg. Wenn wir ihn erreichen, kommen wir sicher besser voran.« Ich deutete nach vorn, wo hinter einem Strauch mit silbrig schimmernden Blättern ein schmaler Plattenweg zu sehen war.

Mein Pflegevater runzelte die Stirn. »Bist du sicher, dass der Weg vorhin auch schon da war? Ich habe ihn nämlich nicht gesehen.«

»Sicher bin ich nicht. Ich sah ihn auch erst jetzt. Aber er ist vorhanden.«

Er brummte etwas vor sich hin, was ich nicht verstehen konnte, behielt Schwert und Strahler in den Händen, während ich vorsichtshalber ebenfalls meinen Kombistrahler zog. Als Fartuloon den Busch mit den silbrig schimmernden Blättern erreichte, führte mein Pflegevater einen Schwertstreich gegen ihn. Es klirrte und klingelte so laut, dass er erschrocken zurückwich. Zahlreiche silbrige Blätter fielen ab. Jene, die auf den Plattenweg fielen, erzeugten ein Klimpern, wie es sonst nur Metallscheiben – beispielsweise Münzen – erzeugten. Fartuloon hob eines der Blätter vorsichtig mit zwei Fingerspitzen auf und musterte es. »Fühlt sich an wie Silber und hat auch ungefähr das Gewicht, als bestünde es aus Silber. Davon stecke ich mir mehr ein.«

»Das würde ich nicht tun«, warnte ich. Aber er hörte nicht auf mich, sondern stopfte die Außentaschen seines Schutzanzugs voll Blätter. Ich tat es ihm nicht nach, obwohl ich diesmal keinen Warnimpuls meines Extrasinns bemerkte. Ich war jedoch vorsichtig geworden. Als in Fartuloons Außentaschen kein Platz mehr war, gingen wir weiter. Der Weg war tatsächlich ein Weg, und wir wurden nicht mehr angegriffen, während wir weitergingen. Ungehindert erreichten wir das andere Ende des Gewächshauses.

Hier öffnete sich vor uns ein Tor. In der Öffnung erschien eine kugelförmige Energiesphäre, in der Vorry schwebte. Der Magnetier blickte uns – spöttisch, wie es mir schien – von oben herab an und sagte: »Willkommen in Engidus Reich! Ihr habt die Prüfungen bestanden und sollt zu Wächtern der Unterweltspforte gemacht werden.«

»Wir sind froh, dass du noch lebst«, erwiderte Fartuloon. »Wir haben nach dir gesucht. Was meinst du mit Engidus Reich?«

»Ich bin Engidu, das hier ist mein Reich, das mir die Goldene Göttin zugewiesen hat. Ihr seid meine auserwählten Diener. Folgt mir!«

Fartuloon und ich wechselten einen Blick, wussten beide noch nicht, wie wir uns Vorrys seltsames Verhalten erklären sollten. Aber wir verständigten uns lautlos, dem Magnetier vorerst zu folgen und zu versuchen, mehr über »Engidus Reich« zu erfahren.

Vorry schwebte uns in seiner Energiesphäre voraus bis zu einem weiteren Tor. Hinter diesem leuchtete kein rotes Licht, sondern es herrschte Finsternis, die hin und wieder von geisterhaften bläulichen Entladungen zerrissen wurde. »Das ist die Pforte zur Unterwelt«, verkündete Vorry hoheitsvoll. »Ihr werdet darüber wachen, dass das Böse nicht herüberkommt.«

»Wenn es weiter nichts ist«, erwiderte Fartuloon trocken. »Und nun höre mir einmal genau zu! Atlan und ich sind dir in dieses Universum gefolgt, weil wir dich nicht einem ungewissen Schicksal überlassen wollten. Aber du scheinst dich nicht einmal über unsere Ankunft zu freuen. Was ist los mit dir, Vorry?«

»Ich bin nicht Vorry, wer immer das sein mag. Ich bin Engidu, und ich kenne weder einen Atlan noch sonst jemanden.«

»Aber ich bin Atlan«, rief ich und trat einen Schritt vor. »Erinnerst du dich nicht mehr an die Torrelions und dass ich dich aus ihrem Kerker befreit habe?«

»Die Torrelions …? Mir ist, als hätte ich diesen Namen schon einmal gehört. Doch das spielt keine Rolle. Ich habe eine halbe Ewigkeit auf jemanden gewartet, der das Wächteramt übernehmen kann. Nun seid ihr da. Das allein ist wichtig.«

»Das ist überhaupt nicht wichtig. Wir gehören alle drei nicht in dieses Universum. Es ist nicht unser Universum. Wir müssen zurück, weil wir eine wichtige Aufgabe zu erfüllen haben. Weißt du denn nicht mehr, dass wir den Stein der Weisen suchen und dass wir ihn vor Orbanaschol finden müssen, *Vorry?*«

»Den Stein der Weisen? Den hat Tragfos der Dritte schon vor über tausend Jahren gefunden, nachdem er der Goldenen Göttin begegnet war. Er wollte ihn dazu benutzen, alleiniger Herrscher über das Universum zu werden. Ein Experiment von ihm öffnete die Pforte zur Unterwelt und ließ das Böse herüberkommen. Es verursachte ein grauenhaftes Chaos, bevor es von mir mit Ischtars Hilfe zurückgetrieben wurde. Aber die Pforte hat sich nicht geschlossen, muss ständig bewacht werden, denn sollte das Böse ein zweites Mal herüberkommen, wird es das Universum in ewige Finsternis versinken lassen.«

Ich schluckte hörbar. In diesem Universum also war der Stein der Weisen schon gefunden worden, und zwar von einem Mann namens Tragfos. Es fiel mir nicht schwer, zu erkennen, dass Tragfos der Sofgart dieses Universums war – ich brauchte den Namen nur von hinten nach vorn zu lesen. Und dieser Verbrecher hatte hier den Stein der Weisen gefunden. Aber es hatte ihm offenbar nichts genützt. Vielleicht war das ein gutes Omen, zumal Vorry alias Engidu die Goldene Göttin erwähnt hatte. Es konnte bedeuten, dass auch dem Sofgart unseres Universums, sollte er den Stein zuerst finden, der Besitz dieses kosmischen Kleinods kein Glück bringen würde – und Orbanaschol auch nicht. Es konnte aber auch bedeuten, dass der Blinde Sofgart und Orbanaschol mit Hilfe des Steines ebenfalls das Chaos über unser Universum bringen würden – falls sie ihn bekamen. *Das aber darf nicht sein. Könnte ich es nur Vorry erklären. Aber er hat offenbar alle Erinnerungen an sein eigenes Universum verloren und ist in eine Rolle hineingewachsen, die uns unwirklich vorkommt.*

Die aber nicht unwirklicher ist als deine Rolle in deinem Universum, behauptete mein Extrasinn. *Vorry erfüllt als Engidu eine lebenswichtige Funktion für dieses Universum. Und es scheint, als sei die Varganin Ischtar ebenfalls hier gewesen.*

»Ich schlage vor, wir gehen wieder«, sagte Fartuloon.

»Ihr werdet nicht gehen«, rief Vorry-Engidu. Im nächsten Augenblick entstand hinter uns eine flimmernde Energiebarriere.

»Wir werden nicht gehen«, sagte ich. »Jedenfalls nicht, bevor wir eine Möglichkeit gefunden haben, dieses Tor zur Unterwelt für immer zu schließen.«

»Aber wir müssen zurück.«

»Nein, Fartuloon. Wir haben eine moralische Verpflichtung den Intelligenzen dieses Universums gegenüber, auch wenn wir uns unsere Aufgabe nicht ausgesucht haben. Wir dürfen nicht zulassen, dass dieses Universum in ewiger Finsternis versinkt.«

»Aber das ist doch alles Unsinn, Aberglaube. Tor zur Unterwelt, pah! So etwas gibt es doch nur in Märchen.«

Ich lächelte. »Zauberei gibt es auch nur in Märchen. Dennoch nennst du dein *Skarg* manchmal Zauberschwert.«

»Es *ist* ein Zauberschwert!« Plötzlich weiteten sich seine Augen. Er starrte zuerst Vorry, dann mich verblüfft an, dann zog er sein Dagorschwert und hielt die Klinge prüfend hoch. »Ich nehme alles zurück. Selbstverständlich gibt es Zauberei, auch wenn der Begriff nur für bisher wissenschaftlich nicht erklärbare Phänomene steht, die dennoch ihren eigenen Gesetzen gehorchen. So ähnlich wird es sich mit dem Tor zur Unterwelt verhalten.«

»Ich freue mich über deine Einsicht«, sagte Vorry. »Und nun hütet das Tor gut. Ich komme bald zurück.«

Er schwebte in seiner Sphäre davon. Fartuloon und ich sahen uns an, dann sagte mein Pflegevater grollend: »Wenn du mich jetzt auslachst; haue ich dir das *Skarg* um die Ohren.«

»Ich kann zurzeit gar nicht lachen. Ich muss nämlich daran denken, was wir tun sollen, sollte aus dem Tor zur Unterwelt tatsächlich das Böse hervorquellen – wie immer es sich auch zeigen mag.«

Uns war gar nicht wohl in unserer Haut, als wir vor dem Tor zur Unterwelt Wache standen. Vorry hatte zwar die Energiebarriere wieder desaktiviert, aber eine Flucht erschien uns nicht nur sinnlos, sondern auch indiskutabel. Ungefähr zweieinhalb Tontas waren vergangen, als die bläulichen Entladungen in der Finsternis plötzlich an Intensität zunahmen. Ein wahres Feuerwerk tobte, ohne dass ein Laut zu hören gewesen wäre. Dann wurde es so schlagartig kalt, dass ich das Gefühl hatte, eine imaginäre Faust aus Eis würde meinen nackten Körper umschließen und allmählich zusammenpressen. Ich rang mühsam nach Luft, während ich festzustellen versuchte, warum die Klimaanlage meines Schutzanzugs die Kälte nicht fern hielt. Plötzlich schob sich eine wesenlose finstere Masse durch das Tor auf unsere Seite, eine formlose Ballung aus purem Nichts, in dem violette Bahnen aus Licht ihre Fäden woben. Fäden, die das verwüstete Gesicht des Blinden Sofgart nachzeichneten.

»Fartuloon!«, rief ich mit letzter Kraft. »Das *Skarg!* Benutze dein *Skarg!*«

Langsam sank ich in die Knie und sah, dass mein Pflegevater schwankte und vergeblich versuchte, eine Hand an den Schwertknauf zu bekommen, um das Schwert aus der Scheide zu ziehen. Er konnte die kältestarren Hände nicht mehr bewegen. Und immer deutlicher wurden die violetten Konturen von Sofgarts Gesicht …!

Ich kippte weiter nach vorn, stützte mich mit den Händen ab … *Ich stütze mich mit den Händen ab!* Also konnte ich, im Unterschied zu Fartuloon, die Hände noch einigermaßen bewegen. Mühsam kroch ich auf Händen und Knien zu meinem Pflegevater, der völlig zu Eis erstarrt schien. Ich erreichte ihn, zog mich an seinen Beinen hoch, fasste seinen Waffengurt und tastete nach seinem Schwert. Ich zog das *Skarg* aus der Scheide. Beinahe hätte ich es nicht mehr geschafft, denn nun erstarrte auch mein Körper zu Eis. Als die Klinge durch die Luft schnitt, glaubte ich, einen tiefen Seufzer zu hören, dem ein fürchterliches Geheul folgte. Von der Klinge ging ein seltsames Leuchten aus. Ich konnte das *Skarg* gerade noch mit einer letzten Anstrengung nach dem Schädel des Sofgart-Gespenstes werfen. Ein schrecklicher Schrei gellte auf, so laut und so grausig, dass ich glaubte, das Universum würde bersten. Plötzlich wich die Kälte von mir; die Starre meines Körpers wurde gebrochen. Ich sah noch, wie im Tor graue Schatten wogten, dann brach ich zusammen …

Als nach unbestimmbarer Zeit die Bewusstlosigkeit wich, wälzte ich mich auf die Seite. Ich sah Fartuloon, der ebenfalls aus einer Ohnmacht erwacht war, aber nur allmählich kehrte etwas Glanz in seine Augen zurück. Dann hörte ich Vorrys Stimme. »Ihr habt das Böse besiegt. Sehet, das Tor zur Unterwelt hat sich geschlossen!«

Ich richtete mich auf. Tatsächlich, das Tor, hinter dem in der Finsternis bläuliche Entladungen getobt hatten, gab es nicht mehr. Aber ein Tor war dennoch vorhanden. Doch dahinter schimmerte fahles Licht, und in seinem Schein erblickte ich die undeutliche Gestalt eines Mannes, der neben dem Zerrbild eines Gerätes stand, das mir bekannt vorkam.

»Ra«, stieß Fartuloon hervor. »Es ist Ra. Er steht neben dem Video-Projektor auf Than Ard.«

»In unserem Universum?«

»Ja, in unserem Universum, Atlan, mein Freund.« Vorrys Stimme klang ungewohnt weich, gar nicht wie die eines Eisenfressers. »Ich erhielt meine Erinnerung zurück, als sich das Tor zur Unterwelt geschlossen hatte und das Tor in unser Universum an seine Stelle trat.«

Die undeutliche Gestalt Ras schwenkte etwas.

»Mein *Skarg*«, rief Fartuloon. »Wie kommt es in unser Universum hinüber?«

»Ich würde nicht zu viel verlangen«, sagte ich. »Man kann nicht auf jede Frage eine Antwort bekommen. Geben wir uns damit zufrieden, dass wir dieses Universum vor dem Bösen in der Gestalt des Blinden Sofgart – oder Tragfos, wie er hier hieß – gerettet und einen Weg zurückgefunden haben.« Ich wandte mich an Vorry. »Du kommst doch mit?«

»Natürlich«, antwortete der Magnetier.

»Also, gehen wir«, sagte mein Pflegevater mit belegter Stimme. »Mein Schwert ist ja schon drüben und hat uns den Weg gezeigt. Jetzt gibt es wieder Hoffnung, dass wir auch in unserem Universum Sofgart besiegen werden.«

Ja, dachte ich. *Wir werden siegen, denn wir haben schon einmal gesiegt!* Ich wusste genau, dass dieser Gedankengang der logischen Grundlage entbehrte, aber in diesem Augenblick bedeutete mir Logik nichts. »Gehen wir!«

Wir traten durch das Tor – und standen im nächsten Augenblick Ra gegenüber. Der Barbar blickte uns strahlend an. »Endlich«, sagte er erleichtert. »Ich fürchtete schon, ich würde euch niemals wieder sehen. Und Farnathia …«

»Atlan«, erscholl ein Schrei im Empfänger meines Helmfunkgeräts.

»Ja«, sagte ich weich. »Es ist alles gut, ich liebe dich.«

»Ich dich auch«, erwiderte Farnathia mit tränenerstickter Stimme.

»Bleib im Boot. Wir kommen gleich.« Ich sah mich um und entdeckte, dass das Wäldchen, durch dessen hyperphysikalische Kräfte wir in ein anderes Universum verschlagen worden waren, nicht mehr existierte. An seiner Stelle bedeckte ein flacher Hügel aus grauweißer krümeliger Substanz den Boden. »Was ist mit den Bäumen geschehen?«

»Sie zerfielen vor ungefähr einer Tonta«, antwortete der Barbar. »Kurz nachdem die Götter ein großes Glücksgefühl über mich gesandt hatten.«

»Das muss zum Zeitpunkt des Zusammenbruchs des Tores in die Unterwelt gewesen sein«, sagte Fartuloon. »Aber was soll der Unsinn mit dem großen Glücksgefühl, das angeblich die Götter schickten?«

»Ich ahne etwas«, sagte ich leise. »Die Bäume – wahrscheinlich alle gleichartigen Bäume von Than Ard – haben auf irgendeine geheimnisvolle Weise mit dem anderen Universum in Verbindung gestanden. Wahrscheinlich litten sie unter der Drohung des Bösen, die über dem anderen Universum schwebte. Als die Drohung erlosch, muss für sie der Zwang zum Weiterleben erloschen sein. Sie starben glücklich, weil sie sterben durften.« Ich holte tief Luft. »Das mag sich so oder so ähnlich verhalten haben, aber mein Gefühl sagt mir, dass ich der Wahrheit recht nahe gekommen bin. Als die Intelligenzen von Than Ard Frossargon besuchten, erlitten sie ein Schicksal, das sie als Verdammnis bezeichneten. Sie kehrten nach hierher zurück und wurden das, als was wir sie dann vorfanden. Sie hinterließen auf Frossargon eine Botschaft in der Hoffnung, dass irgendwann jemand kommen und sie erlösen würde. Nun hat sich ihre Hoffnung erfüllt.«

»Und wir dürfen wieder hoffen. Ich schlage vor, wir kehren schnellstens nach Frossargon zurück. Ich ahne, dass wir dort nicht die Prulth-Statue, sondern auch eine neue Spur zum Stein der Weisen finden werden!«

Und zu Ischtar?, fragte ich mich unwillkürlich, verwarf den spontanen Gedanken aber wieder. *Wir haben doch gar kein Raumschiff geortet.*

Wir setzten uns in Bewegung, um zum Beiboot zu gehen. Unterwegs aber fielen wir in Trab, und als wir das Fahrzeug sahen, rannten wir. Die Luftschleuse öffnete sich, Farnathia stand in der Öffnung. Sie fiel mir um den Hals, wir küssten uns leidenschaftlich. Irgendwann riss ich mich los und setzte mich hinter die Steuerung. Auch meine Gefährten nahmen ihre Plätze ein.

Kurz nach dem Start funkte Fartuloon die KARRETON an und teilte der Besatzung mit, dass wir wieder nach Frossargon flögen. Mehr sagte er nicht, was verständlich war, denn auch ich hätte das, was wir auf Than Ard und im anderen Universum erlebt hatten, nicht beschreiben können – nicht jetzt. Dazu war ich noch viel zu aufgewühlt. Die Zeit bis zur Ankunft auf Frossargon wollte und wollte nicht vergehen. Wir alle fieberten der Landung entgegen, obwohl keiner von uns hätte konkret sagen können, was er dort genau erwartete. In meinem Eifer verzichtete ich auf eine Umkreisung Frossargons und setzte stattdessen sofort zum Eintauchmanöver in die Atmosphäre an.

Der Prallschirm ionisierte die aufprallenden Luftmassen, hinter dem Boot bildete sich ein Schlauch leuchtender Gase. Etwa tausend Meter über der Wüste, in der wir nach der Statue gesucht hatten, richtete ich das Boot wieder auf und ging zum Horizontalflug über. Die Geschwindigkeit hatte ich schon vorher gedrosselt. Im Zentrum der Wüste tobte ein mächtiger Sandsturm, ich zog das Beiboot vorsichtshalber höher und überflog das Sturmgebiet.

Als wir hinter der Zone wieder hinabgingen, erblickten wir den jenseitigen Rand der Wüste – und noch etwas.

Zwischen nebligen Schleiern erhob sich aus einer Talmulde ein riesiges, wie pures Gold schimmerndes Gebilde, das aussah wie zwei mit ihren Grundflächen verbundene Pyramiden. Ein gewaltiges Oktaeder, da die Begrenzungsflächen aus acht gleichseitigen Dreiecken bestanden. Laut Konturtastung betrug die Kantenlänge rund 600 Meter, die Gesamthöhe 848 Meter. Im gleichen Augenblick vernahm ich Ras Schrei. »Der Götterberg!«, schrie er mit sich überschlagender Stimme. »Ischtar!«

Ra selbst hatte uns von dem Raumschiff erzählt, das einer Doppelpyramide glich, von dem Raumschiff, mit dem die Varganin Ischtar auf seinem Heimatplaneten gelandet war. Ischtar und Ra hatten sich damals geliebt, und diese Liebe hatte einen gewaltigen Eindruck auf den Jäger gemacht. Ich brachte unser Beiboot auf einen Ausweichkurs, der hart nach Steuerbord führte. Auf keinen Fall wollte ich dieses riesige Schiff direkt anfliegen. Die Besatzung konnte das für einen Angriff halten und entsprechend reagieren. Aber als das Boot nach Steuerbord abschwenkte, schrie Ra wild: »Nein, Atlan! Nicht fortfliegen! Ich muss zu Ischtar!«

Bevor ich reagieren konnte, hatte er sich auf mich gestürzt, mich aus dem Kontursessel gezerrt und sich selbst hinter die Kontrollen gesetzt. Das Beiboot kippte nach Backbord, vollführte eine Rolle über seine Längsachse und neigte dann den Bug steil nach unten. Ich versuchte, wieder an die Kontrollen zu gelangen. Ra blickte mich mit funkelnden Augen an und stieß mich zur Seite. »Hochziehen, du Narr!«, schrie ich. »Hochziehen, oder wir werden beim Aufprall zerschmettert. Was nützt deiner Ischtar ein toter Ra! Lass mich an die Kontrollen!«

Er schüttelte nur den Kopf. Aber wenigstens zog er das Boot allmählich wieder hoch. Fartuloon stand an der anderen Seite Ras und blickte mich fragend an. Ich wusste, was mein Pflegevater dachte. Er überlegte, ob er den Barbaren mit einem Dagorgriff außer Gefecht setzen sollte. Ich machte eine verneinende Geste. Wurde Ra jetzt bewusstlos und brach über den Kontrollschaltungen zusammen, wurde die wahnwitzige Landung vielleicht erst dadurch zu einer Katastrophe.

»Bugtriebwerk ein«, rief ich. »Vollbremsung und Antigrav einsetzen, Mann!«

Er sah wohl endlich ein, dass seine Leidenschaft ihn unüberlegt hatte handeln lassen, versuchte sein Bestes, um das Boot wieder in den Griff zu bekommen und sanft zu landen. Doch er schaffte es nicht mehr, zumal es einen kurzfristigen Energieaussetzer gab, als wir einen der nebligen Schleier durchstießen. Das Beiboot krachte hart auf den Sand, die Andruckabsorber setzten aus. Wir flogen durch die Kabine, ich spürte einen dumpfen Schlag gegen den Kopf – und dann nichts mehr …

Das Erste, was ich wieder spürte, waren hämmernde Kopfschmerzen. Ich konnte sie mir nicht erklären, vermochte aber wegen der Schmerzen nicht konzentriert zu denken. Mühsam öffnete ich die Augen, als ich ein Zischen hörte und gleich darauf etwas Kühles, Schmerzlinderndes an meinem Hinterkopf spürte. Ein großes schwarzes Gesicht hing über mir. Die Augen loderten in gelbem Feuer, die Lippen verzogen sich zu einem Lächeln.

»Vorry!«, flüsterte ich.

»Es ist noch einmal gut gegangen«, sagte der Magnetier. »Du hast eine Platzwunde am Hinterkopf. Ich habe sie mit Heilplasma besprüht.«

Ich setzte mich auf, Vorry half mir dabei. Unter mir war gelbweißer Sand, vor mir, in ungefähr hundertfünfzig Metern Entfernung, sah ich das Oktaeder, dessen Oberfläche im Schein der Sonne wie pures Gold glänzte. *Ischtars Raumschiff!*

Plötzlich funktionierte mein Gedächtnis wieder. Ich erinnerte mich an unsere Erlebnisse auf Than Ard und den Rückflug nach Frossargon. Ich wusste wieder, dass wir Ischtars Schiff – sofern es

Ischtars Schiff war – entdeckten und dass Ra die Kontrolle über unser Beiboot an sich gerissen hatte. Die Landung war zu hart gewesen. »Farnathia?«

»Sie ist besser weggekommen als du«, versicherte mir der Magnetier. »Sie war nur benommen. Ich habe euch alle aus dem Boot gebracht.«

Farnathia erschien in meinem Blickfeld, lächelte erleichtert. »Ich bin froh, dass du wieder wach bist. Das Boot ist allerdings hin. Ohne größere Reparaturen wird es sich nicht mehr starten lassen.«

»Was ist mit Fartuloon – und mit Ra, diesem verliebten Dummkopf?«

»Ich habe mir das Nasenbein gebrochen!«, grollte Fartuloons Stimme.

Ich sah mich um und entdeckte meinen Pflegevater, der vor einem aus dem Sand ragenden halb zerfallenen Steinblock stand und ihn sinnend betrachtete. Etwa fünf Meter vor dem Steinblock war das Beiboot zum Stillstand gekommen.

»Ra ist noch bewusstlos«, ergänzte Vorry.

»Sein Glück!«, brummte ich wütend. »Sonst könnte er sich einiges anhören!«

»Es wäre sinnlos, hinterher zu schimpfen«, sagte Fartuloon philosophisch. »Ra hat seinen Denkzettel bekommen und wird daraus eine Lehre ziehen – oder auch nicht.« Er deutete auf den Felsblock. »Wichtiger ist, dass wir den Prulthstein gefunden haben.«

Ich wollte aufspringen. Sofort fuhr mir ein stechender Schmerz durch den Schädel. Ich sank zurück.

»Er ist größtenteils zerfallen, genau wie ich ihn damals fand.« Er blickte zu dem Doppelpyramidenschiff. »Die Besatzung muss die Statue vom alten Standort hierher geschafft haben. Merkwürdig ist nur, dass sich in dem Schiff nichts rührt.«

»Viel merkwürdiger finde ich, dass wir es nicht sofort geortet haben!«, brummte ich.

Mein Pflegevater wies auf die nebligen Schleier in einiger Distanz, die über dem Schiff eine Art Glocke bildeten. »Es verfügt über einen hervorragenden Ortungsschutz, mein Junge. Aus größerer Distanz ist es vermutlich nicht einmal optisch zu erkennen, sondern wirkt wie ein nebelverhangener Berg.«

Ein lautes Stöhnen erscholl, dann folgte ein Schrei: *»Ischtar!«*

Ich sah den Barbaren, der sich taumelnd aufrichtete und fasziniert zu dem Schiff blickte. Im nächsten Moment setzte er sich in Richtung auf den Raumer in Bewegung. »Halt!«, rief ich. »Bleib stehen, Ra!«

»Ischtar!«, schrie er und begann zu rennen.

»Dieser verliebte Narr.« Fartuloon schüttelte den Kopf. »Er hat völlig den Verstand verloren.«

»Wir müssen ihn aufhalten.«

»Warum?«, fragte er mit eigentümlichem Lächeln. »Was kann er jetzt schon anrichten – mit bloßen Händen? Lass ihn laufen und nach seiner Ischtar schreien. Es ist gut, wenn er ein wenig Dampf ablässt.«

Ich stand langsam auf. Diesmal blieben die starken Kopfschmerzen aus. Ra hatte unterdessen das Doppelpyramidenschiff erreicht, war die ausgefahrene Bodenrampe hinaufgespurtet und hämmerte mit den bloßen Fäusten wild gegen die Außenhaut. Doch nichts rührte sich. Einige Meter der unteren Spitze hatten sich in den Sand gebohrt, am Rampenende waren die Konturen eines Schleusenschotts zu erkennen. Angesichts der extrem geringen »Standfläche« war anzunehmen, dass es unsichtbare Antigrav- oder Kraftfeldpolster gab, die anstelle von Landestützen zum Einsatz kamen.

Ra heulte auf und rannte mit dem Schädel gegen die Schleuse. Benommen taumelte er zurück. Doch im nächsten Moment rannte er wieder gegen das Schott an, schlug mit den Fäusten dagegen und versuchte, das goldene Metall mit den Fingernägeln aufzukratzen. Der arme Kerl tat mir Leid. Er rannte gegen ein Raumschiff an, das offenbar unbesetzt war und das vielleicht gar nicht Ischtar gehörte. Es musste zahlreiche Raumschiffe dieser Art geben; immerhin hatten die Varganen angeblich einst ein gewaltiges Sternenreich besessen.

Wenn ich Ra nicht bremse, rennt er sich entweder den Schädel ein oder er verliert endgültig den Verstand, durchfuhr es mich. Ich zog den Kombistrahler, stellte ihn auf mittlere Paralyseleistung, zielte auf Ra und drückte ab. Der Barbar erstarrte, versuchte sich umzudrehen, schaffte es aber nicht mehr. Stocksteif kippte er um und stürzte auf die Rampe.

Eine Weile herrschte Schweigen; es war das Schweigen der Ratlosigkeit. Langsam ging ich zu Fartuloon, stellte mich neben ihn und musterte den Prulth – oder vielmehr das, was davon übrig geblieben war. Den TZU-4 schob ich ins Gürtelhalfter zurück. Fartuloon drehte den Kopf und blickte mich an. In seinen Nasenlöchern klebte getrocknetes Blut, der Nasenrücken stand schief.

»Wir werden deinen Riechkolben richten müssen«, sagte ich in dem vergeblichen Versuch, die Stimmung etwas aufzulockern.

Er strich sich über die geschwollene und bläulich verfärbte Nase. »Das hat noch Zeit.« In seiner Stimme schwang Bitterkeit mit, als er fortfuhr: »Zuerst sollten wir versuchen, aus diesem Relikt etwas herauszulesen, was uns weiterhilft. Es wurde nicht umsonst hierher gebracht.«

»Wie es mir scheint, ist mit dem alten Ding nicht viel anzufangen.« Noch während ich sprach, formte sich ein Gedanke in meinem Bewusstsein, wurde klarer und stand schließlich deutlich da. Ich blickte zu dem Doppelpyramidenschiff und erklärte: »Es dürfte feststehen, dass der Stein der Weisen irgendwann in grauer Vorzeit von den Varganen verborgen wurde, damit er später von einem Würdigen gefunden wird. Wäre es da nicht logisch, anzunehmen, dass wir eine Spur zu diesem Stein am ehesten in einem Raumschiff der Varganen finden könnten?«

Mein Pflegevater leckte sich über die Lippen. »Das klingt durchaus logisch. Aber dieses Schiff ist geschlossen und vielleicht verlassen. Willst du warten, ob die Besatzung zurückkehrt? Das kann Votanii dauern. Vielleicht leben sie nicht einmal mehr.«

»Ich denke nicht daran, so lange zu warten. Vielleicht würden wir überhaupt vergebens warten. Nein, ich beabsichtige, mit Gewalt in das Schiff einzudringen.«

Fartuloons Gesicht verfärbte sich. »Mit Gewalt? Hast du eine Ahnung, was es in einem Varganenraumschiff für Sicherheitsvorkehrungen gibt? Unter Umständen werden wir getötet, wenn wir gewaltsam einzudringen versuchen.«

»Ein gewisses Risiko lässt sich nicht vermeiden.«

»Ihr braucht nicht zu schießen«, warf Vorry ein, der zu uns gekommen war. »Ich kann das Schiff aufknacken wie eine hohle Nuss.«

Der Bauchaufschneider lächelte. »Das wäre eine Möglichkeit.

Aber gegen eventuelle Fallensysteme dürftest selbst du nicht gefeit sein.«

»Aber nicht alle Fallen können auf mich tödlich wirken. Ich riskiere folglich weitaus weniger, als ihr.«

»Er hat Recht«, sagte ich.

»Dennoch bleibt es gefährlich, in das Raumschiff eines Volks einbrechen zu wollen, das während seiner Blütezeit wahrscheinlich mächtiger war als das Große Imperium!«

»Es ist dennoch den Weg aller Kulturen gegangen. Den Weg empor – und dann abwärts. Wer sich gegen dieses Schicksal nicht zu schützen vermag, kann nicht perfekt gewesen sein.«

»Perfektion hat es nie gegeben und wird es nie geben.« Fartuloon lächelte matt. »Es darf keine Perfektion geben, denn sie wäre das Ende jeglichen Fortschritts, das Ende aller Weiterentwicklung.«

»Philosophie!« Vorry winkte verächtlich ab. »Ein Philosoph kann tausend Speicherkristalle mit seinen Sprüchen füllen, deshalb ändert sich am Lauf der Dinge doch nichts.«

»Du bist ja selber ein Philosoph!«, rief Farnathia erstaunt.

Der Magnetier schnaubte wütend, dann blickte er mich auffordernd an.

»Einverstanden.« Ich nickte. »Aber sei vorsichtig!«

Er grunzte, zog seinen Schädel ein und stürmte los. Seine Füße wirbelten den Sand zu dichten Wolken auf, als er gleich einem prähistorischen Panzerwagen auf das Schiff zulief. Als er gegen die Bodenschleuse prallte, gab es einen dumpf krachenden Laut, dann war der Magnetier mitsamt dem Außenschott verschwunden. Aus der Schleusenkammer kamen knirschende und krachende Geräusche. Etwas barst mit lautem Knall, schließlich tauchte Vorry auf und rief: »Der Weg ist frei.«

Ich blickte Farnathia an und sagte: »Du bleibst hier draußen und hältst Funkverbindung mit uns. Und pass bitte auf Ra auf. Sollte er sich wieder wie ein Wahnsinniger benehmen, paralysierst du ihn noch einmal.«

»Ja.« Ihre Augen wurden dunkel. »Aber pass auf dich auf. Ich will dich nicht verlieren.«

Ich lachte. »Du verlierst mich nicht.«

»Ich werde über deinen Atlan wachen wie der Herr der Unterwelt über seine Dämonen«, versicherte Fartuloon. »Du kannst unbesorgt sein.«

»Ich weiß, dass du es gut meinst.« Sie wandte sich ab, um ihre Rührung zu verbergen. Mein Pflegevater und ich blickten uns an, dann zogen wir unsere Kombistrahler und gingen zum Schiff, vor dem Vorry auf uns wartete.

10.

Aus: *Gilgamesch-Epos*, 6. Tafel

Wie Gilgamesch die Königsmütze sich aufgesetzt,
erhob zu Gilgameschs Schönheit ihre Augen die fürstliche Ischtar:
»Komm, Gilgamesch! Du sollst mein Gatte sein!
Schenk, o schenke mir deine Fülle!
Du sollst mein Mann sein,
ich will dein Weib sein!«

Im Innern herrschte eine unheimliche, geradezu beklemmende Stille. Nachdem wir das aufgebrochene Schott passiert hatten, befanden wir uns in einer Art Vorhalle, in deren Decke sich die ovalen Öffnungen von drei Antigravschächten befanden. Es war dunkel, ohne unsere starken Handlampen hätten wir nichts sehen können.

»Die Schächte sind nicht aktiviert«, sagte Fartuloon missmutig und ging auf eine der Öffnungen zu. Er streckte den Arm aus und hielt die Hand unter den Schacht. »Nichts. Nicht die Spur eines Kraftfelds. Und auf den Gürtelantigrav sollten wir besser verzichten.«

Ich musste lächeln, obwohl die Situation eigentlich nicht danach war. »Dann wirst du deinen schwergewichtigen Körper eben selber bewegen müssen, alter Bauchaufschneider. Bestimmt gibt es auch in einem Varganenschiff Nottreppen, sodass man bei Ausfall der Antigravlifte nach oben oder unten gehen kann.« Ein reißendes Geräusch ließ mich herumfahren. Ich sah, dass Vorry ein Stück der Hallenwand mit den bloßen Händen abgerissen hatte und sich das

Metall zwischen die Knochenplatten des Mundes schob. Er kaute genüsslich, als handelte es sich um einen Brotfladen und nicht um ein Material, das sich sonst vermutlich nur mit Atombrennern oder Desintegratoren zerkleinern ließ. »Beherrsche dich, bitte! Womöglich spricht eine Sicherheitsschaltung auf dein Zerstörungswerk an, und wir geraten wegen deiner Fressgier alle in Gefahr.«

»Auch ich muss hin und wieder essen«, maulte er. »Aber ich werde mich künftig zurückhalten.«

»Hier ist eine Treppe!« Vor Fartuloon hatte sich eine Öffnung in der Wand gebildet. Dahinter lag eine Röhre, in der sich die Stufen einer Treppe nach oben schraubten. Eine senkrecht verlaufende glatte Stange in der Schachtmitte diente als »Handlauf«.

»Sieht sehr schmackhaft aus«, grollte Vorry.

»Nimm dich zusammen!«, wies ich ihn zurecht. »Wir wollen auf dieser Treppe nach oben steigen und sie nicht deiner Naschsucht opfern. Wie kann eine Treppe überhaupt schmackhaft aussehen?«

»Jedenfalls sieht sie für mich schmackhafter aus als die Schlangen, die ihr neulich gefressen habt.«

»Das waren keine Schlangen, sondern Aale«, korrigierte Fartuloon.

»Auf jeden Fall war es ekelhaftes Gewürm. Da bereitet das Verspeisen einer schönen glatten Treppe schon eher einen ästhetischen Genuss.« Vorry ließ den letzten Rest seines Wandstücks zwischen den Knochenplatten verschwinden und zerkleinerte ihn mit scheinbar mühelosen Kaubewegungen.

Ich ging zu meinem Pflegevater, beugte mich in den Treppenschacht und leuchtete mit meiner Lampe nach oben. Der Schacht reichte weiter als der Lichtkegel. Demnach durften wir hoffen, in ihm zumindest bis in die Nähe der Zentrale zu gelangen, die es sicherlich auch in einem Varganenschiff gab. »Beleuchtung und Antigravschächte mögen zwar ausgeschaltet sein«, sagte ich bedächtig, »aber die Innenklimatisierung scheint zu funktionieren. Da überdies Ortungsschutz und die Kraftfeldstützen aktiviert sind, sollten wir vorsichtig sein.«

Fartuloon schob mich zurück, als ich die Treppe zuerst besteigen wollte. »Ich gehe voran! Schließlich habe ich Farnathia versprochen, auf dich aufzupassen.«

Bevor ich dagegen protestieren konnte, hatte er die Treppe betreten, griff nach der Haltestange und stieg die Stufen hinauf. Ich folgte ihm. Die linke Schulter schabte ständig an der Wand, während die rechte bald über einem schmalen Abgrund hing. Ohne die Haltestange wäre der Aufstieg ein halsbrecherisches Unterfangen gewesen. Ich erschrak, als ich etwa hundert Meter hoch war und im Schein meiner Lampe unter mir Vorry erblickte, der seinen Mund scheinbar spielerisch um die Haltestange schloss.

»He!«, rief ich.

»Ich habe nur daran geleckt, um den Geschmack zu prüfen. Er ist hervorragend. Wärt ihr nicht meine Freunde, würde ich die Stange von unten nach oben verspeisen.«

Ich beeilte mich, meinem Pflegevater zu folgen, damit er sich plötzlich auftauchenden Gefahren nicht allein gegenübersah. Es blieb totenstill in dem Schiff. Nirgends brannte auch nur die kleinste Lampe, kein Geräusch deutete darauf hin, dass im Schiff irgendeine Maschine arbeitete. Es war ein anstrengender Aufstieg. Anfangs zählte ich die Stufen, aber als ich bei tausendfünfhundert angekommen war und die Treppe immer noch kein Ende nahm, gab ich es wieder auf. Wir hatten eine Höhe von über vierhundert Metern erreicht, als Fartuloon einen Laut der Befriedigung hören ließ.

»Was gibt es?« Ich richtete meine Lampe nach oben, sodass der Lichtkegel meinen Pflegevater umspielte. Sein fülliger Körper schien ihn nicht zu behindern. In Wirklichkeit war diese Fülle ja nicht Fett, sondern trainiertes Muskelfleisch.

»Hier ist das Ende der Kletterstange. Ich schätze, dass wir uns in der Mitte des Doppelpyramidenschiffs befinden. Durch eine ovale Öffnung sehe ich eine Halle.«

»Dann geh hinein – aber vorsichtig!«

»Kann ich nicht wenigstens ein Stück von der köstlichen Haltestange essen?«, fragte Vorry von weiter unten.

»Nein«, antwortete ich schroff. »Vielleicht müssen wir bei Gefahr die Stange hinabrutschen, dann wäre es sehr peinlich, würde ein Stück fehlen.«

»Von oben nach unten zu fressen wäre taktisch klüger.« Ich hörte, wie Fartuloon sich aus dem Schacht schwang. Ich kletterte ihm nach und leuchtete mit meinem Handscheinwerfer durch die Öffnung. Mein Pflegevater stand in einer kleinen Halle, die der am

Fuß der Nottreppe glich, was die Ausmaße anging. Ansonsten unterschied sie sich allerdings sehr von ihr, denn die untere Vorhalle war trist und grau, diese jedoch strahlte im Schein der Lampen einen Schauer bunter Lichtkaskaden aus, hervorgerufen durch ein Mosaik aus unzähligen bunten Edelsteinen, das Wände und Decke lückenlos bedeckte. Links und rechts befanden sich je zwei Öffnungen, die auf leere Korridore führten. Uns direkt gegenüber lag ein Tor, das aus massivem Gold zu bestehen schien, in das ein begnadeter Künstler Szenen aus irgendwelchen Kriegen geritzt hatte Kriegen, von denen wir nie etwas gehört hatten. Ich sah martialische Gestalten, die gegen arkonoide Wesen ebenso kämpften wie gegen bizarr und völlig fremdartig aussehende.

»Ich denke, hinter dieser Tür finden wir etwas«, sagte Fartuloon mit belegter Stimme.

»Es fragt sich nur, was.«

Vorry stieg hinter mir aus dem Treppenschacht. »Und wie es schmeckt!«

Zuerst sah es allerdings nicht so aus, als würden wir erfahren, was sich hinter dem goldenen Tor befand. Jedenfalls öffnete es sich nicht, als Fartuloon seine Hand auf die Stellen legte, unter denen sich erfahrungsgemäß die auf Körperwärme ansprechenden Schlösser befanden. Mein Pflegevater trat zwei Schritte zurück, legte die Rechte auf den Knauf des *Skarg* und sagte verdrießlich: »Wahrscheinlich ist es besonders gesichert. Hast du den Kodeknacker bei dir?«

Mit »Kodeknacker« meinte er natürlich den Impulskodesucher, ein kleines Gerät mit extrem leistungsfähiger KSOL, das vollautomatisch alle errechenbaren Kodekombinationen in rascher Folge ausstrahlte, auf jede noch so schwache Reaktion eines Schlosses ansprach und beinahe jeden Schlossimpulskode ermitteln konnte. Jedenfalls jeden, der mit einer Positronik errechnet worden war. Ich zog das IKS-Gerät aus der Magnethalterung meines Gürtels und reichte es Fartuloon. Er schaltete es ein und presste es gegen das goldene Tor. Wir hielten den Atem an und lauschten auf das charakteristische Klicken, mit dem sich die Entriegelung eines Schlosses anzukündigen pflegte. Nach fünf Zentitontas leuchtete in der Hülle eine gelbe Lampe auf.

»Negativ«, stellte mein Pflegevater lakonisch fest, reichte mir den Impulskodesucher zurück, und ich verstaute ihn wieder an seinem Platz.

Guter Rat war teuer, denn wenn das IKS-Gerät uns nicht weiterhalf, gab es nur noch zwei Alternativen. Die eine hieß: rohe Gewalt. Vor ihrer Anwendung scheuten wir zurück. Der Anblick des goldenen Tores flößte uns so etwas wie widerwilligen Respekt ein. Wir ahnten, dass es von einem »Zauber« umhüllt war, der durch rohe Gewalt zerstört werden würde. Die zweite Alternative konnten wir nicht anwenden, da wir sie nicht kannten. Vielleicht hätten wir sie mit Hilfe einer Hochleistungspositronik ermitteln können, wie es sie an Bord der KARRETON gab.

»Vielleicht gibt es ein Kodewort, auf das die Öffnungsautomatik anspricht«, überlegte Fartuloon nach einer Weile. Ich ließ den Lichtkegel meiner Lampe über das Mosaik aus bunten Edelsteinen wandern und versuchte, aus ihm einen Sinn herauszulesen. »Was starrst du diese kalte Pracht an? Glaubst du, dort die Lösung unseres Problems zu finden?«

»Ich weiß es nicht, aber ich hoffe es.« Mir war klar, dass sich diese Hoffnung weniger auf logische Überlegung gründete, sondern rein emotionell bedingt war. *Andererseits – Hoffnungen und Träume sind die Vorstufen der Realität, und Gefühle bedeuten oft mehr als nüchterne Rechenoperationen …*

Nur halb nahm ich wahr, dass mein Pflegevater sein *Skarg* zog und mit ihm über das goldene Tor strich. Unwillkürlich lächelte ich, denn das, was er tat, basierte ebenfalls nicht auf logischer Überlegung. Plötzlich stutzte ich. Der Lichtkegel fiel auf eine Szene von vielen, die von dem Mosaik dargestellt wurden. Ich sah eine Reliefwand, in der ein kreisrundes Loch klaffte, und hinter diesem Loch wogten graue und schwarze Wolken, die eine grauenhaft abstoßende Fratze bildeten, wenn man lange genug hinschaute. Davor aber, scheinbar nur flüchtig skizziert, stand die Gestalt eines arkonoiden Wesens, das beide Arme in abwehrender Geste gegen die düsteren Wolken ausstreckte. Was mochte diese Szene darstellen?

Sie ist rein symbolischen Charakters, sagte der Extrasinn. *Eine symbolische Figur in symbolischer Abwehrstellung vor einem symbolischen Tor, hinter dem das Böse lauert.*

»Das Böse!«, flüsterte ich. »Das Böse, das hinter dem Tor zur

Unterwelt lauert – und der Wächter, der verhindern soll, dass es herüberkommt.«

»Was faselst du da?«, fragte Fartuloon. »Hat dir der Geist der Finsternis das Gehirn vernebelt?«

Ich lächelte. »Nein, aber dir. Vielleicht habe ich die Lösung gefunden. Ich meine das Wort, mit dem man das goldene Tor öffnen kann.«

»Und wie heißt es?« Diesmal fragte er ohne jede Ironie, schien am Ton meiner Worte gemerkt zu haben, dass es mir ernst war.

»Engidu!«, sagte ich laut. Die Edelsteine glühten in farbenprächtigem Feuer auf. Lichtkaskaden sprühten durch die Halle. Das Motiv einer unbekannten Komposition erklang und brach ab. Als die Kaskaden erloschen und sich unsere Augen an die relative Verfinsterung gewöhnt hatten, sahen wir, dass das goldene Tor weit offen stand. Und dahinter ...!

Ich hielt unwillkürlich den Atem an, als ich in einer von bläulichem Licht erhellten Halle eine nackte Frauengestalt mit langen goldenen Haaren und bronzefarbener Haut sah, die leblos auf einem grüngoldenen Sockel lag. Meine Erinnerung ließ mich nicht im Stich. Genau diese Frau war mir von Ra, dem Barbaren von dem dritten Planeten einer gelben Sonne, beschrieben worden. Und sie war noch viel schöner.

»Ischtar!«, sagte ich beinahe andächtig.

Ich trat durch das geöffnete Tor bis dicht vor den Sockel. »Sie muss es sein! Siehst du den makellosen Glanz ihres vollendet gebauten Körpers? Siehst du das lang herabwallende goldene Haupthaar, die schlanken Fesseln und edlen Züge des Gesichts? Das kann nur Ischtar sein, die Goldene Göttin!«

Fartuloon grinste. »Dich hat es aber ganz schön erwischt, mein Junge. Du wirst ja direkt poetisch. Hat der Anblick deinen Geist umnebelt?«

Ich schluckte. Angesichts dieser vollendeten Schönheit kamen mir seine Worte wie Obszönitäten vor. »Schweig! Wenn du schon keinen Sinn für Schönheit hast, behalte wenigstens deine primitiven Gedanken für dich!«

Mein Pflegevater starrte mich mit offenem Mund an, dann brach er in schallendes Gelächter aus. Ich spürte, wie Zorn in mir aufwallte, wollte ihn unterdrücken, wurde aber von ihm übermannt. Ich stürzte mich auf Fartuloon und hieb ihm die geballte Faust mit aller Kraft ins Gesicht. Aber mein Pflegevater war ein zu erfahrener Kämpfer, als dass er sich durch einen ungestümen Angriff hätte ausschalten lassen. Er wich vor meinem Schlag zurück und nahm ihm dadurch die Kraft. Dann packte er meinen Unterarm – und plötzlich wirbelte ich durch die Luft. Hinter dem Sockel knallte ich hart zu Boden. Doch auch ich war durch eine gute Schule gegangen, durch Fartuloons Schule nämlich. Ich schnellte mich sofort wieder hoch und wollte mich abermals auf meinen Pflegevater stürzen, als sich der Logiksektor schnarrend meldete: *Kopfloser Narr! Der Anblick des Weibes hat dir tatsächlich den Verstand geraubt. Beherrsche dich!*

Ich blieb halb geduckt stehen, reckte mich und atmete ein paar Mal tief durch. Langsam entspannten sich Geist und Körper. Mit verlegenem Lächeln blickte ich Fartuloon an, zuckte mit den Schultern und sagte: »Entschuldige bitte. Ich fürchte, ich habe mich sehr dumm benommen.«

Er grinste. »Vergiss es. Du bist noch zu jung, um beim Anblick eines Phänomens immer daran zu denken, dass Erscheinung und Wesen zwei Dinge einer Sache sind, die sich oftmals wie Feuer und Wasser unterscheiden. Überlegen wir gemeinsam, ob das tatsächlich Ischtar ist und was wir unternehmen sollen. Einverstanden?«

»Einverstanden. Danke.«

Er winkte ab, trat ebenfalls an den Sockel und streckte die Hand nach Ischtar aus. Es sah aus, als wollte er sie unsittlich berühren, und ich musste mich beherrschen, um nicht abermals durchzudrehen. Aber rund einen halben Meter vor dem Körper stieß Fartuloons Hand gegen ein unsichtbares Hindernis. Mein Pflegevater drehte sich halb zu mir um und lächelte wissend. »Heißsporn!«, sagte er nur. Aber es genügte, um mich zu beschämen. »Es war doch zu erwarten gewesen, dass sie von einer Energieglocke geschützt wird, wenn sie schon nichts anhat, oder?«

»Hm!«, brummte ich verlegen.

»Entweder ist sie tot oder sie schläft.«

»Sie kann nicht tot sein!«, begehrte ich auf. Rasch setzte ich hinzu: »So lebendig, wie sie aussieht.«

»Das dürfte sich feststellen lassen. Atlan, bitte beherrsche dich! Du darfst nicht den Kopf verlieren, nur weil Ischtar körperlich schön ist. Wichtiger als alle äußerliche Schönheit ist die Schönheit der Seele – und die siehst du nicht auf den ersten Blick.«

»Ja, schon gut. Wie sollen wir feststellen, ob sie noch lebt?«

Mein Pflegevater deutete auf eine Reihe von kubisch geschliffenen bunten Edelsteinen unterhalb der Sockeloberkante. »Ich nehme an, es handelt sich um Schalttasten. Bald werden wir wissen, ob meine Annahme zutrifft.«

Er drückte, wie es schien, wahllos die Edelsteine. Sie gaben knackend nach und rasteten ein. Über dem Sockel – und über Ischtar – leuchtete die bis dahin unsichtbare Energieglocke in einem blauweißen, blendenden Feuer auf, dann erlosch sie. Im nächsten Augenblick sprangen alle Schalttasten wieder in die Ausgangsstellung zurück. Wie gebannt starrte ich auf das Gesicht, versuchte, eine Regung in den ebenmäßigen Zügen zu finden, eine Bewegung der Lippen oder Augenlider zu erspähen. Plötzlich hob sich ihre Brust. Ich atmete geräuschvoll ein und erntete wiederum einen wissenden Blick meines Pflegevaters. Ischtars Lippen öffneten sich, dann atmete sie ruhig aus. Ihre Lider flatterten. Sie öffnete die Augen, ihr Gesicht belebte sich. Langsam richtete sie sich auf. Ihre Pupillen weiteten sich ein wenig, als sie Fartuloon und mich erblickte, dann runzelte sie die Stirn – unwillig, wie es mir schien.

Im nächsten Augenblick drückte ihre zarte rechte Hand auf einige Tasten am Rand des Sockels, die wir vorher nicht bemerkt hatten. Eine unheimlich klingende Tonfolge hallte durch das ganze Schiff. Meine Gefährten und ich waren unfähig, uns zu bewegen. Wir standen da, als wären wir hypnotisiert worden. Kurz darauf erklang lautes Stampfen. Roboter erschienen am anderen Ende der Halle. Ihre Energiewaffen richteten sich drohend auf uns. Ich spürte, wie sich Zorn in mir regte. Wir hatten Ischtar erweckt, ohne dabei Hintergedanken zu hegen oder uns gegen sie abzusichern – und sie stellte keine Fragen, sondern ließ uns sofort durch ihre Roboter mit tödlichen Waffen bedrohen. Es sah ganz so aus, als hätten wir uns blindlings in unser Verderben gestürzt.

Wir hatten etwa eine Dezitonta lang unbeweglich vor Ischtar gestanden, als weitere Roboter erschienen. Die Kampfmaschinen schleppten Farnathia und den paralysierten Ra herein. Als Ischtar den Barbaren sah, wölbten sich ihre Brauen. Von diesem Augenblick an war ich völlig sicher, dass diese wunderschöne Frau tatsächlich Ischtar war, die mit Ra auf dessen Heimatplaneten eine Romanze gehabt hatte. Vorher hatte ich es zwar angenommen, aber noch keinen Beweis gehabt.

Wieder glitten Ischtars Finger über die Tasten am Sockelrand. Die Roboter stellten Ra aufrecht hin und stützten ihn. Eine ovale goldfarbene Maschine schwebte summend heran, verharrte vor dem Barbaren und presste eine Tentakelarmendung an seinen Nacken. Etwas zischte – vermutlich eine Hochdruckinjektionspistole. Kurz darauf seufzte Ra laut auf. Die Roboter ließen ihn los. Er taumelte, wandte sich Ischtar zu. Das Gesicht des Wilden strahlte entzückt. Langsam sank er in die Knie und hob die Hände.

Ischtar lächelte ihm kurz zu, dann blickte sie mich an. Ihre Augen kamen mir vor wie unergründliche Bergseen, in denen ich zu versinken drohte. Leichter Schwindel erfasste mich. Aus den Augenwinkeln sah ich, wie Farnathias Blick zwischen mir und Ischtar wechselte. In ihre Augen trat ein Funkeln, das ich nur als Ausdruck der Eifersucht deuten konnte.

»Atlan, Kristallprinz von Arkon!«

Ich hörte die Worte, aber erst Augenblicke später erfasste ich, dass Ischtar gesprochen hatte – zu mir gesprochen hatte. Ihre Stimme hatte so rein, so sanft und doch so kraftvoll geklungen, dass ich von einem süßen Schauer erfasst wurde. *Aber woher kennt sie meinen Namen? Woher weiß sie, dass ich Kristallprinz des Großen Imperiums bin?*

Telepathische Übermittlung!, teilte mir mein Logiksektor mit. *Sie kann es nur durch paranormale Sondierung erfahren haben.*

Ich blickte sie fest an, hielt ihren Blick mit meinem fest. »Ja, ich bin Atlan!« Gerade noch rechtzeitig fiel mir meine gute Erziehung ein. Ich legte die Rechte aufs Herz, neigte den Kopf und sagte mit rauer Stimme: »Sie haben in mir einen Bewunderer gefunden, der Ihnen sein Herz zu Füßen legt. Bitte, verfügen Sie über mich.«

Von Farnathia kam ein verächtliches Schnaufen. Ich achtete nicht darauf. Ischtar warf Farnathia einen spöttischen Seitenblick zu, dann sah sie mich wieder voll an. Diesmal war ihr Lächeln ausgesprochen verführerisch. »Ich danke dir. Bitte, nenne mich Ischtar. Wie kommt ihr auf diesen Planeten und in mein Schiff?«

Ich nahm die Hand vom Herzen, richtete mich wieder auf und antwortete: »Meine Freunde und ich sind auf der Suche nach dem Stein der Weisen. Er soll uns helfen, den Mörder und Diktator Orbanaschol, der zurzeit über das Große Imperium herrscht, zu stürzen und mich in das Amt des Imperators einzusetzen, das mir zusteht. Unsere Suche führte uns hierher. Aber die Helfer Orbanaschols sind uns ein gutes Stück voraus. Wir hofften, in diesem Schiff einen Hinweis zu finden, der es uns gestattet, unsere Suche fortzusetzen und vor Orbanaschols Helfern das Ziel zu erreichen.«

»Vielleicht kann ich dir helfen. Aber dazu muss ich mit dir allein sein.« Ihr Blick glitt über meine Gefährten hinweg. »Ihr anderen verlasst mein Schiff!«

Von Ra kam ein Stöhnen. Er hatte sich aufgerichtet und starrte mit funkelnden Augen abwechselnd auf mich und Ischtar. »Ischtar!«, entrang es seiner Kehle. Es klang wie der Schrei eines tödlich verwundeten Tieres. »Ischtar! Du weist mich von dir? Ich liebe dich!«

Ihre Augen verschleierten sich für einen Augenblick, ehe sie hart und abweisend wurden. »Auch du musst mein Schiff verlassen!«

Er stürzte vor, wollte ihr Knie umklammern, aber zwei Roboter packten ihn und rissen ihn fort. »Ischtar!« Er schrie wild und bäumte sich auf. Vergebens, denn die Kräfte der Roboter waren seinen weit überlegen. »Ischtar!«

»Atlan!«, flüsterte Farnathia. Ich blickte meine Geliebte an und sah, dass Tränen in ihren Augen standen. Ich wollte etwas sagen, wollte ihr meine Liebe versichern, doch meine Kehle war wie zugeschnürt.

»Ich glaube, ich bekomme Appetit auf Roboter«, grollte Vorry. »Soll ich diese Ansammlungen von schmackhaftem Metall ein bisschen anfressen?« Ich schaute wieder Ischtar an. Sie erwiderte meinen Blick ruhig, als wüsste sie, dass ich nichts tun würde, was ihr hätte schaden können. »Erlaubst du es mir, Atlan?«

»Nein!«

»Kommt, gehen wir!«, sagte Fartuloon.

»Nein!«, brüllte Ra. »Ischtar, ich liebe dich! Wie kannst du mich fortschicken und mit diesem Arkoniden allein bleiben wollen?« Ischtar machte eine knappe Handbewegung, die beiden Roboter, die den Barbaren festhielten, schleiften ihn zum Tor. »Das wirst du mir büßen, Arkonide! Ich werde dich über einem Feuer rösten, bis du um Gnade winselst. Aber ich werde keine Gnade kennen. Du bist schon so gut wie tot, du verdammtes arrogantes Rotauge!«

Ich verstand ihn, aber ich sagte kein Wort. Ich sagte auch nichts, als Vorry, Fartuloon und Farnathia die Halle verließen. Die Roboter zerrten Ra mit. Noch einmal hörte ich seine wilden Drohungen, dann schloss sich das goldene Tor.

Ischtar und ich waren allein.

Sie schenkte mir ein vielversprechendes Lächeln, erhob sich und glitt von dem Sockel, jede Bewegung ein göttliches Wesen. Sie war atemberaubend schön, bewegte sich in ihrer Nacktheit völlig ungezwungen und doch würdevoll auf mich zu, ergriff meine Hand und führte mich zu einer Tür, die sich im Hintergrund der Halle öffnete. Als wir hindurchtraten, standen wir in einem großen, in rosa Licht getauchten Raum, der von einem riesigen weichen Lager beherrscht wurde. Die Wände waren von golden glänzenden Spiegeln bedeckt, auf dem Boden lag ein rosa getönter weicher Teppichboden, in dem unsere Füße bis fast an die Knöchel versanken.

Ischtar wandte sich mir zu, führte meine Hand so, dass sie ihre Brust streifte. Ich atmete schwer, zwang mich aber dazu, nicht ihren Körper anzustarren, sondern nur in ihr Gesicht zu schauen. »Atlan!« Das geflüsterte Wort war wie eine zärtliche Liebkosung. »Atlan! Sehr lange habe ich auf einen Mann wie dich gewartet, auf einen Mann, der würdig ist, mit mir einen Sohn zu zeugen.« Sie wollte mich an sich ziehen, doch ich wich zurück. »Warum sträubst du dich? Gefalle ich dir nicht?«

»Doch, du gefällst mir sehr«, murmelte ich tonlos. »Aber …«

Ihre Fingerspitzen glitten über meine Lippen und verschlossen sie. »Wenn ich dir gefalle, gibt es kein Aber. Glaube mir, ich kann dich glücklich machen. Ich weiß mehr von der Liebe, als du dir vorstellen kannst. Wir werden einen Sohn zeugen, der das Erbgut der Varganen in die ferne Zukunft weiterträgt. Atlan, ich kenne das

Geheimnis des *ewigen Lebens,* und ich werde es unserem Sohn übermitteln. Er wird *Chapat* heißen.«

Wieder wollte sie mich an sich ziehen. Ihre halb geöffneten Lippen glänzten verlockend, die unergründlichen Augen glitzerten. Ich stöhnte auf und entwand mich ihrem Griff.

»Ich darf es nicht!«, stieß ich hervor. »Ra ist mein Freund und Gefährte. Er hat es nicht verdient, dass wir ihn betrügen. Und Farnathia hat es auch nicht verdient, dass ich sie betrüge. Wir lieben uns.«

»Was weißt du schon von der Liebe, mein Atlan?« Ihre Finger nestelten am Verschlusssaum meines Schutzanzugs. »Du wirst nach mir noch viele Frauen lieben, und jedes Mal wirst du das gleiche tiefe Gefühl für sie empfinden. Du bist zwar ein harter Kämpfer, aber auch ein einsamer Mann, der die Liebe so notwendig braucht wie die Blumen das Licht und das Wasser. Wehre dich nicht gegen die Liebe! Niemals!«

Ihre Worte drangen wie Tautropfen in meine Seele und weichten meinen Widerstand auf. Ich fühlte, wie sich ein starkes physisches Begehren in mir regte.

Eine rein körperliche Reaktion, raunte der Logiksektor eisig. *Du kannst sie niederzwingen, wenn du willst.*

Ich holte tief Luft. Als Ischtar nach mir griff, drehte ich mich um und wollte den Raum durch die Tür verlassen, durch die wir hereingekommen waren. Aber sie hatte sich wieder geschlossen und widerstand meinen verzweifelten Versuchen, sie zu öffnen.

»Atlan!«, flüsterte Ischtar.

Ich drehte mich um, lehnte mich mit dem Rücken gegen die Tür und legte die Handflächen auf das kühle Metall. In diesen Augenblicken fühlte ich mich wie ein in die Enge getriebenes Tier. Dennoch brachte ich es nicht fertig, Ischtar zu bitten, mich gehen zu lassen.

Farnathia, hilf mir, dachte ich. Aber sie konnte mir nicht helfen. Sie war ausgesperrt. Ich musste zusehen, wie ich allein mit der Situation fertig wurde. Doch der Gedanke an Farnathia und Ra gab mir die Kraft, den Reizen der Goldenen Göttin zu widerstehen. Ich erlangte meine Selbstsicherheit zurück, meine Gestalt straffte sich. Während Ischtar näher kam, fühlte ich mich in der Lage, sie zurückzuweisen. Ich setzte zum Sprechen an, doch die Worte, die ich mir zurechtgelegt hatte, kamen niemals über meine Lippen …

Etwas hatte sich verändert: Ischtars Augen, zuvor schon wie tiefe, unergründliche Bergseen, verwandelten sie sich plötzlich in Tore, hinter denen das Versprechen des Paradieses leuchtete. Ich vergaß, was ich hatte sagen wollen. Mein Ich versank in den Augen der Varganin. Als ihre Finger mich berührten und den Schutzanzug öffneten, wehrte ich sie nicht ab. Ich hörte auch nicht, welche Warnung der Logiksektor raunte, sondern zog Ischtar in meine Arme und küsste sie leidenschaftlich. Eng umschlungen taumelten wir auf das breite Lager zu – und versanken in den Wogen der entfesselten Leidenschaften …

Zwischenspiel

Aus: ENZYKLOPAEDIA TERRANIA, *Glossar der antiken Hochkulturen*; Mikroarchiv, Gedächtnisspeicher NATHAN

Gilgamesch-Epos: *Nach einem sumerischen König der 1. Dynastie von Uruk benanntes Epos, dessen Stoff vom dritten bis zum ersten vorchristlichen Jahrtausend in verschiedenen Varianten in sumerischer, akkadischer, hurritischer und hethitischer Sprache überliefert wurde. Während das sumerische Erzählgut noch aus weitgehend unabhängigen Einzeldichtungen bestand, wurde es später zu einem großen* Zwölf-Tafel-Epos *zusammengefasst (die meisten Textzeugnisse stammen aus der Bibliothek Assurbanpals aus Ninive).*

Gilgamensch *(ursprünglich vermutlich* Bilgamesch *gleich »der Alte ist ein junger Mann«; Gilgamesch gleich »hell strahlender Feuerbrand«), zu zwei Dritteln Gott und zu einem Drittel Mensch, ist der König von Uruk, als von den Göttern in Gestalt des »behaarten Urmenschen«* Enkidu *(Mann der guten Erde) ein Kontrahent geschaffen wird, welcher sich nach der Paarung mit einer Prostituierten der Natur entfremdet (»zivilisiert wird«); er wird im Anschluss an einen Zweikampf mit Gilgamesch zu dessen Freund und Begleiter.*

Es folgt die Schilderung des Zuges von Gilgamesch und Enkidu gegen Huwawa, den Dämon und Hüter des Zedernwaldes im Libanon. Wieder in Uruk, interessiert sich die Liebesgöttin Inanna (Ischtar) für Gilgamensch, doch der weist sie ab. Aus Rache lässt sie den Himmelsstier gegen Uruk los, der allerdings von Gilgamesch und Enkidu er-

schlagen wird, wobei Enkidu tödlich verwundet wird. Gilgamesch, der sich mit Enkidus Tod nicht abfinden will, bricht zu einer (Jenseits-) Reise zum von den Göttern ans Ende der Welt versetzten Sintfluthelden Utnapischtim auf (entspricht dem biblischen Noah). Nach etlichen Abenteuern erreicht Gilgamensch Utnapischtim, der ihm das Geheimnis der Lebenspflanze enthüllt. An dieser Stelle des Epos (11. Tafel) ist eine dem alttestamentarischen Sintflutbericht (1. Moses 6–8) ähnliche Geschichte eingeflochten. Abschließend gelangt Gilgamesch zwar in den Besitz der Lebenspflanze, doch diese wird ihm von einer Schlange wieder entwendet – und so kehrt er erfolglos nach Uruk zurück.

Uruk *(»Turmwohnung«) lag am Unterlauf des Euphrat (Buranum) nahe der Stadt* Eridu*; zur Zeit des Gilgamesch erreichte sie eine Größe von ca. 5,5 Quadratkilometern; Zentrum war der Weiße Tempel auf einer Stufenterrasse mit dem Inanna-Heiligtum. Allgemein wurden alle sumerischen Städte von einem* Zikkurat *(»Tempel des Gottes«) in Form eines Stufentempels beherrscht – ursprünglich dienten diese aus sonnengetrockneten Ziegeln erbauten Hochterrassen mit schrägen Seiten wohl als Schutz gegen Feinde und Überflutungen; später entstanden auf der obersten Terrasse Tempel als »Tor für die Götter«. Außentreppen mit mindestens hundert Stufen gestatteten das Erreichen der Tempel. Die in Uruk ausgegrabenen Zikkuratreste haben mit 56 mal 50 Metern einen fast quadratischen Grundriss und sind entsprechend den vier Haupt-Windrichtungen ausgerichtet.*

Über der Wüste glühte die Sonne noch einmal auf, dann tauchte sie hinter den Wolken unter, die sich am westlichen Horizont zusammengeballt hatten. Finsternis schlug über dem Doppelpyramidenschiff zusammen – und über den vier Personen, die vor dem Raumer standen. Ra, der Barbar vom dritten Planeten einer gelben Sonne, irgendwo in einem Seitenarm der Galaxis, ballte die Fäuste und versuchte, die Dunkelheit mit den Augen zu durchdringen. Er wollte wissen, ob die Bodenschleuse des Raumschiffs wieder geschlossen worden war. Eine Zeit lang hatten Roboter daran gearbeitet, aber dann waren die Geräusche verstummt. Doch auch Ras scharfe Augen vermochten die Finsternis nicht zu durchdringen. Sie sahen nichts – bis die Sterne am Himmel erschienen. Ihr milder

Schein ließ die Umrisse des Schiffes erkennen und spiegelte sich auf seiner goldfarbenen Hülle.

Ra hörte ein Schluchzen neben sich. Ohne hinzusehen, wusste er, dass es Farnathia war, die da weinte. Sie konnte sich wohl ebenso gut wie er vorstellen, was sich hinter den goldenen Wänden des Varganenschiffs abspielte. Eifersucht marterte Ra. Er fühlte sich verraten, verraten von der Geliebten und von dem Mann, den er für seinen Freund gehalten hatte. Und den er nun hasste. Ra blickte sich nach Fartuloon und Vorry um. Die beiden so unterschiedlichen Wesen standen in etwa fünfzig Metern Entfernung neben dem schwer beschädigten Beiboot und flüsterten miteinander, achteten weder auf ihn noch auf Farnathia.

Ra fasste einen Entschluss. Er kannte sich in Ischtars Schiff aus, denn er hatte eine kurze, glückliche Zeit zusammen mit Ischtar darin gelebt, hatte es durchstreift und sich mit seinen Anlagen vertraut gemacht. Er wusste es nicht, aber er vermutete, dass Ischtar sich Ersatz für den riesigen Himmelsstier beschafft hatte, den sie auf seinem Heimatplaneten tötete, als er im Begriff gewesen war, Ra zu zertrampeln. Vielleicht einen zweiten Himmelsstier – oder ein anderes großes, wildes Tier …

Die Erinnerungen überschwemmten Ra mit brachialer Macht. Als sei es gestern gewesen, sah er die hinter dem Nackenwulst des Gehörnten hockende Gestalt eines Weibes! *Aber was für eins!*

Ras scharfe Augen nehmen jede Kleinigkeit wahr. In seinen Augen ist diese … diese Himmelsfrau auf dem Himmelsstier wunderschön. Ganz anders als die Mädchen seiner oder irgendeiner anderen Sippe. Ihre Haut ist ebenmäßig und von einer Farbe wie helle Glut. Sie scheint nackt zu sein. Ihre Feuerhaare wehen im Wind und umspielen die zierlichen Schultern. Ra fühlt seine Begierde wachsen. Ein einziger Wunsch beherrscht seine Gedanken: *Ich will dieses Weib besitzen!* Die göttliche Schönheit der seltsamen Frau, verbunden mit dem Bild des kraftstrotzenden Stieres, verbindet sich in Ras Gedanken zum Höchstmaß lustvoller Erfahrung. *Kein anderer darf diese Frau besitzen!* In seiner Maßlosigkeit hält Ra sich allein für den einzigen Freier dieser göttlichen Erscheinung. *Wie gern würde ich den Himmelsstier mit einem einzigen Schlag beiseite fegen!*

… zuckt Ra plötzlich zusammen. Eine Stimme dröhnt in seinem Innersten. Er sieht wild um sich. Doch außer dem Himmelsstier und der Göttin ist niemand zu sehen. Jetzt hält der Stier an. Will er mit ihm spielen, seine Leiden unnötig verlängern? Die Stimme ist dröhnend und schmerzend. Ra presst beide Hände fest an seine Schläfen. Die Stimme hämmert in seinem Schädel. Er sträubt sich dagegen, zwingt sich zur Ruhe und verzerrt sein Gesicht vor Anstrengung, doch die Stimme in ihm will nicht verschwinden.

Ich bin Ischtar, Barbar!

Ra reagiert nicht darauf, kann jetzt nicht mehr unterscheiden, was um ihn herum vor sich geht und was Trugbild ist. Die Stimme beherrscht sein Innerstes, stark und gewaltig. Die Stimme einer Göttin! Ehe Ra einen der herumliegenden Steine packen kann, um sein Leben zu verteidigen, verliert er den Boden unter den Füßen. Eine leuchtende Wolke hüllt seinen Körper ein und hebt ihn langsam in die Höhe. Verwundert sieht er, dass die Göttin den blitzenden Todesstab auf ihn gerichtet hat. Ein spitz zulaufender Ast der leuchtenden Wolke endet in ihrem Stab. Wie eine Sehne um den Finger wickelt er sich auf und zieht Ra mit sich. Wenige Augenblicke später hockt er auf dem Rücken des Himmelsstiers. Er ist unfähig, auch nur die Hand zu heben. Selbst sein Mund ist gelähmt.

Ich bin Nin-ana, die Herrin des Himmels, und du hast mir zu gehorchen!

Die Stimme in seinem Kopf hat an Stärke verloren, ist nun einfühlsam und vorsichtig. Hat sie gespürt, dass sie Schmerzen verursacht? Tief unter Ra stehen die fremden Jäger erstarrt da und verfolgen das absonderliche Geschehen mit Unverständnis und Angst. Sie haben gehofft, der Sippenfremde würde den Himmelsstier vernichten. Doch die Göttin hat ihn stattdessen zu sich geholt. Ra wagt einen ersten scheuen Blick auf sie, die wenige Armlängen von ihm entfernt auf einem schmalen Geflecht hockt. Er ist weiterhin gelähmt und kann seinen Kopf nicht drehen, doch seine Augen sind seltsamerweise davon verschont. So kann er die Frau betrachten. Ihr Haar glänzt wie das Gespinst großer Waldspinnen und ist von einer solchen Dichte und Fülle, wie es Ra bei keinem Mädchen seiner Sippe gesehen hat.

Sie ist die Sonnengöttin, denkt er unwillkürlich. *Ihr Leib ist wun-*

derschön, ihre Haare erstrahlen im Licht des hellen Tages. Der Himmelsstier hat sie zu uns gebracht, damit ich sie verehren kann.

Er spürt, dass die Lähmung nachlässt. Doch er wagt es nicht, die vor ihm sitzende Frau zu berühren. Er streckt nicht einmal seinen Arm aus. Dafür nimmt er begierig jede Einzelheit ihrer Bewegungen in sich auf, verfolgt das feine Spiel ihrer Rückenmuskeln, die sich unter dem dünnen, nebelartigen Etwas deutlich abzeichnen. Ein Gürtel, gemustert wie der Kopf einer giftigen Schlange, umschlingt ihre Hüften. In einer schmalen Schlaufe steckt der Blitzeschleuderer.

In Ras Kopf erklingt ein belustigtes Lachen. *Gibt man bei euch so rasch den Kampf auf, Barbar?*

Ra wundert sich nicht mehr über die Gedankenstimme, sie gehört zu den unfassbaren Kräften der Göttin. Diese Frau scheint keine Grenzen zu kennen, beherrscht Himmel und Erde. Also kann sie auch in seinen Kopf hineinsprechen. Der Stier rennt genau auf den Götterberg zu. Sein Lauf ist völlig ruhig. Ra blickt über das verwüstete Kratertal. Die fremden Jäger sind nur noch als kleine Punkte zu erkennen. Dann öffnet sich die Höhle, um den Himmelsstier mitsamt seinen Reitern einzulassen. Übergangslos ändert sich die Beleuchtung. Ra starrt entgeistert in ein blaues Leuchten.

Das ist mein Reich!

Ra schrak aus den Erinnerungen auf, blickte sich nach Farnathia um. Sie weinte noch immer, achtete nicht auf ihre Umgebung. Erneut schaute der Barbar zu Fartuloon und Vorry hinüber. Auch sie beachteten ihn nicht. Fast lautlos schlich er davon, auf das Schiff zu, das sich gleich einem goldenen Berg in den Nachthimmel reckte. Er blickte immer wieder zu Fartuloon und Vorry hinüber und war erleichtert. Er wollte um jeden Preis unbemerkt bleiben, denn er fürchtete, dass sie nicht zulassen würden, dass er heimlich ins Schiff zurückkehrte. Sie hatten die Drohungen gehört, die er gegen Atlan ausgestoßen hatte, und sie würden sicherlich dem Arkoniden helfen.

Als Ra die Bodenschleuse erreichte, sah er, dass sie weder verschlossen war noch von Robotern bewacht wurde. Er atmete auf. Sein Gesicht glühte vor Eifer – und die Augen glitzerten vor Hass.

Leise schlich der Barbar in das Schiff, erreichte die Halle, in der sich die Öffnungen der Antigravlifte befanden. Im Unterschied zum ersten Eindringen war die Halle diesmal erleuchtet. Doch kein Roboter ließ sich blicken. Ra ging zum ersten Liftschacht und sah nach oben. Hastig zog er sich wieder zurück, denn von oben schwebten drei Roboter herab. Ra erreichte die nächste Öffnung. Er wusste, dass die Roboter bald unten sein würden, dann mussten sie ihn entdecken. Ein Blick nach oben überzeugte ihn davon, dass der zweite Schacht leer war. Hastig stieß sich der Barbar ab und schwebte in dem Antigravfeld sanft nach aufwärts.

Er hatte etwa die Hälfte der Strecke zurückgelegt, als er von unten ein dumpfes Poltern vernahm. Die Roboter waren aus dem anderen Schacht gestiegen. Ra fürchtete, sie könnten in seinen Liftschacht spähen und ihn entdecken. Deshalb schwang er sich bei der nächsten Öffnung hinaus und kam in einen Korridor, in dem zwei gegenläufige Transportbänder in Betrieb waren. Ohne zu zögern, vertraute sich der Barbar dem Transportband an, das nach links führte, überzeugt, diese Sektion des Schiffes zu kennen.

Als er nach kurzer Zeit ein Schott mit dem rot leuchtenden Symbol des varganischen Kriegsgotts erblickte, wusste er, dass er diese Sektion tatsächlich kannte. Er sprang vom Band und trat vor die Tür. Dahinter befand sich, wie er sich erinnerte, eins der Ausrüstungsmagazine. Er streckte die Hand aus und legte sie auf die Stelle der Tür, hinter der er den Öffnungsmechanismus wusste. Lautlos glitten die beiden Schotthälften auseinander. Ra trat durch die Öffnung, wartete, bis das Schott sich hinter ihm wieder geschlossen hatte. Er sah einen rechteckigen Raum mit sechs Reihen geschlossener, metallisch glänzender Schränke, die bis an die Decke reichten. Als er den ersten Schrank öffnete, fand er darin, säuberlich in Kraftfelder eingebettet, sieben varganische Kampfanzüge mitsamt goldfarbenen Helmen, aus denen jeweils ein halbtransparenter Kamm ragte. Die Anzüge passten ihm nicht, das wusste Ra. Deshalb versuchte er erst gar nicht, einen überzustreifen. Dafür nahm er einen der Helme und setzte ihn sich behutsam auf.

Verwirrt lauschte er den Impulsen, die plötzlich in sein Bewusstsein drangen. Im nächsten Moment riss er sich den Helm vom Kopf und schleuderte ihn zornbebend auf den Boden. Er hatte die *Gedanken* von Ischtar und Atlan empfangen – und erkannt, welche

Stürme der Leidenschaft sie durchtobten. Zitternd vor Eifersucht und Hass trat Ra nach dem Helm, dann wandte er sich um und verließ fluchtartig den Raum, in dem seine Gefühle den Todesstoß erhalten hatten, abermals von Erinnerungen heimgesucht, sogar von solchen, die ihm bislang in dieser Form gar nicht bewusst gewesen waren …

In ihren Augen glänzen Tränen. Sie will nicht, dass er etwas merkt, und birgt ihr Gesicht an seiner Brust. Sie versucht, sich zu beherrschen, aber sie kann den Gefühlssturm nicht länger bändigen. Ra greift unter ihr Kinn, hebt ihren Kopf langsam aufwärts und streicht ihr die langen Haare aus dem Gesicht.

»Du bist sehr einsam, Göttin. Einsamkeit … tiefer Schmerz. Ich habe beim Hypnokurs gelernt, dass Einsamkeit etwas Furchtbares ist. Ich habe bei meiner Sippe niemals Ähnliches verspürt. Ich war nie einsam. Wir waren alle füreinander da …«

Was weißt du schon davon? Ihr Gedankenimpuls rast so heftig durch Ras Bewusstsein, dass sie instinktiv erschrickt. Doch der Jäger ist in diesem Augenblick viel stärker, als sie angenommen hat. Für den Bruchteil eines Wimpernschlages durcheilt sie eine Ahnung. Auf der mentalen Ebene sind er und sie verbunden, und da ist etwas in ihm, was deutlich über seine scheinbar primitive Jägernatur hinausreicht, was größer, stärker, machtvoller ist. Es gibt einen Austausch zwischen ihr und ihm, Kräfte fließen hin und zurück und mit ihnen Gedanken, Empfindungen und Erinnerungen. Ra ist sich des Vorgangs nicht bewusst, sie jedoch hat plötzlich die Sicherheit, dass dieser unscheinbare blaugrüne Planet mit seinen mit Steinkeilen hantierenden Wilden nicht das ist, was er auf den ersten Blick zu sein vorgibt. Bilder von tanzenden Schmetterlingen erscheinen vor Ischtars Augen, aus ihren Puppen erwachsen metallische Blasen, die zum Himmel aufsteigen und als Kugelschiffe in die Schwärze des Weltalls vorstoßen. Ein gewaltiges Gelächter droht über ihr zusammenzuschlagen und verhallt so schnell, wie es gekommen ist. Das vom Gravitations-Zyklon geschaffene rote Maul der Überlappungszone schiebt sich in ihr Bewusstsein – dann ist alles vorbei, und auch der mentale Kontakt zu Ra reißt ab.

Sie hört seine Stimme und erschaudert. »Ich kenne dich nicht,

Goldene Göttin. Du bist wunderbar, Nin-ana, ich bin nur ein Jäger … soll ich an deiner Seite einsam werden?«

Mit seinen einfachen Worten umreißt Ra das Problem deutlicher, als Ischtar es jemals hätte ausdrücken können. Ja, er würde an ihrer Seite ewig einsam bleiben. Er gehört zu seinen Leuten. Zurück in die barbarische Wildnis des grünblauen Planeten.

»Aber … der Tod wird nicht zu dir kommen, wenn du bei mir bleibst«, sagt sie schluchzend. »Es wird für uns beide nur einen ewigen Anfang geben. Wir werden Sonnen sterben sehen. Wir werden dabei sein, wenn das Universum vergeht. Wir werden die Geburt der neuen Zeit miterleben. Du wirst deine Einsamkeit vergessen, Ra.«

Ra lehnte die Stirn gegen die kühle Wand. Tränen strömten über sein Gesicht, während er die Hände abwechselnd ballte und öffnete. Es dauerte lange, bis er sich halbwegs beruhigt hatte. Er stieß sich von der Wand ab und schaute sich um. Den Schmerz über den Verlust des geliebten Weibes spürte er nicht mehr; er war vom schrankenlosen Hass auf seinen Nebenbuhler verdrängt worden.

Nach einer Weile stieg Ra wieder auf das Transportband und ließ sich forttragen. Vor der Öffnung eines Antigravschachts sprang er wieder herunter. Nachdem er sich davon überzeugt hatte, dass der Liftschacht leer war, schwang Ra sich hinein und stieß sich so ab, dass er in der künstlich erzeugten Schwerelosigkeit nach unten sank. Acht Etagen tiefer verließ er den Antigravlift. Diesmal befand er sich in einem schmalen, aber hohen Korridor ohne Transportbänder. Das gelbe Licht, das hier herrschte, kam aus transparenten Panzerplatten an der Decke. An den Wänden befanden sich die Öffnungen von Ventilen, aus denen Gase und Flüssigkeiten gesprüht werden konnten. In regelmäßigen Abständen waren schmale Nischen in die Wände eingelassen. In ihnen befanden sich Schaltungen, mit denen die Nischen durch einen Energieschirm gesichert werden konnten.

Ra verzog das Gesicht zu einer Grimasse. Er wusste, dass er sich in der gesuchten Sektion befand. Im nächsten Moment zuckte er zusammen. Laute Schritte hallten durch den Korridor. Schnell schlüpfte der Barbar in eine Wandnische und verhielt sich still.

Kurz darauf hörte er, dass es zwei Roboter waren, die die Geräusche verursachten. An einem Nebengeräusch erkannte er, dass die Roboter eine Antigravplattform mitführten. Als sie stehen blieben, hielt er unwillkürlich den Atem an. Etwas klapperte, dann dröhnte es laut. Es klang, als sei ein schwerer Gegenstand gegen eine Stahlwand geprallt. Wieder klapperte etwas. Ein Schott öffnete sich mit schwachem Zischen.

Wumm! Abermals prallte ein schwerer Gegenstand gegen Metall. Am Geräusch erkannte Ra, dass es kein lebloser Gegenstand sein konnte, sondern ein schwerer Tierkörper sein musste. Wahrscheinlich eines der wilden Tiere Ischtars, offenbar wurde es von den Robotern gefüttert. Ein lautes Stampfen, Schnauben und Grunzen erscholl. Erneutes Klappern, die Schritte der Roboter entfernten sich, dann zischte ein Schott. Ra atmete auf. Hätten die Roboter ihn entdeckt, wäre sein Plan zunichte gemacht worden – obwohl er sich unmittelbar vor dem Ziel befand.

Endlich wagte sich der Barbar aus seinem Versteck heraus. Eine Hand voll verschütteten Futterbreis auf dem Boden verriet ihm, wo sich das Schott befand, hinter dem das Tier gefangen gehalten wurde. Ra ging hinüber und blieb stehen. Sein Blick glitt suchend über die Korridorwand. Er wusste aus eigener schlimmer Erfahrung, dass sich die wilden Tiere Ischtars nicht ohne weiteres beherrschen ließen. Dazu gehörte ein Impulsgeber, mit dem Steuerbefehle direkt ins Gehirn des Tieres geschickt wurden. Einmal hatte Ra gesehen, wie Ischtar ein solches Gerät aus einer getarnten Öffnung der Korridorwand nahm. Doch er wusste die Stelle nicht mehr genau.

Er brauchte eine halbe Tonta, bis er sie schließlich durch Abtasten der Wand gefunden hatte. Augenblicke später hielt er den kleinen Impulsgeber in der Hand und musterte die Sensormulden auf seiner Oberfläche. Seine Handflächen wurden feucht. Ein falscher Impuls, und das Tier stürzte sich auf ihn, aber er hatte keine Ahnung, welche Schaltung welche Reaktion hervorrief. Doch der Hass auf Atlan siegte über alle Bedenken und Befürchtungen. Er ging zu der Stelle, an der die Roboter das Futter verschüttet hatten, legte eine Hand auf die Wandung.

Zischend öffnete sich ein Schott. Ra sprang erschrocken zurück, als ein riesiges schwarzes Ungeheuer schnaubend auf ihn losstürmte und gegen armdicke Gitterstäbe prallte. Ein mächtiger lang gestreckter Schädel mit kurzem Maul und armlangen messerscharfen Hauern presste sich zwischen die Stäbe. Schaumiger Geifer flog in schmutzig gelben Flocken auf den Korridor. Als er den ersten Schreck überwunden hatte, erkannte Ra, dass es sich bei dem schwarzen Untier um einen gigantischen Eber handelte, ein Tier von fast sechs Metern Länge, zweieinhalb Metern Höhe und dem Gewicht eines kleinen Mammuts. Auf dem Rücken sah Ra das gleiche Gestell, das auch auf dem Rücken des Himmelsstiers gewesen war, eine Art Sattel mit Griffen. Der Eber zog sich auf die andere Seite seines Käfigs zurück, drehte um und rannte erneut gegen die Gitterstäbe an. Er prallte mit solcher Wucht dagegen, dass Ra fürchtete, die Stäbe könnten nachgeben.

Rasch drückte der Barbar auf einen Schalter des Impulsgebers. Der Eber stierte ihn aus blutunterlaufenen Augen tückisch an und zog sich, rückwärts gehend, zurück. In der Mitte seines Käfigs blieb er stehen. Ra lächelte triumphierend. »Du gehorchst mir!«, sagte er zu dem Tier. »Ich bin dein Gebieter, du schwarzer Geselle.«

Er drückte auf einen anderen Knopf. Im nächsten Augenblick schoss der riesige Eber, als sei er katapultiert worden, durch die Luft und krachte gegen das Gitter. Sofort drückte Ra den nächsten Knopf. Der Eber wich zurück, schüttelte den mächtigen Schädel und trabte anschließend im Kreis durch seinen Käfig. Ra merkte sich den Knopf, den er nicht drücken durfte, probierte den nächsten Knopf aus und so weiter, bis er genau Bescheid wusste, welche Reaktionen er durch das Drücken eines bestimmten Knopfes hervorrufen konnte.

»Du wirst meine Rache sein!«, flüsterte er und betätigte den Schalter neben dem Schott, der die Gitter des Käfigs an einer Stelle öffnete.

Mit Hilfe des Impulsgebers hatte sich der gigantische Eber in ein handzahmes Tier verwandelt. Dennoch schwitzte Ra, sobald das Tier ihm zu nahe kam. Es gehörte kein böser Wille dazu, ihn zu töten, nicht bei den Körperkräften des Ebers. Er brauchte ihn nur versehentlich an die Gitterstäbe zu schieben, schon würden seine Knochen brechen.

»Ich nenne dich *Gullinbursti*«, sagte Ra. »Nach dem von den

Zwergen geschaffenen Eber, auf dem Frey über das Land reitet, wenn das Fest der Alben anbricht.« Das Riesentier grunzte und stieß ihm das nasse Maul ins Gesicht. Ra überschlug sich, blieb auf dem Rücken liegen, schüttelte benommen den Kopf, dann lachte er und sprang auf. »Deine Stärke wird Atlans Tod sein.« Er spie Blut aus. »Ich werde frohlocken, wenn seine Knochen unter deinen Hufen zermalmt werden und sein Blut den Sand der verfluchten Wüste tränkt. Danach werde ich ihm das Herz herausschneiden, über einem Feuer rösten und essen, und alles, was Ischtar entweihte, wird im Feuer verbrennen.«

Er ging zu einem Schaltkasten, entfernte die Panzerplatte, die die Schaltungen abdeckte, und drückte mehrere Knöpfe ein. Als der gesamte Käfig nach einer schwachen Erschütterung langsam abwärts glitt, scharrte der Eber nervös mit den Hufen. Er beruhigte sich jedoch wieder, nachdem Ra auf einen Knopf seines Impulsgebers gedrückt hatte. Nach einer Weile kam der Käfig mit einem Ruck zum Stillstand. Außerhalb der Gitterstäbe befand sich ein großes Schleusenschott, daneben waren zwei Monitoren in die Wand eingelassen. Ra musterte die Schirme. Sie zeigten die Umgebung des Raumers aus verschiedenen Blickwinkeln. So klar wie am hellen Tag waren Farnathia, Fartuloon und Vorry zu sehen – und die Bodenschleuse des Schiffes. Die drei Personen standen beisammen und beratschlagten offenbar. Mehrmals deutete Fartuloon auf die Schleuse. Nach einiger Zeit setzte sich der Magnetier in Bewegung, zog immer größer werdende Kreise, bis er stehen blieb und seinen Gefährten etwas zurief.

»Er hat meine Spur entdeckt!«, grollte Ra. Fartuloon und Farnathia eilten zu Vorry und bückten sich. Danach berieten sie wieder. Plötzlich stob Vorry in Richtung der Schleuse los. Aber kurz bevor er sie erreichte, flimmerte die Luft, sodass der Magnetier gegen das unsichtbare Hindernis prallte, entmaterialisierte und tausend Schritt entfernt in der Wüste wieder verstofflicht wurde. Ras Gesicht verzog sich zu einem schadenfrohen Grinsen. »Niemand wird meine Pläne jetzt noch durchkreuzen können!«

Er wurde fast wahnsinnig bei dem Gedanken, was Atlan und Ischtar gerade treiben mochten. Der Schweiß trat ihm auf die Stirn und auf den Nacken, sein Atem ging keuchend. Als er sich wieder einigermaßen beruhigt hatte, ging er wie in Trance zu dem Eber, stieg in die Seilschlaufe, die am Sattel befestigt war, und schwang sich auf den Rücken des Tieres. Seine Finger spielten nervös mit den Knöpfen eines zweiten Steuergeräts, das allerdings nur dazu diente, die Käfigschleuse zu öffnen oder zu schließen. Er würde dieses Gerät nur einmal brauchen.

Endlich, nach langer Zeit des Wartens, tauchte auf dem Monitor, der die Bodenschleuse zeigte, Atlans Gestalt auf. Der Arkonide ging durch die Schleusenkammer auf die äußere Öffnung zu, hielt sich am Rand fest und spähte hinaus. Ras Augen loderten drohend. Atlan wartete und trat erst ins Freie, als der Energieschirm außerhalb der Bodenschleuse zusammenbrach. Im gleichen Augenblick drückte Ra auf den Schaltknopf, der die Käfigschleuse fernsteuertechnisch öffnete. Klirrend hob sich eine Gitterwand des Käfigs; dahinter glitten die beiden Hälften des inneren Schleusenschotts auseinander.

Ra drückte einen bestimmten Knopf des Impulsgebers. Der Eber grunzte, stemmte die Hufe in den Boden und stürmte los. Rund zehn Meter weiter vorn öffnete sich das Außenschott. Das Tier jagte durch die tunnelartig geformte Kammer. Als es ins Freie sprang und von einem Kraftfeld ergriffen wurde, stieß Ra einen gellenden Schrei aus. Er sah Atlan in mehr als dreißig Metern Entfernung. Der Arkonide drehte sich überrascht um – doch da war der Eber bereits über ihm und trampelte ihn nieder. Die Hufe zertrümmerten seine Knochen und ließen seine Schädelkapsel bersten. Leblos sank Atlan in den Sand. Langsam breitete sich eine Blutlache um ihn aus.

Der Eber mit Ra aber jagte davon …

… und Fartuloon schleuderte ein Seil nach dem Tier. Die Schlinge verfing sich in einem Hinterbein des Ebers. Der Bauchaufschneider wurde umgerissen und mitgeschleift. Verbissen hielt er sich am Seil fest, wollte nicht loslassen, denn er rechnete damit, dass Ra umkehren und den Eber veranlassen würde, Atlan den Rest zu geben. Doch der Eber hielt weder an, noch drehte er um. Fartuloon wurde zuerst durch Sand und später über Schotter geschleift. Er krümmte den Rücken, um zu vermeiden, dass sein ungeschützter Schädel gegen die Steine prallte. Doch seine Hände konnte er nicht schützen, sie wurden blutig gerissen.

Vom Sattel aus brüllte Ra wie ein Verrückter. Fartuloon begriff erst nach einer Weile, dass der Barbar versuchte, das Tier anzuhalten. Vermutlich war es ihm durchgegangen. Fartuloon wusste aus dem Bericht Ras, dass die Tiere Ischtars mit Hilfe eines Impulsgebers gesteuert wurden. Wahrscheinlich hatte Ra einen solchen benutzt, ihn aber bei dem wilden Ritt verloren. Als der Bauchaufschneider einen Blick nach vorn warf, sah er im Sternenlicht eine Steinbarriere auftauchen und erschrak. Wurde er gegen die Steinbarriere geschleudert, war er verloren. Dann würde er Atlan nicht mehr helfen können. Er ließ das Seil los, schlitterte noch ein Stück über den Schotter, drehte sich dreimal um die eigene Achse und blieb liegen. Blut rann über seine zerschundenen Hände, sein Rücken schmerzte, als sei eine Herde Saurier darüber gestampft.

Plötzlich huschte etwas vorüber, was annähernd einer schwarzen Tonne glich. *Vorry!*

Der Magnetier erreichte den tobenden Eber in dem Augenblick, als Ra aus dem Sattel geschleudert wurde. Hätte Vorry ihn nicht mit seinen kräftigen Armen aufgefangen, wäre sein Körper beim Aufprall auf die Steine zerschmettert worden. Aber Vorry erhielt keine Zeit, sich länger um den Barbaren zu kümmern: Der Eber machte wutschnaubend kehrt und ging den Magnetier an, hielt die armlangen Hauer gesenkt. Hinter ihm spritzten faustgroße Steine hoch. Vorry hüpfte drei Meter zur Seite, der Eber stürmte ins Leere. Vorry hüpfte zurück und warf sich gegen die Flanke des Riesentiers. Beide Wesen überschlugen sich und stürzten auf die Steine, kamen zur gleichen Zeit wieder hoch. Sofort griff das Tier an. Vorry packte einen Hauer, versuchte den Eber aus dem Gleichgewicht zu bringen. Doch die Wucht des massigen Tierkörpers war sogar für den Eisenfresser zu stark. Vorry wurde hochgewirbelt, flog viele Meter weit durch die Luft und stürzte so schwer auf die Steinbarriere, dass Fartuloon annehmen musste, er sei tot oder zumindest so schwer verletzt, dass er sich nicht mehr rühren konnte. Der Eber wirbelte herum und ging den Magnetier abermals an. Aber er hatte Vorry noch nicht erreicht, als der kleine tonnenförmige Kerl aufsprang, einen großen Felsbrocken in beiden Händen hielt und ihn mit aller Kraft nach dem Tier schleuderte. Dann sprang er zur Seite.

Der Felsbrocken, so groß wie der Schädel des Tieres, krachte gegen den Kopf des Ebers. Es knirschte, als sei er gegen massiven Fels geprallt. Der Wurf blieb nicht ohne Wirkung: Der Eber knickte in den Vorderbeinen ein, strauchelte und richtete sich mit wütendem Schnauben wieder auf. Vorry hob unterdessen einen zweiten Felsbrocken auf, und als das Tier wieder auf ihn losstürmte, warf er ihn ebenfalls. Diesmal wich der Eber aus, warf sich herum und jagte auf den Magnetier zu. Der schwarze Tonnenkörper verschwand unter stampfenden Hufen. Fartuloon zweifelte nicht mehr daran, dass Vorry verloren war, als der Eber plötzlich hochschnellte, taumelte und umfiel. Hinter ihm erhob sich Vorry, hielt in jeder Hand einen Hauer.

»Mistvieh!«, brüllte er und rannte auf das Tier zu, das im letzten Moment hochsprang und flüchtete. Vorry jagte hinterher. Der Eber hatte sich verausgabt, schlug Haken, um seinen Verfolger nicht an sich herankommen zu lassen. Allmählich wurden seine Bewegungen langsamer. Und dann stellte er sich noch einmal zum Kampf. Beide Wesen prallten frontal zusammen, wirbelten umeinander, dass die Steinbrocken nur so umherflogen – und dann war es vorbei. Der Eber brach zusammen, sank auf die Seite, die Hinterbeine zuckten konvulsivisch im Todeskampf. Dann lag er still. Nur ein letztes Zittern lief noch durch den Riesenkörper.

Fartuloon rappelte sich mühsam hoch. Die Wunden an seinen Händen bluteten inzwischen nicht mehr, aber er fühlte sich zerschlagen. Taumelnd ging er zu der Stelle, an der Vorry den Barbaren niedergelegt hatte. Fartuloon kam in dem Augenblick dort an, als Ra aus der Ohnmacht erwachte. Der Barbar blickte sich verständnislos um, sprang dann auf und stürzte sich auf Fartuloon. Dieser wurde von dem ungestümen Angriff überrascht, erhielt einen Faustschlag gegen die Schläfe und ging in die Knie. Undeutlich sah er, wie Ra einen Stein aufhob und ausholte. Er warf sich zur Seite, der Stein verfehlte ihn. Im nächsten Moment riss Fartuloon seinen Kombistrahler aus dem Gürtelhalfter, zielte und drückte ab. Ra brach paralysiert zusammen.

Vorry näherte sich langsam, schien Mühe zu haben, sich zu bewegen. Vor dem Paralysierten blieb er stehen, blickte Fartuloon an und sagte: »Das Monstrum war ein verdammt harter Brocken, Dicker. Was ist das eigentlich für ein Wesen?«

»Ein Eber. Ein abnormal großer Eber. Was tun wir mit Ra? Wir können ihn nicht in der Wüste liegen lassen.«

»Ich trage ihn zum Schiff.«

»Bist du nicht zu erschöpft?«

»Das sieht nur so aus. Der Kampf mit dem Eber hat mich zwar etwas mitgenommen, aber ich erhole mich schnell.« Er bückte sich und lud sich den Barbaren auf die Arme. »Es kann losgehen!«

Fartuloon schob die Waffe ins Gürtelhalfter zurück und prüfte die Schaltungen seines Flugaggregats. Wie er befürchtet hatte, reagierte das Gerät nicht. Es musste beschädigt worden sein, als er über den Boden geschleift worden war. »Geh voraus. Sieh zu, dass du etwas für den Jungen tun kannst. Er muss schwer verletzt sein. Ich komme nach.«

»Verstanden.« Vorry setzte sich in Bewegung und raste davon. Wenige Augenblicke später hatte die Dunkelheit ihn und Ra verschluckt. Fartuloon seufzte und setzte sich langsam in Bewegung. Später fiel er in einen leichten Trab. Die Sorge um Atlan trieb ihn voran …

11.

Aus: ENZYKLOPAEDIA TERRANIA, *Glossar der antiken Hochkulturen*; Mikroarchiv, Gedächtnisspeicher NATHAN

Ischtar: *Die älteste Namensform der Großen Göttin ist vorsumerisch und lautete Innin. Die im späten vierten Jahrtausend vor Christus in Südmesopotamien eingewanderten Sumerer übernahmen den Namen als Inanna, eine von (N)in-an-na oder Nin-ana – »Herrin des Himmels« – abgeleitete Form, in ihre eigene Sprache. Als Stadtgöttin von Uruk war sie die Tochter des Himmelsgottes Anu und residierte in ihrem Tempel E'ana, dem »Haus des Himmels«. In Uruk begegnet uns auf Rollsiegeln, auf Gefäßen und in den frühesten Texten ihr Symbol, das so genannte Schilfringbündel. Nach anderen Überlieferungen war sie die Tochter des Mondgottes Sin und Schwester des Sonnengottes Schamasch und der Unterweltgöttin Ereschkigal. Ihr Gemahl war Dumuzi-Tammuz. Im Mythos von Inannas Gang in die Unterwelt wird geschildert, wie es dazu kam, dass alljährlich Dumuzis Tod und Verschwinden die Vegetation zum Sterben bringen. Sein neuerliches Erscheinen führt dann zum Sprießen und Wachsen aller Pflanzen. Du-*

muzi ist auch als König von Uruk aus einer frühen Dynastie bekannt und stieg wie Gilgamesch später in den Rang eines Gottes auf.

Ischtar – anfänglich Eschtar – war die Hauptgöttin der Babylonier und Assyrer. Der Name entspricht der Astarte (griechisch-römischer Name für Aschtoret, die phönikische Göttin der Liebe und Fruchtbarkeit). In allen Teilen der altsemitischen Welt erscheint sie unter den verschiedensten Bezeichnungen. So hieß sie in Arabien Athtar, in Äthiopien Astar und in Kanaan und Israel Ashtart. Sie wurde mit dem Planeten Venus identifiziert. Ihr Symbol war ein Stern. Dieser astrale Aspekt der Göttin wurde besonders von den Assyrern verehrt, zahlreiche Tempel wurden ihr zu Ehren erbaut.

Als Göttin war sie die Große Mutter, Fruchtbarkeitsgöttin und Himmelskönigin, die Schützerin der Herden, die für fruchtbare Felder und Nachwuchs bei Mensch und Tier sorgte. Andererseits wurden ihr zerstörerische Eigenschaften zugeschrieben: Besonders bei den Assyrern galt sie als Göttin der Jagd und des Krieges und wurde auf einem Löwen stehend dargestellt, eine Kriegsaxt in der Hand oder mit Keulen, die ihr aus der Schulter sprießen. Andere Abbildungen zeigen sie mit Pfeil und Bogen und einem Köcher über der Schulter. Bei den Babyloniern war sie eindeutig die Muttergöttin, entweder nackt und mit großen Brüsten oder als Mutter mit einem Kind an der Brust. Als Liebesgöttin brachte sie vielen ihrer Liebhaber die Vernichtung, von denen ihr Gatte Tammuz, das babylonische Gegenstück zu Adonis, der berühmteste war. Im Gilgamesch-Epos wird Ischtar am Schluss der sechsten Tafel schroff kritisiert …

Ich spürte, dass ich im Sterben lag. Meine Augen sahen nichts mehr, meine Ohren hörten nichts mehr, und ich fühlte nichts mehr. Für unbestimmte Zeit versank ich in tiefer Ohnmacht. Als ich wieder zu mir kam, erinnerte ich mich vage an einen gigantischen Eber mit Ra auf dem Rücken, der mich niedergeritten hatte. Meine Verletzungen mussten tödlich sein, deshalb wunderte ich mich, dass ich keine Schmerzen hatte. Ich konnte sogar wieder sehen und hören – und zwar klarer als je zuvor. Mein erster Blick galt dem Varganenschiff – nicht, weil es mich am meisten interessierte, sondern weil ich mich nicht bewegen konnte und so lag, dass sich das Schiff in meinem Blickfeld befand.

Ich sah die Bodenschleuse – und ich sah Ischtar, die aus der Schleusenöffnung stürmte. Ich erkannte sie sofort, obwohl sie nicht mehr nackt war, sondern einen silbrig schimmernden Kampfanzug mit einem hohen Helm trug. Sie lief in meine Richtung, wollte mir offenbar helfen. Doch da hörte ich auch Schritte von der anderen Seite, und ich konnte mir denken, dass Farnathia ebenfalls zu mir eilte. Zwei Frauen, die dem Mann, den sie beide liebten, in seiner letzten Tonta beistehen wollten. Plötzlich verstummten die Schritte.

»Er ist tot – und das ist deine Schuld!«, hörte ich Farnathia brüllen.

»Unser gemeinsames Kind wird leben!«, antwortete Ischtar.

Typisch Weib!, durchfuhr es mich. *Gleich wird sie noch mit Einzelheiten unseres Beisammenseins prahlen, um ihre Konkurrentin noch mehr zu demütigen …*

»O nein!«, schrie Farnathia. »Weder du noch dein Bastard werden leben!«

Ein Energiestrahl fauchte so dicht über mich hinweg, dass er mir die Haare versengte. Wo eben noch Ischtar gestanden hatte, breitete sich ein Glutball aus. Verflüssigter Sand spritzte umher.

Ich konnte es nicht fassen. Farnathia, meine sonst so sanftmütige Farnathia, hatte auf ihre Nebenbuhlerin geschossen und sie getötet. Die Eifersucht schien eine reißende Bestie aus ihr gemacht zu haben. Ich wollte schreien, brachte aber keinen Ton heraus. Jemand lachte. Nur mit Mühe erkannte ich Ischtars Stimme. *Sie ist also doch nicht tot.* Im nächsten Augenblick sah ich Ischtar. Sie erschien hinter einer Bodenwelle und hielt einen im Sternenlicht glänzenden Gegenstand in der Hand. Abermals fauchte ein Energiestrahl über mich hinweg. Ich fühlte die Gluthitze. Wieder wollte ich schreien, abermals brachte ich keinen Ton heraus. *Ist Farnathia tot?*

Meine Augen füllten sich mit Tränen. Aber ein neuer Blasterschuss, diesmal wieder in Ischtars Richtung, bewies mir, dass Farnathia noch lebte und weiterhin Ischtar nach dem Leben trachtete. Die beiden mussten den Verstand verloren haben, beschossen sie sich gegenseitig und riskierten, den Mann zu töten, den sie liebten. Aber sie hielten mich offenbar beide für tot. Wenn ich mich nur bemerkbar machen könnte, wenn ich ihnen irgendwie zeigen könnte, dass ich noch lebte und dass sie keinen Grund hatten, sich zu bekämpfen, weil jede der anderen die Schuld an meinem Tod gab! Doch ich konnte mich nicht rühren. *Offenbar ist mein Rückgrat zertrümmert.* Aber das war mir eigentlich egal. Ich hatte mit meinem Leben abgeschlossen, wollte allerdings nicht kurz vor dem Tod miterleben müssen, wie sich Farnathia und Ischtar gegenseitig umbrachten. *Warum greifen Fartuloon und Vorry nicht ein? Warum trennen sie die beiden hysterischen Frauen nicht?*

Ich begriff es nicht.

Ra und der wilde Eber werden sie in Atem halten, meldete sich der Logiksektor. Mein Extrahirn funktionierte also noch, obwohl ich das vage Gefühl hatte, meine Schädelkapsel sei geborsten. Eigentlich war es ein Wunder, dass ich überhaupt noch klar denken konnte.

Ich sah, dass Ischtar sich hinter den Prulth zurückzog. Farnathia hastete plötzlich durch mein Blickfeld, rannte an mir vorbei, warf sich hinter eine Bodenwelle und feuerte erneut auf ihre Rivalin. Ischtar erwiderte das Feuer, aber sie traf ebenso wenig wie Farnathia. Vielleicht wollte sie nicht treffen, denn sie musste eigentlich eine gute Kämpferin sein, wenn ich bedachte, dass sie seit langer Zeit allein durch die Galaxis streifte und sich bestimmt vieler Gefahren hatte erwehren müssen. Doch irgendwann *musste* eine der beiden Frauen getroffen werden. Das war unvermeidlich, wenn sie weiter aufeinander schossen. Sobald eine von beiden in ernste Bedrängnis geriet, würde sie keinerlei Rücksicht mehr nehmen.

Verzweifelt bemühte ich mich, meine Glieder zu bewegen oder wenigstens zu schreien. Als ich spürte, dass sich meine rechte Hand krümmte, stöhnte ich erleichtert auf – und ich stöhnte laut. Farnathia schoss förmlich aus ihrer Deckung hoch und blickte in meine Richtung. Aber ich vermochte mich nicht noch einmal zu bewegen und konnte auch keinen Ton mehr aus meiner Kehle bringen.

Farnathia duckte sich, streckte die Rechte mit dem Blaster vor und belegte Ischtars Deckung mit Dauerfeuer. Der Prulthstein glühte auf und zerplatzte in einem Funkenregen. Abermals sprang Farnathia auf, rannte geduckt nach rechts, um näher an ihre Rivalin heranzukommen. Da fuhr ein greller Blitz herüber, traf Farnathia in die linke Hüfte. Mit einem erstickten Schrei brach sie zusammen. Ihr Blaster flog durch die Luft, ihr Körper krümmte sich im Sand. Ich war starr vor Entsetzen. Farnathia, meine Farnathia, war getroffen, vielleicht tödlich getroffen. *Wie soll ich weiterleben ohne sie?*

Du wirst ebenfalls sterben!, schnarrte mein Logiksektor gefühllos.

Es interessierte mich nicht. Ich hatte nur noch ein Bestreben: meiner Farnathia zu helfen, sofern das noch möglich war. Und mit einem Mal konnte ich mich wieder bewegen, zwar nicht normal, aber ich war nicht mehr zur absoluten Passivität verurteilt. Millimeter um Millimeter schob ich mich durch den Staub, krallte mich mit den Fingern in den Boden, stemmte die Füße in den Sand. Mehrmals fiel mein Kopf vornüber, ich bekam Sand in den Mund, in die Nase und in die Augen. Es störte mich nicht. Ich kroch selbst dann weiter, als mein Körper plötzlich vom Schmerz durchflutet wurde. Ich biss mir die Lippen blutig, schluckte Blut und Sand und Schweiß. Ich zog und schob mich weiter vorwärts, auf meine Geliebte zu. Als ich sie endlich erreichte und einen Blick in ihr wachsbleiches verfallendes Gesicht warf, wusste ich, dass ich eine Sterbende vor mir hatte. Ich tastete nach ihrer Hand. Tränen strömten mir übers Gesicht, vermischten sich mit Blut, Sand und Schweiß. Ein Röcheln entrang sich meiner Kehle – und plötzlich konnte ich wieder sprechen, wenn auch nur leise.

»Farnathia! Bitte, meine Farnathia, verzeih mir!« An ihren Augen erkannte ich, dass sie mich hörte. Aber sie antwortete nicht. Nur ihr schwaches röchelndes Atmen war zu hören. »Farnathia!«, flehte ich. »Wir werden beide sterben. Lass mich nicht von dir gehen, ohne mir zu verzeihen. Es … es tut mir Leid, Farnathia. Ich wollte es nicht.«

Doch auch diesmal erhielt ich keine Antwort. Vielleicht konnte Farnathia mich nicht verstehen. Ich drückte ihre Hand so stark, wie es meine schwindenden Kräfte erlaubten. Für den Bruchteil eines Wimpernschlags glaubte ich Gegendruck zu verspüren, aber als ich fragend in Farnathias Augen schaute, sah ich, wie sie trüb wurden. Gleichzeitig erschlaffte ihre Hand in meiner.

Farnathia ist tot! Ich schluchzte laut auf. Mein Gesicht fiel in den Sand, dann wurde es schwarz um mich …

Als ich zu mir kam, hob ich mühsam den Kopf. Der Anblick meiner toten Farnathia zerriss mir fast das Herz. Doch dann sah ich Ischtar, und der Zorn verdrängte den Schmerz über den Verlust der

Freundin. Die Varganin stand wenige Schritte von mir entfernt und war in eine Energieaura gehüllt, offenbar einen Schutzschirm.

»Ich verfluche dich!«, keuchte ich mit brüchiger Stimme. »Du bist schuld, dass die Freundin sterben musste, die ich zur Frau nehmen wollte. Wenn ich könnte, würde ich dich umbringen!«

In ihrem Gesicht zuckte es. »Ich verstehe, dass du mich jetzt hasst und verachtest«, sagte sie leise. »Aber ich habe den Tod deiner Freundin nicht gewollt. Hätte sie in ihrer maßlosen Eifersucht nicht den Verstand verloren, würde sie noch leben.«

»Hättest du sie nicht zur Eifersucht getrieben, würde sie ebenfalls noch leben. Und auch ich brauchte nicht zu sterben.«

»Du wirst nicht sterben – ich sorge dafür, dass du wieder gesund wirst! Und ich werde unseren Sohn trotz allem zur Welt bringen.«

»Irrtum! Meine Verletzungen sind tödlich. Selbst du kannst mir nicht mehr helfen, du Schlange!«

»Deine Verletzungen sind tödlich, ja. Aber ich verfüge über Mittel, sogar solche Verletzungen wieder zu heilen. Danach helfe ich dir, die verlorene Spur zum Stein der Weisen wieder zu finden.«

Sie wandte sich ab und ging davon.

Wenig später tauchten mehrere Roboter auf, hoben mich behutsam auf eine Antigravplattform. Hochdruckinjektionsdüsen zischten. Mir war, als entfernte sich die Welt weit von mir, dennoch konnte ich alles wahrnehmen, was um mich vorging. Die Plattform setzte sich in Bewegung und schwebte auf das Schiff zu, das sich riesig und golden unter dem Sternenhimmel von Frossargon erhob. Hinter mir blieb Farnathias sterbliche Hülle zurück. Ich blickte zu den Sternen auf und fragte mich, ob Farnathias Geist wohl dorthin unterwegs war, ob er dort warten würde, bis mein Geist eines Tages nachkam – wenn es stimmte, dass der Geist den Tod überdauerte. Wenn es tatsächlich stimmte, war es vielleicht besser, ich starb bald, damit ich wieder mit Farnathia vereint war. Ich wollte ohne sie nicht mehr leben.

Doch dann erinnerte ich mich an das Versprechen, das Ischtar mir gegeben hatte: *Danach helfe ich dir, die verlorene Spur zum Stein der Weisen wieder zu finden …*

Der Stein der Weisen, ich hatte tatsächlich nicht mehr an ihn gedacht. Er war mir seit Farnathias Tod völlig unwichtig erschienen, ein Phantom, nach dem zu jagen es sich nicht lohnte, weil es so vergänglich war wie alles im Universum. *Nur die Liebe ist ewig.*

Das mag sein, flüsterte der Logiksektor. *Aber du hast kein Recht, deine Liebe nur auf eine Person zu beschränken. Der Kristallprinz des Großen Imperiums muss seine Liebe auf alle Bürger des Reichs ausdehnen, auf alle Arkoniden und auch auf alle nichtarkonidischen Völker, die im Einflussbereich des Tai Ark'Tussan leben. Darum darfst du über der Trauer um Farnathia nicht das Ziel aus den Augen verlieren, das du dir gemeinsam mit deinen Freunden gesetzt hast: den Stein der Weisen zu finden und mit seiner Hilfe die Macht Orbanaschols zu brechen!*

Ich lauschte der inneren Stimme nach und erkannte, dass sie Recht hatte. Ich hatte eine Verpflichtung, die größer und stärker war als ein Einzelschicksal, größer und stärker als mein Schmerz über den Verlust Farnathias – und wichtiger als mein persönliches Schicksal. Würde Farnathia noch leben, hätte sie mir sicher beigepflichtet. Ich handelte also auch in ihrem Sinn, wenn ich die Pflicht annahm, die dem Kristallprinzen des Großen Imperiums auferlegt war.

Die Antigravplattform wurde von den Robotern durch die Bodenschleuse des Varganenschiffs bugsiert und in einen Antigravlift geschoben. Langsam schwebten wir nach oben. Danach folgte der Anblick eines langen, hell erleuchteten Korridors, eines Saales mit grellen Deckenlampen, das Surren, Blitzen und Klappern von Instrumenten und Maschinen. Ich merkte, dass mein Schutzanzug aufgeschnitten wurde, dass blitzende Instrumente zielsicher zupackten, meine Fleischwunden behandelten, meine gebrochenen Knochen richteten. Dann strahlte über mir ein grünlicher Scheinwerfer auf, badete mich in seinem Licht. Die Roboter und Instrumente verschwanden aus meinem Blickfeld. Ich fühlte mich trotz einer schweren Mattigkeit plötzlich viel wohler – und dann sank ich in einen tiefen Schlaf …

Als ich erwachte, war das grüne Licht erloschen. Der Saal lag in mattem rosafarbenem Licht, von irgendwoher erklang eine wohltuende Melodie. Ich wollte mich aufrichten, verzichtete aber darauf, als ich mich an die schweren Verletzungen erinnerte. Stand ich zu früh auf, konnte ich mir unter Umständen schweren Schaden zufügen.

»Du bist geheilt, Erhabener!«, sagte eine hervorragend modulierte Stimme. Ein Roboter trat in mein Blickfeld, eine arkonoid geformte Maschine mit grüngoldener Außenhülle und rötlich glühenden Augenzellen.

»Geheilt? Aber ich war schwer verletzt, ich kann noch nicht lange hier sein.«

»Lange genug, um die Verletzungen zu heilen, Erhabener. Du musst dich noch etwas schonen, aber es werden keine Schäden zurückbleiben. Meine Herrin bittet dich durch mich, mir zu folgen, Erhabener.«

»Deine Herrin? Ischtar?«

Der Roboter ging nicht darauf ein, sondern fragte nur: »Bist du bereit, Erhabener?«

Ich setzte mich vorsichtig auf, ohne Schmerzen zu verspüren. Als ich an meinen Kopf fasste, fühlte ich mit den Fingerspitzen unter dem Haar einige dünne Linien, wahrscheinlich die verheilten Bruchstellen. Es grenzte an ein Wunder, dass mein geborstener Schädel wieder zusammengewachsen war und dass mein Gehirn keine Schäden davongetragen hatte, weil es doch ebenfalls verletzt gewesen sein musste. Aber das Wunder war geschehen, also hatte ich es zu akzeptieren. Langsam schwang ich die Beine von dem Metalltisch, auf dem ich gelegen hatte, setzte sie auf den Boden und stand ganz auf. Ich spürte nicht einmal ein Schwindelgefühl, als ich wieder auf eigenen Füßen stand. Ein wenig matt war ich noch, aber das war auch alles.

»Bringe mich zu deiner Herrin!«, befahl ich dem Roboter, während ich an mir hinabsah und erkannte, dass ich eine golden glitzernde Kombination trug, deren Stoff kaum zu bemerken war.

Die Maschine wandte sich um und ging zu einem Schott, das sich vor ihr öffnete. Ich folgte ihr mit gemischten Gefühlen. *Werde ich es ertragen, Ischtar gegenüberzustehen, der Ischtar, die mich mit hypnotischen Mitteln zur Liebe gezwungen und meine Farnathia getötet hat?*

Du musst deine Gefühle besser kontrollieren, raunte der Logiksektor. *Denke daran, dass nur Ischtar dir behilflich sein kann, die Spur zum Stein der Weisen wieder zu finden!*

Ich riss mich gewaltsam zusammen. Dennoch musste ich immer wieder an Farnathia denken, während ich hinter dem Roboter durch Korridore ging, durch Antigravschächte schwebte und in immer höhere Regionen des Varganenschiffes vordrang. Farnathia, die mir durch viele Gefahren gefolgt war, die ich aus den Klauen des Blinden Sofgart befreit hatte und die mir Halt gegeben hatte, wenn ich nahe daran gewesen war, zu verzweifeln – meine Farnathia lebte nicht mehr!

Ich konnte nicht mehr, als der Roboter vor einem großen Schott anhielt und sagte: »Hier ist es, Erhabener.«

Ich lehnte mich gegen die Wand und erwiderte: »Sage deiner Herrin, ich kann sie nicht sehen. Die Wunde ist noch zu frisch.«

»Aber deine Wunden sind geheilt, Erhabener.«

»Ich spreche nicht von den Wunden an meinem Körper, sondern der Wunde meiner Seele, du seelenlose Maschine!«

Die Augenzellen leuchteten stärker. »Verstanden, Erhabener.« Ich bezweifelte allerdings, dass er mich wirklich verstanden hatte. »Meine Herrin wurde von deinem Wunsch unterrichtet und respektiert ihn. Eine unmittelbare Begegnung wird nicht stattfinden. Bitte, folge mir.«

Ich atmete auf. Wenigstens besaß Ischtar genug Feingefühl, um meine psychische Situation zu verstehen. Plötzlich verspürte ich so etwas wie den ersten zaghaften Ansatz von Sympathie. Die Varganin war eigentlich nicht schlecht. Sie hatte einen Mann gesucht, mit dem sie einen Sohn zeugen wollte, aber durfte ich ihr das zum Vorwurf machen? Über die genetische Kompatibilität machte ich mir keine Gedanken – das Wunder meiner Heilung verdeutlichte, zu was die Varganen in der Lage waren.

Ich folgte dem Roboter, als sich das Schott öffnete, und trat durch die Öffnung. Ich sah, dass ich mich in einer Art Observatorium befand. An der nach außen gewölbten Decke der Halle erkannte ich einen Ausschnitt der Galaxis, funkelnde Sterne, leuchtende Gasnebel und Dunkelwolken und ein zerfasertes, milchig schimmerndes Band, das sich quer durch den Sternenhimmel zog. Was mir aber sofort ins Auge fiel, war ein riesiger Komet mit mächtigem Schweif, der in der Nähe einer bestimmten Sternkonstellation stand. Obwohl ich wusste, dass Kometen ebenso profane Gebilde waren wie Asteroiden, ging für mich ein unerklärlicher Zauber von diesem wunderschönen Gebilde aus. Irgendwo war ein Knacken, dann hörte ich Ischtars Stimme. »Folge der Spur des Kometen Glaathan, dann wirst du den Vorsprung deiner Gegner wettmachen, Atlan! Ich hoffe sehr, dass wir uns unter einem besseren Stern noch einmal begegnen. Vermutlich wirst du deinem – unserem – Sohn erst in ferner Zukunft begegnen und dann Entscheidungen treffen müssen, die dir sehr schwer fallen. Dann denke immer daran, dass Chapat das Produkt unserer Liebe ist! Und nun, verlasse mein Schiff, Geliebter! Meine Roboter haben inzwischen das Beiboot repariert. Viel Glück auf allen deinen Wegen, Atlan!«

Als die Stimme verhallt war, stand ich lange Zeit da und starrte mit brennenden Augen auf die Projektion des Kometen Glaathan, dessen Koordinaten plötzlich in meinem Bewusstsein aufblitzten, doch ich dachte in dieser Zeit nicht an den Kometen oder daran, dass er uns zum Stein der Weisen führen sollte, sondern an meinen noch ungeborenen Sohn, der aus einer so ungewöhnlichen Verbindung hervorgehen würde. *Sie hat gesagt, dass ich ihm vermutlich erst in ferner Zukunft begegnen werde. Wie hat sie das gemeint?* Meine Lebensspanne war begrenzt und reichte gewiss nicht bis in eine »ferne Zukunft«. *Woher will sie das wissen?*

Langsam wandte ich mich um. Der Roboter ging mir wieder voraus, führte mich zu einem der Hauptlifte und ließ mich den Rest des Weges allein gehen.

Als ich die Bodenschleuse verließ, fiel mein erster Blick auf einen Hügel aus Überresten des Prulthsteins. Meine Knie wurden weich, denn das konnte nur Farnathias *Grab* sein. Fartuloon und Vorry standen davor, blickten mir mit ernsten Gesichtern entgegen. Dann sah ich Ra. Er saß im Sand, rappelte sich bei meinem Anblick hoch und stieß einen Wutschrei aus. Er stürzte sich auf mich. In seinen Augen loderte ungezügelter Hass.

Ich wich seinem ersten Schlag aus, doch dann rammte er mir seinen Kopf in den Leib. Wir gingen zu Boden, Ra umklammerte meinen Hals mit seinen kräftigen Händen. »Verräter!«, stieß er keuchend hervor. »Du hast mir meine Ischtar genommen. Dafür bringe ich dich um!«

Ich merkte, wie mir die Luft knapp wurde. Dennoch brachte ich es nicht fertig, mich gegen ihn zu wehren. Ich hatte, wenn auch gegen meinen Willen, *seine* Ischtar geliebt. Für ihn musste das der Schändung eines Heiligtums gleichkommen. Wie hätte ich mich da gegen ihn wehren können! Aber Fartuloon und Vorry hatten nicht die gleichen Hemmungen wie ich, eilten herbei, packten Ras Arme und rissen den Barbaren von mir weg. Er trat aus, spuckte, biss und kratzte, war von Sinnen und stieß wüste Drohungen gegen mich und auch gegen meine Freunde aus. Plötzlich schallte eine laute Stimme über die Wüste – Ischtars Stimme. »Ra!«

Er erstarrte, blickte aus blutunterlaufenen Augen zum Schiff. »Ischtar!«

»Wenn du zu mir kommen willst, folge den beiden Robotern! Sie werden dich zu mir führen.«

Ra stöhnte laut: »Ich komme, Ischtar!«

»Lasst ihn los!«, sagte ich zu Fartuloon und Vorry. Meine Gefährten ließen den Barbaren los. Ra machte keine neuen Anstalten, sich auf mich zu stürzen, schien mich völlig vergessen zu haben. Wie in Trance ging er den beiden Robotern entgegen, die vom Doppelpyramidenschiff herüberkamen, und verschwand mit ihnen in der Bodenschleuse.

Fartuloon blickte mich an. »Wie ich sehe, sind deine Wunden geheilt, mein Junge. Jedenfalls deine körperlichen Wunden. Glaube mir, auch die Wunden deiner Seele werden heilen. Es wird nur etwas länger dauern. Du musst nach vorn blicken, *Kristallprinz*, musst deine Aufgabe erfüllen, den Stein der Weisen zu finden!«

»Wenn wir nur wüssten, wo wir ihn suchen sollen«, warf der Magnetier ein.

»Ich weiß es«, sagte ich. »Ischtar hat mir den Weg gewiesen. Wir müssen zum Kometen Glaathan, um den Vorsprung unserer Gegenspieler wettzumachen.«

»Der Komet Glaathan …«, begann Fartuloon sinnend.

Ich hörte allerdings gar nicht mehr hin. Langsam ging ich hinüber zu dem Grab, in dem meine Farnathia ruhte, kniete nieder, legte die Hände auf die Überreste des Prulthsteins und dachte an die schweren und an die schönen Zeiten, die wir durchlebt hatten. Es war ein Abschied, denn ich wusste, dass ich von nun an meinen Weg allein gehen musste. *Allein?* Nein, nicht allein, denn ich hatte meine Freunde, die mir immer treu zur Seite stehen würden. *Einen Freund, Ra, habe ich zwar verloren, aber Fartuloon und Vorry sind mir geblieben …*

Ich musste viele Tontas vor Farnathias letzter Ruhestätte gekniet haben, denn als sich eine schwere Hand auf meine Schulter legte und ich aufblickte, sah ich, dass die Sonne, die vorher im Zenit gestanden hatte, inzwischen dicht über dem westlichen Horizont hing. Es war Vorry, der mir eine Hand auf die Schulter gelegt hatte. »Ra kommt zurück.«

Ich blickte zum Schiff. Ra war eben erst durch die Bodenschleuse gekommen – aber das war nicht mehr der Ra, wie ich ihn noch vor Tontas gesehen hatte. Er war völlig verwandelt. Sein Gesicht glühte, die Augen leuchteten und seine Brust war förmlich vor Stolz geschwellt. Er ging wie ein Betrunkener.

Er ist trunken vor Glück, wisperte mein Extrasinn. *Wahrscheinlich hat Ischtar ihm erzählt, dass sie nur ihn wirklich liebt.*

Beim Erzählen wird es nicht geblieben sein, dachte ich. *Sie wird ihm ihre Liebe bewiesen haben.*

Dann kann er wieder dein Freund sein, sagte der Logiksektor trocken.

Ra stolperte und wäre beinahe gestürzt. Immerhin kam er dadurch wieder in die Wirklichkeit zurück. Ich sah, dass Fartuloon in der Nähe stand, auf sein *Skarg* gestützt, und dass er den Barbaren mit verstehendem Lächeln beobachtete. Langsam ging ich Ra entgegen. Als er mich sah, wurde sein Gesicht dunkel vor Verlegenheit. »Verzeih mir, Atlan«, stammelte er. »Ich …«

»Vergiss es!« Ich hielt ihm die Hand hin. »Wir sind Freunde.«

Er atmete erleichtert auf und drückte meine Hand. »Ja, und wir wollen Freunde *bleiben.*«

Fartuloon gesellte sich zu uns und sagte: »Die Roboter Ischtars haben unser Beiboot repariert. Wir können sofort starten.«

»Ja, starten wir«, sagte ich rau.

Wir gingen zu unserem Boot. Es sah wieder wie neu aus. Ischtars Roboter hatten bemerkenswerte Arbeit geleistet. Aber bevor wir einsteigen konnten, erklang ein Rauschen. Wir sahen, wie sich das Raumschiff Ischtars beinahe lautlos erhob und senkrecht emporschwebte. Als es unseren Blicken entschwunden war, wandten wir uns wieder unserem Beiboot zu. Meine Gefährten stiegen vor mir ein, während ich bis zuletzt draußen blieb und auf Farnathias Grab blickte. Schließlich wandte ich mich entschlossen ab und stieg hinter meinen Gefährten ins Boot. Ich wusste, ich würde Farnathia niemals vergessen, aber ich wusste auch, dass die Erinnerung an sie mich nicht daran hindern durfte, den Blick in die Zukunft zu richten.

Der Stein der Weisen war dank Ischtars Hilfe wieder näher gerückt. *Bestimmt werden wir noch schwere Gefahren zu bestehen haben, bevor wir ihn erreichen, aber ich bin zuversichtlich, dass wir es schließlich schaffen werden. Dann wird Farnathias Tod vielleicht doch noch einen Sinn bekommen …*

12.

1161. positronische Notierung, eingespeist im Rafferkodeschlüssel der wahren Imperatoren. Die vor dem Zugriff Unbefugter schützende Hochenergie-Explosivlöschung ist aktiviert. Fartuloon, Pflegevater und Vertrauter des rechtmäßigen Gos'athor des Tai Ark'Tussan. Notiert am 33. Prago des Eyilon, im Jahre 10.498 da Ark.

Bericht des Wissenden. Es wird kundgegeben: Das Wirken der She'Huhan ist unergründlich! Die Schläge, die diese und andere Mächte zu versetzen mögen, können selbst den Stärksten in die Knie zwingen, mag er noch so gut, noch so gerissen sein. Diese verfluchte Suche nach einer legendären Hinterlassenschaft droht zu einem Fiasko zu werden.

Farnathias Tod hat alle an Bord zutiefst schockiert!

Ich kannte die Tochter des Tatos von Gortavor seit ihrer Geburt, ich sah sie aufwachsen, bemerkte die zwischen ihr und Atlan wachsende jugendliche Zuneigung, aus der schließlich echte Liebe wurde. Der Junge hat sie aus den Klauen Sofgarts von dessen Folterwelt gerettet, in den letzten Votanii entwickelte sie sich mehr und mehr zur Guten Seele des Kraumon-Stützpunkts, war bei allen beliebt, hatte stets ein offenes Ohr für jene, die sich nicht direkt an Morvoner, mich oder Atlan selbst wenden wollten. Ihr Wirken fand eher im Hintergrund statt, sanft, freundlich, aber zielstrebig und mitunter recht dickköpfig.

Nun ist sie tot, gestorben im Zweikampf mit einem als »Goldene Göttin« umschriebenen Wesen, das den Kristallprinzen auf eine Weise verführt und beeinflusst hat, dass sich mir die Haare sträuben würden – sofern ich noch welche hätte. Welche Macht dieses Weib auf ein Mannsbild haben kann, war uns eigentlich schon seit Ras Berichten und seiner wahren Besessenheit, sie wieder zu finden, bekannt. Ich gestehe, dass ich es eher seiner »barbarischen« Natur zugeschrieben habe und nie gedacht hätte, dass es in gleicher Weise auch den Jungen treffen könnte.

Ich habe mich geirrt. Ein fataler Irrtum, der Farnathia vielleicht das Leben gekostet hat! Ich hätte das Ausmaß ihrer Verletzung und ihrer Eifersucht erkennen müssen, ich hätte eingreifen müssen. Ich zermartere mir seither das Hirn, lasse die Ereignisse wieder und wieder vor dem inneren Augen vorüberziehen. Wo und wann hätte ich besser und anders reagieren müssen? Warum habe ich es nicht getan? Diese bedrückende Last kommt zu den vielen anderen hinzu, die sich im Verlauf meines langen Lebens angesammelt haben.

Und es ist noch nicht zu Ende! Atlan ist verändert, auf eine Weise, die ich noch nicht genau definieren kann. Die Begegnung mit Ischtar jedenfalls war mehr als nur ein Liebesabenteuer mit fürchterlichem Ausgang. Wieder einmal bleiben mehr offene als beantwortete Fragen. Ischtars Hinweis auf den Kometen Glaathan scheint uns bei der Suche nach dem Stein der Weisen wieder »ins Rennen« zurückgebracht zu haben – doch um welchen Preis?

Misstrauen befällt mich, je länger ich nachdenke und mir die Situation vor Augen führe. Atlan treibt uns an, kennt nichts anderes mehr. Die ersten beiden Transitionen haben wir absolviert, mindestens fünfzehn weitere werden noch folgen müssen – das Glaathan-System ist nämlich 46.067 Lichtjahre von Frossargon entfernt, befindet sich schon im Randbereich der Öden Insel. Das halbe Imperium muss durchquert werden, die Belastung der Maschinen wird immens sein. Wir können nur hoffen, dass es die KARRETON unterwegs nicht zerreißt! Aber Atlan ist unerbittlich, lässt keinen Widerspruch zu. In den Ruhepausen brütet er dumpf vor sich hin. Ich bezweifle, dass er den Schock schon überwunden hat, vielmehr versucht er ihn durch Aktivität zu überspielen, während sein Denken und Fühlen von Ischtar bestimmt ist.

Ischtar … Zu viele Fragen blieben unbeantwortet!

Vor rund fünf Arkonjahren war sie auf Ras Heimatwelt. Irgendwann muss sie dann nach Frossargon gekommen sein, hat die Prulth-

Statue versetzt, war vielleicht sogar auf Than Ard oder gar in dem Paralleluniversum. Schließlich hat sie sich in die künstliche Hibernation zurückgezogen. Dass wir überhaupt in das Varganenschiff eindringen konnten, erscheint mir in der Nachbetrachtung höchst merkwürdig. Keine Sicherheitseinrichtungen waren aktiviert gewesen … Und kaum zu sich gekommen, macht sie sich an Atlan heran, will von ihm einen Sohn! Sie war nicht einmal sonderlich verblüfft, Ra gegenüberzustehen. Bei Lakhros und den hässlichen Gorkii des Zentrallochs – verstehe einer die Weiber, seien es Arkonidinnen oder Varganinnen.

Sicher, sie hat Atlan das Leben gerettet. Sie hat ihm den Hinweis auf den Kometen Glaathan gegeben. Ebenso unzweifelhaft ist auch, dass sie viel mehr weiß, als wir bislang erfahren haben. Ich sehe mich außerstande, ihre Beweggründe, Motive und Hintergedanken genauer abzuschätzen. Sie verfolgt ihre eigenen Pläne, das steht auf jeden Fall fest. Aber sonst …? Sie ist gestartet – die KARRETON konnte nicht einmal das anmessen! Ein weiteres Zeichen dafür, welches Technologieniveau die Varganen erreicht haben.

Und nun Glaathan … falls wir den Kometen überhaupt erreichen und der Forschungskreuzer nicht vorher zusammenbricht. Was dann? Können wir dort wirklich die Spur aufnehmen? Was ist mit dem Blinden Sofgart, der uns das Quaddin-Zentralorgan vor der Nase weggeschnappt hat? Wo ist er inzwischen? Muss er zunächst weitere Stationen der Suche abklappern oder wird er womöglich ebenfalls beim Kometen auftauchen? Zu viele Fragen und Ungereimtheiten – und mir fehlt die innere Ruhe zum Nachdenken, genauen Analysieren.

In Augenblicken wie diesen droht mir alles zu viel zu werden. Wird der alte und letzte Calurier zu alt für all die Aufregungen? Die Zweifel jedenfalls mehren sich. Noch aber braucht mich der Junge; momentan vermutlich noch mehr als in den früheren Jahren! Selbstverständlich lasse ich ihn nicht im Stich, zu viel steht auf dem Spiel. Was aber, wenn er sich noch mehr verändert? Wenn seine Besessenheit ein Ausmaß erreicht, das völliger Entfremdung gleichkommt? Ich schiebe die Entscheidung hinaus, warte ab, beobachte, versuche klar zu denken. Es fällt schwer.

Abermals schiebt sich Farnathias Bild in meine Gedanken, ich glaube ihr Lachen zu hören. Dann sehe ich Ischtar. Schließlich den Jungen. Seine Augen glühen in einem wilden Feuer, das mir Angst macht. Der Eindruck, dass mir alles aus den Händen gleitet, dass ich zu oft nur reagiere, statt selbst zu agieren, droht übermächtig zu werden …

Kurz huscht das Bild meines alten Freundes Valvpiesel durch meinen Kopf. Vor langer Zeit waren wir unzertrennlich, durchliefen gemeinsam mehrere Fächer während des Studiums. Der alte Kopfabschneider ist ein Arzt, wie es ihn kaum einen zweiten in der Öden Insel gibt. Vielleicht sollte ich Alfonthome mal einen Besuch abstatten? Etwas Erholung wäre nicht schlecht, zu viel ist in den letzten Pragos geschehen. Vermutlich bleibt es ein Wunschtraum, der sich in absehbarer Zeit nicht realisieren lässt. Aber wenn es nicht einmal mehr solche Träume gibt? Ich reiße mich mühsam zusammen und fluche; die Zukunft ist ungewisser denn je …

An Bord der KARRETON: 35. Prago des Eyilon 10.498 da Ark

Auf der Panoramagalerie war der leuchtende Schweif des gewaltigen Kometen zu sehen. Es gab unzählige davon im Universum. Aber dieser war etwas Besonderes. Er war ein Teilstück zu einem kosmischen Rätsel, eine Station auf dem gefahrvollen Weg zum Stein der Weisen. Eine Göttin hatte es mir verraten, eine wunderbare Frau, eine rätselhafte Schönheit, eine geheimnisvolle Erscheinung. Ischtar, die Varganin!

Fartuloon schwang seinen Kontursessel herum. »Nach der siebzehnten Transition hat der Hyperwandler seinen Geist aufgegeben. Die Belastung war zu groß. Ich habe dich gewarnt, aber du wolltest ja unbedingt …«

Ich unterbrach meinen Lehrmeister. »Kann der Schaden mit Bordmitteln behoben werden?«

Ich war versessen darauf gewesen, in das System des Kometen zu kommen. Jetzt war ich da, und niemand würde mich daran hindern, sofort mit den Nachforschungen zu beginnen.

»Wir werden es versuchen. Aber das hält uns für einige Zeit in diesem System fest.«

Ich wusste genug. Sollte Fartuloon sich um die Instandsetzung der Maschinen kümmern, ich würde Ischtars Hinweis folgen.

»Dieser Komet«, begann Fartuloon. »Ich halte das alles für keinen Zufall. Kometen gelten vielen als Unglücksbringer … als schlechtes Omen.«

»Na, hör mal ... du als aufgeklärter Bauchaufschneider solltest nicht so reden. Hast du mir nicht immer die Leistungen rationaler Vernunft vor Augen gehalten? Das Schiff ist noch manövrierfähig, oder?«

»Das schon, aber der Hyperwandler ist hin. Wir können dieses Sonnensystem nicht verlassen.«

»Du wirst dich persönlich um die Arbeiten kümmern, nicht wahr?«

Der leuchtende Komet zog mich immer mehr in seinen Bann. Fasziniert beobachtete ich, wie er seine Bahn durch die Schwärze des Alls zog. Ohne den Blick von der Panoramagalerie zu nehmen, fuhr ich fort: »In der Zwischenzeit fliege ich zum Kometen. *Allein!* Ich werde das Rätsel lösen. Deshalb bin ich hierher gekommen.«

Meine Rechte glitt über das Bedienungsfeld der Rundrufanlage. Ich wählte den Aufenthaltsraum von Corpkor an und drückte die Sprechtaste.

»Ja?«, kam es aus dem kleinen Lautsprecher.

»Hier Atlan. Hast du einen kleinen Beschützer in deiner Heerschar? Möglichst problemlos, aber wirkungsvoll.«

Ich hörte, wie der Kopfjäger durchatmete. Er schien nachzudenken. Das Kreischen einiger Flugschlangen ließ den Lautsprecher vibrieren. Corpkor besaß eine Vielzahl erschreckender Kreaturen. Ich hatte ihn als Feind kennen gelernt, der Kampf gegen ihn und seine Tierarmee war alptraumhaft gewesen. Es war mir noch immer ein Rätsel, wie Corpkor mit den Biestern fertig wurde.

»Eben ist ein Vurgizzel ausgeschlüpft. Der Kleine sucht eine Bezugsperson. Wäre genau das Richtige für dich.«

»Bring ihn in die Zentrale.« Ich schaltete das Kommunikationsgerät aus. Meine Augen starrten immer noch wie gebannt auf den Kometen, der wie ein grellweißer Schemen im Nichts schwebte. Filter waren vorgeschaltet, um ihn in jeder Einzelheit zu erkennen. Die Hyperorter hatten einen bemerkenswert hohen Anteil hyperenergetischer Streuemissionen angemessen, viele davon ragten in Bereiche hinein, die nur zum Teil von arkonidischen Instrumenten nachgewiesen werden konnten.

»Du willst wirklich allein hinüberfliegen?«, fragte Fartuloon ungläubig. »Das ist viel zu gefährlich. Bevor einer von uns die KARRETON verlässt, wird eine genaue Situationsanalyse erstellt. Dazu gehört auch die kartografische Erfassung sämtlicher Objekte im Glaathan-System.«

Innerlich musste ich dem Bauchaufschneider Recht geben. Aber ich hielt es nicht länger in der KARRETON aus. Die geheimnisvolle Stimme Ischtars trieb mich an. Es war wie ein Rausch. Längst konnte ich Ra verstehen, der oft sinnlos anmutende Handlungen vollzogen hatte. Er war genauso der Goldenen Göttin verfallen wie ich. *Es ist fast eine Krankheit*, durchfuhr es mich, *gegen die man sich nicht wehren kann ...*

Vorry schlug gegen meinen Kontursessel. »Ich will mitkommen. Im Schiff ist es mir zu langweilig. Du hast doch nichts dagegen, dass ich mitkomme, oder?«

Die gelblichen Lichter des Magnetiers funkelten mich bittend an. Das schwarze Wesen war zu keiner Mimik im arkonidischen Sinne fähig, aber das Strahlen seiner Augen und der Klang seiner grollenden Stimme verrieten mir die Intensität seines Wunsches. Trotzdem wollte ich ihn nicht bei mir haben, weder ihn noch sonst jemanden. »Tut mir Leid. Besser, du passt auf Fartuloon und die anderen auf.«

Fluchen wurde laut. Vorry hatte während der Hyperschulung ein Band mit arkonidischer Umgangssprache erwischt. Seitdem konnte er schimpfen wie ein zarltonischer Pirat.

Narr. Hoffst du etwa, Ischtar in diesem Kometen zu begegnen? Ich wollte ungestüm etwas entgegnen. Mein Extrasinn hatte wieder einmal die unbewussten Regungen meiner Psyche offen gelegt. War ich mir gegenüber ehrlich, musste ich dem aktivierten Hirnsektor Recht geben. Ja, ich hoffte, Ischtar wieder zu sehen. Die Goldene Göttin hatte meine geliebte Farnathia im Zweikampf getötet. Normalerweise hätte ich jedem anderen blutige Rache geschworen. Bei Ischtar war das anders. Diese unbeschreibliche Frau hatte alles über den Haufen geworfen, hatte mich verändert. *Ja, Ischtar hat dich verändert. Gut, dass du es von selbst einsiehst.*

Mein Extrasinn konnte mir natürlich nicht verraten, was Ischtar mit mir während der Gesundungsprozedur angestellt hatte. Nur das undeutliche Gefühl, irgendwie anders zu denken und anders zu fühlen, war geblieben. *Zum Beispiel die galaktischen Koordinaten des Kometen Glaathan.*

Darauf hätte mich mein Extrasinn nicht hinzuweisen brauchen.

Ich wusste, dass Ischtar die Koordinaten durch einen Suggestivbefehl in meinem Unterbewusstsein verankert hatte. Mich quälte vielmehr, nicht zu wissen, was sie sonst noch in mein Ich transplantiert hatte. Das Schott zur Zentrale glitt zischend auf. Ein infernalisches Heulen riss mich aus den Grübeleien in die Wirklichkeit zurück. Es klang wie ein Wirbelsturm.

»Das Vurgizzel.« Corpkor kam direkt auf mich zu. Ich nahm ihn nur durch einen Schleier wahr. Etwas Unbekanntes wirbelte um ihn herum und erzeugte den schrecklichen Lärm.

»Stell die Heulboje ab«, forderte ich den Kopfjäger auf. »An Bord der KARRETON finden keine Tierkämpfe statt.«

Corpkor murmelte einen Befehl, augenblicklich verstummte das Heulen. Die Luftwirbel verschwanden. Plötzlich sah ich ein kleines weißes Tier auf seiner Schulter hocken. Der Kopfjäger grinste mich an. »Das ist das Vurgizzel.«

»Na und?« Das kleine, kaum faustgroße Tier glich einem Glasfaserball. Die langen Haare – ich hielt es jedenfalls für einen Pelz – reflektierten die Deckenbeleuchtung und leiteten das Licht durch das zitternde Bündel. Mehrmals glaubte ich, zwei rubinfarbene Knopfaugen erkennen zu können, aber das konnte auch eine optische Täuschung gewesen sein. »Wo ist denn da vorne und hinten?«

Corpkor kniff die Augen zusammen und verzog den Mund. »Das Geschlechtsleben eines Vurgizzels dürfte für dich uninteressant sein. Du hast ein Tier verlangt, das dich bei deinem Ausflug ins Unbekannte beschützen kann. Sofern wir es hier mit normalen Arkoniden oder Arkonidenabkömmlingen zu tun haben, ist das Vurgizzel genau richtig für dich. Pass auf, ich zeige dir, wie du mit ihm zusammenarbeiten kannst.« Er setzte das schimmernde Glasfaserbündel auf seine flache Hand und strich vorsichtig darüber hinweg. Ein girrendes Geräusch ertönte. »Vurgizzel.«

Im gleichen Augenblick schien sich der kleine Körper zu dehnen. Er bildete – wenigstens optisch – eine lang gezogene Spindel, deren Lichtreflexe sich um Corpkor legten. Ein Sirren, das mir schmerzhaft in die Ohren stach, wurde lauter. Plötzlich war von Corpkor nichts mehr zu sehen. Ich presste beide Hände gegen die Ohren. Das Schrillen wurde unerträglich. Vorry donnerte mit den Hinterbeinen gegen einen leer stehenden Kontursessel und riss ihn aus der Bodenverankerung.

»Aufhören. Das ist ja unerträglich … Schluss!«

Die wirbelnde Spindel schrumpfte augenblicklich wieder in sich zusammen. Corpkor grinste, als sei nichts geschehen. »Wie gefällt dir der Minizyklon?«

»Was frisst er?« Was hätte ich dem Kopfjäger auch antworten sollen? Dass einem so ein skurriles Tier nicht gefallen konnte, musste doch jedem an Bord der KARRETON klar sein. Oder etwa nicht?

Corpkor teilte vorsichtig mit Daumen und Zeigefinger die blitzenden Faserhaare des Tieres. Ich erkannte ein kleines Maul, über dem eine rosige Schnauze zuckte. Das Wesen stieß geräuschvoll den Atem aus und schniefte; es klang, als würde eine Glasharfe berührt. »Nahrungskonzentrate, sonst nichts. Ein Vurgizzel ist genügsam. Problematisch wird erst die Reifezeit. Dann frisst er dir die Haare vom Kopf. Aber bei einem so jungen Tier …« Er machte eine Pause und zerzauste das Haarbündel. Das Vurgizzel quiekte vor Wohlbehagen. »Wie gesagt, die Ernährung dürfte kein Problem sein. Und die Reifeperiode seiner selbst befruchteten Eier lässt erfahrungsgemäß noch etwas auf sich warten.«

»Erfahrungsgemäß?«

»Genaue Anhaltspunkte gibt es da leider nicht. Ich habe das Vurgizzel-Ei vorhin erst aus dem Froster geholt. Es stammt noch aus einer Frachtladung, die seinerzeit für den galaktischen Folterer bestimmt war. Als ich noch für Orbanaschol arbeitete, hatte ich jederzeit Zugang zu den geheimen Lagerräumen.«

Bei der Nennung des Blinden Sofgart lief es mir eiskalt über den Rücken. Ich dachte nur ungern an meine Erlebnisse auf Ganberaan zurück. Um Farnathia zu befreien, waren wir durch die Hölle einer planetarischen Folterkammer geirrt. Sofgart quälte dort unzählige Intelligenzwesen grausam zu Tode. Ich konnte mir vorstellen, zu welchen Quälereien er ein Vurgizzel einsetzte. Das Schicksal wollte es, dass genau dieser Folterer die Spur zum Stein der Weisen aufgenommen hatte. Der Blinde Sofgart war dem Usurpator Orbanaschol III. hündisch ergeben. Ich hoffte, diesem Wahnsinnigen bald zu begegnen, und dachte kalt: *Ich werde ihn ohne Gewissensbisse auslöschen!*

Corpkor wollte mir das Vurgizzel geben, blieb vor mir stehen und sah mich prüfend an. »Irgendetwas stimmt mit dir nicht. Du hast dich verändert!«

Das Vurgizzel stieß säuselnde Laute aus.

»Wenn das eine Anspielung auf mein Zusammentreffen mit Ischtar sein soll, bitte ich dich, kein Wort mehr darüber zu verlieren.« Ich nahm das Tier. Ein seltsames Vibrieren ging von dem Faserbündel aus. Es war durchaus angenehm, wie ich mir eingestehen musste.

»Ich wollte dich nicht kränken … aber dein Gesicht sieht … anders aus als sonst.«

Fartuloon warf ein: »Corpkor hat Recht. Du hast dich verändert! Deine Gesichtszüge wirken weicher. Und deine Art, ein Problem anzugehen, hat sich ebenfalls gewandelt. Du bist von irgendetwas Fremdem besessen!«

Ich wehrte seine Mutmaßungen natürlich als reine Spekulation ab. Dass mir dennoch nicht ganz wohl in meiner Haut war, bestätigte mein Extrasinn, dessen Stimme bohrend in mein Bewusstsein einbrach: *Du musst es akzeptieren, sie* hat *dich verändert!*

Das fotografische Gedächtnis reproduzierte ihre Stimme: … *kenne das Geheimnis* des ewigen Lebens, *und ich werde es unserem Sohn übermitteln* … Und später, in ihren Armen, hatte sie durchklingen lassen, dass sie dieses Geheimnis mit mir teilen könnte …

Mein Blick streifte die Fläche eines abgeschalteten Monitors. Mein Spiegelbild sah aus wie sonst auch. Ich konnte keine Veränderung erkennen. »Siebzehn Transitionen sind kein Kinderspiel. Die Reparaturarbeiten am Kühlsystem haben von allen das Letzte gefordert. Konzentriert euch auf den Hyperwandler.«

»Wie der Kristallprinz befehlen!« Fartuloon konnte sich die bissige Bemerkung nicht verkneifen. Aber er konnte meinen Gefühlssturm nicht annähernd erfassen. Er hatte ja niemals diese Frau in seinen Armen gehalten. Irgendwie war ich stolz darauf, dass sich Ischtar gerade von mir einen Sohn gewünscht hatte, und ich fragte mich, ob ich ihm jemals begegnen würde. *In ferner Zukunft, wie sie behauptet hat?* In Gedanken entfernte ich mich immer weiter von meinen Freunden. Ich übersprang Lichtjahrmillionen, Raum und Zeit verschmolzen zu einer Einheit, und immer wieder begegnete ich dem Antlitz der Varganin. *Ich werde sie niemals wieder vergessen.*

Das Vurgizzel kroch mir über den Ärmel. Ich spürte die winzigen Krallen durch den Stoff hindurch. Es kitzelte. Die kleine Kreatur drängte sich an meinen Hals und klammerte sich an der Schulternaht fest. Das leise Atmen kam rhythmisch. Ich war gespannt, ob ich das seltsame Tier zu meinem Schutz einsetzen musste. Denn noch wusste ich nicht, ob ich im Glaathan-System vernunftbegabten Wesen begegnen würde. Ich wusste nicht mal, wie der von Ischtar verheißene Hinweis auf den Stein der Weisen aussehen sollte. *Natürlich, der Komet spielt eine wichtige Rolle dabei. Aber ich werde herausfinden müssen, wie es jetzt weitergeht.*

Ich entschloss mich, zuerst den Kometen anzusteuern. Im Gewirr der unzähligen Kleinstplaneten, die im Raum der gelben Sonne dahintrieben, konnte ich mich immer noch umsehen. Ra stürmte in die Zentrale. Er trug einen leichten Raumanzug. »Du darfst nicht allein zum Himmelslicht starten.«

Seine ganze Haltung drückte Erwartung und Hoffnung aus, ich würde ihn bei meinem Erkundungsvorstoß mitnehmen. Ich schüttelte den Kopf, fühlte mein Gesicht erstarren. »Tut mir Leid. Ich bin fest entschlossen, das Unternehmen allein durchzuführen.«

»Nein. Ich komme mit.« Seine Augen funkelten kampfeslustig. Ich sah, dass er ruckhaft nach dem Vibratormesser fasste, das in seinem Gürtel steckte. Fartuloon drängte sich zwischen uns.

Ich vermied es, den Barbaren anzusehen. »Ich melde mich, sollte ich etwas Wichtiges finden. Ansonsten halten wir absolute Funkstille. Ich will eventuell anwesende Raumschiffe und deren Ortungsmannschaften nicht unnötig auf uns aufmerksam machen. Jedenfalls nicht so lange, wie die KARRETON nur bedingt manövrierfähig ist. Haltet euch daran.«

»Wir warten auf deine Meldung.« Fartuloon klopfte auf sein *Skarg*. »Und wenn es nötig sein sollte, holen wir dich auch aus dem Lakhros zurück.«

Ra stieß einen Fluch in seiner Muttersprache aus.

Das YPTAR-Beiboot schoss mit hoher Geschwindigkeit aus dem Hangar in den sternflimmernden Raum hinaus. Der Frontschirm des kleinen Schiffs übertrug das harte Glitzern und Gleißen dicht beieinander stehender Sonnen. Als ich den Kurs änderte, überdeckte für wenige Augenblicke der Strahlenkranz von Glaathans Sonne diesen grandiosen Anblick. Ich schaltete neue Filterstufen vor die Optik und konzentrierte mich auf den Kometen. Hinter mir blieb die KARRETON in der tiefschwarzen Unendlichkeit des Alls zurück. Bald war das Glühen des Schirmfelds aus dem Erfassungsbereich der rückwärtig installierten Bildschirmoptik verschwunden.

Der Schweif des Kometen wies von der gelben Sonne weg. Seine leuchtenden, zum Teil hyperenergetisch aufgeladenen Partikel wurden vom Sonnenwind in den interstellaren Raum abgetrieben. Glaathan war ein besonders prächtiges Exemplar. Der Kern selbst bestand im Großen und Ganzen aus Eis, Staub und Wasserstoffverbindungen wie Ammoniak, Methan und Zyan. Im Vergleich zu einem Planeten war die Masse winzig. Angesichts der relativ engen Ellipsenbahn musste seine Lebenserwartung dementsprechend gering sein. Ich fragte mich, weshalb an einen solchen Winzling ein Hinweis auf den Stein der Weisen gekettet sein sollte. Der Komet verlor ständig an Substanz. Es war ein Rechenexempel unterster Arkon-Mathematik, den Zeitpunkt seiner völligen Auflösung zu errechnen. Der Stein der Weisen dagegen galt in den uralten Legenden als Phänomen, das durchaus den Tod einer Galaxis überleben konnte – sofern ich den Erzählungen trauen durfte, die darüber im Umlauf waren.

Das Vurgizzel kauerte auf meiner Schulter. Sein Atem erzeugte eine leise Melodie, die mich zusehends beruhigte. Ich spürte, dass meine anfängliche Anspannung nachließ. Die Ortung zeigte weiterhin normale Werte an. Ich achtete nicht weiter auf die Asteroiden, die an meinem Beiboot vorüberhuschten. Die automatische Ortung meldete jeden größeren Himmelskörper. Ich brauchte vor einer Kollision keine Angst zu haben.

Kometen gelten als Unglücksbringer, dachte ich ironisch. *Daran hat weder die fortgeschrittene Technik noch die rationale Vernunft unserer Gesellschaft etwas geändert. Irgendwo in ferner Vergangenheit haben Kometen wohl eine schicksalsentscheidende Rolle gespielt. Vor diesem Hintergrund kann ich Fartuloons Bedenken durchaus verstehen.*

Als ich noch etwa zwei Millionen Kilometer vom Kometenkern entfernt war, leuchtete plötzlich die rote Lampe des Massetasteranzeigers auf. Links und rechts von mir trieben Trümmerstücke durchs All. Vor mir leuchteten die kraterübersäten Flächen mehrerer großer Asteroiden im Widerschein der gelben Sonne. Aus dem Kometenschweif löste sich ein winziges Objekt, erschien als grüner Fluoreszenzpunkt auf dem Ortungsschirm. Es konnte nicht größer als mein Beiboot sein. In diesem Augenblick spuckte der Bordrechner die Daten aus. Das Objekt beschleunigte stark, war exakt dreißig Meter lang und annähernd tropfenförmig. Die Auswertung bestätigte meine Annahme: Es war ein arkonidisches Kleinraumschiff mit höchstens fünf Mann Besatzung. Was hatte es im Kometenschweif zu suchen? Waren hier andere Raumfahrer auf der Suche nach dem Stein der Weisen? Der Hinweis Ischtars hatte mich hoffen lassen, ein exklusives Ziel erreicht zu haben. *Offensichtlich ein Irrtum.* Nur kurz dachte ich an Sofgart, dass er das Zentralorgan besaß und unter Umständen schon die nächsten Stationen bei der Suche nach dem Stein der Weisen erreicht hatte. *Kann mich das kleine Schiff zu einer planetarischen Station oder dem dazugehörigen Mutterschiff führen?*

Ich wurde vom Jagdfieber gepackt.

Nicht unvorsichtig werden, warnte mein Extrasinn. *Sie können die Triebwerksemissionen deines Bootes jederzeit anpeilen.*

Ich schaltete augenblicklich den Antrieb aus und schoss im freien Fall durchs All. Mit dem nötigen Minimalaufwand für Sauerstofferzeugung, Meteoritenwarnanzeige und passive Ortungsinstrumente blieb ich auf Beobachtungsstation. Das Vurgizzel schien von meiner Nervosität angesteckt worden zu sein. Die schrillen Pfeiftöne des kleinen Wesens fielen mir langsam auf die Nerven.

»Ruhe!«, schrie ich, ohne den Blick von dem Ortungsgerät zu nehmen. Das Vurgizzel rollte anscheinend beleidigt von meiner Schulter und verkrallte sich in dem Kontursessel neben mir. Ich hörte den Kunststoffbezug reißen. Das Tier schien nicht nur akustisch über ungeahnte Kräfte zu verfügen.

Die fremden Raumfahrer schienen mich nicht bemerkt haben. Sie durchquerten in halsbrecherischer Fahrt eine Asteroidenzusammenballung, wichen einem größeren Planetoiden aus und hielten genau auf drei Kleinstplaneten zu, die die Eckpunkte eines gleichseitigen Dreiecks bildeten. *Sie wollen auf einer der drei Welten landen*, dachte ich. *Falls nichts Unvorhergesehenes eintritt, brauche ich nur abzuwarten, bis sie dort angekommen sind, um ihnen dann in Schleichfahrt zu folgen.*

Alle drei Planetoiden besaßen eine gasförmige Atmosphäre, ihre Oberfläche wurde größtenteils in helles Licht getaucht. Die ringsum verteilte Staub- und Gesteinsmasse bewirkte einen Filtereffekt. Wenig später wusste ich, auf welchen Planetoiden die Fremden zusteuerten. Sie umkreisten ihn einmal und landeten auf der mir abgewandten Seite. Das war für mich der Augenblick zum Handeln. Ich programmierte den Kurs und aktivierte die Triebwerksschaltung. Noch während sich der Schutzschirm gegen Meteoriten und die immer dichter werdende Mikromaterie aufbaute, richtete ich die Peilantenne auf den Kometenkern. In der Zwischenzeit war ich bis auf etwa 1.500.000 Kilometer an den irisierenden Schweif herangekommen. Ich glaubte meinen Augen nicht zu trauen, als ich zehn Objekte auf dem Ortungsschirm erkannte. Eines davon erreichte *fünfzehn Kilometer* Durchmesser! Die anderen waren mit 500 Metern so groß wie die KARRETON.

Ein arkonidischer Verband, durchzuckte es mich siedend heiß. *Vermutlich Schlachtkreuzer. Vom wem aber stammt diese Riesenkugel? Eine Raumstation?*

Es wäre zu gewagt gewesen, mit dem nur unzureichend bewaffneten Beiboot in den Kometenschweif zu steuern. Bevor ich nicht wusste, wer sich dort aufhielt, durfte ich nichts unternehmen. Die nötigen Auskünfte wollte ich mir von der Mannschaft des eben auf dem Kleinstplaneten gelandeten Raumschiffs holen. Ich ahnte, dass uns abermals jemand um eine Nasenlänge voraus war – was die Suche nach dem Stein der Weisen anbelangte. Aber ich war fest entschlossen, mir den Anspruch auf das kosmische Kleinod nicht streitig machen zu lassen.

Ich drückte das Beiboot auf die Oberfläche des Planetoiden hinab, dessen beide Nachbarn in exakt gleicher Entfernung zu ihm standen. Der Eindruck, es mit einem künstlich stabilisierten System zu tun zu haben, festigte sich.

Ein Netzwerk silbrig schimmernder Fäden überspannte die gesamte Oberfläche. An einigen Stellen ragten Felsen und niedrige Bergkuppen hervor, dienten dem Netz aber ansonsten als natürliche Stützen. Die Spektralanalyse ergab, dass es sich um Konstruktionen aus einer unbekannten Art von Stahlplastik handelte. In den

Fäden, die mich an das Netzwerk der Spinnenwüste von Gortavor erinnerten, pulsierte Energie. Auf diese Weise wurden Prallfelder generiert, die das Entweichen der Atmosphäre ins All verhindern. An einigen Stellen, die vom Sonnenlicht ausgeleuchtet wurden, erkannte ich glatte Täler. Ein paar Flechtengewächse ragten aus Dünen empor. Von Häusern oder Raumschiffen war nichts zu sehen. Ich suchte nach einer Öffnung im engmaschigen Geflecht. Womöglich gab es dort unten automatische Verteidigungsanlagen. Ich konnte mir jetzt keine Nachlässigkeiten erlauben, ohne das Beiboot war ich verloren.

Kurz darauf wurde ich auf mehrere Aussparungen im Netz aufmerksam. Durch eine mussten die Fremden niedergegangen sein. Einer der Einschnitte war quadratisch mit einer Kantenlänge von hundert Metern. Darunter erkannte ich ein teilweise vom Sand überdecktes Landefeld. Einige aufragende Körper stellten sich als Raumschiffswracks heraus – zwei kleine Walzenraumer und drei Kugeln von Leichten Kreuzern. Ich landete mit dem Antigravtriebwerk. Leicht wie eine Feder setzte das Boot auf. Ich schaltete sämtliche Systeme ab, nachdem ich mich vergewissert hatte, dass die Luft atembar war. Lediglich die Luftfeuchtigkeit ließ zu wünschen übrig – draußen war es knochentrocken.

»Dann wollen wir mal«, rief ich dem Vurgizzel zu, das noch immer im Kontursessel hockte. Das kleine Bündel sprang mit einem Satz auf meine Schulter und bewies mir wieder einmal, dass wesentlich mehr in seinem Körper steckte, als man anzunehmen geneigt war. Ich überprüfte die Energiebatterie meines Kombistrahlers. Die Ladung würde für alle Fälle reichen. Ein Vibratormesser konnte auch nicht schaden. Ich schob noch eine eng zusammengerollte Plastikleine in die Gürtelschlaufe und ergänzte die Konzentratwürfel.

Dann ließ ich das Schleusenschott aufgleiten. Ein heißer Luftschwall verdrängte augenblicklich das wohltemperierte Klima der Schiffszelle. Die Luft war heiß und trocken, es roch nach Ozon. *Die Luft unter dem Netz ist elektrostatisch aufgeladen.*

Ich verriegelte das Beiboot, sodass außer mir kein anderer das Fahrzeug öffnen konnte und jeder Versuch mit elektrischen Schlägen von empfindlicher Stärke beantwortet wurde. Während das Vurgizzel unglücklich schniefte, sah ich mich um. Das Tier schien mit der Umgebung nicht besonders zufrieden zu sein. Kein Wunder, denn ringsum breitete sich die eintönige Sandwüste aus. Vor mir stieg das Land leicht an, eine Reihe der Wracks versperrte mir den Blick auf den Hintergrund. Dort würde es aber auch nicht anders aussehen. Über mir war das engmaschige Netz, ringsum die Wüste.

Die Fremden mussten auf der Ebene gelandet sein, die sich hinter den Wracks erstreckte. Die Hitze schien jeden Tropfen Flüssigkeit meines Körpers zu verdunsten. Ich leckte mir über die trockenen Lippen, angelte den Trinkschlauch meines Anzugs und saugte. Sofort fühlte ich mich besser. Der brennende Durst war wie weggewischt. Ich hörte die Energie in den Leitungen summen. Der Fluss musste konstant sein. Frage: Wer kontrollierte die Energieversorgung auf dem winzigen Planeten? Wer wartete die Maschinen? *Nicht vergessen, dass die Schwerkraft fast Standardwert erreicht*, ergänzte mein Extrasinn. *Subplanetarische Maschinen erzeugen eine konstante Normgravitation.*

Normalerweise hätte hier höchstens ein Fünftel jener Schwerkraft herrschen dürfen, wie sie auf Arkon I herrschte. Weshalb hatten sich fremde Raumfahrer so viel Mühe mit einem scheinbar wertlosen Materiebrocken gegeben? Ich umging die Wracks der Walzenraumer und nahm die angrenzende Ebene in Augenschein. Irgendwo unter dem stark gekrümmten Horizont, vor einer weiteren Felsbarriere, die das Netz stützte, traf das Sonnenlicht auf einen metallischen Körper.

Das fremde Raumschiff. Auf halbem Weg dazwischen erhoben sich niedrige Hütten, die zum Teil vom Sand bedeckt waren. Breite Risse durchzogen die Ebene. Sie kreuzten sich nahe den Hütten. Ich konnte keine Bewegung wahrnehmen. Bis auf das Summen im Netz über mir war es totenstill. Ich lief in die Sandebene hinaus und merkte bald, dass ich mich in der Entfernung verkalkuliert hatte. Die scharfkantigen Schatten ließen auf kurze Strecken schätzen, in Wirklichkeit musste man aber stets fast das Doppelte hinzurechnen, als man gewohnt war. Das Atmen begann mir Schwierigkeiten zu machen. Ich fühlte mich wie ausgedörrt. Ich kam an einigen vertrockneten Büschen vorbei. Früher hatte es also eine Vegetation auf dem Planetoiden gegeben. Als ich die knochig wirkenden Gewächse berührte, zerfielen sie unter den Händen zu Staub.

Genauso konnte es mir ergehen. Vorsorglich schloss ich die Helmkapuze meines Anzugs und stellte auf Innenklimatisierung um. Verwundert fragte ich mich, warum ich mich auch nach Minuten nicht besser fühlte. Das Raunen des Extrasinns war unverständlich, wurde von einem Rauschen und vom Summen des Netzes komplett übertönt. Irgendetwas pochte an meinen Monoschirm und verwirrte für Augenblicke meine Sinne. Ich taumelte, wusste plötzlich nicht mehr, wie lange ich nun schon unterwegs war. Die Zeit dehnte sich wie ein zäher Brei! Meine Sinne lechzten nach Schatten. Ich starrte in die wabernden Luftschleier.

Das Vurgizzel hatte sich nicht geregt. Wieder vernahm ich das leise Rauschen. Es klang verlockend und doch wieder gefährlich. Meine Füße stießen auf breite Planken, die irgendwann einmal Seitenverkleidungen von Raumschiffen gewesen waren. Jetzt dienten sie als Baumaterial, Sand hatte sie größtenteils bedeckt. Dahinter tauchten die Schatten niedriger Hütten auf. Sie waren aus Teilen einer Raumschiffszentrale erbaut worden. Neben der mir zugewandten Hauswand schaukelte ein Kontursessel im Wind. Drei Landestützen bildeten einen Torbogen. Ich lief hastig darauf zu, kniff die Augen zusammen. Jemand hatte mit einem Thermostrahler in ungelenker Schrift einige Worte in den Stahl gekerbt. *Station der Träume*, las ich. Arkonidische Worte. *Was hat das zu bedeuten? Sind hier arkonidische Raumfahrer gestrandet?*

Nirgendwo traf ich auf ein lebendes Wesen. Die Bodenspalten vor den Hütten waren finster. Kein Lichtschimmer drang von unten herauf. Obwohl ich vermutete, dass unter der Oberfläche weiträumige Maschinenanlagen zur Erzeugung der künstlichen Schwerkraft existierten, war von meinem derzeitigen Standort aus nichts zu sehen.

Ich ging vorsichtig um die nächststehende Hütte herum. Plötzlich krallte sich das Vurgizzel in den Stoff meines Anzugs, stieß schrille Laute aus, die sich rasch zu einer heulenden Tonfolge steigerten. Das Tier schien die Anwesenheit fremder Intelligenzen zu spüren. Ich sprang mit wenigen Schritten zur nächsten Hütte hinüber. Vorsichtig berührte ich die magnetische Verriegelung. Das Metall war glühend heiß. Schwere Stahlstangen versperrten den einzigen Zugang. Ein paar Ritzen klaffen dunkel in der Wand. Dahinter herrschte absolute Finsternis. Mein Vurgizzel dehnte sich zu einer lang gezogenen Spirale. Sein infernalisches Heulen zerrte an meinen Nerven. Ich tat nichts dagegen. Corpkor hatte mir versichert, dass gerade darin der Schutz des kleinen Wesens bestand. Dass das Vurgizzel damit auch Strahlenschüsse abzuwehren vermochte, bezweifelte ich. Aber das schrille Heulen konnte die Sinneswahrnehmungen der Gegner trüben. Wenn ich Glück hatte, konnte ich deren Verwirrung zu meinem Vorteil ausnützen.

Ich drehte mich immer wieder um. Keine Spur von den Raumfahrern. Dabei war ich mir jetzt ganz sicher, dass sie mich ständig beobachteten. Als neben mir der Sand knirschte und ich um meine eigene Achse wirbelte, war es schon zu spät. Ein fürchterlicher Schlag raubte mir die Besinnung.

Schlagartig kam mir zum Bewusstsein, dass mich jemand niedergeschlagen hatte. Aber wo war der Fremde, weshalb hatte er mich nicht getötet? Meine Hand berührte das Gürtelhalfter. *Bei allen Göttern Arkons*, durchzuckte es mich, *der Kombistrahler ist noch da. Was in aller Welt hat der hinterhältige Überfall zu bedeuten?* Das Vurgizzel rieb seinen knisternden Pelz an meiner Wange. Vermutlich hatte das kleine Tier meinen Gegner vertrieben. Eine andere Erklärung konnte ich für meine Lage nicht finden. Wer aber hatte meine Helmkapuze geöffnet? Wurde sie von dem Schlag entriegelt? Schwerfällig kam ich auf die Beine. Ich kam mir total ausgedörrt vor. Über den Wangenknochen spannte sich die brennende Haut. Ich leckte mir über die rissigen Lippen.

Du brauchst Schatten, schnarrte mein Extrasinn.

Ich trat ein paar Schritte zurück und richtete meinen TZU-4 auf die magnetische Verriegelung der Hütte. Ein greller Thermostrahl zuckte aus der Mündung und fraß sich blitzschnell in das Metall. Ohne den Zeigefinger vom Abzug zu nehmen, ließ ich den Strahl über die Stahlstangen gleiten, die mir jetzt noch den Zugang versperrten. Wenig später polterten sie in den Sand. Mit einem Fußtritt stieß ich die Tür auf. Drinnen war es stockfinster. Ich brauchte ein paar Augenblicke, um mich an die wohltuende Dunkelheit zu gewöhnen. Die Luft war stickig und verbraucht. Aber nach dem teils erzwungenen Aufenthalt in der Gluthitze kam es mir hier drinnen direkt angenehm vor. Etwas raschelte leise.

Du bist nicht allein, kam der Impuls meines Extrasinns.

Meine Finger verkrampften sich um den Waffengriff. Ich würde bedenkenlos abdrücken, sollte ich abermals angegriffen werden. An den Wänden hingen alte Raumanzüge. In schiefen Wandregalen standen Gasflaschen. Teile demontierter Roboter ergänzten das Durcheinander. Das Vurgizzel stimmte erneut sein schrilles Heulen an. Im gleichen Augenblick ertönte aus einer Ecke der Hütte das wütende Schimpfen eines Greises: »Schluss damit! Stell den Heuler ab. Man wird ja noch wahnsinnig!«

Ich beugte mich etwas vor, um besser sehen zu können. In einer Mulde, von der es anscheinend in einen tiefer gelegenen Raum ging, bewegte sich etwas.

»Hast wohl noch nie einen Arkoniden gesehen, was?« Die Stimme verriet Trotz und greisenhafte Ungeduld.

»Wer bist du? Warum versteckst du dich?«, rief ich in die Dunkelheit. »Komm sofort raus!« Meine Rechte mit der Waffe zuckte hoch. Der andere musste sehen, dass ich es ernst meinte. Ein zerlumptes Bündel kroch aus dem Dämmer hervor.

»Du brauchst dir nichts auf deine Jugend einzubilden«, keifte der Alte. »Ich habe noch einen ganz anständigen Schlag.«

Er war hässlich. Schmutzige Lumpen einer zerfetzten Raumfahrerkombination umhüllten seinen dürren Körper. Seine Haut war krebsrot verfärbt. Haare hatte er schon längst keine mehr auf dem Schädel. Dafür wuchsen ihm ein paar lange, regelmäßig gezwirbelte Barthaare auf der Oberlippe. Er grinste mich frech an – ein paar gelbe Zähne kamen zum Vorschein, als er den Mund öffnete.

»Wer bist du?«, fragte ich. Das Vurgizzel war verstummt. Anscheinend spürte es, dass der Alte keine Gefahr für mich darstellte. Er kam stolpernd auf die dürren Beine, um die das löchrige Kombinationsunterteil schlotterte. Die Füße steckten in viel zu großen Magnetstiefeln. Ich konnte mir ein Grinsen nicht verkneifen.

»Wer ich bin?« Der Alte schien zu überlegen, kam aber näher auf mich zu.

Ich bewegte den Kombistrahler. »Stehen bleiben! Ein Niederschlag reicht mir, Alter!«

»Ich hätte dich längst erledigen können! Dreh dich mal um, Fremder.«

Wenn das ein Trick war, würde ich bestimmt nicht darauf hereinfallen. Aber mein Vurgizzel wurde im selben Augenblick verdammt unruhig. Ich richtete die Mündung genau auf den Kopf des Alten. »Ich würde bestimmt noch rechtzeitig abdrücken.«

Er grinste mich kichernd an. Nun drehte ich mich doch um. Drei zerlumpte Greisengestalten standen in der Tür und starrten mich aus brennenden Augen an. Ich sprang zurück. Das Vurgizzel dehnte sich zur heulenden Spirale. Sein Schrillen erfüllte die düstere Hütte. Ich stieß gegen etwas Weiches. Erschrocken hielt ich inne. Bevor ich abdrücken konnte, packte mich eine knöcherne Hand im Nacken. Der Unbekannte wollte mich mit einem Dagorgriff niederzwingen. Ich stieß meinen Ellbogen ruckhaft zurück. Mit einem Wehlaut brach der andere zusammen. Seine Knochenhand rutschte haltlos über meinen Rücken.

»So haben wir nicht gewettet. Los, rüber an die andere Wand!« Die Greise zerrten ihren benommenen Freund mit sich und stellten sich vor den verstaubten Raumanzügen auf. Undeutliches Gemurmel drang zu mir herüber. Der eine stieß fortwährend Verwünschungen aus. »Wer seid ihr?«

»Warum fragst du? Du schaffst uns ja doch weg. Genauso wie all die anderen vorher. Hätten wir gewusst, dass du allein kommst, hätten wir dich gleich abgeschossen. Aber dieser elende Heuler ...« – Der Alte deutete auf mein Vurgizzel – »hat uns gehörig zu schaffen gemacht.«

Sie haben Angst vor dir, raunte der Extrasinn. *Anscheinend verwechseln sie dich mit jemand anderem.*

Ich versuchte, möglichst streng zu klingen, obwohl mir die erbärmlichen Gestalten Leid taten. »Zum letzten Mal, wer seid ihr?«

Ich hob die Mündung leicht an. Sie deutete genau auf den nächststehenden Greis, der sein rot verbranntes Gesicht zu einer Grimasse verzerrte und wütend ausspie. »Als ob du nicht ganz genau wüsstest, dass wir von *Torren-Box* geflohen sind. Stell dich nicht so an. Treib dein schändliches Spiel mit anderen, aber nicht mit uns. Wir haben zu viel durchgemacht.«

Ich überlegte, was der Begriff Torren-Box zu bedeuten hatte. Dann erinnerte ich mich. Mein Extrasinn brauchte mir nicht mal auf die Sprünge zu helfen. Torren-Box war eins der am meisten gefürchteten Raumgefängnisse des Großen Imperiums. Mörder, politische Gefangene und Deserteure wurden dorthin geschafft. »Aber … Torren-Box gilt als absolut ausbruchssicher.«

Mein fotografisches Gedächtnis lieferte unterdessen weitere Informationen. Der ausgehöhlte Asteroid schwebte 4,6 Lichtjahre von der nächsten Sonne und 26.862 Lichtjahre von Arkon entfernt im interstellaren Leerraum und galt in der Tat als absolut ausbruchssicher – am 12. Prago des Tartor 10.466 da Ark glückte jedoch zum ersten und angeblich einzigen Mal fünf Arkoniden die Flucht. Für eine Zeit lang sorgten Morgonol, Hectavor, Parvenool, Abrogaal Mervin und Letron Parseener im ganzen Imperium für Furore, weil es niemand für möglich gehalten hatte, dass jemand lebend von Torren-Box entkam.

»Wir haben es geschafft, wie du siehst, junger Mann. Wir waren eine Zeit lang die Helden des Imperiums. Wir haben's geschafft.« Der Alte wölbte stolz seinen mageren Brustkorb. Die Erinnerung an den schon lange zurückliegenden Ausbruch erfüllte ihn nach wie vor mit großem Stolz.

»Warum habt ihr euch keine bessere Welt aus diesen kosmischen Schrotthaufen ausgesucht?«

Der Greis wollte gerade zu einer Antwort ansetzen, als mein Vurgizzel einen lang gezogenen Heulton ausstieß.

»Nein … nicht schon wieder.« Die ausgemergelten Gestalten pressten ihre Hände fest gegen die Ohren. Ihre Gesichter verzerrten sich. Ich konnte ihre gelben Zahnstummel sehen, als sie die Münder aufrissen. Ihr Geschrei mischte sich mit dem Heulen des Vurgizzels. Ich wollte das Tier schon zum Schweigen bringen, als mein Blick durch die offen stehende Tür fiel. In der Ferne stand eine Staubwolke über der Ebene.

Es nähern sich Fremde, wisperte mein Extrasinn.

Die fünf Greise drängten sich näher an den Ausgang heran, tuschelten erregt miteinander. »Deine Freunde, oder?«

Ich schüttelte den Kopf. »Bevor ich hier landete, sind fremde Raumfahrer auf der anderen Seite des Trümmerbrockens gelandet. Ich kenne sie nicht. Ihr Verband fliegt im Schweif des Kometen.«

»Trümmerbrocken!« Der Alte spie wütend aus. Er hatte offensichtlich etwas gegen meine geringschätzige Beurteilung des Planetoiden. Die Staubwolke wurde größer. Drei dunkle Gestalten kamen unaufhaltsam näher. Sie trugen Raumanzüge, um sich gegen die Sonnenglut zu schützen. Vielleicht atmeten sie auch ein anderes Luftgemisch.

Methans?, durchzuckte es mich. Ich verwarf diesen Gedanken sofort wieder, als ich die Gestalten besser erkennen konnte. Ihre geschlossenen Helme warfen schimmernde Lichtreflexe. Einer der drei hatte einen schweren Strahlenkarabiner geschultert, der andere schwang ein Fangnetz. Auf dem Planetoiden gab es keine Fauna. Nur die aufgeregten Greise, die wie aufgescheuchtes Federvieh durcheinander hasteten. Einer langte nach einem verstaubten Nadler. Damit würde er den Fremden kaum etwas anhaben können. Auch die Stahlstangen würden nichts nützen. Ich blickte die Greise ernst an. »Ihr kennt diese Burschen doch, oder?«

»Ja ... sie waren neulich schon mal hier. Sie haben fünf von uns eingefangen. Wir haben uns wie die Gorkii gewehrt. Hat aber alles nichts genützt. Das sind Kralasenen! Erbarmungslose Jäger. Sie haben die besseren Waffen.«

Kralasenen! Ich spürte, wie es mir eiskalt den Rücken hinunterlief. Der Verband im Schweif von Glaathan – waren das Kralasenen-Raumer, kannte ich den Kommandanten. *Der Blinde Sofgart befindet sich im System des Kometen!*

Ein schrecklicher Gedanke. Falls der gnadenlose Folterer von Ganberaan wirklich im Schweif des Kometen lauerte, waren meine Freunde an Bord der KARRETON in höchster Gefahr. Es würde nur eine Frage der Zeit sein, bis Sofgart auf das Schiff aufmerksam wurde. Selbst die Möglichkeit, dass er alle Hände voll zu tun hatte, um den Kurs im Kometenschweif zu stabilisieren oder mit dem Quaddin-Zentralorgan klarzukommen, würde ihn nicht hindern, auf seine Gegner Jagd zu machen. Sobald der Blinde erfuhr, dass ich in der Nähe war, würde er Himmel und Lakhros in Bewegung setzen, um mich zu erwischen. Wie ich die kranke Psyche des Folterers einschätzte, hatte er längst eine unvorstellbar grausame Todesart für mich ersonnen.

Das Vurgizzel sträubte seinen gläsern funkelnden Pelz. Die schrillen Töne wurden lauter. Ich sah, dass die drei Kralasenen anhielten. Sie waren nur noch wenige hundert Meter entfernt. »Verschwindet!«, rief ich den Greisen zu. »Wir unterhalten uns später. Zuerst will ich wissen, was die Kreaturen des Blinden Sofgart hier suchen.«

Die Alten tauchten in den düsteren Schatten der Hütte unter. Einer sprang in die Mulde, um sich irgendwo in der Tiefe zu verstecken.

Es dauerte nicht lange, bis die drei Männer auf Rufweite herangekommen waren. Ich sah, wie einer den Regler seines Außenmikrofons berührte. Die schrillen Töne des Vurgizzels schienen ihre Aufnahmesensoren zu stören. Dann gingen sie weiter, setzten langsam einen Fuß vor den anderen. Der eine entsicherte den Strahlenkarabiner. Mit der schweren Waffe konnte er sämtliche Hütten im Umkreis zusammenschmelzen.

Ich blieb in der Deckung zwischen zwei Hütten stehen. Die Kralasenen unterhielten sich über Helmfunk. Ich konnte sehen, wie sie ihre Münder bewegten. Das Ganze musste ihnen unheimlich vorkommen. Das Vurgizzel stieß in der Tat schauerliche Geräusche aus. Jetzt steigerte es sich zu einer wahren Kakophonie. Ich merkte, dass sich das Tier zu einer wirbelnden Spirale ausdehnte. Es erkannte also die Gefährlichkeit des Gegners.

Die Kralasenen blieben etwa dreißig Meter vor den Hütten stehen. Einer überprüfte das Energiemagazin des Strahlenkarabiners. Sie öffneten die Visiere ihrer Raumhelme, ließen aber die dunkel getönten Sichtblenden halb heruntergeklappt. Der Kralasene mit dem Nadler hatte den dicklippigen Mund zu einem hässlichen Grinsen verzogen. Die Sichtblende seines Helmes endete unterhalb der Nasenwurzel. Eine Narbe entstellte seine rechte Wange.

Das sind harte Burschen, hinterhältig und brutal, ging es mir durch den Sinn. *Sie werden mich bei der erstbesten Gelegenheit zusammenschmelzen. Anscheinend wissen sie aber noch nicht, was sie von mir zu halten haben.*

Das Vurgizzel dehnte sich zu einer fast mannshohen Spindel, die unglaublich schnell um die eigene Achse wirbelte. Der tierische Zyklon schob sich vor mich, waberte vor meiner Gestalt. Wenn ich mich nicht täuschte, konnten mich die Kralasenen nur als verwaschenen Schemen erkennen.

»Wer bist du?«, schrie der eine. »Komm endlich raus und hör mit dem verfluchten Heulen auf!«

Ich blieb stehen. Meine Finger spürten den Griff der entsicherten Waffe. Ich brauchte sie nur anzuheben und abzudrücken. Das würde ich erst im allerletzten Moment tun, weil ich herausbekommen musste, was die Häscher Sofgarts hier wollten. Sie waren nicht zufällig hier gelandet. Wenn ich den alten Sträflingen glauben konnte, waren sie erst vor kurzem hier gewesen, um eine Hand voll Gestrandeter zu entführen. Sie mussten mich jetzt sehen, zumindest den Wirbel des Vurgizzels. Das Heulen erfüllte die gesamte Umgebung und schmerzte in den Ohren.

»Stell das Ding ab!« Die Kralasenen kamen ein paar Schritte näher. Einer schlug das Fanggerät, an dessen Vorderseite das zusammengefaltete Stahlnetz befestigt war, gegen seinen Oberschenkel. Eine gefährliche Waffe. Das Netz wurde abgeschossen, legte sich blitzschnell über das Opfer und lähmte es mit elektrischen Schocks. Ich war nicht darauf aus, mit dem Ding Bekanntschaft zu machen.

»Du gehörst nicht zu den alten Knackern«, kam es von drüben. »Wo hast du dein Schiff gelassen?«

Ich antwortete nicht. Das machte sie nervös. Nervöser noch, als sie die Todesmelodie meines Vurgizzels ohnehin schon machen musste.

»Was suchst du hier?«

»Antworte endlich, oder ich breche dir sämtliche Knochen!«

»Stell das verdammte Geheule ab!«

Ich grinste gelangweilt. Die Kralasenen waren als Sieger gekommen, hatten erwartet, leichtes Spiel mit den Alten zu haben. Mit mir hatten sie nicht gerechnet. Ich versuchte, sie aus der Reserve zu locken. »Wo habt ihr den Blinden gelassen? Hat der Folterer etwa Angst, selbst zu den Alten zu kommen? Typisch für diese miese Kreatur. Ich wusste schon immer, dass er und seine Folterknechte auf dem absteigenden Ast sind. Mit euch kann man wirklich keinen Staat mehr machen.«

Ein kralasenischer Fluch ertönte. »Was weißt du von Sofgart, Vogerknecht? Wer hat dir verraten, dass der ergebene Diener Seiner Erhabenheit in diesem System weilt?«

»Erhabenheit?«, antwortete ich höhnisch. »Ihr meint wohl Mörder, Thronräuber ... Erhabenheit? Seit wann nennt man einen Verbrecher in einem Atemzug mit dem arkonidischen Thron?«

»Dir wird der Spott noch vergehen. Spätestens, wenn du sterbend in der Sonnenglut liegst.« Ein Kralasene zog eine Wasserflasche aus dem Brustteil seines Raumanzugs. Normalerweise konnte man durch einen kleinen Schlauch direkt durch das Halsteil des Raumanzugs trinken. Er wollte anscheinend ein kleines Psychospiel starten. Die Flasche machte die Runde. Sie tranken das kühle Nass voller Genuss. Den Rest verspritzten sie im Sand.

»Hast du keinen Durst, Mann? Komm, wir haben noch zwei Flaschen. Genug für uns alle.«

»Das sind zwei Flaschen zu viel«, erwiderte ich gelangweilt. Dem einen blieb der Mund offen stehen. »Passt lieber auf, dass euch die Kehle nicht ausdörrt. Bei so viel Unsinn, wie ihr zusammenredet, kann das leicht der Fall sein.«

Das Vurgizzel wurde etwas leiser. Die Wirbel verloren sich, ich konnte jede Bewegung meiner Gegner wahrnehmen. Der Strahlenkarabiner hob sich unmerklich, ebenso die Hand mit dem Nadler. Beide würden bis zum Schluss warten, weil die Schüsse tödlich waren. Wie ich diese Burschen einschätzte, wollten sie mich lebend haben. Also würde der Kralasene mit dem Fangnetz zuerst reagieren. Der peitschenartige Knall des losschnellenden Stahlnetzes mischte sich mit dem Fauchen meines Kombistrahlers. Ich rollte blitzschnell über den Boden. Rechts von mir entfaltete sich das Netz. Ich spürte die elektrischen Entladungen, weil ein Ende mich leicht streifte. Mein Knöchel wurde sofort steif. Ich schoss zum zweiten Mal, traf den Karabiner. Ein Wehlaut ertönte, als der Kralasene seine Waffe verlor. Im selben Augenblick detonierte das Energiemagazin – der Mann verging von einem Augenblick zum anderen.

Zusammen mit dem Gluthauch umschwirrten mich Giftnadeln wie gefährliche Insekten. Ich hatte unwahrscheinliches Glück, dass ich nicht getroffen wurde. Noch einmal zuckte ein Thermostrahl aus meiner Waffe. Im gleichen Augenblick wurde es totenstill. Das Vurgizzel sprang auf meine Schulter und verhielt sich abwartend. Ich war überrascht, wie sehr das kleine Tier sich auf die Geschehnisse einzustellen verstand. Ich öffnete den Verschluss einer Wasserflasche, die im Raumanzug des sterbenden Kralasenen steckte. Mit der hohlen Hand ließ ich etwas Wasser über die Stirn des Gegners rinnen und fragte scharf: »Was macht ihr im Kometenschweif?«

Der Kralasene antwortete nicht, starrte mich nur wortlos an. Seine Lippen zuckten. Aber er brachte kein Wort mehr heraus. Wenig später brachen seine Augen. *Schade*, dachte ich. *Die Burschen hätten mir eine ganze Menge über die Pläne Sofgarts verraten können.*

Ich schloss dem Toten die Augen. Erst jetzt wurde mir bewusst, dass mein rechter Knöchel ziemlich schmerzte. Die Stelle, an der mich das Stahlnetz gestreift hatte, war angeschwollen.

Die Greise kamen aus der Hütte. Verwundert umringten sie die beiden Toten. Von dem dritten war nur ein schwarzer Brandfleck im Sand übrig geblieben. »Du gehörst also nicht zu denen«, stellte einer anerkennend fest. »Wir wollen Freunde sein.«

Ich ergriff seine dargebotene Hand. Erstaunlich, wie fest der Alte noch zupacken konnte. Er deutete auf seine Freunde. »Das sind Parvenool, Hectavor, Morgonol, Letron Parseener ... und ich heiße Abrogaal Mervin. Wir sind die Letzten der *Station der Träume*. Alle anderen haben diese Gorkii weggeholt.«

Ich verschwieg den Männern nicht, dass ich Atlan hieß. An ihrer Reaktion merkte ich, dass sie mich nicht als Kristallprinzen erkannten. Sie hatten also nichts vom gegenwärtigen Geschehen in der Öden Insel seit meinem öffentlichen Auftritt auf Largamenia mitbekommen. »Weißt du, was sie mit den Männern vorhatten?«

Der Greis zuckte mit den Schultern. »Sie kamen, schossen wie wild in der Gegend herum und fingen unsere Brüder ein. Das ist alles, was wir wissen. Zuerst hielten wir dich für einen von ihnen. Wir haben nämlich kurz vorher ihr Raumschiff landen sehen. Deines dagegen nicht.«

Ich wollte eine scherzhafte Bemerkung machen, wurde aber von einer merkwürdigen Leuchterscheinung abgelenkt. Über dem alles umspannenden Projektornetz erschien ein fahles Licht. Es vergrößerte sich rasch und breitete sich aus. Es wirkte wie ein Wolkenfeld, dessen Ende sich langsam auffächerte. Die Greise gerieten in einen Freudentaumel, tanzten über die Metallplanken vor den Hütten und sangen seltsame Lieder.

»Wir können wieder träumen«, riefen sie fast gleichzeitig.

Ich spürte ein eigenartiges Ziehen unter der Kopfhaut, heftiges Pochen erschütterte meinen Monoschirm. Ein berauschendes Gefühl ergriff von mir Besitz. Ich wollte mich dagegen wehren, aber es hatte keinen Sinn. Die fremde Gewalt war stärker, viel, viel stärker. Ich verfiel in denselben Trancezustand, der die Greise ergriffen hatte. Dass ich eben noch mit den Kralasenen gekämpft hatte, war vergessen. Jetzt zählten nur noch die fantastischen Träume ...

13.

Aus: *ARK SUMMIA-Grundregeln*

Vergiss nie, Verstand und Scharfsinn zu befragen! Extremsituationen in kommenden Einsätzen aller Art sind nur dann hoffnungslos, wenn ausschließlich Muskelkraft und erlernte Primitivtricks eingesetzt werden.

Eine fremde Stimme erfüllte mein Bewusstsein. Ich drehte mich und blickte in alle Richtungen. Doch umsonst. Niemand schien in der Nähe zu sein. Aber war ich wirklich allein? Schwankende Gestalten kamen näher, verschwanden wieder und wurden an anderer Stelle erneut sichtbar. Sie kamen mir bekannt vor. Ich konnte sie aber nicht einordnen. Die fremde Stimme zog mich magisch an, fort von den düsteren Gestalten, die so unendlich dürr waren, dass man Angst haben musste, sie würden plötzlich zusammenknicken.

Ihre Köpfe waren Tropfen, die sich nach oben hin dehnten und mit einem saugenden Geräusch abrissen. Die unbekannte Stimme dämpfte meine Angst. Ich vermochte nicht zu bestimmen, ob sie männlich oder weiblich war. Eine Hand streifte mein Gesicht. Es war eine kalte Berührung, die mich schaudern ließ. Eine andere Hand kam näher, aber ich wich ihr geschickt aus. Ein ganzes Dutzend verschiedener Hände tauchte auf. Sie griffen nach mir und wollten mich festhalten. Ich begann zu schreien, aber seltsamerweise kam kein einziger Ton über meine Lippen. Die Finger der gierigen Hände wurden länger und länger, schoben sich durcheinander und bildeten ein wirres Geflecht.

Plötzlich umgab mich das silberne Netz. Es war überall, so weit ich blicken konnte. Es umgab alles ringsum. Durch die engen Maschen schossen Lichtkaskaden und blendeten mich. Die Lichtpfeile schossen so rasch auf mich zu, dass ich mich nicht mehr verkriechen konnte. Ich kauerte mich zusammen, umspannte meine angewinkelten Knie mit den Armen. Doch umsonst. Ein Ozean aus Farben und energetischen Ornamenten brach über mich herein. Verschiedenfarbige Wellen und Ströme drifteten an mir vorbei. Ich hatte plötzlich das Gefühl, als einsamer Felsen mitten in einem reißenden Strom zu stehen. Die Farben flossen immer schneller, lockerten den Untergrund auf. Ich verlor langsam den Boden unter den Füßen. Noch konnte ich mich halten, aber die Flut arbeitete unbarmherzig.

Plötzlich fühlte ich mich ganz leicht. Aber noch immer versuchte ich, mich am Boden des leuchtenden Farbenstroms festzuhalten. Dann konnte ich nicht mehr, gab mein anfängliches Sträuben auf, ließ los und wurde sofort davongerissen. Es hatte keinen Sinn mehr. Ich öffnete sogar den Mund, um die schaumigen Leuchtperlen der alles umspannenden Farborgie in mich hineinströmen zu lassen. Ich breitete die Arme aus, um so viel wie möglich von dem Stoff zu erhaschen, aus dem die Träume waren, wurde eins mit der zauberhaften Illusion. Ich wusste nicht, wie lange dieser Zustand dauerte, verlor völlig das Gefühl für Raum und Zeit. Plötzlich war die fremde Stimme wieder da. Sie klang eindringlich und warnend. Ich konnte sie nicht überhören. Aber war sie wirklich akustisch zu vernehmen, war sie nicht vielmehr mitten in meinem Kopf? Ich konnte es nicht sagen.

Plötzlich verstand ich ein paar Begriffe. Es klang wie Zentralorgan. *Wessen Zentralorgan?* Dann folgte ein Symbol, das für die Aktivierung oder Erschaffung des Zentralorgans stehen konnte. Die Stimme warnte eindringlich davor, leichtfertig die Aktivierung oder Erschaffung des Zentralorgans vorzunehmen. *Was hat das zu bedeuten?* Ich ließ mich weiter durch die Farbenspiele treiben. Es war wunderbar, wie leicht und unbeschwert ich mich fühlte. Da waren keine Schwierigkeiten mehr. Ich dachte weder an den Stein der Weisen noch an den Blinden Sofgart und dessen Häscher. Ich wollte überhaupt nicht mehr denken. Das war natürlich ein naiver Wunsch. Selbst Träume verlangten ein gewisses Maß an Aktivität. Ich weigerte mich, aus dem Traum auszusteigen. Ich wollte weiter durch die Farbenflut treiben …

Mein Extrasinn half mir dabei, in die Realität zurückzufinden. *Narr, willst du in der Sonnenglut verbrennen? Steh auf und vergiss die Träume des Planetoiden. Öffne die Augen, und du wirst erkennen, wie die Träume entstanden sind.*

Es schmerzte, als ich meine schwer gewordenen Augenlider öffnete. Zuerst blinzelte ich in die schwächer werdende Helligkeit. Das Ende des länglichen Farbfächers verschwand gerade über dem

Horizont. Das Projektornetz funkelte ein letztes Mal auf, dann war alles wie vorher. Die Sonne brannte heiß durch die Maschen und schmerzte auf meinem Gesicht. Der Komet musste bei mir einen psychedelischen Rausch erzeugt haben. Neben mir weinte jemand. Es war einer der alten Sträflinge. Letron Parseener. Die Tränen, die ihm über die runzligen Wangen liefen, trockneten in der Gluthitze sofort. Zurück blieb nur eine salzige Spur, die ein eigentümliches Muster auf der krebsroten Greisenhaut bildete.

»Wo sind meine Träume?«, stammelte er verzweifelt.

»Es ist alles vorbei. Die Suggestivfronten des Kometen sind erloschen.«

Ich legte ihm sachte die Hand auf die Schulter, hatte Mitleid mit dem Alten. *Wer weiß, wie lange er mit seinen Freunden schon auf diesem Planetoiden dahinvegetiert?* Er schien nur noch von Traum zu Traum zu leben, in mehr oder weniger regelmäßigen Abständen versanken die Männer in Trance. *Die Kometenstrahlung muss auf eine mir noch unbekannte Weise vom alles umspannenden Netz verstärkt werden.*

»Habt ihr das Netz konstruiert?«, fragte ich leise.

Letron Parseener schüttelte den Kopf. »Das … das war schon da, als wir hier ankamen. Wir dachten zuerst, dass wir verdursten und verhungern würden, nachdem unsere Vorräte aufgebraucht waren. Aber tief unten gibt es eine Station. Muss uralt sein. Die Maschinen halten die Schwerkraft aufrecht und speisen das Geflecht mit Energie. Dort unten fanden wir auch Vorräte. Konzentratpillen und Wasser.«

»Irgendwelche Hinweise auf die Erbauer? Ein Speichergerät oder Kartentanks?«

»Gar nichts.«

Mehr war aus dem Alten nicht herauszubringen. Er kauerte sich auf den Boden, senkte den Kopf und trauerte seinen verschwundenen Träumen nach.

Wir einigten uns schließlich darauf, das kralasenische Raumschiff zu durchsuchen. Nachdem die Alten ihre Lethargie überwunden hatten, schritten sie zügig aus. Da mein Knöchel weiterhin schmerzte, hatte ich Mühe, mit ihnen Schritt zu halten. Die alten, ausgelaugten Ex-Sträflinge waren zäher, als man nach dem ersten Augenschein erwarten konnte.

Schließlich lag das Schiff vor uns, ruhte auf vier Landestützen im Sand. Die Schleuse war nicht verriegelt. Die Kralasenen hatten also angenommen, leichtes Spiel mit den Alten zu haben. Außer der normalen Ausrüstung, einigen Raumanzügen und der Bordapotheke fanden wir nichts Brauchbares. Mindestens ein Kralasene schien rauschgiftsüchtig gewesen zu sein. Im Seitenfach eines Kontursessels stapelte sich Wirgon-Kautschuk. Wer einige Arkonjahre lang Wirgon kaute, verlor langsam die Kontrolle über sich und die Realität. Neben der geistigen Deformation vollzog sich der körperliche Zerfall. Ich hatte schon Wirgon-Opfer gesehen. Im Endstadium glichen sie mehr aufrecht gehenden Monstren als Arkoniden.

Wir durchstöberten die Kommandozentrale und riefen die Daten der Steuerautomatik ab. »Hier könnt ihr nachprüfen, woher die Kralasenen gekommen sind … und wohin sie eure Freunde gebracht haben«, sagte ich. »Der Kurs ist gespeichert. Die Bande startete vom Mutterschiff, das im Kometenschweif auf ihre Rückkehr wartet. Zusammen mit acht anderen Schiffen und einer riesigen Kugel.«

Morgonol machte ein ungläubiges Gesicht. »Im Kometenschweif? Du irrst dich. Kein Raumfahrer wäre so verrückt, sein Schiff im Energieschauer von Glaathan zurückzulassen.«

»Wir haben es ja auch nicht mit normalen Raumfahrern zu tun. Ihr solltet wissen, dass der Blinde Sofgart nicht mit normalen Maßstäben zu messen ist.«

Die Alten hatten erlebt, wie grausam die Kralasenen über sie hergefallen waren. Dennoch fehlte ihnen jegliches Verständnis dafür, dass ein Raumerverband im Schweif dieses Kometen flog. Die Greise scharten sich erwartungsvoll um mich, verlangten eine Entscheidung. Was mit dem Raumschiff geschehen sollte, wie ich mir unser weiteres Vorgehen vorstellte. Abrogaal Mervin sprach für alle aus, was sie bedrückte: »Das Schiff hier kann zwar Lichtgeschwindigkeit erreichen, aber keine Transitionen durchführen. Wir wollen nicht im System von Glaathan herumkurven. Und zur nächsten Sonne wären wir ein paar Arkonjahre unterwegs.«

»Ein Risiko in unserem Alter.«

Ich verstand sie völlig. Das kleine Schiff war für sie wertlos. Auf der anderen Seite fragte ich mich, ob sie sich nach einer so langen Abhängigkeit von den Träumen des Kometen Glaathan noch auf einer anderen Imperiumswelt zurechtfinden würden. »Wohin wollt ihr, wenn ich euch ein Schiff besorgen würde?«

Betretenes Schweigen. Ich hatte den Nagel auf dem Kopf getroffen. Mervin räusperte sich verlegen. »Du musst uns verstehen. Wir leben schon sehr lange auf der Traumstation. Natürlich wollen wir von hier weg. Endlich wieder auf einer grünen Welt den Duft der Blumen riechen, in einer Quelle baden und wilde Tiere jagen ...«

Die anderen kicherten kindisch. »Du und jagen! Und mit deinem Geruchssinn ist es nicht mehr weit her.«

Das war reine Schadenfreude. Ich verstand die Greise trotzdem. Sie hatten sich an die Träume von Glaathan gewöhnt. Sie würden sich nur schwer auf einem anderen Planeten zurechtfinden. Ich entschloss mich, ihnen meine Pläne nicht zu verheimlichen. »Mit dem Schiff der Kralasenen komme ich am einfachsten zum Folterer. Jeder andere Raumer würde auffallen. Eine bessere Gelegenheit bekomme ich nie wieder.«

»Viel Glück – wir können dich nicht halten. Du bist auch noch viel zu jung, um in der Traumstation zu bleiben.«

»Vielleicht finde ich etwas über das Schicksal eurer Freunde heraus. Möglich, dass sie noch leben.«

»Du willst doch nicht ohne uns in den Kometenschweif fliegen, oder? Wäre ja noch schöner, wenn wir unsere Freunde im Stich ließen. Wir haben alles miteinander geteilt. Es war eine harte Zeit. Sollten sie jetzt tot sein, werden wir mit den Kralasenen abrechnen.«

Die Augen der fünf Greise leuchteten. Sie waren zähe Kämpfer. Ich wollte sie nicht daran hindern, mit mir zum Verband Sofgarts zu fliegen. »Probiert mal, ob euch die Raumanzüge passen. Ich kümmere mich inzwischen um die Steuerung.«

Das kleine Schiff war startbereit. Die Kontrolllampen flammten auf, der Antrieb summte im Leerlauf. Ich schaltete zuerst auf Antigrav. Langsam hob das Fahrzeug ab. Meine neuen Freunde hatten sich in die Kontursessel gesetzt und sahen aufmerksam zu, wie ich die Steuerautomatik aktivierte. »Jetzt brauchen wir nichts mehr zu tun. Konzentrieren wir uns am besten auf die Ortungsinstrumente. Wäre ziemlich unangenehm für uns, sollte Sofgart Kontrollboote losschicken.«

Ich peilte die KARRETON an, die unverändert im All schwebte. Energieströme ließen sich nicht anmessen. Wer nicht wusste, dass sich unser Raumschiff an der betreffenden Stelle befand, würde es nur per Zufall entdecken. Ich hoffte, dass Fartuloon und der Mannschaft die Reparatur des Hyperwandlers gelang. Ich musste meinen Freunden einen kurzen Lagebericht durchgeben. Im Hyperfunkspeicher wurde der aufgezeichnete Spruch zu einem ultrakurzen Impuls gerafft, den ich per Richtfunkantenne zur KARRETON abstrahlte. Ich wartete auf die Bestätigung. Doch nichts geschah.

»Was ist los? Haben deine Freunde etwa das Schiff verlassen?«

»Ich weiß es nicht. Es war ausgemacht, dass sie an Bord bleiben, bis ich mich wieder meldete.« Ein schrecklicher Gedanke fuhr durch meinen Kopf und ließ mich nicht mehr zur Ruhe kommen: *Ist Sofgart auf die KARRETON aufmerksam geworden? Dann leben meine Freunde womöglich nicht mehr. Vielleicht hat der Folterkönig den einen oder anderen am Leben gelassen, um ihn als Lockvogel gegen mich einzusetzen.*

Warum hat er dann die KARRETON nicht vernichtet?, warf mein Extrasinn ein. *Zumindest eine fingierte Funknachricht wäre auf deine Meldung hin zurückgekommen.*

Warum schweigt die KARRETON? Irgendwie war ich mir sicher, dass ich die Antwort im Schweif des Kometen finden würde. Das kralasenische Raumschiff schwang sich unterdessen in die bodenlose Schwärze des Alls. Hinter uns wurde der Planetoid kleiner. Schließlich war er mit seinen beiden Begleitern nichts anderes als ein funkelndes Staubkorn in der Unendlichkeit. Der Bug unseres Schiffes zeigte genau auf den Schweif des Kometen.

Das Schirmfeld ließ die Partikel noch heller aufglühen, neutralisierte sie und hielt sie von der Schiffshülle fern. Wir rasten immer weiter durch das leuchtende Inferno. Ohne den Autopiloten hätte ich es nicht geschafft. Auf geheimnisvolle Weise beeinflusste die Hyperenergie des Kometen mein Bewusstsein, aber es war anders als auf dem Planetoiden. Während dort das Projektornetz die Impulse verstärkte, konnte ich jetzt durchaus meine Umgebung wahrnehmen. Aber der Wunsch, mich den fantastischen Träumen hinzugeben, wuchs beständig.

Den Alten erging es nicht anders. Sie lagen entspannt in den Kontursesseln und starrten aus weit aufgerissenen Augen auf den Bildschirm. Das Lodern und Leuchten des Kometenschweifs irrlichterte durch die Zentrale des kleinen Bootes. Ich fragte mich, wie es jetzt weitergehen sollte.

Mein Extrasinn brachte mich wieder zur Besinnung: *Die KARRETON ist zu weit von Glaathan entfernt, als dass die Suggestivimpulse wirksam werden könnten.*

Als das erste Kugelraumschiff in der Lichtflut des Kometenschweifs sichtbar wurde, stoppte ich. Die anderen Schiffe des kleinen Verbands erschienen als düstere Schemen und in einiger Distanz war auch der riesige Körper der Fünfzehn-Kilometer-Kugel zu erkennen. Wir drifteten langsam darauf zu. Wenig später ging ein Ruck durch die Schiffszelle, als wir an der unteren Polschleuse anlegten und ich die Schleusenautomatik einrasten ließ. Jetzt konnten wir jederzeit das 500-Meter-Schiff betreten, es sei denn, seine Besitzer hatten etwas dagegen. Doch nichts geschah. Nicht einmal ein Routineanruf. Gar nichts. Die Empfänger übertrugen nur die Störungen, die vom Kometenschweif ausgingen.

»Versteht ihr das? Die beachten uns ja gar nicht.«

Abrogaal Mervin ließ den Verschluss seines Raumhelms einrasten. »Vielleicht träumen sie alle? Wer den Kometen nicht kennt, kann sehr leicht in seinen Bann geraten.«

Eine wahrhaft doppelsinnige Antwort. Die Alten wussten natürlich auch nicht, weshalb sich an Bord der kralasenischen Schiffe nichts rührte. Mir wurde das Ganze immer unheimlicher. Ich stieß das Schott auf. Hintereinander betraten wir die andere Schleusenkammer. Als ich meinen Fuß auf den Boden setzte, flammte die Deckenbeleuchtung auf. Ein Grünzeichen gab an, dass sich der atmosphärische Druck normalisierte. Wir konnten unsere Raumhelme abnehmen. Langsam glitt das innere Schleusentor auf. Dunkelheit empfing uns. Die Luft im Schiff war verbraucht und stickig. Kein einziger Kralasene stellte sich uns in den Weg, als wir weitergingen.

Letron Parseener stieß geräuschvoll die Luft aus. »Das reinste Geisterschiff. Aber alles funktioniert ausgezeichnet. Mit dem Schiff könnten wir jeden Punkt in der Galaxis ansteuern.«

Die Räume des Polschleusenbereichs waren leer und verlassen.

Nichts deutete auf einen übereilten Aufbruch hin. Ich legte die Rechte auf einen Türöffner. Es summte leicht, die Tür glitt beiseite. Der Raum wirkte aufgeräumt. In breiten Regalen lagen positronische Ersatzteile. Der Bildschirm der Rundrufanlage war dunkel.

»Das gefällt mir nicht«, presste ich zwischen den Zähnen hervor. Dem Vurgizzel schien die unheimliche Atmosphäre nichts auszumachen. Es war in den Halsausschnitt meines leichten Raumanzugs gekrochen und hatte sich zu einem Kragenwulst gedehnt. Sein säuselnder Atem war kaum zu hören.

Parvenool hielt uns an, bevor wir in den nächsten Verteiler-Antigrav springen konnten. »Seht ihr die Schmelzspuren an den Wänden?«

Hier ist gekämpft worden! Thermoschüsse hatten Kerben in die glatte Gangwand geschmolzen. An einigen Stellen war das Material blasig verformt. Ich bückte mich und ließ die Finger über den Schmelzrand gleiten. Als ich an der Wand hinuntersah, durchzuckte es mich.

Haare, bestätigte mein Extrasinn.

Dicht über dem Boden hatte sich ein kreisrunder Schmelzfleck gebildet. Schwarze Aschereste lagen flockig verstreut auf dem Boden, dicht daneben ein Haarbüschel. Die Alten drängten sich neugierig näher. »Das stammt von keinem Arkoniden. Es könnte ein Tier gewesen sein, das im Energiestrahl verschwand. Mehr bleibt selten davon übrig, wenn man mit Blastern schießt.«

Ich überwand meine Abscheu und roch an dem kleinen Haarbüschel. Der Gestank verbrannten Plastikmaterials überlagerte jedoch alles. Irgendwie glaubte ich, die Kreaturen zu kennen, die hier getötet worden waren. »Sehen wir auf einem anderen Deck nach! Wir scheinen die einzigen Lebewesen an Bord des Schiffes sein.«

Ich überzeugte mich davon, dass der Antigrav aufwärts gepolt war, und stieß mich in den flimmernden Schacht ab. Im selben Augenblick traf mich ein entsetzlicher Schlag. Ich verlor sofort das Bewusstsein.

»Er kommt wieder zu sich.«

Mein Körper schmerzte, als hätte man mir unzählige glühende Nadeln ins Fleisch getrieben. Es war entsetzlich. Plötzlich lief mir etwas Kaltes über die Stirn. Ich zuckte zusammen.

»Ruhig bleiben«, hörte ich die Stimme Parvenools. »Ist nur ein bisschen Wasser aus der Tube eines Raumanzugs. Das bringt dich schon wieder auf die Beine, Atlan.«

»Was ... was ist passiert?«, wollte ich wissen. Ich nahm meine Umgebung wie durch einen zähflüssigen Brei wahr. Parvenool hockte neben mir und flößte mir Wasser ein. Das tat unbeschreiblich gut und linderte das schreckliche Brennen in meinem Innern. »Sagt schon ... was ist passiert?«

»Du bist mit einem Energieschirm kollidiert.«

»Was ... wie?«

Parvenool verschloss die Wassertube. »Ein Prallfeld riegelt die oberen Decks ab. Vermutlich sollen dadurch ungebetene Besucher am Betreten des Schiffes gehindert werden.«

Mein Extrasinn gab sich damit nicht zufrieden. *Im Bereich der Polschleuse wurde gekämpft. Das habt ihr anhand der Spuren rekonstruiert. Vielleicht sind Fremde ins Schiff eingedrungen, und die Kralasenen wollten sie am weiteren Vordringen durch das Schirmfeld hindern.*

Wer aber waren diese unbekannten Eindringlinge?

Vergiss nicht die riesige Kugel, die vor den Schiffen des Blinden fliegt.

Ich erinnerte mich genau an die Ortung. Das Gebilde befand sich vor den neun Kugelraumern im Kometenschweif. Da es vermutlich nicht zu den Schiffen Sofgarts gehörte, befand sich außer uns noch eine dritte Macht in der Nähe. »Die Kralasenen scheinen auf eine fremde Lebensform gestoßen zu sein.«

»Davon hätten wir auf unserer Traumstation etwas mitbekommen müssen. Unsere Ortungsgeräte sind nämlich noch in Ordnung. Die neun Kugelschiffe haben wir geortet, das Riesengebilde nicht!«

»Es könnte vor eurer Ankunft schon hier gewesen sein.«

»Dann hätten wir es ebenfalls anmessen müssen.«

»Nicht, wenn es über hervorragende Antiortungseinrichtungen verfügt«, murmelte ich. »Oder bis zur Ankunft Sofgarts darüber verfügte.«

Wo steckt der Blinde? Hat es einen Kampf zwischen zwei raumfahrenden Völkern gegeben? Wer siegte? Ich würde diese Fragen nur beantworten können, wenn ich mit den Greisen jedes einzelne Schiff durchsuchte. Keine leichte Aufgabe. Das Vurgizzel kroch an meinem Ärmel hoch. Es musste bei meinem Sprung in das Schirmfeld rechtzeitig davongehüpft sein und war munterer denn je. Ich meinte, sogar so etwas wie Freude an seinem Benehmen erkennen zu können. *Oder ist das Tier froh, dass mir nichts passiert ist?*

Parvenool schob mir einen Konzentratwürfel zwischen die Lippen. Die Nährstoffe gingen schnell in meinen Stoffwechsel über. Ich konnte ohne große Schwierigkeiten aufstehen. Die Rippen schmerzten noch, das Blut pochte in den Schläfen, aber ich kam zusehends zu Kräften. Hectavor hantierte am Schaltbrett des Antigravschachts, schloss Leitungen kurz, und Augenblicke später erlosch das Schirmfeld. Wir konnten nun weiter in das Schiff vordringen. Ich hatte ein eigenartiges Gefühl dabei. Es war totenstill, unheimlich. Wir hatten bisher nur Spekulationen über das Geschehen im Schiff angestellt. Was wirklich passiert war, konnten uns nur die Kralasenen verraten.

»Wir nehmen den Treppenschacht«, schlug ich vor. »Wer weiß, wer am anderen Ende des Antigravs auf uns wartet.«

Abrogaal Mervin beugte sich neugierig über das aufgedunsene Fellbündel und streckte seine dürre Hand aus, um den Körper herumzudrehen.

»Halt!«, schrie ich. »Nicht anfassen.«

Er zuckte erschrocken zurück. Die Lampe seines kralasenischen Raumanzugs blendete mich. »Was soll das? Das ist doch bloß ein Voger.«

Ich kannte die kleinen Tiere. Man traf sie auf vielen arkonidischen Raumschiffen an, sie ließen sich leicht zähmen. Ihre Felle sollten angeblich gegen eine Muskelkrankheit schützen. Fartuloon schwor auf die Wirkung der Vogerfelle. Aber vermutlich musste man erst ein bestimmtes Alter erreicht haben, um solche Probleme würdigen zu können.

»Der Voger kann krank sein. Wenn ihr euch infiziert, seid ihr erledigt. Uns fehlen medizinische Instrumente, um eine exakte Diagnose durchführen zu können. Lasst also besser die Hände davon!« Ich sah mir das Tier aus gebührendem Abstand an. Es lag seltsam verkrampft auf dem Bauch, sein ehemals seidiges Fell hatte eine matte Färbung angenommen. Hautfetzen wölbten sich über gelblich verfärbten Geschwüren. Die Augen waren hellweiß, die Iris verschwunden. In den Krallen hatten sich Stoffreste verfangen.

Der Voger hat einen Kralasenen angegriffen, durchzuckte es mich. Unmöglich. Ein Voger griff normalerweise nie jemanden an. Erst recht nicht seinen Herrn. Ich konnte mir keinen Reim auf das Gesehene machen.

»Leise!«, zischte Mervin. Wir hielten inne. Aus dem Schiffsinnern ertönten schleifende Geräusche. Als zerre jemand etwas Schweres vorwärts. Mervin blickte mich fragend an. Ich verzog den Mund und zuckte nur mit den Schultern. Plötzlich kam das eigenartige Geräusch auch aus einer anderen Richtung. Mein Vurgizzel wurde sofort unruhig, sein Atem wurde pfeifend. Die Alten warfen mir missbilligende Blicke zu. Sie würden sich wohl nie an die kleine Kreatur gewöhnen. Im ungewissen Dämmerlicht tauchten unförmige Schatten auf. Als die klagenden Laute hörbar wurden, wusste ich, was da auf uns zukam.

»Das sind mehrere Voger. Sie haben uns gewittert und kriechen durch den Verbindungsgang.«

»Mit den Biestern stimmt doch etwas nicht.«

Ich gab dem Alten Recht. Normalerweise bewegten sich die Voger blitzschnell. »Sie sind krank. Passt auf, dass ihr keinem Tier zu nahe kommt.«

Am Gangende lagen mindestens zehn Voger. Die Schnauzen der Tiere waren blutig, ihr Fell zerfetzt. Sie stießen immer wieder klagende Laute aus. Irgendein Unhold musste sie grässlich zugerichtet haben. Kalte Wut kroch in mir hoch. Die Voger ließen uns herankommen, winselten erbärmlich. Ich wusste, dass sie nicht mehr lange leben würden. Als ich ihnen die Leiden abkürzen wollte und meinen Kombistrahler zog, krachte irgendwo ein schweres Schott zu. Ich zuckte zusammen. Mein Vurgizzel schrillte nervenzerreißend auf. Plötzlich wehte uns ein fürchterlicher Gestank entgegen. Mir wurde fast übel davon. Ich presste die Hand gegen den Mund und atmete kurz.

»Hinter dem Antigrav!«, schrie Letron Parseener. Der Greis zitterte am ganzen Leib, wollte nach seinem Blaster greifen, aber die Hände versagten ihm den Dienst. Die Waffe polterte dumpf auf den Boden.

Letron blieb wie gelähmt stehen. »Dort ... ein Ungeheuer!«

Die Gestalt, die schwankend näher kam, konnte nur dem Alptraum eines Wahnsinnigen entsprungen sein. Sie war organisch, daran bestand überhaupt kein Zweifel. Ich musste mich überwinden, das Ding näher in Augenschein zu nehmen. Auf einem raupenförmigen Leib von mindestens zwei Metern Länge thronten fünf Vogerköpfe, an den Seiten pendelten die zehn Beinpaare der Tiere. Der Raupenkörper musste sich von einer Seite zur anderen wälzen, um sie gebrauchen zu können. Dabei robbte er unter konvulsivischen Zuckungen Meter um Meter vorwärts.

»Der Gestank ist bestialisch.« Ich hatte das Gefühl, es mit dem verwesenden Produkt eines fürchterlichen Ara-Experiments zu tun zu haben. Wie aber waren die fünf Voger zu einem Körper zusammengeschmolzen worden? »Zurück … das Ding hat es auf uns abgesehen!«, schrie ich im letzten Augenblick. Mervin war der entsetzlichen Raupe gefährlich nahe gekommen. Mein Fuß stieß gegen Letron Parseeners Blaster. Ich schob ihn zu dem angstschlotternden Greis hinüber. »Weg hier, solange noch Zeit dazu ist! Oder wollt ihr genauso enden?«

Ich drehte mich um und hielt geschockt inne. Von der anderen Seite kamen wenigstens zwanzig unförmige Wesen auf uns zu, langsam, beharrlich und deutlich kleiner als die Riesenraupe. Keins der Ungeheuer glich dem andern. Bei manchen waren die Vogerköpfe im aufgedunsenen Leib verschwunden. Dafür klafften unregelmäßig gezackte Mäuler auf ihren Oberseiten. An etlichen Stellen war das Fell von fleckigen Geschwüren durchbrochen.

»Sie wollen uns dem Riesenbiest entgegentreiben!« Ich entsicherte meine Waffe und zielte sorgfältig auf die monströse Kreatur. Mein Vurgizzel zitterte. Seine kreischenden Laute schrillten durch den Gang. Der blendende Thermostrahl bohrte sich in das schleimige Wesen, das sich aus den Körpern von wenigstens fünf Vogern gebildet hatte. Seine Schmerzenslaute hatten nichts Kreatürliches mehr an sich. Ich nahm den Zeigefinger erst wieder vom Abzug, als der Griff warm geworden war.

Ein schwarzer Fleck auf dem Boden war alles, was von dem Geschöpf noch übrig geblieben war. Die ätzenden Dämpfe des vergasten Bodenbelags stiegen uns schwer in die Nasen. »Hier entlang!« Ich packte den teilnahmslos dastehenden Abrogaal Mervin am Arm. »Wir wollen hier lebend rauskommen.«

Plötzlich löste sieh ein schleimiges Bündel von der Gangdecke, als die saugnapfbewehrten Gliedmaßen schmatzend losließen.

»Aus dem Weg!« Ich versetzte Mervin einen Stoß, sodass der Alte mehrere Meter weit zurücktaumelte. Fluchend kam er an der Gangwand zum Stehen. Ich schoss aus der Hüfte heraus. Das Biest löste sich im Glutstrahl auf.

»Das war auch mal ein Voger.«

»Haben sie Jagd auf die Kralasenen gemacht? Uns ist jedenfalls noch kein einziger begegnet.« Meine Begleiter verzichteten auf eine Antwort, waren mit den Nerven fertig. Die unglaubliche Verwandlung der Tiere ging über ihr Begriffsvermögen. Hinter uns schloss die Armee der Deformierten weiter auf, langsam, aber unbeirrbar. Uns blieb nur der Vorstoß in den düsteren Gang. Wenig später erreichten wir einen Gangverteiler. Rechts ging es abwärts, weiter hinten schimmerte die Kraftfeldsäule eines Antigravs.

Plötzlich schrie Letron Parseener in panischer Angst auf. Ich folgte seinem ausgestreckten Arm, glaubte, erstarren zu müssen, und schluckte würgend. »Das ... das war ein Kralasene!«

Der Mann lag auf dem Rücken. Sauber abgenagte Fingerknochen lagen neben einem Nadler. Der Brustkorb war mit ungestümer Gewalt aufgerissen worden. Jetzt hockte ein deformierter Voger im Innern des Toten. Das kleine Tier war furchtbar entstellt. Geschwüre hatten seinen Leib mehrmals aufplatzen lassen. Von Entsetzen geschüttelt, feuerte ich meinen TZU-4 auf die Szene des Grauens ab. In den Glutwirbeln verschwand der Kralasene mitsamt dem deformierten Voger. Ich blickte mich gehetzt um. »Hier runter! Haltet eure Waffen bereit. Sofort schießen, wenn sich was bewegt.«

Wollten wir heil aus dem Geisterschiff entkommen, mussten wir kompromisslos vorgehen. Womöglich trugen wir den Keim des Todes längst in uns. Waren Metamorphoseviren an der Verwandlung der Voger schuld, hatten wir uns mit Sicherheit längst infiziert. Unsere Schritte klangen hohl auf den Leitersprossen, die an der Wand des Notschachts hinunterführten. Wir sprachen kaum ein Wort miteinander, hatten Angst. Sogar das Vurgizzel verhielt sich still, war in den Ausschnitt meines Raumanzugs gekrochen.

Der Abstieg gestaltete sich ziemlich schwierig. Hectavor kam nur langsam voran, seine gichtigen Hände versagten ihm häufig den Dienst. Er konnte nur mühsam zupacken und sich an den

Krampen hinunterlassen. Aber der Alte besaß eine bewundernswerte Zähigkeit. Ich sprang als Erster auf die Bodenplattform, ein Druckschott führte zu den Antigravschächten. Dort wartete ich auf die Alten. »Der Gang zu den Schächten scheint frei zu sein. Schätze, dass die Vogermonstren schlecht im Klettern sind.«

Mervin stieß einen Seufzer aus. Er war ein alter Kämpfer und hätte nie etwas gegen eine Auseinandersetzung mit den Kralasenen gehabt. Doch die Konfrontation mit den grauenhaft entstellten Körpern hatte sein seelisches Gleichgewicht empfindlich gestört. »In den anderen Schiffen dürfte es nicht anders aussehen. Einmal erwischen sie uns. Dann enden wir so wie der Kralasene oben.«

Ich versuchte, ihn und seine Freunde zu beruhigen. »Eure Flucht von Torren-Box war auch nicht gerade leicht. Kein normaler Arkonide kann aus den Raumgefängnissen entkommen. Ihr aber habt es geschafft!«

»Das ist schon lange her, Atlan. Die Zeit ist nicht spurlos an uns vorübergegangen. Wir sind alt und müde.«

»Ihr seid zäher als ein altes Stück Leder.« Parvenool kicherte kindisch, wurde aber sofort wieder ernst. Ich sah ihn durchdringend an. »Habt ihr eure Freunde vergessen? Ich dachte, wir wollten sie retten?«

»Wenn sie noch leben«, konterte er. »Sofgart dürfte nach allem, was wir über ihn wissen, nicht lange mit seinen Gefangenen gefackelt haben.«

»Unter diesen Umständen?«

Meine Begleiter nickten. Sie wussten, dass der Blinde und seine Kralasenen von einer unheimlichen Gefahr bedroht wurden. Wenn sie Glück hatten, lebten ihre Freunde noch. Aber sie machten sich keine allzu großen Hoffnungen. Als wir den Vorraum zum Antigravschacht überblicken konnten, stockte uns der Atem. »Die Ungeheuer!«

Dic bis zur Unkenntlichkeit aufgedunsenen Vogerkörper hatten eine undurchdringliche Phalanx um den Antigravschacht gebildet. Ihr Instinkt schien ihnen zu verraten, dass wir hier herunterkommen mussten.

»Von dort kommen wir am schnellsten zur Schleuse.«

Abrogaal Mervin blickte mich unsicher an. Er drehte den Blaster in der Rechten. »Sollen wir uns den Weg freischießen?«

»Selbstverständlich! Aber zielt gut, damit die Instrumente der Antigravautomatik nicht beschädigt werden. Es ist kein angenehmes Gefühl, in die Tiefe zu stürzen.«

Die Alten grinsten. »Da bleibt nicht viel von uns übrig, was?«

Ich atmete erleichtert auf. Solange sie noch Galgenhumor besaßen, brauchte ich mir keine Sorgen um sie zu machen. Plötzlich kam Bewegung in die entstellten Voger. Die aufgedunsenen Körper wälzten sich herum. Unbeschreibliche Töne drangen an unsere Ohren. Der Gestank reizte zum Würgen.

»Zielt … kein Schuss zu viel!« Wir ließen die ersten Angreifer nicht näher herankommen, sondern drückten ab. Grelle Glutbahnen fauchten, die entartete Körpermasse verschwand in den Entladungen. Wir achteten nicht auf den Gestank, starrten verbissen auf die Kreaturen, zielten und drückten ab. Immer wieder, bis nur noch schwarze Aschehäufchen vor dem Antigrav schwelten. »Weiter!«

Wir sprangen über den erhitzten Bodenbelag und verteilten uns vor dem Antigravschacht. Der Prallfeldschock hatte mich vorsichtig gemacht. Ich klappte die Frontplatte der Antigravsteuerung auf. Die Instrumente zeigten normale Werte an, der Schacht war nicht gesichert.

»Hinein. Aber haltet die Augen offen. Vielleicht sind ein paar von den Monstren auch auf die Idee gekommen, sich bis zur Schleuse durchzuschlagen.« Wir erreichten ohne weitere Zwischenfälle den Schleusenraum. Hier war seit unserem Eindringen alles unverändert, kein Voger hatte den Weg hergefunden. Auch die Beleuchtung des inneren Schleusenraums brannte noch. »Die Voger sterben bald. Ihre entstellten Körper können vermutlich keine Nahrung mehr aufnehmen. Daher auch diese ungewöhnlich bestialische Gier, mit der sie uns angegriffen haben. Es dürfte nur noch eine Frage der Zeit sein, bis sich hier nichts mehr rührt.«

»In den anderen Schiffen auch?«, fragte Parvenool nachdenklich.

»Das werden wir gleich herausfinden.« Ich ließ den Verschluss meines Helms einrasten. Gleichzeitig strömte die Luft aus den Ventilen der Sauerstoffversorgung. Unsere Helmmikrofone erlaubten eine störungsfreie Kommunikation. Ich drückte den Schalter zum Schließen des inneren Schleusentors.

»Du willst also tatsächlich zu den anderen Schiffen?«

»Selbstverständlich.«

Es klickte, dann flammten die Anzeigen an der gegenüberliegenden Schleusenwand auf. Wir eilten durch den Verankerungswulst zum kralasenischen Beiboot.

»Dass wir noch leben, ist reiner Zufall.«

Ich schüttelte den Kopf und klappte den Helm in den Nacken zurück. »Kein Zufall, Leute. Wir können uns unserer Haut wehren. Außerdem wissen wir jetzt, was uns vermutlich erwartet.«

»Nur bedingt«, konterte Abrogaal Mervin. »Du vergisst die Ursache für die Entartung der Voger.«

Ich ließ mich in den Kontursessel fallen, koppelte vom Raumer ab und aktivierte den Antrieb. Der Bildschirm übertrug die gefilterte Lichtflut des Kometenschweifs. Ich schaltete eine Filterstufe vor die Optik. »Setzt euch hin. Wir sehen uns die anderen Schiffe an. Vielleicht fällt uns irgendetwas Außergewöhnliches auf.«

Es ruckte leicht, Mervin klammerte sich fluchend am Nackenwulst meines Sessels fest. Die anderen quittierten seine Ungeschicklichkeit mit einem meckernden Gelächter. Der Flug durch den Kometenschweif schien sie von unseren Problemen abzulenken. Die Alten starrten gebannt auf den Bildschirm, nahmen das Funkeln und Gleißen der kosmischen Partikel begierig in sich auf.

»Jetzt wäre wieder ein Traum fällig gewesen.« Ich drehte mich zu Mervin um. Sein Gesicht glich einer Totenmaske. Nur in den roten Augen schimmerte das ungebrochene Leben, als er fortfuhr: »Die Träume sind alles, was wir noch haben. Mit den Träumen von Glaathan sind wir alt geworden. Wir brauchen die Träume des Kometen.«

Ich konzentrierte mich auf den Kurs. Die Störungen des Kometenschweifs brachten uns immer wieder vom Kurs ab. Plötzlich blinkte die Anzeige des Ortungsgeräts.

»Vor uns treibt ein metallischer Körper im Kometenschweif«, rief Morgonol. Auf dem Bildschirm der optischen Außenbeobachtung konnte ich nichts erkennen. Ich schaltete die Filter um anderthalb Stufen zurück. Das Leuchten der Kometenpartikel irrlichterte stärker durch die Zentrale.

»Das Objekt entspricht in Masse und Zusammensetzung einem Sechzig-Meter-Beiboot.«

Dann erschien der dunkle Schemen auf dem Bildschirm. Ich reduzierte unsere Restfahrt und stoppte. Als ich die Umrisse scharf auf dem Schirm abgebildet sah, fuhr ich entsetzt hoch. »Das ist ein Beiboot der KARRETON!«

Meine Sorgen ließen sich nicht mehr in Worten ausdrücken. Auch die Alten hatten erkannt, dass mir das Leben meiner Freunde unendlich viel bedeutete. Sie beobachteten schweigend, wie ich über verschiedene Bildschirmvergrößerungen den Körper des Wracks untersuchte.

»Dort ist keiner mehr an Bord. Und wenn … würde er schon lange nicht mehr leben.«

Letron Parseener hatte natürlich Recht. Ein Strahlschuss hatte die Zelle des Beiboots regelrecht gespalten. An den Rändern glühte es noch dunkelrot. Im Innern waren die Aggregate aus den Halterungen gerissen worden. Die Verkleidung leuchtete in den Partikelströmen des Kometenschweifs.

»Deine Freunde sind dir also doch gefolgt, oder?«

Ich presste die Zähne zusammen. Nur ungewöhnliche Ereignisse konnten Fartuloon und die anderen von der KARRETON gelockt haben. Sie mussten vor längerer Zeit aufgebrochen sein. Sonst hätte ich vorhin Funkkontakt zu ihnen bekommen. Ich klammerte mich an die Hoffnung, Fartuloon, Ra, Corpkor und die anderen würden noch leben, zumal ich keine Toten zwischen den Trümmern entdeckte. Vielleicht hatten sie rechtzeitig an Bord eines Kralasenenschiffs Zuflucht suchen können. Ich schlug mit der Rechten auf den Steuerschalter. Mit einem plötzlichen Beschleunigungsimpuls raste unser Schiff über das Wrack des Beiboots hinweg. Die Partikelströme des Kometenschweifs vollführten wieder ihren lautlosen Reigen auf dem Bildschirm. Rechts und links tauchten die Schatten von zwei Kugelraumschiffen auf. Sie standen scheinbar bewegungslos im Strom des Kometen.

»Du hast deine Freunde verloren, wir haben unsere Freunde verloren«, begann Abrogaal Mervin. »Das Schicksal ist hart. Vielleicht sind wir auch hart geworden. Aber wir dürfen uns nicht länger quälen, Atlan. Lass uns zur Traumstation zurückkehren! Du wirst sehen, so ist das Leben erträglicher.«

»Niemals!«, stieß ich heftig hervor.

Er sah mich lange an. »Wir waren auch mal so wie du. Hätten wir damals resigniert, wären wir im Raumgefängnis verfault. Aber irgendwann wird jeder müde und verliert die Lust, weiterzukämpfen.«

Draußen schoben sich die Umrisse der anderen Raumschiffe an uns vorbei. Welche Tragödien sich in ihren verzweigten Gängen abgespielt hatten, konnte ich nur ahnen. Ich versuchte mir vorzustellen, wie es an Bord der KARRETON aussah. *Ist die Pest der fremden Macht dort ebenfalls eingedrungen? Sind Fartuloon und die anderen geflohen, um sich mit mir zu treffen? Wollten sie mich suchen?*

Ich versuchte, die alptraumhaften Visionen abzuschütteln. Aber sie wichen nicht mehr aus meinem Bewusstsein. Unvermittelt kam ich mir unglaublich allein vor. Von den Greisen trennten mich Welten, und das lag nicht allein an meiner Jugend. Ich konnte mir einfach nicht vorstellen, dass ich einmal genauso werden würde wie sie. Natürlich konnte ich mir nur vage ausmalen, was sie alles im Raumgefängnis Torren-Box ausgestanden hatten. Aber ich hätte mich niemals freiwillig in die Abhängigkeit der Suggestivträume begeben, dessen war ich mir hundertprozentig sicher, als ich die Riesenkugel ansteuerte, die Unheil verkündend im Leuchten schwebte.

14.

Aus: *Die Zwölf Ehernen Prinzipien* der Dagoristas; um 3100 da Ark entstandener Kodex des Arkon-Rittertums

Erstes Prinzip: Maßhaltung und Mäßigung

Das rechte Maß ist der leuchtende Kristall für jeden Dagorista; stets gilt es, die Verhältnismäßigkeit der Mittel zu wahren – denn jedes Extrem schadet.

Die Oberfläche war ebenmäßig glatt und ohne Fugen. Das schwarze Material schimmerte metallisch und war aus einer mir unbekannten Legierung hergestellt. Längst glaubte ich nicht mehr, dass dieses riesige Objekt zur Expeditionsflotte des Blinden Sofgart gehörte. *Ein Varganenschiff?*, überlegte ich. *Ischtar hat mich nicht umsonst hierher geschickt. Findet sich dort die weitere Spur zum Stein der Weisen?*

»Wisst ihr wirklich nichts von der großen Kugel?«, fragte ich die Alten.

»Nein! Sie kann nicht während unserer Zeit auf der Traumstation materialisiert sein. Das hätten wir mit unseren Ortungsgeräten feststellen müssen.«

Ich steuerte über die mächtige Rundung, die sich wie eine schwarze Sonne unter unserem kleinen Schiff wölbte. »Seht ihr einen Zugang?«

Morgonol schaltete einen kleinen Suchschirm ein. »Die Kugel ist völlig glatt. Wüsste nicht, wo wir eindringen könnten.«

Wir hatten etwa sechzig Prozent der Kugelfläche abgesucht, als ich auf einen seitlich abgelenkten Partikelstau des Kometenschweifs aufmerksam wurde. Es war nur eine besonders grell aufleuchtende Stelle im Funkeln und Gleißen, das alles um uns herum erfüllte. »Hast du die Stelle auf dem Schirm, Morgonol?«

»Ja ... könnte eine Ausbuchtung oder ein kleiner Buckel sein. Vielleicht Ortungssensoren.« Vermutungen halfen uns nicht weiter. Ich steuerte genau darauf zu. Wer oder was sich im Innern der Kugel aufhielt, hatte uns sicher längst entdeckt. »Eine leicht vorgewölbte Fläche, drei Meter Durchmesser.«

»Morgonol hat das beste Augenmaß von uns«, kicherte Hectavor.

Ich tippte auf mehrere Programmtasten der Bildschirmsteuerung. Augenblicke später erschien die Ausschnittvergrößerung mitsamt einer eingeblendeten Entfernungs- und Tiefenskala. »Tatsächlich drei Meter«, las ich bewundernd ab. »Morgonol hat wirklich nichts verlernt.«

»Ich war Chef einer arkonidischen Frachter-Linie. Bis eines Tages eine Ladung kostbarer Hyperkristalle verschwand. Ich habe das Zeug damals in eine Dunkelwolke manövriert. Es müsste heute noch dort sein.« Er grinste übers ganze Gesicht. Seine runzligen Lippen entblößten den einzigen Zahn, der im vorderen Unterkiefer steckte.

»Ich frage dich später mal nach den Koordinaten – sofern wir das alles heil überstanden haben und ihr wieder vollzählig beisammen seid.«

»Aus welchem Grund sollte ich dir das Versteck der Hyperkristalle verraten? Ein Mann sollte immer mehr als ein Eisen im Feuer haben. Wer weiß, ob ich nicht mal wieder Bares brauche?«

Die Greisenaugen funkelten unternehmungslustig. Ich war mir jetzt ganz sicher, dass Morgonol und die anderen ihre Krise überwunden hatten. Wir schwebten dicht über dem leicht vorgewölbten Buckel, der den Partikelstrom des Kometen ablenkte. Ich konnte deutlich erkennen, dass sich vor uns eine kreisrunde Schleuse befand. »Das scheint die einzige Stelle zu sein, durch die man in die Riesenkugel eindringen kann. Was meint ihr, sollen wir es versuchen?«

»Wenn's keine andere Schleuse gibt, müssen wir wohl oder übel hier rein.«

Die einzige Schleuse! Das gefiel mir nicht. Waren fremde Wesen in der Kometenkugel, die vorher den Verband des Blinden Sofgart geentert hatten, würden sie den einzigen Zugang in ihr geheimnisvolles Reich abgesichert haben.

Sie hätten dich längst zusammengeschmolzen, mutmaßte mein Extrasinn.

Ich hob die Restfahrt auf und verankerte das kleine Raumschiff neben der runden Schleuse mit einem schwachen Traktorstrahl. Wie wir hineinkommen sollten, wusste ich noch nicht. Ich hatte bis jetzt keinen Öffnungsmechanismus entdeckt. »Schließt eure Raumanzüge. Sollten wir dort draußen von den Partikelströmen erwischt werden, können wir unser Testament machen. Vergesst also die Sicherungsleinen nicht.«

»Wir sind zwar alt, aber noch längst nicht verkalkt, Atlan!« Morgonol packte die stahlfaserverstärkten Sicherheitsleinen aus. Wenig später schnappten die Verschlüsse in die Gürtelösen unserer Raumanzüge ein. Jeder Handgriff saß wie hundertfach geübt. Die Alten waren besser als jeder Raumkadett von Arkon III!

Ich verriegelte das innere Schleusenschott, anschließend fegte das grelle Leuchten der glühenden Staubpartikel wie Schnee in das Schleuseninnere. Mehrere heftige Entladungen folgten, als Reste der Atemluft ionisiert würden. Dicht vor uns schimmerte die kreisrunde Schleuse der schwarzen Kugel. Außer der leichten Einkerbung war nichts zu erkennen. Kein Druckmechanismus, geschweige denn ein Handrad. Die Technik der Fremden war anscheinend über elektronische oder mechanische Mittel erhaben. Aber wie sollten wir in die Riesenkugel eindringen? Der Druck des Partikelstroms zerrte an unseren Körpern. Die Sicherheitsleinen sorgten dafür, dass wir nicht abgetrieben wurden; wenn nötig, konnten wir mit den kleinen Tornisteraggregaten Gegenschub erzeugen.

»Hast du eine Ahnung, wie das Ding zu knacken ist?«, ertönte es dumpf in meinem Helm.

»Nein! Vielleicht sollten wir einfach anklopfen.«

Meckerndes Lachen kam aus den Helmlautsprechern. Ich sah, dass einer der Alten sein Steuergerät kurz einschaltete und auf die schwarze Kugelfläche zugetrieben wurde. Wer es war, konnte ich nicht sagen – die Sichtscheiben reflektierten das Strahlen des Kometen, die Raumanzüge unterschieden sich nicht voneinander. Der Alte hob seinen Arm und wollte gegen die geschlossene Fläche schlagen. Bevor ich etwas sagen konnte, erklang ein vielstimmiger Überraschungsschrei. Ich wurde vorwärts gerissen, die Sicherheitsleinen spannten sich. Ich konnte nichts dagegen tun und sah verblüfft, wie der Raumanzug des Ersten von einem milchigen Leuchten umgeben wurde – und verschwand! Sein Nachbar folgte, der nächste und dann riss es mich gegen die kreisrunde Fläche. Ich spürte ein leichtes Ziehen in der Nackengegend.

Du befindest dich im Innern der Kometenkugel, behauptete mein Extrasinn.

Es war stockfinster. Ich schaltete meinen Helmscheinwerfer ein. Im gleichen Augenblick flammten auch die der anderen auf und formten verwaschene Lichtkegel. *Also kein Vakuum!* Erschrockenes Murmeln wurde laut. Nachdem ich die Filter meiner Sichtscheibe hochgeschoben hatte, konnte ich Details unserer Umgebung erkennen. Die Wände des kreisrunden Verteilerraums bestanden aus derselben schwarzen Legierung, die auch die Außenzelle der Riesenkugel bildete. Ein Blick auf die Anzeigeinstrumente am Ärmel des Raumanzugs bestätigte meinen Verdacht: Ringsum herrschte normaler atmosphärischer Druck. Die Luftzusammensetzung entsprach arkonidischer Norm. »Ihr könnt die Helme abnehmen.« Das ließen sich die Alten nicht zweimal sagen. Neugierig schnupperten sie die klare, sehr rein wirkende Luft. »Fast wie zu Hause, was?«

Morgonol nickte, drehte sich zu der kreisrunden Ausbuchtung um und machte ein fragendes Gesicht. »Die seltsamste Schleuse, durch die ich jemals gegangen bin. Offenbar irgendein Kraftfeld, das die Moleküle der Außenzelle beeinflusst. Wir sind praktisch hindurchgesaugt worden. Hinter uns schlossen sich die Wandmoleküle wieder zur glatten Fläche.«

Ich runzelte die Stirn. »Oder es war eine Miniaturtransition.«

Plötzlich regte sich das Vurgizzel. Es hatte zunächst nur aus dem Halsausschnitt meines Raumanzugs geschnuppert, jetzt dehnte es sich und stieß klagende Geräusche aus. Der Schall wurde von den Wänden verschluckt, die von mehreren Gangöffnungen durchbrochen waren. Bis auf ein leichtes violettes Glühen war nichts zu sehen.

»Was ist mit deinem Heuler los?« Die Alten hatten inzwischen mitbekommen, dass das Tier wie ein Alarmgerät funktionierte.

»Vielleicht hat es die Fremden gewittert.«

Meine neuen Freunde griffen fast gleichzeitig nach ihren Blastern, als wenige Meter vor uns ein Kralasene auftauchte. Der Unglückliche sah grauenhaft verunstaltet aus. Sein Kopf wackelte auf einem nur noch fingerdicken Hals, während sein Oberkörper tonnenförmig aufgewölbt war. Die Kombination platzte an vielen Stellen auf. Ein übel riechender Organbrei tropfte auf den Boden, wurde aber von unsichtbaren Düsen abgesaugt.

»Der … sieht genauso schrecklich aus wie die armen Voger!«

Der Kralasene machte ein paar stolpernde Schritte auf uns zu. Wir wichen automatisch zurück. Morgonol verzog angewidert den Mund.

»Er sieht uns überhaupt nicht«, ächzte ich. Ein Hautlappen hatte sich über das Gesicht des Mannes geschoben, der sich nur noch vorwärts tasten konnte. Trotzdem schien er unsere Anwesenheit bemerkt zu haben. Seine Rechte versuchte den Nadler aus dem Halfter zu zerren, aber die Finger versagten ihm den Dienst. Er brach stöhnend wenige Meter vor uns zusammen. »Er ist tot.«

»Das wird nicht der einzige Kralasene in der Kometenkugel sein«, vermutete Morgonol.

»Vermutlich nicht«, presste ich hervor. »Aber diese Erkenntnis bringt uns auch nicht weiter. Ich bin dafür, dass wir weiter vordringen. Wurde er von den Unbekannten in die Kugel verschleppt, finden wir unsere Freunde vielleicht.«

Die Vorstellung, dass es Fartuloon, Corpkor oder Morvoner ebenso ergangen war wie dem Kralasenen, ließ mich schaudern. Aber aus welchem Grund sollte das Schicksal mit meinen Freunden gnädiger verfahren sein? Irgendwo, weit von unserem jetzigen Standort entfernt, blitzte es grell auf. Dort wurde gekämpft! Wir hörten das gedämpfte Fauchen von Blastern.

»Kralasenen?«

»Schon möglich.« Ich hatte das Gefühl, in ein unglaublich verschachteltes Labyrinth vorzudringen. Die Gänge, Verteilerräume, Hallen und Nischen waren zwar nach geometrischen Gesichtspunkten geordnet, aber der Sinn entzog sich meinem Verständnis.

»Der Lärm kommt aus dem mittleren Gang.«

Ich nickte. Fünf Gänge zweigten von einem kreisrunden Verteilerraum ab. Alle glühten geheimnisvoll in einem violetten Farbton. Plötzlich hielt ich überrascht inne. An der Decke des runden Raumes schimmerte ein goldenes Symbol. Es stellte zwei mit den Basisflächen verbundene Pyramiden in Form eines Oktaeders dar. *Das Zeichen der Varganen. Sie verwenden Doppelpyramidenschiffe. Jetzt weißt du, wer die schwarze Kometenkugel erbaut hat. Du bist am Ziel deiner Suche angelangt.*

»Die Varganen … das sind also die Fremden!«

»Was meinst du?« Morgonol sah mich fragend an. »Kennst du das goldene Zeichen?«

»Und ob ich das kenne! Es stellt das Raumschiff eines verschollenen Volkes dar. Ich war erst vor kurzem in einem.«

Die Greise wussten jetzt, dass ich mehr als sie über die Kometenkugel wusste. Aber sie drängten nicht nach einer Erklärung. Ich würde ihnen zu gegebener Zeit mehr erzählen. Das Vurgizzel klammerte sich zitternd an mir fest. Sein pfeifender Atem ging rasend schnell, steigerte sich rasch zu einem schrillen Heulen. Wir alle wussten, dass sich eine Auseinandersetzung auf Leben und Tod anbahnte. Als das Poltern schwerer Magnetstiefel näher kam, zogen wir unsere Waffen.

Der tobende Kralasene schoss. Eine Glutzunge schnellte über Letron Parseener hinweg. Der Alte bückte sich nur und schob gelassen einen Konzentratwürfel zwischen die Lippen. Hinter ihm löste sich ein grauenhaft zugerichteter Kralasene auf. Wir waren in das Zentrum einer gespenstischen Auseinandersetzung geraten: Deformierte Kralasenen fielen über ihre Kameraden her, es gab höchstens noch drei oder vier normal aussehende Kämpfer. Alle anderen waren von der seltsamen Verwandlung erfasst worden.

Einer von den normalen Kralasenen winkte mir zu. »Hier rüber!«

Ich nickte den Greisen zu. Sie waren sich unsicher, ob sie dem Gefolgsmann Sofgarts trauen durften. Aber wir steckten in derselben Klemme, mussten uns gegen die Deformierten verteidigen, sonst waren wir erledigt. Wir verschanzten uns in der Nische zwischen zwei Gängen. Auf der Bodenfläche vor uns wanden sich zwei grauenhaft entstellte Körper. Aus ihrer aufgeplatzten Kombination tropfte Organbrei. Ihr Schmerzgeschrei ging im Fauchen der Blaster unter.

»Was ist mit euren Leuten passiert?«

»Dasselbe, was mit euch passieren wird«, antwortete der Kralasene. »Hätte nicht erwartet, dass ihr aus dem Kerker entkommen könnt.«

Er hält dich für jemand anders, wisperte mein Extrasinn. *Vermutlich werden hier irgendwo Arkoniden festgehalten.*

»Kerker?«, fragte ich atemlos.

»Weißt du nicht mehr, was der Blinde mit euch vorhatte? Na, verständlich … uns hat der Bastard auch ganz schön fertig gemacht.«

Ein Glutstrahl irrlichterte zu uns herüber, glitt von der schwarzen Wand ab. Über den Boden knisterten elektrostatische Entladungen. Ich spürte ein Kribbeln auf der Haut.

»Sie rotten sich zum entscheidenden Angriff zusammen. Wir müssen ihnen zuvorkommen. Los, alle hinter mir her!« Der Kralasene sprang auf. Ich konnte ihn nicht mehr zurückhalten. Mitten im Gang erwischte ihn ein Blasterstrahl. Er starb ohne einen Wehlaut.

Ich feuerte in den Gang. Bald erhitzte sich die Luft derart, dass wir Schwierigkeiten beim Atmen bekamen und die Helme schlossen. Dessen ungeachtet stolperten die Deformierten über die zusammenbrechenden Körper ihrer Kameraden vorwärts. Von dem unstillbaren Drang getrieben, anderes Leben auszulöschen, hetzten sie vorwärts.

»Das sind ja Wahnsinnige«, keuchte ich.

»Das elende Ding funktioniert nicht mehr«, schrie Letron Parseener und schleuderte seinen heiß geschossenen Blaster den Gegnern entgegen. Ein Strahlschuss traf die Waffe und zerfetzte sie, die Detonation zerriss den nächststehenden Kralasenen. Kein vernünftig denkender Kämpfer hätte auf eine derart kurze Distanz einen Blaster zerschossen. Jeder konnte sich ausrechnen, dass das Magazin explodieren würde. Als sich der Qualm etwas verzogen hatte, sahen wir das Ausmaß der Verwüstung. Während das Material der Gangwände nur leicht angelaufen war, trieb die automatische Reinigung des Bodens übel riechende Rußflocken zu den Absaugöffnungen. Das war alles, was von den getöteten Deformierten übrig geblieben war.

»Wo stecken die beiden letzten Normalen?«, wollte ich wissen.

»Die hat es eben erwischt. Einer konnte verdammt gut zielen.«

Die beiden konnten uns also keine Auskunft mehr geben. Aus den Wortfetzen, die wir während des Kampfes gewechselt hatten, war allerdings hervorgegangen, dass Sofgart mehrere Arkoniden festhielt. Wo das war, mussten wir jetzt selbst herausfinden. Im Hintergrund des heiß umkämpften Gangabschnitts wälzte sich ein Kralasene vorwärts.

»Weiter!«, rief ich. »Sofgart darf nicht merken, dass wir ihm auf den Pelz rücken. Ihr habt gehört, dass sich Arkoniden in seiner Gewalt befinden.«

»Vielleicht unsere Freunde!«, sagte Morgonol. »Etliche kamen lange nach uns zum Planetoiden.«

»Ein Grund mehr, so schnell wie möglich diesen Kerker zu finden.« Wir waren also einer Meinung. Die Kralasenen würden uns unfreiwillig den Weg dorthin weisen. Angeekelt stiegen wir über den zuckenden Schleimklumpen hinweg, der nur noch von einer kralasenischen Kombination zusammengehalten wurde. »Habt ihr die Toten gezählt?«

»Das nicht – aber ich könnte mir vorstellen, dass hier die gesamten Besatzungen der neun Schiffe umgekommen sind. Vermutlich also Tausende!« Morgonol hatte mit seiner Annahme wohl Recht. Wir hatten viele Sterbende gesehen.

Sofgart war nicht darunter, dachte ich. *Ob der Folterkönig wieder mal seine eigenen Leute vorgeschoben hat, um einem grässlichen*

Schicksal zu entgehen? Das Labyrinth verwirrte uns immer mehr. Bald fürchtete ich, trotz meines fotografischen Gedächtnisses nicht mehr ohne fremde Hilfe zum Ausgang zurückzufinden. Vor uns wurde das violette Leuchten stärker und ließ die düsteren Wände in einem eigenartigen Licht erglühen. Überall lagen unförmige Körper toter Kralasenen am Boden. Die Wände wurden schließlich so durchsichtig, dass ich das Gefühl hatte, durch sie hindurchzufallen. Es war, als schwebte ich im Weltraum.

Ein optischer Trick, beruhigte mich mein Extrasinn.

Es herrschte normaler atmosphärischer Druck. Die Luft wurde ständig erneuert und war frisch wie im Hochgebirge eines nichtindustrialisierten Planeten. Selbst vom Verwesungsgestank der Deformierten war nun nichts mehr zu spüren. Die unsichtbaren Reinigungsmechanismen beseitigten unterdessen die Spuren der Kämpfe. Bevor zwei dürre Körper in einem sich plötzlich öffnenden Schacht verschwanden, sprangen Parvenool und Hectavor hinzu. »Das ... das sind Bulgiviir und Mantra Zairee!«

Zwei Freunde der Greise. Sie haben dasselbe Schicksal wie die Kralasenen erlitten, konstatierte der Logiksektor kühl. *Also geht die Gefahr nicht von Sofgart aus.*

»Nicht anfassen«, warnte ich die beiden. »Sie sind längst tot. Denen könnt ihr nicht mehr helfen.« Ich sah, dass den Alten Tränen in den Augen standen. »Ihr musstet damit rechnen. Jetzt kennt ihr das traurige Schicksal eurer Freunde. Ihr seid nicht umsonst hergekommen.«

Ein zorniger Schrei ließ uns zusammenzucken. Unweit von unserem Standort polterte ein Gegenstand zu Boden. Das kehlige Brüllen erklang abermals, diesmal voller Verachtung. Ich kannte diese Stimme. Und wie ich sie kannte! Unsagbare Erleichterung durchströmte mich, als ich rief: *»Fartuloon!«*

Die Alten sahen mich überrascht an. »Du kennst den Mann?«

»Ja ... das ist einer meiner Freunde. Und er lebt noch!«

Der Raum hatte einen Durchmesser von etwa hundert Metern, war elliptisch geformt und besaß nur indirekte Lichtquellen. Das violette Leuchten erfüllte die Kuppeldecke und schuf die täuschend echte Wirkung eines natürlichen Himmels. In der Saalmitte erhob sich ein kaum kniehohes Podest, das rechts und links bis zum Boden abgeschrägt war. Fartuloon, Ra und Corpkor standen in einem flimmernden Fesselfeld neben dem Podest. Das *Skarg* war über den Boden geschrammt und hatte den tragbaren Abstrahlprojektor, der das Feld erzeugte, beschädigt. Es hatte nicht viel gefehlt, und meine Freunde wären kurz vor meinem Eintreffen frei gewesen.

»Fartuloon … Ra!«

Sie sahen mich wie einen Geist an. In ihren Augen stand Unglauben. Ja, ich glaubte sogar, Entsetzen darin entdecken zu können. Ra murmelte Beschwörungsformeln in seiner Heimatsprache. Ich brauchte nur gegen die Schaltungen des Fesselfeldprojektors zu tippen, und das Kraftfeld erlosch. Ich musste meinen Freunden der Reihe nach derbe Schläge versetzen, erst dann glaubten sie, dass ich echt war.

»Wir hatten dich schon abgeschrieben, Junge«, murmelte der Bauchaufschneider. »Nachdem wir die KARRETON in Ordnung gebracht hatten, flogen wir mit dem Beiboot los. Unsere Funkbotschaften waren bis dahin unbeantwortet geblieben. Wir mussten annehmen, dass du im Kometenschweif verschollen bist.«

»So lange war ich doch gar nicht weg. Wie kommt es, dass ihr den Hyperwandler so schnell reparieren konntet?«

Fartuloons Antwort versetzte mir einen gewaltigen Schock. »Wir haben *zwei Pragos* Bordzeit auf dich gewartet! Dann hielt ich es einfach nicht mehr aus. Wo hast du die ganze Zeit gesteckt … und wo hast du diesen seltsamen Altenklub aufgetrieben?«

Ich erschrak und dachte an die Träume auf dem Planetoiden. Bis jetzt war mir nicht bewusst gewesen, wie lange sie *wirklich* gedauert hatten. Müde sagte ich: »Das erzähle ich dir später. Zuerst muss ich wissen, wer euch ins Fesselfeld gesteckt hat.«

Er hob sein *Skarg* auf und schob das Schwert in die Scheide. »Wer schon – natürlich unser gemeinsamer Freund, der Blinde Sofgart.«

»Dachte ich mir schon.« Ich seufzte. »Wir haben euer Beiboot zerschossen im Kometenschweif treiben sehen.«

Fartuloon wurde nicht gern an die Niederlage erinnert, die ihm die Kralasenen zugefügt hatten. Trotzdem erzählte er mir alles: »Die Kerle fingen uns kurz vor der schwarzen Riesenkugel ab, feuerten mit Schockstrahlern auf uns, die die Prallschirme durchdrangen! Als wir an Bord ihres Schiffes lagen, schossen sie unser Boot manövrierunfähig.«

»Wo hat sich Sofgart versteckt?«

Fartuloon deutete auf das runde Podest in der Saalmitte. »Der Bastard hat seine letzten Untergebenen verloren. Er hat uns nicht weiter beachtet, aber gesagt, er wolle noch mal zurückkommen, um uns zu töten. Seitdem hat er sich nicht wieder blicken lassen. Er befand sich in einem komischen Quallending und verschwand durch das Podest nach unten.«

»Quallending?«

Die Greise hatten unserer Unterhaltung aufmerksam gelauscht.

»Ja. Er hat anscheinend einen Schutz gegen die Metamorphose entdeckt, ist als Einziger davon verschont geblieben. Das Ding ist organischen Ursprungs.«

Ich hatte eine ganze Menge Informationen zu verdauen. Zuerst einmal die Tatsache, dass ich bei meinem Aufenthalt auf dem Planetoiden durch die Träume Zeit verloren hatte. Zum anderen mussten wir davon ausgehen, dass Sofgart einen Weg gefunden hatte, sich vor der drohenden Deformierung zu schützen. Seine Kralasenensöldner hatten weniger Glück gehabt. Die letzten von ihnen starben im Labyrinth der Gänge um uns herum.

Du solltest dich an die Worte der Traumstimme erinnern, wisperte mein Extrasinn.

Die Stimme hatte den Begriff Zentralorgan in mein Innerstes projiziert. *War damit das Quallenwesen gemeint, das Fartuloon erwähnt hat?* Ich dachte an unsere Suche nach dem Zentralorgan des Quaddin-Körpers. *Das geheimnisvolle Gebilde, das die Spur zum Stein der Weisen enträtseln helfen soll!*

»Hat euch der Blinde etwas über das Quallending verraten?« Ich brannte vor Spannung. Jeder Hinweis konnte in unserer Situation nützlich sein. Bevor Fartuloon antworten konnte, ertönte ein Rauschen.

Ich kannte die Stimme nur zu gut, die sich an uns richtete. Sie war kalt und triumphierend. »Ihr wolltet dem Tod entgehen! Schade, dass ihr euch umsonst angestrengt habt. Jetzt ist eure letzte Tonta gekommen.«

Ich starrte das plötzlich auf dem Podest erschienene Ding an. Es schimmerte ölig und wölbte sich wächsern empor. Aber das war nicht der Blinde Sofgart. Das war ein hässliches Protoplasmawesen von mehr als zwei Metern Durchmesser. Aber es redete mit der Stimme des galaktischen Folterkönigs.

Das Vurgizzel schrillte wie eine Schiffssirene, war nicht zu beruhigen. Es schien die Hassaura Sofgarts zu spüren. Eine Ausstrahlung, die nur annähernd verriet, zu welchen Grausamkeiten der Folterkönig fähig war. Ich riss meinen Kombistrahler hoch, zielte und wollte den hässlichen Schleimklumpen auf dem Podest zerstrahlen. Doch meine Waffe klickte nur, als ich den Abzug durchzog.

»Fartuloon ... deine Waffe!«

»Die hat Sofgart selbstverständlich konfisziert.«

Der Schleimklumpen bebte vor Lachen. Ich sah, dass die milchig schimmernde Oberfläche transparent wurde. Der Anblick war so unglaublich, dass ich fasziniert vortrat. Inmitten des Schleimklumpens hockte der Blinde. Er trug die eng anliegende Lederkleidung, die seine hagere Figur noch mehr betonte. Über seinen blinden Augen spannte die Positronikeinrichtung, die ihm normales Sehen ermöglichte. Das kompliziert wirkende Gerät verlieh seinem Gesicht einen maskenhaft starren Ausdruck.

»Was sollen wir jetzt tun, A...?«

Ich versetzte Morgonol einen derben Schlag. »Keine Namen, Alter!«

Der Schleimklumpen zitterte. Sofgart lachte höhnisch. Der dünnlippige Mund hatte etwas Fischähnliches. Ich musste mich beherrschen. Es fehlte nicht mehr viel, und ich hätte mich mit bloßen Händen auf dieses Ungeheuer in Arkonidengestalt gestürzt. Ich wusste, dass ich nicht weit gekommen wäre, denn der Folterkönig besaß einen Projektor, mit dem er meine Waffe desaktiviert hatte. Das kleine Kästchen lag auf seinen angewinkelten Oberschenkeln.

»Schade, dass wir nicht auf Ganberaan sind. Dann könnten wir jetzt eine Partie Garrabo spielen.«

Ich fröstelte. Sofgart hatte sich eine besondere Variante des Brettspiels ausgedacht. Statt kleiner Figuren verwendete er Arkoniden. Nach jedem verlorenen Zug starb ein unglückliches Opfer. Ich fühlte kalte Wut in mir hochsteigen, als ich mich an die Quälereien auf der Folterwelt erinnerte. Plötzlich stand mir wieder Farnathias Schicksal plastisch vor Augen. Ich dachte an den Bio-Parasiten, den Sofgart meiner Geliebten implantiert hatte. Das Ding hatte seinerzeit wie eine biologische Zeitbombe gewirkt. Farnathia und ich hatten uns nach der geglückten Flucht von dem Folterplaneten in Sicherheit gewiegt, bis der Bio-Parasit in Farnathias Körper erwacht war und sie sich langsam in ein Ungeheuer verwandelt hatte …

Farnathia …

Der Verantwortliche für die vielfältigen Schrecken stand jetzt wohlbehalten und grinsend vor mir. Ich ballte meine Hände zu Fäusten. Der Schleimklumpen teilte sich, Sofgart stand auf. »Wie ich sehe, hat einer von euch ein Vurgizzel bei sich. Interessant. Ja, und wen haben wir denn da?«

Der Blinde Sofgart machte im Inneren des Gewebehaufens ein paar Schritte. Ich verkrampfte innerlich. Erkannte mich der Folterer, hatte ich keinen Atemzug mehr zu leben. Er würde mich sofort niederschießen – mich, den Kristallprinzen von Arkon. Aber er ging auf Corpkor zu, nachdem er Fartuloon höhnisch angegrinst hatte.

»Der Kopfjäger des Imperiums! Du hast dich also diesen Rebellen angeschlossen. Der junge Bursche brauchte wohl einen besonderen Schutz, was? Ja … Vurgizzel sind kleine Gorkii. Sie schützen ihren Träger vor vielfältigen Gefahren, können aber auch grauenhafte Qualen erzeugen. Man muss sie nur richtig anwenden können.«

Corpkor spie vor dem Folterkönig aus. »Foltern, Quälen, Töten! Du widerst mich an. Wie kann ein intelligentes Wesen nur zu einer solchen Monstrosität entarten. Du bist eine Fehlleistung der Natur … ein Ungeheuer!«

»Dafür sollte ich dich nach Ganberaan in die Insektensümpfe schicken. Aber dein Körper wird leider noch gebraucht. Ihr alle werdet gebraucht. Aber seid sicher, dass ich euch töten werde, wenn es so weit ist.« Er sah mich mit seiner positronischen Brille an. Ich hörte das hektische Summen der Sensoren, als er durch einen Muskelreflex die Optik justierte.

Er hat dich nicht erkannt, stellte mein Extrasinn folgerichtig fest. Ich beschloss, nichts zu unternehmen, was meine wahre Identität enthüllen konnte, musste diese Chance ausnutzen, solange ich Gelegenheit dazu hatte. Sofgart durfte noch nicht erfahren, dass ich Atlan war. Ich sah Fartuloon kurz an. Er nickte leicht. Seine Hand zuckte zum *Skarg*. Doch im gleichen Augenblick drehte der Blinde an seinem Schaltkasten. Ein blauer Überladungsblitz irrlichterte heran und endete knisternd über Fartuloons Hüfte. Der Bauchaufschneider ließ sein Schwert schreiend los. Das *Skarg* rutschte in die Scheide zurück.

»So nicht, Bauchaufschneider! Unbelehrbares Pack! Das war meine letzte Warnung. Noch ein Versuch, mich anzugreifen, und ich zerstrahle den Ersten.«

Die Greise hatten bisher geschwiegen. Jetzt drängten sie sich näher. Zornig drohten sie dem Blinden, der immer noch in dem großen Schleimklumpen stand und den Schaltkasten auf uns richtete. Der Blinde Sofgart wollte seinen Triumph auskosten. »Ihr habt meine Kralasenen gesehen, nicht wahr? Sie haben mir geholfen, das Zentralorgan zu aktivieren. Dabei sind sie leider einer totalen Metamorphose unterworfen worden, die ihr Ende bedeutete. Genau wie die Voger, die ich für die ersten Versuche verwendete.«

»Das sieht dir ähnlich. Ich hätte mir denken können, dass du deine eigenen Leute für irgendein schmutziges Vorhaben opfern würdest.« Ich konnte mir die bissige Bemerkung nicht verkneifen. Als der Folterer sich zu mir umwandte, schrie ich meinen Freunden zu: »Raus hier! Verschwindet!«

Fartuloon, Ra, Corpkor und die fünf Greise stürmten geschlossen zu den Gängen hinüber. Die Ersten hatten bereits den Gangverteiler erreicht, der sich an den elliptischen Raum anschloss. Der Blinde Sofgart hob seinen Schaltkasten. Er würde bedenkenlos töten, wenn ich nicht eingriff.

»Vurgizzel!«, schrie ich.

Das kleine Tier verformte sich rasend schnell zu einer schrill aufheulenden Spirale. Das ging so schnell, dass ich für ein paar Augenblicke überhaupt nichts mehr wahrnehmen konnte. Die betäubende Wirkung verging schnell wieder. Der Blinde hatte weniger Glück. Das Summen seiner Augenoptik wurde lauter. Vermutlich störten die ultrahohen Töne des Vurgizzels die positronischen Schaltungen. Der Folterer fasste sich mit beiden Händen an die Schläfen, stöhnte und sackte langsam in sich zusammen. Der Schaltkasten polterte aus dem Quallenwesen und rutschte über den Boden. Ich sprang hinzu und trat das Gerät in hohem Bogen aus dem Aktionsradius Sofgarts.

»Wer … wer bist du?«, stöhnte er.

Ich antwortete ihm nicht. Es wäre mir jetzt ein Leichtes gewesen, ihn zu töten. Ich hätte nicht mal Gewissensbisse zu haben brauchen. Sofgart hätte uns kurz zuvor, ohne mit der Wimper zu zucken, ins Jenseits befördert. Der Organmantel wölbte sich schützend hoch. Der Blinde kroch wie ein Wurm unter die ölig schimmernde Haut. Das Plasmawesen hüllte ihn völlig ein.

»Komm schon!«, rief Fartuloon. »Wir müssen zur KARRETON zurück. In diesem Labyrinth haben wir keine Chance.«

Ohne mich nach dem Quallenwesen umzudrehen, rannte ich aus der großen Halle. Als ich bei meinen Freunden angekommen war, beruhigte sich auch das Vurgizzel. Corpkor nahm das kleine Wesen behutsam in die Hand. »War also doch nicht so falsch, dir den Kleinen mitzugeben, was?«

Ich nickte. Das Tier hatte mich abermals vor dem sicheren Tod gerettet. »Wir müssen den Weg zur Schleuse finden. Ich habe draußen ein kleines Schiff der Kralasenen verankert. Wenn nichts mehr schief geht, kommen wir damit bis zur KARRETON.«

»Dann nichts wie los!«

Tote Kralasenen säumten unseren Fluchtweg. Ringsum waren die düsteren, lichtschluckenden Wände des Labyrinths. Das violette Leuchten des Zentralraums war lange hinter uns zurückgeblieben, als ich ernsthaft zweifelte, dass wir noch rechtzeitig zur Schleuse durchkommen würden.

»Habt ihr eine Ahnung, nach welchem System die Gänge angelegt sind?«, fragte ich meine Freunde.

Fartuloon schüttelte den Kopf. »Tut mir Leid. Wir kamen erst im Zentralraum wieder zur Besinnung. Wir wissen nicht mal, auf welchem Weg wir hierher geschafft wurden.«

Die Gänge sahen alle gleich aus. Es gab nichts, was mir als Orientierungshinweis dienen konnte. Ich sah mich verzweifelt um. Überall die in verschiedene Richtungen abzweigenden Gänge, Verteilerräume und Nischen.

Du hast dich verirrt, stellte mein Extrasinn erbarmungslos fest.

Wir liefen ziellos durch ein gigantisches Labyrinth und konnten ewig umherirren, sofern Sofgart nicht vorher zuschlug.

»Du hättest doch lieber unserer Einladung folgen sollen. Auf der Traumstation ginge es dir jetzt besser«, murmelte Morgonol. Seine Freunde nickten beifällig.

»Habt ihr vergessen, was mit euren Freunden geschehen ist? Zwei von ihnen habt ihr gesehen. Um ein Haar wart ihr genauso zugrunde gegangen.«

»Stimmt. Aber vielleicht wäre es besser, wenn wir umgekommen wären. Jedes Kind weiß, wie der Blinde Sofgart mit seinen Gegnern umspringt. Nachdem wir deine Freunde befreit haben und seinem Zugriff entwischt sind, wird er keine Ruhe geben, bis er uns erledigt hat.«

»Noch ist es nicht so weit. Versucht euch lieber daran zu erinnern, welchen Weg wir genommen haben.« Das war leichter gesagt als getan. Die unsichtbar installierten Reinigungsroboter leisteten ganze Arbeit. Von den toten Kralasenen war im vor uns liegenden Gang keine Spur mehr zu sehen. Also ließ sich unser Fluchtweg anhand der Kampfspuren nicht mehr rekonstruieren. Wir liefen weiter, entwickelten einen zähen Durchhaltewillen. Der Folterer durfte nicht über uns triumphieren. Zuerst hielt ich das merkwürdige Schleifen im Hintergrund für das Arbeitsgeräusch einer Klimaanlage. Doch je näher ich an die Gangabzweigung herankam, desto stutziger wurde ich. »Wartet mal … das gefällt mir nicht.«

»Was denn?«, fragte Fartuloon überrascht. Außer unserem Atem und dem seltsamen Geräusch war nichts mehr zu hören. »Klingt wie ein Gummiball, der von einer Wand zur anderen prallt.«

Im gleichen Augenblick kam ein kleiner, kaum faustgroßer Schemen um die Gangbiegung. Das Ding entpuppte sich als ein schwebender Protoplasmaklumpen.

»Zurück! Das Ding kommt von Sofgart.«

»Mit Liebesgrüßen, was?« Fartuloon hatte seinen bissigen Humor nicht verloren.

Ich wusste jetzt, dass sich unser Feind in der Riesenkugel wie zu Hause fühlte. Vermutlich war es ihm gelungen, die varganischen Mechanismen für sich zu nutzen. Das Quallenwesen half ihm, schien sich in verschiedene kleinere Wesenseinheiten aufgespalten zu haben, die jetzt Jagd auf uns machten. Dem einen Ball folgten sieben andere, schwebten in unregelmäßigen Abständen heran. Ein milchiges Leuchten ging von ihnen aus, während ihre organische Hülle, von einem öligen Flüssigkeitsfilm bedeckt, fortlaufend die Form veränderte. Letron Parseener zerrte seinen Blaster aus dem Halfter. Der Alte zögerte nicht – bevor die erste Plasmakugel herangeschwebt war, eröffnete er das Feuer. Der Strahl löste die Kugel innerhalb eines Atemzugs auf. Noch bevor sich die Ascheflöckchen verflüchtigt hatten, ertönte ein grauenhafter Schrei. Wir hielten erschrocken inne. Ra und Corpkor pressten beide Hände gegen ihre Ohren. Die alten Sträflinge verzerrten die Gesichter.

Kein akustischer Schrei, flüsterte mein Extrasinn, *das war ein starker Impuls auf telepathischer Übermittlungsbasis.*

Die Plasmakugeln stehen demnach mit dem Zentralorgan in Verbindung. Dann weiß Sofgart, wo wir uns jetzt befinden. »Erledigt die Plasmakugeln! Je mehr ihr erwischt, desto besser.«

Morgonol und Letron Parseener hoben die Blaster und wollten die schwebenden Gallertklumpen in breiter Front zerstrahlen. Als sie schreiend die Waffen losließen, wusste ich, dass Sofgart über jede unserer Bewegungen informiert wurde. Die beiden Alten rieben sich keuchend die Hände. Ich sah, wie ihre Handgelenke blau angelaufen waren. Die Blaster klebten unter der Decke.

Entwaffnung durch Traktorfelder, konstatierte mein Extrasinn.

Die übrig gebliebenen Kugeln schwärmten aus, schienen ihre Opfer zu kennen – auf jeden von uns kam eine Kugel, nur ich wurde seltsamerweise verschont. Fartuloon erwischte es zuerst. Der Bauchaufschneider schlug nach dem schleimigen Ding, aber die Kugel wich seinen Schlägen geschickt aus. Schließlich stieß sie blitzschnell auf seinen Nacken nieder und klebte an der Haut. Fartuloon brüllte, als würde man ihn bei lebendigem Leibe braten. Den anderen erging es nicht besser. Die Alten rannten den Gang zurück, doch die Kugeln waren schneller.

Ich sah, dass ihre Augen glasig wurden, und hörte sie nur noch unzusammenhängende Sätze stammeln. Ich wollte Fartuloon von dem Quälgeist befreien. Bevor ich das Ding berühren konnte, traf mich ein Paralysatorschuss. Mein Körper verkrampfte sich, ich stürzte reglos zu Boden, nahm meine Umgebung nur so weit wahr, wie mein Blickwinkel reichte. Aber ich spürte instinktiv, dass der Blinde Sofgart hinter mir stand.

Der Folterer gefiel sich in der Pose des Siegers und kostete seinen Triumph bis zum Letzten aus. Ich achtete nicht darauf. Meine Lähmung ließ langsam nach, den Kopf konnte ich schon wieder bewegen.

»Mein unbekannter arkonidischer Freund ist ja auch wieder auf dem Posten«, höhnte der Blinde, stellte sich breitbeinig vor mich hin und strich mir mit einer desaktivierten Neuropeitsche übers Gesicht. Ich knirschte mit den Zähnen.

Sei vorsichtig, warnte der Extrasinn. *Er weiß noch immer nicht, wer du bist. Etwas verschleiert ihm deine wahre Identität. Vielleicht ein Schutz Ischtars? Du befindest dich an Bord einer varganischen Raumkugel.*

Der Logiksektor war die logische Stimme meines Bewusstseins, der Analysator konkreter Ereignisse. Sollte es so etwas wie einen unsichtbaren Schutz der Varganin geben, besaß mein Extrasinn einen konkreten Hinweis darauf. Die kleinen Schleimklümpchen hatten sich wieder von meinen Freunden gelöst, schwebten auf das Zentralorgan zu und verbanden sich damit. Der Vorgang erfolgte völlig lautlos. Nur meine Freunde stöhnten, schienen sich nur mühsam auf den Beinen halten zu können. In ihren Nacken erkannte ich dunkel verfärbte Stellen. Sofgart schien meinen fragenden Blick richtig interpretiert zu haben.

»Ja … etwas länger und sie wären genauso entartet wie meine Kralasenen. Ich kann euch jederzeit vernichten. Ein Befehl von mir genügt. Die *Quaddins* sind gute Henker!«

Ich musste unbedingt herausbekommen, wie Sofgart den Schleimklumpen beherrschte. Er hatte das Zentralorgan vor uns auf dem Planeten Za'Ibbisch im Schwarzen System gefunden. »Und wenn das Zeug meutert?«

Zuerst lachte der Folterer hemmungslos und ließ die Neuropeitsche durch die Luft zucken. Schließlich sagte er: »Ich werde den Stein der Weisen finden. Nur ich allein trete das galaktische Erbe der Varganen an. Das Zentralorgan hat meine Macht vergrößert. Es gibt keinen mehr, der mich angreifen könnte. Meutern? Dass ich nicht lache! Das Zentralorgan ist mir hundertprozentig ergeben. All die erbärmlichen Schatzsucher und Glücksritter sind ums Leben gekommen. Mir allein gelang es, das Zentralorgan des Quaddin-Körpers zum *Aktivator* zu schaffen. Ich habe es zum Leben erweckt, bin sein Herr und Gebieter. Es wird von keinem anderen auch nur einen einzigen Befehl akzeptieren.«

»Und wozu soll das gut sein?«

Die Neuropeitsche schnellte gefährlich nahe an meinem Gesicht vorbei. Ich lag noch immer am Boden, hörte aber die Positronikelemente der Brille summen. »Du bist sehr neugierig, mein Freund. Aber ich kann verstehen, dass du mehr über deinen Henker wissen willst, hahaha!«

»Du kommst mir nicht so vor, als würdest du mit dem Schleimklumpen herumspielen. Wie ist das Ding eigentlich zustande gekommen?« Je mehr ich jetzt erfuhr, desto eher konnte ich unsere Flucht organisieren.

»Ich sagte dir schon, dass ich mit Neugierigen besonders rigoros verfahre. Du weißt, dass du hier nicht mehr lebend rauskommen wirst.«

»Dann sag mir wenigstens, was dieses Ding bedeutet.«

Die positronische Optik des Folterers richtete sich direkt auf mich. »In deiner Lage sollte man demütig sein. Du gefällst mir immer weniger, Bursche. Trotzdem ... warum sollte ich dir meinen größten Triumph verheimlichen?« Er machte eine Pause, um seine Worte wirken zu lassen. »Das Zentralorgan ist viel wertvoller als seine Einzelteile. Varganische Wissenschaftler sind vor langer Zeit eine Symbiose mit Tieren und ganz speziellen Pflanzen eingegangen. Sie wollten ihr Bewusstsein erweitern und noch unglaublichere Dinge erschaffen, als sie ohnehin schon zuwege gebracht hatten.«

Muss ein experimentierfreudiges Volk gewesen sein, dachte ich und erinnerte mich an den »Zeitwächter« *Ngulh*, der sich als Verschmelzung von Varganenbewusstseinen mit einem elektronischen Trägerkörper bezeichnet hatte. Laut sagte ich: »Dann ist dieser Schleimklumpen also der erbärmliche Rest der varganischen Wissenschaftler?«

»So ist es. Dieser Schleimklumpen, wie du ihn in deiner elenden Ignoranz bezeichnest, kennt den Weg zum Stein der Weisen! Ich weiß, dass ihr ebenfalls auf der Suche nach diesem kosmischen Kleinod seid. Ihr werdet niemals dorthin gelangen. Das ist nur mir vorbehalten ... mir, Sofgart! Es wird der Prago kommen, an dem mir die Öde Insel zu Füßen liegt. Der Stein der Weisen wird mich zum alleinigen Herrscher über die Sterneninsel machen. Das Große Imperium ist ein Dreck dagegen.«

Er hatte sich in einen Rausch ohnegleichen geredet, schien allen Ernstes zu glauben, einmal als alleiniger Herrscher über die Galaxis schalten und walten zu können, wie es seinem kranken Geist beliebte. Eine Vorstellung, die mich zutiefst erschreckte. Ich sah kurz zu meinen Freunden hinüber. Fartuloons Gesicht drückte Verachtung aus.

Sofgart monologisierte weiter: »Ich habe meine Mannschaften geopfert, um das Zentralorgan zu aktivieren. Die organische Substanz meiner Kralasenen war notwendig, um dem Symbionten Kraft und Leben zu verleihen. Er hat großen Hunger, bittet mich ständig, dass er euch einverleiben darf. Ich werde wohl nicht umhinkönnen, ihn dann und wann mit einem kleinen Leckerbissen bei Laune zu halten. Aber jetzt brauche ich euch noch.«

»Und wozu, wenn ich tragen darf?«

»Ihr werdet meine getöteten Leute ersetzen. Leider kann ich ein Raumschiff nicht allein zum Stein der Weisen steuern. Ihr werdet mir dabei behilflich sein. Eure Mannschaft wurde von mir paralysiert; Reichweite und Leistung der Geschütze der Riesenkugel sind beeindruckend, nicht wahr? Nun ja, varganische Hochtechnologie. Ihr werdet meine Sklaven sein, werdet mich dorthin bringen, wo sich mein Traum erfüllt.«

»Und wenn wir dir nicht gehorchen?«

Die dürre Klaue des Folterers verkrampfte sich um die Neuropeitsche. »Werdet ihr denselben Tod erleiden wie die Kralasenen.«

Ich kam langsam auf die Füße, schwankte. Die Nachwirkungen des Paralysatortreffers ließen nur langsam nach. Meinen Freunden ging es nicht besser. Die Überwältigung durch die Fragmente des Zentralorgans schien ihre Körper stark belastet zu haben. Sofgart hantierte an seinem Schaltkasten, den er wieder bei sich trug. Vor uns öffnete sich ein Schacht im Boden. Ein starker Sog packte mich. In rasender Fahrt ging es quer durch die varganische Riesenkugel. Dicht hinter mir folgten Fartuloon, Corpkor und Ra. Irgendwo erklang das Keifen der Alten. Sie gaben mir die Schuld für ihre aussichtslose Lage. Für wenige Augenblicke wurde es stockfinster.

Plötzlich bekam ich keine Luft mehr, spürte einen schrecklichen Druck auf der Brust. Ich wollte wild um mich schlagen, als es schlagartig wieder hell wurde. Ich sah mich verwundert um. Mehrere Arkoniden standen starr vor mir. Ich kannte diese Männer, denn ich befand mich an Bord der KARRETON.

15.

Aus: *Die Zwölf Ehernen Prinzipien* der Dagoristas; um 3100 da Ark entstandener Kodex des Arkon-Rittertums

Elftes Prinzip: Gnade und Großmut

Mildere die Härten des Daseins – Barmherzigkeit ist stets Merkmal des wirklich Starken: Überheblichkeit und Willkür sind Zeichen der Schwäche. Das Kleine plustert sich auf, um größer zu scheinen; wahre Größe spricht für sich selbst.

An Bord der KARRETON: 1. Prago der Hara 10.498 da Ark

Mein Kampf gegen den Blinden hatte begonnen. Ich hatte den Vorteil, dass mich der Folterkönig noch nicht erkannt hatte, sondern für einen relativ harmlosen arkonidischen Abenteurer zu halten schien. Jedenfalls schenkte er mir nicht mehr Beachtung als den anderen. Ich wollte diesen Vorteil so lange wie möglich wahren. So lange, bis sich mir eine Gelegenheit bot, dieses Ungeheuer zu erledigen. Sofgart bot uns jedoch keine schwache Stelle, schien jede Bewegung in der Zentrale wahrzunehmen. Seine Neuropeitsche teilte immer wieder schmerzhafte Schläge aus.

»Vorwärts!«, schrie der Unhold. »An die Kontrollinstrumente. Ich will die Kurskoordinaten programmieren.«

Die fünf Sträflinge folgten murrend dem Befehl. Morgonol schnitt verächtliche Grimassen und ließ den Folterer seine ganze Verachtung spüren.

»Bewegt euch ein bisschen schneller! Sonst mache ich euch Beine. Seid froh, dass ihr noch lebt. Wären meine drei Kralasenen schneller gewesen, hätte euch der Symbiont längst verbraucht.« Er spielte auf die Fangaktion jener Kralasenen an, mit denen ich auf dem Planetoiden gekämpft hatte. Der Symbiont brauchte ständig organisches Material und ich fragte mich, wann Sofgart uns dem Geschöpf ausliefern würde. Er allein konnte die KARRETON nicht steuern. Also musste er uns so lange wie möglich schützen. Voll ohnmächtiger Wut musste ich mit ansehen, wie sich Teile vom Zentralorgan des Quaddin-Körpers lösten und als kaum faustgroße Bälle durch die Zentrale schwebten. Diese Fragmente standen mit dem Zentralorgan in Verbindung – ein Befehl, und sie würden sich auf uns stürzen, um die unheilvolle Metamorphose einzuleiten.

Ich nahm neben Fartuloon und Corpkor Platz. Hinter mir spürte ich die Ausdünstungen eines Quaddin-Fragments. Meine Hände glitten über die Kontrollinstrumente. Ich konnte das Schiff mit meinen Freunden wie im Traum steuern.

»Panoramagalerie an!«, schrie Sofgart. Im gleichen Augenblick vereinigten sich drei der schwebenden Protoplasmabälle, zuckten konvulsivisch. Bevor Sofgart ihnen einen Befehl geben konnte, stürzten sie sich auf einen Mann unserer Besatzung. Der Unglückliche brach schreiend zusammen, schlug mit den Händen wild um sich. Umsonst: Augenblicke später erlahmten seine Kräfte. Der Symbiont hatte ihn unter seine Kontrolle gebracht.

»Wäre das nicht zu verhindern gewesen?«, fragte ich zornig.

»Er hat keine wichtige Position innerhalb eurer Mannschaft. Um ihn ist es nicht schade. Kein Wort mehr darüber. Leitet den Start ein. Ich will keine Zeit mehr verlieren.«

Er wird langsam nervös. Seine Macht uber den Symbionten scheint doch nicht so groß zu sein, wie er behauptet hat. Der Protoplasmaklumpen besitzt einen unstillbaren Drang zur Übernahme anderer Wesen. Die Analyse meines Extrasinns trug nicht gerade zu meiner Beruhigung bei. Der Überfall des Symbionten hatte mir deutlich gezeigt, dass sein Hunger wirklich grenzenlos zu sein schien. Ein Wunder, dass Sofgart das Zentralorgan so lange im Zaum halten konnte. Es musste die Kraft Tausender Kralasenen »ausgesaugt« haben.

Auf der Panoramagalerie erschien Glaathan. Der breit gefächerte Schweif wies von der Sonne weg und schien nun die Bahn der drei künstlich bahnstabilisierten Planetoiden zu kreuzen. Die Greise stöhnten unterdrückt auf, starrten mit brennenden Augen auf die Holoprojektion.

»Zurück an die Instrumente!« Die Neuropeitsche wirbelte über den Köpfen der Alten. Abermals lösten sich kleine Teile aus dem Zentralorgan des Quaddin-Körpers. Sofgart quittierte den Vorgang mit einem wütenden Zischen und führte eine Sonde seines kleinen Schaltkästchens in den ölig schimmernden Quaddin-Körper ein. Anscheinend fragte er die galaktischen Koordinaten vom Stein der Weisen ab.

Der Folterer war für einen kurzen Augenblick abgelenkt und ich fragte flüsternd: »Habt ihr noch Waffen?«

Fartuloon schüttelte den Kopf. »Der Bastard hat schnell gehandelt. Nicht mal einen kleinen Nadler habe ich bei mir. Das *Skarg* liegt bei den Raumanzügen. Aber im Augenblick kommt keiner von uns lebend dorthin.«

»Und Corpkor?« Der Tiermeister öffnete kurz den Magnetverschluss seines Raumanzugs. Als ich den weißen Schopf des zusammengekauerten Vurgizzels sah, atmete ich erleichtert auf. Das Tier konnte im entscheidenden Augenblick eine wichtige Hilfe sein. Trotzdem war unsere Lage alles andere als rosig. Ra ballte die Hände zu Fäusten, seine Augen funkelten angriffslustig. Er wäre am liebsten mit bloßen Händen über den Folterer hergefallen. Aber er besaß genügend Vernunft, um die Sinnlosigkeit eines Angriffs unter diesen Umständen zu erkennen.

Sofgart löste die Sensorverbindung aus dem Körper des Zentralorgans. Beunruhigt beobachtete ich mehrere Quaddin-Fragmente, die sich in den Gängen der KARRETON verteilten. *Wie werden sie sich verhalten, wenn sie fern von der Kontrolle des Blinden auf meine Leute stoßen?*

»Ich gebe euch jetzt die Daten für die erste Transition durch. Aufpassen, ich will sie euch nicht zweimal diktieren.«

Fieberhaft überlegte ich, wie ich meinen Freunden helfen konnte. *Zudem muss ich auf alle Fälle verhindern, dass Sofgart den Stein der Weisen erreicht. Das wäre das Ende von Arkon und vielen anderen, noch unbekannten Sternenreichen. Die Öde Insel unter der Knute des Blinden Sofgart!* Ich schüttelte mich vor Entsetzen. *Das darf niemals geschehen.*

Er gab uns die Daten für den ersten Sprung durch den Hyperraum. Ich tippte sie in die Programmierungseinheit der Steuerpositronik. Nach der Berechnung der Transitionswerte gab das Gehirn das Klarzeichen. Der Blinde Sofgart stieg wieder in den durchsichtigen Protoplasmakörper des Quaddin-Zentralorgans, wollte die Transition im Innern des Symbionten zubringen. Vermutlich aber wollte er die Gelegenheit auch dazu benutzen, dem Wesen verschärfte Disziplin abzuverlangen. Ich erhöhte die Leistung der Impulstriebwerke. Die KARRETON schoss aus dem System von Glaathan heraus. Auf einem Kontrollschirm konnte ich verfolgen, wie die kosmischen Trümmer und der leuchtende Komet hinter uns zurückblieben. Es dauerte nicht lange, bis nur noch die kleine gelbe Sonne auf dem Bildschirm schimmerte.

Eine Anzeige teilte mir schließlich mit, dass es noch zwei Zentitontas bis zur Transition waren. Ich verkrampfte mich. Was würde danach passieren? Viel Zeit zur Rettung meiner Freunde hatte ich nicht mehr.

Acht Millitontas.

Das Dröhnen der Impulstriebwerke konnte nur unvollkommen abgeschirmt werden. Auf dem Kommandopult blinkten Anzeigeinstrumente.

Vier Millitontas.

Ein Blick aus den Augenwinkeln zeigte mir, dass Sofgart im Innern des transparenten Zentralorgans intensive Gespräche führte.

Eine Millitonta.

Bevor der Weltraum vom Bildschirm verschwand, kam mir ein ungeheuerlicher Gedanke. Seine Richtigkeit würde sich in wenigen Augenblick erweisen, sobald wir aus dem Hyperraum ausgestoßen wurden. Ich dachte: *Sofgart muss den Symbionten nach der Transition beruhigen!*

Das ist deine Chance, bestärkte mich mein Extrasinn in dem tollkühnen Vorhaben, den Blinden hereinzulegen. Bevor ich den Plan weiter ausspinnen konnte, ging ein Ruck durch die Schiffszelle. Das Dröhnen der Triebwerke verstummte schlagartig. Die KARRETON hatte den Normalraum verlassen.

Der ziehende Schmerz der Rematerialisation war kaum abgeebbt, als ich mich aus dem Kontursessel schwang. Auf der Panoramagalerie schimmerten fremde Sternkonstellationen. Der Rechner führte bereits die Positionsbestimmung durch. Ich kümmerte mich nicht darum.

»Reiß dich zusammen!« Ich zerrte den Bauchaufschneider aus dem Sessel. Die anderen kamen mühsam hoch. Corpkor massierte sich stöhnend den Nacken. Den Greisen war es nicht besser ergangen. Dennoch kamen sie überraschend schnell wieder auf die Beine. »Seht euch das an! Ich habe etwas Ähnliches vermutet!«

Die Fragmente des Quaddin-Zentralorgans lagen zuckend am Boden. Von anderen Decks wurden dieselben Beobachtungen gemeldet. Um die schleimigen Körper hatte sich eine ölige Lache gebildet. Es sah aus, als würden sich die Dinger langsam auflösen. »Sie vertragen keine Transitionen. Das müssen wir ausnützen.« Fartuloon wollte sein *Skarg* ergreifen, um das Zentralorgan zu zerfetzen. Ich fiel ihm in den Arm. »Halt – wenn das Ding die einzige Spur zum Stein der Weisen ist, dürfen wir es nicht vernichten. Noch nicht! Es wird einen anderen Weg geben, die Macht des Blinden zu brechen.«

Das leuchtete dem Bauchaufschneider zwar ein, aber er war skeptisch. Die Protoplasmafragmente wölbten sich hoch, als schöpften sie frische Kräfte. Sie konnten jeden Augenblick vom Boden abheben.

»Wie willst du Sofgart aus dem Ding herausholen?«, fragte Corpkor.

»Er muss sich freiwillig ergeben. Anders bekommen wir das Zentralorgan nicht unter unsere Kontrolle.«

»Das wird er niemals tun. Eher geht er mit der KARRETON unter.«

Vielleicht! Vielleicht auch nicht. Ich musste das Risiko eingehen. »Schnappt euch Raumanzüge! Verschwindet von Bord, nehmt so viele Leute wie möglich mit. Für einen Start mit den Beibooten ist die Zeit zu knapp … Draußen kann euch das Zentralorgan nicht angreifen. Und ohne euch kann Sofgart die KARRETON nicht manövrieren. Die normalen Mannschaften sind ungeeignet dafür und haben alle Hände voll zu tun, um den reparierten Hyperwandler in Gang zu halten.«

Fartuloon grinste. Mein Plan war gefährlich, aber er gefiel dem Bauchaufschneider. »Eine kleine Erpressung, um diesen Wahnsinnigen gefügig zu machen. Einverstanden.«

Wortlos schlüpften er und Corpkor in die Raumanzüge. Ra hatte sich schon bedient. Die Alten steckten noch in den kralasenischen

Druckanzügen, brauchten nur die Helme aus dem Nacken hochzuklappen und in der Magnethalterung unter dem Hals einrasten zu lassen. Das Zentralorgan lag mit milchiger Oberfläche mitten in der Zentrale. Das Ding zuckte und bebte unkontrolliert, ein übler Geruch breitete sich aus. Ich konnte den Folterer sehen. Für einen Augenblick hatte ich die Hoffnung, es würde assimiliert werden. Doch dann klärte sich das Protoplasmagebilde.

»Wir schaffen es nicht rechtzeitig. Schnell auf die Plätze zurück, bevor der Kerl etwas merkt.« Ich hatte den Befehl keinen Augenblick zu früh gegeben. Aus dem plötzlich transparent werdenden Zentralorgan starrte uns Sofgart an. Er war sehr aufgeregt, achtete aber wegen seiner Verwirrung nicht auf das Äußere meiner Freunde. Normalerweise wäre ihm sofort aufgefallen, dass sie jetzt Raumanzüge trugen, deren Helme noch im Nacken zusammengefaltet waren. Das war der größte Fehler des galaktischen Folterers.

»Worauf wartet ihr noch?«, kam es dumpf aus dem Innern des Symbionten. »Überprüft die Instrumente und bereitet die nächste Transition vor.«

Torkelnd kamen die Symbiontfragmente vom Boden hoch, umschwärmten sofort meine Freunde. Ein Wink des Folterers, und sie würden alle Anwesenden in aufgedunsene Ungeheuer verwandeln. Ich durfte dieses Risiko auf keinen Fall eingehen.

Ist dir aufgefallen, dass dich bis jetzt noch kein einziger Quaddin-Körper belästigt hat?, fragte mein Extrasinn. Das stimmte. Die Dinger waren mir bisher aus dem Weg gegangen. Das organische Gebilde war varganischen Ursprungs. Es war also anzunehmen, dass es sich jedem Varganen gegenüber loyal verhielt. Wahrscheinlich war ich durch meinen engen Kontakt mit Ischtar zu einem Quaddin-Immunen geworden. *Das ist sogar mehr als nur wahrscheinlich.*

Sollte sich diese Vermutung als wahr herausstellen, hatte ich große Chancen, das Duell mit Sofgart siegreich zu überstehen. Aber so weit war es noch nicht, ich durfte nichts überstürzen. Die KARRETON schoss mit neunzig Prozent der Lichtgeschwindigkeit durch den fremden Sternenraum. Die Messungen hatten bestätigt, dass wir fünfhundert Lichtjahre vom System des Kometen Glaathan entfernt waren. Verlängerte man die Linie des bisherigen Kurses, würden wir höchstwahrscheinlich die Galaxis verlassen. Das konnte aber auch eine Täuschung sein. Ich nahm nicht an, dass der sagenhafte Stein der Weisen so leicht aufzustöbern war. Die Varganen würden ihr Geheimnis noch auf andere Weise geschützt haben. Die Überwachungsautomatik eines tiefer liegenden Mannschaftsraums gab Alarm. Die rote Lampe blinkte mich wie ein gefährliches Raubtierauge an.

»Überfall! Fünf Mann ausgefallen.«

Ich schlug auf die Sprechtaste des Kommunikationsgeräts. »Weicht den Dingern aus! Versucht, sie euch irgendwie vom Leibe zu halten. Schließt euch in die Versorgungsschächte ein!«

Sofgart brach in gellendes Gelächter aus. Er hockte unter dem gewölbten Hautlappen des Zentralorgans – wohlbehalten. Seine Macht war ungebrochen. »Kommt nicht auf die Idee, mich hereinlegen zu wollen. Ein Wort genügt, und ihr verwandelt euch. Aber schön der Reihe nach, damit jeder auf seine Kosten kommt.«

Wir schwiegen. Unser weiteres Vorgehen bedurfte keiner Diskussion mehr. Jeder hatte seine Rolle in diesem Kampf. Der Blinde schloss aus unserem Schweigen, dass wir uns endgültig mit unserem Schicksal abgefunden hatten, tauschte mit dem Symbionten weitere Informationen aus und übermittelte uns die nächsten Sprungdaten. Ich gab sie in den Bordrechner ein. Mein Feind beobachtete jeden unserer Handgriffe, starrte wie gebannt aus dem Schoß des Zentralorgans hervor. Jede Transition brachte ihn näher an das ersehnte Ziel heran. Mit jedem Sprung durch den Hyperraum verkürzte sich die Wartezeit. Dann würde sein wahnsinniger Traum in Erfüllung gehen.

Der Entstofflichungsschock löschte die Eindrücke aus. Die KARRETON wurde erneut Bestandteil des Hyperraums und schnellte als hyperenergetischer Impuls durch das nur mathematisch erfassbare Kontinuum.

Ich wartete nicht darauf, dass der Entzerrungsschmerz nachließ. »In die Schleuse! Entfernt euch mindestens fünf Kilometer vom Schiff. Sichert euch durch Leinen.«

Fartuloon winkte. Vom Zentrallift winkten mir die Ausbrecher noch einmal zu. Auch die fünf Alten hatten sich der Gruppe angeschlossen. »Viel Glück, Atlan! Unser Leben hängt von dir ab.«

Ich war mit Sofgart und den unheimlichen Quaddin-Fragmenten

allein. Die qualligen Dinger lagen am Boden verstreut und zuckten erbärmlich. Diesmal würde es ein paar Zentitontas länger dauern, bis sie sich erholt hatten. Das Zentralorgan mitsamt dem Blinden hatte im Licht der Deckenbeleuchtung einen violetten Farbstich angenommen. Endlich flackerte auf dem Kommandopult das Kontrolllicht für die Schleuse auf. In genau diesem Augenblick betraten meine Freunde den Schleusenraum. Sie brauchten nur noch das innere Schott zu schließen, die Atemluft absaugen zu lassen und in den Weltraum hinauszuschweben. Die Rundumortung zeigte an, dass die nächste Sonne sechs Lichtjahre entfernt war.

Jetzt verließen meine Freunde das Raumschiff. Die Quaddins bewegten sich. Einige kamen torkelnd hoch, schwebten zum Zentralorgan hinüber. Vermutlich hatte sie die Transition so geschwächt, dass sie dringend eine Auffrischung vom Mutterkörper brauchten. Ich wartete gespannt darauf, dass sich Sofgart regte. Es dauerte noch ein paar Zentitontas. Langsam wurde die Oberfläche des Zentralorgans transparent. Das war der Augenblick, in dem der Blinde die Flucht meiner Freunde entdeckte.

»Wo steckt die verfluchte Bande?« Seine Stimme überschlug sich. Er war nahe daran, die Fassung zu verlieren. Ein schnarrender Befehl, der quallenförmige Körper teilte sich. »Was ist los ... wohin sind die elenden Kreaturen? Wo verstecken sie sich? Raus mit der Sprache!« Er fuchtelte mit der Neuropeitsche vor meinem Gesicht herum. Ich rührte mich nicht, dadurch reizte ich ihn nur noch mehr. »Wo haben sich deine elenden Freunde verkrochen?«

Ich bequemte mich zu einer Entgegnung: »Sie haben das Schiff verlassen.«

Sofgart stieß einen Wutschrei aus, begann zu zittern, starrte auf die Panoramagalerie. »Sie ... haben ... Das werden sie nicht überleben!« Fartuloon, Corpkor, Ra, Morvoner, die fünf Alten und viele weitere Besatzungsmitglieder trieben im freien Fall durch den Weltraum, verbunden durch reißfeste Stahlplastikleinen. Fartuloon schien zu ahnen, dass wir ihn und seine Begleiter beobachteten, und hob provozierend die Rechte zum Gruß. »Ich lasse sie ersticken und verdursten. Sie sollen mich um Gnade anbetteln. Sie werden wie elende Insekten draußen hängen, bis ihnen die Luft knapp wird. Selbst dann lasse ich sie nicht rein. Sie werden einen schrecklichen Tod sterben.«

»Das Risiko sind wir eingegangen«, entgegnete ich kaltschnäuzig.

Er starrte mich hasserfüllt an. »Du kommst auch noch dran, Bursche. Aber zuerst zerstrahle ich den dicken Bauchaufschneider.«

Ich bemühte mich, mein Entsetzen zu verbergen. Es gelang mir nur unvollkommen. Sofgart schrie einige Befehle. Aus dem Zentralelift näherten sich ein paar Männer meiner Besatzung. Die Quaddin-Fragmente, die ursprünglich meine Freunde kontrolliert hatten, hefteten sich sofort an die Körper der Bedauernswerten. Einer ging auf der Stelle in die grässliche Metamorphose über. Schreiend wälzte er sich am Boden. Nach kurzer Zeit platzte seine Uniform auf. Der Quaddin bohrte sich tiefer in das Fleisch. Wenig später war das makabre Schauspiel vorüber.

Der Blinde Sofgart schaute mich triumphierend an. »Du bist der Nächste – aber zuerst eliminiere ich den Dicken. Das wird den anderen eine Lehre sein.«

Die willenlosen Raumfahrer gehorchten jedem Befehl, richteten eine Impulskanone auf meine Freunde. Sofgart ließ die Zieloptik auf Fartuloons Körper justieren, der Augenblicke später im Fadenkreuz des Zielbildschirms erschien. Sofgart wandte sich an mich. »Willst du abdrücken? Dann ersparst du deinem Freund weitere Leiden.«

Ich musste mich beherrschen. Mein Mienenspiel durfte nichts von der Erregung widerspiegeln, die in mir tobte. »Du brauchst das Schiff samt funktionierender Besatzung, nicht wahr? Ohne diese Männer dort draußen bist du verloren.«

Mein Gegner knirschte mit den Zähnen. Ich sah, wie ihm Schweiß über das Gesicht perlte. Seine dürre Gestalt hatte sich vorgebeugt, die Hände hielt er gespreizt, als wolle er jeden Augenblick zupacken. »Das habt ihr euch fein ausgedacht. Aber ich lasse mich von euch Elenden nicht erpressen.«

»Sieh dich um! Die Verbliebenen können das Schiff nicht steuern. Die KARRETON ist manövrierunfähig. Du solltest einsehen, dass du hoch gespielt und verloren hast!«

Wir standen uns schweigend gegenüber. Ich, der arkonidische Kristallprinz. Er, der Foltermeister Orbanaschols. Einer der Mörder meines Vaters! Wir jagten ein und demselben Schatz nach, doch unsere Motive waren grundverschieden. Der Stein der Weisen sollte mir dabei helfen, die Gewaltherrschaft Orbanaschols zu brechen. Der Blinde Sofgart wollte eine noch grausamere Gewaltherrschaft in der Galaxis errichten. Die positronischen Augenlinsen surrten unablässig. Der Unhold fixierte mich.

»Wer bist du? Ich habe dich schon einmal gesehen. Irgendwie erinnerst du mich an jemanden. Ich täusche mich nicht.«

»Wirklich nicht? Dann ist das Große Imperium klein. Mag sein, dass wir uns schon einmal begegnet sind. Aber diese Zusammenkunft muss *für mich* so unwichtig gewesen sein, dass ich sie aus meinem Gedächtnis verloren habe.«

Er heulte vor Wut auf. Wie alle Psychotiker war er hoch empfindlich, wenn es um die eigene Person ging. Er konnte weder Kritik noch Geringschätzung ertragen. Ich wagte mir nicht vorzustellen, wie viele Wesen diesen Wahnsinnigen schon um Gnade angefleht hatten. Eine Kostprobe seiner Grausamkeiten war mir im Sepulkorvat, seiner privaten Folterhölle, zuteil geworden. Ich hatte mir damals geschworen, dieses Ungeheuer zur Strecke zu bringen.

»Zum letzten Mal – wer bist du? Dein Name!«

»Namen sind Schall und Rauch. Entscheidend sind die Taten eines Mannes, seine Persönlichkeit und sein Ruf. Du hast von alledem nichts. Du bist ein Niemand.« Ich lachte ihn aus. Ich lachte, wie ich lange nicht mehr gelacht hatte. Das gehörte zu dem Psychospiel, das ihn aus der Reserve locken sollte.

Die spindeldürre Gestalt des Folterers versteifte sich. Er packte die Neuropeitsche und krampfte seine Hände um den Griff, bis die Knöchel weiß hervortraten. Die Schläfenadern sprangen reliefartig vor. »Du hast mich herausgefordert! Du willst sterben ... gut, dann endest du eben als Namenloser. Die Fragmente des Quaddin-Zentralorgans werden dich sehr, sehr langsam in einen Leichnam verwandeln. Du wirst unvorstellbare Schmerzen erleiden. Und bei alldem wird dein Bewusstsein wach bleiben. Das ist meine Strafe!«

Ich lachte ihn aus. Der Folterer von Ganberaan zischte einen Befehl. Die kleinen Protoplasmaklumpen schwebten pfeilschnell auf den Mutterkörper zu, schoben Fresstentakel hinein, um sich mit neuen Kraftreserven zu versorgen.

Du musst dir Waffen verschaffen, verlangte mein Extrasinn.

Wo hat Corpkor das Vurgizzel versteckt? Ich hatte mich überall umgesehen. Doch das kleine Fellbündel war nirgends zu entdecken. Das Tier musste jedoch an einem Ort verborgen sein, den ich jederzeit erreichen konnte. Aber wo war das? Mit bloßen Händen konnte ich Sofgart nicht überwinden. Er hatte weiterhin Gewalt über das Zentralorgan, besaß die Neuropeitsche, ein Vibratormesser und einen Blaster. Ich wurde zusehends nervöser. Zudem quälte mich der Gedanke, dass meine Freunde schutzlos im All schwebten. Ihr Luftvorrat würde nicht ewig reichen. Drehte der Blinde durch, würde er sie bedenkenlos zerstrahlen. Ich wusste, dass ich diesem Ungeheuer in Arkonidengestalt nicht mehr lange mit logischen Argumenten beikommen konnte.

Inzwischen hatten sich die Quaddin-Fragmente aufgebläht, teilten sich und schwebten um die dürre Gestalt herum. Es waren nur ein paar Zentitontas vergangen. Ich hatte die Zeit benutzt, näher an die Ablage der Raumanzüge heranzukommen. Irgendwo zwischen den zusammengefalteten Druckhäuten lag Fartuloons *Skarg*. Das Dagorschwert war eine wirksame Waffe, wenn man damit umzugehen verstand.

»Ich hetze alle Fragmente auf dich, Namenloser. Du wirst vor meinen Augen zu einem Ungeheuer entarten. Ich werde jeden Augenblick der Strafe genießen, hahaha.« Bevor ich irgendetwas unternehmen konnte, hatte er den Quallenwesen den Befehl zum Angriff gegeben.

Ich versuchte, noch einmal zu bluffen. »Ohne mich und die anderen kannst du die KARRETON niemals ans Ziel steuern. Bist du wirklich so verbohrt, dass du das nicht einsehen willst?«

Die Gallertklumpen schossen auf mich zu. Der Foltermeister quittierte meinen letzten Versuch mit einem hysterischen Kreischen. »Deine erbärmlichen Freunde entkommen mir nicht. Ich kann sie zwar nicht mit den Quaddins angreifen, aber die Zeit arbeitet für mich. Sie werden das Schiff zum Stein der Weisen steuern. Und jetzt stirb, Namenloser!«

Zwei, drei, fünf Gallertklumpen wollten sich auf meiner Haut festsaugen und die Metamorphose einleiten. Ihre Berührung brannte. Ich warf mich zu Boden und wälzte mich hin und her, versuchte die Dinger abschütteln. Das gelang mir auch. Aber die Quallen waren hartnäckig, folgten weiterhin dem Befehl ihres Herrn und Meisters. Ich sprang zu den Raumanzügen hinüber. Noch ein paar Schritte, dann würde ich das *Skarg* in Händen halten.

»Das Zentralorgan wird dich bezwingen!« Vollends in Raserei verfallen, trieb Sofgart den großen Protoplasmakörper vor sich her. Das mächtige Ding sollte mich verschlingen. Die Attacke der kleinen Quaddin-Körper war ihm anscheinend zu langsam gegangen.

Fällt dir nicht auf, dass die Quaddins dich längst erledigt hätten, würdest du nicht beschützt? Mein Extrasinn hatte das ausgesprochen, was ich bereits vermutete. Jeder andere Mann der Besatzung war den Fragmenten des Zentralorgans innerhalb weniger Augenblicke verfallen. Mich behelligten die Dinger nicht wirklich. Sie versuchten zwar, mich anzugreifen, aber es gelang ihnen nicht, sich an mir festzusaugen. Der schleimige Körper des Zentralorgans zog sich wimmernd zusammen.

»Vernichte den Arkoniden!«, schrie Sofgart.

Das Zentralorgan schien gegen eine unsichtbare Mauer anzustürmen, wölbte sich vor, floss in bebenden Plasmawellen herunter und wogte wieder zurück. Es konnte mich nicht angreifen! Sofgart zitterte, streckte seine Rechte aus und stammelte fassungslos: »Du hattest Kontakt mit einem Varganen! Nur so kannst du die Immunität gegenüber dem Zentralorgan erlangt haben. Wer bist du?«

Meine anfängliche Anspannung löste sich langsam. Er konnte seine gefährlichste Waffe mir gegenüber nicht einsetzen. *Das ist der Schutz der Goldenen Göttin*, wisperte der Extrasinn. *Ischtar schützt ihre Liebhaber.*

Ich nutzte die Verwirrung des Blinden aus, um das *Skarg* aus dem Bündel zusammengefalteter Raumanzüge zu ziehen. Die Griff lag wie angeschmiedet in meiner Rechten. Der blanke Stahl glitzerte im Licht der Deckenleuchten.

Der Blinde Sofgart riss den Blaster hoch. Seine Hände zitterten. »Du hast mich die ganze Zeit über hingehalten, Fremder ... du weißt mehr als ich vom Stein der Weisen. Du hattest Kontakt mit einem Varganen.«

Ich stand regungslos in der Zentrale, das Schwert halb erhoben. »Ja, Sofgart ... ich habe die Goldene Göttin kennen gelernt! Sie beschützt mich. Du kannst mich nicht töten.«

Innerlich war ich auf das Höchste gespannt, denn ich glaubte nicht, dass Ischtars Schutz auch fremde Strahlenwaffen beinhaltete. Vermutlich schützte mich die unsichtbare Aura nur gegen Angriffe des Zentralorgans. *Nicht vergessen, dass dich Sofgart noch im-*

mer nicht erkannt hat. Ischtars Schutz erstreckt sich auch auf deine Identität. Deine Gegner können dich nicht wieder erkennen.

Wenn mein Extrasinn Recht hatte, wie lange würde *dieser* Schutz noch anhalten?

Die Abstrahlmündung des Blasters flammte auf. »Stirb!«

Ich tauchte mit einem blitzschnellen Sprung unter dem Glutstrahl hinweg, rutschte an den Schrankfächern der Raumanzüge vorbei und kam neben dem Turbo-Notlift wieder auf die Beine. Ein Handgriff, die Schiebetür glitt auf. Plötzlich schrillte das Heulen des Vurgizzels durch die Zentrale. Bevor Sofgart erneut abdrücken konnte, war das kleine Fellbündel auf meine Schulter gesprungen. Es hatte zwischen den Raumanzügen gelegen. Ein zweiter Strahlschuss schmorte ein Loch in die Kabinenwand. Dann glitt die Tür zu, und ich raste mit der Liftkammer in die Höhe.

Ich saß in der Falle. Aus dem Ersatzteillager kamen zehn Männer langsam auf mich zu. Sie hielten Nadler in den Händen, ihre Gesichter waren starr und leblos. Meine Freunde würden mich bedenkenlos töten, denn ihr Bewusstsein wurde von den Quaddin-Fragmenten versklavt.

Sofgart hat die gesamte Besatzung mit den Symbionten unter seine Kontrolle gebracht, sagte der Extrasinn. *Dafür hat er höchstwahrscheinlich den größten Teil der Substanz des Zentralorgans aufgebraucht.*

Ich musste also unter allen Umständen wieder in die Zentrale zurückkommen. Ein hilfloses Zentralorgan konnte vermutlich ohne großes Risiko überwältigt werden. Ich warf einen Blick auf mein Armband. Es wurde höchste Zeit, meine Freunde ins Schiff zurückzuholen. Ihr Luftvorrat wurde knapp. Langsam kam ich ins Schwitzen. Die Front der Übernommenen hielt stur auf mich zu. Ich konnte sie nicht mit dem *Skarg* töten. Sie waren nach wie vor meine Besatzung. Nach dem Ende des Zentralorgans würden sie hoffentlich wieder normal werden. Ich konnte sie nicht töten. Das Vurgizzel hüllte mich in eine Aura wirbelnder Reflexe ein. Sein Schrillen brachte die Angreifer durcheinander.

Sie können jeden Augenblick auf dich schießen! Geh in Deckung! Die Warnung des Extrasinns wurde von den aktuellen Ereignissen überholt: Ein Schauer vergifteter Projektile schrammte über die Gangwand. Ich unterlief die Männer, riss einige von ihnen zu Boden und versuchte, die Symbionten mit dem *Skarg* von ihnen zu trennen. Das misslang mir gründlich. Mir blieb nur die Flucht in einen Versorgungsschacht. Keuchend kletterte ich an den Wandsprossen in die Tiefe. Eine Öffnung kam in Sicht. Ein Lichtschein des angrenzenden Gangs fiel mir ins Gesicht. Mehrere Beeinflusste schwankten näher. Sie hielten Neuropeitschen in den Händen. Um schneller voranzukommen, rutschte ich an dicken Kabelbündeln in die Tiefe. Von oben krachte ein Maschinenblock herunter. Ich scheuerte mir die Handflächen wund, als ich an den Kabeln hinabrutschte.

Schon rechnete ich damit, von dem Stahlblock zerquetscht zu werden, als eine elektrische Entladung durch den Schacht zuckte – der Block hatte sich verkeilt und einen Kurzschluss verursacht. Ich sprang aus der nächsten Versorgungsöffnung. Es war dunkel. Der Kurzschluss hatte in den angrenzenden Räumen die Beleuchtung ausfallen lassen. Ich stieß die nächste Tür auf. Im gleichen Augenblick flammte die Deckenbeleuchtung wieder auf. Die Automatik hatte den defekten Schaltkreis überbrückt.

Die Stimme des Wahnsinnigen schrillte aus den Ganglautsprechern. »Wo steckst du, Namenloser? Stell dich zum Kampf!«

Das Duell schien über die Nerven des Folterers zu gehen. Er wusste nicht, wo ich mich zurzeit befand. Die Männer meiner Besatzung hatten mich ebenfalls nicht erwischen können. Er musste damit rechnen, dass ich über kurz oder lang wieder in der Zentrale auftauchen würde. Ein Quaddin-Beherrschter stellte sich mir in den Weg, doch ein Faustschlag genügte, um ihn zu Boden zu strecken. Hatte der Symbiont die Metamorphose noch nicht eingeleitet, würde der Mann nach seinem Erwachen keine Erinnerung mehr an das Geschehen haben.

Die Lautsprecher übertrugen das Geschrei des Blinden. »Ergib dich, Bursche … oder ich zerstrahle deine wehrlosen Freunde!«

Damit hatte ich rechnen müssen. Noch ein paar Meter. Das verschlossene Zentraleschott tauchte vor mir auf. Aus den Lautsprechern drang das Toben des Folterers an mein Ohr. Ich legte beide Handflächen auf das kalte Metall des Schotts. Ich musste mich jetzt konzentrieren. Eine falsche Bewegung, und alles war verloren.

»Ergib dich! Zum letzten Mal ... oder deine Freunde sterben noch vor dir.« Der Blinde Sofgart stand über das Zentralepult gebeugt und schrie sein Ultimatum in die Rundrufanlage.

»Suchst du mich?« Für Augenblicke herrschte eisiges Schweigen. Sofgart wirbelte herum. Die klauenartig verkrampfte Rechte ließ ohne vorherige Warnung die Neuropeitsche vorschnellen; sofort knisterten elektrische Entladungen durch die Zentrale. Das Ding streifte mich beinahe. Bevor mein Gegner zum zweiten Mal ausholen konnte, hatte ich das *Skarg* hochgerissen. Die Klinge traf die losschnellende Neuropeitsche, ihr Ende streifte meinen Handrücken, gefolgt von einer energetischen Entladung. Schreiend ließ ich das *Skarg* los. Mein Arm war auf der Stelle gefühllos. »Du hast noch nicht gewonnen.«

Der Blinde packte sein Vibratormesser. Ich wich gebückt zur Seite. Meine Schulter schmerzte, jede Bewegung tat mir weh. Das Vurgizzel stieß klagende Töne aus, hatte anscheinend auch etwas abbekommen.

»Bleib stehen! Du verlängerst deine Leiden bloß.« Jetzt stieß mein Gegner zu. Ich konnte ihm nur unvollkommen ausweichen. Die Vibratorklinge trennte meine Kombination auf. Blut tropfte herunter. Der Schmerz der Wunde kam erst später, die Überraschung war zunächst größer. Ich wollte Sofgart unterlaufen, doch der Schmerz in meinem rechten Arm ließ mich taumeln. Langsam rutschte ich an der Zentralewand zu Boden. Sofgart sah mich aus seinen surrenden Positronikaugen an, hob das Vibratormesser. Bevor er erneut zustoßen konnte, war ich über den Boden gerollt und hatte mit meinem gesunden Arm seine Beine fest umschlungen. Der Folterer krachte schwer zu Boden. Das Vibratormesser flog in hohem Bogen durch die Luft.

»Wieder eine Waffe weniger!«, höhnte ich.

Katzengleich entwand sich der Hagere meinem schwachen Griff, wollte nach dem Vibratormesser langen, aber ich trat die Waffe aus seiner Nähe. Jetzt lagen wir uns wenige Meter voneinander entfernt gegenüber. Das Vurgizzel holte zum letzten Schlag aus, spürte die gefährliche Lage und schrillte wie nie zuvor. Seine *Todesmelodie* brachte den Blinden zur Raserei. Er umfasste mit beiden Händen die Positronikbrille. Das Schrillen wurde lauter. Ich stöhnte unwillkürlich auf, es war kaum noch erträglich. Wir befanden uns inmitten eines unvorstellbaren Geräuschorkans. Sofgart riss sich die Positronikbrille vom Gesicht. Über den Druckstellen hatten sich blutige Risse gebildet. Die ultrahohen Töne des Vurgizzels mussten die positronischen Elemente beschädigt oder gar zerstört haben. Im gleichen Augenblick verstummte das kleine Tier, erstarrte und löste sich von meiner Kombination. Ich fing es auf und legte es vorsichtig auf den Boden. *Es hat seine ganze Kraft geopfert, um mich zu retten.*

»Gib auf, Sofgart! Ohne dein optisches Instrument bist du kein vollwertiger Kämpfer mehr.«

Der Folterer quittierte meine Aussage mit einem irren Gelächter, torkelte durch die Zentrale, stieß gegen einen Kontursessel und rutschte am Schaltpult entlang. »Noch habe ich nicht verloren.« Seine Hand riss den Blaster aus dem Gürtel. Die letzte Waffe des nun wirklich *Blinden*. Ein Glutstrahl, aufs Geratewohl abgeschossen, fingerte an mir vorüber. Schmelzblasen brodelten. »He … wo bist du?«

Ich schwieg. Meine Stimme hätte ihm verraten, wo ich mich aufhielt. Er schoss blindwütig durch die Zentrale, sofort wurde es heiß, Instrumente verpufften. Ätzende Schwaden zogen durch den Saal. Ich kroch auf allen vieren aus der Nähe meines Gegners, versuchte das *Skarg* aufzuheben, das unweit am Boden lag. Ein Gluttropfen traf mich. Ich konnte den unwillkürlichen Wehlaut nicht unterdrücken …

»Ah! Dort bist du.«

Der Strahl schlug dicht neben mir in den Sockel eines Kontursessels ein. Die Glut kam weiter auf mich zu. Mein Gegner hatte auf Dauerfeuer gestellt, gleich würde er mich erwischen. Ich kam nicht schnell genug vom Boden hoch, Glutspritzer versengten mir die Haut. Ich durfte nicht schreien. Diesen Gefallen würde ich dem Folterer nicht tun. Dann spürte ich die Klinge des Schwertes. Der ziellos heranschmelzende Blasterstrahl war schneller. Plötzlich spannte sich die Glutbahn über dem *Skarg*. Aufschreiend zog ich die verbrannte Linke zurück, war jetzt völlig hilflos. Mein rechter Arm war vom Schlag der Neuropeitsche gelähmt, mein linker Arm bis zum Ellbogen verbrannt, die Haut mit dem knisternden Stoff der Kombination verbacken.

»Ich weiß jetzt, wo du steckst … ich töte dich!«

Der Glutstrahl waberte vor meinem Gesicht. Ich krampfte mich zusammen. *Es ist also aus*, durchzuckte es meine fiebernden Sinne. *Der galaktische Folterer hat mich doch noch erwischt. Ich muss sterben.*

Ein Schlag raubte mir die Besinnung. Irgendetwas zerriss in meinem Innersten. Und plötzlich vernahm ich die Stimme Ischtars. Die Goldene Göttin sprach zu mir.

Das ist ein posthypnotisch verankertes Schutzfeld. Ich will nicht, dass du stirbst. Im Falle akuter Lebensgefahr bündelt sich deine Geistesenergie zu einem psionischen Schockstrahl, der deinen Gegner vernichtet. Mehr kann ich für dich nicht tun. Fortan bist wieder ganz auf dich allein angewiesen. Auch deine Feinde erkennen dich wieder als Kristallprinzen von Arkon. In diesem Augenblick erlischt deine Schutzaura. Du musst kämpfen, wenn du nicht sterben willst. Ich denke an dich, Atlan, denn ich liebe dich!

Der Blinde Sofgart starb. Sein Körper war von einem Strahl durchbohrt worden, den mein Geist erzeugt hatte. *Über welche unvorstellbaren Machtmittel müssen die Varganen verfügen?* Ich fröstelte. Ein »Eingriff« Ischtars hatte genügt, um das Duell mit dem Folterkönig zu beenden. Sie hatte dieses Zusammentreffen in weiser Voraussicht kommen sehen. *Liebt sie mich wirklich so sehr, dass sie mich nicht schutzlos in das Glaathan-System hat ziehen lassen wollen?*

Trotz meiner Müdigkeit verspürte ich großen Stolz. Ich war der Auserwählte Ischtars … Nach einem beißenden Impuls des Logiksektors wandte mich dem Sterbenden zu. Seine Stimme kam stockend und leise. Er würde die nächsten Zentitontas nicht überleben.

»Wer bist du … deinen Namen … schnell«, kam es von den rissigen Lippen. Über seinen Augenhöhlen spannte sich künstliche Haut. Das war vorher von der positronischen Brille verdeckt worden. Vor langer Zeit hatte ihm ein Blasterschuss das Augenlicht geraubt.

»Ich bin Atlan, der rechtmäßige Erbe Imperator Gonozals des Siebenten!«

Der Sterbende schauderte, wollte hochkommen, doch seine Kräfte reichten dazu nicht mehr aus. »Atlan … ja, jetzt erkenne ich deine Stimme. Deine Tarnung … war perfekt … weil dir ein Vargane geholfen hat.«

»Ischtar, die Goldene Göttin, ist meine Geliebte!«

Er sank zurück. Ein Leben voller Grausamkeiten und Folterungen ging zu Ende. Zogen in diesen letzten Augenblicken die Scheußlichkeiten seiner Verbrechen an ihm vorüber? Sofgart sprach zum letzten Mal: »Das Schicksal ist gerecht. Ich musste durch die Hand desjenigen fallen, dem ich den Vater genommen habe … Ja, ich war einer von den fünf Männern, die deinen Vater getötet haben, Kristallprinz. Orbanaschol hat auch Hand mit angelegt … mich erwischte ein Strahlschuss des Sterbenden … daher meine Blendung …«

Die Stimme erstarb. Der galaktische Folterer lebte nicht mehr. Unvermittelt fühlte ich mich wie leer gebrannt. Mein Fuß stieß gegen die Positronikbrille des Toten. Ich ging achtlos darüber hinweg, spürte auch die Schmerzen meiner Wunden nicht mehr. Ein für mich entscheidender Lebensabschnitt war zu Ende: Ich hatte einen der Mörder meines Vaters getötet! Aber ich wusste, dass ich nicht eher Ruhe finden würde, bis auch die anderen bestraft waren. In Gedanken versunken stellte ich die Funkverbindung zu meinen Freunden her, die weiterhin im All schwebten.

»Ihr könnt reinkommen. Es ist vorüber.«

»Du hast den Blinden Sofgart besiegt?«, drang Fartuloons Stimme aus dem Lautsprecher.

»Ja!«, sagte ich nur und unterbrach die Verbindung. Trotz meiner schrecklichen Schmerzen hob ich das *Skarg* auf und trat vor das pulsierende Zentralorgan. Das Ding hatte sich nach dem Tod Sofgarts bläulich verfärbt, würde nun zu nichts mehr nutze sein. Hoffentlich rettete ich die Überlebenden meiner Besatzung, wenn ich das Ding endgültig vernichtete. Ich tat es mit dem *Skarg*, dann sank ich bewusstlos zu Boden …

Am nächsten Prago waren wir auf dem Weg ins Glaathan-System. Fartuloon hatte meine Wunden versorgt, ich fühlte mich wieder wie neugeboren. Die fünf greisenhaften Ex-Sträflinge starrten mich an.

»Es ist alles überstanden. Es hat keine weiteren Opfer mehr gegeben …«, begann Morgonol. »Die Quallendinger sind heruntergefallen und vertrocknet.«

»Schön. Aber vergessen wir das. Ich will kein Wort mehr von den Quaddins und dem Blinden Sofgart hören. Das ist Vergangenheit. Und an Vergangenem soll man bekanntlich nicht rühren.« Ich seufzte, dachte an Farnathia und fluchte in Gedanken. »Wie stellt ihr euch eure Zukunft vor?«

Die fünf Alten schauten betreten zu Boden. Morgonol als Gruppensprecher räusperte sich. »Wir wollen auf unseren Planetoiden zurück. Es ist besser, wenn wir unseren Lebensabend auf der Traumstation verbringen. Wir sind schon zu alt, um noch mit dir durch die Galaxis zu ziehen, Atlan.«

»Schade. Ihr seid verdammt zähe Burschen. Euch hätte ich in meiner Mannschaft gut gebrauchen können. Aber wie ihr wollt. Ich gebe euch ein Beiboot. Damit könnt ihr durch das Glaathan-System kreuzen. Solltet ihr wirklich den Drang verspüren, in den interstellaren Raum vorzustoßen, habt ihr immer noch die Schiffe des Blinden Sofgart im Kometenschweif.«

»Wir wollten doch diesen Namen nicht mehr erwähnen«, brummte Parvenool.

»Stimmt, Freunde! Halten wir uns also daran. Aber bevor wir euch auf dem Planetoiden absetzen, gebe ich euch die Koordinaten meines Stützpunktes. Ihr seid jederzeit bei uns auf Kraumon willkommen, solltet ihr es euch anders überlegen.«

Das Vurgizzel hatte sich ebenfalls wieder erholt, kroch winselnd über meinen ausgestreckten Arm, über dem die Biomolplastschicht spannte. Das Wollknäuel sprang zu Morgonol hinüber, schien den Alten ins Herz geschlossen zu haben. Das süßsäuerliche Gesicht sprach Bände. Die Alten hatten Angst, der kleine Kobold würde jeden Augenblick die gefürchteten Heultöne ausstoßen. Aber das hatten sie jetzt nicht zu befürchten. Die Gefahr lag ganz woanders: Aus Nischen, Ecken und Ablagefächern säuselte es plötzlich. Winzige Fellbündel huschten über den Boden und ließen sich nicht von uns greifen.

Das Vurgizzel hat Junge bekommen, sagte mein Extrasinn lapidar.

Ich seufzte und unterdrückte ein mattes Lächeln. *Hoffentlich weiß Corpkor geeignete Mittel, um uns von der Plage zu befreien …*

16.

1165. positronische Notierung, eingespeist im Rafferkodeschlüssel der wahren Imperatoren. Die vor dem Zugriff Unbefugter schützende Hochenergie-Explosivlöschung ist aktiviert. Fartuloon, Pflegevater und Vertrauter des rechtmäßigen Gos'athor des Tai Ark'Tussan. Notiert am 30. Prago der Hara, im Jahre 10.498 da Ark

… hatte Atlan nach seinem Sieg über den Blinden Sofgart Kurs auf den Kometen befohlen. Doch der fünfzehn Kilometer durchmessende varganische Kugelkörper, der als Aktivator für das Quaddin-Zentralorgan gedient hatte, konnte nicht wieder gefunden werden. Ob er wirklich verschwunden war oder sich nur unseren Ortern und Tastern entzog, ließ sich nicht feststellen. Die Raumer der Kralasenen jedenfalls befanden sich noch an ihrer alten Stelle. Uns ist nichts weiter übrig geblieben, als nach Kraumon zurückzukehren.

Inzwischen sind die gesamten Ortungsdaten ausgewertet worden. Wir müssen davon ausgehen, dass Glaathan insgesamt ein künstliches Produkt und keineswegs ein natürlicher Komet ist. In welchem genauen Zusammenhang er mit der Riesenkugel steht, bleibt uns verschlossen. Durch deren spurloses Verschwinden hatten und haben wir aber keinen weiteren Hinweis mehr für eine weitere Suche nach dem Stein der Weisen. Ob wir sie jemals wieder aufnehmen können – eventuell durch eine Rückkehr zum Dreißig Planeten-Wall –, ist eine viel diskutierte, jedoch unbeantwortete Frage.

Bislang ist der Tod Sofgarts noch nicht publik geworden, er gilt als verschollen. Wie unsere Informanten ermitteln konnten, wächst Orbanaschols Ungeduld allerdings von Prago zu Prago. Derzeit erarbeiten wir einige Pläne, wie sich das Ende des Folterers medienwirksam am besten umsetzen und als Schlag gegen den Tyrannen nutzen lässt. Es herrscht Übereinstimmung darüber, den Dicken noch ein bisschen zappeln zu lassen.

Hintergrund ist auch, dass wir diese Pause unbedingt brauchen. Schon die Reparatur und Wartung der KARRETON wird noch einige Pragos in Anspruch nehmen. Der Bau des zwanzig Kilometer vom Kraumon-Stützpunkt entfernten Fünf-Kilometer-Raumhafens macht gute Fortschritte, bald werden weitere Mitarbeiter eintreffen. Atlan da-

gegen hat, obwohl er es sich nicht anmerken lassen will, an den zurückliegenden Ereignissen zu knabbern. Der Tod Farnathias, die Begegnung mit Ischtar, das Ende Sofgarts und die verlorene Spur zum Stein der Weisen sind Dinge, die verarbeitet sein wollen.

Training, Schulung und das Ausarbeiten von Plänen mögen bis zu einem gewissen Grad ablenken, auch Gespräche und das urlaubsähnliche Ausspannen helfen, aber ich weiß genau, dass es unter der Oberfläche des Jungen bohrt und schmerzt. Letztlich aber muss er da alleine durch und die Erlebnisse auf ganz individuelle Weise verarbeiten. Ich bin überzeugt, dass er es schaffen und in seinem Reifeprozess einen weiteren Schritt vorankommen wird …

Kraumon: 3. Prago des Tarman 10.498 da Ark

»Kämpft!«, verkündete Fartuloon mit lauter Stimme. Die Zuschauer am Rand der großen Kampfmatte verstummten.

Ich atmete tief ein und konzentrierte mich auf den ersten Angriff meines Gegners. Mit bloßen Füßen umkreisten wir uns lauernd. Ich hielt das lange Schwert mit beiden Händen vor meinen Körper, die Augen bildeten mit der Schwertspitze und dem Zentrum des Gegners eine Linie. Diese Einleitungsphase war reine Nervensache. Ich war relativ siegessicher. Normalerweise bewegte sich ein derart schwergewichtiger Mann wie Pjers nicht mit der Schnelligkeit, die mich auszeichnete.

Sei nicht zu siegesgewiss, mahnte mein Extrasinn. *Sieh dich vor – er muss besser als der Durchschnitt sein, sonst hätte er dich nicht herausgefordert.*

Ich sollte gleich erkennen, dass mein Gegner in mancher Hinsicht von der Norm abwich. Kleiner als ich, war er unglaublich massig und muskulös. In seinen Adern konnte nicht ausschließlich arkonidisches Blut fließen. Muskelstränge zogen sich wie Schlangen von den Schultern über Brustkorb und Bauch; seine Oberarme hatten meinen Schenkelumfang. Bis auf den Harnisch war sein Oberkörper unbekleidet. Dieser gepolsterte Lederharnisch bildete einen breiten Kragen um seinen starken Hals, schützte Kehlkopf und Brust und reichte dreieckig bis zum tief sitzenden Gürtel. Sein Gesicht konnte ich unter dem ebenfalls gepolsterten Helm mit der vergitterten Maske kaum erkennen.

Der Angriff kam selbst für mich überraschend. Urplötzlich sprang Pjers wie von einer Bogensehne geschnellt in die Luft, stieß seinen Kampfschrei aus und schlug mir das Schwert mit der Breitseite auf den Kopf. Vor meinen Augen tummelten sich farbige Kreise, nur meine Reaktionsschnelligkeit rettete mich in dieser frühen Phase vor der Niederlage.

Habe ich dich nicht gewarnt?, wisperte mein Extrasinn. Es gab Augenblicke, in denen mir die kritische Stimme in meinem Bewusstsein zuwider war, weil sie schonungslos meine Nachlässigkeit aufdeckte. Doch jetzt hatte ich keine Zeit, darauf einzugehen. Ich musste mich meiner Haut wehren.

Der Raum hallte wider von den Kampfrufen Pjers', mit denen er jeden seiner Angriffe begleitete. Hatte ich früher oft gemurrt, wenn Fartuloon auf das sture Arbeiten in den Basistechniken und Bewegungen so großen Wert legte und mir tontalang schweißtreibende Fußarbeit zumutete – jetzt war ich ihm dankbar dafür. Denn nur wenn sich Geist und Bewusstsein nicht mehr auf die bewegungsmäßige Ausführung der Techniken konzentrieren mussten, war man frei und bereit für die Anforderungen des Kampfes, beherrschte man jede Abwehrtechnik traumhaft sicher.

Pjers machte einen weiteren Ausfall nach der Seite, als wolle er von der Flanke her angreifen. Im letzten Augenblick schwang er zurück und führte einen wuchtigen Hieb gegen meine rechte Kopfseite. Mir dröhnten erneut die Ohren. Natürlich war mein Kopf ebenfalls durch eine schwere Gesichtsmaske geschützt, und das Schwert war nur ein *Katsugo*, ein langes, stockartiges Übungsschwert aus elastischem Holz mit stumpfen Kanten und abgerundeter Spitze. Und wir beide, Pjers und ich, waren nicht etwa Feinde, sondern wir standen uns in einer Übung des arkonidischen Schwertkampfes gegenüber.

Katsugo war aber nicht nur das Übungsschwert, sondern dieser Begriff stand ebenso für die Disziplin an sich und das Dagor-Fechten, auf das sie zurückging. Auf den Arkonwelten hatte *Katsugo* als Kampfsport eine lange Tradition; früher wurde nur mit scharf geschliffenen Schwertern gekämpft. Arkonidische Adelige verbrachten vor allem in den »Archaischen Perioden« ihr Leben damit, von Khasurn zu Khasurn zu wandern, um sich in ihrer Kunst zu vervollkommnen, indem sie unterschiedlichste Übungen unter jeder Art von Waffenmeistern durchmachten. Die technische und rein formale Beherrschung dieser Kunst galt jedoch nicht als ausreichend, um einen Mann wirklich zu ihrem Laktroten zu machen. Man musste zugleich in ihren Geist eindringen, den Weg beschreiten, der zur vollkommenen Anwendung von Körper und Geist führte. Dieses Kampfethos wirkte selbst noch nach der Verwandlung des tödlichen Kampfes in eine Übungsdisziplin weiter.

Beim Wettkampf gab es ein Zeitlimit, die Treffer waren ausschließlich auf die durch die Rüstung geschützten Körperteile beschränkt. Fuß- und Fauststöße waren erlaubt, es zählte jedoch kein Schlag oder Stoß, erfolgten nicht gleichzeitig ein bestimmter Schritt und die Ausrufung der Trefffläche. Ein Kampfrichter sorgte dafür, dass diese Regeln strikt eingehalten wurden. In unserem Kampf war es Fartuloon, mein väterlicher Freund und gestrenger Lehrmeister. Im Augenblick schien er nicht besonders zufrieden mit mir zu sein, wie ich seinem Mienenspiel entnehmen konnte.

Dieser Pjers ist wirklich gut, kein Zweifel. Er hielt jetzt das *Katsugo* über den Kopf, die Spitze zeigte nach rechts hinten. Diese Position leitete meist eine stürmische Aktion ein. Dabei wurde das Schwert weit zurück hinter die Schulter geschwungen und aus dieser Stellung, die den Gegner locken sollte, zum Angriff geführt.

Ich ging nur zum Schein in seinen Angriff hinein, tauchte unter dem herabsausenden Schwert hinweg und brachte noch im Abdrehen meinerseits einen wuchtigen Schlag gegen Pjers' Brustharnisch an. Sofort lösten wir uns wieder voneinander, standen uns gegenüber, geduckt, sprungbereit, drangen aufeinander ein, lösten uns wieder in schraubenartigen Drehungen, griffen erneut an. Die Schläge dröhnten durch den Raum; unsere Kampfschreie brachen dumpf unter den Helmen hervor. Der Schweiß lief in Strömen an mir herab. Lauernd umkreisten wir uns, jeder darauf bedacht, die geringste Blöße des anderen blitzschnell auszunutzen. Pjers sank in die Hocke und vollzog von unten herauf mit dem *Katsugo* einen Ausfall. Die Spitze zielte auf meinen Kehlkopf. Als er mit einem wilden Schrei hochschnellte, wich ich in einem Halbkreisschritt zur Seite und lenkte die Klinge mit meiner von einem geflochtenen Lederhandschuh bedeckten Linken ins Leere. Im gleichen Augenblick erkannte ich seine wahren Absichten, nur nützte mir diese Erkenntnis wenig, denn im selben Moment traf mich seine lederumhüllte Faust mit der Gewalt einer Keule seitlich am Kopf.

Wieder sah ich farbige Kreise, der Schock trübte kurz meinen Blick. Salziges Sekret lief mir aus den Augenwinkeln. Dieser Augenblick der Unaufmerksamkeit hätte fast meine Niederlage bedeutet. Pjers war in die Ausgangsstellung zurückgegangen. In dieser klassischen Position trug das hintere Bein siebzig Prozent, das vordere dreißig Prozent des Körpergewichts, sodass beim Angriff das gesamte Körpergewicht nach vorne geworfen und in den Stoß gelegt werden konnte. Das *Katsugo* hielt er mit beiden Händen vor seinen Körper in Höhe seines Gesichts. Seine Augen bildeten mit der Spitze und meiner Stirn eine Linie. Gelang dieser Stoß, würde er den Kampf beenden und Pjers zum Sieger machen.

Achtung!, schrie mein Extrasinn.

Als der Stoß kam, nahm ich meinen Kopf etwas zurück und zur Seite, ließ mein *Katsugo* fallen und umklammerte mit beiden Händen Pjers' Schwerthand. In einer großen Kreisbewegung drehte ich mich an seiner rechten Seite vorbei, zog seine Hand in einer Schraubenbewegung weit nach vorne, dann im Bogen kräftig nach unten und hinten. Pjers wirbelte durch die Luft und krachte mit dem Rücken hart auf die Matte, was die Zuschauer mit beifälligem Zischen quittierten. Ohne den Zug zu verringern, vollführte ich einen Halbkreisschritt nach seiner linken Seite und drehte Pjers in die Bauchlage, wo ich ihn mit einem schmerzhaften Handknickhebel fesselte.

Sein gepresstes Keuchen war lange Zeit das einzige Geräusch. Ich verstärkte kontinuierlich den Druck meiner Finger auf sein Gelenk. Endlich schlug er zum Zeichen seiner Aufgabe mit der flachen Linken auf die Matte. Beifall wurde laut.

»Für Atlan und Arkon!«, rief Fartuloon.

»Für Atlan und Arkon!«, nahmen die Zuschauer den Ruf auf.

Ich lächelte unter der Maske und gab Pjers frei. Wir gingen zurück in unsere Ausgangspositionen. Triumph erfüllte mich. Noch war ich nicht alt genug, um über das Stadium, wo ich den Sieg um des Sieges willen genoss, hinaus zu sein.

Nichts anderes als geistige Unzulänglichkeit, meldete sich die Stimme ironisch in meinem Bewusstsein. Ich ignorierte sie. Als Fartuloon das Zeichen gab, verbeugten wir uns voreinander. Dann konnten wir die Matte verlassen. Meine Helfer sprangen herbei und lösten die Rüstung von meinem schweißgebadeten Körper.

Pjers trat auf mich zu, den Helm unter dem Arm. Das Haar klebte ihm am Kopf.

»Ein ausgezeichneter Kampf«, sagte ich.

»Es war nichts, *Gos'athor.*«

Mein Gegner war nicht viel älter als ich. »Ich sah ein paar Mal nicht besonders gut aus. Also keine falsche Bescheidenheit.«

Er lächelte. »Mag sein. Aber wer bezweifelte schon, dass der beste Schwertkämpfer auf Kraumon gewinnen würde.«

Wir tauschten noch eine Weile die üblichen Komplimente, ehe Jama Pjers sich verabschiedete. Als ich die Duschräume aufsuchte, geschah dies mit dem fatalen Gefühl, dass zumindest eine Person in mir keineswegs den besten Schwertkämpfer sah: Fartuloon. Ich hatte einen Blick von ihm aufgefangen, der nichts Gutes besagte. *Mit Sicherheit ist irgendwann in der näheren Zukunft eine längere Diskussion über Fehler im Allgemeinen und Nachlässigkeit im Besonderen fällig.*

Ich seufzte und dachte an die unerbittlichen Lektionen des Bauchaufschneiders, damals auf Gortavor. Er war es gewesen, der mich ins *Dagor* einwies, meist als »All-Kampf« übersetzt. Im engeren Sinn der Bedeutung war damit die im Allgemeinen waffenlose Kampfkunst der Arkoniden gemeint, die angeblich von meinem Namenspatron, dem legendären Heroen Tran-Atlan, geschaffen wurde. Im weiteren Sinn bezog es sich auf die damit verbundene Philosophie und Lebenseinstellung – vervollkommnet beim Arkon-Rittertum der Dagoristas, dessen Hauptkodex um 3100 da Ark entstand: die *Zwölf Ehernen Prinzipien*. Die Assoziation ließ mein fotografisches Gedächtnis reagieren und rief weitere Hauptwerke ins Bewusstsein, auf die sich die Dagoristas bezogen: *Bekenntnisse eines Dagoristas* um 3500 da Ark von Ashkort da Monotos niedergeschrieben; *Buch des Willens* vom vierhundert Jahre früher lebenden Dolanty; *Das Buch der fünf Ringe* von Horkat da Ophas, um 3800 da Ark entstanden; *Die Zwölf Regeln des Schwertkampfes im All* von Meklosa da Ragnaari, um 4000 da Ark; *Kampftechnikenbuch der Dagoristas* von Shandor da Lerathim, um 5700 da Ark …

Neben dem staatlichen Gewaltmonopol hatte es bei uns Arkoniden von jeher die Möglichkeit der individuellen Auseinandersetzung gegeben – in Arenen ebenso wie beim Duell oder Tjost –, deren Einzelheiten im Verlauf der Jahrtausende ritualisiert wurden. Formen der Duell-Forderung, Wahl der Waffen, Teilnahme von Sekundanten und Schiedsrichtern, genau festgelegte Verhaltensweisen, von Ablehnung oder der Bestimmung von Stellvertretern – alles das umfassten die Kodexformeln gemäß *Spentsch* und *Mannax*. Kein Ehrenmann arkonidischer Abstammung zog es in Zweifel, sogar *Essoya* akzeptierten es als Ausdruck einer Auseinandersetzung, in die sich der Staat nicht einzumischen hatte, weder auf Imperialer noch auf Lokaler Ebene, Gewaltmonopol hin oder her. Ich wusste, dass manche Kämpfe vor diesem Hintergrund mitunter die Qualität eines *Gottesurteils* gewannen, und auch das war von allen ohne Wenn und Aber akzeptiert. Es gehörte zu Arkon und dem Großen Imperium wie die KAYMUURTES, die Drei Welten oder Thantur-Lok.

Im Arkon-Rittertum auf der Basis von Dagor, dessen Mitglieder auch *Tron'athorii Huhany-Zhy* genannt wurden – »Hohe Sprecher des Göttlich-Übersinnlichen Feuers« –, wurden zwei Hauptströmungen unterschieden: Die auf Meditation und Zurückgezogenheit ausgerichtete *geistige* – um nicht zu sagen *geistliche* – Ausrichtung durch Hochmeister stand der *weltlichen* Orientierung des Arkon-Rittertums gegenüber, jedoch nicht als Gegensatz, sondern als harmonische Ergänzung, die im Ideal zur Einheit verschmolz. Eine mindestens fünfjährige Ausbildung galt als normal; der Ritterschlag entsprach dem Meisterbrief, sodass sich als Rangfolge ergab: Hertaso-Adept, Laktrote-Meister, Tai-Laktrote-Großmeister und Thi-Laktrote-Hochmeister.

Ein Dagorista hat die waffenlosen Kampftechniken zu beherrschen, glaubte ich Fartuloons dozierende Stimme zu hören. *Die mit den Kräften des Gegners arbeitende Verteidigung wird* Kanth-Yrrh *genannt, hinzu kommen* Siima-Ley-Griffe *oder das* Dagorcai *als Übungsvortrag. Entspannung liefern Dagor-Semihypnose und die abgestuften Atemübungen.*

Weil grundsätzlich Einzelkämpfer, blieben die Arkonritter Individualisten und entwickelten mit der Zeit auf den ersten Blick absonderlich erscheinende Spezialwaffen und -konstruktionen. Doch die traditionelle Ausstattung eines Dagorista war erwiesenermaßen nicht zu unterschätzen: Reit-Kampfroboter mit Bioschichttarnung konnten ebenso wie die legendären Ornithopter-Libellen dazugehören; als Grundausstattung galten das *Urungor-Dagorschwert* und die *Urunlad-Armmanschette* zur Prallfeldschild-Projektion.

»Genug!«, sagte ich. Schweigend beendete der schwergewichtige Mann seine Arbeit und zog sich zurück. In den vergangenen Zentitontas hatte er mich mit heißen Tüchern, wohlriechenden Ölen und gezielter Massage traktiert. Ich fühlte mich wie neugeboren, aber hungrig und durstig. Als ich, jetzt in bequemer Kleidung, den Kabinentrakt verließ, sah ich, wie sich Fartuloon am Rand der großen Kampfmatte mit Soma Kyle, einem der Piloten der KARRETON, und Ramud Chelot, dem Bauchaufschneider an Bord, unterhielt. Sie unterbrachen ihr Gespräch, als ich sie erreicht hatte.

»Ein hervorragender Kampf, Kristallprinz«, sagte der Pilot.

Ich sah ihn eingehend an. Die Augen Somas waren klar und aufmerksam; lange Jahre der Erfahrungen spiegelten sich darin. Schließlich erwiderte ich sarkastisch: »Das hörte ich heute bereits einmal. Bald werde ich es selbst noch glauben.«

Fartuloon brummte: »Atlan, wie lange kennen wir uns?«

»Lange genug, denke ich, um erfahren zu dürfen, worauf du hinauswillst.«

Seine kräftigen Finger trommelten abgehackte Wirbel auf den Brustpanzer, der zerbeult, aber auf Hochglanz poliert war. Dann polterte er: »Wo ist nur deine Schnelligkeit geblieben?«

Ich sah ihn erstaunt an. »Schnelligkeit kann in Hast ausarten. Und Hast ist von Übel.«

Er blickte mich mit zusammengekniffenen Augen an. »Wer sagt das?«

»Du – vor dem Kampf. Richtig?«

»Richtig – aber unhöflich, mich daran zu erinnern.« Er schüttelte tadelnd den Kopf, doch in seinen Augenwinkeln saß ein verstecktes Lächeln.

Soma Kyle lachte kurz auf und schlug Fartuloon mit der flachen Hand auf die Schulter. »Wahrhaftig, unser Prinz schlägt nicht nur eine ausgezeichnete Klinge, auch sein Mundwerk versteht zu treffen – ha!« Dann sah er das Mienenspiel des Bauchaufschneiders und sagte zu mir gewandt: »Ich glaube, ich habe zu tun.« Noch immer grinsend, verabschiedete er sich und zog Ramud mit.

»Musstest du mir das antun, junger Mann?«, murmelte mein Lehrmeister nach einer Weile und verfolgte mit seinen Blicken den Kampf, der augenblicklich auf der Matte tobte.

Ich wartete einen Moment der relativen Ruhe ab. »Nimm es

nicht so schwer, alter Mann. Leistest du mir Gesellschaft? Ich bin hungrig.«

»Nicht jetzt, heute Abend. Recht so?«

»Ich erwarte dich«, stimmte ich zu.

Das Trainingszentrum verlassend, durchquerte ich einen Teil der angegliederten Schulungsräume, ging durch einen kleinen Park und näherte mich meiner Unterkunft. Ich blickte kurz hinauf in den purpurroten Himmel.

Kraumon war der einzige Planet einer kleinen roten Sonne am Rande des galaktischen Zentrums; eine vergleichsweise bedeutungslose Welt mit überwiegend wüstenähnlichem Charakter. Aber gerade ihrer Unscheinbarkeit wegen hatte Fartuloon sie zu unserem Hauptstützpunkt erkoren. Einem Besucher aus dem Raum musste der Planet wenig einladend vorkommen mit seinen ausgedehnten Wüsten und versteppten Landstrichen, zumal der schmale Grüngürtel entlang des Planetenäquators nicht der Mühe wert war, zu landen. Doch gerade dort war der Stützpunkt – *Gonozal-Mitte* getauft – in einem lang gestreckten Tal mit dschungelähnlichen Wäldern, Flüssen und Seen errichtet worden. Ursprünglich hatte der Stützpunkt aus einem knappen halben Hundert Kuppeln und Gebäuden bestanden, inzwischen hatten wir begonnen, in etlichen Kilometern Entfernung ein deutlich größeres Landefeld anzulegen, das die Umschreibung Raumhafen auch verdiente. Sobald sich die Gelegenheit ergab, wollte Fartuloon einen großen OMIRGOS aufstellen, genau wie am Nordpol von Gortavor.

Ich wich einem Robot aus, der die Kanten des schmalen Weges vom Bewuchs säuberte. Vor mir lagen eine Reihe flacher Häuser, miteinander verbunden durch halbtransparente Röhren. Dazwischen war üppiger Pflanzenwuchs. Zur Linken ragten die drei 150 Meter hohen Funk- und Ortungstürme aus dem Grün. Ein Vogel trillerte. Es war fast Mittag. Die Sonne stand jetzt genau über mir. Schnell stieg ich die kleine Treppe hinauf, erreichte einen halben Meter über dem Boden die Terrasse und trat ins Haus. Verglichen mit den vollautomatisierten Räumen des Zentrums waren diese kleinen Wohnbezirke wohltuend einfach eingerichtet. Die Technik erstreckte sich auf Hygieneräume, Küche und Kommunikationseinrichtungen. Ich programmierte mir ein kräftiges Essen. Danach setzte ich mich in den Schatten der überwucherten Terrasse und lehnte mich zurück.

Wenig später kam die Mahlzeit. Ich blieb noch sitzen, als der Küchenrobot längst abgeräumt hatte. Vor mir stand ein wuchtiger Pokal, in dem ein Getränk war, das Alkohol und belebende Substanzen in wohl abgewogener Mischung in sich vereinigte. Von Zeit zu Zeit trank ich einen Schluck. Obwohl ich eigentlich hätte zufrieden sein müssen, fühlte ich mich alles andere als ruhig. In meinem Kopf rasten die Gedanken. Erinnerungen an Farnathias Tod mischten sich mit den Ereignissen um Glaathan. Die Besatzung der KARRETON hatte sich eine längere Erholungspause redlich verdient. Auch ich hatte vor, mich auszuruhen. Und so waren die Pragos seit der Rückkehr mit Ausruhen, Training und dem Ausarbeiten von Plänen ausgefüllt gewesen.

Ich seufzte. Im Augenblick plagten mich Gedanken, die der Einsicht eigener Unvollkommenheit entsprangen. *Das ist ein vordergründiger Prozess, der vorübergehen wird*, meldete sich mein Extrasinn besänftigend, *und du weißt das auch.*

Ich schloss, ein wenig in Selbstmitleid versunken, die Augen und schlief einige Zeit.

»Die Suche nach dem Stein der Weisen können wir vorläufig leider vergessen«, sagte ich grimmig.

Der Bauchaufschneider warf mir von der Seite einen langen, prüfenden Blick zu. »Du hast natürlich Recht. Im Augenblick scheint es, als hätten wir nur Anstrengungen und Frustrationen. Doch alles dient einem höheren Ziel, mein Sohn.« Er verstummte für eine Weile, in der man das Zirpen der Insekten draußen in den Büschen vernahm, ehe er halblaut fortfuhr: »Es dient letzten Endes dazu, dir zu helfen, deinen rechtmäßigen Platz auf dem Thron Arkons zu erreichen, den dieser Usurpator und Brudermörder Orbanaschol dir vorenthält. Der Weg bis dahin wird lang und beschwerlich sein, daran habe ich nie Zweifel gelassen. Und wir stehen erst am Beginn dieses Weges.«

Es herrschte jetzt Zwielicht. Jenes kurze Intervall zwischen Tag und Nacht. Die untergehende Sonne verbarg sich hinter hauchdünnen Schleiern von Wolken. Die ersten Sterne wurden am purpurroten Himmel sichtbar. Eine sanfte Brise raschelte in den Zweigen. Wir saßen zur Hälfte im Wohnraum und zur anderen Hälfte auf der Terrasse. Schallprojektoren hielten die Insekten fern.

»Und ... wir sind noch so wenige«, murmelte ich.

»In der Tat. Wie ich dich kenne, geht es dir nun vor allem darum, deinem Onkel« – er lachte sardonisch, als ich mich versteifte – »einiges heimzuzahlen. Und zwar nicht in kleiner Münze. Doch dazu benötigst du mehr Verbündete, mächtige Verbündete. Männer, die weder Tod noch Folter fürchten, die besondere Fähigkeiten ihr Eigen nennen ...«

»Wie heißt der Mann?«, unterbrach ich ihn.

Fartuloon schnitt eine Grimasse. »Ungeduld, dein Name ist Jugend.«

Ich winkte ab. »Und nicht alles ist vernünftig, was man mit ernsthaftem Gesicht daherredet.«

Das Schweigen dauerte nur einen Augenblick. Dann warf sich der Bauchaufschneider in seinem Sessel zurück und begann schallend zu lachen, während er sich auf die dicken Schenkel klatschte. Ich blieb gelassen und wartete.

»Du hast Recht.« Atemlos rieb er sich die Tränen aus den Augenwinkeln. »Doch zur Sache: Ich dachte an einen ganz bestimmten Mann, den ich von früher her kenne. Einen Mann, der all jene Attribute in sich vereinigt, die ich eben genannt habe, einschließlich einer ganz besonderen Fähigkeit.«

»Wie heißt dieser Superarkonoide?«

Er wurde schlagartig ernst. »Valvpiesel, ich habe dir schon von ihm erzählt. Seine Tätigkeit könnte man im übertragenen Sinn als die eines Wohltäters bezeichnen.«

Fartuloon lächelte versonnen und sah für einen Moment um Jahre jünger aus.

»Du sprachst von ihm als Wohltäter«, erinnerte ich ihn.

Der Bauchaufschneider nickte. »Wir haben uns geraume Zeit aus den Augen verloren. Ich hörte nur hin und wieder, dass er sich bestimmten Forschungen zugewandt hatte. Als ich ihn wieder sah, hatte er es sich zur Aufgabe gemacht, Kranken aller Völker zu helfen. Er errichtete zu diesem Zeitpunkt – es muss vor etwa fünfzehn Jahren gewesen sein – gerade ein riesiges Sanatorium auf einem Planeten, den er sich eigens zu diesem Zweck gekauft hatte. Dort versammelte er die Kranken und Siechen der Galaxis um sich. Ob psychisch oder physisch gestört, er kümmerte sich um sie, pflegte sie.«

»Wahrhaftig – ein beachtlicher Mann mit einem gewaltigen Pensum.«

»Ohne Zweifel«, versicherte er mit Nachdruck.

»Und du bist der Meinung, Valvpiesel könnte uns von Nutzen sein?«

»Mit Sicherheit. Nur eines bereitet mir Sorgen ...«

»Und das wäre?«

Er schürzte die Lippen. »Valvpiesel ist leider, wie ich inzwischen herausgefunden habe, in all den Jahren etwas wirklichkeitsfremd geworden und schwer für eine neue Sache zu begeistern. Es bedarf sicher einiger Überredungkunst, ihn für unsere Sache zu gewinnen.«

»Woran es dir ja nicht mangelt«, erlaubte ich mir einzuwerfen.

Kopfschüttelnd sah er mich an. »Das Schlimme daran ist, dass du Recht hast. Wir werden also unsere Ruheperiode unterbrechen und mit der KARRETON Valvpiesels Planeten besuchen?«

Ich nickte und fragte sofort: *»Wann?«*

»Morgen gegen Mittag!«, erwiderte Fartuloon. »Ich muss noch einiges vorbereiten.«

»Du kümmerst dich um die Mannschaft?«

»Ja. Zwei neue Mitglieder kennst du bereits.«

Ich wölbte fragend die linke Braue. »Soma Kyle und den jungen Jama Pjers, der ein ausgezeichneter Astrogator ist.«

Er trank aus und erhob sich trotz seiner Schwere gewandt aus dem Sessel. Während er mich ansah, sagte er: »Hervorragend, deine Reaktion in der Schlussphase des Kampfes. Du wirst bald so weit sein wie ich.«

Er nickte mir freundlich zu und verließ das Haus, ehe ich mich von meiner Verblüffung erholen konnte.

»Er wird doch nicht über sich hinauswachsen und Lob austeilen?«, sagte ich laut in die Stille und schüttelte irritiert den Kopf.

An Bord der KARRETON: 5. Prago des Tarman 10.498 da Ark

Während der Forschungskreuzer schräg zur Ekliptik der Planeten in das Sonnensystem einflog, waren sämtliche Plätze in der Zentrale und vor den Instrumenten der angeschlossenen Sektionen besetzt. Ich saß neben Fartuloon in dem wuchtigen Sessel und verfolgte die Annäherung an Alfonthome mit gemischten Gefühlen. Ringsum glühten in der halben Dunkelheit der Zentrale die Schirme und Anzeigegeräte, die den Technikern und uns etwas über die Funktionen des Schiffes sagten.

Sämtliche Bild- und Ortungsschirme waren in Tätigkeit. Die KARRETON hatte sieben Transitionen hinter sich und insgesamt 7360 Lichtjahre zurückgelegt, ehe sie das Kagepote-System erreicht hatte. Vier Planeten umkreisten die gelbe Sonne gleichen Namens. Alfonthome, Valvpiesels Welt, war Nummer drei. Langsam schob sich der Planet ins Blickfeld. Halb von der Sonne angestrahlt, reflektierte er das Licht wie ein grün schimmerndes Juwel in der Schwärze des umgebenden Alls. Textblöcke auf einem Monitor lieferten die Basisdaten, laut denen der 11.571 Kilometer durchmessende Planet 120,7 Millionen Kilometer von der Sonne entfernt war. Die Achsneigung betrug 17 Grad, die Schwerkraft fast exakt ein Gravo. Bei einer Eigenrotation von 14,1 Tontas beanspruchte ein hiesiges Jahr 325,4 planetare Tage.

»Auch für den, der relativ viel durchs All fliegt, sind solche Bilder jedes Mal faszinierend«, sagte ich leise. »Ein herrlicher Anblick.«

»Du sagst es«, antwortete Fartuloon.

»Nur Alfonthome ist bewohnt?«

»Ja. Alle anderen Planeten befinden sich außerhalb der ökologischen Zone und wurden niemals besiedelt. Vielleicht gibt es kleine Forschungsstationen oder Bergwerksanlagen, aber das entzieht sich meiner Kenntnis.«

Auf dem Bildschirm wechselten die Projektionen des Bordspeichers. Die Lage des Systems, die Sternkonstellationen für die Astrogationshilfe, die Sonne Kagepote und die kurzen Charakteristika der Planeten glitten in einer schnellen Bildfolge vorbei. Die Informationen waren ausreichend, wenn auch nicht überwältigend groß.

»Bring uns in einen günstigen Orbit, Soma«, ordnete Fartuloon an.

Die Impulstriebwerke der KARRETON donnerten und versetzten die Zelle kurz in Schwingungen. Alfonthome machte den Eindruck einer alten, reifen Welt. Ausschnittvergrößerungen ließen gewaltige Parkflächen, idyllische Landstriche, sanfte Hügel und die

Spiegel vieler Seen erkennen. »Schön«, murmelte ich. »Schön – und ruhig.«

Fartuloon nickte zustimmend, griff nach dem Mikrofon und gab dem Funker ein Zeichen.

»Kommunikationskanal frei«, sagte der Techniker.

Der Bauchaufschneider holte tief Luft und sagte laut: »Raumschiff KARRETON. Ich rufe Bodenstation. Raumschiff KARRETON ruft Bodenstation. Erbitte Koordinaten für Landung.« Es knackte. Sonst geschah nichts. Fartuloon wiederholte seine Anfrage. Abermals Stille, bis auf ein Knistern und Rauschen, das von atmosphärischen Störungen herrühren konnte. »Nichts.« Sein Gesicht wirkte außerordentlich nachdenklich. Eine lange Pause folgte; die Gespräche innerhalb der KARRETON verstummten. Der Bauchaufschneider wiederholte seinen Ruf zum dritten Mal. Ich merkte, wie mein väterlicher Freund von Zentitonta zu Zentitonta unruhiger wurde. Es schien nichts Greifbares zu sein, aber eine Art Ahnung von kommenden Schwierigkeiten schien sich in ihm auszubreiten.

»Soll ich es versuchen?«, fragte Ahnat Lato, der Techniker am Kommunikationspult.

Fartuloon nickte zustimmend, während er nachdachte. Die KARRETON raste weiter.

»Kontakt«, rief Lato plötzlich. »Ich habe eine Bildfunkverbindung.«

»Auf meinen Schirm!«, bestimmte Fartuloon. Aus den Lautsprechern drangen knackende Geräusche. Das Bild des Planeten blendete sanft aus, ein pulsierendes Oszillogramm erschien. Mir entfuhr ein erstaunter Ausruf; was da auf dem Schirm zu sehen war, konnte nur das Symbol einer Robotstation sein. Fartuloon hatte sich ruckartig nach vorne gebeugt.

»Raumschiff KARRETON«, erklang eine Stimme, die eindeutig mechanischen Ursprungs war. »Sie erhalten Landeerlaubnis. Die Position ist …«

Man gab uns die Ortszeit des Raumhafens durch und den planetaren Breitengrad. Fartuloon bestätigte die Durchsage. Seine Stirn hatte sich umwölkt. Jedermann sah, wie es in ihm arbeitete, und keiner war überrascht, als er plötzlich lospolterte: »Hier spricht Fartuloon, Bauchaufschneider des arkonidischen Hofes. Ich komme mit meinem Schiff von weit her, um einen alten Freund zu besuchen. Und nun dieser Empfang! Wo ist Valvpiesel? Weshalb meldet sich der alte Kopfabschneider nicht?«

Sechs Millitontas herrschte Stille, nur das Oszillogramm pulsierte unsteter, wurde unscharf, ehe es sich schließlich wieder stabilisierte. Unmittelbar darauf kam die Antwort: »Im Namen von Mentor Valvpiesel heißen wir den berühmten Bauchaufschneider auf Alfonthome willkommen und ersuchen ihn zu landen. Unser Mentor wird zu seinen Ehren zu gegebener Zeit ein großes Fest ausrichten. Im Augenblick jedoch ist er mit einem wichtigen Experiment beschäftigt, das seine ungeteilte Aufmerksamkeit in Anspruch nimmt. Er bedauert es deshalb, sich nicht selbst mit seinem alten Freund in Verbindung setzen zu können, bittet jedoch, mit dem Schiff am angegebenen Koordinatenpunkt niederzugehen.«

Für eine Maschine eine bemerkenswerte Rede, meldete sich mein Extrasinn, *wenn auch etwas ungewohnt in der Diktion.*

Das Gleiche schien auch mein Lehrmeister zu empfinden. Ein spöttisches Grinsen erschien in seinen Mundwinkeln. »Warum nicht gleich so? Ich danke jedenfalls für die Einladung, mache aber darauf aufmerksam, dass mein Schiff im Orbit bleibt; wir kommen mit einem Beiboot. Ende.«

»Registriert.« Wieder diese unerklärlich lange Pause. »Wir senden einen Peilstrahl.«

Fartuloon winkte. Ahnat Lato trennte die Verbindung mit der Robotstation und schaltete an seinem Pult. Augenblicke später rief er: »Peilstrahl steht.«

»Danke«, erwiderte der Bauchaufschneider mechanisch. Seine Fäuste umklammerten den Knauf des Dagorschwertes, das zwischen seinen Knien stand, dann schaute er hoch und sah mich an. »Was ist hier geschehen?«

»Wenn du es nicht weißt – woher soll ich das wissen? Ist er mein Freund?«

Wir diskutierten einige Zentitontas, während die KARRETON auf die dunkle Seite des Planeten zusteuerte. Schließlich waren wir uns darüber einig, dass etwas geschehen musste. »Ich hasse diese Ungewissheit«, murmelte er, »möchte jedoch kein Risiko eingehen. Atlan und ich werden deshalb vorerst alleine landen. Einverstanden?«

»Einverstanden!«, antwortete Soma Kyle für die anderen mit. »Und was habt ihr vor? Genauer?«

Mein Lehrmeister schenkte ihm einen spöttischen Blick und zuckte mit den massigen Schultern. »Wir werden landen, uns freundlich benehmen und genau beobachten.«

»Und dann?«

»Sollte es sich herausstellen, dass meine augenblicklichen Befürchtungen nur meinem beginnenden Alter zuzuschreiben sind, kommt ihr nach.«

»Ich verstehe«, sagte der Pilot. »Und mit welchem Argument wollt ihr unsere Sorge um euch besänftigen? Immerhin könntet ihr in Lebensgefahr geraten.«

Fartuloon grinste. »Wir versprechen, vorsichtig zu sein.«

»Das versprechen wir.« Mein Lächeln war nicht minder herausfordernd.

»Sonst noch Fragen?«

»Ja«, sagte ich. »Welche Ausrüstung?«

»Leichte Schutzanzüge, einige Waffen und natürlich die unseres Geistes.«

An denen man ja, wie bekannt, nicht übermäßig schwer trägt, kommentierte die Stimme in meinem Bewusstsein sarkastisch.

»Fantastisch!«, sagte ich voller Bewunderung.

Alfonthome war eine warme Welt mit warmen Ozeanen. Inseln breiteten sich wie Kleinode im Blau der Wasserflächen aus, umsäumt von strahlend weißen Sandstränden, an denen die Dünung verlief. Das Beiboot, von Fartuloon gesteuert, sank in steilem Winkel durch die Lufthülle, verringerte die Fahrt und wurde von den Kontrollen abgefangen. Unter uns lag nun die Landschaft im vollen Sonnenlicht, und wir konnten schon mit dem bloßen Auge Einzelheiten erkennen. Endlos lang zogen sich die grünen Matten der parkähnlichen Wälder unter dem Boot hinweg. Sein Schatten wanderte die Baumwipfel entlang, übersprang Flüsse, huschte Hügel hinauf und versank in perlenden Nebeln und den Schatten der Täler. Dazwischen sah ich die silbernen Wasserspiegel kleiner Seen. Fern am Horizont schob sich die Silhouette eines Gebirgszugs in das Blau des Himmels; auf den Gipfeln schimmerten Schneefelder.

Fartuloons Hände lagen auf der Manuellsteuerung des Bootes. Geschickt lenkte er das schnelle Gefährt, während er kommentierte: Ich erfuhr, dass Valvpiesel für die Bedürfnisse der Kranken, bei denen es sich in erster Linie um Arkoniden und Arkonidenabkömmlinge handelte, die verschiedenartigsten Anlagen und Stationen errichtet hatte, die verstreut in den herrlichen Parkwäldern, an Seeufern und auf den Hügeln lagen. Wir überflogen mehrmals Anlagen, die noch im Bau waren. Die arbeitenden Roboter sahen aus wie emsig wirkende Insekten.

»Dort vorn ist die Hauptstation«, murmelte mein Pflegevater und deutete auf ein inmitten eines Parks gelegenes Areal von rund fünfhundert Metern Durchmesser, in dessen Mitte sich ein aus dieser Höhe schlank wirkender Turm erhob, der ringförmig von flachen, linsenförmigen Bauten umgeben war.

Etwas in seiner Stimme störte mich. »Nervös?«

Langsam wandte er mir sein Gesicht zu. »Nicht übermäßig. Ich war schon nervöser.«

»Landen wir. Das Übrige findet sich.«

Er bewegte die Steuerung, das Boot beschrieb einen weiten Halbkreis und sank dann auf den freien Landeplatz vor dem Hauptgebäude hinab. Ich sah dort einige Roboter. »Wir werden erwartet.«

»Sieht so aus.« Er setzte das Beiboot der KARRETON rund zwanzig Meter vor den Robotern auf den Boden Alfonthomes. Die Aggregate wurden abgeschaltet, Fartuloon fuhr seinen Kontursitz etwas zurück, löste die Gurte und stand auf. »Bist du bereit?«

Mein Pflegevater schickte sich an, das *Skarg* an seinem Gürtel zu befestigen. Natürlich trug er auch wieder seinen verbeulten Brustharnisch über dem leichten Schutzanzug.

»Ja.« Ich überprüfte den Sitz der schweren Kombiwaffe. »Steigen wir aus und warten, was sich ergibt?«

Fartuloon nickte und drückte einen Knopf. Die Automatik öffnete die Kabinentür, nachdem sie geprüft hatte, dass die Atmosphäre außerhalb des Beiboots den nötigen Druck besaß. Mein Pflegevater raffte den Schulterumhang, kletterte zuerst hinaus und wartete im Schatten des Beiboots, bis ich neben ihm stand. Die wuchtigen Kolosse der Roboter setzten sich in Bewegung – aus ihren Schultergelenken ragten die Abstrahlkegel schwerer Hochenergiewaffen, die auf uns deuteten. Fartuloon knurrte etwas, das ich nicht verstehen konnte, und lockerte das *Skarg* in der Scheide. Wir starrten uns an, ich konnte die Verwunderung in seinen Augen lesen. »Mein Sohn«, sagte er bedächtig, »es klingt verrückt …«

»Ja?«

»Wozu, bei Arkons She'Huhan, benötigt Valvpiesel Kampfroboter?«

Ich hob die Schultern und sah mich um. »Da bin ich überfragt.« Mit einem langen Blick musterte ich die Anlage, fuhr zögernd fort: »Was mich stört, ist etwas ganz anderes – ich habe bis jetzt noch keine einzige Arkonidenseele entdecken können.«

Er nickte. »Ich fragte mich schon, wann du es bemerken würdest. Seltsam.«

»Und das ist erst der erste Eindruck. Ich fürchte, wir werden noch viel merkwürdigere Beobachtungen machen.«

»In Kürze wissen wir, was wirklich vorgefallen ist.«

Die Schritte der Roboter dröhnten auf dem Boden; wir gingen ihnen entgegen. »Willkommen auf Alfonthome, Gebieter«, sagte eins der Maschinenwesen. »Unser Mentor bittet Sie und Ihren Begleiter, für die Dauer Ihres Besuches seine Gäste zu sein.«

»Danke.« Mein Pflegevater zeigte eine undurchdringliche Miene. »Richte deinem Herrn aus, dass ich ihn so bald wie möglich sehen und sprechen möchte.«

»So wird es geschehen, Gebieter. Kommt!« Er schritt davon, auf das Portal zu. Wir wurden in einen Raum gebracht, der zwei Etagen über dem Boden lag und mit allem Komfort ausgestattet war. Nachdem man uns aufgefordert hatte, zu warten, ließ man uns allein.

Ich musterte die Einrichtung des Raumes. »Kein Zweifel, Valvpiesel ist bemüht, uns seine Gastfreundschaft zu beweisen und uns das Warten so angenehm wie möglich zu gestalten.«

Fartuloon grinste vage, drehte sich um und ging zum Fenster. »Lassen wir uns überraschen, mein Sohn. Ich glaube – he!« Er verstummte mit einem Ausruf, in dem sich grenzenlose Verblüffung mit Zorn paarte.

»Was ist?« Alarmiert eilte an seine Seite. Ich kam gerade noch recht, um zu sehen, wie unser Beiboot von der Landebahn abhob. Wenig später war es nur noch ein verschwimmender Fleck im Blau des Himmels.

»Diese kybernetischen Idioten haben unser Boot gekapert.« Fartuloons Stimme kennzeichnete seine Verblüffung. Dann ruckte er herum. »Atlan«, sagte er scharf und konzentriert, »wir müssen fliehen!«

»Scheint mir auch so. Wohin?«

»Nach draußen. Dies hier ist eine einzige Falle. Also los!«

Er bewegte sich trotz seiner Körperfülle schnell und gewandt wie eine Raubkatze; in seiner Rechten blitzte das *Skarg*. Ich folgte ihm. Noch im Laufen zog ich den Kombistrahler und entsicherte ihn. Doch es war bereits zu spät: Die beiden Flügel der Tür schlossen sich vor uns wie von Geisterhand bewegt.

»Nach links!«, stieß Fartuloon hervor. Dort setzte sich der Raum fort. Ein kurzer Korridor mündete in einen kleinen Saal. Aber auch hier kamen wir zu spät. Dröhnend schlossen sich die Flügeltüren, noch ehe wir sie erreicht hatten. Fartuloon wirkte im Augenblick ausgesprochen ratlos. »Das ist ungeheuerlich.«

»Wahrhaftig. Ich hatte schon vor der Landung die Ahnung, dass nicht alles nach Programm gehen würde.«

Er warf mir einen skeptischen Blick zu. »So? Ahnung? Woher diese Vorahnung?«

»Ich weiß es nicht.« Ich zog die Schultern hoch. »Vorahnungen sind nicht das Ergebnis rationaler Denkvorgänge. Ein erhebliches Stück Unterbewusstsein und Instinkt spielen mit.«

Er lachte kurz und hart. »Geh zur Seite, mein Sohn, und halte keine Vorlesung über irrationale Aspekte des Denkens. Ich bin mehr für das Praktische.« Er schob das *Skarg* in die Scheide zurück und nahm den schweren Strahler in die Hand. »Ich schieße uns den Weg frei …«

Als er den Lauf hob, drückte ich seine Waffe nach unten und bedeutete ihm durch einen Blick, sich umzudrehen. Aus versteckten Türen, hinter denen ich zu Recht Antigravlifte vermutete, drangen Roboter in den Raum. Ihre Schritte hallten dumpf auf dem Boden. Sie kamen von drei Seiten. Schließlich umgab uns ein Kreis von etwa fünfundzwanzig Maschinen. Die Sehzellen in den Schädeln glühten, die Abstrahlmündungen der schweren Impulsstrahler waren auf uns gerichtet. Wir waren gefangen.

»Es geht nichts über einen Freund, für den man sich opfern darf«, knurrte ich, während uns die Roboter konsequent vorantrieben.

»Du regst mich auf«, sagte Fartuloon in aggressivem Ton.

Ich lachte gepresst. »Das ist meine Absicht.«

Er sagte in einem Tonfall, der keinen Widerspruch zu ermöglichen schien: »Dieser unfreundliche Empfang geht niemals auf Valvpiesels Konto.«

»Bist du sicher?«

»Ja.« Sein Gesicht war weiß und regungslos wie das Antlitz einer steinernen Figur. Erst nach einigen Zentitontas äußerte er den Verdacht, dass sein alter Freund entweder krank, verreist, verschleppt oder tot sein müsse. Eine andere Erklärung gäbe es nicht.

»Du meinst also, dass irgendjemand, den wir nicht kennen, die Kontrolle auf Alfonthome übernommen hat?«

»In der Tat meine ich das.«

»Dann müssen wir hinaus und diesen Jemand suchen.«

»Genau das werden wir tun!«, erwiderte Fartuloon mit Nachdruck. »Aber wir müssen einen günstigen Zeitpunkt abwarten.«

»Verstanden. Ich denke inzwischen über einige Maßnahmen nach.«

»Meinetwegen. Überlege. Ich werde mir jedoch erlauben, Kritik anzumelden, sollten deine Maßnahmen nicht meine Zustimmung finden.«

»Recht so. Die Galaxis hat die Jugend auf ihren Schild gehoben – aber regiert wird sie von den Alten.«

»Keine Unverschämtheiten, mein Sohn.«

Der letzte Teil unserer Unterhaltung war leise geführt worden. Wir waren jetzt sicher, dass die geheimnisvollen Vorgänge auf Alfonthome dringend einer Aufklärung bedurften. Aber noch waren wir in der Gewalt der Roboter. Unser Weg führte durch ganze Fluchten von Räumen. Ab und zu sahen wir im Hintergrund Arkoniden, die entweder allein oder zu mehreren irgendeinem uns nicht erkennbaren Ziel zustrebten. Uns und unsere Leibwache beachtete man nicht. Und erst nachdem wir verhältnismäßig dicht an einer dieser Gruppen vorüberkamen, wusste ich, weshalb: Valvpiesel hatte offenbar die Debilen jeder Altersstufe unter den Kranken in dieser Hauptstation untergebracht. Von ihnen konnten wir keine

Hilfe erwarten. Schließlich endete unser Weg vor einem Antigravlift. Wir wurden in die Kabine gedrängt.

»Wohin werden wir gebracht?«, fragte Fartuloon laut. Vier Roboter schoben sich zu uns in den Lift; die Kabine sank nach unten.

»Das beantwortet wohl deine Frage.«

»Und vergrößert unsere Chance.« Seine Blicke glitten über die Maschinen, die uns nach wie vor mit ihren Waffen bedrohten.

Ich nickte. »Wann?« Ich sprach so leise, dass Fartuloon diese Frage wohl mehr von meinen Lippen ablas, als dass er sie tatsächlich hörte.

»Ankunft«, kam seine Antwort auf die gleiche Art. Er legte die Hand auf den Knauf seines *Skargs*, mir damit andeutend, was er beabsichtigte.

Die Kabine wurde langsamer. Fartuloon stieß mich an. Ich nickte und legte langsam meine Hand an die Waffe, während ich für Augenblicke den Atem anhielt. Aber offensichtlich erkannten die Roboter diese Handlung nicht als Aggression und rührten sich nicht. Der Lift kam zum Stehen, die Tür glitt zur Seite. Vor uns lag ein weitläufiger Raum, der zum Teil der Energieversorgung dienen musste. Unter hellen Lampen arbeiteten summend Aggregate und Generatoren. Wartungsroboter glitten auf ihren Laufrollen durch die matten Gänge, über allem lag das entnervende Winseln überschwerer Umformer. Die Roboter bedeuteten uns, hinauszugehen.

»Jetzt!«

Während mir Fartuloon mit der freien Hand einen Stoß gab, zog er blitzschnell das *Skarg* aus der Scheide. Die Klinge gab einen schwirrenden Laut von sich, als sie in einem Halbkreis durch die Luft zuckte. Metall kreischte auf Metall. Ich war zur Seite gehechtet, hatte mich abgerollt und stand bereits wieder, mit dem schussbereiten Strahler in der Hand, ehe ich begriff, dass ich ihn nicht brauchte. Fartuloons Schwert hatte dem hinter ihm stehenden Roboter den Kopf vom Rumpf getrennt; blaue Funken irrlichterten über die Schnittstelle. Noch während ich fasziniert verfolgte, wie sich mein Pflegevater mit grotesk anmutenden Sprüngen aus der Gefahrenzone brachte, nahm das Unheil im Lift seinen Lauf.

Die wuchtige Maschine, ihrer optischen und akustischen Sensoren beraubt, drehte sich wie irr um die eigene Achse. Augenscheinlich war auch das kreiselstabilisierte Gleichgewichtssystem in Mitleidenschaft gezogen worden, neben einigen anderen Dingen mehr. Denn plötzlich zuckten aus den Waffen in den Schultergelenken grellweiße Bündel verdichteter Plasmaenergie. Eine Maschine nach der anderen schmolz in der Liftkabine. Schließlich stürzte der kopflose Roboter auf der Schwelle zusammen und löste sich in einer Serie harter Detonationen in seine Bestandteile auf. Wir blickten uns an, die Waffen in den Händen. Dann steckte Fartuloon das *Skarg* in die Scheide zurück.

»Unsere Bewacher sind zerstört. Gehen wir, ehe die Robots Verstärkung bekommen.«

Der Lift ist blockiert. Diese Verbindung zwischen oben und hier ist für eine bestimmte Zeit nicht zu benutzen. Wir mussten zusehen, dass wir einen anderen Weg hinauf fanden. *Zweifellos werden uns die Roboter verfolgen.*

»Dieser Lift ist vermutlich nicht der einzige Zugang.« Fartuloon schritt mit wehendem Umhang neben mir aus. Von den überall herumschwebenden Wartungsrobotern hatten wir sicher nichts zu befürchten. Bei ihnen handelte es sich um ausschließlich auf ganz bestimmte Tätigkeiten programmierte Werkzeuge.

»Und wenn sie bereits alle Aufgänge überwachen?«

»Schon möglich. Aber wir wollen Aufklärung. Hier unten werden wir sie nicht bekommen.«

Wir gingen weiter; unsere Schritte hallten auf dem glatten Boden. In rascher Folge waren wir nun mehrmals mit einer Wirklichkeit konfrontiert worden, die nicht unseren Erwartungen entsprach. Ich hatte Mühe, meine Gedanken unter Kontrolle zu bringen. Vieles war zu schnell und ohne Übergang geschehen. »Was ist hier auf Alfonthome passiert?«

»Ich habe selbst noch keine feste Meinung, mein Sohn. Momentan ist dies ein Planet der unangenehmen Überraschungen …«

»Die nächste erwartet uns vermutlich dort vorn«, unterbrach ich ihn. Seine Blicke folgten meinem ausgestreckten Arm. Zwischen den Maschinen und laufenden Aggregaten ragte die Röhre eines Materiallifts zur Decke. Die Lichter auf der Sensortafel in Augenhöhe signalisierten, dass er in Betrieb war: Jemand kam herunter. Wir hatten beide den gleichen Gedanken, doch ich sprach ihn aus: »Roboter?«

»Vermutlich will man uns einfangen.«

Ich sah auf mein Armbandgerät. »Das sollten wir verhindern. Los, versuchen wir, zur Oberfläche durchzukommen. Wir brauchen dringend Hilfe von der KARRETON.«

»Der Meinung bin ich auch.« Er zog seine Waffe und nahm einige Einstellungen vor. Dann hob er den Arm. »Der Lift kommt.«

Wir warteten, in der Deckung eines surrendes Generators verborgen. Dann glitt ein Segment am Fuß der Röhre zur Seite. Deutlich sahen wir die hell erleuchtete Kabine. Fünf gedrungene Gestalten zeichneten sich ab, das Licht schimmerte auf den reflektierenden Flächen der Roboter. Leise murmelte ich an Fartuloons Ohr: »Sofort feuern, wenn sie die Kabine verlassen haben. Wir dürfen ihnen keine Chance lassen.«

Er räusperte sich und zog eine Grimasse. Seine Augen funkelten. »Erteile mir keinen strategischen Unterricht, Söhnchen. Ich war schon Richtschütze, als du noch nicht gehen konntest, klar?«

»Völlig.« Ich grinste verkrampft. Gespannt verfolgte ich, was sich vor uns tat. Die Roboter verließen den Lift, rückten ein wenig auseinander und setzten sich dann in Bewegung – genau auf uns zu. Wir verhielten uns still. *Näher kommen lassen*, dachte ich und zielte. Als zwei der Maschinen nach rechts schwenkten, um auf meiner Seite den Generator zu umrunden, verfolgte ich sie genau mit dem Lauf der Waffe.

»Jetzt!«, stieß Fartuloon hervor.

Ich feuerte. Die hellen Energiebahnen, eng gebündelt und präzise gezielt, trafen ihr Ziel. Grelle Blitze zuckten auf, als sich die Energie entlud. Zwei krachende Explosionen fetzten die Roboter auseinander, Metall- und Kunststoffteile wirbelten in alle Richtungen. Auch Fartuloons Schüsse saßen: Ein Roboter detonierte augenblicklich, der andere blähte sich unerklärlich langsam auf, ehe er zerplatzte. Die fünfte Maschine stapfte unbeirrt durch die brennenden und rauchenden Trümmer auf uns zu. Ich feuerte erneut. Der dünne Energiestrahl zerstörte die Motorik hinter der Hüftplatte der Maschine. Sie blieb stehen, wie gegen eine Mauer geprallt, schwankte gefährlich hin und her. Dann ruckte sie herum und ratterte im Zickzack durch die Halle. Dabei ertönten in ihrem Innern kleinere Detonationen. Aus den Nähten quoll schwarzer Rauch. Sie verschwand zwischen den Generatoren, ab und zu ein helles Kreischen ausstoßend.

Noch während dies geschah, sprangen wir aus unserer Deckung hervor und erreichten mit wenigen Sätzen den Lift. Fartuloon bediente die Sensortafel im Innern. Die Kabine ruckte an und glitt aufwärts. Nach einer Zentitonta knurrte mein Ziehvater: »In Kürze haben wir Funkverbindung mit dem Schiff, und Kyle wird uns aufnehmen.«

»Noch sind wir nicht draußen.«

»Trotzdem … wir schaffen es, keine Angst.«

Die Kabine schoss, vom Kraftfeld getrieben, in die Höhe. Wir bereiteten uns auf den Ausbruchsversuch vor. *Wenn wir Glück haben, kommen wir ungeschoren davon*, dachte ich. *Was aber, wenn man oben bereits auf uns wartet?* Die Kabine verlangsamte ihre Fahrt; gleich wussten wir es genau. Ich spürte, wie sich meine Muskeln verkrampften. Auf ein Zeichen Fartuloons machte ich mich sprungbereit. Ohne lange Erklärungen verstanden wir uns, jeder wusste, was zu tun war.

Der Lift hielt. Wir warfen uns, während sich die Türhälften öffneten, nach vorn und seitlich auseinander. Erst nachdem wir rund fünfzig Meter zurückgelegt hatten, blieben wir kurz stehen, um uns genauer zu orientieren. Wir befanden uns in einer Art Hangar. In abgeteilten Boxen standen geländegängige Fahrzeuge und einige Gleiter mit dem Emblem der Medizinischen Station Valvpiesels. Weiter vorn, zwischen den Pfeilern, die die Decke stützten, sahen wir ins Freie. Fartuloon schluckte hörbar, dann stemmte er die Fäuste in die Seiten. »Den Tapferen hilft das Glück.«

»Richtig. Nur sollten wir unser Glück nicht allzu sehr strapazieren. Sieh dort.« Sein Blick folgte meinem ausgestreckten Arm. Eine gemischte Truppe von Robotern drängte aus einer Öffnung im Hintergrund des Hangars. »Verschwinden wir!«

Wir spurteten los, auf die Reihe von Gleitern zu, die unweit unseres Standorts abgestellt waren.

»Hier … dieser Gleiter ist nicht verschlossen.« Fartuloons nervige Faust packte mich am Arm und zog mich schwungvoll ins Innere. Der Bauchaufschneider hockte schon hinter der Steuerung und ließ seine Finger über die Sensorschalter gleiten. Die Kontrollen gaben Grünwert. Das Schott schlug zu.

»Schnell! Hinaus!«

Unter Fartuloons Händen ruckte der Gleiter an. Keinen Augenblick zu früh, wie es schien. Die ersten Roboter kamen herangerollt. Ein harter Schlag ging durch das Gefährt. Dann schnellte es wie von einem Katapult nach vorn. In einer gewagten Kurventechnik steuerte mein Pflegevater den Gleiter zwischen den Pfeilern hindurch, raste dann hinaus in den späten Nachmittag des Planeten und zog ihn sofort hoch, über die Baumwipfel hinweg. Wir waren in Sicherheit – vorläufig wenigstens.

17.

Aus: *Gesammelte Sprüche eines Bauchaufschneiders*, Fartuloon

Zum Teufel mit der Langzeitplanung! Unsere Aufgabe ist, erst einmal zu überleben! Alles andere kommt später!

Alfonthome: 5. Prago des Tarman 10.498 da Ark

Ich hatte zu früh triumphiert. Ein Treffer musste den Gleiter beschädigt haben. Wir waren nicht weiter als einen knappen Kilometer von Valvpiesels Hauptstation entfernt, als das Antriebsgeräusch unregelmäßig wurde, zeitweilig aussetzte und schließlich ganz verstummte. Fartuloon bot seine ganze Fertigkeit auf, um den Gleiter wenigstens einigermaßen heil auf den Boden zu bringen. Ich hielt den Atem an, als sich unser Gleiter einer Baumgruppe näherte. Im Geiste sah ich uns bereits an einem der mächtigen Stämme zerschellen.

Ich klammerte mich krampfhaft an den Armlehnen des Kontursitzes fest und schloss unwillkürlich die Augen, als der Gleiter Bodenberührung bekam und Sprünge von mehreren Metern machte. Äste zersplitterten an der Hülle, Lianen wurden zerfetzt, während wir uns wie ein über eine Wasserfläche hüpfender Stein dahinbewegten. Gras, Blätter und Dreck wurden hochgewirbelt. Ich erwartete jeden Augenblick einen Aufprall, der uns beide aus den Sitzen und durch die Frontscheibe katapultieren würde. Meine Muskeln hatten sich verkrampft; salziges Sekret sickerte mir aus den Augenwinkeln.

Dann war es vorbei – und wie durch eine glückliche Fügung des

Schicksals lebten wir noch. Mit zitternden Fingern löste ich die Gurte. »Wie schon gesagt: ein Planet der Überraschungen!«

Fartuloon stieß ein dröhnendes Lachen aus. Es wirkte unangemessen laut in der gegenwärtigen Stille. »Alles in Ordnung, Kristallprinz?«

»Ja«, versicherte ich und schob die Tür an meiner Seite auf.

»Dann ist es gut.« Er schwang sich ins Freie und bahnte uns mit dem *Skarg* einen Weg durch die Zweige, bis wir einen gekiesten Weg erreichten, der sich durch die parkähnliche Landschaft schlängelte. Dort hielt er an und deutete in den Himmel. »Versuchen wir, die Unseren zu erreichen.«

»Ich versuche es.« Ich schaltete meinen Armbandminikom ein, der auf die Welle justiert war, die wir vor unserer Landung mit Kyle vereinbart hatten. »Hier Fartuloon und Atlan. Wir rufen die KARRETON.«

Quälend langsam verging die Zeit. Aus dem Lautsprecher drang nur ein Knistern; der winzige Bildschirm zeigte nur Interferenzmuster. Zweimal wiederholte ich meinen Ruf. Jedes Mal dringender. Nichts geschah. Es war, als gäbe es die KARRETON nicht.

»Vielleicht dein Gerät …?« Fartuloon wirkte mit einem Mal sehr nachdenklich. Zwischen seinen Brauen hatte sich eine steile Falte gebildet, die sich noch vertiefte, als er seinerseits vergeblich versuchte, mit dem Schiff in Kontakt zu kommen. Wieder vergingen Zentitontas, in denen nur das Summen der Insekten und die Laute des lichten Waldes zu hören waren. Fartuloon sah mich an. »Etwas stimmt mit dem Schiff nicht.«

»Wie so manches seit unserer Landung. Was jetzt?«

»Mein ursprünglicher Plan bleibt nach wie vor gültig. Wir müssen herausfinden, was auf Alfonthome geschieht.«

Ich nickte zögernd. »Und was schlägst du vor?«

»Wir versuchen, Valvpiesel zu finden und den Grund dieses Durcheinanders festzustellen.«

»Und dann?«

Etwas gereizt starrte er mich an. »Dann sollten wir hier schnelle Abhilfe schaffen und …« Er verstummte.

»Was ist? Warum sprichst du nicht weiter?«

»Später! Man ist uns bereits auf den Fersen.«

Ich legte den Kopf in den Nacken. Aus der Richtung, in der

Valvpiesels Hauptstation lag, bewegten sich Gleiter knapp über den Baumwipfeln auf uns zu. »Ich sehe.«

Ohne Verzögerung setzten wir uns in Bewegung. Wir liefen, so schnell wir konnten, durch das Unterholz entlang des Weges, bis wir in ein Gebiet mit aufragenden Felsen erreichten. Ein Gewirr von kleinen Schluchten nahm uns auf, zu regelmäßig, um natürlich zu sein, doch immerhin boten sie uns Sichtschutz genug. Wir richteten uns nach dem Stand der Sonne und kamen schnell voran. Von den verfolgenden Gleitern war im Augenblick nichts zu sehen.

Auf dem Flug ins Kagepote-System hatte ich ausreichend Gelegenheit gehabt, mich mit Alfonthome zu beschäftigen. Ich kannte den Planeten von den Projektionen des Bordspeichers der KARRETON, seine Landkarte, die Verteilung der einzelnen Zonen, Durchmesser und Luftzusammensetzung. Der Planet besaß zwei Großkontinente, die zusammen mit etwa achthundert verschieden großen Inseln rund zweiundsechzig Prozent der planetaren Oberfläche einnahmen. Der Kontinent, auf dem wir uns befanden, hatte die Form eines Dreiecks, dessen Spitze an den nördlichen Pol heranreichte. Die Basis erstreckte sich fast sechstausend Kilometer lang von West nach Ost, verlief etwa auf der Linie des Äquators und bestand aus unzähligen Buchten aller Größen, aus Flussmündungen und vorgelagerten Inseln. Unsere Position war am östlichen Ende des Kontinents. Vierzig Kilometer südöstlich schwang eine schmale, wie ein Halbmond geformte Landzunge weit ins Meer vor, die nicht viel breiter als zehn Kilometer war. Zwischen Valvpiesels Hauptstation und dem äußersten Ende dieser Landzunge erstreckten sich eine Reihe von Anlagen und Krankenstationen.

Ich hatte die gestochen scharfen Aufnahmen, aus dem Orbit gemacht, klar im Gedächtnis. Zu einer dieser Stationen wollte Fartuloon. Er erhoffte sich dort Informationen über das, was hier auf Alfonthome vorgefallen sein musste. Rund vier Kilometer hatten wir inzwischen zurückgelegt und liefen jetzt langsamer. Vor uns lag ein langer, sanft geneigter Hang. Um uns breitete sich die gepflegte Parklandschaft aus, die typisch war für Alfonthome, dann begann eine Strecke mit dschungelähnlichem Charakter. Fartuloon lief voran; das *Skarg* schlug uns eine Gasse in die Barriere. Die Sonne sank tiefer. Wir waren in Schweiß gebadet. Sämtliche Muskeln schmerzten. Die Lungen stachen.

Wir schafften an diesem Tag noch weitere zehn Kilometer und entgingen nur knapp einer erneuten Gefangenschaft durch Roboter, als wir uns der ersten Krankenstation näherten. Erst im letzten Augenblick bemerkten wir, dass zwischen den linsenförmigen, auf Stelzen stehenden Gebäuden eine kleine Armee von Maschinen auf unser Erscheinen wartete. Ein wildes Rennen begann. Wir verloren den Begriff für Zeit, für Entfernungen.

Fartuloon schien in dieser Situation über sich hinauszuwachsen. Ich stolperte, fiel zu Boden, kam mit seiner Hilfe wieder hoch. Seine Stimme trieb mich voran, sobald ich langsamer zu werden begann. Der Tag hatte mich erschöpft. Ich hatte meine Kräfte verausgabt und büßte jetzt dafür – jeder weitere Schritt wurde zur Qual. Als die Sonne sank, hielt Fartuloon endlich an. Wir befanden uns an einem Platz, der für ein Lager wie geschaffen schien. Rechts unter einem Felsen entsprang eine Quelle. Keuchend und schweißüberströmt warf ich mich in den Sand, tauchte den Kopf in das eiskalte Wasser der Quelle und trank in gierigen Zügen.

Fartuloons Hand zog mich zurück. Als ich Widerstand leisten wollte, bat er mit rauer Stimme: »Langsam, Kristallprinz; zu hastiges Trinken ist von Übel.«

»Du hast natürlich Recht«, murmelte ich. Ich folgte dem Beispiel meines väterlichen Freundes, öffnete die Magnetverschlüsse meiner Kombination und wusch meine Handgelenke und das Gesicht ab. Danach zog ich die Stiefel aus und kühlte meine brennenden Füße in dem eiskalten Wasser der Quelle.

Nachdem wir einige Konzentratwürfel mit etwas Wasser zu uns genommen hatten, wickelte ich mich in meinen Umhang und lehnte mich mit dem Oberkörper gegen den Felsen, der noch die Wärme des Tages ausstrahlte. Wir würden in der Nacht kaum frieren. Ich fühlte mich ausgelaugt. Die Müdigkeit griff mit weichen Fingern nach mir, trotzdem konnte ich nicht schlafen. Die Anspannung der Nerven, diese Folge von Kampf und Flucht, von quälender Ungewissheit über das rätselhafte Schweigen der KARRETON, all das brach jetzt durch. Meine Gedanken beschäftigten sich mit den Ereignissen, die hinter uns lagen. Während ich in den sternenübersäten Himmel starrte, bewies Fartuloon, dass er entweder ungerührt war oder einfach zu müde – ein leichtes Schnarchen sagte mir, dass er tief schlief. Irgendwann schlief ich auch ein.

»Vorsicht«, mahnte Fartuloon.

Ich warf ihm einen Blick zu. Mein Pflegevater hatte sich in seinen Umhang gehüllt, sodass die Kombination nicht zu erkennen war, und ging in zwei Schritten Abstand neben mir. Wir gingen in der Mitte einer mit Platten belegten Straße zwischen den ersten Gebäuden der Station dahin. Angewehter Sand knirschte unter den Sohlen unserer Stiefel. Die Station war auf zwei Ebenen an den Hang des Hügels erbaut.

»Keine Sorge«, erwiderte ich. »Ich gebe Acht.« Unter dem Mantel ließ ich die Hand auf den Griff der schweren Kombiwaffe sinken. Eine Gruppe zartgrün lackierter kleiner Medorobots kam vor uns zwischen den Stelzen eines der linsenförmigen Rundbauten auf die Straße heraus. Auf ihren Brustplatten prangte ein Symbol, von dem ich im Augenblick nicht wusste, was es bedeutete. Zwischen ihnen schwebte eine Antigravtrage; die Gestalt unter der Decke war mit breiten Kunststoffriemen festgezurrt. Dann stockte mir der Atem ...

Zwischen den blühenden Sträuchern, die den Weg zur Straße säumten, erschienen drei wuchtige Kampfmaschinen, die den Medorobots folgten. Wollten wir unseren Weg fortsetzen, mussten wir dicht an ihnen vorüber. Neben mir stieß Fartuloon ein unterdrücktes Keuchen aus.

»Auch das noch«, zischte er, und ich merkte, wie er sich versteifte. Mir erging es ähnlich. Ich war wie gelähmt, als sich die kalt schimmernden Linsen auf uns richteten. Meine Beine fühlten sich an wie Blei.

Nimm dich zusammen!, befahl mir mein Extrasinn.

Automatisch setzte ich Fuß vor Fuß. Die metallenen Köpfe drehten sich wieder in die ursprüngliche Richtung, der Spuk war vorbei. Fartuloons Gesicht zeigte die Grimasse eines Lächelns, während er den Atem pfeifend ausstieß. Wir beschleunigten unsere Schritte. Ein leichter Morgenwind trug die Frische des frühen Tages mit sich, über uns spannte sich ein wolkenloser, dunkelblauer Himmel.

»Die Leutchen scheinen ausgeschlafen zu haben!«, murmelte Fartuloon. Gruppen von Passanten erschienen zwischen den Häusern und auf den Wegen. Gleich uns bewegten sie sich auf das Zentrum zu. Vor und etwas über uns bevölkerte sich die großflächige Terrasse.

»Abgesehen davon, dass ich eben um Jahre gealtert bin – was hast du vor?«, erkundigte ich mich.

Nachdem wir heute Morgen in aller Frühe vom Geschrei der Vögel in unserem Versteck geweckt worden waren, hatten wir uns gesäubert, etwas zu uns genommen und uns auf den Weg gemacht. Wir waren leidlich ausgeschlafen, hatten jedoch noch unter den Auswirkungen unserer gestrigen Flucht zu leiden. Eine knappe halbe Tonta später waren wir auf diese Station gestoßen.

»Jemanden finden, der mir sagen kann, was hier geschah und noch immer geschieht. Am besten jemanden, der kompetent ist. Zum Beispiel einen Arzt. Dort«, er nickte in Richtung des Trichterhauses, »finden wir mit Sicherheit einen Bauchaufschneider. Und ich möchte den Arzt sehen, der einem Kollegen eine Auskunft verweigert.«

»Ich verstehe.« Ich verstand nichts. Seit einiger Zeit war ich mit einem Phänomen konfrontiert, dessen Lösung ich verzweifelt suchte. Kultur und Zivilisation waren von einer kaum erfassbaren Zahl verschiedener Umwelteinflüsse abhängig. Hier, auf diesem eng umgrenzten Raum, fand ich die größten Gegensätze zwar nicht der gesamten bekannten Galaxis, aber so doch eines Teils davon. Eine kleine Gruppe von Passanten kreuzte unseren Weg. Allein in ihr sah ich fünf verschiedene Formen des intelligenten Lebens, wenn auch der arkonidische Typus auf Alfonthome vorherrschen mochte. Etwas verband diese Individuen miteinander. Etwas ganz Bestimmtes, ein Merkmal, das allen anhaftete. Nur, wo versteckte sich die Lösung dieses Rätsels?

Ganz simpel, bemerkte mein Extrasinn mit unüberhörbarem Spott. *Du bist mitten in einer Station für Geisteskranke.*

Das ist es! Hier lebten Debile jeder Altersstufe. Mongoloide und Epileptiker, Neurotiker und Psychopathen. Dazu sämtliche möglichen Spielarten des Irreseins. Ich blieb stehen und starrte in die Sonne. Jetzt wusste ich auch, was das Symbol auf der Brust der Medorobots bedeutete.

»Was ist?«, erreichte mich die Stimme meines Pflegevaters. Fragend beäugte er mich.

»Weißt du, wo wir uns befinden?«

Ein Grinsen ließ seine Mundwinkel zucken. »Bei meinen rostenden Skalpellen – aber ja doch!«

»Und wo?«

»Bei den Idioten, Söhnchen.«

Ich schluckte. Wie immer, so verstand es der Bauchaufschneider auch diesmal wieder, komplizierte Dinge auf eine einfache Formel zu reduzieren. Kopfschüttelnd folgte ich meinem väterlichen Freund die flache Treppe hinauf, über die von der Sonne bereits erwärmten Steinplatten der großen Terrasse, die mehr einem Forum glich. Im Schatten eines Pflanzenkübels hockte ein groß gewachsener, schlanker Arkonide in der zartgrünen Kombination eines Medo-Technikers. Er hatte den Kopf in den Nacken gelegt und die Augen geschlossen. Der leichte Morgenwind spielte mit seinem silbernen Haar, das ihm auf die Schulter fiel.

»Hör zu, Freund!«, redete ihn Fartuloon an.

Der Medo-Techniker, auf dessen Gesicht ein entrücktes Lächeln lag, öffnete erst nach einer Weile ein Auge. Damit musterte er den Bauchaufschneider einige Augenblicke lang, ehe er fragte: »Was ist dein Begehr, Mann mit der metallenen Brust?«

Fartuloon warf mir einen einigermaßen ratlosen Blick zu, bevor er sich mit einem Schulterzucken wieder an den Arkoniden wandte. »Eine Auskunft, Freund der Aussätzigen.«

Ich schürzte die Lippen. Kein Zweifel, der Bauchaufschneider passte sich den Gepflogenheiten seines jeweiligen Gesprächspartners an. Diesmal öffnete der Medo-Techniker beide Augen. »Welche Auskunft, Unglückseliger?«, wollte er mit einer übertrieben theatralischen Gebärde wissen.

»Wo finde ich einen Bauchaufschneider, o Hüter der Dummheit?«

»Du leidest?«

Fartuloon stöhnte auf. »Gleich wirst du leiden, Freundchen«, murmelte er grimmig, wenn auch unhörbar für den Arkoniden. Laut sagte er jedoch: »Ja, an der Einsamkeit meiner Seele.«

»Interessant.« Sofort deutete der Mann auf das am Ende des Forums liegende Trichterhaus. »Dort, o Einsamer«, sagte er mit einer übertrieben wirkenden Gefühlsäußerung, »findest du Trost und Heilung von den dunklen Schatten deiner Seele. Verlangt nach Prude, und man wird dir und deinem stummen Begleiter die unendlichen Freuden der universellen Erkenntnis zuteil werden lassen.«

Die Szene bekam etwas völlig Irreales. Der Dialog schien einem schlechten Theaterstück entnommen zu sein. Fartuloon fragte bedächtig: »Was ist das – die universelle Erkenntnis?«

Vorsicht!, meldete sich mein Extrasinn plötzlich. *Etwas geschieht innerhalb der nächsten Zentitontas. Ihr müsst hier verschwinden – so schnell wie möglich!*

Ich fragte nicht, woher der Logiksektor diese Erkenntnis nahm. Ich wusste, dass er in der Lage war, gesammelte Eindrücke wie auch unbewusste Wahrnehmungen in Gedankenschnelle zu vergleichen, auszuwerten und zu extrapolieren. Trotzdem hinderte mich etwas daran, Fartuloon meine Befürchtungen mitzuteilen. Fasziniert sah ich, dass sich das Gesicht des Medo-Technikers mit Bestürzung und Trauer überzog. »Wie?«, sagte er mit tonloser Stimme. »Ihr habt noch nichts von der universellen Erkenntnis vernommen?«

»Bei den Abszessen des Tato von Rigon – nein!«

Der Sitzende zuckte zusammen. »Ihr Unglückseligen! Ihr wisst nicht, dass Alfonthome der einzig sichere Hort in einem Meer der Finsternis ist? Ein Fels in der Brandung von Dummheit und Wahnsinn?«

»Woher sollten wir? Es hat sich, fürchte ich, noch nicht herumgesprochen.«

Der Arkonide schlug die Hände vor das Gesicht, drehte sich weg und stöhnte: »O Tonta der Prüfung, die du mir diese beiden Irregeleiteten schicktest, lass mich nicht schwankend werden in meinem Bemühen! Mehr denn je erkenne ich, dass es nun an der Zeit ist, an der Seite meiner Schwestern und Brüder die Fackel der Erkenntnis hinaus in die Öde Insel zu tragen.«

Fartuloon konnte sich das spöttische Grinsen nicht verkneifen. »Da wird die Galaxis aber ein gewichtiges Wort mitreden wollen, Gevatter. Doch ein Wort zum Trost: Wo es Großes gilt, ist schon das Wollen von Wert. Komm, Atlan!«

»Höchste Zeit«, knurrte ich.

Es war wirklich höchste Zeit. Plötzlich waren wir von der Menge umgeben. Personen, die eben noch miteinander geredet hatten, unterbrachen ihre Unterhaltung, folgten den anderen. Mehr und mehr strömten zusammen, bildeten einen Kreis um uns, der sich nur widerstrebend öffnete, als der Bauchaufschneider mit kräftigen Stößen eine Gasse schuf. Die Situation hatte sich grundlegend verändert. Die Sonne Kagepote schien mit einem Mal nicht mehr heiter, sondern mit einem stechenden, scharf akzentuierenden Licht. Augen blickten hart und drohend. Düsteres Murmeln drang an unsere Ohren, Münder wurden zu verkniffenen Streifen in den Gesichtern, die ihren Ausdruck veränderten. Ich hatte den Eindruck, als benötigte die Menge nur einen einzigen Funken, um zu explodieren. Und ich schauderte bei dem Gedanken, dass wir dieser Funke sein würden.

»Schneller«, drängte ich.

Der Bauchaufschneider sagte scheinbar ruhig: »Wenn wir schießen müssen – nur paralysieren.«

»Verstanden.« Unter dem Umhang glitten meine Finger über die Kontrollen des Kombistrahlers. Ich verstellte den Fokus, um einen möglichst breit gefächerten Strahl zu bekommen, und justierte eine Dosis, die nur geringfügig über dem Basiswert lag.

Plötzlich gellte eine Stimme über den Platz: »Haltet sie auf! Sie haben die universelle Erkenntnis in Frage gestellt. Sie gehören bestraft!«

Fartuloon reagierte noch vor mir, riss den Strahler unter dem Mantel hervor und feuerte in rascher Folge. Vor uns brachen die Leute zusammen. Ein Wutgeheul war die Reaktion. Steine flogen durch die Luft; einer traf den Bauchaufschneider an der Brust. Es gab einen hellen Ton, als das Wurfgeschoss vom Brustharnisch abprallte. Jetzt hielt auch ich meine Waffe in der Hand. Ich drehte mich schnell von einer Seite zur anderen. Dann war der Weg vor uns frei.

»Mir nach!« Fartuloon setzte über die zusammengesunkenen Gestalten hinweg. Ich sah, was er beabsichtigte, als ich neben ihm zwischen zwei steinernen Pflanzenkübeln hindurchlief und die flache Treppe sah, die im rechten Winkel zu unserem Fluchtweg zu einem Gleiterparkplatz hinaufführte, der dem Krankenhaus gehörte. Ein einzelner Gleiter stand dort; die Symbole an seinen Flanken kennzeichneten ihn als Rettungsgefährt.

»Wie sich das trifft«, keuchte Fartuloon mit einem verzerrten Grinsen. »Blockiere die Treppe, während ich ihn starte.«

Ich blieb stehen, drehte mich um und kniete nieder. Unten sammelten sich die Anhänger der universellen Erkenntnis, was immer das sein mochte, und schickten sich an, über die Treppe heraufzukommen. Weiter hinten sah ich, wie sich eine Kette Roboter formierte.

»Schieß! Ich kriege die verdammte Tür nicht auf!«, schrie der Bauchaufschneider. Ich legte den Strahler in die Armbeuge und gab in schneller Folge die Schüsse ab. Am Fuß der Treppe häuften sich die Bewusstlosen. Hinter mir klang Metall auf Metall, dann Fartuloons Stimme: »Kristallprinz! Hierher!«

Ich feuerte ein letztes Mal, dann hetzte ich über die Fläche auf den Gleiter zu, der bereits einige Handbreit über dem Boden schwebte, warf mich durch den Einstieg und glitt in den Kontursitz neben dem Bauchaufschneider.

»Langsam bekomme ich Übung darin«, sagte ich voll Bitterkeit.

»Zugegeben«, knurrte Fartuloon und trat den Geschwindigkeitsregler voll durch. »Aber besser oft geflohen als einmal gestorben.«

Noch über der Terrasse zog er den Gleiter steil hoch. Ich blickte aus der Kanzel zurück und sah die Anhänger der universellen Erkenntnis ziellos wie aufgescheuchte Insekten umherrennen. »Das weiß ich ebenso gut wie du. Aber die Tatsache, dass der Kristallprinz von Arkon ständig auf der Flucht vor irgendwelchen Halbverrückten ist, hat wenig Erheiterndes. Sollte ich je deinem Freund Valvpiesel begegnen, wird er sich eine Reihe sehr unangenehmer Fragen gefallen lassen müssen. Mein Wort darauf.«

Ich blieb stehen und richtete einen verwunderten Blick auf die Szene.

»Was ist das dort?«, fragte ich und deutete nach vorn. Seit unserer überstürzten Flucht vor den Anhängern der universellen Erkenntnis waren etliche Tontas vergangen. Wieder war es später Nachmittag. Um uns waren Wind und Geräusche, und wir waren inmitten einer Krankenstation, die als solche auf den ersten Blick nicht zu erkennen war. Offenbar als Durchgangsstation für Rekonvaleszenten gedacht, hatte man sie dem natürlichen Lebensraum der Kranken angepasst. Entstanden war eine kleine Stadt, die auf verschiedenen Ebenen erbaut war. Jede davon war durch eine Vielzahl kleiner Brücken, kurzer Treppen und geschwungener Rampen zu erreichen.

»Was meinst du?«

»Diesen Käfig dort. Irre ich, oder ist dort tatsächlich jemand darin?«

»Einen Augenblick.«

Wir hatten zwischen unserer letzten Station und dieser hier eine beträchtliche Entfernung zurückgelegt und konnten annehmen, dass die Kunde darüber, dass zwei Arkoniden auf der Flucht vor den metallenen Häschern waren, noch nicht bis hierher gedrungen war. Trotzdem bewegten wir uns mit der gebotenen Umsicht. Langsam schritten wir eine Treppe hinauf, kamen über den freien Platz und gingen inmitten anderer Passanten zu dem fraglichen Ding hin. Auf einem Steinblock erhob sich eine Konstruktion aus metallenen Stäben. Dahinter stand ein junger Mann. Eine metallene Klammer lag um seinen Kopf, presste seine Kiefer zusammen und wurde oben von einer Kette gehalten, die mit dem Deckengitter verschraubt war. Das Ganze war so straff gespannt, dass der Mann auf den Fußballen stehen musste. Unter dem breiten Eisenband, das vor seinem Mund lag, sickerte Blut hervor.

Ich zuckte zusammen, wirbelte halb herum und starrte Fartuloon in die gelben Augen. »Was geht hier vor?«

Er gebot mir mit einer Handbewegung zu schweigen. Wir standen mitten in der Menge und mussten ohnmächtig mit ansehen, wie das Opfer einer offenbar verrückten Justiz von den Passanten angespuckt und beschimpft wurde. Scheinbar ruhig – nur ich erkannte an seinem Mienenspiel, dass mein väterlicher Freund und Lehrmeister von eiskalter Wut erfüllt war – wandte sich Fartuloon an seinen Nachbarn: »Ihr bestraft einen Dieb oder einen Betrüger?«

Der Mann beherrschte sich nur mühsam. »Einen Dieb, wie?« Er rieb sich kichernd die Hände. »Einen Betrüger, wie? Der Kerl hat das größte Verbrechen auf sich geladen, das ein Arkonide je begehen kann.«

»Nein«, entfuhr es dem Bauchaufschneider.

»Ihr seid mit Recht entsetzt.« Der Arkonide nickte und spuckte demonstrativ in den Käfig; dass er jemand anders traf, überging er mit einem Achselzucken. »Er weigert sich seit Pragos, die universelle Erkenntnis zu erlangen. Dafür wird er sterben!«

»Das ist nicht mehr als recht und billig.« Fartuloons Stimme klang heiser. Er warf mir einen langen, intensiven Blick zu. *Unternimm nichts*, besagte er. *Halte dich zurück.* Ich sah ihm an, dass er versuchte, diese unglaubliche Geschichte zu verdauen. »Nachbar, eine Reihe von Fragen.«

Der Mann war ein großer, hagerer Arkonide. Seine Kleidung war teuer, das schulterlange Haar exzellent gepflegt, an den Fingern blitzten große Ringe. Er nickte gönnerhaft. »Fragt!«

»Habt ihr in eurer Stadt ebenso viele Ungläubige wie wir?«

»Leider.« Der Hagere schüttelte sorgenvoll den Kopf, penibel darauf bedacht, dass seine Haare nicht zu sehr durcheinander gerieten.

»Und was unternehmt ihr, um der Plage Herr zu werden?«

»Die Truppe der Mechanischen fängt sie, wo sie ihrer habhaft wird.«

»Was geschieht danach?«

»Man bringt sie vom Leben zum Tod.«

Ich hätte schreien mögen über diesen makabren Disput, und nur das Wissen, dass Fartuloon hinter etwas Bestimmtem her war, hinderte mich, dem Arkoniden ins Gesicht zu schlagen.

»Recht so.« Der Bauchaufschneider spuckte angewidert aus. »Tut ein Übriges, Freund, und sagt mir, wie!«

»Was wie?«

»Wie ihr sie um die Ecke bringt.«

»Um die Ecke bringen. Trefflich ausgedrückt, mein Lieber.« Der Arkonide konnte sich vor Heiterkeit kaum fassen. »Man jagt sie durch den Pranger.«

Der Bauchaufschneider gab eine Sammlung erlesener Flüche von sich.

»Ihr habt Recht, Freund. Ich bin auch nicht für dieses widerliche Schauspiel.« Fartuloons Gesprächspartner rümpfte die aristokratische Nase. »Das widerspricht meiner ethischen Auffassung.«

»Nein«, entfuhr es mir.

Er blickte mich an, irritiert und augenscheinlich aus dem Konzept gebracht. »Was meint Euer junger Freund mit *nein?«*

»Der Unverstand der Jugend«, versicherte mein Lehrmeister abwinkend. »Hört nicht auf ihn. Leider bin ich als sein Oheim durch ein Verdikt gezwungen, für ihn zu sorgen. Eine rechte Plage, kann ich Euch versichern. Aber Ihr wolltet etwas sagen?«

»Nun, wenn es nach mir ginge – und so wie ich denken viele hier –, würden diese Verbrecher enthauptet werden ...«

»Dachte ich's mir doch«, murmelte ich nur für Fartuloon hörbar.

»... andererseits verstehe ich es natürlich, dass der *Essoya* sein Vergnügen haben muss. Warum man das allerdings ausgerechnet um Mitternacht praktiziert, verstehe ich nicht.« Kopfschüttelnd wandte er sich ab und tauchte in der Menge unter.

»Sein Glück«, versicherte ich grimmig. »Ich hätte es keinen Augenblick länger ausgehalten.«

Fartuloon war tief in Gedanken versunken. An seinem wechselnden Mienenspiel sah ich, wie es in ihm arbeitete. Schließlich blickte er auf und sagte: »Gehen wir. Vor Mitternacht kehren wir zurück.«

»Weiter«, sagte er drängend. »Dort hinüber.«

Wir liefen in der Dunkelheit zwischen den anderen dahin, die gleich uns in diesem Augenblick unterwegs waren, wenn auch aus anderen Gründen. Ich war noch immer nicht in der Lage, einen klaren Gedanken zu fassen, und folgte meinem Pflegevater. Wir eilten eine flache Steigung abwärts, zwischen den Hausfronten entlang auf einen Punkt zu, dem alle zuzustreben schienen. Hinter uns begann jemand wild zu schreien. Ein Triumphgeheul erhob sich, veränderte sich zu einem hysterischen Singsang, der mir Schauer über den Rücken jagte. Der einzelne Schrei erhob sich zu einem Kreszendo – und brach abrupt ab. Fartuloon knirschte mit den Zähnen und starrte wild um sich. »Wieder einer!«

Überall in der Stadt machten sie jetzt Jagd auf die armen Kerle, die sich der universellen Erkenntnis versagt hatten. *Welch ein Paradoxon*, meldete sich mein Extrasinn. *Die einzig Normalen in einer Welt des Irrsinns werden als Verrückte gejagt und getötet.*

Vor etwa eineinhalb Tontas hatten wir unser Versteck – ein Wasserspeicherwerk, das die Versorgung mit Trinkwasser gewährleistete – verlassen und waren in die kleine Stadt zurückgekehrt. Niemand hatte uns aufgehalten oder kontrolliert. Wir hatten, eingekeilt inmitten einer schweigenden, erwartungsvollen Menge, mit ansehen müssen, wie sechzehn »Verbrechern« von Robotern mittels einer bläulich fluoreszierenden Farbe das uralte arkonidische Symbol für »Verdammnis« aufgesprüht wurde, das sie in der Dunkelheit für jedermann erkenntlich machte. Danach hatte man sie freigelassen. Sie waren ohne sonderliche Eile unter den dunklen Arkaden und in Nebenstraßen verschwunden. Was immer ich mir vorgestellt hatte – vorerst war nichts geschehen. Schon hatte ich begonnen, meine Befürchtungen lächerlich zu finden, als ein hallender Glockenton aufgeklungen war, dem ein frenetischer Aufschrei der Menge folgte.

Die Jagd war eröffnet worden. Seitdem bewegten wir uns inmitten eines Alptraums, der den Fieberfantasien eines kranken Hirns entsprungen zu sein schien. Ich fühlte mich um Jahrtausende in die Vergangenheit zurückversetzt, als zur Zeit der *Archaischen Perioden* tiefste Barbarei auf den Planeten der Öden Insel herrschte. Entsetzt mussten wir erleben, wie mit dem Tag auch die Vernunft verschwunden war. Fabelwesen schienen zwischen den Mauern der Stadt zu lauern. Irre Schreie ertönten in der Dunkelheit, jagten uns Eisschauer über den Rücken. Permanent steigerte sich dieser mystische Tanz des Verderbens.

Vom Grauen gepackt, mussten wir erleben, wie zivilisierte Arkoniden schreckliche Opferriten zelebrierten, sobald ihnen einer der Verurteilten in die Hände fiel. Überall loderten Feuer, wurden okkulte Feiern abgehalten, bewegten sich seltsame Fackelzüge durch die Straßen, über Plätze und Treppen. Der Wind trug ein Stöhnen und Heulen durch die Straßen: Das Urböse feierte seinen triumphalen Einzug, und seine Priester predigten überall von der universellen Erkenntnis. Die ganze Stadt schien sich in einer gespenstischen Trance zu befinden. Hier wurde einem Dämon gehuldigt, der nur einen Namen haben konnte: Chaos! Und dieser Dämon schien den ganzen Planeten in seinen Klauen zu haben. Auf den Schirmen der öffentlichen Trividkome sahen Fartuloon und ich, dass es in den anderen Stationen ebenso zuging wie hier.

»Ich bin noch immer nicht in der Lage, darüber nachzudenken, was hier geschieht«, keuchte ich. »Träume ich …? Kann ich die Wirklichkeit nicht mehr von einem Trugbild unterscheiden?«

»Dieses Trugbild ist so lebendig und real, dass es uns töten kann«, versetzte Fartuloon scharf. »Vergiss das niemals, Kristallprinz.«

Ich vergaß es nicht; das Geschehen ringsum führte mir pausenlos die Gefahren vor Augen, denen wir manchmal nur knapp entgingen. Wir ließen uns mit der aufgestachelten Menge treiben, um zu helfen, wo wir konnten. Aber wir waren zu schwach, um das Übel in dieser Stadt auszurotten. Und so mussten wir ohnmächtig miterleben, wie einer der Verurteilten nach dem anderen von den fanatisierten Jägern ermordet wurde …

Zwei Tontas später: Das schmale Rechteck eines Platzes tauchte am Fuß einer flachen, geschwungenen Treppe vor uns auf. Betäubende Wolken von schwerem Räucherwerk, vom Qualm der Fackeln und vom Lärm einer wahnsinnigen Menge lag wie eine schwere Decke über ihm, die das Atmen erschwerte. Ich hielt mich neben Fartuloon. Die Eindrücke kamen innerhalb kürzester Zeit zu schnell und zu vielfältig, als dass ich sie hätte verarbeiten können. Krampfhaft versuchte ich, mein inneres Gleichgewicht zu erlangen. Der Lärm verstummte so plötzlich, dass ich unwillkürlich zusammenschrak.

Ich erkannte den Grund des abrupten Schweigens in der Gestalt eines Verurteilten, der am Ende des Platzes von der Menge ausgespien wurde wie ein Stück Holz von den Wogen. Es war ein älterer Mann. Seine Kleidung bestand nur noch aus Fetzen. Blut sickerte aus zahlreichen Risswunden über seinen geschundenen Körper. Er konnte sich augenscheinlich kaum noch auf den Beinen halten. Langsam setzte er sich in Bewegung, ging auf die Mitte des Platzes zu. Eine Fackel wirbelte aufstiebend durch die Luft und fiel vor ihm zu Boden. Weitere folgten. Die fünfte traf ihn an der Schulter. Als er zu rennen begann, flogen noch mehr Fackeln aus den Reihen der Umstehenden. Eine traf ihn zwischen den Beinen. Er stolperte und stürzte zu Boden. Ein Triumphgeheul erhob sich. Die Atmosphäre war voll tödlicher Spannung.

»Bringt ihn um!«, kreischte jemand.

Ein anderer brüllte: »Er hat die universelle Erkenntnis mit Füßen getreten, er muss den Opfertod sterben!«

Der Arkonide kam wieder auf die Beine und raffte einige Fackeln an sich, die ihm das Haar versengt und große Brandwunden auf der Haut hinterlassen hatten. Geradewegs raste er auf seine Peiniger zu, warf die Fackeln zwischen sie, stürzte erneut, kam wieder hoch und rannte weiter. Für einen Augenblick hatte es den Anschein, als würde es ihm gelingen, seinen Verfolgern zu entkommen. Er rannte auf eine flache Treppe zu, deren Stufen frei waren und auf eine dicht bewachsene Terrasse hinaufführten. Doch da erschienen auf dem oberen Absatz mehrere Anhänger der universellen Erkenntnis.

Eine Energiewaffe krachte auf; lange Strahlenbahnen verwandelten die unteren Stufen in glühendes Gestein, stoppten seine verzweifelte Flucht. Er blieb stehen, starrte gehetzt um sich, senkte den Schädel zwischen die Schultern und rannte im Zickzack durch die johlende Menge zurück. Ein lebender Wall trieb ihn in eine bestimmte Richtung. Dann bereitete eine hochragende Mauer seiner Flucht ein Ende. Wie ein in die Enge getriebenes Tier warf er sich herum – vor ihm bildete sich bis zur Mitte des Platzes eine breite Gasse, an deren Ende sich ein einzelner Verfolger anschickte, auf ihn zuzugehen.

Jemand schrie: »Der Prediger! Lasst ihn den Verdammten töten!«

»Töte ihn – töte ihn!«, nahm die Menge den Ruf auf.

Ich schauderte. »Wie können wir helfen?«, stieß ich rau hervor und krampfte die Hand um den Griff der Waffe.

Fartuloon packte mein Gelenk und stieß die Waffe zurück. Schmerzhaft gruben sich seine Finger in meine Haut. »Lass die Waffe stecken. Es gibt keine Hilfe. Oder willst du, dass wir von einer wahnwitzigen Horde zu Tode getrampelt werden? Sicher nicht! Hast du vergessen, welches Ziel du anstrebst? Hast du seit Jahren nur dafür gekämpft und gelitten, um hier unrühmlich zu enden? Es wäre ein zu hoher Preis für eine Sache, auf deren Ausgang wir keinen Einfluss haben. Außerdem«, seine Stimme klang tonlos, »ist es zu spät!«

Er deutete nach vorn. Die Tragödie ging ihrem Ende zu. Der Arkonide, der von der Menge Prediger genannt wurde, hatte sein Opfer fast erreicht. Nun blieb er stehen, legte den Lauf eines Nadlers in die Beuge des linken Armes und feuerte. Es gab einen Knall. Fauchend löste sich ein Schwarm langer Nadeln aus der Mündung und schlug in die Brust des Todgeweihten. Die Einschläge zerrissen ihn fast. Ein Schrei der Befriedigung brandete auf. Fackeln wurden geschwungen. Mehrere Gruppen fassten sich an den Händen und wirbelten in Schlangenlinien über den Platz, verschwanden unter den bepflanzten Inseln der Viadukte und strömten aus der nächsten Straße wieder heraus.

»Ein fürchterliches Schauspiel«, murmelte ich erstickt.

Ein lauter Ruf erhob sich über dem allgemeinen Lärm: »Die Truppe der Mechanischen! Macht ihr Platz!«

Plötzlich war alles still – dieses abrupte Schweigen war gespenstisch. Dann formierten sich die Fackelzüge neu. Ein hysterisch klingender Singsang erhob sich, dessen Monotonie von einer dunklen, volltönenden Stimme durchbrochen wurde. Sie pries laut die universelle Erkenntnis in getragenen Versen. Noch während der Platz sich leerte, schwebten zwei schwere Gleiter mit den Emblemen der Medizinischen Station auf den Flanken aus einer Seitenstraße und schwenkten ein. Die Kegel starker Frontscheinwerfer überschütteten den Platz mit kalkig weißem Licht und rissen den Leichnam des unglücklichen Opfers am Fuß der Mauer aus der Dunkelheit. Die Türen öffneten sich, Medoroboter schwärmten aus. Sie nahmen den blutüberströmten Leichnam auf und betteten ihn auf eine Antigravbahre. Andere kümmerten sich um die Verletzten, die von ihren eigenen Leuten im Taumel dieser spukhaften Jagd überrannt und niedergetreten worden waren.

Ich spürte Fartuloons Hand auf meiner Schulter. »Ein drastischer Unterricht über den Verfall der Sitten.«

»Wer ist dafür verantwortlich?«

»Ich fürchte, Valvpiesel. Allerdings anders, als du im Moment annimmst.«

Ich zuckte mit den Schultern. Was sollte ich mit dieser Antwort anfangen? Mein Bedarf an ungelösten Rätseln war gedeckt. Eine gedrungene Reinigungsmaschine kroch auf ihren breiten Raupen aus dem Laderaum eines der beiden Gleiter, verspritzte eine schäumende Flüssigkeit über die Stelle, wo der Tote gelegen hatte. Breite Öffnungen sogen die Nässe auf.

»Kommst du?«

»Ja«, murmelte ich und sah auf mein Armband. Bald ging Kagepote auf. Am östlichen Horizont verblassten bereits die ersten Sterne. Die Geräusche innerhalb der kleinen Stadt waren verstummt. Nur in der Ferne hörten wir noch Rufen und Schreien. Überall schafften Reinigungsautomaten Ordnung, sprühten Wasser auf den Staub der Straßen und Plätze, sogen Schmutz und Abfälle in ihre tonnenförmigen Bäuche. Wir gelangten über eine flache Treppe auf eine leere Brücke, die sich über einen kleinen Park spannte.

Fartuloon, wie ein Verschwörer in seinen Mantel gehüllt, eilte zielstrebig voraus. Ich schloss auf und hielt mich dicht neben ihm. »Wohin?«

»Dorthin!«

»Ich begreife nicht …«, entfuhr es mir, als ich sah, was er meinte. Das Gebäude am Ende der Brücke hatte die Form eines Kelches – ein arkonidisches Trichterhaus. Das beleuchtete Emblem über dem Portal kennzeichnete es als Hospital.

»Du wirst schneller begreifen, als du glaubst. Ich befürchte, dass etwas mit meinem Freund Valvpiesel geschehen ist.«

Ich runzelte die Stirn, sah nach rechts und links auf die leere Brücke und erwiderte: »Was ist los? Verheimlichst du mir etwas?«

»Nicht unbedingt. Es ist noch zu früh, um darüber zu reden. Zuerst muss ich Klarheit haben.«

Mittlerweile waren wir auf der Terrasse angelangt, die das Trichterhaus umgab. Fartuloon mied den Haupteingang im Stiel des Gebäudes und schwenkte auf eine Rampe ein, die gewendelt nach oben führte. Wir durchschritten einen kurzen Tunnel und gelangten in den Innenhof des Trichters, der sich nach oben hin weit öffnete.

»Was suchst du in diesem Hospital?« Ich konnte mir diese Frage nicht verkneifen.

»Still! Es kommt jemand!«

Wir huschten in den tiefschwarzen Schlagschatten der untersten Galerie und drückten uns an die Wand. Schritte erklangen. Dann erschien ein Mann in der charakteristischen Kombination eines arkonidischen Bauchaufschneiders, deren Zeichen eine Amtskette aus Cholitt war. Die arkonidische Umschreibung *Yoner-Madrul* für Ärzte und Mediker war in den *Archaischen Perioden* entstanden. Er ging vorüber, ohne uns zu bemerken. Fartuloon stieß ein Knurren aus. »Wo ein Wille ist«, murmelte er neben meinem Ohr und verschwand von meiner Seite, »ist auch ein Bauchaufschneider nicht weit.«

Ich wartete. Ein klatschendes Geräusch kam aus der Dunkelheit, gefolgt von einem dumpfen Stöhnen. Ich lächelte grimmig. Mein väterlicher Freund konnte seine Argumente manchmal sehr überzeugend an den Mann bringen. Nur unwesentlich schneller atmend, tauchte er wieder neben mir auf.

»Hier«, knurrte er und warf mir etwas an den Kopf, was sich als die Kombination des Bauchaufschneiders entpuppte.

»Was soll das?«

Er stieß ein verzweifeltes Schnauben aus. »Manchmal, Söhnchen, bist du von einer geradezu überwältigenden Begriffsstutzigkeit. Ich würde es mit Anziehen versuchen. Mir passt sie ja nicht.«

»Danke«, murmelte ich. »Warum bist du derartig besorgt?«

»Tut mir Leid, mein Sohn. Aber wir sollten uns wirklich beeilen. Du verstehst?«

»Ich verstehe nichts mehr.« Ich streifte die Kombination über, die streng nach Antiseptikum roch.

»Ist auch nicht nötig. Du hast ja mich. Und jetzt komm.«

»Abgesehen davon, dass du meine Nerven strapazierst, was erhoffst du dir hier?«

Ich hatte Mühe, meinem Pflegevater auf den Fersen zu bleiben, der sich augenscheinlich auf vertrautem Terrain bewegte. Entweder wurden arkonidische Krankenhäuser alle nach demselben Prinzip erbaut, oder der Bauchaufschneider folgte seiner sensiblen Nase. Jedenfalls führte er mich ohne Aufenthalt durch eine Anzahl Korridore, die durch eine sterile Nüchternheit glänzten, geradewegs zu einem Lastenlift. Während wir nach unten sanken, setzte mich Fartuloon schnell ins Bild. Demzufolge beabsichtigte er, einen der »Kranken« zu finden, die von den Anhängern der universellen Erkenntnis für den Opfertod bestimmt waren. »Logischerweise«, führte er weiter aus, »müssen die Normalgebliebenen auf diesem Planeten Kenntnis darüber haben, was geschehen ist.«

Der Lift hielt an.

»Du gehst vor mir«, ordnete Fartuloon an. »Du bist der Arzt. Man wird kaum versuchen, uns aufzuhalten. Aparterweise steht unser Freund, dem diese Arbeitskleidung gehört, ziemlich weit oben in der Rangordnung der Ärzte. Sollte dich also wider bessere Erfahrung doch jemand aufhalten wollen, verhalte dich wie ein typischer Bauchaufschneider.«

»Also arrogant, überheblich und ganz von sich überzeugt.«

Er schnarrte kurz angebunden: »Diese drei Eigenschaften sind nicht typisch.«

»Aber weit verbreitet.«

Vor uns lag ein Labyrinth uniformer Gänge, in dem ich mich verlaufen hätte, wären nicht die leisen Anweisungen meines Pflegevaters gewesen. Wir begegneten niemandem.

»Die geschlossene Abteilung«, erklärte Fartuloon auf eine diesbezügliche Frage. »Sie gibt es nahezu in jedem Hospital, nur dringt im Allgemeinen wenig von ihrem Vorhandensein ans Licht der Öffentlichkeit. Hier bringt man die Unheilbaren unter, lässt sie von Robotern bewachen und pflegen. Auf diese Weise wird die empfindsame arkonidische Seele nicht allzu sehr belastet …«

Als der Gang plötzlich endete und wir in einem Raum standen, dessen Seitenwände eine Reihe Türen aufwiesen, sagte er halblaut hinter meinem Rücken: »Achtung!« Auch ich hatte den Roboter gesehen, der regungslos neben einer dieser Türen stand. Das Symbol auf seiner Brustplatte kennzeichnete ihn als unbewaffneten Medorobot. Seine Sehlinsen glühten, also war er aktiviert.

Der Bauchaufschneider stieß mich an. »Vorwärts!«

Ich ging auf den Roboter zu, dessen Kopf sich mir entgegendrehte. Für einen Augenblick fühlte ich mich unbehaglich unter dem Blick der Facettenlinsen. Doch meine Befürchtungen waren grundlos.

»Öffne!«, befahl ich. Die Linsen starrten auf einen ganz bestimmten Punkt meines Körpers. Ich fühlte meine Handflächen feucht werden, dann merkte ich, dass das positronische Gehirn in dem metallenen Schädel das Ärztesymbol auf der linken Brustseite des entliehenen Kleidungsstückes sowie die Cholittkette abtastete.

Aus der vergitterten Türöffnung kam die unpersönliche Antwort: »Ihr seid dazu autorisiert, Gebieter.«

Einer der Handlungsarme schloss einen Kontakt; die Tür glitt zur Seite. Wir gingen hinein. In der mit weichem Plastikmaterial gepolsterten Zelle hockte eine apathisch wirkende junge Arkonidin. Sie hob nicht einmal den Kopf, als wir eintraten.

»Frage den Robot, weshalb sie hier ist«, flüsterte Fartuloon.

»Sie lehnt sich gegen die universelle Erkenntnis auf, Gebieter«, antwortete die Maschine auf meine diesbezügliche Frage. »Ihr Geist ist verwirrt.«

Welch glückliche Fügung des Schicksals. Wenn es zutraf, was die positronische Maschine sagte, hatten wir hier die erste normale Person vor uns, nachdem es uns nicht gelungen war, einen der sechzehn Verurteilten zu retten. Ich wandte mich an den Robot, einer plötzlichen Eingebung folgend: »Bring eine Trage. Wir versuchen ein letztes Mal, ihren verwirrten Geist zu ordnen.«

»Hm«, machte Fartuloon, nachdem der Robot außer Hörweite war. »Du bist ganz schön gerissen, Kristallprinz.«

»Mit dir als Lehrmeister ist dies nicht verwunderlich. Ich gehe doch nicht fehl in der Annahme, dass du sie« – ich deutete auf die junge Frau – »hier wegschaffen möchtest, oder?«

»Richtig«, knurrte er und näherte sich der Frau, in deren Augen nun ein deutliches Erschrecken trat. Er erklärte mit sanfter Stimme: »Hab keine Angst, meine Tochter. Dir geschieht nichts. Du siehst vor dir zwei weitere Wesen, die nicht in den Genuss der universellen Erkenntnis gelangen möchten.«

Ich war mir nicht einmal sicher, ob sie verstand, was der dicke Bauchaufschneider sagte. Jedenfalls leistete sie keinen Widerstand, als sie von dem inzwischen wieder aufgetauchten Robot auf die Antigravtrage gehoben und festgezurrt wurde. Wir flankierten den Medorobot bis zum Lift, dann befahl ich ihm, zurückzubleiben. Widerspruchslos gehorchte er und ließ uns allein.

»Gut so«, brummte Fartuloon. »Wenn mich mein Gedächtnis nicht trügt, kommen wir im Gleiterhangar heraus.«

Sein Gedächtnis trog nicht. Als die Türhälften des Krankenaufzugs auseinander glitten, lag vor uns der Hangar. Im Haus war es noch immer ruhig. Nach einem Blick auf meine Uhr stellte ich verwundert fest, dass nicht mehr als eine halbe Tonta vergangen war.

»Träumst du?« Fartuloon riss mich aus meinen Gedanken. »Hilf mir!«

Ich öffnete die Heckklappe eines der wuchtigen Gleiter. Mein Lehrmeister bugsierte die Trage vorsichtig hinein; ich verschloss die Tür. Unbehelligt glitten wir in die beginnende Helligkeit des neuen Tages. Der Gleiter stieg in einer weiten Kurve aufwärts und raste nach Osten davon. Ich schaute durch das schmale Luk nach hinten in den Laderaum und begegnete zwei ängstlichen Augen in einem schmalen, aparten Gesicht, das von schulterlangem Haar umgeben war. *Welchen Drangsalen werde ich nun wieder ausgesetzt werden?*, schienen die Blicke zu fragen.

Ich fühlte heißen Zorn in mir emporsteigen. Es war offenkundig: Sie hatte einiges durchmachen müssen in letzter Zeit. Und wenn ich an den Albtraum der vergangenen Nacht dachte, begriff ich ihre

Furcht nur zu genau. Ich lächelte beruhigend und nickte ihr zu, bevor ich eine etwas bequemere Lage in dem Schalensitz einnahm. »Wie geht es weiter?«

Fartuloon nahm einige Schaltungen vor. »Wir werden uns ein Versteck suchen und den Tag dort verbringen. Ich werde eine lange Unterhaltung mit der Frau haben und dann hoffentlich klüger sein.«

Ich lehnte den Kopf gegen die Nackenstütze. Die ersten Sonnenstrahlen trafen die Kanzelscheiben.

Alfonthome: 6. Prago des Tarman 10.498 da Ark

Fartuloon stocherte mit der Spitze des *Skargs* in der Glut. »Wann, sagen Sie, haben diese Veränderungen begonnen, Kerthia?«

Es war später Nachmittag. Der Gleiter stand in einem dichten Gebüsch und war von uns zusätzlich mit Zweigen getarnt worden. Wir selbst hockten in einer kleinen Sandmulde unter einem überhängenden Felsen, umschlossen von dicht stehenden Bäumen. Das Sonnenlicht fiel stark gedämpft durch die Zweige. Zwischen uns brannte ein rauchloses Feuer. Vor ein paar Zentitontas erst hatten wir unser frugales Mahl beendet, das der Bauchaufschneider aus Vorräten des Gleiters zubereitet hatte. Kerthia sagte mit leiser Stimme: »Vor einem knappen Jahr.«

Es war nicht einfach gewesen, die Furcht der jungen Frau zu beseitigen, sie davon zu überzeugen, dass sie von uns nichts zu befürchten hatte. Dank Fartuloons sprichwörtlicher Beredsamkeit fasste sie schließlich doch Vertrauen. Wir erfuhren ihren Namen, erfuhren, dass sie Medotechnikerin und seit mehr als zwei Jahren auf Alfonthome war.

»Hm«, brummte Fartuloon in seinen Bart.

»Wir wurden selbst davon überrascht. Niemand rechnete damit.«

Ich schaute von ihm zu ihr. »Womit rechnete niemand?«

»Dass Valvpiesel einschlafen könnte.«

Ich musste in diesem Augenblick keinen sonderlich geistreichen Anblick geboten haben, denn auf Kerthias Gesicht erschien ein verschüchtertes Lächeln. Verwirrt suchte ich nach Worten. »Wie …«

»Halt den Mund«, sagte Fartuloon freundlich, »und hör zu. Ich habe dir noch nicht alles über meinen Freund erzählt. Zum Beispiel nicht gesagt, dass es sehr gefährlich für jedes lebende Wesen in seiner Umgebung ist, sollte Valvpiesel jemals einschlafen.«

»Hast du nicht«, bestätigte ich.

Er lehnte sich gegen den Fels. »Du lächelst? Darf ich den Grund erfahren?«

»Das ist besser als alle Erzählungen, die ich je von dir hörte«, sagte ich ehrlich verblüfft. »Willst du wirklich allen Ernstes behaupten, Valvpiesel brauche *keinen* Schlaf? Das gibt es nicht!«

Er sah mich lange an, ehe er antwortete: »Valvpiesel kann durchaus ohne Schlaf auskommen. Er ist in jeder Beziehung ungewöhnlich. Erinnere dich, dass ich dir auf Kraumon sagte, Valvpiesel besäße einige ganz besondere Fähigkeiten.«

»Ich erinnere mich.«

»Dies ist eine seiner Fähigkeiten – ohne Schlaf auszukommen.«

»Vielleicht fürchtet er sich nur vor seinen Träumen.«

Der Bauchaufschneider verzog keine Miene. »Genau. Er fürchtete sich davor, was seine Träume *verursachen*. Eine Mutation seines Gehirns ist die Ursache hierfür. Wie ein überstarker Psychostrahler verbreitet sein Bewusstsein im Schlaf Schrecken und Angst. Ich brauche dir wohl nicht zu sagen, zu welchen gespenstischen Bildern ein vom Zwang des wachen Bewusstseins befreites atavistisches Unterbewusstsein in uns fähig ist. Da wimmelt es nur so von Schreckgespenstern und abscheulichen Spukgestalten.«

»Du bist überzeugt, dass seine *Träume* dieses Chaos ausgelöst haben?«

»Ja. Die Kranken glaubten offenbar, von einem universellen Geist berührt worden zu sein, was zu einer Kettenreaktion von Fehlschlüssen führte, die sich verhängnisvoll für den ganzen Planeten auswirkten. Sie programmierten die Roboter in ihrem ›verrückten‹ Sinn um, was die Vorgänge seit unserer Ankunft erklärt.«

»Das ist ein harter Brocken. Da schläft jemand ein, der es eigentlich nicht dürfte, und die psychotischen Projektionen seines mutierten Gehirnes versetzen die Bewohner dieses Planeten in eine Art Wahnsinn. Ist das möglich?«

»Ja. Valvpiesel selbst hat eine wissenschaftliche Abhandlung über die paranormale Übermittlung seiner Träume veröffentlicht.«

Ein vager Gedanke zog durch mein Gehirn. Ich warf Fartuloon einen langen, prüfenden Blick zu. »Das eröffnet einige interessante Ausblicke auf Valvpiesels Gedankeninhalt, wie?«

Er begriff sofort, zuckte die massigen Schultern und behauptete: »Was willst du? Ist nicht jeder von uns in irgendeinem versteckten Winkel seines Geistes ein kleiner Imperator?«

Ich stand auf und deutete auf das Versteck des Gleiters. »Nehmen wir das Fahrzeug?«

Fartuloon bestätigte. »Es geht schneller mit der Maschine.«

Unser Entschluss stand seit Tontas fest. Wir mussten den schlafenden Valvpiesel finden und wecken – aus zweierlei Gründen: Einmal war es unsere Aufgabe, dem Wahnsinn und dem Morden auf Alfonthome Einhalt zu gebieten, zum anderen war Fartuloon nach wie vor der Meinung, dass uns sein alter Freund beim Kampf gegen Orbanaschol helfen konnte. Unser Problem ergab sich aus dem Umstand, dass wir keine Ahnung hatten, wo wir Valvpiesel finden konnten. Kerthia konnte uns nur einen vagen Hinweis liefern. Demzufolge war Valvpiesel zu einer Inspektionsreise aufgebrochen, die ihn zu allen Stationen seines planetenweiten Sanatoriums führen sollte. Eine exakte Standortbestimmung ließ sich aus dieser Information kaum herleiten.

Mein Blick fiel auf die junge Arkonidin. »Sie wollen wirklich nicht mit uns kommen?«

Kerthia, die noch deutlich unter Schockeinfluss stand, schüttelte den Kopf. »Ich wäre sicherlich nur eine Belastung«, sagte sie stockend und lächelte mich schüchtern an. »Besser, ich warte hier auf den Erfolg Ihrer Mission.«

»Wir kommen zurück«, versprach Fartuloon.

In den vergangenen Tontas waren wir nicht untätig geblieben. Nachdem so gut wie sicher feststand, dass uns Kerthia nicht begleiten würde, hatte der Bauchaufschneider mit dem Kombistrahler im Desintegratormodus den natürlichen Überhang des Felsens vertieft und eine kleine Schlafhöhle herausgeschnitten, in der sie die Nächte verbringen konnte. Die Antigravtrage und eine Anzahl Decken aus der Kabine des Gleiters machten ein weiches Lager für sie daraus. Ich hatte den Vorratsraum des Fahrzeugs ausgeplündert;

die Nahrungsmittel reichten für vierzehn Tage. Wir hatten vor, Valvpiesel noch vor Ablauf dieser Frist zu finden. Fartuloon räusperte sich. »Bereit, Atlan?«

Ich nickte. Ohne viele Worte verabschiedeten wir uns von Kerthia, die uns Erfolg wünschte. Dann gingen wir zum Gleiter, zerrten die Zweige zur Seite und bestiegen das Innere. Der Bauchaufschneider warf sich hinter das Steuer und unterzog alle Systeme einer raschen Prüfung. Währenddessen legte ich im zweiten Sitz die Gurte an. Summend sprangen die Aggregate an. In einer Serie kurzer Schaltungen brachte mein Pflegevater den Flugkörper rückwärts aus dem Versteck. Äste zerbrachen, Zweige zerkratzten den Lack an den Flanken des Gefährts. Dann war es frei. Das Prallfeld neutralisierte die Anziehungskraft Alfonthomes – wir stiegen auf. Über den Bäumen trat Fartuloon den Geschwindigkeitsregler durch. Wir gingen auf große Höhe und auf einen Kurs, der uns zur nächsten Station bringen würde.

Die Suche nach Valvpiesel gestaltete sich schwieriger, als wir vermuteten, weil man offenkundig dazu übergegangen war, eine systematische Suche nach uns zu veranstalten. Nur mit Mühe entgingen wir zweimal geschickt gestellten Fallen. Zu allem Überfluss kam noch ein Umstand als besonders erschwerend hinzu, mit dem weder Fartuloon noch ich gerechnet hatten: Ich begann ebenfalls den Strömungen von Valvpiesels schlafendem Gehirn zu erliegen! Es gab Augenblicke, an die ich keine Erinnerung hatte. Wie mir Fartuloon sagte, redete ich in diesen Momenten der geistigen Abwesenheit unzusammenhängende, kaum verständliche Sätze. Merkwürdigerweise war mein Pflegevater nicht davon betroffen, während es bei mir immer schlimmer zu werden schien.

Schließlich waren wir wieder einmal auf der Flucht vor unseren metallenen Häschern. Ich hatte Fartuloon am Steuer abgelöst, der den Himmel über und die Landschaft unter uns absuchte, als die Desorientierung begann. Ich hatte eine Reihe rasch aufeinander folgender Visionen und fantastischer Halluzinationen.

Eine Flutwelle von fremden Gedanken wälzte sich heran. Mein Ego suchte verzweifelt Schutz vor dem Ansturm eines Gefühlschaos, das mich umtoste. Ich fühlte, wie ich in einen Mahlstrom von

Gedanken-Assoziationen gezogen wurde. Aus verborgenen Ecken geiferten mich Spukgestalten an, wie sie kein Bio-Labor der Aras hätte schlimmer hervorbringen können. Obwohl ich wusste, dass es sich nur um Illusionen handeln konnte, schnürte mir namenlose Angst die Kehle zu. Vom Grauen pervertierter Fantasie geschüttelt, suchte ich mit aller Kraft, meinen Geist vor diesen lauernden Schatten einer Welt der Angst, des Hasses und pseudoreligiöser Verzückung abzuschirmen. Der kochende Kessel spie Bruchstücke von Erinnerungen aus, die nicht mir gehörten, und brachte eine ineinander fließende Reihe abstruser Eindrücke von Schuld und Sünde, und ganz im Hintergrund berührten schwache, telepathische Impulse die Pforten meiner Wahrnehmung.

»Atlan!«

Von irgendwoher drängte sich etwas Bekanntes in diesen Strudel pausenlos wechselnder Zerrbilder psychotischer Fantasien.

»Atlan!«

Diesmal vernahm ich den Ruf ganz deutlich. Die Stimme verband sich in mir mit dem Bild eines gewichtigen, vollbärtigen Mannes ... Langsam schlug ich die Augen auf. Fartuloon stieß einen Seufzer der Erleichterung aus. Befremdet sah ich, dass sein vertrautes Gesicht unnatürlich bleich war. Seine Züge wirkten verkniffen und verzerrt. Schweiß stand ihm auf der Stirn. Und erst als er mich losließ, erkannte ich, dass er mich mit eisernem Griff umschlungen gehalten hatte.

»Ich bin offensichtlich mit dem Leben davongekommen«, murmelte ich heiser – meine Stimmbänder gehorchten mir noch nicht ganz – und griff nach der Hand meines väterlichen Freundes. Ich sah, dass wir uns in der hinteren Kabine des Gleiters befanden. »Wir sind gelandet?«

Fartuloon verneinte. »Ich habe auf Automatik umgestellt, als du zu toben anfingst. Die einzige Möglichkeit, sonst wären wir abgestürzt.«

»Danke.«

»Hast du ...«, er suchte nach Worten, »... hast du psychische Schäden davongetragen?«

»Du meinst, ob ich verrückt geworden bin? Nein. Noch nicht! Ich ...« Durch das Fahrzeug ging ein Ruck, dann neigte es sich in steilem Winkel nach unten. Ich klammerte mich fest und suchte Fartuloons Blick. »Sagtest du nicht, du hättest auf Automatik geschaltet?« Dann dämmerte mir die Wahrheit. »Hat man uns eingeholt?«

Er wirkte vergleichsweise unsicher und nickte. »Gleich nachdem du deinen Anfall bekamst und ich mich nicht um die Maschine kümmern konnte, weil ich dich vor dir selber schützen musste, hat man uns mit einem Fesselfeld gefangen. Nun sitzen wir im Netz der Spinne und warten darauf, dass man uns frisst.«

»Man macht es uns wahrhaftig nicht leicht«, presste ich hervor. Wie es aussah, hatte sich wieder einmal alles gegen uns verschworen.

Man hatte uns alles abgenommen – Waffen, die versteckten Geräte in Fartuloons breitem Gürtel, die Armbandminikome – und uns dann in einer Zelle allein gelassen, die eher einem Käfig glich. Der Bauchaufschneider rüttelte prüfend an den Metallstangen. Dahinter lagen der breite Korridor und weitere Zellen. Wir befanden uns augenscheinlich in einem aufgelassenen Stollensystem und hatten keine Ahnung, wie lange wir schon festgehalten wurden, ob draußen Tag oder Nacht war. Die künstliche Beleuchtung ließ keine genauen Schlüsse zu. Irgendwann hatte man uns etwas zu essen und einen Krug mit Wasser gebracht.

An die letzten Tontas hatte ich nur vage Erinnerungen. Der Flug und die anschließende Landung waren noch einigermaßen klar zu überschauen. Doch dann wurde es schwierig. Man hatte uns, nachdem wir den Gleiter verlassen mussten, mit Paralysatorschüssen gelähmt. Offenbar wollte jemand kein Risiko eingehen. Wir hatten noch immer unter den Nachwirkungen der Paralysatortreffer zu leiden, als man uns zu einer Art Verhör schleppte. In unserem Zustand waren wir kaum aufnahmefähig gewesen für das, was man von uns wissen wollte. Nur unklar erinnerte ich mich, dass jemand uns für schuldig erklärte, da wir nicht bereit seien, die universelle Erkenntnis in uns aufzunehmen. Deshalb sollten wir den Opfertod sterben …

Fartuloon schimpfte vor sich hin und riss mich aus meinen Gedanken. Die Barriere war nicht zu überwinden, vor allem nicht mit bloßen Händen. Schließlich gab er es auf. »Verdammt«, knurrte er. »Unsere Lage ist alles andere als rosig.«

Er hockte sich mit untergeschlagenen Beinen an die gegenüberliegende Wand und brütete vor sich hin. Auf seinem haarlosen Schädel glänzte der Schweiß. Es herrschte eine feuchtwarme Atmosphäre, die das Atmen erschwerte.

Ich lag auf dem Rücken und starrte auf die niedrige Decke. »Ausnahmsweise muss ich dir Recht geben. Konntest du erkennen, ob die anderen Zellen belegt sind?«

Er verneinte. »Wir scheinen die einzigen Gäste in dieser komfortablen Herberge zu sein. Ich frage mich nur, wie viel Zeit wir noch bis zu unserer Hinrichtung haben.«

»Nicht mehr viel«, erklang eine Stimme vom Korridor.

Ich zuckte zusammen. Es gelang mir nicht, meine aufkeimende Angst zu kontrollieren. Panik erfüllte mein Bewusstsein. *Ist es etwa schon so weit? Ich muss Gewissheit haben.* Ich schwang die Beine von dem harten Lager, auf dem ich gelegen hatte, und setzte mich auf. Draußen standen drei Wächter, ausnahmsweise keine Roboter. Sie trugen Waffen in den Händen.

»Kommt heraus«, bedeutete uns der Anführer, ein wuchtiger Arkonide in einer Art Uniform.

Fartuloon kam grunzend auf die Füße, legte die Ellbogen eng an seinen massigen Körper und bewegte sie dann schnell auf und ab – die groteske Pantomime eines Vogels. »Wie, großer Meister?«, erkundigte er sich sarkastisch. »Sollen wir durch die Gitter fliegen?«

Eine barsche Handbewegung. Mit einem hellen Singen schob sich das Gitter ein Stück in die Wand.

Flucht, durchzuckte es mich. Ich spannte mich unwillkürlich, suchte den Blick Fartuloons, der meine Absicht erkannte und mit einem unmerklichen Zeichen sein Einverständnis signalisierte.

»Kommt heraus!« Unterstrichen wurde diese Aufforderung durch die schweren Waffen, die auf uns gerichtet waren. Ich machte einen Schritt – und blieb wie angewurzelt stehen.

Panik.

Wie ein Faustschlag überfiel sie mich, vermittelte mir einen flüchtigen Schimmer eines unvorstellbaren Grauens, das tief in mir vergraben lag. Ein unkontrollierbares Zittern überlief mich. Ich rammte die Füße in den Boden, der seine Festigkeit verloren zu haben schien und sanft hin und her schaukelte. Die Hände zu Fäusten geballt, versuchte ich das Schreien zu unterdrücken, das aus meiner

Kehle hervordrängte, indem ich die Kiefer zusammenpresste. Um mich begann die Umgebung zu verschwimmen. Ich schien zu wachsen. Oder schrumpfte die Zelle?

Desorientierung.

Plötzlich hatte ich das Empfinden, mich tausendfach an vielen Stellen auf Alfonthomes Oberfläche gleichzeitig zu befinden, mit unzähligen Augen zu sehen, mit ebenso vielen Ohren zu hören. Das Gefühl verschwand. An seine Stelle trat etwas Neues. Die Umgebung überlagerte sich, als hätte mein Gehirn die Fähigkeit verloren, die Bilder zu koordinieren, die es von den Augen erhielt. Erneuter Wechsel. Ich stand am Anfang – oder war es das Ende? – eines sich windenden Schlauches, der einmal ein Korridor in einem unterirdischen Verlies gewesen war. Jetzt bestand er nur noch aus sich überschneidenden Linien und grellen Farben.

Und dann rührte etwas an meinem Geist, schraubte sich aus Tiefen herauf, kam von jenseits der archaischen Matrix meines Unterbewusstseins. Wuchs und wuchs, dehnte sich aus, drängte mein Ich zurück gegen die Wände des knöchernen Gefängnisses, das mein Kopf darstellte. Ich begann zu wimmern, als ich die kichernden Schatten bemerkte, die in den Windungen meines Gehirns auf mich warteten. Ich flüchtete, flüchtete vor mir selbst, hinein in endlos hallende Räume voller Dunkelheit und Furcht.

18.

Aus: *Gesammelte Sprüche eines Bauchaufschneiders*, Fartuloon

Blindes Reagieren ist die Art des gehetzten Tieres. Jemand, der Kraft, Gerissenheit und Entschlussfreudigkeit mit Können und kalkulatorischer Fantasie verbindet, hat ungleich mehr Chancen als jeder andere.

»Atlan, komm zu dir!«

Die Worte waren zwar klar und deutlich genug ausgesprochen worden, aber sie schienen trotzdem keinen Sinn zu ergeben. Ich lauschte ihnen nach, griff nach ihnen, doch sie entzogen sich mir, hüpften über den Rand einer Klippe davon, wobei sie ein rollendes Echo erzeugten.

»Atlan!«

Wieder diese hartnäckigen Rufe. Um endlich Ruhe zu haben, öffnete ich die Augen – und fand zurück in die Wirklichkeit wie ein Ertrinkender, der sich nach Tontas verzweifelten Kampfes endlich ans Ufer rettete.

»Fartuloon ...«, murmelte ich undeutlich. Dann fiel ich zurück in die sanfte Dunkelheit einer Ohnmacht. Sie konnte nicht lange gedauert haben, höchstens eine Dezitonta. Als ich diesmal die Augen aufschlug, sah ich Fartuloons Gesicht über mir.

»Kannst du mich hören?«

Ich nickte und wollte mich erheben, schrie auf und wurde beinahe wieder ohnmächtig. Ich hatte das Gefühl, als lägen alle Nervenenden bloß. Die Zelle drehte sich um mich. Regungslos lag ich auf dem Boden. Unter Schultern und Rücken spürte ich die Unebenheiten. »Schmerzen ...«, keuchte ich. »Was ist mit mir geschehen?«

»Nur ruhig, mein Sohn«, murmelte er beschwichtigend. Seine Hände drückten mir ein Stück feuchtes Tuch auf die Stirn, wischten mir den Schweiß ab, das Blut.

»War es schlimm, Alter? Schlimmer als das letzte Mal?«

»Du hast zwei von ihnen die Glieder gebrochen, ehe dich der andere mit dem Paralysator lähmte. Er hat dich voll erwischt.«

»Dann werden sie jetzt wohl kommen und uns zur Opferbank schleifen«, seufzte ich niedergeschlagen.

»Eben nicht!«, entfuhr es Fartuloon. »Begreifst du denn nicht, was sich abgespielt hat?«

Ich blickte ihn ratlos an. Mein Verstand funktionierte noch nicht in der gewohnten Schärfe, außerdem vermisste ich die kommentierende Stimme meines Extrasinns, hatte nicht die Kraft, den Monoschirm zu errichten. *Hat der Lähmstrahler meine innere Stimme zum Schweigen gebracht? Oder ist er vor dem geflüchtet, was sich in meinem Innern abgespielt hat?* Ich wusste es nicht. Und ich musste zugeben, dass es mir im Moment auch egal war.

»Begreifst du denn nicht, dass du vor den Augen der Wächter vom Arm der universellen Erkenntnis berührt worden bist? Du bist einer der ihren, verstehst du? Von nun an wirst du frei sein, frei und zum Handeln fähig!« Ich traf Anstalten, etwas zu sagen, aber er fuhr eindringlich fort: »Hör zu, stell keine überflüssigen Fragen. Wir haben nur noch Zentitontas. Gleich wird man kommen, die beiden Verletzten nach oben schaffen und dich dazu. Das ist deine, unsere Chance. Du musst versuchen, Valvpiesel alleine zu finden, ich kann dir nicht mehr helfen. Das weitere Schicksal Alfonthomes liegt jetzt ausschließlich bei dir! Und noch eines: Halte dich nicht damit auf, mich befreien zu wollen. Du hast keine Zeit für derlei. Egal, was aus mir wird. Ich habe mein Leben gelebt, deines liegt noch vor dir. Und viele große Aufgaben, Kristallprinz!«

Ich richtete mich auf, lehnte den Rücken gegen die feuchte Wand und musterte meinen Pflegevater, der ungewöhnlich ernst war. »Fartuloon, du redest Unsinn. Ich gehe nicht ohne dich.«

»Bei allen Göttern der Galaxis.« Er fuhr mit der flachen Hand durch die Luft. Die Venen auf seiner Stirn pulsierten kräftiger. »Hast du deinen Verstand verloren? Jetzt bist du es, der Unsinn redet. Es bleibt bei dem, was ich sagte. Und nun kein Wort mehr darüber!«

Er hat Recht, meldete sich die kritische Stimme in meinem Bewusstsein plötzlich wieder; ich begrüßte sie wie einen lang vermissten Freund. *Es ist deine einzige Chance. Dabei* – jetzt wurde mein Extrasinn ausgesprochen sarkastisch – *ist noch lange nicht gesagt, dass du Valvpiesel auch wirklich findest.*

Ich schnitt eine Grimasse. »Ich tue es nicht gerne – aber ich sehe ein, dass es das Beste ist, was mir zu tun bleibt.«

Fartuloon nickte beifällig, dann neigte er lauschend den Kopf; auch ich hörte Stimmen und Schritte. Wir sahen uns an, nahmen stumm voneinander Abschied. *Werde ich meinen alten Freund und Lehrmeister wieder sehen?*

Alfonthome: 7. Prago des Tarman 10.498 da Ark

Ich war frei und konnte mich ungehindert in der großzügig angelegten Station bewegen. Niemand hielt mich auf, niemand stellte Fragen. Ich bekam alle meine Sachen zurück, auch den Armbandminikom. Mehr als einmal hatte ich inzwischen versucht, mit der KARRETON in Verbindung zu treten, die irgendwo über mir im Orbit kreiste und wohl ebenso verzweifelt nach uns rief. Oder waren das Schiff und meine treuen Gefährten am Ende gefangen genommen wie Fartuloon? Es war durchaus möglich.

Fartuloon hatte zwar keine ausdrücklichen Direktiven erteilt, doch ich konnte mir vorstellen, dass Männer wie Soma Kyle und Pjers Jama von sich aus eine Suchaktion in die Wege leiten würden, falls ihnen unser Schweigen nicht geheuer war. Sie hätten uns auf dem Planeten gesucht. Aber weder Fartuloon noch ich hatten in den vergangenen Tagen einen Gleiter der KARRETON erblickt. *Was liegt näher als die Vermutung, dass die Besatzung nicht in der Lage ist, nach uns zu forschen, unsere Rettung einzuleiten?*

Zweimal an diesem Tag hatte ich versucht, Fartuloon zu befreien – und erlebte jedes Mal eine Niederlage. Mein Lehrmeister und väterlicher Freund wurde zu gut bewacht. Mehr denn je gelangte ich zu der Überzeugung, dass die Last der Verantwortung auf meinen Schultern bleiben würde. Es musste etwas geschehen. Jede Tonta, die ich untätig verstreichen ließ, verkürzte unser aller Leben hier auf dem Planeten. Ich handelte: Aus einem Depot versorgte ich mich mit Nahrungskonzentraten, lud meine Waffe frisch und steckte mir fünf Energiemagazine zusätzlich ein. Hinzu kamen noch ein Vibratormesser und eine Rolle nahezu unzerstörbaren Kunstfaserseils. Mehr würde mich nur unnötig belasten, meinen Marsch erschweren. Einen Gleiter wagte ich nicht zu nehmen; die Erinnerung an jenes schreckliche Erlebnis, das letzten Endes zu unserer Gefangennahme führte, war noch zu frisch.

Ich würde Valvpiesel finden, denn ich hatte eine Antwort auf die Frage gefunden, wie ich ihn erreichen konnte: Ich brauchte nur den Riegel des Monoschirms vor meinem mentalstabilisierten Geist zu lockern, schon hörte ich die schwachen telepathischen Impulse eines schlafenden Bewusstseins wie ein dumpfes, fernes Pochen. Dem brauchte ich nur zu folgen …

Ich kniff die Augen im grellen Sonnenlicht zusammen. Jeder weitere Schritt wurde zur Qual. Die Sohlen schienen förmlich am Boden zu kleben. Ich hatte das Empfinden, das Doppelte meines Gewichtes zu besitzen. Seit Tontas marschierte ich über eine Steppe, die kein Ende nahm. Ich war nichts weiter als ein winziger, verlorener Fleck in der Landschaft. Meine Brust hob und senkte sich schwer, die Lungen arbeiteten wie Blasebälge. Schweiß und Sand verklebten mir Gesicht und Augen. Ich atmete keuchend, bewegte die Beine wie eine Maschine. Ich fuhr mit der Handfläche Nacken und Hals entlang, wischte den Schweiß an der Kombination ab und stolperte weiter.

Die Luft um mich begann sich zu verändern. Das Licht wurde schwefelgelb und giftig. Schmelzende Hitze tropfte auf mich nieder. Dann wich schlagartig das stechende Licht einer fahlen Dämmerung. Die Farben waren nun stumpf und gebrochen. Schwarze Wolken zogen auf. Dunkelheit senkte sich über die Steppe. Todesangst schnürte mir die Kehle zu. Ich rannte und stolperte weiter. Langsam schwand das Licht.

Kein Platz in der Galaxis, schrie es in mir, *scheint tödlicher zu sein als dieser Planet!*

Salziges Sekret sickerte mir aus den Augen, brannte sich durch die Staub- und Dreckschicht, die mein Gesicht zu einer grauen Maske machte. Absolute Hoffnungslosigkeit überschwemmte mein Inneres und lähmte mich. Ich war ein Nichts, ein Niemand, nicht wert, von einer Sonne beschienen zu werden. Und ich war allein.

Du bist allein!, gellte es durch die fahle Dämmerung. *Ganz allein!*

Ich taumelte und schlug hart auf den Boden. Spitze Steine rissen meine Kleidung auf und hinterließen blutige Male auf der Haut. Mühsam kam ich auf die Knie. Eine schwankende Reihe von Gestalten zog schweigend an mir vorüber. In der Ferne donnerte es. Ein Blitz zuckte auf und schlug in meiner Nähe ein. In seinem Licht sah ich, dass die Gestalten in lange Büßergewänder gekleidet waren. Vereint zogen sie an einem dicken Strick einen hochrädrigen Karren hinter sich her, auf dem eine weiß gekleidete Frau stand. Als der Wind für einen winzigen Moment schwieg, hörte ich eine süße Stimme. *Atlan – mein Prinz!*

Farnathia rief mich. Ihr liebliches Gesicht unter der wehenden Fülle des silbernen Haares wandte sich mir flehend zu. Todesangst stand in ihrem Blick. Mit einem Kampfschrei sprang ich auf die Füße, zog das Dagorschwert aus dem Schultergurt und stürzte mich auf die schweigenden Gestalten. Die Klinge in meiner Hand verwandelte sich in einen züngelnden Blitz. Unter meinen Hieben fielen die Büßer zu Boden und wälzten sich zuckend in ihrem Blut. Mit strahlendem Lächeln schwang ich mich auf den Karren und breitete die Arme aus …

Etwas kribbelte an meinem Rückgrat hinab und explodierte. Was mir da gegenüberstand, war niemals meine geliebte Farnathia. Die Frau vor mir war uralt, die Haare nichts als graue, verfilzte Strähnen um einem dürren Schädel mit dem Gesicht einer Mumie, das Kleid ein schmutziger Fetzen. Ich wollte fliehen, als sie auf mich zukam und die dürren Arme um meinen Hals legen wollte, doch meine Beine waren wie festgewurzelt. Ekel schüttelte mich. Konnte ich denn gar nichts tun? Doch, ich hatte ja noch das Schwert! Ich schrie unartikuliert auf und schwang die Klinge …

Eisige Schauer schüttelten mich. Noch im Niederfallen verwandelte sich die schmutzige Alte in meine geliebte Farnathia, die sterbend zu meinen Füßen lag. Ich hatte das Gefühl, dass mir die Augen aus den Höhlen traten. *Das halte ich nicht aus … ich werde verrückt … hilft mir denn niemand …?*

Aus der Tiefe des brodelnden Hexenkessels bahnte sich ein einziger klarer Gedanke einen Weg an die Oberfläche: *Aufhören, Atlan! Aufhören!*

Als ich wieder zu mir kam, lag ich auf der Lichtung, auf der mich der Anfall gepackt haben musste. Auf meinen Lippen schmeckte ich Blut, die Zunge lag wie ein Stück Holz in meinem Mund. Der Albtraum war vorbei. Mir war, als sei eine Ewigkeit vergangen; es war der mit Abstand längste und fürchterlichste Albtraum meines Lebens gewesen. Und ich hatte Valvpiesel noch nicht erreicht. Würden diese Anfälle immer stärker werden, je näher ich ihm kam? Schrecken durchzuckte mich. Ich sah die grauenhaften Visionen einer Kette sich häufender Anfälle, bei denen mich die geifernden Horden einer abstrusen Traumwelt heimsuchten, Phantome der irrationalen Angst, geboren in der dunklen, hasserfüllten Welt des Irrsinns, und ich fragte mich, ob ich am Ende selbst wahnsinnig sein würde.

Nur langsam klärte sich mein Verstand. Die Albträume eines schlafenden Gehirns hatten mich total erschöpft. Auf Händen und

Füßen kroch ich unter das Blätterdach eines Baumes, suchte Schutz vor der sengenden Hitze des Tages. Ich rollte mich im Schatten zusammen und versuchte zu schlafen.

Zwei Tontas später wurde ich wach und erinnerte mich nur mühsam an das Zurückliegende.

»Wie lange werde ich Ruhe haben?«, murmelte ich mit spröden Lippen und war dem Irrsinn näher als je zuvor. In diesen Zentitontas glaubte ich nicht, noch einen einzigen derartigen Überfall auf meinen Verstand überstehen zu können. Ich verdammte die Unfähigkeit, meinen Geist zu schützen, diese Bilder des Grauens zu ignorieren, verwünschte meine Erschöpfung, die mich zwang, immer längere Pausen einzulegen. Und es lag doch so viel daran, dass ich meine mir selbst gestellte Aufgabe zu Ende führen konnte. Das Leben Tausender von Arkoniden und anderer Intelligenzen hing davon ab – und das Leben meines väterlichen Freundes Fartuloon. Nur wenn ich Valvpiesel fand und aus seinem Schlaf erwecken konnte, war der Bauchaufschneider zu retten.

Wenn er nicht inzwischen schon geopfert wurde, kommentierte mein Extrasinn kühl.

Nein! Nicht hier. Nicht auf diese Weise, antwortete ich und lachte hohl. Und mit dem klaren Teil meines Verstandes erkannte ich, dass ich mich geradezu erschreckend verändert hatte. Ich lag dauernd unter diesem Bann eines träumenden Geistes. Alles in mir verkrampfte sich angesichts der gigantischen Aufgabe, die mich erwartete. Ich zehrte von meiner Substanz, das war mir klar. Lange würde ich dieser konzentrierten Beeinflussung durch die lauernden, hasserfüllten Schatten aus Valvpiesels nun aktiviertem Unterbewusstsein nicht standhalten können. Auch das war mir klar. Alfonthome, dieser paradiesische Planet, war eine Welt für Überwesen. Ein normaler Sterblicher, selbst wenn er wie ich durch die Schule und Prüfungen der ARK SUMMIA gegangen war, schien hier hoffnungslos verloren. Valvpiesels chaotische Träume entblößten die Seelen aller hier auf Alfonthome befindlichen Personen und stülpten sie nach außen wie einen alten Weinschlauch.

Oder denke ich bereits im beginnenden Wahnsinn? Gewaltsam schüttelte ich diesen Gedanken von mir ab und rief mich selbst zur

Ordnung. Die geistigen Übungen der ARK SUMMIA halfen mir dabei entscheidend.

»Ich muss weiter!«, murmelte ich und stemmte mich hoch. Nachdem das Schwindelgefühl abgeklungen war, sah ich mich um. Ich befand mich am Rand einer größeren Lichtung. Auf der gegenüberliegenden Seite wichen die hochstämmigen Bäume einigen Felsen. Ich hörte das Plätschern eines schmalen Wasserlaufs oder einer Quelle. Am Rande der Lichtung, durch moderndes Laub und hohes Gras, lief ich auf das Geräusch zu. Der Bach strömte über bemooste Steine und bildete vor den Felsen einen flachen See, auf dessen Grund weißer Kies schimmerte. Die Sonne stand tief am Himmel, lange Strahlenbündel schossen zwischen den Stämmen hindurch und verwandelten das Wasser in einen gleißenden Spiegel.

Ich zog mich aus, legte die Kombination und die Unterkleidung säuberlich zusammen, stellte die Stiefel darauf. Das Vibratormesser legte ich auf einen Stein in meiner Reichweite, dann tauchte ich in das Wasser. Die Kälte war ein heilsamer Schock. Sie vertrieb die letzten trüben Gedanken aus meinen Gehirnwindungen und ließ mich plötzlich alles klar sehen. Ich musste innerhalb absehbarer Zeit Valvpiesel finden und aus seinen Träumen wecken, ansonsten waren wir alle auf Alfonthome verloren. Prustend tauchte ich mehrmals unter, kletterte aus dem See und ließ mich von der Sonne trocknen. Ich trank von dem Wasser, aß einige Konzentratwürfel und zog mich dann an. Ich schüttelte meinen Umhang aus, überprüfte den Kombistrahler und setzte mich in Marsch.

Ich kannte die Richtung. Ich musste nach Süden gehen, zum Ende der langen, halbmondförmig geschwungenen Landzunge, die weit ins Meer vorstieß. Ich brauchte nur den Monoschirm vor meinem mentalstabilisierten Geist zu lockern, schon empfing ich telepathische Impulse, die, obzwar schwach, mir einwandfrei die Richtung wiesen. Das geschah immer dann, wenn Valvpiesels chaotisches Unterbewusstsein eine Periode der relativen Ruhe hatte. So wie jetzt.

In diesen ständig kürzer werdenden Perioden versuchte ich die ideale Strecke zu gehen, so gradlinig wie möglich. In meinem Gedächtnis war die Karte dieses Teils des Planeten, wie ich sie mir noch vor der Landung eingeprägt hatte. In schnellem Trab lief ich einem sanft geneigten Hang hinauf. *Wo mag die KARRETON sein?* Ihr Schicksal war noch immer ungeklärt. Ich haderte mit mir, keinen meiner Freunde außer Fartuloon mit auf diese Reise genommen zu haben; Corpkor etwa, den Kopfjäger. Oder Morvoner Sprangk, Ra, den Chretkor Eiskralle ... *Sinnlos, jetzt über begangene Fehler nachzugrübeln. Der Weg erfordert meine ganze Konzentration.*

Die Sonne stand tief am Himmel und genau vor mir. Der Schweiß rann aus meinem Haar und versickerte im Kragen, doch unbeirrt hastete und kletterte ich weiter. Getrieben von der Furcht, zu spät zu kommen, Valvpiesel nicht mehr rechtzeitig zu erreichen, um diesem Schrecken in den Krankenstationen ein Ende bereiten zu können, indem ich ihn aus seinem Verderben bringenden Schlaf riss. Ich schien der Einzige zu sein, der den Planeten retten konnte – und das hetzte mich voran, getrieben von Furcht und Panik. Und die Gefahren begannen erst: Zwischen hier und dem fernen Kap waren es noch hundert Kilometer Luftlinie, ausgefüllt mit dschungelähnlichen Wäldern, mit Sümpfen, Bächen und Felsen. Aus den wenigen Angaben des Bordspeichers über diese Welt wusste ich, dass speziell in diesem sumpfigen Streifen Land gefährliche Reptilien hausten.

Die letzte Station lag einen halben Tagesmarsch hinter mir; vor mir, das hatte ich aus den Erzählungen der Arkoniden herausgefunden, gab es nur wenige primitive Siedlungen, in denen Ausgestoßene und freiwillig ins Exil gegangene Einzelgänger einträchtig hausten. Selbst die Roboter konnten sie nicht aus den Sümpfen und schilfüberwucherten Wasserläufen heraustreiben.

Bis zur Dunkelheit schaffte ich an diesem Tag noch zehn Kilometer. Eingedenk der Raubechsen suchte ich mir ein Lager zwischen den Astgabeln eines knorrigen Baumes. Der Tag hatte mich völlig erschöpft. Die letzten Kilometer hatte ich wie in Trance zurückgelegt. Jetzt lag ich in der Astgabel, zwischen die ich meinen Umhang gespannt hatte, und starrte in das Dunkel über mir. Durch die Zweige schimmerten die Sterne. Dort draußen befand Arkon I, die Kristallwelt. Meine Heimat und rechtmäßiges Erbe. Dafür, dass ich hier draußen gejagt und gehetzt wurde, dass Orbanaschols Henker mir nachstellten, wo immer ich mich aufhielt, dafür würde dieser Thronräuber bezahlen. Und das in sehr teurer Münze. Meine Augen fielen mir zu. Im Einschlafen hörte ich noch ein wildes Fauchen, dem ein lang gezogener Todesschrei folgte. Die Raubechsen gingen auf Jagd.

Ich erwachte von einem markerschütternden Schrei, der mir das Blut in den Adern gefrieren ließ. Ich fuhr hoch, verlor fast den Halt in der provisorischen Hängematte, spürte mehr, als ich es sah, dass etwas aus meinem Lager hinabfiel, und fluchte laut und anhaltend, als ich erkannte, dass es meine Waffe war. Wieder dieser Schrei, der in einem kehligen Fauchen endete. Der Baum erzitterte unter dem Anprall eines schweren Körpers. Ich klammerte mich an einem Ast fest und schaute durch das Blätterdach hinunter. Was ich sah, stimmte mich angesichts der Tatsache, dass mein Kombistrahler auf dem Boden lag, wenig heiter. Die Raubechse starrte mich aus tückisch blickenden Augen an. Fauliger Gestank schlug mir aus dem aufgerissenen Rachen entgegen, der knapp einen Meter unter mir hin und her pendelte. Ich sah die Doppelreihe messerscharfer Zähne und schauderte. Wieder fauchte es; der Kopf des riesigen Reptils ruckte einen halben Meter höher.

Ich brachte rasch Distanz zwischen uns, indem ich etwas höher hinaufkletterte. »Verdammt!«, fluchte ich. »Du hast mir gerade noch gefehlt.«

Ein heiserer Schrei war die Antwort.

Ich überlegte, was zu tun war. Außer dem Vibratormesser besaß ich als Waffe nichts. Der Strahler lag unerreichbar für mich am Fuß des Stammes. Wollte ich ihn holen, würde mich die Bestie fressen. Mit dem Vibratormesser war ebenfalls nicht viel auszurichten; vernünftig eingesetzt, hieße das, mich in Reichweite der fürchterlichen Zähne zu begeben. Ich klopfte meine Taschen ab. Nichts, nur fünf Reservemagazine und rund fünfzig Meter eines dünnen Kunstfaserseiles, zu einer faustgroßen Rolle gewickelt. Die Raubechse begann ihre Anstrengungen zu verdoppeln. Wieder und wieder sprang sie an dem rissigen Stamm hoch, schlug ihre mit mörderischen Klauen versehenen Pranken ins Holz und versuchte, den schweren Schuppenkörper hochzuziehen.

Die Sonne stieg langsam aus einer dünnen Nebelbank, die über den Sümpfen lag. Ringsum schrie der Chor der Tiere, die bei Sonnenaufgang erwachten. Ich klammerte mich krampfhaft fest, um nicht vom Baum geschüttelt zu werden wie eine reife Frucht. Die Äste wippten auf und ab. Ein vager Gedanke huschte durch mein Gehirn. Ich griff nach ihm; es konnte gelingen, wenn ich es geschickt anfing. Ich nahm die Rolle dünnen Seils, wickelte etwa zwanzig Meter davon ab und verstaute den Rest wieder sorgfältig. Dann suchte ich die Äste über mir ab. Ich benötigte einen, der biegsam genug und gleichzeitig so stark war, dass er die Last der Echse aushielt, ohne sofort zu brechen.

Schließlich fand ich ihn. Ich nahm das Seil zwischen die Zähne, kletterte hinauf und kroch dann vorsichtig nach außen. Ein heikles Unterfangen. Ich wandte alle Tricks an, um nicht heruntergeschüt telt zu werden. Schließlich konnte ich ein Ende des Seiles ziemlich weit außen um den Ast verknoten. Langsam kroch ich wieder zurück. Nach einer Ewigkeit, wie mir schien, befand ich mich wieder an meinem ursprünglichen Standort; der unermüdliche Wächter fauchte und brüllte unter mir. Ich schlang das andere Ende des Seils nahe dem Stamm um den Ast, auf dem ich stand, legte es mir über die Schultern und begann zu ziehen. Hand über Hand holte ich das Seil ein, spannte es. Der Ast bog sich unter dem Zug herunter. Ich keuchte. Schweiß lief mir über das Gesicht. Die Sonne stand schon mehrere Handbreit über dem Horizont, die Hitze machte sich bemerkbar. Als ich den Ast nicht mehr weiter spannen konnte, verknotete ich das Seil am Stamm, was mir noch einige schwierige Zentitontas bereitete.

Geschafft! Ich begutachtete mein Werk. Von den ursprünglichen zwanzig Metern hatte ich nur fünf verbraucht. Diese summten und vibrierten unter der Kraft, die der gebogene Ast entwickelte. Nun war es relativ einfach, den Seilrest an der Spitze des gewaltigen Bogens zu befestigen. Aus dem anderen Ende knüpfte ich eine Schlinge. »So, mein Freund«, murmelte ich. »Jetzt kann ich mich um dich kümmern!«

Ich kletterte einen Ast tiefer hinab. Die Raubechse schrie und fauchte, als sich ihr die vermeintliche Beute näherte, verdoppelte sie ihre Anstrengungen. Der faulige Geruch reizte meine Schleimhäute und ließ salziges Sekret aus meinen Augen treten. In der einen Hand die Schlinge, mich mit der anderen an einen dünnen Zweig festklammernd, versuchte ich, den hin und her pendelnden

Kopf der Bestie zu treffen, ohne meine Füße dabei zu verlieren. Zusätzlich wimmelte mein ganzer Körper plötzlich von Riesenameisen, die mir schmerzhafte Stiche versetzten. Beim Versuch, sie wegzuschlagen, war ich zweimal nahe daran, vom Baum zu fallen. Doch dann gelang es mir endlich, die Schlinge über den Kopf des Reptils zu streifen, das das dünne Seil überhaupt nicht zu bemerken schien. Schnell kletterte ich wieder hoch, verfolgt von dem heiseren Brüllen, bis ich neben dem gespannten Ast stand. Mit einem kräftigen Ruck zog ich die Schlinge um den Hals der Bestie fest und kappte mit dem Vibratormesser das gespannte Seil.

Mit einem Dröhnen schnellte der Ast in seine ursprüngliche Lage zurück. Etwas Dunkles flog an mir vorbei durch die Blätter und Zweige nach oben in die Krone; eine klebrige, warme Flüssigkeit regnete auf mich herab, lief mir über das Gesicht. Ich wischte mir angeekelt über das Gesicht und starrte nach unten. Was ich sah, übertraf meine kühnsten Erwartungen. Das dünne Kunstfaserseil hatte wie die scharfe Klinge eines Schwertes den Hals des Reptils durchschnitten, als es von der gewaltigen Kraft des hochschnellenden Astes gestrafft worden war. Unter mir wälzte sich der kopflose Rumpf in den letzten Zuckungen. Ich wartete ab, verließ mein luftiges Quartier und suchte in dem aufgewühlten Boden nach meiner Waffe und steckte sie zurück in den Gürtel.

Eine halbe Tonta später – ich hatte mich und meine Kleider an einem kleinen Wasserlauf vom Blut der Raubechse gereinigt – befand ich mich wieder auf dem Marsch.

Alfonthome: 8. Prago des Tarman 10.498 da Ark

Auch an diesem Tag kam ich gut voran. Ich wanderte durch leicht abfallendes Gelände. Der Wald wich immer mehr zurück. Vor mir breitete sich eine Zone niedriger Bäume und Büsche aus, durchsetzt mit kleinen Wasserflächen und großen Strecken dichten Schilfes, dazwischen Kiesbänke, von der Sonne fast weiß gebleicht. Ich spürte bereits das nahe Meer. Mitten auf einer dieser Kiesbänke packte mich wieder ein Anfall …

Die Bilder verschoben sich vor meinen Augen. Aus den beiden grünen Mauern links und rechts der Kiesbank wurden undeutliche Streifen. Sie schoben sich ineinander wie doppelte Bilder sich überlappender Interferenzen. Ich stöhnte gepeinigt auf, taumelte weiter auf einem Boden, der seine Struktur veränderte, weich und schlüpfrig wurde, eine klebrige Masse, die mich in unergründliche Tiefen zerren wollte. Ich zwang mich dazu, weiterzugehen, obwohl der Boden unter mir zuckte. Ich rief mich mit den geistigen Regeln der ARK SUMMIA selbst zur Ordnung und versuchte wieder Herr über meine Sinne und Gliedmaßen zu werden. Mit grimmigem Erstaunen merkte ich, dass der Boden sich wieder festigte.

Ich stand vor dem Eingang zum Labyrinth. Ich wusste, dass mich hier einige unliebsame Überraschungen erwarteten. Seit Tagen beschäftigte mich Fartuloon ohne Unterlass – aus jedem Abschnitt meiner Ausbildung ging ich klüger und besser hervor. Der Fettwanst ersparte mir nichts. Auch nicht das Labyrinth, aus dem, wie ich wusste, kaum jemand lebend herausgekommen war. Ich warf den Kopf in den Nacken. Der Eingang des Irrgartens wurde von zwei uralten Robotern bewacht, die Rost angesetzt hatten. Knarrend bewegten sich die metallenen Schädel in trockenen Lagern, als ihre dumpf glühenden Facettenaugen mein Eintreten registrierten. Ich hatte mich entschlossen, der Herausforderung nicht auszuweichen, ging Schritt und Schritt weiter, erreichte die erste Querverbindung und hatte jetzt zwei Möglichkeiten: rechts oder links.

»Ich werde es diesem Hohlkopf von Fartuloon zeigen«, schwor ich mir erbittert.

Mit dem Strahler brannte ich eine feine Spur in den sandigen Boden zwischen den übermannshohen Mauern und wandte mich nach links. Die Wahrscheinlichkeit, den richtigen Weg gewählt zu haben, war fünfzig Prozent. Ich bog, nachdem ich wieder ein Zeichen hinterlassen hatte, nach rechts ab und folgte dem nächsten Korridor zwischen den schimmernden Wänden.

Die Sonne stieg auf und senkte sich bereits wieder. Ich war noch immer im Labyrinth. Meine Brust hob und senkte sich unter der ungeheuren Anstrengung. Dicke, klebrige Schweißtropfen liefen über mein Gesicht. »Verdammt!«

Erneut zischte meine Waffe auf und brannte ein Zeichen in den Boden. Obwohl schon den ganzen Tag unterwegs, war ich noch in keine Sackgasse gelaufen. Die Mauern waren zu hoch, als dass ich mich anhand der unmittelbaren Umgebung des Irrgartens hätte orientieren können. Bleierne Stille herrschte. Langsam verließen mich die Kräfte. Ich taumelte weiter, wich aus, bog um Ecken, nur um weitere Gänge vor mir zu sehen, brannte mein Zeichen in den Boden. Immer wieder dieselben Gedanken und Assoziationen. Dann war meine Waffe leer. Ich warf sie weg. Die Erschöpfung wurde stärker und stärker. Schließlich kroch ich nur noch über den Boden. Dunkelheit senkte sich über den Irrgarten …

Und erst als ich zum dritten Mal über etwas stolperte, fiel ich auf die Knie und suchte in der absoluten Schwärze nach dem Ding, das mich ständig zu Fall brachte. Es war meine Waffe! Ich begann zu schreien, als ich merkte, dass ich mich nur noch im Kreis bewegte. Ich war rettungslos verloren. Nie mehr würde ich aus diesem Labyrinth herausfinden. Ich verfluchte mein Schicksal, schrie meine Verzweiflung in das bleierne Schweigen um mich: »Nein! Nicht hier! Nicht auf diese Weise!«

Doch ich wusste, dass keine Hoffnung mehr war. Schluchzend warf ich mich zu Boden, legte mich auf den Rücken und wartete auf den Tod …

Irgendwann erwachte ich aus dieser Hölle der absoluten Verzweiflung. Übelkeit brandete durch meinen Körper, ließ farbige Kreise auf meiner Netzhaut entstehen. Mühsam bewegte ich mich, richtete mich auf und stierte mit blutunterlaufenen Augen umher. Ich befand mich noch immer auf der Kiesbank. Allerdings sah sie aus, als habe man sie umgepflügt. Der Boden war übersät von kleinen Kratern mit den verschlackten Rückständen von Energieschüssen. Es sah aus, als befände ich mich inmitten konzentrischer Ringe aus Einschlägen.

»Was soll das?«, fragte ich laut und störte zwei Wasservögel aus ihrer Ruhe. Lärmend stoben sie aus dem Schilfdickicht zu meiner Rechten.

Hast du nicht in deinem privaten Labyrinth mit dem Strahler Zeichen in den Boden gebrannt?, erinnerte mich mein Extrasinn. Ich schluckte. Nervös klopfte ich meinen Körper ab, fand die Waffe nicht und suchte sie. Ich fand sie nahe dem Rand eines schmalen Wasserlaufs, dessen früheres Hochwasser diese Kiesbank wohl erzeugt hatte. Die Lademarke stand auf LEER.

»Das darf doch nicht wahr sein«, murmelte ich. Mechanisch

wechselte ich das Magazin aus. Meine Finger zitterten; ich setzte zweimal an, ehe ich die volle Energiepatrone in den Schaft schieben konnte. Ich merkte, dass ich hungrig und durstig war. Und da diese Kiesbank nicht besser und schlechter als jeder andere Platz war, rastete ich hier. Dann suchte ich mir erneut einen Baum, um zwischen seinen Zweigen die Nacht zu verbringen. Obwohl todmüde, starrte ich mit leeren Augen in den Nachthimmel Alfonthomes. Etwas in mir schien mich zu verzehren, auszubrennen, sodass zum Schluss nichts als eine leere Hülle von mir bleiben würde. War das mein Schicksal? Ich wusste es nicht, aber ich rechnete mir keine Chancen aus. Irgendwann in dieser Nacht schlief ich doch ein, und durch meine unruhigen Träume geisterte ein seltsam monotones Geräusch.

Am Mittag des folgenden Tages erreichte ich das Meer.

Der Wind war schon am Morgen umgeschlagen und hatte das ferne Rollen einer Brandung verstärkt, das mich bis in den Schlaf verfolgte. Ich lief durch leicht ansteigendes Gelände. Zunächst, fast bis Mittag, ging es durch Schilfdickichte, die immer mehr auseinander rückten, mehr und mehr von langhalmigem Gras durchsetzt waren, schließlich durch Dünen, die mit einzelnen Büschen bestanden waren. Das Rollen der Brandung wurde immer lauter.

Schweißtriefend und keuchend gelangte ich schließlich auf dem Kamm der letzten Düne an – und sah etwas unter und vor mir das Meer. Das Donnern der Wogen übertönte fast das Geschrei der kreisenden Seevögel über den Klippen. Weiß schäumende Gischt flog an den Felsen empor. Ich wurde von Millionen feiner Tröpfchen übersprüht. Etwas erregte meine Aufmerksamkeit. Draußen, hinter den Brechern, erhob sich ein mächtiger Felskomplex über der Brandung.

Mein Ziel! Instinktiv wusste ich, dass dort Valvpiesel schlief. Und ich stand hier und wusste nicht, wie es weiterging. Ich brauchte ein Boot. Vom Gezeter und Geschrei der Vögel begleitet, stieg ich hinunter zum Strand und lief ihn langsam entlang. Ich hinterließ in dem feuchten Sand tiefe Spuren. Die Unrast trieb mich vorwärts. Ich erreichte einen Schilfgürtel, der sich zwischen dem höheren Land und den Klippen vor dem Strand befand. Der Wind zerrte an meinem Haar, brachte jenen eigenartigen Geruch von faulendem Tang, Fischleibern und Salz mit sich. Eine Dezitonta später fand ich die winzige Siedlung im Rohrdickicht. Vier flache Häuser, mit Rohr gedeckt, auf Baumstämmen stehend und durch Knüppelstege miteinander verbunden. Vom letzten, dem Strand am nächsten stehenden Haus führte eine Brücke zu einer Klippe draußen im Wasser. Auf der Brücke erkannte ich einen lang gestreckten, flachen Gegenstand.

»Ein Boot«, entfuhr es mir. Der Wind riss mir die Worte von den Lippen. Vorsichtig näherte ich mich den Pfahlbauten. Sie waren leer, schon vor längerer Zeit verlassen worden. Behutsam näherte ich mich auf dem schwankenden Steg dem Boot, das mit dem Kiel nach oben auf zwei Rollen lag. Das Material des Rumpfes wies einige Risse auf, ansonsten war es unbeschädigt. Sogar zwei Ruder waren, in den federnden Klammern der Dollborde steckend, vorhanden.

Es kostete mich eine halbe Tonta, das Boot vom Steg herunter auf den Strand zu schleppen. Dann schichtete ich einige der morschen Balken zu einem Stoß und entfachte mit einem Strahlschuss ein Feuer. Ich durchstöberte die leeren Häuser, fand schließlich, was ich suchte. Mit einem Behälter voll Harz und einem Korb Holzkohle kehrte ich zum Boot zurück. Ich schmolz das Harz, durchmengte es mit der fein geriebenen Holzkohle und goss die Masse in die Risse. Das Harz erkaltete rasch. Dann brachte ich das Boot zu Wasser.

Als ich mich in die Riemen legte und das leichte Boot in die von Brechern umtosten Klippen hineinsteuerte, war es Nachmittag geworden. Lang gestreckte Wolkenbänke zogen am Horizont auf. Das Licht veränderte sich. Die Sonne sandte Schwärme von blassvioletten Strahlen durch die immer dichter werdenden Wolken. Offenbar zog ein Sturm auf. Große, gefiederte Räuber erschienen am Himmel; schrille Laute ausstoßend, fielen sie wie Steine herab, um Augenblicke später wieder aufzufliegen, in den Fängen ihre Beute. Das Jaulen des Windes und das fortwährende Geräusch der donnernden Brandung ließen mich fast taub werden. Ich war längst von stiebender Gischt bis auf die Haut durchnässt. Das kleine Boot tanzte auf den Wellen, die immer höher schlugen. Der Sturm kam näher. Ich warf einen Blick in die Richtung, aus der das fortwährende Pochen kam, das ich in mir spürte. Die Hälfte der Distanz hatte ich mittlerweile überwunden. Über dem großen Felsen hatten sich quirlende Wolken gebildet, die rasch auf und ab stiegen. Ein merkwürdiges Phänomen.

Es sind riesige Vogelschwärme, gab mir mein Extrasinn zu verstehen. *Sie werden ihre Nistplätze dort haben.*

Die Luft begann sich unmerklich zu verändern. Das Tageslicht war schwefelgelb geworden; an den Spitzen der Ruder bildeten sich Funken, wenn sie aus dem Wasser tauchten. Die Wolkenbank hatte sich ausgedehnt, ihre Ränder waren ausgefranst und hellgrau abgesetzt. Ich verdoppelte meine Anstrengungen. Für lange Zentitontas brannte die Sonne mit vermehrter Intensität, bis sich die Wolkenbank davor schob. Schlagartig wich das stechende Licht einer fahlen Dämmerung. Es wurde ein wenig kühler, aber dafür nahm die elektrostatische Aufladung der Atmosphäre zu. Bald tanzten kleine Elmsfeuer an den Kanten des Bootes entlang, liefen an den Ruderblättern hoch. Meine Nerven vibrierten. Mit keuchenden Lungen legte ich mich in die Riemen. Hinter mir wuchs der Felskomplex höher und höher aus den Wellen. Ich bewegte die Arme wie ein Automat. Das Tageslicht schwand fast völlig. Dunkelheit senkte sich über das aufgewühlte Meer. Oder war das etwa der Beginn eines neuen Anfalls? Todesangst packte mich, aber wieder zwang mich die innere Disziplin meiner meditativen Schulung durch die ARK SUMMIA zur körperlichen Disziplin.

Es donnerte. Ein Blitz zuckte auf und schlug ins Wasser. Und wieder krachte es, dass mir die Trommelfelle bebten. Erneut schlug ein Blitz ein, unmittelbar neben dem rechten Ruderblatt. Er schien mich fast zu verbrennen, denn noch während der Donner mich fast aus dem Boot zu schleudern schien und mich für Augenblicke taub machte, begannen die Riemen zu glühen. Entladungen züngelten über das Boot. Meine Haare sträubten sich und knisterten. Ich ruderte weiter, taub und geblendet. Ich verwandelte mich in ein Wesen, das um die nackte Existenz kämpfte. Blitz folgte auf Blitz. Das tanzende Boot und ich schienen das genaue Zentrum des infernalischen Lärms zu sein. Die Donnerschläge krachten ununterbrochen. Ringsum war eine entfesselte Natur. Ich vergaß alles, was ich je gelernt hatte, sogar die tödliche Lage, in der ich mich befand, und mobilisierte Kräfte, die ich niemals vermutet hätte.

In einem Moment der relativen Ruhe hörte ich hinter mir das Tosen der Brandung. Bevor ich mich noch umdrehen konnte, hob ein riesiger Brecher das Boot empor und schmetterte es auf einen Felsen, wo es zerbarst. Ich wirbelte durch Gischt, klatschte ins Wasser, tauchte unter und wurde von einer neuen Woge emporgetragen. Geblendet von dem tosenden Wasser, sah ich Felsen an mir vorüberziehen, wurde dagegen geschleudert, brach mir wie durch ein Wunder nicht die Knochen und klammerte mich an einem Vorsprung fest, als das Wasser wieder zurückging. Ich begann zu klettern, von Panik getrieben. Die nächste Woge konnte mich ins Verderben zurückreißen. Ich zog mich Hand über Hand hinauf, rutschte in eine enge Spalte, einen Kamin, in dem ich rascher vorankam. Ich wurde nur noch von der Gischt der Brandungswoge übersprüht.

»Habe ich es ... geschafft?« Mein Schädel summte wie ein Instrument. Ich konnte mich selbst nicht richtig hören und nahm meine Worte nur als Schwingungen wahr, die fast in den lauter und lauter werdenden telepathischen Impulsen untergingen. Ich war meinem Ziel sehr nahe, raffte sämtliche Energie zusammen, die ich mobilisieren konnte, und kletterte höher und höher. Dann brach der Regen los, kam mit einer Macht und Stärke, die mich fast vom Felsen gewaschen hätte. Die Tropfen brannten auf der Haut. Der Regen war eiskalt, verwandelte sich in Hagel. Ich wusste nicht mehr, ob dies Illusionen eines träumenden Bewusstseins oder Wirklichkeit war. Aber dass mich beides umbringen konnte, daran bestand kein Zweifel.

Der Regen hatte Vogelnester von den Felsen gewaschen. Ich rutschte, von dem trommelnden Hagel bombardiert, unter einen Überhang. Meine Füße zertraten einige Nester – und dann umgab mich ein fürchterliches Geschrei und Gezeter. Dunkle Schatten schossen auf mich zu, scharfe Krallen bohrten sich durch den Stoff und in die Haut darunter. Mit dem Vibratormesser verschaffte ich mir Luft. Dann hockte ich mich hin, lehnte den Rücken gegen die Felswand und schloss die Augen. Ich atmete langsamer und zwang mich dazu, mich zu entspannen, zu beruhigen. Einige Zentitontas vergingen. Es donnerte, blitzte. Ringsum schlug der Hagel gegen den Felsen. Langsam kam die innere Ruhe über mich wie eine Art Schlaf oder Ohnmacht. Und wieder empfing ich die inzwischen vertrauten Impulse eines schlafenden Geistes, der Valvpiesel gehörte.

Ich merkte, dass sich das Gewitter entfernte. Der Regen hörte auf. Nur der Wind blieb. Das Licht kehrte zurück, und ich kletterte weiter.

Vorsicht, warnte mich mein Extragehirn scharf.

Plötzlich war die Luft von flatternden Leibern großer Vögel erfüllt. Sie gingen auf mich los, schreiend und kreischend, gebärdeten sich wie wahnsinnig. Die gekrümmten Schnäbel zielten auf meine Augen, vorgestreckte Fänge krallten sich in meine Haut. Noch behinderten sie sich gegenseitig, außerdem verschaffte ich mir mit breit gefächertem Strahl aus meiner Waffe Raum. Ich erreichte die Kante des Felsabsturzes, schob mich hinauf und richtete mich auf. Vor mir lag das Plateau, eine vollkommen glatte, poliert wirkende Fläche. Unweit meines Standortes erhob sich ein halbkugelförmiges Bauwerk.

Der Eingang zu subplanetarischen Räumlichkeiten, informierte mich die Stimme in meinem Bewusstsein. *Beeile dich. Vergiss die Vögel nicht.*

Ich spurtete aus dem Stand los – keinen Augenblick zu spät. Das Rauschen hinter und über mir war zu einem bedrohlichen Geräusch geworden. Ich drehte mich halb um und feuerte blindlings die Waffe ab. Ein schmerzerfülltes Kreischen peinigte meine Gehörnerven. Federn stoben durch die Luft, ein lautes Klatschen verriet, dass der Vogel auf den Boden geprallt war. Sein rechter Flügel war weggebrannt. Ich lief um mein Leben. Wiederholt setzten die Vögel zum Sturzflug an. Ich lief im Zickzack, feuerte, duckte mich, feuerte abermals. Krallen bohrten sich in meine Haut. Scharfe Schnäbel verletzten mich an Armen und Beinen. Flügel trafen mich hart am Kopf. Sie waren wie besessen. Es stank nach verbrannten Federn, verschmortem Fleisch. Eine breite Spur toter Vögel kennzeichnete meinen Weg vom Rand des Plateaus zur Kuppel. Ich rannte um sie herum, sah den Eingang auf der gegenüberliegenden Seite und hechtete hinein. Nachdem sich meine Augen an das Halbdunkel im Innern gewöhnt hatten, erkannte ich die Stufen, die in die Tiefe des Felsens führten.

Worauf wartest du?, mahnte mich die Stimme in meinem Bewusstsein.

Ich machte mich an den Abstieg. Je tiefer ich kam, umso kühler wurde die Luft. Modergeruch reizte meine Nasenschleimhäute.

Das Echo meiner Schritte hallte von den Wänden wider. Der Schweiß trocknete auf meiner Haut und begann zu jucken. Schweigen. Eine Stille, die an meinen überforderten Nerven zerrte. Am Ende der Stufen erstreckten sich gruftähnliche Gänge in alle Richtungen, vom trüben Licht nicht erkennbarer Lampen erhellt. Also musste hier irgendwo eine Energieversorgung existieren.

»Vermutlich«, sagte ich laut, das Echo meiner Stimme verlor sich in den Gewölben. Niemand antwortete mir. Die Gänge, Gewölbe und Treppen, in den gewachsenen Felsen geschnitten und geglättet, waren ein Labyrinth, in dem sich jeder verirren musste, der unbefugt diese verwirrende Anlage betrat. Ein beabsichtigter Effekt, doch bei mir verlor er seine Wirkung. Ich fand mit traumwandlerischer Sicherheit den richtigen Gang, die richtigen Abzweigungen: Valvpiesels schlafendes Bewusstsein wies mir den Weg. Näher und näher kam ich jenem Geist, der einen ganzen Planeten unter seine psychotischen Träume zwang und jedes mit Vernunft begabte Wesen in den Wahnsinn trieb.

Der Gang weitete sich zu einem hohen Gewölbe. Mein Weg war zu Ende. In der Mitte der Halle erhob sich ein glatt geschliffener Steinblock mit der Kantenlänge von zwei zu drei Metern, darauf lag ausgestreckt eine nackte Gestalt. Auch hier gab es Notleuchten; ihr Licht konzentrierte sich ausschließlich auf das steinerne Monument. Entschlossen trat ich näher.

Valvpiesel war ein uralter Arkonide. Seine Haut war gerunzelt und gefurcht wie altersrissiges Leder. Ich erschrak, als ich sah, dass seine Augen weit geöffnet waren. Blutunterlaufen starrten sie an die Decke des Gewölbes. Seine schlohweißen Haare und der Vollbart, vom Alter gebleicht, umgaben seinen Kopf wie lohende Flammen. Ich schauderte unwillkürlich. Etwas rührte an den archaischen Teil meines Bewusstseins, weckte Erinnerungen, die Teil des Stammesbewusstseins waren.

Ich streckte meine Hand aus, berührte den in totenähnlicher Starre liegenden Körper. Er war hart und eiskalt. Dieser Mann konnte nicht leben. Mein Logiksektor widersprach: *Er lebt, und du weißt das auch! Er schläft lediglich.*

Das wusste ich natürlich. Ich brauchte nur meinen Geist zu öffnen, um die Impulse zu empfangen, die von diesem unheimlichen Mann ausgingen. Ich musste ihn wecken. Sollte ich es mit geistigen Impulsen versuchen? Ich öffnete den Monoschirm, schickte meine Gedanken sondierend in die Tiefe von Valvpiesels schlafendem Bewusstsein – es war, als öffneten sich plötzlich die Pforten zum Lakhros. Die Felswand hinter dem Steinblock spaltete sich jäh in der Mitte, aus der Öffnung strömten die Dämonen, kettenrasselnd, mit geiferndem Kichern, und schrien mich an, lachten mich aus, schluchzten und heulten. Bestien wuchsen vor mir aus dem Boden – gewaltig, mit Hufen, Krallen, mit schwarzen, ledernen Schwingen. Fauliger, schwefliger Atem strömte mir entgegen aus Mäulern, die mir das Herz aus dem Leib reißen wollten.

Ich wich vor ihnen zurück, stolperte, stieß gegen ein Hindernis, der Steinquader kippte um, begrub die knöcherne Gestalt unter sich. Ölige Flüssigkeit sickerte unter dem Block hervor, sammelte sich vor meinen Füßen zu einer Lache, von der erstickender, fauliger Geruch aufstieg, bis sie sich verfestigte. Vom Grauen geschüttelt, sah ich, wie sich eine Hand mit Klauen formte, dass sie sich streckte und wuchs und mir die Seele aus dem Leib riss.

Wach auf!

Das geifernde Monstrum stieß seine rasiermesserscharfen Klauen in meinen Körper und zerrte mir das Fleisch von den Knochen, bis nur noch das bleiche Gerippe übrig war. Aufschreiend wandte ich mich zur Flucht.

Atlan!

Ich wehrte mich wie ein Wahnsinniger gegen das schleimige Monstrum. Das Untier zerrte mich auf sich zu, erdrückte mich unter seinen schwabbelnden Massen. Hohnlachend nahm es meinen Kopf in die Pranke und warf ihn gegen die Mauer wie einen Ball …

Atlan! Du bringst dich selbst um!

Die Zeit kroch dahin. Allmählich wurde dieser Pfuhl wieder zu dem Gewölbe. Mein Blick klärte sich. Ich wälzte mich herum. Alle Glieder schmerzten. Ich raffte alle Kraft zusammen und setzte mich auf, schlug die Hände vor das Gesicht. Aus meiner Kehle drangen unartikulierte Schreie.

Hör auf!, befahl mein Extrasinn. *Jetzt sofort!*

Meine Hand tastete zu meinem Kopf, von dem aus glühende Schmerzpfeile in alle Glieder zuckten. Die Nerven erstatteten Bericht, meldeten Verletzungen. Blut lief mir über die Stirn. »Was …?«, murmelte ich. »Was ist geschehen?«

Du wolltest dir den Kopf an der Wand zerschmettern, behauptete der Logiksektor. Da er nicht lügen konnte, sondern nur nüchtern Fakten aufzählte, musste ich es glauben. Ich begann mich zu fragen, wann die chaotischen Träume aus Valvpiesels Unterbewusstsein stärker als die Stimme der Vernunft in meinem Bewusstsein sein würden. Und ich fürchtete mich vor diesem Augenblick.

Ich war der Verzweiflung nahe. Hoffnungslosigkeit lähmte mein Tun und Handeln. Ich hatte den Zeitbegriff völlig verloren und erkannte, dass ich langsam verrückt zu werden drohte. Valvpiesels Ausströmungen verwandelten mich mehr und mehr. Ich hatte inzwischen drei weitere Anfälle über mich ergehen lassen müssen, jeder schlimmer als der vorhergehende. In den wenigen lichten Momenten, die ich dank meines Logiksektors doch noch hatte, hatte ich versucht, Valvpiesel zu wecken. Doch das war eine Aufgabe, die offenkundig nicht zu lösen war. Ich hatte den starren Körper geschlagen, mit dem Messer die kalte, verhärtete Haut geritzt, hatte geschrien, getobt. Keine Reaktion. Langsam kam ich zu der Überzeugung, dass nicht einmal der Lärm eines startenden Raumschiffs den Mann aus seinem Schlaf wecken konnte.

Das Gewölbe drohte zu meinem Grab zu werden. Ich redete bereits mit mir selbst, als sei ich eine zweite Person, bis ein flüchtiger Gedanke durch mein Gehirn huschte. »Schlepp ihn nach oben, Atlan«, krächzte ich. »Vielleicht wecken der Wind und die frische Luft diesen halsstarrigen alten Kerl aus dem Schlaf.« Eine Stimme, die ich nicht als die meine erkannte, rief: »Guter Gedanke. Und wenn er nicht wach wird, wirf ihn von den Klippen ins Meer!«

Ich kicherte hohl. Die Vorstellung erheiterte mich. Ich stolperte auf den Steinquader zu. Meine Hände fanden irgendwie den kalten, starren Körper des Alten. Ich zerrte ihn herunter; er lag schwer in meinen Armen. Ich keuchte vor Anstrengung. »Wohin …?«, fragte ich – und gab mir selbst die Antwort: »Hinauf!« Ich drehte mich in Richtung des Ganges. Meine Last ließ jede meiner Bewegungen erschreckend langsam werden. Oder war ich bereits so geschwächt, dass ich nicht mehr die Kraft fand, an die Oberfläche zu gelangen? Diese Vorstellung ließ mich schaudern. »Lass mich dir helfen, Gevatter.« Ich setzte Fuß vor Fuß. »Weg da!«, keuchte ich und stieß das Fledermausgeschöpf mit dem Fuß zur Seite. Es riss das Maul auf und schlug die gekrümmten Zähne in meinen Knöchel. Ich hörte es krachen und spürte, wie sich das Fleisch vom Knochen löste. Ich gab ihm den ganzen Fuß und humpelte auf dem Stumpf weiter.

»Er ist doch nicht tot, Bruder?«, erkundigte sich das missgestaltete Geschöpf heuchlerisch und beugte sich über Valvpiesel. Der Alte in meinen Armen blinzelte den Fragesteller an. Und dann lachten beide gellend über meine Dummheit. Wütend warf ich Valvpiesel auf den Boden; er zerbrach in tausend Einzelteile, die kichernd die Stufen hinunterkollerten und ein rollendes Echo hervorriefen.

»Verdammter Heuchler!«, schrie ich hinterher. »Du willst doch bloß, dass ich bei dir bleibe!« Ich wollte dem Kichern nacheilen und es wieder einfangen.

Geh weiter, Atlan, ordnete eine beruhigende Stimme an. *Was du erlebst, sind nur Halluzinationen.*

Für einen Moment klärte sich mein Blick. Ich stand auf der Treppe, die ich irgendwann einmal in der Vergangenheit hinuntergegangen war, in meinen Armen nach wie vor der starre Körper Valvpiesels. Keuchend machte ich mich wieder an den Aufstieg. Und in einem versteckten Winkel meines Verstandes begann ich mich zu fragen, woher ich die Kraft nahm.

Die Erschöpfung zerbrach meinen Körper. Endlich taumelte ich ins Freie. Vor mir lag das Plateau, irgendwo in der Ferne war der Strand, an dem ich das Boot gefunden hatte. Über mir stand die Sonne im Zenit. Gepeinigt kniff ich die Augen in der grellen Helligkeit zusammen. Der Wind zerrte an mir und ließ mich schwanken. Wolken von weißen und schwarzen Vögeln umkreisten schreiend und lärmend den Rand des Plateaus. In den Klippen und Spalten darunter hatten sie ihre Nester.

Was immer ich mir erhofft hatte, es trat nicht ein. Valvpiesel blieb nach wie vor in seiner totenähnlichen Starre. Ich sah hinaus aufs Meer. Die Brandungswellen rollten heran, brachen brüllend über die Klippen und Felsen und zischten über den Sand. Ich wankte weiter; aus einem nicht ersichtlichen Grund suchte ich nach einem Abstieg. Wozu sollte ich Valvpiesel mitschleppen? Er begann ja bereits zu verfaulen. Angewidert warf ich den Torso des alten Mannes in die Grube. Mit zitternden Händen scharrte ich das Grab zu, aber immer wieder warf der halsstarrige Kerl den Sand zurück. Sein Mund, der nur noch eine Knochenreihe ohne Fleisch war, sprach zu mir und sabberte Unsinn. Ich schrie laut auf und hämmerte mit den Fäusten den Boden über dem Grab fest.

»Brav, mein Bester.« Das Ungeheuer blies mir mit dem breiten, an ein Reptil erinnernden Maul eine Wolke erstickenden, fauligen Gestanks ins Gesicht. Mein Arm fuhr hoch und schlug die breite Klinge des blitzenden Schwerts in den Körper des Monstrums. Es taumelte zurück und versuchte, meinen Schlägen zu entgehen. Siegessicher drang ich auf es ein …

Achtung!, gellte eine Stimme in mir. *Der Abgrund!*

Mein Blick klärte sich. Vor mir erstreckte sich das Nichts. Ich stand schwankend, Valvpiesel in den Armen haltend, am Rande des Plateaus. Ein Schritt genügte – und ich wäre alle Albträume für ewige Zeiten los gewesen. Mit einem rauen Schrei taumelte ich zurück. Mein Fuß verfing sich an einem Stein, ich stürzte hart auf den Rücken. Mein Kopf schlug gegen den Boden. Benommenheit umfing mich. Es war wie die Erlösung. Aber eine hartnäckige Stimme verhinderte, dass ich vor Erschöpfung einschlief. Mühsam stemmte ich mich hoch. Nur widerwillig klärten sich mein Geist und mein Blick.

Wenn es noch eine Steigerung des Grauens gab, jetzt erlebte ich sie: Dort, wo Valvpiesel lag, sah ich nur eine Menge schwirrender Leiber und schlagender Flügel. Es mussten mehr als hundert Vögel sein, die den Körper umkreisten, auf ihn herabstießen und ihn zerstückelten. Mit zitternden Fingern suchte ich nach der Waffe; der Sicherungsknopf wollte und wollte sich nicht drücken lassen. Schließlich war der Strahler schussbereit. Ich hockte auf den Knien, nahm die Waffe beidhändig und feuerte blindlings in die Wolke der gefiederten Räuber, die wie besessen auf Valvpiesel herumhackten.

Zu spät!, meldete sich mein Extrasinn. Ich schluchzte und schrie, feuerte und verbrannte einen Vogel nach dem anderen.

Und dann kam der fürchterliche Schrei. Dieser Notruf drang bis in den tiefsten Kern meiner Seele. *Ich leide – sterbe. Ich fühle, dass ich nicht allein bin – Person? Wesen? Egal – ich hätte niemals …* Der telepathische Ruf wurde leiser. Dieses Bewusstsein, das sich Valvpiesel nannte, zog sich zu einer Zuflucht zurück, wohin ihm niemand folgen konnte. Noch einmal raffte es alle Kräfte zusammen und schickte einen abschließenden Gedanken in meinen Geist: *Ich – hätte – niemals – einschlafen – dürfen! Hoffentlich habe – ich nicht zu viel Unheil – angerichtet.*

Hier brach der Gedanke ab – Valvpiesel war tot.

In mir blieb eine erschreckende Leere, die weder der brausende Wind, das Kreischen der Vögel oder das Donnern der Brandung ausfüllen konnte. Meine Schüsse hatten die Vögel auf mich aufmerksam gemacht. Ein Teil erhob sich von Valvpiesels Leichnam und griff mich an. Ich hatte mechanisch den Abstrahlkegel auf Breitenwirkung eingestellt. Es stank bestialisch, als ich hinüberging zu dem, was einmal ein Arkonide namens Valvpiesel gewesen war. Irgendwie hatte ich das Gefühl, die Verantwortung dafür zu tragen, dass sein Körper nicht zu sehr verunstaltet wurde. Mit den Füßen stieß ich ihn vor mir her und über den Rand des Plateaus. Sollte das Meer sein Grab sein.

Die Vögel verdoppelten ihre Angriffe. Ich zielte längst nicht mehr – wohin ich auch schoss, ich traf. Die Waffe wurde heiß. Bevor sie mir in der Hand explodierte, schaffte ich es, zu einem Felsvorsprung hinunterzuklettern. Ich duckte mich. Über mich strich mit rauschenden Flügeln und weit gespreizten Fängen ein riesiger Vogel hinweg. Ich warf ihm die heiße Waffe nach und hechtete in die Fluten. Das kalte Wasser war ein Schock, mobilisierte noch einmal Kräfte in mir, die ich nötig brauchte, um den Strand zu erreichen.

Vom Kamm einer hohen Woge orientierte ich mich, dann begann ich auf das ferne Ufer zuzuschwimmen. Als ich müde wurde, ließ ich mich auf dem Rücken treiben, dabei entledigte ich mich aller Stücke meiner Ausrüstung. Schließlich zog ich auch noch die Kombination aus; sie trieb lange wie ein heller Torso neben mir in den Fluten, ehe sie versank. Meine Kräfte begannen zu erlahmen. Arme und Beine wurden gefühllos. Trotzdem schwamm ich weiter. Der Zeitpunkt kam, dass ich nicht mehr den Willen aufbrachte, die Glieder zu bewegen. Doch dann wurde ich von einer Woge hochgehoben und sah unmittelbar vor mir den Strand. Ich kroch aus dem

Wasser, unfähig, aufrecht zu gehen. Wie ein Schalentier bewegte ich mich grotesk langsam den Strand hinauf, schleppte mich unter einen Baum und schlief einen totenähnlichen Schlaf, der frei von grässlichen Traumbildern blieb.

Sterne über mir. Klare, kühle Luft auf meinem Gesicht. Unter dem Körper trockener, warmer Sand. Ich bewegte mich erstaunt und musste mich erst einmal abtasten, bevor ich davon überzeugt war, diesmal keiner Illusion zu erliegen.

»Ich lebe!«, sagte ich, es war mehr ein Krächzen. Ich stemmte eine Hand in den Sand und setzte mich langsam auf. Am Horizont erschien die erste Spur von Morgendämmerung. Ich lebte tatsächlich. Zwar spürte ich eine dumpfe Schwäche in allen Gliedern. Aber ich lebte. Und mit mir lebten die Bewohner Alfonthomes.

Und Fartuloon?, meldete sich mein Extrasinn.

»Er lebt«, sagte ich kategorisch und stand auf. Ich hatte noch einen weiten Weg vor mir.

Die Sonne Kagepote erhob sich über die Kimm und sandte ihr Licht über den Planeten. Ich lief nach Norden, ins Innere des Landes. Vor mir lagen noch über hundert Kilometer, ich hatte nur meine Hände als Waffen. Mein Armband zeigte fünf Uhr morgens planetarer Zeit an.

In meinen Eingeweiden wühlte der Hunger, die Erschöpfung ließ farbige Kreise auf meiner Netzhaut entstehen. Nur Durst litt ich keinen. Unter der glühenden Sonne lief ich mit der Monotonie eines Automaten tontalang dahin, wich den Raubechsen kaum noch aus, die träge in der Mittagshitze dösten. Als ich nicht mehr konnte, kletterte ich auf einen Baum, suchte mir eine Astgabel und band mich mit einem aus Fasern provisorisch geflochtenen Strick an den Stamm. Ich wollte vermeiden, im Schlaf vom Baum zu fallen.

Ich schlief augenblicklich ein – und wurde von einer hartnäckigen Stimme geweckt, die nicht die meines Extrasinns war. Jemand wollte unter allen Umständen wissen, wo ich mich befand …

Plötzlich war ich hellwach und konzentriert. *Dass ich daran nicht gleich gedacht habe!* Ich besaß ja noch den Armbandminikom. Offenbar hatte ich vergessen, das Gerät auszuschalten. Oder es war zufällig aktiviert worden. Ich hob die Hand. Auf dem kleinen Bildschirm erkannte ich das Gesicht des jungen Jama. Freude und Erleichterung zeichneten sich auf seinen Zügen ab.

»Endlich, *Gos'athor!*«, drang seine Stimme aus dem winzigen Lautsprecher.

Ramud, der zweite Bauchaufschneider an Bord der KARRETON, rief dazwischen: »Wir suchen dich seit Tontas. Wo bist du?«

»Womit seid ihr unterwegs?«, wollte ich wissen und konnte meine Freude nur schlecht verbergen.

»Mit einem Gleiter.«

»Augenblick ...« Ich beschrieb einige hervorstechende Merkmale meiner unmittelbaren Umgebung. »Außerdem könnt ihr mein Gerät anpeilen.«

»In einer Dezitonta, Kristallprinz«, versprach Jama.

Während ich wartete, erfuhr ich von Ramud alles Wichtige. In den Stationen lief inzwischen alles wieder seinen normalen Gang. Fartuloon lebte, er ließ mir über Ramud ausrichten, dass er mit der jungen Kerthia zu dem zentralen Turm des Medo-Centers geflogen war, um mit Hilfe der Robotanlagen Ordnung in das Chaos zu bringen. Jetzt klärte sich auch, weshalb uns die KARRETON nicht zu Hilfe geeilt war: Die starke Robotanlage im Turm hatte gleich nach unserer Landung das Schiff in ein Paralysatorfeld gehüllt, das erst zusammenbrach, als Fartuloon die entsprechenden Schaltungen desaktivieren konnte. Zum Glück hatten sich die Medoroboter an Bord um die Gelähmten gekümmert und sie medizinisch versorgt, sie jedoch wegen des permanenten Paralysatorfelds nicht wecken können

Der Gleiter mit Jama am Steuer fiel wie ein Raubvogel aus der Sonne. Dicht über dem Boden wurde er abgefangen und senkte sich in einer gelben Staubwolke auf den Boden. Die Türen flogen auf. Und als die beiden Gefährten auf mich zueilten, begriff ich, dass die Träume des Chaos endgültig vorbei waren.

Alfonthome: 11. Prago des Tarman 10498 da Ark

Die KARRETON warf einen riesigen Schatten, die untere Polschleuse stand offen, die Rampe war ausgefahren. Ich saß im Kontursessel in der Zentrale und verfolgte auf der Panoramagalerie, wie die Besatzungsmitglieder nach und nach das Schiff betraten. Ich griff nach dem Mikrofon. »Wie weit seid ihr dort unten, Soma?«

»Fast vollzählig, Kristallprinz«, kam Soma Kyles augenblickliche Antwort. Er stand oben auf der Rampe neben der Aufnahmeoptik; sein Gesicht füllte den entsprechenden Schirm. »Wir warten nur noch auf Ramud.«

»Lass es mich wissen, wenn er an Bord geht.«

»Selbstverständlich.«

Ich unterbrach die Verbindung und blickte zur Seite. Fartuloon nickte mir kurz zu und lächelte. Er saß vor den Leuchtflächen des Kursrechners und kontrollierte verschiedene Funktionen. Ich nickte zurück. Hinter meiner Stirn kreisten die Gedanken. Ich konnte mir denken, dass unser Schiffsarzt Ramud Chelot als Letzter an Bord gehen würde. Es hatte einige schwierige Probleme gegeben, als Valvpiesel starb und seine Chaosträume plötzlich aufhörten. Doch Probleme waren dazu da, dass man sie löste. Und Ramud half nach Kräften, gab sein immenses Wissen und Können, das er in den Planetenuniversitäten der Aras erlernt hatte, an die nun wieder normal reagierenden Ärzte und Medotechniker in den einzelnen Stationen weiter.

Ein akustisches Signal ertönte, Somas Stimme drang aus dem Lautsprecher: »Atlan!«

»Ja? Was gibt es?«

Das von Ratlosigkeit gekennzeichnete Gesicht des Piloten füllte den Schirm erneut. »Du kommst wohl besser herunter. Unser Schiffsarzt scheint einige Schwierigkeiten beim Besteigen der Rampe zu haben.«

»Ramud!« Alarmiert stand ich auf. »Ich komme sofort.«

Fartuloon blickte auf. »Ich komme mit.«

Als wir kurz darauf in der unteren Polschleuse den Antigravlift verließen, waren die Männer gerade mit den Aufräumungsarbeiten des Schleusenraums fertig. Wir nickten den Männern zu, unseren Gefährten auf dieser Reise, die so harmlos begonnen und fast schrecklich geendet hatte. Ramud erwartete uns am Fuß der Rampe neben einem schweren Allzweckfahrzeug mit dem Emblem des Medo-Centers von Alfonthome. Neben ihm stand eine schlanke Gestalt in weißem Overall. *Kerthia.*

»Zunächst«, sagte sie, »herzlichen Dank dafür, dass Sie uns zu

Hilfe gekommen sind. Ich denke, wir haben jetzt die besten Chancen, alles wieder unter Kontrolle zu bringen …«

Die Medo-Technikerin sprach weiter, und mit jedem Satz redete sie offener und ungezwungener. Nachdem die Träume des Chaos aufgehört hatten, die grauenhaften Vorkommnisse auf diesem Planeten nur noch Erinnerung waren, schien Kerthia viel von ihrer Schüchternheit und ihren Hemmungen verloren zu haben. Wir hörten ihr aufmerksam zu.

»… aber nach Valvpiesels Tod fehlt uns jemand, der die Arbeit des Mentors fortsetzt. Jemand, der über genügend Kenntnisse verfügt, nicht nur im medizinischen Bereich.«

»Ich verstehe«, sagte Fartuloon leise. »Du brauchst also einen Mann, Tochter des Skalpells!« Brennende Röte schoss in Kerthias Gesicht. »Einen Mann wie Ramud«, fuhr mein Lehrmeister ungerührt fort, »der ohne Zweifel über die von dir aufgezählten Qualifikationen verfügt, wie ich aus persönlicher Erfahrung weiß. Doch zuerst noch eine Frage: Du sprichst für viele?«

»Ja.«

»Sehr gut. Und jetzt zu dir, Freund Ramud. Fühlst du dich stark genug, Valvpiesels Werk fortzusetzen?«

Der Angesprochene machte zwei Schritte und legte Fartuloon die Hand auf die Schulter. Er sah uns beide an. »Nehmt es mir bitte nicht übel – ja? Ich habe von Beginn an gefühlt, dass hier eine große Aufgabe zu bewältigen ist. Die Erfüllung meines Lebens. Du verstehst mich, Fartuloon?«

Nun war es ausgesprochen. Das Schweigen dauerte nicht sehr lange. »In Ordnung«, sagte Fartuloon sanft. »Ich rechnete bereits damit.« Dann fügte er in ernstem Tonfall hinzu: »Viel Glück!«

Ramud drückte uns beide die Hände. Ein Lächeln lag auf seinen Zügen. »Für Atlan und Arkon!«

»Auf Leben und Tod!«, nahmen Soma Kyle und die Männer des Schleusenpersonals den rituellen Ruf auf.

Auf den Schirmen der Panoramagalerie sank Alfonthome zurück. Schnell schrumpfte er zu einem Ball, wurde zusehends kleiner. Schräg zur Planetenebene raste die KARRETON aus dem Kagepote-System hinaus. In einer Tonta würde die erste Transition erfolgen. Ich schwenkte meinen Sessel etwas zur Seite. »Du wirkst nicht übermäßig glücklich.«

Der Bauchaufschneider grollte: »Eine tragische Geschichte.«

Ich schüttelte den Kopf. »Nein! Wir haben uns Gefahren ausgesetzt, und wir haben schließlich gesiegt. Was ist daran so traurig?«

Er warf mir einen langen, intensiven Blick zu. »Begreife endlich, junger Freund, dass die Galaxis einen wertvollen Mann verloren hat!«

Er hüllte sich in seinen Umhang, verschränkte die Hände über dem Knauf des *Skargs* und schloss die Augen. Die KARRETON raste auf jenen Punkt zu, von dem aus sie durch den Hyperraum springen würde; der Anfang einer ganzen Kette solcher Transitionen. Am Schluss dieser Kette würde Kraumon stehen.

Epilog

1166. positronische Notierung, eingespeist im Rafferkodeschlüssel der wahren Imperatoren. Die vor dem Zugriff Unbefugter schützende Hochenergie-Explosivlöschung ist aktiviert. Fartuloon, Pflegevater und Vertrauter des rechtmäßigen Gos'athor des Tai Ark'Tussan. Notiert am 11. Prago des Tarman, im Jahre 10.498 da Ark.

Bericht des Wissenden. Es wird kundgegeben: Es belastet stets, einen guten Freund zu verlieren; es schmerzt und macht einen ein Stück einsamer. Der Tod Valvpiesels ist jedoch ein noch größerer Verlust. Ich bin mir nicht sicher, ob Atlan meinen Hinweis wirklich verstanden hat – schließlich kannte er den alten Kopfabschneider nicht –, aber ich hoffe es.

Ein Trost mag sein, dass der Junge in einem Maß über sich hinausgewachsen ist, das sogar mir gewaltigen Respekt einflößt! Ich kenne nun seinen Bericht und weiß – im Gegensatz zu ihm selbst vermutlich – ganz genau, was er da geleistet hat. Dass er die Bewohner einer ganzen Welt gerettet und die von Valvpiesel ausgehende Gefahr beseitigt hat, ist hierbei nur der Sekundäreffekt. Viel wichtiger ist, dass er sich letztlich dem größten Feind gestellt hat, den es für ihn gibt – den aus dem eigenen Ich erwachsenden Ungeheuer!

Ich bin überzeugt davon, dass Atlan auf diese Weise auch die zurückliegenden Abenteuer und Tiefschläge aufgearbeitet hat. Er ist aus allem gestärkt und gekräftigt hervorgegangen und erreicht mehr und mehr jenen Punkt, von dem an ich ihm nichts mehr beibringen kann, sondern bestenfalls ein Klotz am Bein bin. Einerseits befriedigt diese Einsicht ungemein, andererseits stimmt sie mich melancholisch. Es wird zwar noch eine Weile dauern, bis es wirklich so weit ist, aber nun ist die Marke unverkennbar geworden.

In absehbarer Zeit wird der alte Calurier also seine Zelte abbrechen und sich anderen Dingen zuwenden, denn dann kann der Junge seinen Weg alleine besser beschreiten. Ich lasse es mir natürlich nicht anmerken, aber ich bin unglaublich stolz auf den Burschen! Gut, dass er keine Gedanken lesen kann, sonst würde ihm dieses Lob ziemlich zu Kopf steigen …

ENDE

ATLAN-Band 24

Die letzten Varganen

erscheint im Frühjahr 2004

Atlan

Zyklus »Die Zeitabenteuer«

Band 1: An der Wiege der Menschheit
ISBN 3-8118-1500-8

Band 2: Säulen der Ewigkeit
ISBN 3-8118-1501-6

Band 3: Karawane der Wunder
ISBN 3-8118-1502-4

Band 4: Hüter des Planeten
ISBN 3-8118-1503-2

Band 5: Strafkolonie Erde
ISBN 3-8118-1504-0

Band 6: Wolken des Todes
ISBN 3-8118-1505-9

Band 7: Söldner für Rom
ISBN 3-8118-1506-7

Band 8: Ritter von Arkon
ISBN 3-8118-1507-5

Band 9: Herrscher des Chaos
ISBN 3-8118-1508-3

Band 10: Balladen des Todes
ISBN 3-8118-1509-1

Band 11: Kontinente des Krieges
ISBN 3-8118-1510-5

Band 12: Samurai von den Sternen
ISBN 3-8118-1511-3

Band 13: Die letzten Masken
ISBN 3-8118-1512-1

Zyklus »Die Arkon-Trilogie«

Band 14: Imperator von Arkon
ISBN 3-8118-1513-X

Band 15: Monde des Schreckens
ISBN 3-8118-1514-8

Band 16: Juwelen der Sterne
ISBN 3-8118-1515-6

Zyklus »Der Kristallprinz«

Band 17: Der Kristallprinz
ISBN 3-8118-1516-4

Band 18: Die Folterwelt
ISBN 3-8118-1517-2

Band 19: Piraten der Sterne
ISBN 3-8118-1518-0

Band 20: Flucht ins Chaos
ISBN 3-8118-1519-9

Band 21: Der Weltraumbarbar
ISBN 3-8118-1520-2

Band 22: Ring des Schreckens
ISBN 3-8118-1521-0

Band 23: Die Goldene Göttin
ISBN 3-8118-1522-9

Band 24: Die letzten Varganen
ISBN 3-8118-1523-7

DETAILKARTE
KRAUMON-SEKTOR/GALAKTISCHES ZENTRUM

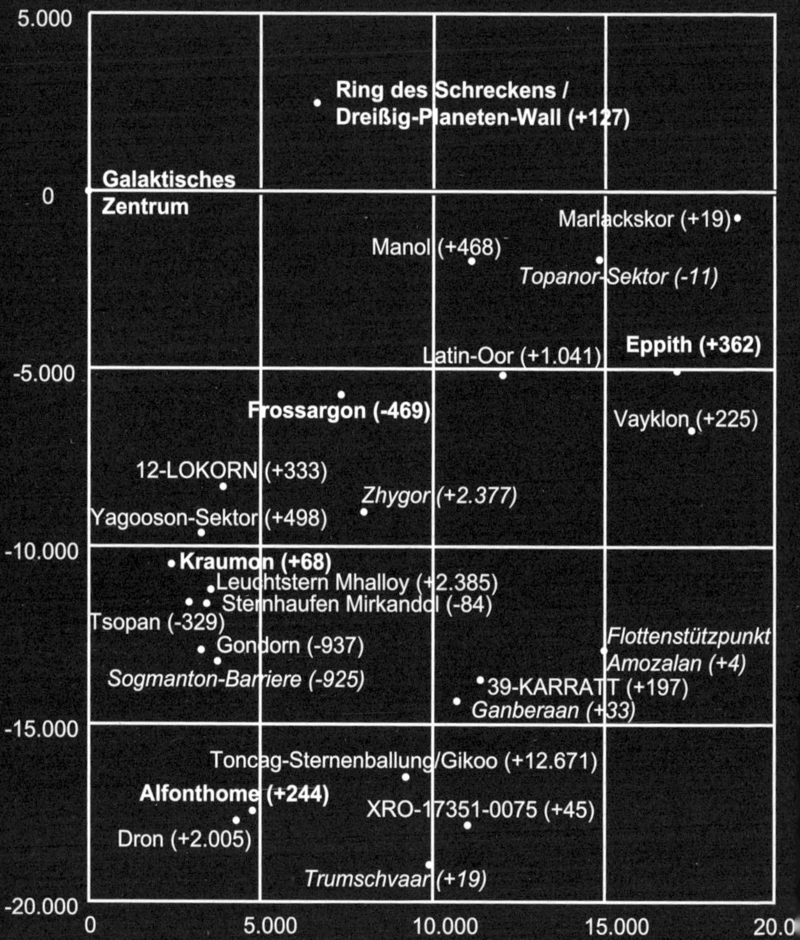